BASTEI
LÜBBE

MICHAEL MOORCOCK

DER MARS KRIEGER

Michael-Kane-Saga

Drei Fantasy-Romane
in einem Band

Ins Deutsche übertragen
von Sylvia Brecht-Pukallus

Mit Illustrationen
von Johann Peterka

BASTEI
LÜBBE

BASTEI-LÜBBE-TASCHENBUCH
Band 20 186

Erste Auflage:
Oktober 1992

Die drei Romane sind als
Einzelbände erstmals 1985 in der
Fantasy-Reihe im Ullstein-Verlag
erschienen.

Deutsche Lizenzausgabe 1992
Bastei-Verlag Gustav H. Lübbe
GmbH & Co., Bergisch Gladbach
Originaltitel:
The City of the Beast/Lord of the
Spiders/ Masters of the Pit
Titelillustration:
David B. Mattingly
Umschlaggestaltung:
Quadro Grafik, Bensberg
Satz: KCS GmbH,
2110 Buchholz/Hamburg
Druck und Verarbeitung:
Brodard & Taupin, La Flèche,
Frankreich
Printed in France

ISBN 3-404-20186-8

Der Preis dieses Bandes
versteht sich einschließlich der
gesetzlichen Mehrwertsteuer.

INHALT

Die Stadt des Ungeheuers 7
(The City of the Beast)

Der Herr der Spinnen 203
(Lord of the Spiders)

Die Herrscher der Tiefe 395
(Masters of the Pit)

Die Michael-Kane-Serie 575

DIE STADT DES UNGEHEUERS

Gewidmet dem Angedenken von
Edgar Rice Burroughs und H. G. Wells,
in Dankbarkeit und Anerkennung.

PROLOG

Ich brachte die Saison in Nizza zu, hatte ich doch das Glück, über ein kleines privates Einkommen zu verfügen. Es war der herrliche Sommer des Jahres 1968, und die anwesenden Menschenmassen waren noch größer als üblich – und das in solchem Maße, daß ich lange Spaziergänge an der Küste oder ins Landesinnere unternehmen mußte, wenn ich ein wenig relative Einsamkeit suchte.

Heute bin ich für diese Menschenmassen dankbar – hätten sie mich nicht aus den Zentren vertrieben, wäre ich niemals Michael Kane begegnet, diesem eigentümlichen, rätselhaften Charakter, in dessen Leben ich bald eng verstrickt werden sollte.

Lemontagne liegt etwa fünfzehn Kilometer hinter Nizza an der Küste. Ich hatte das kleine, aber malerische Dorf auf der Spitze einer Klippe vor einigen Jahren entdeckt und als hübschen, geruhsamen Ort empfunden. Es gab dort ein weißgetünchtes Café, wo der Kaffee hervorragend schmeckte und von dessen Terrasse aus man einen weiten Blick über das blaue Mittelmeer hatte. Unverdorben von Touristen und unberührt vom Wandel der Zeiten stellte Lemontagne mit seiner Terrasse einen friedvollen Hafen für mich dar.

Es war, wie ich mich erinnern kann, der 15. Juli, einer der schönsten Tage des Jahres: warm, strahlend hell und von einschläfernder Stimmung. Ich saß an meinem üblichen Tisch, nippte an einem kühlen Pernod und blickte hinaus über das unendlich blaue Meer, als ich den großen

Mann zum ersten Mal bemerkte. Er kam, setzte sich an einen Tisch in meiner Nähe und bestellte mit gelassenem amerikanischen Akzent ein helles Bier.

Ein hochgewachsener, schmalhüftiger Riese, braungebrannt und gutaussehend, mit der Erscheinung eines Mannes der Tat, der er nun einmal war, wirkte er in dieser Umgebung wie ein junger Gott. Und doch stand in seinen Augen ein gequälter Ausdruck, der von einer eigentümlichen Tragödie – vielleicht einem Geheimnis – in seiner Vergangenheit zu zeugen schien.

Ich bin eine Art literarischer Dilettant, der schon den einen oder anderen Band von Reisegeschichten und Erinnerungen verfaßt hat, und meine Instinkte als Autor waren sofort in voller Alarmbereitschaft. Meine Neugier siegte über die üblichen guten Manieren, und ich beschloß, den Versuch zu unternehmen, ihn in ein Gespräch zu verwickeln.

»Ein schöner Tag, Sir«, sagte ich.

»Sehr schön.« Sein Ton war freundlich, aber distanziert, sein Lächeln irgendwie halbherzig.

»Ich nehme an, Sie sind Amerikaner. Wohnen Sie hier im Dorf?«

Er nickte vage, wandte dann den Blick ab und schaute hinaus aufs Meer. Vielleicht war es flegelhaft, an diesem Punkt weiterzumachen – vielleicht benahm ich mich aufdringlich. Aber wäre ich anders verfahren, hätte ich mich um eine unglaubliche Erfahrung gebracht und die merkwürdigste Geschichte versäumt, die ich je gehört habe.

Als der Kellner kam, um meine nächste Bestellung aufzunehmen, wies ich ihn an, dem Amerikaner noch ein Bier zu bringen. Als es gebracht wurde, trug ich mein Glas an den anderen Tisch und fragte, ob ich mich zu ihm setzen dürfe.

»Entschuldigen Sie bitte«, sagte er, als er plötzlich aufschaute und mir eines dieser freundlichen, halb traurigen, geheimnisvollen Lächeln schenkte, die mir bald so vertraut werden sollten. »Ich habe geträumt. Nehmen Sie doch Platz. Ich würde mich gern mit jemandem unterhalten.«

»Leben Sie schon lange hier?« fragte ich ihn.

»Wo – auf der Erde?«

Es war eine befremdliche, erschreckende Frage. Ich lachte. »Nein, nein – natürlich nicht. In diesem Dorf, meine ich.«

»Nein«, antwortete er, »noch nicht lange. Allerdings«, und hierbei seufzte er tief, »wie ich leider sagen muß, viel zu lange. Sie sind Engländer, nicht wahr?«

»Eigentlich in Neuengland geboren«, sagte ich, »aber naturalisierter Engländer. Und von wo in Amerika kommen Sie?«

»Amerika? Ach so. Ursprünglich aus Ohio.«

Ich war verblüfft über seine merkwürdig zweideutigen Entgegnungen und seine zusammenhanglose Sprechweise. Warum war er auf den Gedanken gekommen, daß ich vom Planeten Erde sprach, als ich ihn gefragt hatte, wie lange er schon in diesem Dorf lebte? Diese Frage stachelte meine Neugier noch weiter an.

»Arbeiten Sie in Amerika?« bedrängte ich ihn weiter.

»Früher habe ich dort gearbeitet.« Plötzlich schaute er mich so direkt an, daß seine diamantblauen Augen sich in mein Gehirn zu bohren schienen. Ich hatte das Gefühl, daß ein Stromstoß mich durchflutete. Dann fuhr er fort: »Das war vermutlich der Anfang von allem. Ich könnte Ihnen eine Geschichte erzählen, daß Sie zum nächsten Irrenhaus laufen und mich einsperren lassen!«

»Sie verwirren mich. So wie Sie aussehen, muß es sich um irgendeine Tragödie handeln. Haben Sie eine üble Liebesgeschichte hinter sich – ist es das?« Allmählich wunderte ich mich, wie unverschämt mich meine wachsende Neugier machte. Doch er wirkte nicht verärgert.

»In gewissem Sinne könnte man es so formulieren. Mein Name ist Michael Kane. Sagt Ihnen das irgend etwas?«

»Ganz vage«, gab ich zu.

»Professor Michael Kane vom Chicago Special Research Institute.« Er seufzte wieder angesichts der Erinnerungen. »Wir unternahmen Top-Secret-Forschungen auf dem Gebiet der Transmitter.«

»Materietransmitter?«

»Eigentlich dürfte ich es Ihnen gar nicht erzählen, doch inzwischen scheint es bedeutungslos. Wir wollten eine Maschine bauen, die durch eine Kombination von elektronischen und nukleonischen Teilchen die Atome eines Gegenstandes aufspalten und in eine Reihe von Wellen umwandeln kann, die sich wie Radiowellen über große Entfernungen übermitteln lassen. Und wir hatten einen Empfänger, der theoretisch die Wellen in das Objekt zurückübersetzen konnte.«

»Sie meinen, man konnte einen Apfel in Partikel auflösen, ihn etwa wie ein Funkbild übermitteln, daß er auf der Seite des Empfängers wieder zum gleichen Apfel wurde? Ich habe davon gelesen, jetzt, wo Sie es erwähnen. Ich hatte jedoch geglaubt, daß eine solche Maschine noch rein theoretisch sei.«

»Das war sie auch bis vor vergleichsweise kurzer Zeit – vergleichsweise kurzer Zeit in Ihrer Vergangenheit, heißt das.«

»Meiner Vergangenheit? Ist sie im wesentlichen nicht die gleiche wie die Ihre?« Wieder war ich überrascht.

»Darauf werde ich noch zu sprechen kommen«, antwortete er. »Mit etwas Perfektionierung könnte eine

Maschine des Typs, über den wir gesprochen haben, sogar ein menschliches Wesen in Atome spalten, es über jede gewünschte Entfernung tragen und vom Empfänger am anderen Ende wieder zusammensetzen lassen.«

»Erstaunlich! Wie haben Sie diese Entdeckung gemacht?«

»Der Bau einer solchen Maschine folgte aus der Fortführung gewisser Laser- und Maserforschungen. Ich will Sie nicht mit einer Reihe obskurer Gleichungen langweilen, aber unsere Arbeit mit Licht- und Radiowellen war dabei eine große Hilfe. Ich war der für die Arbeit verantwortliche Physiker. Ich war besessen von der Idee...« Seine Stimme versagte, er blickte gedankenverloren auf den Tisch und ballte seine langfingrigen Hände zu Fäusten.

»Was ist passiert?« fragte ich begierig.

»Wir setzten die Maschine in Betrieb. Wir jagten ein paar Ratten und Mäuse hindurch – mit Erfolg. Dann mußten wir es an einem menschlichen Subjekt erproben. Es war gefährlich – wir konnten keine Freiwilligen anfordern.«

»Also beschlossen Sie, sich selbst dem Versuch zu unterziehen?«

Er lächelte. »Das ist richtig. Ich wollte unbedingt beweisen, daß es wirklich funktionierte, verstehen Sie, auch wenn ich von dem Gelingen überzeugt war.« Er machte eine Pause und fügte dann hinzu: »Aber es funktionierte nicht.«

»Trotzdem haben Sie überlebt«, erklärte ich. »Sofern ich mich nicht mit einem Geist unterhalte!«

»Sie sind der Wahrheit näher als Sie denken, mein Freund. Was glauben Sie, wo ich hingelangte, nachdem ich den Materietransmitter betrat?«

»Nun, naheliegenderweise wohl zum Empfänger. Und dort wurden Sie... hm... wieder zusammengesetzt.«

»Glauben Sie, daß ich bei Verstand bin?« Wieder wirkte der merkwürdige Mann leicht weggetreten.

»Völlig bei Verstand«, antwortete ich.

»Würden Sie nicht meinen, ich hätte das Aussehen oder Auftreten eines Lügners?«

»Weit davon entfernt. Aber was soll das alles? Wohin kamen Sie schließlich?«

»Glauben Sie mir«, bat er ernsthaft. *»Ich verließ diesen Planeten vollständig.«*

Mir stockte der Atem. Einen Augenblick lang dachte ich, mein Vertrauen in seinen gesunden Menschenverstand und seine Worte sei vielleicht doch fehl am Platze. Aber dann begriff ich, daß dem nicht so war. Sein ganzes Verhalten war das eines Menschen, der die reine Wahrheit spricht. »Sie gelangten in den *Weltraum*?« fragte ich.

»Ich durchquerte das Weltall – und vermutlich durchschritt ich auch die Zeit. *Ich reiste zum Mars, mein Freund.«*

»Zum Mars!« Jetzt erfaßte mich noch größere Ungläubigkeit. »Aber wie sollten Sie das überlebt haben? Auf dem Mars herrscht kein Leben – er ist eine Einöde aus Staub und Flechten!«

»Nicht dieser Mars, mein Freund.«

»Gibt es denn noch einen *anderen* Mars?« Ich hob die Augenbrauen.

»In gewissem Sinne schon. Ich bin überzeugt, daß der Planet, den ich besucht habe, nicht der Mars war, den wir durch unsere Teleskope beobachten. Es war ein älterer Mars, Äonen in der Vergangenheit – und doch wiederum auch sehr betagt. Nach meiner Theorie waren unsere Vorfahren auf diesem Planeten zu Hause. Sie kamen hierher, als der Mars vor Millionen Jahren starb.«

»Sie wollen sagen, Sie sind auf dem Roten Planeten Menschen begegnet?«

»Menschen, die uns sehr ähnlich waren. Vielmehr – ich lernte eine eigentümliche romantische Kultur kennen, die sich von allem, was wir je auf der Erde hatten, grundlegend unterschied. Vielleicht finden sich Hinweise darauf in unseren alten Legenden – Legenden, die wir vom Mars mitbrachten, als unsere Rasse von dort zur Erde floh und in die Barbarei zurückfiel, ehe wieder der Aufstieg zu einer Zivilisation erfolgen konnte. Ach, es war wundervoll, phantastisch, atemberaubend – ein Ort, wo ein Mensch wirklich ein Mensch sein konnte, damit zu überleben vermochte und für seine tatsächlichen Charaktereigenschaften und sein Können anerkannt wurde. Und dann lernte ich dort Shizala kennen . . .«

Diesmal konnte ich den Ausdruck in seinen Augen deuten. »Dort gab es also eine Frau«, sagte ich leise.

»Ja, dort gab es eine Frau. Ein Mädchen – jung, hinreißend, attraktiv, eine hochgewachsene Marsianerin, eine Aristokratin aus einer Linie, neben der die Dynastien der Ägypter sich kläglich ausnehmen würden. Sie war die Prinzessin von Varnal, der Stadt der Grünen Nebel mit ihren Spitztürmen und Kolonnaden, ihren Zwiebeltürmen und Kuppeln und ihren kräftigen, schlanken Menschen – und den besten Kämpfern der marsianischen Welt . . .«

»Fahren Sie fort«, hauchte ich hingerissen.

»Es erscheint mir nun wie ein köstlicher Traum.« Er lächelte traurig. »Einen Traum, den ich zurückhaben möchte.« Dann preßte er die Lippen aufeinander, und seine diamantblauen Augen strahlten voller Entschlossenheit. »Zurückhaben *muß*.«

»Und ich muß die ganze Geschichte hören«, sagte ich aufgeregt. Obgleich mein Verstand sich gegen diese phantastische Geschichte wehrte, konnten meine Gefühle sie akzeptieren. Ich war fast sicher, daß er recht hatte. »Begleiten Sie mich zu meinem Hotel? Dort habe ich einen Kassettenrecorder stehen. Ich würde gerne alles hören, was Sie mir erzählen können – und es aufzeichnen.«

»Sind Sie denn überzeugt, daß ich nicht verrückt bin oder lüge?«

»Ziemlich überzeugt«, sagte ich mit einem selbstironischen Lächeln. »Ganz sicher bin ich nicht. Das Urteil müssen Sie mich fällen lassen, wenn ich alles gehört habe.«

»Nun gut.« Er stand unvermittelt auf.

Ich bin keineswegs von geringem Wuchs, aber er überragte mich voll um Kopf und Schultern.

»Ich wäre froh, wenn Sie mir glauben würden«, meinte er. »Und ...« Er verstummte und hielt sich sichtbar zurück, etwas zu sagen, das er gerne geäußert hätte.

»Was wollen Sie sagen?« drängte ich ihn, während wir bezahlten und zu dem nahen Taxistand schlenderten, wo ein einziger klappriger Wagen wartete.

»Verstehen Sie, ich kann nicht in mein Labor zurück«, sagte er. »Und der Bau eines neuen Transmitters wäre sehr kostspielig. Ich ... ich brauche Hilfe.«

»Ich bin kein unvermögender Mann«, erklärte ich ihm und beugte mich nach vorn, um dem Taxifahrer die entsprechenden Anweisungen zu erteilen. »Vielleicht kann ich Ihnen irgendwie helfen.«

»Wahrscheinlich werden Sie mir nicht glauben«, sagte er mit seinem typischen Halblächeln, »aber es wird schon eine Erlösung sein, auf ein mitfühlendes Ohr zu stoßen.«

Wir ließen uns zu meinem Hotel nach Nizza zurückfahren – dem Hotel de la Mer. Ich bestellte ein Essen auf meine Suite. Es war wie immer köstlich und übte eine besänftigende Wirkung auf uns aus. Als wir fertig gegessen hatten, schaltete ich mein Gerät ein, und er begann zu erzählen.

Wie ich schon sagte, konnte ich seine eigentümliche Erzählung nicht auf Anhieb vorbehaltlos glauben. Und doch wurde ich, während er sprach und das Band alles aufzeichnete, immer mehr überzeugt, daß er weder ein Verrückter noch ein Lügner war. Alles, was er mir erzählte, hatte er so erlebt. Und als er nach vielen Stunden in der Nacht schließlich mit seiner Geschichte zum Ende kam, hatte ich das Gefühl, gleichermaßen die wilden und bemerkenswerten Abenteuer des amerikanischen Physikers und *Marskriegers* Michael Kane erlebt zu haben!

Sie lesen im folgenden weitgehend wörtlich, was er mir erzählte. Die wenigen Auslassungen oder Verdeutlichungen, die ich vorgenommen habe, dienen der Lesbarkeit und der Anpassung an die britische und amerikanische Rechtsprechung – wobei es sich hauptsächlich um Gesetze der wissenschaftlichen Geheimhaltung handelt. Sie sollten sich ein Urteil über Kane bilden, wie ich es auch getan habe. Doch was immer Sie davon halten, verurteilen Sie ihn bitte nicht sogleich als Lügner, denn hätten Sie ihn – so wie ich – in jenem Hotelzimmer in Nizza erlebt, wie er in flüssigen, zusammenhängenden Sätzen sprach und den Blick auf die Decke geheftet hielt, als betrachte er geradewegs den Mars selbst, wie seine ganze Haltung die Erinnerungen widerspiegelte und seine Stimmungen ganz nach der Szene wechselten, die er sich gerade ins Gedächtnis zurückrief, hätten Sie ihm ebenso bedingungslos geglaubt wie ich.

E. P. B.
Chester Square
London, S.W. 1

April 1969

1. Kapitel

MEINE SCHULD AN M. CLARCHET

Der Materietransmitter ist (so begann Kane) gleichzeitig Held und Übeltäter dieser Geschichte, denn er führte mich zu einer Welt, wo ich mich stärker zu Hause fühlte, als es hier jemals der Fall sein wird. Er führte mich zu einem wundervollen Mädchen, das ich liebte und das mich liebte, um mir dann alles wieder zu nehmen.

Aber ich werde wohl lieber der Reihe nach erzählen.

Ich bin, wie ich Ihnen schon sagte, in Ohio – in Wynnsville – geboren, einem kleinen, freundlichen Ort, in dem sich niemals viel verändert hat. Sein einziger außergewöhnlicher Zug bestand in der Person von Monsieur Clarchet, einem Franzosen, der sich hier kurz nach dem Ersten Weltkrieg niedergelassen hatte. Er lebte in einem großen Haus am Rande des Städtchens. M. Clarchet war Kosmopolit, ein Franzose der alten Schule – klein, sehr aufrecht, mit dem typischen gewichsten Schnurrbart der Franzosen und einer eher militärischen Gangart.

Um ehrlich zu sein, stellte M. Clarchet für uns eine Art Karikatur dar und schien alles zu unterstreichen, was wir in unseren Groschenromanen und Comics über die Franzosen erfahren hatten. Und doch verdanke ich M. Clarchet mein Leben, auch wenn ich dies erst viele Jahre, nachdem der alte Herr dahingeschieden war, begriff, als ich mich plötzlich zum Mars befördert fühlte . . . Aber ich greife schon wieder voraus.

Clarchet war selbst für mich ein Rätsel, obgleich ich ihn als Kind und Jugendlicher vermutlich besser kannte als irgendsonst jemand. Er war, so sagte er, vor der Revolution Fechtmeister am Hofe des russischen Zaren gewesen und hatte eilends das Land verlassen, als die Bolschewiki die Macht ergriffen.

Dieses Erlebnis hatte ihn dazu gebracht, sich direkt in Wynnsville niederzulassen. Er hatte einen kleinen Ort gefunden, der sich wahrscheinlich niemals stark verändern würde – und das gefiel ihm. Sein Lebensstil hier unterschied sich radikal von seinem bis dahin gewohnten, und er schien ihm nun angemessen.

Wir lernten uns kennen, als ich die Herausforderung einer Mutprobe meiner jugendlichen Kameraden annahm, seinen Gartenzaun zu übersteigen und möglichst zu beobachten, was M. Clarchet so trieb. Zu jener Zeit waren wir alle überzeugt, daß es sich bei ihm um eine Art Spion handeln mußte. Er erwischte mich, doch statt auf mich zu schießen, was ich halbwegs erwartete, lachte er gutmütig und schickte mich wieder fort. Ich mochte ihn auf Anhieb.

Bald darauf hatten wir Kinder eine Phase, die daraus folgte, daß wir Ronald Colman in *Der Gefangene von Zenda* gesehen hatten. Für eine gewisse Zeit wurden wir alle zu Ruperts und Rudolfs. Mit langen Gerten als Schwertern fochten wir gegeneinander bis zur Erschöpfung – nicht sehr geschickt, aber äußerst engagiert.

An einem sonnigen Nachmittag im Frühsommer geschah es, daß ich und ein anderer Junge, Johnny Bulmer, direkt vor M. Clarchets Haus um den Thron von Ruritania fochten. Plötzlich ertönte vom Haus her ein lauter Schrei, und wir wirbelten erstaunt herum.

»Non! Non! Non!« Der Franzose war völlig verzweifelt. »Das ist falsch, falsch, falsch! So fechten richtige Herren nicht!«

Er stürzte aus seinem Garten, schnappte sich meinen Stock, nahm eine graziöse Fechtposition ein und trat einem erschreckten Johnny entgegen, der nur noch mit offenem Mund dastehen konnte.

»Jetzt«, erklärte er Johnny, »machst du das gleiche, oui?«

Johnny imitierte wenig elegant seine Haltung.

»Nun stichst du zu – so!« Der Stock zuckte in einer blitzschnellen Bewegung nach vorn und verharrte in ganz kurzer Entfernung vor Johnnys Brust.

Johnny tat es ihm nach – und Clarchet parierte mit der gleichen Wendigkeit. Diesmal waren wir erstaunt und erfreut. Hier standen wir vor einem Mann, der ein würdiger Gegner für Rupert von Hentzau gewesen wäre.

Nach einer Weile brach M. Clarchet ab und schüttelte den Kopf. »Es hat keinen Sinn mit diesen Stöcken – wir brauchen richtige Floretts, non? Kommt mit.«

Wir folgten ihm ins Haus. Es war gut, wenn auch nicht üppig eingerichtet. In einem besonderen Raum im Obergeschoß entdeckten wir etwas, das uns die Sprache verschlug.

Hier hing eine Reihe von Klingen, wie wir sie uns bislang nicht einmal hatten vorstellen können! Heute weiß ich, daß es Floretts und Degen und Säbel waren – plus einer Sammlung wundervoller, historischer Waffen: Breitschwerter und Krummsäbel, Samuraischwerter und Pallasche, römische Kurzschwerter – die Gladii – und viele, viele andere.

M. Clarchet winkte mit der Hand über die prachtvolle Waffensammlung. »Hier. Meine Sammlung. Sie sind doch süß, die kleinen Schwerter, *non?*« Er nahm ein kleines Rapier von der Wand und reichte es mir, Johnny drückte er ein ähnliches Schwert in die Hand. Es war wirklich ein großartiges Gefühl, dieses gut ausbalancierte

Schwert in der Hand zu halten. Ich winkelte das Handgelenk an und konnte nicht ganz die richtige Balance finden. M. Clarchet nahm meine Hand und zeigte mir, wie man es korrekt hielt.

»Würdet ihr es gerne richtig lernen?« fragte M. Clarchet mit einem Zwinkern. »Ich könnte euch eine Menge beibringen.«

War es möglich? Uns sollte erlaubt sein, diese Schwerter zu handhaben – wir sollten den Schwertkampf wie die Besten lernen. Ich war fassungslos und voller Freude – bis mir ein Gedanke kam und ich die Stirn runzelte.

»Oh – aber wir haben kein Geld, Sir. Wir könnten Sie nicht bezahlen, und unsere Mamis und Papis wahrscheinlich auch nicht – sie sind so schon schlecht genug dran.«

»Mir geht es nicht um Bezahlung. Die Kunstfertigkeit, die ihr durch mich erwerben werdet, wird mir genügend Belohnung sein! Hier – ich werde euch die erste, einfache Parade zeigen...«

Und so begann er, uns auszubilden. Nicht nur, daß wir den Umgang mit den modernen, konventionellen Waffen lernten – Floretts, Degen und Säbeln –, sondern auch mit antiken und fremdartigen Waffen jeder Form, Größe, Balance und jeden Gewichts. Er brachte uns seine ganze großartige Kunst bei.

Wann immer wir konnten, suchten Johnny und ich M. Clarchets Schwertzimmer auf. Er schien auf seine Art dankbar für die Gelegenheit, seine Kunst weiterzureichen, wie wir ihm für die Chance zu lernen dankbar waren. Als wir das fünfzehnte Lebensjahr erreichten, waren wir beide ziemlich gut, und ich glaube, ich hatte Johnny gegenüber einen leichten Vorteil, wenn ich so sagen darf.

Johnnys Eltern zogen zu diesem Zeitpunkt nach Chicago, so daß ich M. Clarchets einziger Schüler wurde.

Wenn ich nicht gerade Physik auf der Oberschule und später an der Universität studierte, war ich bei M. Clarchet zu finden, wo ich alles lernte, was nur zu lernen war. Und schließlich kam der Tag, da er vor Freude aufschrie. Ich hatte ihn bei einem langen und schwierigen Duell *geschlagen*!

»Du bist der Beste, Mike! Besser als irgendeiner, den ich jemals erlebt habe!«

Das war das höchste Lob, das ich jemals erhielt. Auf der Universität meldete ich mich natürlich zum Fechten und wurde für die amerikanische Olympiamannschaft aufgestellt. Doch da ich mich gerade an einem schwierigen Punkt meiner Studien befand, mußte ich im letzten Augenblick absagen.

Das war jedenfalls die Geschichte, wie ich Fechten lernte. In meinen niedergeschlageneren Momenten hielt ich es für ein ziemlich sinnloses Hobby – es war archaisch und nur indirekt von Nutzen, indem es hervorragend meine Reaktionen ausgebildet, meine Muskeln gestärkt hatte und so fort. Auch in der Armee kam es mir zustatten, denn die für die militärische Ausbildung notwendige körperliche Disziplin war bei mir schon vorhanden.

Ich hatte Glück. Ich absolvierte meine Studien erfolgreich und überlebte den Militärdienst, den ich zum Teil im Kampf gegen kommunistische Guerillas in Vietnam zubrachte. Als ich dreißig war, kannte man mich als cleveren Burschen in der Welt der Physik. Wegen meiner Ideen zur Materietransmission wurde ich zum Direktor der Abteilung ernannt, welche die besagte Maschine entwickeln sollte.

Ich erinnere mich daran, wie wir eines Abends noch spät daran arbeiteten, um ihre Kapazität zu erweitern, damit sie einen Menschen befördern konnte.

Die Neonlampen an der Labordecke erhellten die blitzende Stahl- und Plastikkammer, den großen ›Transmissionskegel‹, der darauf herabgerichtet war und all die anderen Ausrüstungsgegenstände und Instrumente, die den Raum fast völlig füllten. Wir waren zu fünft bei der Arbeit – drei Techniker und Dr. Logan, mein Chefassistent.

Ich überprüfte alle Instrumente, während Logan und die Männer an der Ausrüstung arbeiteten. Bald zeigten alle Meßgeräte die richtigen Daten, und wir waren bereit.

Ich drehte mich zu Dr. Logan und schaute ihn an. Er erwiderte meinen Blick wortlos. Dann schüttelten wir uns die Hände. Das war alles.

Ich kletterte in die Maschine. Sie hatten vorher schon versucht, mich davon abzubringen, doch mittlerweile hatten sie es aufgegeben. Logan griff nach dem Telefon und trat mit der Mannschaft in Kontakt, die den ›Empfänger‹ bediente. Er stand in einem Labor auf der anderen Seite des Gebäudes.

Logan erklärte dem Team, daß wir bereit seien und überprüfte noch einmal die Daten mit ihnen. Sie waren ebenfalls bereit.

Logan trat an den Hauptschalter. Durch die kleine Glasscheibe der Kabine sah ich, wie er mit ernster Miene den Schalter kippte.

Mein Körper fing angenehm an zu kribbeln. Das war anfänglich alles. Es ist schwierig, das unheimliche Gefühl zu beschreiben, das ich empfand, sobald der Transmitter zu arbeiten begann. Es war buchstäblich wahr, daß jedes Atom meines Körpers auseinandergerissen wurde – und genau so fühlte es sich auch an. Ich begann mich etwas schwindelig zu fühlen; dann kam ein Gefühl schrecklichen Drucks, der in mir anschwoll, gefolgt von der Empfindung, äußerlich zu explodieren.

Alles wurde grün, und ich hatte das Gefühl, mich in

alle Richtungen auszudehnen. Dann blühten die verschiedenen Farben rings um mich her auf – Rot, Gelb, Purpur und Blautöne.

Dazu kam ein zunehmendes Gefühl von Schwerelosigkeit – ja, sogar von Masselosigkeit. Ich fühlte, wie ich durch die Finsternis strömte. Mein Denken begann völlig auszusetzen. Ich glaubte, weite Strecken in Raum und Zeit zurückzulegen – wobei ich mich in wenigen Sekunden über unglaubliche Flächen in allen Richtungen ausbreitete.

Dann verlor ich das Bewußtsein!

Als ich wieder zur Besinnung kam – falls dies das richtige Wort ist –, lag ich unter einer zitronengelben Sonne, die von einem tiefblauen, fast purpurnen Himmel auf mich herabstrahlte. Es handelte sich dabei um die intensivste Farbe, die ich jemals erlebt hatte. Hatte mein Erlebnis mich befähigt, Farben mit größerer Deutlichkeit wahrzunehmen?

Doch als ich mich umschaute, wurde mir klar, daß sich nicht nur die Intensität der Wahrnehmung verstärkt hatte. Ich lag in einem Feld wedelnder, süß duftender Farne. Doch sie unterschieden sich von allen Farnen, die ich je gesehen hatte!

Diese Farne waren von einer unmöglichen Karmesintönung!

Ich rieb mir die Augen. Hatte der Transmitter – oder vielmehr der Empfänger – versagt und mich falsch und mit verwirrtem Farbensinn wieder zusammengesetzt?

Ich stand auf und blickte über ein Meer karmesinroter Farne!

Mir stockte der Atem.

Mein gesamtes Sehvermögen mußte sich verändert haben!

Zwischen den Farnen, vor einer gelblichen Bergkette im

Hintergrund, stand ein Tier von der Größe eines Elefanten, mit den Proportionen eines Pferdes. Doch damit endete auch schon die Ähnlichkeit zu allen mir bekannten Tieren. Dieses Geschöpf war von gesprenkelter Mauvetönung und hellem Grün. Von seinem flachen, fast katzenartigen Schädel ragten drei weiße Hörner empor. Es hatte zwei reptilienartige Schwänze, die hinter ihm bis zum Boden reichten, und ein riesiges Auge deckte fast die halbe Fläche seines Gesichts ab. Es handelte sich um ein Facettenauge, das im Sonnenlicht glänzte und glitzerte. Das Tier blickte mich ziemlich neugierig an, hob den Kopf und kam auf mich zu.

Mit einem – wie ich vermute – entsetzten Aufschrei rannte ich davon und war überzeugt, eine Art schrecklichen Alptraum oder ein paranoides Wahnbild infolge einer Panne bei Transmitter oder Empfänger zu erleben.

Ich hörte, wie das Tier hinter mir herpolterte und ein merkwürdiges, muhendes Geräusch von sich gab. Ich beschleunigte meine Schritte, so gut es ging. Ich stellte fest, daß ich tatsächlich sehr gut laufen konnte und kam mir leichter vor als normal.

Dann hörte ich neben mir wohlklingendes Gelächter, das gleichzeitig fröhlich und mitfühlend klang. Eine trällernde Stimme rief etwas in einer Sprache, die mir fremdartig und wie von einem anderen Stern vorkam und trillernd und melodisch klang. Tatsächlich war der Klang dieser Sprache so herrlich, daß sie keine Worte zu brauchen schien.

»Kahsaaa manherra vosu!«

Ich verlangsamte meinen Schritt und schaute in die Richtung, aus der die Stimme kam.

Es war ein Mädchen – das schönste Mädchen, das ich in meinem Leben gesehen habe.

Sie hatte langes, offenes, goldenes Haar. Ihr Gesicht

war oval, ihre weiße Haut rein und frisch. Sie war bis auf einen wuscheligen Umhang, der sich um ihre Schultern kräuselte und einen breiten Ledergürtel um die Taille, nackt. An dem Gürtel hingen ein kurzes Schwert und ein Halfter, aus dem der Knauf irgendeiner Pistole ragte. Sie war groß und hervorragend gebaut. Irgendwie war ihre Nacktheit nichts Auffälliges, und ich konnte sie als selbstverständlich akzeptieren. Auch sie maß ihr absolut keine Bedeutung bei. Ich blieb stehen, ohne mich um das Tier hinter mir zu kümmern, solange ich sie nur ein paar Augenblicke lang ansehen konnte.

Wieder warf sie den Kopf zurück und lachte ihr fröhliches Lachen.

Plötzlich fühlte ich, wie mich etwas Feuchtes im Nacken kitzelte. Ich dachte, es wäre irgendein Insekt, und führte meine Hand empor. Aber für ein Insekt war es zu groß. Ich drehte mich um.

Das eigenartige mauvefarbene und grüne Ungeheuer mit dem fliegenähnlichen Zyklopenauge, den zwei Schwänzen und drei Hörnern leckte mich freundlich.

Ich fragte mich vage, ob es mich kostete, doch meine Aufmerksamkeit galt immer noch dem Mädchen. Nach der Art, wie sie lachte, drohte mir wohl keine Gefahr.

Wo immer ich mich befand – im Traum oder verwirrt auf irgendeiner Welt –, so war mir nun klar, daß ich die panische Flucht vor einem zahmen, freundlichen Haustier ergriffen hatte. Ich errötete und stimmte dann in das Gelächter des Mädchens ein.

Nach einem kurzen Augenblick sagte ich: »Wenn die Frage nicht ungebührlich ist, könnten Sie mir wohl sagen, wo ich mich befinde?«

Sie zog ihre schöne Stirn kraus, als sie mich hörte und schüttelte langsam den Kopf: *»Uhoi merrash? Civinnee norshasa?«*

Ich versuchte es noch einmal auf Französisch, hatte damit jedoch auch keinen Erfolg. Dann auf Deutsch – wieder ohne Erfolg. Spanisch erwies sich als gleichermaßen ergebnislos, irgendeine Kommunikation zwischen uns herzustellen. Meine Latein- und Griechischkenntnisse waren beschränkt, aber auch damit versuchte ich es. Ich bin eine Art Sprachkünstler, der fremde Sprachen schnell aufschnappt. Ich versuchte, mich an das bißchen Sioux und Apache zu erinnern, das ich bei einer kurzen Studie der Indianer am College gelernt hatte. Aber nichts klappte.

Sie sprach noch einige Worte in ihrer Sprache, die mir, wenn ich genau zuhörte, gewisse schwache Ähnlichkeiten mit dem klassischen Sanskrit aufzuweisen schien.

»Da kommen wir wohl beide nicht weiter«, bemerkte ich, während ich dastand und das Tier mich hingebungsvoll ableckte.

Sie streckte mir die Hand entgegen. Mein Herz schlug heftig, und ich konnte mich kaum rühren. *»Phoresa«*, sagte sie. Offenbar wollte sie, daß ich sie irgendwo hinbegleite. Sie deutete auf die Berge in die Ferne.

Ich zuckte die Achseln, ergriff ihre Hand und ging mit ihr.

So kam es, daß ich Hand in Hand mit ihrer schönsten Einwohnerin nach Varnal, in die Stadt der Grünen Nebel, gelangte – die prachtvollste aller prächtigen Städte des Mars.

Oh, welch Abertausende von Jahren dies zurückliegt!

2. Kapitel

DIE ERSTAUNLICHE WAHRHEIT

Varnal ist mir in der Erinnerung realer als Chicago oder New York es jemals sein können. Es liegt in einem sanften Tal zwischen den Bergen, die die Marsianer Rufende Berge nennen. Sie sind grün und golden und von schlanken Bäumen bewachsen, und wenn der Wind durch sie streicht, erzeugen sie süße Geräusche, die wie aus weiter Ferne rufende Stimmen klingen.

Das Tal selbst ist weit und flach und beherbergt einen recht großen, heißen See. Die Stadt ist um den See herum errichtet, von dem grünliche Dämpfe emporsteigen. Dieses zarte Grün schlingt dünne Ranken um die Türme von Varnal. Die meisten der graziösen Bauten Varnals sind hoch und weiß, einige bestehen allerdings aus dem einzigartigen blauen Marmor, der ganz in der Nähe abgebaut wird. Andere sind von Goldspuren durchzogen, die sie in der Sonne glitzern lassen. Die Stadt ist von einer Mauer aus diesem blauen Marmor, ebenfalls mit goldener Maserung, umschlossen. Wimpel flattern von den Türmen in fröhlichen, bunten Farben, und auf den Terrassen drängen sich die wohlgestalten Einwohner, deren schlichteste Vertreter Schönheiten in Wynnsville, Ohio, ja, sogar in Chicago oder in jeder anderen Großstadt unserer Welt gewesen wären.

Als ich die Stadt Varnal in der Begleitung dieses wundervollen Mädchens zum ersten Mal erblickte, stockte mir vor ehrfürchtiger Bewunderung der Atem. Sie schien meine Reaktion als das Kompliment aufzufassen, das es bedeutete, denn sie lächelte stolz und sagte etwas in ihrer unverständlichen Sprache.

Ich kam zu dem Schluß, daß ich nicht träumen konnte, denn meine eigene Phantasie war nicht imstande, eine so gewaltige und schöne Vision hervorzubringen.

Aber wo befand ich mich denn? Ich wußte es zu jenem Zeitpunkt noch nicht. Wie war ich dorthin gekommen? Diese Frage kann ich auch heute nicht vollständig beantworten.

Ich rätselte über die zweite Frage. Offensichtlich war dem Materietransmitter ein Fehler unterlaufen. Anstatt mich zum Empfänger auf die andere Seite des Laborkomplexes zu befördern, hatte er mich durch den Raum – vielleicht sogar durch die Zeit – auf eine andere Welt geschleudert. Auf der Erde konnte ich nicht sein, zumindest nicht auf der Erde meiner eigenen Zeit. Irgendwie konnte ich nicht glauben, daß es sich überhaupt um die Erde handelte, gleichgültig, ob in Vergangenheit oder Zukunft. Und doch konnte es auch nicht der einzige andere mögliche Planet in unserem Sonnensystem sein, denn der Mars ist ein toter, öder Planet, von rotem Staub und Flechten überzogen. Und doch schien die Größe der Sonne und die Tatsache, daß die Schwerkraft hier geringer war als auf der Erde, auf den Mars hinzudeuten.

In diesem Strudel von Spekulationen ließ ich mich von dem Mädchen durch die goldenen Tore der Stadt geleiten, durch die baumbestandenen Straßen, hin zu einem Platz aus schimmerndem, weißen Stein. Die Leute, Männer und Frauen, die ähnlich wie das Mädchen gekleidet waren – falls gekleidet das richtige Wort ist –, bestaunten voll höflicher Neugier den weißen Laborkittel und die grauen Hosen, die ich immer noch trug.

Wir erklommen die Stufen des Palastes und traten in

eine große Halle, in der Fahnen in vielen Farben hingen, bestickt mit fremden Emblemen, Fabeltieren und Worten in einer besonderen Schrift, die mich wiederum an Sanskrit erinnerte.

Fünf Galerien erhoben sich rund um die Halle, und in der Mitte plätscherte ein Springbrunnen. Die wenigen schlichtgekleideten Leute, die plaudernd in der Halle standen, winkten dem Mädchen freundlich zu und widmeten mir den gleichen neugierigen Blick, der mir auch auf der Straße begegnet war.

Wir schritten durch die Halle und einen weiteren Torbogen, dann eine Wendeltreppe aus weißem Marmor hinauf. Oben angelangt, blieb sie stehen und öffnete eine Tür, die erst wie Metall aussah, sich jedoch bei genauerem Hinsehen als aus Holz von unglaublicher Härte und starkem Glanz erwies.

Der Raum, in dem ich mich dann befand, war recht klein. Er war kaum möbliert, es lagen nur ein paar Teppiche aus gefärbten Tierhäuten herum, und an den Wänden zogen sich Geschirrschränke entlang.

Das Mädchen trat an einen dieser Schränke, öffnete ihn und holte zwei mit strahlenden Edelsteinen einer mir völlig unbekannten Art besetzte Metallreifen heraus. Sie setzte sich einen davon auf den Kopf und bedeutete mir, mit dem zweiten gleichermaßen zu verfahren. Ich nahm den Reifen und stülpte ihn mir auf den Kopf.

Plötzlich ertönte in meinem Schädel eine Stimme. Eine Sekunde lang war ich recht erstaunt, bis ich begriff, daß es sich bei den Reifen um eine Art telepathische Kommunikatoren handelte, über die wir Physiker bislang nur Spekulationen angestellt hatten.

»Sei gegrüßt, Fremder«, sagte die Stimme, und ich konnte sehen, wie die Lippen des Mädchens sich bewegten, um die wohlklingenden, fremdartigen Silben zu bilden.

»Woher kommst du?«

»Ich komme aus Chicago, Illinois«, sagte ich, mehr zur Prüfung des Gerätes als zur Übermittlung der Nachricht, die ihr vermutlich ohnehin nichts sagen würde.

Sie runzelte die Stirn. »Weiche, angenehme Leute, aber ich kenne jenen Ort nicht. Wo liegt er in Vashu?«

»Vashu? Liegt diese Stadt in einem Land namens Vashu?«

»Nein – Vashu ist der gesamte Planet. Diese Stadt heißt Varnal, sie ist die Hauptstadt des Volkes der Karnala, meines eigenen Volkes.«

»Kennt ihr die Astronomie?« fragte ich. »Beobachtet ihr die Sterne?«

»Ja. Warum fragst du?«

»Der wievielte Planet ist dies im Vergleich zur Sonne?«

»Der vierte.«

»Mars! Ich bin *tatsächlich* auf dem Mars!« schrie ich.

»Ich kann dir nicht folgen.«

»Entschuldige. Irgendwie bin ich vom dritten Planeten hierhergelangt, den wir Erde nennen. Und auf ihm liegt Chicago!«

»Aber auf Negalu, dem dritten Planeten, leben keine Menschen. Dort gibt es nur dampfende Dschungel und schreckliche Ungeheuer.«

»Woher wißt ihr so viel über den Planeten?«

»Unser Ätherschiff hat ihn besucht und Bilder mitgebracht.«

»Ihr verfügt über Raumschiffe... aber...« Ich fand keine Worte mehr. Es erschien mir zu unglaublich, um es sogleich akzeptieren zu können. Ich befragte sie eingehender und erfuhr bald, daß die Erde, wie ihr Volk sie kannte, nicht die Erde war, die ich verlassen hatte. Es schien eine Erde zu sein, wie sie vor Millionen von Jahren im Zeitalter der Riesenechsen existiert hatte. Irgendwie hatte ich Raum und Zeit durchquert. Dieser Materietransmitter war von größerer Kapazität, als wir angenommen hatten!

Und noch etwas anderes verwirrte mich. Diese Menschen schienen nicht über eine gewaltige Technologie zu verfügen, dem Bild der Stadt nach zu urteilen – und doch hatten sie Raumschiffe.

»Wie war das möglich?« fragte ich sie.

»Wir haben das Ätherschiff nicht gebaut. Es war ein Geschenk der Sheev – ebenso wie diese Denkkronen. Wir verfügen zwar über eine eigene Wissenschaft, aber sie läßt sich mit der großen Weisheit und den Kenntnissen der Sheev nicht vergleichen.«

»Wer sind die Sheev?«

»Sie sind sehr mächtig, und nur wenige von ihnen sind noch am Leben. Sie leben sehr zurückgezogen und stammen von einer Rasse ab, die älter ist als alle anderen auf Vashu. Unsere Philosophen stellen Spekulationen über ihre Herkunft an, aber wir wissen nur wenig über sie.«

Ich ließ es für den Augenblick auf sich beruhen und kam zu dem Schluß, daß es an der Zeit wäre, mich vorzustellen.

»Ich heiße Michael Kane«, erklärte ich.

»Ich bin Shizala, Bradhinaka der Kanala, und in der Abwesenheit des Bradhi Herrscherin.«

Ich erfuhr, daß Bradhi die Entsprechung zu unserem ›König‹ war, auch wenn der Titel nicht besagte, daß sein Träger absolute Macht ausübte. Vielleicht wäre ›Führer‹ der zutreffendere Begriff – oder Beschützer? Bradhinaka bedeutete ungefähr Prinzessin, Tochter des Königs.

»Und wo hält sich der Bradhi auf?« erkundigte ich mich.

Ich sah, wie ihr Gesicht traurig wurde und sie den Blick zu Boden senkte.

»Mein Vater verschwand vor zwei Jahren – bei einer Strafexpedition gegen die Argzoon. Er muß umgekommen sein. Oder er hat sich das Leben genommen, als er in Gefangenschaft geriet. Es ist besser zu sterben, als Gefangener der Blauen Riesen zu sein.«

Ich drückte ihr mein Mitgefühl aus und hielt den Zeitpunkt nicht für geeignet, mich danach zu erkundigen, wer die Argzoon oder die Blauen Riesen waren. Offensichtlich war sie durch die Erinnerung an den Verlust ihres Vaters stark bewegt, doch sie demonstrierte genügend Selbstbeherrschung, indem sie sich weigerte, jemand anderen mit ihrem Kummer zu belasten.

Mir war sogleich danach zumute, sie trösten zu wollen. Aber angesichts der Tatsache, daß ich nichts vom Moralkodex und den Sitten ihres Volkes wußte, ließ ich es lieber bleiben, ehe es hätte verheerende Auswirkungen zeigen können.

Sie faßte nach dem Metallreif. »Im Augenblick genügt es, wenn wir die tragen. Die Sheev schenkten uns noch eine Maschine, mit deren Hilfe du unsere Sprache erlernen können müßtest.«

Wir unterhielten uns noch eine Weile, und ich erfuhr eine ganze Menge vom Mars – oder Vashu, wie ich ihn insgeheim schon nannte.

Es gab viele Nationen auf dem Mars, manche freundlich wie die Karnala, andere nicht. Sie alle sprachen erkennbare Versionen der gleichen Ursprungssprache. Dies stimmt vermutlich auch für die Erde – daß unsere Sprache ursprünglich eine gemeinsame war; aber in unserem Fall sind die Veränderungen extrem. Wie ich erfuhr, verhielt es sich auf Vashu anders.

Die Marsmeere existierten noch, wie Shizala mir erzählte, sie waren jedoch nicht so groß wie die auf der Erde. Varnal, die Hauptstadt des Volkes der Karnala, war eins einer Anzahl von Territorien mit ziemlich vage gezeichneten Grenzen, wie sie auf einer weiten Landmasse existierten, die größer, aber ungefähr von der gleichen geographischen Lage wie der gesamte amerikanische Kontinent war.

Das Reisen erfolgte hauptsächlich auf zwei Arten. Das gewöhnlichste Transportmittel war das *Dahara,* ein Reit- und Lasttier von großer Kraft und Ausdauer. Viele Nationen verfügten über ein paar Flugzeuge. Soweit ich es in Erfahrung bringen konnte, wurden sie mit Atomkraft betrieben – die keines der Vashuvölker verstand. Es handelte sich dabei nicht um Geschenke der Sheev, wie ich herausfand, sondern sie mußten sich einst selbst im Besitz der Sheev befunden haben. Sie waren in jeder Hinsicht völlig veraltet, und wenn sie ausfielen, nicht zu ersetzen. Folglich wurden sie nur in dringenden Fällen eingesetzt. Es gab auch ein paar Schiffe mit Atomantrieb und verschiedene Typen von Segelschiffen. Diese befuhren die wenigen Flüsse von Vashu – Flüsse, die mit jedem Jahr schmaler wurden.

Was die Waffen anging, so stützten sich die Vashukrieger vorrangig auf das Schwert. Sie besaßen auch Schußwaffen – Shizala zeigte mir die ihren. Es handelte sich um eine langläufige, kunstvoll gefertigte Waffe, die gut in der Hand lag. Ich konnte nicht recht ausmachen, was damit abgefeuert wurde und nach welchem Prinzip sie funktionierte, doch als Shizala stockend zu erklären versuchte, kam ich zu dem Schluß, daß es sich um eine Art Laserpistole handeln mußte. Welch unglaubliche Energiemenge in ihren Kammern stecken muß, dachte ich, denn wir Wissenschaftler hatten stets behauptet, eine Laserhandwaffe käme nicht in Frage, da die Energiemenge zur Produktion eines Laserstrahls – dicht gebündeltes Licht, das Metall durchdringen konnte – einen ziemlich großen Generator benötigte. Nachdenklich gab ich ihr die Pistole zurück. Auch diese Schußwaffen, die vermutlich kein Geschenk der Sheev darstellten, sondern von Shizalas Altvorderen aus deren Ruinenstädten geplündert worden waren, wurden selten benutzt, denn war die Ladung einmal verschossen, konnte man nicht nachladen.

Ihre *Akashasard* – oder Ätherschiffe – zählten alles in allem fünf. Drei davon gehörten den Karnala und eins einer befreundeten, angrenzenden Nation – den Iridala und Walavala. Wenn sie auch Piloten hatten, die die Fahrzeuge zu fliegen verstanden, so hatte kein Vashuvolk die geringste Ahnung, wie die Schiffe funktionierten. Eine andere Vergünstigung, die ein paar auserwählte Völker von den geheimnisvollen Sheev erhalten hatten, bestand aus einem Langlebigkeitsserum, das nach einmaliger Einnahme nicht mehr verwendet werden mußte. Jedermann durfte es benutzen, und es verlieh dem Betreffenden bis zu zweitausend Jahre Leben! Als Folge davon wurden sehr wenige Kinder geboren, damit die Bevölkerung von Vashu relativ gering blieb. Nicht schlecht, dachte ich. Ich hätte Shizala stundenlang zuhören können, doch schließlich bremste sie meine Fragen mit einem Lächeln.

»Nun müssen wir etwas essen. Die Abendmahlzeit wird bald aufgetragen. Komm.«

Ich folgte Shizala aus dem kleinen Raum in die Halle, wo nun lange Tische aufgestellt waren. Daran saßen Männer und Frauen der Karnala, lauter gutaussehende, gepflegte, fröhlich schwatzende Menschen.

Sie erhoben sich alle höflich, jedoch nicht servil, als Shizala ihren Platz am Kopfende eines Tisches einnahm. Sie wies auf den Stuhl zu ihrer Linken, und ich setzte mich. Das Essen sah eigentümlich aus, roch aber gut. Mir gegenüber saß ein dunkelhaariger, muskulös gebauter

Mann. Er trug einen einfachen Goldreif am rechten Handgelenk und legte den Arm auf den Tisch, als wolle er damit protzen.

Offensichtlich war er stolz darauf und wollte, daß ich den Ring sah. Ich hielt ihn für irgendein Schmuckstück und dachte nicht weiter darüber nach.

Shizala stellte den Mann als Bradhinak – oder Prinz – Telem Fas Ogdai vor. Der Name klang nicht wie ein Karnala-Name, und es stellte sich bald heraus, daß Bradhinak Telem Fas Ogdai aus der Stadt Mishim Tep stammte, dem Sitz eines freundlichen Volkes, das etwa dreitausend Kilometer weiter im Süden lag. Er erweckte den Eindruck eines klugen Gesprächspartners, obgleich ich natürlich kein Wort von dem verstand, was er sagte. Nur jemand, der den Stirnreif trug, konnte sich mit mir verständigen.

Zu meiner Linken saß ein hübscher junger Mann mit langem, hellem, fast weißem Haar. Er schien sich besondere Mühe zu geben, damit ich mich wie zu Hause fühlte. Er bot mir zu essen und zu trinken an und stelle über Shizala, die für uns übersetzte, höfliche Fragen. Er war Darnad, Shizalas jüngerer Bruder. Offensichtlich wurde die Thronfolge von Varnal durch das Alter und nicht durch das Geschlecht bestimmt.

Darnad war augenscheinlich oberster Pukan-Nara von Varnal. Ein Pukan, so erfuhr ich, war ein Krieger, und ein Pukan-Nara der Anführer von Kriegern. Der oberste Pukan-Nara wurde durch eine Volksabstimmung gewählt – mit den Stimmen von Bürgern und Kriegern gleichermaßen. Ich nahm deshalb an, daß es sich bei Darnads Stellung nicht um einen Ehrenposten handelte, sondern daß er sie durch Kühnheit und Intelligenz erworben hatte. Zwar war auch er gutaussehend und von einnehmendem Wesen, doch das Volk von Varnal beurteilte einen Mann nicht nur nach seinem Äußeren, sondern auch nach seinen Verdiensten und seiner Vergangenheit.

Als die Mahlzeit zu Ende war, hatte ich bereits einige Worte der Vashusprache aufgeschnappt, und wir zogen in ein Vorzimmer, um ein Getränk namens Basu zu uns zu nehmen, einen süßlichen Drink, den ich recht schmackhaft fand, doch der, was ich offen sagen will, mir zu jenem Zeitpunkt nicht so köstlich schien wie der gute, alte Kaffee. Später gewöhnte ich mich immer mehr an Basu und zog ihn schließlich dem Kaffee vor. Und wie Kaffee stellte er ein leichtes Anregungsmittel dar.

Trotz des Basus wurde ich allmählich müde, und Shizala, die stets wachsam auf die Bedürfnisse ihrer Gäste achtete, fühlte dies.

»Ich habe ein Zimmer für dich vorbereiten lassen«, übermittelte sie mir telepathisch. »Vielleicht möchtest du dich jetzt gern zurückziehen.«

Ich gab zu, daß die überraschenden Erlebnisse des Tages mich doch ziemlich mitgenommen hatten. Ein Diener wurde herbeigerufen, und Shizala stieg mit uns die Stufen zum zweiten Stockwerk des Palastes hinauf. In dem Zimmer brannte eine schwache Birne, die gerade ausreichend Licht spendete.

Shizala zeigte mir eine Klingelschnur, die ganz den altmodischen Klingelzügen auf der Erde ähnelte. Sie befand sich in der Nähe des Bettes, und man konnte damit einen Bediensteten rufen. Als Shizala ging, ließ sie ihren Metallreif zurück. Ehe sie das Zimmer verließ, erklärte sie mir, daß jeder den Stirnreif benutzen konnte und der Diener damit umzugehen verstand.

Das Bett bestand aus einer breiten, harten Liege mit einer dünnen Matratze. Darüber gebreitet war eine große Felldecke, die mir entschieden zu schwer vorkam, denn der Tag war sehr warm gewesen. Einigen Leuten wäre das

Bett vielleicht zu spartanisch vorgekommen, aber zufälligerweise war es von der Art, die ich bevorzugte.

Ich schlief sogleich ein, nachdem ich meine Kleider abgelegt hatte, und erwachte mitten in der marsianischen Nacht – die natürlich länger ist als die unsere –, weil ich stark fror. Ich hatte nicht begriffen, welche Temperaturunterschiede hier auftreten konnten. Ich schlang die Decke um mich und schlief sogleich wieder ein.

3. Kapitel

DIE INVASOREN

Am Morgen betrat eine Dienerin den Raum, nachdem sie leise angeklopft hatte. Ich stand am Fenster und blickte auf die prächtigen Straßen und Häuser von Varnal hinaus. Zuerst war mir meine Nacktheit peinlich, doch dann wurde mir klar, daß dazu kein Anlaß bestand, denn hier war es ungewöhnlich, viel Kleidung zu tragen, und wenn, dann nur um sich zu schmücken.

Was mich jedoch nachhaltig in Verlegenheit brachte, war ihr offen bewundernder Blick, als sie mir das Frühstückstablett mit Früchten und Basu reichte.

Als sie wieder draußen war, setzte ich mich, um das Obst zu verzehren – eine große Frucht, die stark einer Grapefruit ähnelte, aber weniger bitter schmeckte – und den Basu zu trinken.

Ich war gerade fertig, als es schon wieder an der Tür klopfte, ich rief auf Englisch: »Herein«, und dachte, daß dies genügen müsse. Das tat es auch. Shizala trat mit einem Lächeln ein.

Als ich sie wiedersah, hatte ich das Gefühl, die ganze Nacht von ihr geträumt zu haben, denn sie war wirklich so schön – wenn nicht noch schöner –, wie ich sie in Erinnerung hatte. Ihr blondes Haar war auf ihre Schultern und den Rücken gebürstet. Sie trug einen langen, dünnen Umhang und hatte sich einen Gürtel mit Kurzschwert und Pistolenhalfter um die Taille geschlungen. Es handelte sich dabei, so nahm ich an, um Amtsinsignien, denn ich konnte mir nicht vorstellen, daß ein so graziöses Mädchen mit diesem Kriegshandwerkszeug groß vertraut war. An den Füßen trug sie Sandalen, die mit Riemen fast bis in Kniehöhe geschnürt waren. Das war alles, was sie an Kleidung trug – aber es genügte. Sie ergriff den Reif, den sie am Tag zuvor getragen hatte und setzte ihn auf.

»Ich dachte, du würdest vielleicht gern einen Rundgang durch die Stadt machen und dir alles ansehen«, hörte ich ihre Stimme in meinem Kopf. »Hättest du Spaß daran?«

»Aber ja«, antwortete ich. »Wenn du die Zeit erübrigen kannst?«

»Mit Vergnügen.« Sie schenkte mir ein herzliches Lächeln.

Ich konnte mir nicht schlüssig werden, ob sie sich genauso zu mir hingezogen fühlte wie ich zu ihr, oder ob ihr Verhalten nur normale Höflichkeit war. Das war ein Rätsel, das mein Denken bereits weitgehend beanspruchte.

»Vorher«, fuhr sie fort, »wäre es besser, wenn du zwei Stunden mit der Lehrmaschine der Sheev zubrächtest. Danach wirst du in der Lage sein, dich in unserer Sprache zu verständigen, ohne auf diese sperrigen Dinger angewiesen zu sein.«

Als sie mich die Korridore hinabführte, fragte ich sie, warum so etwas wie eine Sprachlehrmaschine existierte, wenn die Sprache von Vashu doch überall gleich sei. Sie erwiderte, sie seien zum Gebrauch auf unserem Planeten geschaffen worden, aber da diese nur von Tieren bewohnt wurden, waren sie niemals zum Einsatz gekommen.

Sie führte mich tiefer hinab als ins Erdgeschoß. Die Keller des Palastes schienen viele Stockwerke hinabzuführen, doch schließlich gelangten wir in einen Raum, der von der gleichen trüben Birne erhellt wurde wie mein

Zimmer. Die Birnen waren ebenfalls Hinterlassenschaften der Sheev, erzählte mir Shizala. Sie hatten einst entschieden heller gebrannt als jetzt. Das Zimmer war klein und enthielt nur ein einziges Möbel. Es war groß und aus einem Metall gefertigt, das ich nicht erkannte – vermutlich aus einer Legierung. Es glänzte ein wenig und erhöhte damit die Helligkeit des Raumes. Es schien aus einer Vitrine mit einem Alkoven zu bestehen, geschaffen wie für eine sitzende menschliche Gestalt.

Ich konnte keine andere Maschine sehen und hätte mit Freuden die Vitrine geöffnet, um zu sehen, was sich darin verbarg – doch ich bezähmte meine Ungeduld.

»Bitte, nimm darin Platz«, sagte Shizala und wies auf die Vitrine. »Nach allem, was ich darüber weiß, wird die Kammer sofort aktiviert, wenn du darin sitzt. Du hast vielleicht das Gefühl, die Besinnung zu verlieren, aber laß dich davon nicht irritieren.«

Ich tat wie geheißen, und sobald ich in der Vitrine saß, fing das Gerät leise an zu summen. Von oben senkte sich ein Helm herab und stülpte sich über meinen Kopf. Dann begann ich mich schwindelig zu fühlen, und bald wurde ich ohnmächtig.

Ich wußte nicht, wieviel Zeit verstrichen war, als ich wieder zu mir kam. Ich saß in der Vitrine, die nicht mehr arbeitete, und schaute Shizala etwas benommen an. Ich hatte leichte Kopfschmerzen.

»Wie fühlst du dich?« fragte sie.

»Ganz gut«, antwortete ich und stand auf.

Dann fiel mir auf, daß ich gar nicht »ganz gut« gesagt hatte. Ich hatte *vrazha* gesagt, das marsianische Wort, das dem englischen Begriff am nächsten kam.

Ich hatte marsianisch gesprochen!

»Es funktioniert!« schrie ich. »Was für eine Maschine ist das, die das so schnell zustande bringt?«

»Ich weiß es nicht. Wir sind schon zufrieden damit, die Hinterlassenschaften der Sheev benutzen zu können. In einer weit zurückliegenden Vergangenheit wurden wir gewarnt, niemals an ihren Geschenken herumzumanipulieren, denn die Folgen können verheerend für uns sein! Ihre mächtige Kultur erlebte einst eine Katastrophe, doch nur wenige Legenden künden davon. Sie sind verwoben mit Erzählungen von übernatürlichen Wesenheiten, an die wir nicht mehr glauben.«

Ich respektierte den augenscheinlich tiefverwurzelten Brauch, niemals die Sheev-Erfindungen zu hinterfragen, also schwieg ich dazu, obwohl alles in mir darauf brannte, mich an der Sprachlehrmaschine schaffen zu machen, bei der es sich vermutlich um einen ausgeklügelten Computer mit einer Art eingebautem Hypnosegerät handelte.

Als wir wieder in die oberen Stockwerke gelangten und durch die große Halle in die Stadt hinaustraten, waren meine Kopfschmerzen verflogen. Am Fuße der breiten, weißen Stufen warteten zwei fremdartige Tiere.

Sie waren von der gleichen Größe wie Shire-Pferde, jene berühmten englischen Großpferde, die einst Ritter in die Schlacht getragen hatten. Aber es handelte sich nicht um Pferde. Ihrem Ursprung nach schienen sie aus der gleichen Wurzel wie der Mensch zu stammen. Es waren affenartige Geschöpfe mit breiten Känguruhschwänzen, deren Hinterbeine ausgeprägter waren als die Vorderläufe. Sie standen nun auf allen vieren und trugen Sättel auf dem Rücken. Ihre großen Köpfe mit dem friedlichen, intelligenten Ausdruck wandten sich in unsere Richtung, als wir die Treppe hinabgingen.

Ich hatte gewisse Skrupel, das meine zu besteigen, denn es wies eindeutig gewisse Züge meiner eigenen Rasse auf, doch als ich erst einmal saß, wirkte es ganz normal, daß ich das Tier reiten sollte. Sein Rücken war breiter als der eines Pferdes, so daß man die Beine vor sich ausstrecken und die Füße in Steigbügel am Zaumzeug vor sich stellen mußte. Der Sattel gab einen festen Halt, so daß der Reiter sich bequem zurücklehnen konnte. Es war fast, als säße man in einem Sportwagen, und überaus bequem.

In einer Art Halfter zu meiner Rechten befanden sich mehrere Lanzen, obwohl ich keinerlei Ahnung von ihrer Funktion hatte. Ich stellte fest, daß der Dahara nach leichtem Rucken der Zügel mühelos auf jedes meiner Kommandos reagierte.

Shizala ritt voran, als wir über die Plaza trotteten und die Hauptstraße von Varnal hinabritten.

Die Stadt lag – schön wie immer – im tiefgelben Sonnenschein. Der Himmel war wolkenlos. Ich entspannte mich zusehends und hatte ein Gefühl, als könnte ich den Rest meines Lebens in Varnal und Umgebung zubringen. Da spiegelte eine Kuppel das Licht wider und blitzte hell auf; dort kauerte sich ein kleines weißes Haus zwischen einem eindrucksvollen Palast auf der einen und einem schlanken Turm auf der anderen Seite. Leute gingen gelassen, aber zielbewußt umher. Auf einem Obstmarkt herrschte reges Treiben, doch er hatte nichts vom Lärm und dem Gedränge eines vergleichbaren Marktes auf der Erde. Shizala erzählte mir während unseres Rittes viel über die Stadt.

Die Karnala als Stamm waren immer vorrangig Händler gewesen. Ihr Ursprung war der vieler Rassen – sie hatten als barbarische Nomaden begonnen und sich schließlich in einem Landesteil niedergelassen, der ihnen gefiel. Doch statt sich dem Ackerbau zuzuwenden, hatten sie als umherziehende Händler weitergemacht. Da sie Expeditionen in weit entfernte Gegenden Vashus gewagt hatten, waren sie sehr reich geworden; sie tauschten Handwerksprodukte aus dem Süden gegen Edelmetalle aus dem Norden und so weiter.

Die Karnala waren auch große Künstler, Musiker und – was höchstdienlich wie auch alles andere beim Geschäft war – die besten Buchhersteller ihrer Welt. Die Druckmaschinen der Karnala, so erfuhr ich, basierten auf dem Flachdruckverfahren. Sie waren zwar nicht so schnell wie die Rotationsmaschinen der Erde, doch wiesen sie, wie mir schien, ein weit schärferes Druckbild auf. Die sanskritähnliche Schrift vermochte ich immer noch nicht zu lesen, doch als Shizala mich an eine kleine Presse führte und mir einige der wundervollen Bücher zeigte, die sie produzierte, konnte ich bald viele Worte, die sie mir erklärte, wiedererkennen.

Die Bücher waren auf dem gesamten Kontinent sehr gefragt und stellten für die Karnala einen großen Wert dar, ebenso wie die Handwerker und Schriftsteller, die das Rohmaterial lieferten.

Auch andere Produktionszweige blühten in Varnal. Wie ich erfuhr, waren auch die Schwertschmieden der Stadt auf der ganzen Welt berühmt. Die Schmiede arbeiteten noch nach den alten Methoden: mit Feuerstelle und Amboß, weitgehend wie auf der Erde – einer Erde, die erst noch kommen würde, wie ich mir klarmachte.

Inzwischen wurde auch Ackerbau betrieben, allerdings im großen Maßstab und nicht durch private Landbesitzer. Ganze Quadratkilometer an Boden wurden gleichzeitig von Freiwilligen aus dem gesamten Volk der Karnala bepflanzt und abgeerntet. Was nicht gebraucht wurde, wurde für Notzeiten gelagert, denn die Karnala wußten sehr wohl, daß ein Volk, das ganz von Handel und Warenproduktion lebt, im Falle einer Hungersnot keine Lebensmittel kaufen kann und nur dann überleben

wird, wenn es in der Lage ist, selbst welche zu produzieren.

Auffallend war das Fehlen jeder Art von Glaubensstätten, und ich erkundigte mich bei Shizala danach. Sie erwiderte, daß es zwar keinerlei offizielle Religionen gab, daß es aber für jene, die an ein höheres Wesen glauben wollten, besser sei, selbiges in den eigenen Gedanken und Herzen zu suchen statt in den Worten der anderen.

Andererseits existierten öffentliche Schulen, Bibliotheken, Kliniken, soziale Zentren, Hotels und ähnliches, und keiner wirkte in Varnal benachteiligt oder unzufrieden.

Die politische Philosophie der Karnala schien die einer bewaffneten Neutralität zu sein. Sie bildeten eine starke Nation und waren gegen jeden Angriff gefeit. Außerdem schien noch ein alter Kriegskodex zu bestehen, denn ein Angriff erfolgte niemals ohne deutliche Warnung.

Shizala fügte noch hinzu: »Abgesehen von den Stämmen der Wilden, und die stellen keine Gefahr dar. Sie ... und die Blauen Riesen.«

»Wer sind die Blauen Riesen?« wollte ich wissen.

»Die Argzoon. Sie sind ungestüm und ohne Gesetz und Gewissen. Sie leben im hohen Norden und verlassen ihr Gebiet nur zu Raubzügen. Sie sind nur einmal so weit in den Süden gekommen, und damals hat die Armee meines Vaters sie vertrieben ...« Sie senkte den Kopf und spannte ihren Griff um die Zügel fester.

»Und sie sind niemals wiedergekommen?« fragte ich voller Mitgefühl, weil ich meinte, etwas sagen zu müssen.

»Niemals.«

Sie zerrte an den Zügeln, und das Dahara fing an, schneller zu traben. Ich tat es ihr nach, und bald galoppierten wir über breite Straßen, über denen die zarten, grünen Nebel schwebten und die goldenen Hügel hinauf – die Rufenden Berge.

Bald hatten wir die Stadt hinter uns gelassen und preschten zwischen den eigentümlichen Bäumen hindurch, die uns etwas zuzuraunen schienen, während wir unter ihnen dahinritten.

Nach einer Weile verlangsamte Shizala ihr Reittier, und ich tat es ihr gleich. Mit einem Lächeln drehte sie sich zu mir um.

»Ich habe es absichtlich getan – ich hoffe, du wirst mir verzeihen.«

»Dir könnte ich alles verzeihen«, sagte ich, ohne recht darüber nachzudenken.

Sie warf mir einen verwunderten, intelligenten Blick zu, den ich wiederum nicht deuten konnte.

»Vielleicht«, meinte sie, »sollte ich erwähnen ...«

Wieder sprach ich ganz impulsiv. »Laß uns nichts sagen – wir stören nur die Stimmen der Bäume. Laß uns einfach reiten und lauschen.«

Sie lächelte. »Nun gut.«

Während wir so dahinritten, drängte sich mir plötzlich die Frage auf, wie ich auf dem Mars leben sollte. Ich hatte mich an den Gedanken gewöhnt, daß ich gerne im idyllischen Varnal bleiben wollte – ich würde niemals freiwillig einen Ort verlassen, der die Heimat einer so prachtvollen Schönheit wie des Mädchens neben mir darstellte –, aber wie sollte ich meinen Lebensunterhalt verdienen?

Als Wissenschaftler konnte ich vermutlich einen Beitrag zu ihrer Warenproduktion leisten. Mir kam der Gedanke, daß Shizala vielleicht interessiert sein würde, wenn ich ihr vorschlug, mich als eine Art wissenschaftlicher Berater bei Hofe zu verdingen. Dies würde es mir ermöglichen, ein nützliches Mitglied der Gemeinschaft zu werden – und ich konnte ihr gleichzeitig nahe sein und sie häufig sehen.

Zu jenem Zeitpunkt verhielt ich mich natürlich fast intuitiv. Noch hatte ich mir nicht die Frage gestellt, ob es die Bräuche der Karnala überhaupt gestatteten, Shizala einen Heiratsantrag zu machen – und es bestand schließlich auch eine sehr gute Chance, daß sie überhaupt nichts mit mir zu tun haben wollte. Warum sollte sie auch? Obwohl sie nicht in Frage gestellt hatte, was ich ihr über meine Herkunft und meine Reise zu ihrem Planeten erzählt hatte, konnte sie mich ebensogut für einen Wahnsinnigen halten.

Mit wirren Gedanken ritt ich weiter. Schließlich kamen wir zu dem Schluß, daß wir besser in die Stadt und den Palast zurückkehrten, und ich lenkte mein Reittier mit einem gewissen Widerwillen heim.

Der Prinz von Mishim Tep, Telem Fas Ogdai, wartete auf den Stufen des Palastes, als wir dort anlangten. Er hatte einen Fuß auf die nächsthöhere Stufe gestellt, und seine Hand ruhte auf dem Griff seines langen, breiten Schwerts. Er trug weiche Lederstiefel und einen schweren Umhang aus einem dunklen Material, und er wirkte gleichermaßen verärgert und ungeduldig – das um so mehr, als ich abstieg und die Stufen empor auf ihn zuging. Er löste die Hand vom Schwertknauf, um nach dem glatten Goldreif an seinem Handgelenk zu greifen.

Er ignorierte mich, warf Shizala einen bösen Blick zu und kehrte uns beiden dann den Rücken, um die Treppe hinauf in den Palast zu poltern.

Shizala schaute mich entschuldigend an. »Es tut mir leid, Michael Kane – aber ich sollte wohl besser mit dem Bradhinak sprechen. Würdest du mich bitte entschuldigen? In der Halle wird das Essen aufgetragen.«

Ich verbeugte mich. »Natürlich. Ich hoffe, dich später wiederzutreffen.«

Sie schenkte mir ein rasches, fast nervöses Lächeln und

stolperte dann die Treppen hinter den Bradhinak empor.

Irgendein diplomatisches Problem, vermutete ich, denn der Prinz war augenscheinlich eine Art Gesandter und weilte gleichzeitig in diplomatischer Mission und auf Besuch bei Freunden hier.

Vielleicht war die Stärke der Karnala im Kampf und der anschließenden Expedition, bei der der König verschollen war, ausgelaugt. Vielleicht mußten sie sich nun auf stärkere Verbündete verlassen, um ihre Streitmacht wieder aufzubauen – und vielleicht war Mishim Tep einer dieser Verbündeten. Alle diese Spekulationen wirkten glaubhaft – und vieles davon erwies sich später als zutreffend.

Ich betrat die große Halle. Auf den Tischen war eine Art Buffet von den Dienern angerichtet worden. Kaltes Fleisch, Obst, der unvermeidliche Basu, Süßspeisen und so weiter. Ich nahm mir von allem ein wenig und fand fast alles nach meinem Geschmack. Ich plauderte mit einigen der Männer und Frauen am Tisch. Sie waren offensichtlich sehr neugierig auf mich, aber zu höflich, um allzu viele direkte Fragen zu stellen – die zu beantworten ich mich im Augenblick nicht in der Stimmung fühlte.

Als ich auf einem besonders würzigen Stück Fleisch in einem grünen, salatähnlichen Blatt kaute, vernahm ich plötzlich ein merkwürdiges Geräusch. Ich war nicht sicher, um was es sich handelte, aber ich lauschte aufmerksam, damit ich es im Wiederholungsfalle deutlicher hören würde.

Die Höflinge waren verstummt und lauschten ebenfalls.

Dann ertönte das Geräusch erneut.

Ein gedämpfter Schrei.

Die Höflinge schauten einander sichtlich fassungslos

an, unternahmen jedoch keinen Schritt in Richtung der Quelle des Schreis.

Er erklang ein drittes Mal, und nun war ich überzeugt, die Stimme zu erkennen.

Es war die Shizalas!

Obwohl in regelmäßigen Abständen Wachposten in der Halle standen, rührte sich keiner von ihnen, und niemand erteilte den Befehl, Shizala zu Hilfe zu eilen.

Verzweifelt schaute ich mich unter den Höflingen um. »Das ist die Stimme eurer Bradhinaka – warum hilft ihr niemand? Wo ist sie?«

Einer der Höflinge schaute sehr verwirrt drein und deutete auf eine Tür, die aus der Halle führte. »Sie ist dort – wir dürfen ihr nur helfen, wenn sie uns ruft. Es handelt sich um eine sehr heikle Angelegenheit mit Bradhinak Telem Fas Ogdai ...«

»Du willst sagen, daß er ihr weh tut? Das werde ich nicht zulassen. Ich dachte, ihr wäret Menschen mit Charakter – und nun steht ihr einfach hier rum ...«

»Ich sagte doch schon – die Situation ist heikel. Wir sind zutiefst besorgt ... Aber die Etikette ...«

»Zum Teufel mit der Etikette«, sagte ich auf Englisch. »Jetzt ist nicht der rechte Zeitpunkt für Höflichkeiten – Shizala ist vielleicht in Gefahr.«

Und mit diesen Worten schritt ich auf die Tür zu, die er mir gezeigt hatte. Sie war nicht verschlossen, also stieß ich sie auf.

Telem Fas Ogdai hielt Shizalas Handgelenke in einem brutalen Griff, und sie wehrte sich gegen ihn. Er sprach mit leiser, drängender Stimme auf sie ein. Als sie mich erblickte, keuchte sie:

»Nein, Michael Kane – verlasse den Raum. Sonst gibt es nur zusätzliche Schwierigkeiten.«

»Ich werde nicht hinausgehen, solange ich weiß, daß

dieser Flegel dich belästigt«, erklärte ich und warf Telem Fas Ogdai einen wütenden Blick zu.

Er zog die Stirn kraus und grinste boshaft – mit gefletschten Zähnen.

Er hielt immer noch ihre Handgelenke umklammert.

»Laß sie los!« warnte ich ihn und trat einen Schritt vor.

»Nein, Michael Kane«, sagte sie. »Telem Fas Ogdai will mir kein Leid antun. Wir haben einen Streit, das ist alles. Er wird gleich zu Ende sein ...«

Aber ich hatte meine Hand auf die Schulter des Prinzen gelegt und ließ sie schwer dort liegen.

»Laß sie los!« befahl ich.

Er ließ sie los – und schwenkte im gleichen Augenblick beide Fäuste herum, um mir so fest gegen den Kopf zu schlagen, daß ich ins Taumeln geriet. Nur zu! Meine Wut mobilisierte meine besten Kräfte, und ich schlug zurück. Ein Hieb gegen die Brust traf ihn empfindlich, ein zweiter gegen das Kinn warf ihn nach hinten. Er wollte zurückschlagen, also boxte ich ihm nochmals aufs Kinn. Er fiel mit rasselndem Schwert zu Boden und blieb liegen.

»Oh!« rief Shizala. »Michael Kane, was hast du nur getan?«

»Ich habe mir einen Unhold vorgeknöpft, der einer wunderschönen, jungen Dame weh tat«, sagte ich und massierte meine Fäuste. »Es tut mir leid, daß es soweit gekommen ist, aber er hat es verdient.«

»Er ist zwar manchmal sehr aufbrausend, aber nicht böse. Ich bin überzeugt, daß du deiner Ansicht nach das Richtige getan hast, Michael Kane, aber für mich hast du damit alles nur noch schlimmer gemacht.«

»Wenn er sich in diplomatischer Mission hier befindet, sollte er sich wie ein Diplomat und voller Würde benehmen«, erinnerte ich sie.

»Diplomat? Er ist kein Botschafter von Mishim Tep. Er

ist mein Verlobter – hast du nicht den Armreif an seinem Gelenk gesehen?«

»Den Armreif? *Das* also hat er zu bedeuten! Dein Verlobter! Aber ... das kann er doch nicht sein! Weshalb solltest du bereit sein, einen solchen Mann zu heiraten?« Ich war fassungslos und entsetzt. Es gab keine Chance, sie für mich zu gewinnen! »Du könntest ihn doch nicht lieben!«

Nun runzelte sie die Stirn, und es jagte mir einen Schauer über den Rücken, zu sehen, daß ich sie verärgert hatte. Sie richtete sich auf und zog an einer Klingelschnur. »Du benimmst dich nicht, wie es für einen Fremden und Gast angemessen wäre«, sagte sie kühl. »Du bist zu anmaßend.«

»Es tut mir leid ... zutiefst leid. Ich habe impulsiv gehandelt. Aber ...«

Mit der gleichen ungerührten Stimme sagte sie: »Es war der Wunsch meines Vaters, daß ich im Falle seines Todes, wenn ich seine Nachfolge antrete, den Sohn seines alten Verbündeten heirate und damit die Sicherheit der Karnala gewährleiste. Ich hatte vor, den Wunsch meines Vaters zu respektieren. Du bist anmaßend mit deinen Kommentaren über meine Beziehung zum Bradhinak von Mishim Tep.«

Das war eine Seite von Shizala, die ich vorher nicht erlebt hatte – die königliche Seite. Ich mußte sie zutiefst gekränkt haben, daß sie ein solches Verhalten und einen solchen Ton an den Tag legte, denn ich wußte, daß beides nicht natürlich war.

»Es ... tut mir sehr leid.«

»Ich nehme deine Entschuldigung an. Du wirst dich nicht wieder einmischen. Und nun geh bitte hinaus.«

Verwirrt drehte ich mich um und verließ den Raum.

Entsetzt verließ ich ohne Umweg die große Halle und

lief die Stufen des Palastes hinab, wo ein Diener gerade das Dahara wegführte, das ich zuvor geritten hatte.

Mit einem leisen Wort zu dem Diener bestieg ich das Tier, ruckte an den Zügeln und ließ es über die Hauptstraße auf eins der Stadttore zugaloppieren.

Im Augenblick mußte ich heraus aus Varnal, irgendwohin, wo ich allein sein, meine Gedanken ordnen und die Fassung wiederfinden konnte.

Shizala verlobt! Ein Mädchen, das ich, wie mir nun klarwurde, vom ersten Augenblick an geliebt hatte! Es war einfach zuviel!

Mein Herz schlug viel schneller als normal, meine Gedanken rasten, mein gesamtes Inneres bebte vor Zorn. So ritt ich blindlings aus der Stadt, vorbei am Grünen See, hinaus zu den Rufenden Bergen.

Oh, Shizala, Shizala, dachte ich, ich hätte dich so glücklich machen können.

Ich glaube, ich war in diesem Augenblick den Tränen nahe. Ich, Michael Kane, der immer so stolz auf seine Selbstbeherrschung gewesen war.

Es dauerte noch einige Zeit, ehe ich die Gangart des Tieres verlangsamte und allmählich wieder zu klaren Gedanken kam.

Ich weiß nicht, wie weit ich geritten war. Vermutlich viele, viele Kilometer. Die Umgebung war mir nicht vertraut. Ich konnte keinerlei Markierungspunkt wiedererkennen.

In diesem Augenblick merkte ich, daß sich im Norden etwas bewegte. Zuerst glaubte ich, in der Ferne eine auf mich zugaloppierende Herde zu sehen. Ich schützte meine Augen mit der Hand gegen die Sonne und begriff bald, daß es sich um Reiter auf ähnlichen Tieren wie meinem Dahara handelte. Viele Reiter.

Eine Horde!

Da ich zu wenig von der Geographie und der Politik auf dem Mars wußte, hatte ich keine Ahnung, ob diese Reiter Gefahr bedeuteten oder nicht.

Ich brachte mein Tier zum Stehen und beobachtete, daß sie mit hoher Geschwindigkeit näherrückten. Selbst auf diese große Entfernung konnte ich schwach spüren, wie der Boden bebte. Ich vernahm den Widerhall des Stampfens der Tiere.

Irgend etwas kam mir ein wenig komisch vor, als sie näher kamen. Ich nahm an, daß sie mich immer noch nicht sehen konnten – schließlich war ich nur eine einzelne Gestalt –, aber ich konnte sie sehen.

Die Größenverhältnisse stimmten nicht. Das war es.

Nach der durchschnittlichen Größe von Mensch und Reittier vor der durchschnittlichen Größe von Bäumen und Sträuchern mußten diese Reiter und ihre Tiere riesenhaft sein! Kein einziges ihrer Tiere war weniger als doppelt so hoch wie meins; nicht ein Reiter maß unter zwei Meter vierzig.

Mein Gedächtnis arbeitete schnell und fand die Antwort.

Es waren Invasoren!

Ja, mehr noch – ich wußte, um wen es sich handelte.

Dies konnten nur die wilden Räuber aus dem Norden sein, die Shizala erwähnt hatte. Die *Blauen Riesen – die Argzoon!*

Warum war die Stadt nicht gewarnt worden, daß die Horde näherrückte?

Wie war es ihnen gelungen, unbemerkt so weit vorzudringen?

Während ich sie beobachtete, kamen mir diese Gedanken, doch ich verdrängte sie als nutzlos. Tatsache war, daß eine berittene Streitmacht – Tausende von Kriegern, wie es schien – auf Varnal zuritt!

Schnell wendete ich mein Reittier. Jetzt waren alle traurigen Gedanken verflogen. Ich war wie besessen von der drohenden Gefahr. Ich mußte die Stadt warnen. Dann hatte sie wenigstens ein bißchen Zeit!

Ich überprüfte meinen Standort nach der Sonne und lenkte das rasch ausschreitende Dahara dann den Weg zurück, den ich gekommen war.

Aber ich hatte nicht mit der Argzoon-Vorhut gerechnet. Zwar hatte ich das Hauptfeld im Auge gehabt, aber die vorgeschickten Späher schienen *mich* beobachtet zu haben!

Als ich mich tief duckte, um den niedrigen Ästen der schlanken Bäume auszuweichen, und auf eine breite Lichtung gelangte, vernahm ich ein lautes Schnauben und ein fremdartiges, wildes ungestümes Lachen.

Dann sah ich mich einem berittenen Riesen gegenüber, der mich auf seinem großen Tier weit überragte. In einer Hand hielt er ein gewaltiges Schwert – und in der anderen einen Streitkolben mit ovalem Kopf.

Ich war unbewaffnet – bis auf die dünnen Lanzen, die noch immer in dem Halfter an meiner Seite steckten.

4. Kapitel

DER ANGRIFF

Meine Gedanken rasten. Einen Augenblick lang fühlte ich mich völlig überwältigt, als ich in das Gesicht eines Wesens emporstarrte, das mir so unmöglich schien wie ein Einhorn oder Pegasus.

Seine Haut war von einem dunklen, gesprenkelten Blauton. Wie das Volk von Varnal trug auch er nicht gerade das, was wir als Kleidung bezeichnen würden. Sein Körper war eine Masse aus gepolsterter Lederrüstung, und auf seinem scheinbar unbehaarten Schädel saß eine enge Kappe, die ebenfalls aus gepolstertem Leder bestand, aber mit Metall verstärkt war.

Sein Gesicht war breit, lief aber spitz zu. Es wies Schlitzaugen und einen großen Schlitz als Mund auf, der nun vor lachender Vorfreude auf meinen raschen Tod offenstand. Ein Mund voller schwarzer, unregelmäßiger, spitzer Zähne. Die Ohren waren spitz und groß und ragten vom Schädel aus nach hinten. Seine Arme waren bis auf Gelenkschützer bloß und in einem phantastischen Maßstab muskelbepackt. Die Finger waren mit grobgeschliffenen Edelsteinen gespickt – oder besser gesagt: gepanzert.

Bei seinem Dahara handelte es sich nicht um ein ruhiges Tier, wie ich es ritt. Es wirkte genauso ungestüm wie sein Reiter, und scharrte im zarten, grünen Moos der Lichtung.

Auf seinem Haupt prangte ein Metalldorn, und sein

Körper war teilweise von der gleichen dunkelbraunen, gepolsterten Lederrüstung geschützt.

Der Argzoonkrieger stieß ein paar kehlige Worte hervor, die ich nicht verstehen konnte, obgleich sie eindeutig derselben Sprache entstammten, die ich nun so flüssig sprach.

Mit dem fatalistischen Gefühl, kämpfend sterben zu wollen, wenn ich schon sterben mußte, griff ich nach einer der Lanzen in dem Halfter.

Wieder lachte der Krieger triumphierend. Er schwenkte sein Schwert, drückte die kräftigen Schenkel in die Flanken seines Reittieres und trieb es vorwärts.

Nun kam mir meine Reaktionsfähigkeit zugute.

Schnell packte ich die Lanze, fand beinahe auf Anhieb ihren Schwerpunkt und schleuderte sie dem Giganten ins Gesicht.

Er brüllte auf, als sie auf ihn zugeflogen kam, konnte sie aber mit einer für jemanden seiner Größe unfaßbaren Geschwindigkeit mit dem Schwert abwehren.

Ich hatte inzwischen schon die nächste Lanze in der Hand und lenkte mein nervöses Reittier fort, als der Krieger auf mich zugaloppiert kam und dabei sein Schwert kreisen ließ.

Ich duckte mich und spürte, daß es kaum mehr als einen Zentimeter von meiner Kopfhaut entfernt über mir hinwegsauste.

Dann war es im Schwung des Angriffs an mir vorbeigaloppiert. Ich riß mein Reittier herum und schleuderte ihm eine weitere Lanze nach, als er sein Tier zu wenden versuchte, das offensichtlich weniger gut ausgebildet war als meines.

Die Lanze traf ihn am Arm.

Er schrie vor Schmerz und Zorn auf, und diesmal raste er fast noch schneller auf mich zu.

Mir blieben nur noch zwei Lanzen.

Ich schleuderte die dritte, als er mit ausgestrecktem Schwert – wie ein Kavallerist der Erde bei einem Angriff – auf mich zukam.

Die dritte Lanze verfehlte ihr Ziel. Aber wenigstens hatte meine zweite den Arm verletzt, mit dem er den Streitkolben hielt, so daß ich mich nur noch gegen sein Schwert wehren mußte. Darunter konnte ich mich diesmal nicht wegducken. Aber was konnte ich überhaupt tun?

Ich hatte nur noch Bruchteile von Sekunden, um eine Entscheidung zu treffen!

Ich packte die verbliebene Lanze, sprang ab und fiel just in dem Augenblick zu Boden, als das Schwert dort in die Luft traf, wo ich mich zuvor befunden hatte.

Zerschrammt rappelte ich mich auf. Ich hielt immer noch die letzte Lanze umklammert.

Ich mußte sie treffsicher einsetzen, wenn ich diesen Zweikampf gewinnen wollte.

Ich duckte mich, um abzuwarten, daß er kehrtmachte, hockte mich auf die Fußballen und sah dem riesigen, schnaubenden Kerl zu, wie er mit seinem Dahara kämpfte, damit es wendete.

Dann hielt er inne, lachte sein böses, tierisches Lachen und warf den blauen Kopf zurück. Seine breite Brust wogte unter der Rüstung.

Das war sein Fehler.

Ich dankte der Vorsehung für diese Gelegenheit und schleuderte die Lanze mit aller Kraft und Geschicklichkeit geradewegs auf den entblößten Hals zu.

Die Lanze stieß einige Zentimeter tief hinein, und einen kurzen Augenblick lang erklang noch das Gelächter aus seiner tödlich verwundeten Kehle. Der Laut verwandelte sich in ein erschrecktes Gluckern, ein hohes Seufzen, dann stürzte mein Gegner rückwärts von seinem Dahara und lag tot am Boden.

Sobald das Tier seinen Reiter los war, galoppierte es davon, in den Wald hinein.

Ich blieb keuchend und fassungslos, aber dankbar für die glückliche Chance, die sich mir geboten hatte, zurück. Ich hätte tot sein müssen. Aber ich war noch am Leben – und unversehrt.

Ich hatte erwartet, sterben zu müssen. Ich hatte nicht mit der unglaublichen Torheit eines Gegners gerechnet, der so siegessicher gewesen war, einen lebenswichtigen Körperteil zu entblößen, welcher just mit der Waffe zu treffen gewesen war, die mir zufälligerweise zur Verfügung gestanden hatte.

Ich stand über dem riesigen Rumpf. Er lag ausgebreitet im Moos, Schwert und Streitkolben waren immer noch mit Gelenkbändern an seinen Armen befestigt. Ihn umgab ein Gestank, der nicht vom Tod, sondern von allgemeiner Unsauberkeit zeugte. Die Schlitzaugen starrten zum Himmel, der Mund war noch zu einem Grinsen verzogen, wenn es auch nun das Grinsen des Todes war.

Ich betrachtete sein Schwert.

Es war selbstverständlich eine große Waffe, wie sie nur ein zweieinhalb Meter großer Riese benutzen konnte. Doch für ihn stellte es fast ein Kurzschwert dar – es war kaum länger als eineinhalb Meter. Ich bückte mich und löste die Bänder von den Gelenken des Geschöpfs. Ich hob das Schwert auf. Es war sehr schwer, wies jedoch eine gute Balance auf. Zwar konnte ich es nicht mit einer Hand führen, wie der Argzoon-Späher, aber ich konnte es als Breitschwert mit beiden Händen benutzen. Das Heft war genau richtig. Ich hob es prüfend an, fühlte mich dabei etwas besser und dankte dem Himmel für M. Clarchet, meinen alten Fechtlehrer, der mir beigebracht hatte, aus jeder Klinge das Beste herauszuholen, wie fremdartig oder unhandlich sie zuerst auch scheinen mochte.

Ich hielt mein Tier bei den Zügeln, bestieg es und legte mir das Schwert quer über die Beine, als ich in dieser eigenwilligen Stellung in die Stadt zurückritt.

Ich hatte einen langen Weg vor mir und mußte mich beeilen – jetzt noch mehr –, um die Stadt vor dem bevorstehenden Angriff zu warnen.

Doch während ich scheinbar stundenlang bergauf und bergab ritt, sollte ich nochmals von einem Argzoon-Riesen bedroht werden, der von meiner rechten Flanke her angriff, als ich die weiten Hänge vor Varnal hinabgaloppierte.

Er lachte nicht. Vielmehr gab er nicht den geringsten Laut von sich, als er auf mich zukam. Offenbar wollte er in so kurzer Entfernung zur Stadt niemanden alarmieren, der sich hätte in der Nähe befinden können.

Er hatte keinen Streitkolben – nur ein Schwert.

Ich parierte auf seinen ersten Angriff mit meiner soeben erworbenen Waffe. Er betrachtete sie überrascht und erkannte sie klar als eine von seinen Leuten geschmiedete.

Seine Überraschung kam mir zupaß. Diese Argzoon waren zwar behende Leute für ihre Größe, aber klägliche Denker – das war schon ganz offensichtlich geworden.

Während er gleichzeitig mein Schwert fixierte und das seine zum zweiten Schlag ausholen ließ, riß ich die Waffe nicht hoch, um mich zu schützen, sondern stieß sie in die Richtung, in der ich sein Herz vermutete. Und ich betete insgeheim, daß sie seine Rüstung durchdringen konnte.

Das tat sie, wenn auch nicht so rasch, wie ich gehofft hatte, und als die Klinge auf Leder und Fleisch, Knochen und Sehnen traf, fuhr sein Schwert in einer konvulsivischen Bewegung herab und streifte meinen rechten Arm. Es war zwar keine schlimme Wunde, aber sie schmerzte sogleich ziemlich stark.

Das Schwert fiel ihm aus reglosen Fingern und baumelte an den Riemen herab, während er im Sattel sitzen blieb, benommen hin und her schwankte und mich erschöpft ansah.

Ich konnte sehen, daß er ernsthaft verletzt war, wenn auch wohl nicht lebensgefährlich.

Als er allmählich aus dem Sattel rutschte, griff ich zu und versuchte ihn zu stützen, damit er nicht fiel. Das war mit meinem verwundeten Arm zwar nicht so leicht, aber es gelang mir, ihn eine Weile dort zu halten, während ich die Wunde inspizierte, die ich ihm zugefügt hatte.

Da die gepolsterte Rüstung den Schlag leicht abgelenkt hatte, war das Schwert direkt unterhalb des Herzens eingedrungen.

Irgendwie schaffte ich es abzusteigen, wobei ich ihn immer noch hielt und vorsichtig herabsinken ließ, um ihn ins Moos zu betten.

Dann sprach er mich an. Er schien äußerst verwirrt.

»Was . . .?« fragte er mit starkem, derbem Akzent.

»Ich habe es eilig. Ich habe deine Blutung gestoppt. Es sieht nicht lebensgefährlich aus. Deine Leute müssen sich um dich kümmern.«

»Du . . . du willst mich nicht töten?«

»Es ist nicht meine Art, zu töten, wenn es sich vermeiden läßt!«

»Aber ich bin unterlegen – die Argzoonkrieger werden mich dafür zu Tode foltern. Töte mich, Sieger!«

»Es entspricht nicht meiner Art«, wiederholte ich.

»Dann . . .« Er rappelte sich auf und griff nach einem Messer an seinem Gürtel. Ich schob die riesige Hand fort, und er sank erschöpft zurück.

»Ich werde dir helfen, dich ins Unterholz zu schleppen.« Ich deutete auf ein nahegelegenes Gebüsch. »Dort kannst du dich verstecken, sie werden dich nicht finden.«

Ich sah ein, daß ich ihm gegenüber mehr Gnade zeigte, als er selbst vom Volk von Varnal erwartete. Und indem ich ihm half, vergeudete ich selbst kostbare Zeit. Doch ein Mensch bleibt ein Mensch, dachte ich – man kann nicht gegen seine Gefühle und Prinzipien verstoßen. Wenn man einen Ehrenkodex hat, muß man sich auch an ihn halten. Wenn man diesen Kodex erst einmal vergißt, stellt das den Anfang vom Ende dar. Dann wandelt man ihn Stück für Stück ab, bis jeder Verstoß legitimiert und der Mensch letzten Endes kein Mensch mehr ist.

Deshalb half ich diesem eigentümlichen Wesen, das ich besiegt hatte. Ich konnte mich nicht anders verhalten. Wie ich es erklärt hatte – es entsprach meiner Art. Solche Empfindungen klingen vielleicht altmodisch, vielleicht sogar zimperlich in heutigen Zeiten, da alle Werte sich verändern – wie viele glauben, zum Schlechteren hin – oder manche Dinge ganz und gar ihren Wert einbüßen. Doch wenn meine Einstellung vielleicht auch für viele meiner Zeitgenossen steif und eigenartig klingen mag: Ich folgte meinen Prinzipien ebenso in diesem lieblichen Tal des alten Mars, wie ich ihnen jetzt auf der Erde folge. Nennen Sie es, wie Sie mögen, ich mußte mich daran halten.

Sobald ich das Geschöpf in Sicherheit gebracht hatte, jagte ich sein Dahara davon und bestieg mein eigenes.

Innerhalb weniger Minuten hatte ich die Stadttore erreicht, galoppierte wie von Sinnen hindurch und schrie meine Warnung hinaus.

»Attacke! Attacke! Die Argzoonhorden kommen!«

Die Menschen schauten zwar verwundert drein, aber

offenbar erkannten auch sie das Schwert, das ich bei mir trug. Die Tore begannen sich hinter mir zu schließen.

Ich ritt geradewegs zur Palasttreppe, sprang von meinem erschöpften Dahara und rannte – halb stolpernd – voller Schmerzen und Erschöpfung und unter dem Gewicht des Schwertes, das meine Nachricht belegte, die Stufen hinauf.

Shizala kam in die große Halle gelaufen. Sie wirkte zerzaust, und in ihrem Gesicht zeigten sich noch Spuren der vergangenen Auseinandersetzung.

»Was gibt es, Michael Kane! Was hat dieser Aufruhr zu bedeuten?«

»Die Argzoon!« sprudelte es aus mir hervor. »Die Blauen Riesen! Eure Feinde! Eine gewaltige Horde greift die Stadt an!«

»Unmöglich! Wir hätten davon gehört. Wir haben Spiegelposten, die von Berg zu Berg Zeichen geben. Wir hätten es erfahren müssen. Aber ...«

Sie runzelte nachdenklich die Stirn.

»Was ist?« fragte ich.

»Wir haben seit einiger Zeit keine Botschaften mehr von den Spiegeln empfangen. Vielleicht wurden sie von den hinterhältigen Argzoon vernichtet.«

»Wenn sie früher schon so weit gekommen sind, werden sie ungefähr gewußt haben, was sie erwartet.«

»Aber woher nehmen sie ihre militärische Stärke? Wir haben sie geschlagen und geglaubt, sie seien für mindestens noch zehn Jahre außer Gefecht gesetzt. Sie wurden von den Armeen meines Vaters und seiner Verbündeten nahezu ausgelöscht! Mein Vater führte das Heer an, das die Überlebenden verfolgte!«

»Nun, dann muß die Horde, die er niedergerungen hat, nur ein Teil ihrer Streitmacht gewesen sein. Vielleicht steht dieser Überfall in Einklang mit einer Überraschungsstrategie, die euch schwächen soll.«

»Wenn das ihr Plan ist«, seufzte sie und straffte ihre weichen Schultern, »dann ist er wirklich gelungen, denn wir sind tatsächlich völlig unvorbereitet!«

»Jetzt ist nicht der rechte Zeitpunkt für Selbstvorwürfe«, erklärte ich. »Wo ist dein Bruder Darnad? Als oberster Pukan-Nara von Varnal ist es seine Aufgabe, die direkten Vorbereitungen zur Verteidigung zu treffen. Wo stecken die anderen Krieger der Karnala?«

»Sie patrouillieren an den Grenzen und halten umherziehende Räuberbanden unter Kontrolle. Unsere Armee ist zerstreut, doch selbst wenn sie in Varnal stünde, würde es kaum ausreichen, einem Angriff der Argzoonhorden zu begegnen!«

»Es erscheint mir unmöglich, daß ihr keinerlei Warnung erhalten haben sollt – nicht einmal einen Kurier aus einer anderen Stadt. Wie konnten die Argzoon so weit nach Süden vorrücken, ohne daß ihr davon erfahren habt?«

»Ich habe nicht die geringste Ahnung. Wie du schon sagtest, ist es möglich, daß sie es schon vor Jahren geplant haben; daß Spione eines anderen Volkes für sie arbeiten, die in kleinen Gruppen im Schutze der Nacht oder in Verkleidung herumgereist sind und sich in irgendwelchen abgelegenen Winkeln unseres Landes trafen – und nun reiten sie gegen die Stadt, ohne daß einer unserer Verbündeten von unserem Schicksal wüßte.«

»Die Mauern werden schwerer Belagerung standhalten«, erklärte ich. »Du sagst, ihr habt einige Flugzeuge. Ihr könnt sie aus der Luft bombardieren und eure Sheev-Gewehre benutzen. Das ist der einzige Vorteil.«

»Unsere drei Flugzeuge werden gegen eine so große Streitmacht nicht viel ausrichten können.«

»Dann mußt du eins davon zu eurem nächsten Verbündeten schicken. Schick deinen ... deinen ...« Ich hielt inne, als meine Erinnerung zurückflutete. »Schick den Bardhinak von Mishim Tep, er soll seinen Vater zu Hilfe rufen – und unterwegs auch eure anderen, schwächeren Verbündeten um Unterstützung bitten.«

Sie runzelte nachdenklich die Stirn und schaute mich mit einem eigenartigen, halb erstaunten Blick an. Sie schürzte die Lippen.

»Ich werde nach deinem Ratschlag verfahren«, meinte sie schließlich. »Aber selbst bei Höchstgeschwindigkeit brauchen unsere Flugzeuge mehrere Tage nach Mishim Tep – und eine Armee wird noch viel mehr Zeit brauchen, um hierher zu gelangen. Es wird uns schwerfallen, einer Belagerung so lange standzuhalten!«

»Aber wir müssen aushalten und Widerstand leisten – um Varnals und der Sicherheit eurer Nachbarstaaten willen«, erklärte ich. »Wenn die Argzoon erst einmal die Karnala niederschlagen, werden sie auch über die anderen Völker herfallen. Sie müssen in Varnal aufgehalten werden – sonst geht vielleicht eure gesamte Kultur zugrunde!«

»Du hast eine genauere Vorstellung dessen, was auf dem Spiel steht als ich.« Sie lächelte zaghaft. »Und du bist erst so kurze Zeit hier.«

»Die Kriegsführung«, sagte ich ruhig und dachte an meine eigenen Erlebnisse, »scheint überall weitgehend gleich zu sein – in der Strategie und den Zielen. Ich habe bereits zwei eurer Blauen Riesen gesehen und hasse die Vorstellung, diese prachtvolle Stadt könnte von ihnen beherrscht werden!«

Ich ersparte mir die Bemerkung, daß ich nicht nur Angst um die Stadt, sondern auch um Shizala hatte. So sehr ich mir auch Mühe gab, konnte ich die Gefühle, die ich für sie empfand, nicht verdrängen. Ich wußte jetzt, daß sie mit einem anderen verlobt war und daß sich ungeachtet dessen, was wir empfanden, nichts daran ändern würde. Offensichtlich war ihr Ehrenkodex ebenso unumstößlich wie der meine und ließ nicht zu, daß sie schwach wurde, ebensowenig wie ich schwach werden wollte.

Wir schauten einander eine lange Weile in die Augen, und in diesem Blick stand alles – der Schmerz, das Wissen, die Entschlossenheit.

Oder bildete ich mir nur ein, daß sie sich in gewissem Maße zu mir hingezogen fühlte? Ich durfte mir solche Gedanken unter keinen Umständen gestatten. Es war vorbei – und Varnal mußte beschützt werden.

»Hast du eine passendere Waffe für mich als die hier?« fragte ich und deutete auf das Argzoonschwert.

»Natürlich. Ich werde eine Wache rufen. Sie wird dich in die Waffenkammer führen, wo du dir alles aussuchen kannst, was du möchtest.«

Auf ihren Befehl hin trat einer der Soldaten vor, und sie wies ihn an, mich zur Waffenkammer zu führen.

Er führte mich mehrere Treppen hinab, bis wir uns tiefer unter dem Palast befanden, als ich je zuvor gewesen war.

Schließlich blieb er vor zwei riesigen, metallbeschlagenen Türen stehen und rief: »Gardist der zehnten Wache – hier ist Ino-Pukan Hara mit dem Gast der Bradhinaka! Öffne die Tür!« Ein Ino-Pukan, so wußte ich inzwischen, war ein Soldat, dessen Rang ungefähr dem eines Feldwebels entsprach.

Langsam öffnete sich die Tür, und ich stand in einem großen, langen Gang, der von den schwachen blauen Birnen in der Decke erhellt wurde.

Der Wachtposten, der uns eingelassen hatte, war ein

alter Mann mit einem langen Bart. An seinem Gürtel hingen zwei gleiche Pistolen. Ansonsten trug er keine Waffen bei sich.

Er schaute mich verwundert an.

Der Ino-Pukan sagte: »Die Bradhinaka wünscht, daß ihr Gast sich nach eigenem Gutdünken bewaffnet. Die Argzoon greifen an!«

»Schon wieder? Ich dachte, sie wären am Ende!«

»Offenbar nicht«, erklärte der Ino-Pukan traurig. »Nach den Aussagen unseres Gastes stehen sie schon fast vor der Tür.«

»Dann ist der Bradhi umsonst gestorben – wir können immer noch besiegt werden.« Die Stimme des alten Mannes klang verzweifelt, als er mich durch die weite Halle schlendern und die große Waffensammlung bewundern ließ.

»Noch sind wir nicht geschlagen«, erinnerte ich ihn und betrachtete eine Reihe erstklassiger Schwerter nach der anderen. Ich nahm mehrere herunter, prüfte ihre Länge, ihr Gewicht und ihre Balance. Zuletzt entschied ich mich für ein langes, ziemlich schmales Schwert, das mehr einem geraden Säbel ähnelte und mit einer Klinge versehen war, deren Länge die der Waffe glich, die ich meinem Argzoon-Widersacher abgenommen hatte.

Es hatte eine wundervolle Balance und einen Korbgriff, und wie bei Schwertern gleicher Bauart von der Erde schloß man Zeige- und Mittelfinger um das Querstück und packte mit dem Daumen um das Heft, und mit den beiden restlichen Fingern darunter. Manch einem mag dies als ungeschickter Griff erscheinen, aber in Wirklichkeit ist er sehr günstig und hat den Vorteil, daß einem die Waffe nicht so leicht aus der Hand geschlagen werden kann.

Ich fand einen passenden Ledergürtel mit einer

Schlaufe von fünfzehn Zentimetern für das Schwert. Es entsprach in Varnal offensichtlich der Tradition, daß man die Klinge bloß statt in der Scheide trug – ein alter Brauch aus weniger friedlichen Zeiten, nahm ich an.

Es waren auch Schußwaffen da, die mit einer Kombination von Sprungfeder und Druckluft funktionierten. Ich nahm eine von ihrem Platz und wandte mich an den alten Wächter der Waffenkammer.

»Werden sie noch oft benutzt?« erkundigte ich mich.

»Von einigen, verehrter Gast.« Er nahm mir die Pistole aus der Hand und zeigte mir, wie sie geladen wurde. Ein Magazin mit Stahlpfeilen war zu sehen. Diese Teile konnten wie bei einer Luftpistole automatisch in den Verschluß geschoben werden. Nach dem Schuß wurde die Luft automatisch wieder unter Druck gesetzt – und zwar durch die Sprungfedervorrichtung. Ein wundervoll gearbeitetes Stück, aber wie der alte Mann demonstrierte, war die Treffsicherheit gleich Null. Die Waffe hatte einen so starken Rückstoß, wenn man ein Geschoß abfeuerte, daß die Entfernung zum Ziel schon sehr gering sein mußte, wollte man beim Treffen großen Erfolg haben!

Doch mein Waffengürtel wies eine Pistolentasche – und eine Lederschlaufe auf, also steckte ich sie hinein. Mit der Pistole und dem Schwert fühlte ich mich besser. Ich hatte es eilig, wieder zu Shizala zu kommen, um zu sehen, wie die Vorbereitungen gediehen.

Ich bedankte mich bei dem alten Mann und kehrte in der Begleitung des Ino-Pukas ins Erdgeschoß des Palastes zurück. Shizala befand sich nicht in der Halle, aber ein anderer Wachsoldat führte mich viele Treppen hinauf, die immer schmaler wurden, bis wir vor einem Raum standen, der sich augenscheinlich in einem der Rundtürme befand, welche sich aus dem Hauptkomplex des Palastes erhoben.

Der Gardist klopfte.

Shizalas Stimme forderte uns auf, einzutreten.

Wir befolgten die Aufforderung. Da stand Shizala zusammen mit Telem Fas Ogdai und ihrem Bruder, dem Bradhinak Darnad. Darnad schenkte mir ein rasches, anerkennendes Lächeln. Shizalas Begrüßung war eine graziöse Kopfbewegung, nur Telem Fas Ogdais Lächeln war steif und frostig. Er hatte offensichtlich unsere vorherige Begegnung an diesem Tag nicht vergessen. Ich konnte ihm dafür keinen Vorwurf machen, aber er war mir immer noch äußerst zuwider. Ich ordnete meine Gefühle für ihn der Situation unter und gab mir alle Mühe, sie so gut wie möglich zu verdrängen.

Darnad hatte eine Landkarte ausgebreitet. Diese Methode der Kartenanfertigung war mir etwas fremd. Die Symbole für Städte und Wälder und so weiter waren zwar nicht so bildhaft wie die unseren, aber ich bekam zumindest eine gewisse Vorstellung dessen, wo wir uns im Verhältnis zum Rest dieses gewaltigen Kontinents befanden – und zu Mishim Tep und unseren anderen Verbündeten. Ich konnte auch erklären, wo ich die Argzoon gesehen hatte, und mit welcher Geschwindigkeit sie vorrückten und dergleichen.

»Da haben wir nur wenig Zeit«, murmelte Darnad nachdenklich und fuhr sich mit den Fingern durch sein langes, fast weißes Haar. Seine andere Hand lag auf dem Schwertknauf. Er wirkte in diesem Augenblick sehr jung – vermutlich war er kaum älter als siebzehn. Ein Junge, der Soldat spielt, hätte man auf den ersten Blick denken können.

Dann bemerkte ich das Verantwortungsgefühl und das Selbstvertrauen, das er ausstrahlte, sein unbewußtes, natürliches Gebaren.

Dann redete er schnell auf uns ein. Er erklärte uns, wo

die schwächsten Punkte der Stadt waren und wie man sie am besten verteidigte.

Mit meiner Ausbildung in Kriegsführung konnte ich einige Vorschläge machen, die er nützlich fand. Er betrachtete mich mit einer Art Bewunderung, und ich faßte seinen Blick als Kompliment auf, denn mir ging es umgekehrt genauso. Seine grundlegende Mannhaftigkeit und seine klarsichtige, objektive Haltung gegenüber der bevorstehenden Aufgabe, vermittelten mir den Eindruck, daß er als militärischer Führer ideal war, und ich dachte, daß es zumindest beruhigend sein müßte, neben ihm zu kämpfen. Und es wäre in gewisser Weise auch ein Vergnügen.

Shizala wandte sich an Telem Fas Ogdai.

»Telem, du hast gesehen, was wir planen, und wirst nun eine bessere Vorstellung von unseren Chancen haben, die Argzoon abzuwehren. Bei den Hangars wartet ein Flugzeug auf dich. Glücklicherweise war der Motor instandgesetzt, weil wir es unserem Gast vorführen wollten. Geh schnell und sieh zu, daß sogleich Hilfstruppen aus allen mit Varnal verbündeten Städten geschickt werden. Und sag ihnen, wenn Varnal fällt, stehen auch ihre Chancen schlecht, den Argzoon standzuhalten.«

Telem verbeugte sich knapp und höflich, schaute ihr tief in die Augen, warf mir wieder einen seiner Blicke zu und verließ den Raum.

Wir wandten uns erneut der Betrachtung der Karte zu.

Vom Balkon des Turms aus konnte man die ganze, prachtvolle Stadt unter uns überblicken – und das umliegende Land.

Nach einer Weile nahmen wir die Karte mit hinaus auf den Balkon. Es war, als fühlten wir eine drohende Gefahr – die auch tatsächlich existierte.

Kurz darauf deutete Darnad in die Ferne.

»Da startet Telem«, sagte er zu seiner Schwester.

Obgleich man mir von Flugzeugen erzählt hatte, hatte ich nicht mit dem Anblick gerechnet, der sich mir nun bot.

Das Flugzeug bestand aus Metall, doch es stieg auf und navigierte wie ein altmodisches Luftschiff – graziös und langsam. Es war von ovaler Form, und eine Reihe von Bullaugen zog sich an seinen Seiten dahin. Es glänzte wie auf Hochglanz poliertes Gold und war reich mit Bildern merkwürdiger Tiere und mit Symbolen geschmückt.

Es schwang sich in die Luft, als wolle es alle Gesetze der Schwerkraft überwinden und zog dann in Richtung Süden; für meine Begriffe flog es zwar ziemlich schnell, aber mit einer gelassenen Würde, der keins der auf der Erde bekannten Luftfahrzeuge nahekam.

Es war noch nicht außer Sicht, als Darnad schon wieder deutete – diesmal nach Nordosten.

»Seht!«

»Die Argzoon!« keuchte Shizala.

Die Horde rückte an. Wir konnten die erste Schlachtreihe deutlich sehen, die von unserem Standort aus wie eine marschierende Ameisenarmee aussah, doch die in ihrem stetigen Näherrücken implizierte Bedrohung war nicht zu übersehen. Wir fühlten es alle.

»Du hast nicht übertrieben, Michael Kane«, sagte Darnad leise. Ich sah, wie seine Knöchel um den Schwertknauf weiß hervortraten.

Die Luft war reglos, und wir konnten ganz schwach ihre Schreie hören. Noch waren es leise Rufe, doch da ich schon eine gewisse Erfahrung hatte, welche Laute die Argzoon-Krieger hervorstoßen konnten, vermochte ich mir vorzustellen, wie groß der Lärm an seiner Quelle sein mußte!

Darnad ging zurück in das Zimmer, dann wieder auf

den Balkon hinaus. Er hielt etwas in der Hand, bei dem es sich augenscheinlich um ein Megaphon handelte.

Er lehnte sich über den Balkon und spähte hinab in einen Innenhof, wo eine Gruppe von Gardisten bereitstand.

Er setzte das Megaphon an den Mund und rief zu ihnen hinab:

»Mauerkommandeure – auf die Posten! Die Argzoon kommen!« Dann erteilte er gemäß unserer vorangegangenen Diskussion Einzelbefehle.

Als die Kommandeure davongingen, um ihre Männer um sich zu scharen und zu postieren, beobachteten wir erschreckt und fasziniert, wie die Horde näherrückte.

Rasch – viel zu rasch für uns – näherten sie sich den Mauern. Wir sahen die Truppenbewegungen innerhalb der Stadt und wie die Krieger ihre Posten bezogen. Sie blieben stehen und warteten den ersten Angriff ab. Es waren viel zu wenige, fiel mir auf. Viel, viel zu wenige.

5. Kapitel

EIN VERZWEIFELTER PLAN

Zumindest hielt die Mauer der ersten Angriffswelle stand.

Die ganze Stadt schien unter ihrer Wucht zu erbeben. Die Luft wurde von den lauten, brüllenden Schreien der Argzoon zerrissen und vom Gestank ihrer aus Katapulten abgefeuerten Brandbomben und ihrem ureigenen Körpergeruch verpestet. Flammen leckten hier und prasselten dort – und die Frauen und Kinder von Varnal gaben sich alle Mühe, sie zu löschen. Die Geräusche von klingendem Stahl, von Sterbenden oder siegestrunkenem Kriegsgeschrei und das Zischen der Geschosse – grell leuchtende Kugeln aus einer pechähnlichen Substanz –, die über unseren Köpfen hinwegsausten und in die Straßen und auf die Dächer prasselten.

Shizala und ich beobachteten das Ganze immer noch vom Balkon aus, doch alles drängte mich innerlich, die tapferen Krieger zu unterstützen, die die Stadt verteidigten. Darnad war bereits gegangen, um sich seinen Männern anzuschließen.

Ich drehte mich zu Shizala und fühlte mich wider Willen durch ihre Nähe bewegt. »Was ist mit euren restlichen Flugzeugen? Wo stecken sie?«

»Wir halten sie in Reserve«, erklärte sie. »Sie taugen besser für einen späteren Überraschungsschlag.«

»Ich verstehe«, antwortete ich. »Aber was kann ich tun? Wie kann ich helfen?«

»Helfen? Es ist nicht deine Pflicht, dich als Gast mit unseren Problemen zu belasten. Ich war gedankenlos; ich hätte dich mit Telem Fas Ogdai fortschicken sollen.«

»Ich bin kein Feigling«, erinnerte ich sie. »Ich bin ein fähiger Schwertkämpfer, und du und dein Volk haben mir große Freundlichkeit und Gastfreundschaft erwiesen. Es wäre eine Ehre für mich, wenn ich für euch kämpfen dürfte.«

Darauf lächelte sie.

»Du bist ein edelmütiger Fremdling, Michael Kane. Ich weiß nicht, wie du nach Vashu kamst – aber ich habe nun das Gefühl, daß es gut ist, dich hier zu haben. Also geh – suche Darnad, er wird dir sagen, wie du uns unterstützen kannst.«

Ich verbeugte mich knapp und ging, rannte die Stufen des Turmes hinab, bis ich in die Haupthalle gelangte, wo nun großes Gewimmel herrschte und Männer und Frauen in alle Richtungen durcheinanderliefen.

Ich bahnte mir einen Weg durch sie hindurch und fragte einen Krieger, ob er wüßte, wo ich den Bradhinak Darnad fände.

»Wie ich hörte, ist der Ostwall am schwächsten. Vermutlich wirst du ihn dort finden.«

Ich dankte dem Krieger und verließ den Palast in Richtung Ostmauer. Die Hauptgebäude der Stadt, die aus massivem Stein bestanden, waren durch die von den Argzoon geschleuderten Brandbomben zwar nicht beschädigt, doch hier und da hatten Stoffbündel und trockenes Holz Feuer gefangen, und Frauen betätigten einzelne Pumpen, um sie zu löschen.

Dichter Rauch brannte mir in den Lungen und trieb mir Tränen in die Augen. Von allen Seiten drangen Schreie und Rufe an meine Ohren.

Und draußen – draußen brandeten die mächtigen

Horden der Blauen Riesen gegen die Stadtmauern. Eine unbezwingbare Macht?

Ich wollte in Gedanken nicht bei *dieser* Vorstellung verweilen!

Schließlich erblickte ich Darnad durch den Rauch hindurch in der Nähe der Mauer. Er beriet sich mit zweien seiner Offiziere, die zu den Mauern empordeuteten und ihm offenbar die schwächsten Stellen zeigten. Er runzelte nachdenklich die Stirn, sein Mund war zu einer strengen Linie zusammengepreßt.

»Wie kann ich euch helfen?« fragte ich und klopfte ihm auf die Schulter.

Er sah erschöpft aus.

»Ich weiß es nicht, Michael Kane. Könntest du uns eine halbe Million Männer zur Unterstützung herbeizaubern?«

»Nein«, antwortete ich. »Aber ich kann mit dem Schwert umgehen.«

Er überlegte. Offensichtlich war er sich meiner unsicher, und ich konnte ihm nicht verübeln, daß er sich Fragen stellte über jemanden, der letzten Endes noch unerprobt war.

Just in diesem Augenblick ertönte von der Mauer ein triumphierender Schrei – ein Schrei, wie er aus keiner Karnalakehle brach.

Es war einer dieser brüllenden, siegesbewußten Schreie, die ich schon früher gehört hatte.

Alle Augen wandten sich nach oben.

»Zar! Die Teufel haben einen Teil unserer Abwehr durchbrochen!«

Wir konnten sie sehen. Nur ein paar der blauen Krieger hatten die Mauer erklommen, doch wenn man ihnen nicht Einhalt gebot, wußte ich, würden bald Hunderte sie überwinden.

Ohne recht nachzudenken, riß ich meine Klinge vom Gürtel und sprang auf die nächste Rampe, die zur Mauer hinaufführte. Ich lief schneller hinauf, als ich es mir je zugetraut hätte.

Ein blauer Argzoon-Krieger, der mich weit überragte, drehte sich um, als ich ihm von hinten eine Herausforderung zubrüllte.

Wieder ließ er das tiefe, brutale Gelächter erschallen. Ich stieß mit meiner Klinge zu, er parierte mit einer raschen Bewegung seines schweren Schwertes. Ich tänzelte und sah eine kleine Chance, als sein Arm herumfuhr. Ich stieß mit meinem Schwert nach dem entblößten Oberarm und hatte soviel Glück, ihn zu verletzen, daß er blutete. Er stieß eine Verwünschung aus und griff mich mit seiner anderen Waffe an, einer kurzheftigen Streitaxt. Wieder rettete mich meine größere Schnelligkeit, und ich duckte unter seiner unbeholfenen Abwehr hinweg, um ihn hoch am Bauch zu treffen. Das Schwert stieß in seinen Leib und kam wieder heraus.

Seine Augen schienen größer zu werden, dann stürzte er mit einem ersterbenden Knurren von der Mauer.

Ein zweiter griff mich an, und diesmal vorsichtiger als sein Kamerad. Wieder stellte ich mich zur Attacke des gewaltigen Ungeheuers.

Zweimal stieß ich zu, zweimal parierte er, dann griff er an. Ich wehrte seinen Hieb ab und sah, daß meine Klinge nur zwei Zentimeter von seinem Gesicht entfernt war. Ich schlug die Klinge vorwärts und traf ihn ins Auge.

Inzwischen hatte ich ein Gefühl für mein Schwert entwickelt – es war eine wunderbare Waffe, die noch besser war als die beste, die ich auf der Erde geführt hatte.

Inzwischen war Verstärkung zu meiner Unterstützung angerückt. Ich warf einen Blick auf die andere Seite der Mauer hinab, wo eine gewaltige Flut blauer Leiber in ledernen Rüstungen und blitzendem Stahl zu wogen schien. Eine Leiter war ausgefahren worden. An ihr stiegen weitere Argzoon herauf.

Die Leiter mußte zerstört werden. Das machte ich mir zum Ziel.

Obgleich ein solches Durcheinander herrschte, daß ich kaum hätte sagen können, wie die allgemeine Lage war, fühlte ich, wie eine gewaltige Ruhe mich überkam.

Ich kannte diese Empfindung. Ich hatte sie schon früher im Dschungel von Vietnam erlebt – ja, sogar etwas Ähnliches in besonders aufregenden Wettkämpfen beim Fechtsport.

Nun, da ich zumindest ein paar Kameraden hatte, fühlte ich mich sogar noch besser. Ich stolperte gegen etwas und schaute hinab. Einer meiner Angreifer hatte seine Streitaxt verloren. Ich hob sie mit der Linken auf, prüfte ihr Gewicht und stellte fest, daß ihre Balance gar nicht schlecht für mich war, wenn ich sie knapp unterhalb der Klinge erfaßte.

Ich hielt beide Waffen bereit und bewegte mich in halbgeduckter Haltung auf den nächsten blauen Eindringling zu.

Er führte seine Leute an der Mauer entlang auf die Rampe zu. Die Mauer war breit genug, daß wir zu dritt nebeneinander stehen konnten, und zwei Krieger bezogen Posten zu meinen Seiten.

In diesem Augenblick fühlte ich mich eher wie Horatius, der die Brücke hält, doch die Blauen Riesen hatten nichts gemein mit Lars Porsenas Leuten, da keiner von ihnen »Zurück!« brüllte. Sie alle schienen vom gleichen Drang besessen – um jeden Preis vorwärtszustoßen.

Ihre gewaltigen Leiber kamen machtvoll auf uns zugewankt. Aus ihren Schlitzaugen starrte uns der blanke Haß entgegen, und mich schauderte, als ich einen Augenblick lang einem direkt ins Gesicht sah. In seinem Blick stand etwas Unmenschliches, etwas so Archaisches, daß ich glaubte, eine Vision der Hölle vor mir zu haben!

Und dann stürzten sie sich auf uns!

Ich kann mich nur an das Tosen des Kampfes erinnern. Den raschen Hieb und Stoß, die Wucht des Zweikampfes; das verzweifelte Gefühl, durchhalten zu *müssen*, jedes Gramm Energie und Geschick mobilisieren zu *müssen*, wenn wir sie zur Leiter zurücktreiben und sie zerstören wollten.

Doch anfänglich sah es so aus, als könnten wir bestenfalls die Mauer gegen diese riesigen Tiermenschen verteidigen, die uns mit ihren geballten, unter blauer Haut spielenden Muskeln, ihren haßerfüllten Schlitzaugen, zahnbewehrten Mundspalten und den schweren Waffen so weit überragten.

Ich weiß noch, daß mir Armgelenke, Arme, Rücken, Beine weh taten. Dann schien der Schmerz zu verebben, und ich fühlte nur eine merkwürdige Taubheit, als wir weiterkämpften.

Und ich erinnere mich auch an die tödlichen Schläge.

Wir kämpften gegen ihre überlegene Kraft und Anzahl – und wir töteten. Über ein halbes Dutzend Blauer Riesen fiel unter unseren Schwertern.

Wir hatten mehr zu verteidigen als nur eine Stadt. Wir stritten um ein Ideal, und das verlieh uns die moralische Kraft, die den Argzoon fehlte.

Wir rückten allmählich vor und trieben die Riesen zu ihrer Leiter zurück. Dieser Vorteil verlieh uns zusätzliche Kraft, so daß wir unseren Angriff verstärkten und wie alte Kameraden Schulter an Schulter kämpften – obgleich ich doch ein Fremder von einem anderen Planeten und sogar aus einer anderen Zeit war.

Und als die Sonne zu sinken begann und den Himmel

in tiefes Purpur mit scharlachroter und gelber Maserung tauchte, hatten wir die Leiter erreicht.

Wir hielten sie und konnten die Riesen aufhalten, als diese sie zu erklimmen versuchten.

Während die anderen sich darauf konzentrierten, dafür zu sorgen, daß kein Argzoon mehr auf die Mauer gelangte, hackte ich auf die Leiter ein und kürzte sie so stark, daß sie nicht mehr bis auf die Mauer hinaufreichte. Speerhagel flogen mir um die Ohren, doch ich arbeitete verzweifelt weiter.

Schließlich war meine Aufgabe soweit vollbracht, wie sie zu bewältigen war. Ich stand auf, ignorierte die Geschosse, die um mich herflogen, und zielte sorgsam mit der Axt auf das mittlere Stück der Leiter. Dann schleuderte ich die Waffe.

Sie traf eine Hauptsprosse an der Hälfte und kerbte sich tief ein. Mehrere Argzoonkrieger befanden sich an der Stelle, wo ich die Leiter getroffen hatte. Ihr Körpergewicht vollendete meine Arbeit – die Leiter krachte, splitterte und brach dann entzwei.

Mit schauderhaften Schreien stürzten die Argzoon auf die Köpfe ihrer Kameraden hinab, die am Boden herumwimmelten.

Glücklicherweise war dies die einzige Leiter gewesen, die sie hatten errichten können – und das auch nur, weil die hellebardenähnlichen Waffen, die die Verteidiger benutzt hatten, um die Leitern umzustoßen, auf diesem Mauerstück nicht greifbar gewesen waren.

Dies bestätigte sich, als zwei Hellebardenträger sogleich dort Posten bezogen.

Nach all meinen Anstrengungen fühlte ich mich etwas zittrig und drehte mich um, um meinen Kameraden zuzugrinsen. Einer von ihnen war ein Junge, jünger noch als Darnad – ein rotschopfiges Bürschchen mit Sommersprossen und Stupsnase. Ich ergriff seine Hand und schüttelte sie, obwohl ihm der Brauch nicht vertraut war. Trotzdem reagierte er im rechten Geist und erahnte den Sinn dieser Geste.

Ich streckte die Hand aus, um sie einem anderen Mann zu reichen. Der sah mich aus glasigen Augen an, versuchte die seine auszustrecken und sank mir dann entgegen.

Ich kniete neben ihm und untersuchte seine Wunde. Eine Klinge hatte ihn geradewegs durchstoßen. Normalerweise hätte er schon seit einer Stunde tot sein müssen. Mit geneigtem Kopf zollte ich dem tapferen Kämpfer meinen schweigenden Tribut.

Dann stand ich wieder auf, sah mich nach Darnad um und ich fragte mich, wie die Schlacht wohl insgesamt stand.

Bald brach die Nacht herein, und Lichter wurden entzündet.

Es schien, als sollten wir etwas Ruhe bekommen, denn die Argzoonhorde hatte sich in gewisse Entfernung von der Stadtmauer zurückgezogen und begann, Zelte aufzuschlagen.

Ich schwankte an der Mauer entlang und die Rampe hinab.

Von einem Mauerkommandeur erfuhr ich, daß Darnad zum Südwall gerufen worden war, jedoch bald zum Palast zurückkehren würde.

Anstatt ihn an der Mauer zu suchen, schleppte ich mich erschöpft zum Palast zurück.

Im Vorraum zur Haupthalle stieß ich auf Shizala. Der Gardist, der mich hineingeführt hatte, ging, und zu meinem Unbehagen war ich wieder allein mit ihr. Selbst in meinem erschöpften Zustand mußte ich ihre Größe und Schönheit bewundern.

Auf ihren wortlosen Hinweis hin ließ ich mich auf Kissen sinken, die man auf dem Boden ausgelegt hatte.

Sie brachte mir ein Fläschchen Basu. Dankbar trank ich es fast in einem Zug bis auf den letzten Tropfen leer. Dann reichte ich ihr die Flasche zurück. Ich fühlte mich nun ein wenig besser.

»Ich habe gehört, was du geleistet hast«, sagte sie leise, ohne mich direkt anzusehen. »Es war eine heldenhafte Tat. Dein Vorgehen hat vielleicht die Stadt gerettet – oder zumindest eine große Anzahl unserer Krieger.«

»Es war unumgänglich, das ist alles«, erwiderte ich.

»Du bist bescheiden für einen Helden.« Sie schaute immer noch nicht in meine Richtung, sondern hob nur ein wenig ironisch die Augenbrauen.

»Das ist nur allzu wahr«, antwortete ich auf die gleiche Weise. »Wie funktioniert die Abwehr?«

Sie seufzte. »Angesichts unserer geringen Zahl von Leuten und der Größe der Argzoonhorden zufriedenstellend. Die Argzoon kämpfen gut und waghalsig – mit mehr Hinterlist, als ich ihnen zugetraut hätte. Sie müssen einen klugen Anführer haben.«

»Ich hätte Klugheit nicht unbedingt für eine Eigenschaft der Argzoon gehalten«, wandte ich ein, »nach allem, was ich mit ihnen erlebt habe.«

»Ich auch nicht. Wenn wir nur an ihren Anführer herankämen – wenn wir ihn vernichten könnten, würde es vermutlich ihren gesamten Angriffsplan über den Haufen werfen. Die Argzoon würden sich ohne ihn vielleicht zerstreuen.«

»Glaubst du das?« wollte ich wissen.

»Ich halte es für wahrscheinlich. Die Argzoon lassen sich nur selten überzeugen, mit einer umfassenden Strategie jener Art vorzugehen, die sie jetzt anwenden. Sie brüsten sich ihrer Individualität – sie lehnen es ab, als

Armee aufzutreten oder sich einem Führer unterzuordnen. Sie kämpfen gern, aber sie lehnen die Disziplin ab, die für Armeen und Planungsstrategien notwendig sind. Sie müssen schon einen überlegenen Führer haben, wenn er sie überzeugen konnte, auf diese Weise zu kämpfen.«

»Wie sollten wir an den Führer herankommen?« erkundigte ich mich. »Wir können uns nicht als Argzoon verkleiden – zwar könnten wir uns blau färben, aber kaum unsere Größe um acht bis zehn *Kilodas* steigern« – ein Kiloda sind etwa zehn Zentimeter –, »was jeden Versuch vereitelt, zu seinem Zelt vorzustoßen.«

»Ja.« Ihre Stimme klang müde.

»Es sei denn...« Plötzlich war mir ein Gedanke gekommen. »Es sei denn, wir könnten ihn aus der *Luft* angreifen!«

»Ja, aus der Luft...« Ihre Augen funkelten. »Aber wir wissen immer noch nicht, wer ihr Führer ist. Sie wirken wie eine große Flut von Kriegern – ich konnte keine Befehlshaber erkennen. Du etwa?«

Ich schüttelte den Kopf. »Und doch muß er irgendwo dort draußen sein. Heute ging alles zu sehr durcheinander. Laß uns bis zur Morgendämmerung warten, dann können wir die Lager beobachten, ehe sie sich zum erneuten Angriff sammeln.«

»Na schön. Du solltest jetzt lieber auf dein Zimmer gehen und schlafen – du hast dich heute völlig verausgabt und wirst morgen deine ganze Kraft brauchen. Ich werde dich im Morgengrauen durch einen Gardisten wecken lassen.«

Ich stand auf, verbeugte mich und ließ sie allein. Ich ging auf mein Zimmer und blieb einen Augenblick lang am Fenster stehen. Der süße Duft der marsianischen Nacht – sie war kühl und hatte etwas Wehmütiges an sich – war nun vom Gestank des Krieges geschwängert.

Wie ich diese Blauen Riesen haßte!

Jemand hatte mir etwas Fleisch und Früchte auf den Tisch neben dem Bett gestellt. Ich empfand keinen Hunger, aber der gesunde Menschenverstand hieß mich essen. Also aß ich. Ich spülte mir das getrocknete Blut, den Schmutz und Schweiß von meinem kriegerischen Tagwerk ab, glitt unter das schwere Fell, und war eingeschlafen, kaum daß ich mich ausgestreckt hatte.

Am nächsten Morgen weckte mich die gleiche Dienerin. Heute erntete ich noch mehr offene bewunderungsvolle Blicke von ihr. Es sah so aus, als stünde ich in Varnal im Mittelpunkt des Interesses. Ich fühlte mich geschmeichelt, doch es erschreckte mich auch ein wenig. Letzten Endes hatte ich nur das getan, was jeder andere auch getan hätte. Ich wußte, daß ich die selbstgewählte Aufgabe gut bewältigt hatte, aber das war auch alles. Ich spürte, wie ich vor Verlegenheit ein wenig rot wurde, als ich das Essen entgegennahm, das sie mir brachte.

Die Dämmerung war noch nicht ganz angebrochen, doch wir standen kurz davor – es würde vermutlich keine zwei *Shatis* mehr dauern. Ein *Shati* entspricht einer Achtelstunde auf der Erde.

Als ich gerade meinen Schwertgürtel umlegte, ertönte ein leises Klopfen. Ich öffnete und sah mich einem Gardisten gegenüber.

»Die Bradhinaka erwartet dich im Turm«, meldete er.

Ich bedankte mich und schlug den Weg zu dem Turmzimmer ein, wo wir uns am Tag zuvor beraten hatten.

Shizala und Darnad waren beide anwesend. Sie standen schon auf dem Balkon. Sie wirkten angespannt und warteten auf den Sonnenaufgang.

Er setzte ein, als ich neben sie trat. Sie schwiegen, während wir uns mit einem Nicken begrüßten.

Bald ergoß die Sonne goldenes Licht über die Szenerie.

Es fiel auf die lieblichen Mauern von Varnal, funkelte auf dem Wasser und erhellte das finstere Lager der Argzoon, das rund um unsere Stadt lag. Ich sage ›unsere‹ Stadt, denn so dachte ich zu diesem Zeitpunkt bereits von ihr – und heute um so mehr.

Bei den Argzoon-Zelten handelte es sich um über Holzrahmen gespannte Häute von weitgehend ovaler Form, doch ein paar waren rund oder sogar viereckig. Die meisten der gewöhnlichen Soldaten schienen auf dem Boden zu schlafen. Sie begannen sich zu regen, als Licht die Szene überflutete.

Von einem Zelt, das nicht größer war als die übrigen, flatterte eine Fahne. Alle anderen waren ungeschmückt und standen ungefähr im Kreis um das einzelne ovale Zelt herum. Nach meiner Auffassung bestand kein Zweifel daran, daß dort der listige Argzoon-Führer schlief.

»Nun wissen wir also, wo ihr Führer ist«, sagte ich und beobachtete angespannt das flatternde Argzoon-Banner. Es schien eine Art gewundenes, schlangenähnliches Wesen mit Augen darzustellen, die denen der Argzoon glichen.

»Das N'aal-Ungeheuer«, erklärte Shizala mit einem Schaudern, als ich sie fragte, was es symbolisierte. »Ja, das ist das N'aal-Ungeheuer.«

»Was . . .« Ich verstummte, als Darnad in die Ferne deutete.

»Schaut!« rief er. »Sie bereiten schon den Angriff vor!«

Er stürzte zurück ins Zimmer und kehrte mit einer langen, gewundenen Trompete zurück. Darauf blies er mit aller Kraft, und ein hoher, wehmütiger Ton schallte durch die Stadt. Andere Trompeten erwiderten sein Fanal.

Die Krieger von Varnal – viele von ihnen hatten auf ihren Posten geschlafen – machten sich bereit für einen weiteren Tag des Kampfes. Es konnte sehr wohl ihr letzter sein.

Shizala sagte: »Telem Fas Ogdai wird zwar noch einen weiteren Tag brauchen, ehe er Mishim Tep erreicht, aber er wird in den näheren Städten Halt gemacht haben, so daß vielleicht schon heute abend oder morgen früh Verstärkung anrückt. Wenn wir solange aushalten können . . .«

»Vielleicht ist es gar nicht nötig, wenn wir eins eurer Flugzeuge einsetzen«, sagte ich. »Man braucht nur einen Mann, um den Argzoon-Anführer von oben zu beschießen . . . und auszuschalten.«

Sie lächelte. »Du bist sehr tapfer. Aber die Flugzeugmotoren brauchen fast einen Tag, um sich aufzuwärmen. Selbst wenn wir sie jetzt einschalten würden, wären sie erst heute abend startklar.«

»Dann möchte ich vorschlagen, daß du sofort Befehl erteilst, sie anzuwerfen«, erklärte ich enttäuscht, »weil wir vielleicht immer noch dankbar sind für die Gelegenheit, wenn es soweit ist.«

»Ich will nach deinem Rat verfahren. Aber ein Unternehmen, wie du es in Betracht ziehst, würde deinen Tod bedeuten.«

»Das wäre die Sache wert«, sagte ich nur.

Daraufhin wandte sie sich von mir ab, und fragte mich, warum. Vielleicht hielt sie mich für töricht – für einen dummen Tölpel, dem nichts Besseres einfiel als zu sterben. Schließlich hatte ich sie nun schon einmal beleidigt, indem ich mich taktlos und ungeschickt benommen hatte. Wieder versuchte ich, meine Gedanken in die Gewalt zu bekommen. Es spielt keine Rolle, was sie denkt, sagte ich mir.

Ich seufzte. Da ich nichts von der wissenschaftlichen Tradition wußte, aus welcher das Flugzeug entwickelt worden war, konnte ich keine Möglichkeit vorschlagen, die Motoren schneller in Gang zu bringen. Offensichtlich, so dachte ich, handelt es sich um eine Art langsames Reaktionssystem – wahrscheinlich ein etwas völlig Ungefährliches und Narrensicheres, aber im Augenblick wäre mir etwas Schnelleres, wenn auch Riskanteres, lieber gewesen.

Ich hatte das Gefühl, als wollte sie nicht, daß mein Plan in die Realität umgesetzt wurde. Ich fragte mich, warum.

Nun setzte Darnad die Trompete wieder ab und klopfte mir auf die Schulter. »Möchtest du mit mir kommen?«

»Gern«, antwortete ich. »Du mußt mir sagen, wie ich am nützlichsten sein kann.«

»Gestern wußte ich dich nicht recht einzuschätzen«, sagte er mit einem Lächeln. »Aber heute sieht es ganz anders aus.«

»Das freut mich. Leb wohl, Shizala.«

»Leb wohl, Schwester«, sagte Darnad.

Sie antwortete keinem von uns beiden, als wir hinausgingen. Ich überlegte, ob ich sie irgendwie beleidigt hatte. Schließlich war ich mit den Sitten von Vashu nicht vertraut, so daß es mir unbewußt hätte unterlaufen können.

Doch nun war nicht die Zeit für solche Spekulationen.

Bald erbebten die Mauern der Stadt erneut unter einem Angriff der Argzoon. Ich half bei den Belagerungswaffen, kippte Bottiche brennenden Öls auf die Angreifer, warf Steine nach ihnen und schleuderte ihre Speere auf ihre Reihen zurück.

Sie schienen sich wenig um ihr eigenes Leben zu sorgen – und noch weniger um das ihrer Kameraden. Wie Shizala bereits erläutert hatte, sahen sie sich als Einzelkrieger, auch wenn sie an einer organisierten Massenattacke teilnahmen, und man konnte beobachten, daß sie nur mühsam ihre persönlichen Impulse zügeln konnten. Ein- oder zweimal sah ich, wie sich zwei von ihnen untereinander bekriegten, während ihre Kameraden um sie herumwimmelten und unsere Geschosse auf sie herabregneten.

Gegen Mittag war nur wenig gewonnen oder verloren, außer daß die Verteidiger total erschöpft waren und die Angreifer neue Kräfte ins Feld führen konnten. Ich erfuhr, daß das Entsatzsystem den Argzoon normalerweise fremd war, also stellte dies einen weiteren verwirrenden Aspekt ihres Angriffs dar.

Auch wenn die Argzoon ungestüm und gefürchtet waren, hatten sie niemals eine ernsthafte Bedrohung dargestellt, da sie sich nicht lange genug zu einer Körperschaft organisieren ließen. Außerdem ließ der machtvolle Angriff so weit von ihrem Heimatboden auf phantastische Planung und Einfallsreichtum schließen. Oder auf Verrat, dachte ich insgeheim – bei dem ein Verbündeter die Horde durch sein Land führte und so tat, als wüßte er von nichts. Doch ich wußte immer noch zu wenig über die Politik auf Vashu, um irgendwelche sachgerechten Vermutungen anzustellen.

Am Nachmittag half ich den Angehörigen einer technischen Abteilung, Barrikaden an jenen Stellen aufzubauen, wo die Mauer von den Sturmböcken und Katapulten der Argzoon schwer beschädigt worden war.

Als ich mich nach einer besonders schweren Anstrengung umdrehte und mir den Schweiß von der Stirn wischte, stand Shizala plötzlich neben mir.

»Du scheinst mit allem zurechtzukommen.« Sie lächelte.

»Der Prüfstein eines guten Wissenschaftlers – und eines guten Soldaten«, antwortete ich und erwiderte ihr Lächeln.

»Wahrscheinlich hast du recht.«

»Wie steht es mit dem Flugzeug?«

»Es wird vor der Abenddämmerung startklar sein.«

»Gut.«

»Du wirst einen besonders ausgebildeten Piloten brauchen.«

»Dann hoffe ich, daß du einen bereitstellen kannst.«

Sie senkte den Blick.

»Dafür wird gesorgt sein.«

»Glaubst du immer noch nicht, daß die Argzoon nur mit Duldung eines eurer ›Verbündeten‹ unbemerkt hierhergelangen konnten?«

»Unmöglich. Keiner unserer Bündnispartner wäre zu solchem Verrat bereit.«

»Entschuldige«, bat ich sie. »Auch wenn mich der Ehrenkodex der Karnala beeindruckt, bin ich nicht überzeugt, daß er für alle Völker auf Vashu Gültigkeit hat – insbesondere, seit ich eine andere vashuianische Rasse erlebt habe, die von den Karnala so verschieden ist, wie man es nur sein kann.«

Sie schürzte die Lippen. »Du mußt dich täuschen.«

»Vielleicht. Aber meine Erklärung kommt mir als die wahrscheinlichste vor. Was, wenn Mishim Tep ...«

Ihre Augen blitzten. »Das also ist der Grund deiner Verdächtigungen – deine Eifersucht auf Telem Fas Ogdai! Dann laß dir sagen, daß der Bradhi von Mishim Tep der älteste Freund und Verbündete meines Vaters ist. Sie haben gemeinsam viele Schlachten geschlagen. Das Band gegenseitiger Hilfe zwischen beiden Völkern besteht seit Jahrhunderten. Was du vermutest, ist nicht nur unverschämt – es ist gemein!«

»Ich wollte doch nur sagen ...!«

»Sag nichts mehr, Michael Kane!« Sie machte auf dem Absatz kehrt und ging.

Ich kann Ihnen sagen, mir war wenig nach weiteren Streiterein zumute.

Doch kaum drei Shatis später war ich Teil einer kleinen Einheit von Kriegern, die eine Bresche verteidigten, welche die Argzoon in die Mauer geschlagen hatten.

Stahl klirrte, Blut wurde vergossen, überall hing der Gestank des Todes. Wir standen auf dem gebrochenen Mauerwerk und schlugen das Zehnfache unserer Zahl an Blauen Riesen zurück. So tapfer und wild die Blauen Riesen waren, so fehlte ihnen doch unsere Intelligenz und Schnelligkeit – ebenso wie unser brennendes Engagement, die Stadt um jeden Preis zu halten. Diese drei Vorteile schienen die wilden Attacken aufzuwiegen, denen wir irgendwie zu widerstehen schafften.

Einmal griff ich einen Argzoon an, der noch größer war als die meisten seiner Art. Um seine mächtige Kehle trug er ein Halsband aus menschlichen Knochen, und sein Helm schien aus mehreren großen Schädeln wilder Tiere gefertigt. Er war offensichtlich eine Art regionaler Befehlshaber.

Er trug zwei gewaltige Schwerter, eines in jeder Hand, und er ließ sie vor sich kreisen, daß ihm entgegenzutreten soviel bedeutete, wie gegen ein propellerbetriebenes Flugzeug vorzugehen!

Ich stolperte unter der Wucht seines Angriffs, und mein Fuß rutschte auf einem blutfeuchten Stein aus. Ich fiel nach hinten und blieb liegen, während er sich mit triumphierendem Grinsen darauf vorbereitete, mir den Todesstoß zu versetzen.

Er hob beide Schwerter, um auf meine hingestreckte Gestalt einzuschlagen, doch dann drehte ich meinen Körper, hieb nach seinen Waden und durchschnitt gezielt die Muskeln unterhalb seiner Knie.

Ein Bein knickte weg, und er riß den Mund zu einem

gewaltigen Schmerzensschrei auf. Dann gab das andere Bein nach, und plötzlich fiel er auf mich.

Hastig sprang ich auf und warf mich aus seinem Weg. Mit einem fürchterlichen Poltern stürzte er auf die herabgebrochenen Steine, und ich drehte mich um und tötete ihn mit einem einzigen Schwerthieb.

Glück, Vorsehung – vielleicht die Gerechtigkeit – waren an diesem Tag auf unserer Seite. Ich kann nicht erklären, wie wir es sonst schaffen konnten, die Stadt gegen die Eindringlinge zu verteidigen.

Aber wir schafften es. Und dann, vier Shatis vor Sonnenuntergang, verließ ich die Stadtmauer und schlug den Weg zu den Hangars ein, die man mir am Tag zuvor gezeigt hatte.

Dabei handelte es sich um Kuppelbauten in der Nähe des großen Platzes in der Stadtmitte. Es waren drei Hangars nebeneinander. Die Kuppeln bestanden nicht aus Stein, sondern aus einer metallartigen Substanz, wieder eine Legierung, die mir nicht bekannt war.

Die Eingänge waren klein, kaum breit und hoch genug, daß ein Mann meiner Größe sich hindurchquetschen konnte. Ich fand dies wunderlich und überlegte, wie das Flugzeug wohl herauskam.

Shizala befand sich im ersten Hangar, in dem ich mein Glück versuchte. Sie überwachte einige männliche Bedienstete, die eins der schweren Flugzeuge auf Bootskränen herumschwenkten. Es lag in den Davits, die sich leicht bewegten, als sie ihn in Gang setzten.

Das merkwürdig ovale Schiff war von nahem betrachtet noch prachtvoller. Es war offenbar sehr alt. Es trug eine Aura von Jahrtausende alter Existenz. Ich musterte es fasziniert.

Shizala verharrte mit zusammengepreßten Lippen, ohne mich zu grüßen, als ich eintrat.

Ich verneigte mich knapp und fühlte mich höchst unbehaglich.

Die Schiffsmotoren gaben ein leises Brummen von sich. Das Schiff wirkte eher wie eine Skulptur aus bronzeähnlichem Material als wie ein Fahrzeug. Die komplizierten, aufgemalten Muster ließen auf eine schöpferische Intelligenz schließen, die jeder überlegen waren, die ich persönlich kannte.

Eine einfache Strickleiter führte zum Eingang. Ich trat wortlos hinzu und zog prüfend daran.

Ich warf Shizala einen fragenden Blick zu.

Erst wollte sie mir nicht in die Augen sehen, aber schließlich tat sie es doch und sagte mit einer Handbewegung zum Schiff hin: »Geh an Bord. Der Pilot kommt gleich.«

»Wir haben wenig Zeit«, mahnte ich sie. »Die Sache sollte vor Einbruch der Nacht erledigt sein.«

»Dessen bin ich mir bewußt«, erwiderte sie kühl.

Ich machte mich an den Aufstieg der schaukelnden Leiter, erreichte den oberen Rand und betrat das Schiff.

Es war prachtvoll eingerichtet – mit Polsterbänken in tiefem Grün und Gold. Auf der anderen Seite befanden sich die Armaturen, die ebenso kunstvoll gearbeitet und reich verziert waren wie der Rest des Schiffes mit seinen messingnen – oder gar goldenen – Hebeln und Instrumenten hinter Kristall. In einer Kammer befand sich ein kleiner Bildschirm – eine Art Fernsehausrüstung, die einen weiteren Blick von der Umgebung des Schiffes vermittelte, als man durch die eher kleinen Bullaugen erzielen konnte.

Nachdem ich das Innere des Schiffes inspiziert hatte, setzte ich mich auf eine Couch, um meinen Mordplan zu entwickeln (denn um einen solchen handelte es sich im

Grunde genommen) und wartete ungeduldig darauf, daß mein Pilot einstieg.

Nach einer Weile hörte ich ihn die Leiter emporklettern. Ich hatte dem Eingang den Rücken zugekehrt, so daß ich nicht sehen konnte, wie er hereinkam.

»Beeil dich«, sagte ich. »Wir haben sehr wenig Zeit!«

»Dessen bin ich mir bewußt«, ertönte Shizalas Stimme, als sie an die Steuerung trat und vor den Armaturen Platz nahm!

»Shizala! Es ist gefährlich! Das ist keine Aufgabe für eine Frau!«

»Nein? Wen würdest du also vorschlagen? Wir haben nur wenige Piloten für die Schiffe – und nur ich bin einsatzbereit.«

Ich war nicht davon überzeugt, daß sie die Wahrheit sprach, aber jetzt war keine Zeit zu verlieren.

»Dann sei sehr vorsichtig«, sagte ich. »Dein Volk braucht dich mehr als ich – vergiß nicht, welche Verantwortung du ihm gegenüber trägst.«

»Das würde ich nie«, sagte sie. Aus irgendeinem Grund glaubte ich, einen bitteren Unterton in ihrer Stimme zu hören, obgleich mir zu jenem Zeitpunkt nicht klar war, warum.

Nun bediente sie die Steuerung, das Schiff begann aufzusteigen. Es schwebte leicht wie eine Feder dem Dach entgegen. Als das Dach beiseite glitt, war mir klar, wie die Schiffe die Hangars verließen. Über uns stand der dunkelblaue Abendhimmel. Die Schiffsmotoren brummten allmählich intensiver.

Bald schwebten wir über der Stadt und auf das Lager der Argzoon zu. Wir bemerkten, daß sie erneut den allabendlichen Rückzug vorbereiteten.

Unser Plan war simpel. Das Schiff sollte über dem Zelt des Argzoon-Führers niedersinken. Ich würde rasch die

Strickleiter hinabklettern. Das ovale Zelt hatte oben Löcher, über die dünne Gaze gespannt war, vermutlich zur besseren Belüftung. Ich mußte mich hindurchfallen lassen und auf diese Weise den Befehlshaber überraschen, ihn angreifen und auf angemessene Weise ausschalten.

Ein einfacher Plan, der schnelle Reaktionen, hervorragendes Timing und extreme Genauigkeit erforderte.

Als wir über das feindliche Lager hinwegflogen, schleuderten uns mächtige Katapulte riesige Steine entgegen. Damit hatten wir gerechnet. Aber wir hatten auch das Folgende erwartet: daß die zurückfallenden Steine im Argzooncamp landeten und die Krieger nicht unbedingt von der eigenen Artillerie zermalmt werden wollten. Bald endete der Beschuß.

Innerhalb kurzer Zeit hatten wir unseren Zielort erreicht.

Auf ein Zeichen von Shizala trat ich zum Eingang und machte mich daran, die Strickleiter von der Trommel neben der Tür abzuspulen.

Ich warf ihr einen Blick zu, aber sie drehte sich nicht um. Ich schaute hinunter. Ich konnte das Banner des N'aal-Ungeheuers in dem schwachen Wind flattern sehen, der nun aufkam.

Die Gesichter Hunderter von Argzoonkriegern waren mir zugewandt, denn sie hatten natürlich mit einem Angriff von uns gerechnet. Ich hoffte, ihnen war nicht klar, wie er ablaufen sollte.

Als ich zu ihnen hinabblickte, fühlte ich mich wie eine Fliege, die sich ins Netz einer Riesenspinne fallen läßt. Ich faßte allen Mut zusammen, griff nach meinem Schwert, zog es mit einer einzigen Handbewegung, rief Shizala einen Gruß zu und schwang mich die Strickleiter hinab, bis ich direkt über der gazebespannten Öffnung des Zeltes des Anführers hing.

Die Argzoon brüllten und wimmelten wild durcheinander. Mehrere Speere flogen an mir vorbei. Ich hing noch mehr als drei Meter über der Öffnung, als ich fand, daß jetzt der rechte Zeitpunkt gekommen war.

Ich ließ mich los und stürzte dem Zelt entgegen.

6. Kapitel

RETTUNG UND UNTERGANG

Ich hatte ein kurzes Dröhnen in den Ohren, dann fiel ich durch die Öffnung und riß die Gazebespannung mit mir.

Ich landete auf den Füßen, geriet jedoch ins Wanken, als mir die Luft aus den Lungen gepreßt wurde. Dann wirbelte ich herum, um mich den Zeltinsassen entgegenzustellen.

Sie waren zu zweit: ein rieser, vernarbter Argzoonkrieger, der von derb gehauenen Spangen und grob geschliffenen Edelsteinen strotzte – und eine Frau! Sie war schwarzhaarig, dunkelhäutig und wirkte hochmütig. Sie war in einen dicken, schwarzen Umhang aus samtartigem Material gehüllt. Sie starrte mich überrascht an. Soweit ich es sagen konnte, handelte es sich um eine gewöhnliche, menschliche Frau! Was hatte sie hier zu schaffen?

Draußen ertönten Schreie der Argzoonkrieger.

Ohne die Frau weiter zu beachten, machte ich dem Argzoon Zeichen, sein Schwert zu ziehen. Er befolgte dies mit einem bösen Grinsen und griff mich auf der Stelle an.

Er war ein hervorragender Schwertkämpfer, und da ich mich immer noch von meinem Sturz ins Zelt fangen mußte, mußte ich ihm ein paar Augenblicke lang ein Abwehrgefecht liefern.

Ich hatte nur wenig Zeit, meinen Plan zu vollenden. Ich begegnete seinen Hieben mit den schnellsten Paraden, die ich je vollbracht hatte und beantwortete sie mit eigenen Angriffen. Wir kreuzten etwa zwanzigmal die Klingen, ehe ich eine Lücke in seiner Abwehr entdeckte, sie rasch nutzte und sein Herz durchbohrte.

In diesem Augenblick kamen mehrere Argzoon ins Zelt gestürzt. Ich drehte mich zu ihnen um, doch ehe wir aufeinander losgehen konnten, schrie die Frau gebieterisch:

»Genug! Tötet ihn noch nicht, ich will ihm erst ein paar Fragen stellen.«

Ich blieb wachsam, weil ich mit irgendeinem Hinterhalt rechnete, doch die Krieger schienen es gewohnt zu sein, die Befehle der Frau zu befolgen. Sie blieben auf der Stelle stehen.

Vorsichtig drehte ich mich um und sah sie an. Sie wirkte auf ihre dunkle und wilde Art exotisch schön. Ihre Augen funkelten spöttisch.

»Du bist kein Karnala«, erklärte sie.

»Woher weißt du?«

»Deine Haut ist von anderem Gewebe, du trägst das Haar kurz – und irgend etwas ist an deiner Schulterhaltung. Ich habe noch nie einen Mann wie dich gesehen. Woher kommst du?«

»Du würdest mir nicht glauben, wenn ich es sagte.«

»Sag es mir!« Sie sprach aufbrausend.

Ich zuckte die Achseln. »Ich komme von Negalu«, sagte ich und benutzte den marsianischen Namen der Erde.

»Das ist unmöglich. Auf Negalu leben keine Menschen.«

»Heute nicht. Aber in der Zukunft.«

Sie zog die Stirn kraus. »Du scheinst die Wahrheit zu sagen, aber du sprichst in Rätseln. Vielleicht bist du ein ... ein ...« Sie schien zu bedauern, was sie gerade hatte sagen wollen und hielt inne.

»Ein was?«

»Was weißt du von Raharumara?«

»Nichts.«

Dies schien sie fürs erste zufriedenzustellen. Sie führte ihre Handknöchel an den Mund und schien darauf herumzubeißen. Plötzlich schaute sie mich wieder an.

»Wenn du kein Karnala bist, warum kämpfst du dann auf ihrer Seite? Warum bist du in dieses Zelt gesprungen und hast Ranak Mard getötet?« Sie wies auf den gefallenen Argzoon.

»Warum, glaubst du wohl?«

Sie schüttelte den Kopf. »Warum dein Leben aufs Spiel setzen, um einen einzigen Argzoon-Hauptmann zu töten?«

»Ist das alles, was ich vollbracht habe?«

Plötzlich mußte sie lächeln. »Ach so! Ich glaube, nun verstehe ich. Ja, das ist alles, was du vollbracht hast.«

Meine Stimmung sank. Also hatte ich mich getäuscht. Das Zelt beherbergte keinen großen Heerführer der Argzoon. Vielleicht handelte es sich um eine bewußte Irreführung, und der Gesuchte hielt sich anderswo auf.

»Und was ist mit dir?« wollte ich wissen. »Bist du eine Gefangene dieser Leute – eine Gefangene, die eine gewisse Machtstellung einnimmt?«

»Nenne mich eine Gefangene, wenn du willst. Ich bin Horguhl, vom Volke der Vladnyar.«

»Wo liegt Vladnyar?«

»Das weißt du nicht? Es liegt im Norden von Karnala, hinter Narvaash. Die Vladnyar sind alte Feinde der Karnala.«

»Also haben sich die Vladnyar mit den Argzoon verbündet?«

»Denke, was du magst.« Sie lächelte geheimnisvoll. »Und nun wirst du wohl ...« Sie hielt inne, als von außerhalb des Zeltes lauter Gefechtslärm erscholl. »Was ist das?«

Ich konnte es mir nicht denken. Es war unmöglich, daß

die kleine Schar von Karnalakriegern aus der Stadt die Argzoon angegriffen hatten – es wäre Wahnsinn gewesen. Aber was dann?

Als Horguhl und die Blauen Riesen sich dem Lärm zuwandten, nutzte ich die Gelegenheit, trat vor und schnitt einem Argzoon die Kehle durch. Ich kämpfte mir den Weg durch die anderen frei, stand kurz danach vor dem Zelt und starrte in die Dunkelheit, während die anderen Krieger mir folgten.

Ich lief in die allgemeine Richtung des Schlachtenlärms. Ich warf einen raschen Blick in die Luft über dem Zelt, um mich zu vergewissern, daß Shizala hatte entkommen können.

Doch das Schiff war noch immer da – es schwebte über dem Zelt!

Warum war sie nicht weitergeflogen? Ich blieb stehen, weil ich unsicher war, was ich tun sollte, und fand mich sogleich in den Kampf mit mehreren der riesigen Krieger verstrickt. Mehr konnte ich nicht tun, um mein Leben zu schützen, aber noch während ich kämpfte, hatte ich den Eindruck, daß ganz in meiner Nähe etwas geschah, und plötzlich sah ich aus den Augenwinkeln, wie eine Gruppe prachtvoll gerüsteter Krieger meiner Körpergröße durch die Masse der blauen Schwertkämpfer brach.

Die Krieger kamen nicht aus der Stadt, das war offensichtlich. Zum einen trugen sie Helme – Helme, auf denen bunte Federbüsche wippten. Außerdem hatten sie Lanzen, und einige trugen Waffen, die wie metallene Armbrüste aussahen.

Bald war ihre Vorhut nach vorn gedrängt, und ich befand mich plötzlich zwischen mehreren Verbündeten, die mich gegen die angreifenden Argzoon unterstützten.

»Sei gegrüßt, Freund«, sagte einer von ihnen mit einem

Akzent, der sich nur leicht von dem unterschied, der mir vertraut war.

»Sei gegrüßt. Eure Gegenwart hat mir das Leben gerettet«, erwiderte ich erleichtert und dankbar. »Wer seid ihr?«

»Wir kommen aus Srinai.«

»Hat Telem Fas Ogdai euch geschickt?«

»Nein.« Die Stimme des Mannes klang ein wenig verwundert. »Wir waren ursprünglich auf dem Weg, um es mit einer großen Räuberbande aufzunehmen, die nach Karnala floh. Deshalb sind wir so zahlreich hier. Eine Abordnung eurer Grenzpatrouille schloß sich uns gerade an, als ein Kundschafter mit der Nachricht kam, die Argzoon griffen Varnal an – also ließen wir von den Banditen ab und ritten so schnell wir konnten nach Varnal.«

»Ich bin froh darüber. Wie schätzt ihr unsere Chancen ein, sie zu besiegen?«

»Ich bezweifle, daß wir dazu in der Lage sind – zumindest nicht endgültig. Aber vielleicht können wir sie von Varnal abdrängen und eurer Verstärkung damit Gelegenheit geben, euch zur Hilfe zu eilen.«

Dieses Gespräch führten wir, während wir uns immer noch mit den Argzoon-Kriegern schlugen. Doch es wurden immer weniger, und es sah so aus, als würden wir auf jeden Fall auf diesem Teilstück gewinnen.

Schließlich konnten wir sie in die Flucht schlagen, und die vereinten Streitkräfte von Srinai und Karnala jagten die abziehenden Argzoon in die Rufenden Berge, wo sie hergekommen waren.

Auf dem ersten Bergkamm hielten die Argzoon ihre Position, so daß wir uns zurückzogen, um unsere Streitmacht zu zählen und neue Strategien zu entwickeln.

Es war bald offenkundig, daß die Argzoon uns immer noch zahlenmäßig überlegen waren, und daß die Srinai und Karnala, die sie von hinten angegriffen hatten, nur den Vorteil genossen, noch bei voller Kraft zu sein, und die Argzoon überraschen zu können.

Aber mir war nun entschieden wohler. Nun, so war ich überzeugt, würden wir dem Angriff standhalten können, bis Hilfe kam.

Dann fielen mir wieder das Schiff und Shizala ein. Ich drehte mich zu dem jetzt zerstörten Argzoon-Lager um. Das Zelt mit dem Banner stand im Gegensatz zu den anderen immer noch, und merkwürdigerweise schwebte das Schiff noch darüber. Als ich durch die monderhellte Finsternis spähte, kam es mir vor, als hinge es noch tiefer über dem Zelt, so daß die Strickleiter das Dach streifte.

Ich rief Shizalas Namen, doch die Stille blieb ungebrochen. Mit einer bösen Vorahnung kletterte ich die schrägen Zeltwände hoch. Es war schwierig, aber ich schaffte es schnell, da mich fast die Panik antrieb. Es war ganz eindeutig, daß die Strickleiter und das Schiff tiefer hingen. Ich packte die Leiter und kletterte hinauf.

Bald befand ich mich im Inneren des Schiffes.

Ein kurzer Blick genügte, um festzustellen, daß es leer war.

Shizala war fort!

Wie? Wo?

Was war ihr widerfahren? Was hatte sie getan? Warum hatte sie das Schiff verlassen? Welchen Grund gab es für ein solches Verhalten?

Alle diese Gedanken kreisten in meinem Gehirn, dann ließ ich mich wieder die Strickleiter hinab, bis ich über der jetzt unbespannten Zeltöffnung hing. Ich ließ mich erneut hindurchfallen.

Das Zelt war bis auf den Leichnam von Ranak Mard leer. Und doch gab es hier Anzeichen eines Kampfes. Mir fiel auf, daß Ranak Mards Schwert seiner toten Umklammerung entrissen worden war und nun auf der anderen Seite des Zeltes lag.

Und noch etwas lag daneben.

Eine Pistole.

Eine Sheev-Pistole.

Es konnte sich nur um Shizalas Waffe handeln.

Die mysteriöse, dunkelhaarige Horguhl und die Argzoon-Krieger mußten, kurz nachdem ich geflohen war, in einen Kampf verwickelt worden sein.

Aus einem Grund, den allein Shizala kannte, war sie mir in das Zelt gefolgt. Sie hatte natürlich festgestellt, daß ich fort war und Horguhl und den Argzoon gegenübergestanden. Vermutlich war es zu einem Kampf gekommen, bei dem man Shizala überwältigt und gefangengenommen hatte. Man hatte sie nicht getötet – das war ja schon ein Glück –, sonst hätte ich ihren Leichnam gefunden.

Also entführt?

Mein fehlgeschlagener Plan, den heimlichen Kopf der Argzoon zu töten, war sinnlos gewesen. Das einzige Resultat bestand darin, daß ich den Argzoon eine Geisel in die Hände gespielt hatte.

Die beste Geisel, die sie sich hatten wünschen können.

Die Herrscherin von Varnal.

Ich begann mich zu verfluchen, wie ich nie einen anderen verfluchen würde, nicht einmal meinen schlimmsten Feind.

7. Kapitel

DIE VERFOLGUNG

Blind vor Gewissensbissen und Zorn rannte ich aus dem Zelt. Ich jagte über das leichenübersäte Schlachtfeld auf die Rufenden Berge zu, um Shizala zu befreien.

Ich rannte an erstaunten Srinaikrigern und Karnala vorüber, die mir ihre Fragen hinterdreinriefen.

Ich lief den Berg hinauf – zu der Stelle, wo die Argzoon Stellung bezogen hatten.

Ich hörte weitere Schritte hinter mir und die Geräusche sich eilig bewegender Füße. Ich wollte ihnen nicht die geringste Beachtung schenken.

Vor mir, weiter oben am Berg, rührten sich die Argzoon, da sie offenbar glaubten, daß wir einen neuen Überraschungsangriff gegen sie unternahmen.

Anstatt ihre Position zu verteidigen, wie ich erwartet hatte, machten sie kehrt und liefen zu zweit und dritt davon.

Ich brüllte ihnen zu, sie sollten stehenbleiben und kämpfen. Ich schalt sie Feiglinge.

Sie blieben nicht stehen.

Bald sah es so aus, als befände sich die gesamte Argzoon-Streitmacht auf der Flucht – verfolgt von einem einzelnen Mann mit einem Schwert.

Plötzlich spürte ich, wie meine Beine gepackt wurden. Ich drehte mich um, um mich diesem neuen Widersacher zu stellen und fragte mich, woher er gekommen sein mochte.

Ich hob das Schwert und mußte mir alle Mühe geben, das Gleichgewicht zu halten.

Weitere Männer stürzten sich auf mich. Ich knurrte vor Wut und versuchte sie abzuwehren. Dann klärten sich meine Gedanken einen Augenblick, und ich bemerkte, daß derjenige, der meine Beine gepackt hatte, kein anderer als Darnad war – Shizalas Bruder!

Ich konnte nicht verstehen, warum er auf mich losgehen sollte. Ich schrie:

»Darnad – ich bin es, Michael Kane. Shizala ... Shizala ... Sie haben ...« Dann erhielt ich einen Schlag auf den Kopf und verlor die Besinnung.

Ich erwachte mit rasenden Kopfschmerzen. Ich befand mich in meinem Zimmer im Palast von Varnal. Soviel verstand ich. Aber wozu das Ganze?

Warum hatte Darnad mich angegriffen?

Ich gab mir alle Mühe, einen klaren Gedanken zu fassen. Ich setzte mich auf und rieb mir den Kopf.

Plötzlich ging die Tür auf, und mein Angreifer trat mit besorgter Miene ein.

»Darnad! Warum hast du ...«

»Wie geht es dir?«

»Schlechter, als es mir gehen würde, wenn dein Kamerad mich nicht niedergeschlagen hätte. Ist dir denn nicht klar, daß ...«

»Du bist immer noch aufgeregt, wie ich sehe. Wir mußten dich aufhalten, auch wenn deine Raserei die Argzoon in kopflose Flucht versetzt hat. Soweit wir es sagen können, haben sie sich in alle Winde zerstreut. Dein Plan, ihren Anführer zu töten, muß geglückt sein. Sie scheinen sich als Formation völlig aufgelöst zu haben. Sie stellen keine Bedrohung für Varnal mehr dar.«

»Aber ich habe den Falschen getötet. Ich ...« Ich machte eine Pause. »Was meinst du mit ›meine *Raserei*‹?«

»Manchmal kommt es vor, daß ein Krieger, der so lange und hart wie du gekämpft hat, von einer Art Schlachtkoller befallen wird, in dem er, gleichgültig, wie erschöpft er sein mag, nicht zu kämpfen aufhören kann. Wir dachten, das sei dir widerfahren. Aber etwas anderes macht mir Sorgen. Shizala ...«

»Verstehst du nicht, was ihr getan habt?« fragte ich mit leiser, zorniger Stimme. »Du sprichst von Shizala. Ist sie hier? Ist sie in Sicherheit?«

»Nein – wir können sie nicht finden. Sie steuerte das Schiff, das dich ins Lager der Argzoon brachte, aber es war leer, als wir es wieder einnahmen. Wir glauben, daß ...«

»Ich *weiß*, was ihr zugestoßen ist!«

»Du weißt es? Warum hast du uns nichts erzählt? Warum ...?«

»Ich hatte keinen Schlachtenkoller, Darnad. Ich habe festgestellt, daß Shizala entführt worden ist. Ich wollte sie befreien, als ihr mich angefallen habt. Wie lange ist es nun her?«

»Es war gestern abend – vor sechsunddreißig Shatis.«

»Sechsunddreißig!« Ich stand auf und stöhnte unwillkürlich. Nicht nur der Kopf tat mir weh. Die Anstrengungen der vergangenen zwei Tage hatten von meinem Körper Tribut gefordert. Er schien eine einzige Anhäufung von Prellungen und geringfügigeren Wunden zu sein. Meine schlimmste Verletzung – die am Arm – pochte wie rasend. Sechsunddreißig Shatis – das waren über vier Stunden!

So schnell ich konnte, berichtete ich Darnad alle Einzelheiten dessen, was ich erfahren hatte. Er war ebenso überrascht wie ich, von Horguhl, der Vladnyarfrau, zu hören.

»Ich frage mich, welche Rolle sie in der ganzen Sache spielt«, meinte er mit einem Stirnrunzeln.

»Ich habe keine Ahnung. Ihre Antworten waren – gelinde gesagt – vieldeutig.«

»Es tut mir leid, daß mir dieser Fehler unterlaufen ist. Michael Kane«, sagte er. »Ich war ein Dummkopf. Natürlich, ich habe dich etwas brüllen hören. Ich hätte zuhören sollen. Mit etwas Glück hätten wir Shizala befreit, und alles wäre vorüber. Die Argzoon haben sich zerstreut. Wir und unsere Verbündeten werden Karnala bald von ihnen gesäubert haben. Wir werden die Gefangenen verhören und herausbekommen, wie sie unbemerkt nach Varnal gelangen konnten.«

»Aber in der Zwischenzeit wird Shizala vielleicht weiß Gott wohin verschleppt! Nach Norden, Süden, Osten, Westen. Woher willst du wissen, wohin sie sie gebracht haben?«

Darnad senkte den Blick und starrte zu Boden.

»Du hast recht. Wenn du glaubst, daß Shizala sich in der Gesellschaft dieses Vladnyar-Mädchens befindet, müssen wir darauf hoffen, daß einige unserer Gefangenen gesehen haben, welche Richtung sie einschlugen. Es besteht auch die Chance, daß wir Shizala finden, wenn wir die Argzoon verfolgen und gefangennehmen.«

»Jetzt ist nicht der rechte Zeitpunkt für irgendwelche gegenseitigen Beschuldigungen«, sagte ich. »Also laß uns die Fehlurteile vergessen, die uns beiden unterlaufen sind. Man muß auch die Hitze des Gefechts in Rechnung stellen. Was hast du nun vor?«

»Ich werde eine Truppe mit dem Sonderauftrag anführen, Argzoon gefangenzunehmen und sie nach dem Verbleib von Shizala zu befragen.«

»Dann werde ich dich begleiten«, erklärte ich.

»Ich habe gehofft, daß du das sagen würdest«, meinte er und klopfte mir auf die Schulter. »Ruhe dich aus, während die letzten Vorbereitungen getroffen werden. Ich werde dich rufen, wenn wir zum Aufbruch fertig sind. Es gibt nichts, was du in der Zwischenzeit tun könntest, und es ist besser, wenn du weitmöglichst wieder zu Kräften kommst – du wirst sie brauchen. Ich werde dir etwas zu essen bringen lassen.«

»Vielen Dank«, antwortete ich dankbar. Er hatte recht. Ich mußte mich unbedingt entspannen – Shizala zuliebe.

Als ich mich auf die Liege zurücklehnte, fragte ich mich erneut, warum sie das Risiko eingegangen war, in das Argzoonzelt einzudringen. Es hatte keinerlei Notwendigkeit bestanden – und als Herrscherin ihres Volkes hätte sie sofort nach Varnal zurückkehren müssen.

Ich kam zu dem Schluß, daß wir, je eher wir sie fanden, um so eher eine Antwort auf diese und andere Fragen erhalten würden.

Ich schlief wieder ein, bis ein Diener mit dem Essen kam. Dann aß ich und wusch mich hastig. Als ich die Nachricht bekam, daß Darnad und seine Krieger bereit waren, gesellte ich mich zu ihnen.

Der Tag hätte finster, öde und voller Sturmwolken sein müssen. Er war es nicht. Es war ein strahlender, klarer Tag, dessen bleiche Sonne die Straßen der Stadt erhellte und die meisten Spuren des Kampfes, der erst vor kurzer Zeit geendet hatte, verwischte.

Am Fuße der Palasttreppen wartete eine Kompanie Krieger auf Daharas. Darnad stand an der Spitze und hielt die Zügel eines Reittiers, das offensichtlich für mich bestimmt war.

Ich bestieg es und streckte die Beine vor mir aus. Dann schwenkte die ganze Kompanie in eine Straße, die direkt zum Haupttor führte.

Bald ritten wir durch die Rufenden Berge und nahmen die Spur unserer fliehenden Feinde auf.

Es war mir immer noch ein Rätsel, weshalb die Argzoon so Hals über Kopf geflohen waren – insbesondere angesichts einer Ein-Mann-Streitmacht!

Aber wir stellten uns diese Fragen nicht, als wir verbissen hinter unserer Beute herritten, auch wenn es den Anschein hatte, als wäre Ranak Mard tatsächlich der geistige Führer des Argzoon-Angriffs gewesen – denn Tatsache war, daß er nicht mehr lebte und die Argzoon in heller Aufregung waren.

Aber warum hatte sich Horguhl mir gegenüber dann anders geäußert?

Nur keine Fragen. Jetzt noch nicht.

Jetzt hieß es die Argzoon suchen – sie würden unsere Fragen beantworten.

Und wir ritten weiter.

Erst spät am Nachmittag gelang es uns, eine Gruppe von etwa zehn erschöpften Argzoon zu überraschen, die in einem seichten Tal weit entfernt von den Rufenden Bergen lagerten.

Sie erhoben sich, als wir uns näherten uns stellten sich kampfbereit auf. Endlich einmal waren *wir ihnen* zahlenmäßig überlegen! Normalerweise hätte es mir nicht behagt, aber jetzt hielt ich es für eine angenehme Abwechslung, den Vorteil auf der eigenen Seite zu haben.

Als wir angriffen, lieferten sie uns ein Scheingefecht. Etwa die Hälfte von ihnen fiel, ehe die anderen ihre Waffen niederlegten.

Die Argzoon kennen keine Loyalität, wie sie uns zu eigen ist, und sie haben nur wenig Kameradschaftsgeist. Das machte es auf eine gewisse Weise einfacher, sie zu verhören – andererseits aber auch schwieriger.

Sie schwiegen nicht etwa, weil sie ihre Kameraden nicht verraten wollten. Sie schwiegen aus Verstocktheit.

Erst als Darnad demonstrativ seinen langen Dolch befingerte und andeutete, daß wir uns die Argzoon ebensogut vom Halse schaffen könnten, da sie uns ohnehin nicht nützlich seien, wurde einer von ihnen weich.

Wir hatten Glück. Er wußte entschieden mehr, als wir von einem einfachen Krieger erwartet hätten.

Sie waren nicht etwa von Argzoon nach Karnala über Land gezogen, sondern über ein Jahr lang auf Fluß und Meer unterwegs gewesen. Sie hatten einen Umweg von Tausenden von Kilometern zurückgelegt, um an der Küste entlangzufahren – denn Varnal lag viele tausend Kilometer im Innern des Kontinents – und waren dann den Haalfluß hinabgesegelt, den größten dieses Erdteils. Sie hatten sich in einer Gegend mit dem Namen Karmesinebene versammelt und waren von dort aus in kleinen Gruppen aufgebrochen. Sie waren die ganze Zeit über nur nachts weitergezogen, bis sie unbemerkt Karnala erreicht hatten. Wir erfuhren, daß ein oder zwei Abteilungen von Karnalakriegern Truppenteile der Argzoon entdeckt hatten, doch sie waren vernichtet worden.

»Ganz einfach«, sinnierte Darnad, als er das gehört hatte. »Und doch hätten wir den Argzoon niemals soviel Einfallsreichtum und Ausdauer zugetraut. Es widerspricht einfach ihrer Natur, an einen Angriff soviel Zeit und Gedanken zu verschwenden. Es ist gut, daß du Ranak Mard getötet hast, Michael Kane. Er muß ein ungewöhnlicher Argzoon gewesen sein.«

»Nun laß uns versuchen«, drängte ich ihn, »herauszufinden, wohin man Shizala gebracht hat.«

Aber der Gefangene konnte uns nicht über die Erklärung hinaus weiterhelfen, daß die Argzoon seines Wissens nach Norden flohen. Sie schienen nach einer Niederlage instinktiv den Weg nach Norden einzuschlagen, zurück in ihre Berge.

»Ich glaube, er hat recht«, meinte Darnad. »Unsere beste Chance besteht darin, es im Norden zu versuchen.«

»Norden«, sagte ich, »das umfaßt ein weites Gebiet.«

Darnad seufzte.

»Richtig, aber . . .« Er schaute mich direkt an, und in seinen Augen stand ein Kummer, den zu verbergen ihm nur zur Hälfte gelang.

Ich drückte seine Schulter. »Wir können nicht mehr tun, als weitersuchen«, sagte ich. »Wir werden bald mehr Gefangene machen, und mit etwas Glück dürften wir in der Lage sein, einen besseren Hinweis darauf zu bekommen, wohin man Shizala verschleppt hat.«

Unsere Gefangenen wurden säuberlich gefesselt; einer von uns erklärte sich bereit, sie nach Varnal zurückzubringen.

Dann ritten wir über eine weite Hochebene mit kurzem, wedelndem karmesinroten Farn. Es war die Karmesinebene. Sie glich einem riesigen See aus hellrotem Blut, der sich in alle Richtungen erstreckte. Allmählich verließ mich die Hoffnung, Shizala wiederzufinden.

Die Nacht brach herein. Wir schlugen ein Lager auf. Wir machten kein Feuer – aus Angst vor einem Hinterhalt der Argzoon oder plündernder Banditen, die diese Ebenen durchstreiften; Nomadenbanden aus dem Gesindel der umliegenden Länder. Die Karmesinebene stellte eine Art Niemandsland dar, in dem kaum ein Gesetz Gültigkeit hatte, außer dem des Stärkeren, das bei den Gesetzlosen herrscht.

Ich schlief wenig. Allmählich überkam mich die Enttäuschung. Ich wollte weitere Argzoon finden, die man verhören konnte.

Wir zogen früh weiter aus, kurz vor der Morgendämmerung. Nun war das Wetter nicht mehr schön, der Himmel war mit grauen Wolken bedeckt, und es fiel leichter Nieselregen.

Bis zum nächsten Nachmittag bekam ich weder Argzoon noch Banditen zu sehen. Dann aber versperrten uns plötzlich fünfzig Blaue Riesen den Weg. Sie wirkten kampfbereit – bereit, sich an uns für ihre Niederlage zu rächen!

Wir hielten kaum an, um unsere Lanzen und Schwerter zu ziehen und lenkten unsere Reittiere auf sie zu, wobei wir ebenso wilde Schreie ausstießen wie sie. Dann prallten wir aufeinander, und der Kampf war in vollem Gange.

Ich selbst stritt gegen einen blauen Krieger, der um seine Taille einen Gürtel mit grauenhaften Beutestücken der früheren Begegnung trug: abgeschlagene menschliche Hände.

Ich nahm mir vor, für diese Hände einen angemessenen Tribut zu fordern.

Auf meinem Reittier befand ich mich in einer günstigeren Position als zuvor, denn die Argzoon waren zu Fuß. Bis auf die Vorhut, die ich zuerst gesehen hatte, schienen sie über nur wenige Reittiere zu verfügen, und ich schlußfolgerte, daß die Notwendigkeit, unbemerkt vorzurücken, sie darauf hatte verzichten lassen, allzu viele zu verwenden.

Der Krieger überraschte mich, indem er mit der linken Hand einen schweren Hieb austeilte. Seine Waffe war eine Streitaxt, und es bedurfte meines ganzen Geschicks, den Schlag abzuwehren und gleichzeitig dem Hieb seines Schwertes auszuweichen.

Er wollte mit beiden Waffen mein Schwert niederdrücken, also verharrten wir einige Augenblicke in dieser Position und prüften die Kraft und Reaktionsfähigkeit des anderen. Dann wollte er sein Schwert heben, um einen Schlag gegen meinen Kopf zu führen, doch ich zog meine Klinge unter seiner Axt hervor, und er geriet für einen Augenblick aus dem Gleichgewicht. Diese Sekunde nutzte ich, um ihm die Kehle zu durchstoßen.

Inzwischen herrschte um mich her ein wildes Durcheinander. Obwohl es so aussah, als schlügen wir die Argzoon, hatten wir viele Verluste. Es schien, als besäßen wir nur noch die Hälfte unserer ursprünglichen Stärke.

Ich sah, daß Darnad Schwierigkeiten hatte, und ritt hinzu, ihm beizustehen.

Gemeinsam hatten wir unsere Gegner bald niedergerungen.

Von den fünfzig Argzoon, gegen die wir angetreten waren, hatten sich nur zwei ergeben.

Wir verfuhren mit ihnen wie mit den vorherigen Gefangenen. Schließlich beantworteten sie mürrisch unsere Fragen.

»Habt ihr gesehen, daß einige eurer Kameraden eine Karnalafrau mitnahmen?«

»Vielleicht.«

Darnad faßte nach seinem Messer.

»Ja«, antwortete der Argzoon.

»In welche Richtung ritten sie?« wollte ich wissen.

»Nach Norden.«

»Wohin, glaubtest du, wollten sie reiten?«

»Vielleicht nach Narlet.«

»Wo ist das?« fragte ich Darnad.

»Etwa drei Tagesritte entfernt – eine Banditensiedlung am Rande der Karmesinebene.«

»Eine Banditensiedlung – das ist gefährlich für uns, wie?«

»Möglicherweise«, gab Darnad zu. »Aber vielleicht auch nicht, wenn wir ihnen keinen Ärger machen. Sie ziehen es vor, sich nicht mit uns anzulegen, wenn wir zu verstehen geben, daß wir keinen von ihnen suchen. – Tatsächlich«, Darnad lachte, »habe ich sogar ein, zwei Freunde in Narlet. Schurken, aber amüsante Begleiter, wenn man vergißt, daß es sich um vielfache Diebe und Mörder handelt.«

Wieder überantworteten wir die Gefangenen einem einzelnen unserer Männer. Unsere recht geschrumpfte Schar brach in Richtung Narlet auf.

Endlich hatten wir eine genaue Information, und unsere Stimmung hob sich, als wir in vollem Galopp auf die Stadt der Diebe zuritten. Unterwegs mußten wir noch zweimal anhalten und mit Argzoon kämpfen. Unsere Gefangenen bestätigten uns jeweils, daß Shizala aller Wahrscheinlichkeit nach nach Narlet gebracht worden war.

Keine drei Tage später sahen wir in weiter Ferne eine Bergkette, die das Ende der Karmesinebene markierte.

Dann erblickten wir eine kleine, von einer Mauer eingeschlossene Stadt – die Mauer schien aus mit getrocknetem Lehm beschmierten Holzpfählen zu bestehen.

Die Gebäude waren rechteckig und wirkten recht stabil, doch sie waren kaum schön zu nennen.

Wir hatten Narlet, die Stadt der Diebe, erreicht.

Aber würden wir Shizala finden?

8. Kapitel

DIE STADT DER DIEBE

Es entspräche nicht der Wahrheit, würde ich behaupten, daß man uns in Narlet einen überwältigenden Empfang bereitete, aber wie Darnad angekündigt hatte, griff man uns auch nicht gleich an. Man musterte uns jedoch mit Mißtrauen und ging uns aus dem Weg, als wir durch das einzige Tor der Stadt ritten und uns einen Weg durch die schmalen Straßen bahnten.

»Den meisten werden wir keine Auskunft entlocken können«, erklärte Darnad. »Aber ich glaube, ich weiß, wo ich jemanden finden kann, der uns helfen wird – sofern der alte Belet Vor noch am Leben ist.«

»Belet Vor?« fragte ich.

»Einer der Freunde, von denen ich gesprochen habe.«

Unsere kleine Truppe gelangte auf eine Art Marktplatz, und Darnad wies auf ein schmales Haus zwischen zwei baufälligen Gebäuden. »Als ich hier Patrouille ritt, hat er mir einmal das Leben gerettet. Ich hatte das Glück, mich für diesen Freundesdienst revanchieren zu können – und irgendwie entwickelte sich zwischen uns eine enge Freundschaft. Wie es eben so läuft.«

Wir stiegen vor dem Haus ab, und ein Mann kam heraus. Er war zahnlos, runzlig und unvorstellbar häßlich, doch er hatte etwas Frisches in seiner Erscheinung, das einen sein gezeichnetes Gesicht vergessen ließ.

»Ah, Bradhinak Darnad. Welche Ehre, welche Ehre.« Seine Augen zwinkerten und straften seine servilen Worte

Lügen. Er sprach voller Ironie. Ich begriff, was Darnad an ihm gefiel.

»Sei gegrüßt, du alter Schurke. Wie viele Kinder hast du heute geraubt?«

»Nur etwa ein Dutzend, Bradhinak. Würde dein Freund meine Beute gern in Augenschein nehmen? – Ein paar von den Braten sind erst halb aufgefressen. He, he!«

»Erspare uns die Versuchung.« Ich lächelte, als er uns in seine Hütte drängte.

Es war überraschend sauber und ordentlich, und wir nahmen auf Bänken Platz, als er uns Basu anbot.

Darnad trank das süße Gebräu und sagte ernst: »Wir sind in Eile, Belet Vor. Sind in jüngster Zeit in Narlet irgendwelche Argzoonkrieger gesehen worden – etwa ein, zwei Tage vor unserer Ankunft?«

Der alte Halunke legte den Kopf zur Seite. »Nun ja, zwei. Sah so aus, als hätten sie eine Niederlage hingenommen und kröchen nun in ihre Bergnester zurück.«

»Nur zwei Krieger?«

Belet Vor kicherte. »Und, dem Anschein nach zu urteilen, zwei Gefangene. Ich glaube kaum, daß die beiden sich eine solche Gesellschaft freiwillig ausgesucht hätten.«

»*Zwei* Gefangene?«

»Zwei Frauen. Eine Blonde, eine Dunkelhaarige.«

»Shizala und Horguhl!« rief ich.

»Sind sie noch hier?« fragte Darnad drängend.

»Ich weiß es nicht genau. Es könnte sein, daß sie heute früh weitergezogen sind, aber ich glaube nicht.«

»Wo stecken sie?«

»Ah, das ist es ja, wenn ihr die Gefangenen sucht! Die Argzoonkrieger scheinen von hohem Rang. Sie sind Gäste des edlen Bradhi dieser Stadt.«

»Eures Bradhi? – Etwa Chinod Sai?«

»Doch. Er hat beschlossen, sich nun Bradhi Chinod Sai zu nennen. Narlet wird ehrbar, nicht? Nun ist er einer deines Standes, Bradhinak Darnad – stimmt's?«

»Dieser Halunke! Will selbst vornehm tun!«

»Vielleicht«, meinte der alte Belet Vor sinnierend, »aber ich glaube mich erinnern zu können, daß viele der etablierten Staaten in dieser Gegend ähnliche Ursprünge haben wie der unsere.«

Darnad lachte kurz auf. »Jetzt hast du's mir aber gegeben, Belet Vor. Aber das ist für die Nachwelt. Ich kenne Chinod Sai als blutrünstigen Frauen- und Kinderschlächter.«

»Da tust du ihm unrecht.« Belet Vor grinste. »Er hat mindestens *einen* jungen Mann im fairen Kampf getötet.«

Darnad wandte sich an mich und sagte ernst: »Wenn die Argzoon Chinod Sais Schutz genießen, müssen wir mit größeren Schwierigkeiten rechnen, wenn wir Shizala und die andere Frau ihrer Gewalt entreißen wollen. Wir befinden uns in einer üblen Lage.«

»Ich hätte einen Vorschlag, wenn du ihn hören möchtest«, deutete Belet Vor an.

»Ich bin bereit, mir jeden vernünftigen Vorschlag anzuhören«, erklärte Darnad.

»Nun, ich würde sagen, daß die Argzoon und ihre Damen in besonderen, abgelegenen Zimmern für Besucher von gewissem Stand residieren.«

»Und dann?« fragte ich, ein wenig knapp angebunden.

»Diese Zimmer befinden sich aus Gründen der Bequemlichkeit im Erdgeschoß. Sie haben große Fenster. Vielleicht könnt ihr euren Freundinnen helfen, ohne – äh – unseren erlauchten Bradhi zu stören?«

Ich runzelte die Stirn. »Aber werden sie denn nicht bewacht?«

»Oh, natürlich patrouillieren Wachen regelmäßig um

den Palast des großen Bradhi. Offenbar fürchtet er, es könnten sich *Räuber* in dieser Gegend aufhalten – so wenig Vertrauen hat er in seine Untertanen.«

»Wie könnten wir in die Gästezimmer eindringen, ohne daß die Wachen uns bemerken?« Ich rieb mir das Kinn.

»Ihr müßtet sie euch vom Halse schaffen – sie sind äußerst wachsam. Schließlich haben die besten Räuber der Karmesinebene dann und wann versucht, sich Chinod Sais Beute anzueignen. Ein paar hatten sogar Erfolg. Die meisten zierten jedoch bald die Stadtmauern – oder zumindest ihre Köpfe.«

»Aber wie könnten wir die Wachen ohne großes Aufheben zum Schweigen bringen?«

»In dieser Frage«, erklärte Belet Vor mit einem Zwinkern, »kann ich euch behilflich sein. Entschuldigt mich bitte.« Er erhob sich und hinkte aus dem Zimmer.

»Er ist ein liebenswerter, alter Gauner, findest du nicht auch?« fragte Darnad, sobald Belet Vor draußen war.

Ich nickte. »Aber er begibt sich gewiß in Gefahr, wenn er uns hilft. Wenn wir es schaffen, werden Chinod Sais Leute zwangsläufig vermuten, daß er die Hand im Spiel hatte.«

»Das ist wahr. Aber ich bezweifle, daß Chinod Sai etwas unternehmen wird. Belet Vor kennt viele Geheimnisse, und Chinod Sai ist in einige davon verwickelt. Außerdem ist Belet Vor sehr beliebt, und Chinod Sai sitzt recht wacklig auf seinem selbstgezimmerten Thron. Viele würden ihn zu stürzen versuchen, wenn sie eine entsprechende Anhängerschaft um sich versammeln könnten. Wenn Belet Vor etwas zustieße, wäre das genau der rechte Vorwand für einige Möchtegern-Bradhis unter den Dieben. Chinod Sai weiß das nur allzu gut.«

»Na schön«, erwiderte ich. »Trotzdem bin ich der Ansicht, daß er für uns mehr aufs Spiel setzt, als er bräuchte.«

»Ich sagte dir doch, Michael Kane, daß da ein Band zwischen uns besteht.«

Diese schlichte Feststellung bedeutete Darnad augenscheinlich eine ganze Menge, und ich konnte mir seine Gefühle sehr wohl vorstellen. Tugenden wie Loyalität, Selbstbeherrschung, Mäßigkeit, Bescheidenheit, Aufrichtigkeit, Standhaftigkeit und ehrsames Betragen Frauen gegenüber sind in der Gesellschaft von New York, London und Paris offenbar außer Mode gekommen – aber auf dem Mars, auf Vashu, waren sie noch von hohem Wert.

Bald kehrte Belet Vor mit einem langen Rohr und einem kleinen, hübsch gearbeiteten Kästchen zurück.

»Das wird die Wachen zum Schweigen bringen«, sagte er und hielt das Kästchen hoch. »Und mehr noch – sie werden nicht einmal umkommen.«

Er öffnete vorsichtig das Behältnis und zeigte uns dessen Inhalt. Darin lagen zwanzig winzige, federbesetzte Pfeile. Nun erriet ich, daß es sich bei dem Rohr um ein Blasrohr handelte, und dies hier war die Munition. Die Spitzen waren in irgendein Gift getaucht worden, das die Wachen außer Gefecht setzen würde.

Schweigend nahmen wir die Waffe entgegen.

»In etwa acht Shatis wird es dunkel«, erklärte Belet Vor. »Solange haben wir Zeit, Erinnerungen auszutauschen. – Mit wieviel Männern seid ihr gekommen?«

»Sechs sind noch übrig«, sagte ich.

»Dann ist hier drin genügend Platz für alle. Bitte sie auf eine Tasse Basu herein.«

Darnad ging hinaus, um Belet Vors Einladung weiterzugeben.

Sie traten ein und nahmen die Tassen dankbar entgegen. Belet Vor brachte auch etwas zu essen.

Die acht Shatis verstrichen unglaublich langsam, und

ich brachte sie weitgehend in nachdenklichem Schweigen zu. Wenn die Vorsehung auf unserer Seite war, würde ich Shizala wiedersehen! Unwillkürlich schlug mein Herz schneller. Ich wußte, daß sie niemals mein werden konnte – aber sich nur in ihrer Nähe zu befinden, würde genügen, um zu wissen, daß sie in Sicherheit war, daß ich ständig in ihrer Nähe bleiben würde, um sie zu beschützen.

Als es dunkel war, sah Belet Vor mich an.

»Acht ist eine gute Zahl«, meinte er. »Eine nicht zu kleine Truppe, falls ihr auf Schwierigkeiten stoßt, und nicht so groß, als daß sie leicht auszumachen wäre.«

Wir erhoben uns mit knarrenden Harnischen und klirrenden Waffen. Bis auf diese leisen Geräusche waren wir lautlos.

»Leb wohl, Darnad.« Belet Vor umfaßte die Schulter des jungen Bradhinak und Darnad die des alten Mannes. Dieser Abschied schien etwas Endgültiges an sich zu haben, als wüßte Belet Vor, daß sie sich niemals wiedersehen würden.

»Leb wohl, Belet Vor«, sagte Darnad leise. Ihre Blicke begegneten sich für einen Augenblick, dann schritt der junge Prinz zur Tür.

»Hab' Dank, Belet Vor«, sagte ich.

»Viel Glück«, murmelte er, als wir hinausgingen und Darnad zu Chinod Sais ›Palast‹ folgten.

Das Gebäude, an dem wir schließlich anlangten, lag im Zentrum der Stadt. Es war lediglich zwei Stockwerke hoch, und wenn man bei seinem Bau auch Steine verwendet hatte, so bestand es doch überwiegend aus Holz.

Das Gebäude stand auf einem offenen Platz, von dem mehrere schmale Straßen abzweigten. Wir drückten uns in die Schatten der Häuser und beobachteten die Wachen, die auf dem Gelände des Palastes patrouillierten.

Belet Vor hatte Darnad genau erklärt, wo sich die Gästezimmer befanden und wann die Argzoon gewöhnlich zu Bett gingen. Wir gingen davon aus, daß Shizala und Horguhl nicht zusammen mit Chinod Sai zu Abend aßen. Zur Zeit speisten die Argzoon vermutlich in der Halle des Gebäudes. Das bedeutete, daß wir die beiden Frauen vielleicht befreien konnten, ohne den Verdacht der Hausbewohner zu wecken, und so einen lautstarken Kampf vermeiden konnten.

Nachdem wir die genauen Strecken der patrouillierenden Wachen überprüft hatten, schob Darnad den ersten Pfeil sorgsam in das Blasrohr und zielte.

Seine Treffsicherheit war makellos. Der Pfeil nahm seine Bahn auf den Wachtposten zu. Ich sah, wie der Mann sich mit der Hand an den Hals fuhr und dann lautlos zu Boden sank.

Der nächste Wachtposten – es waren insgesamt vier, die wir ausschalten mußten – sah seinen Kameraden zusammenbrechen und lief auf ihn zu. Wir hörten, wie er sorglos auf den am Boden Liegenden einsprach: »Steh auf, Akar, oder der Bradhi macht dich einen Kopf kürzer. Ich habe dir gleich gesagt, du sollst nicht soviel trinken, wenn wir Wache haben!«

Ich hielt den Atem an, als Darnad mit einem neuen Pfeil zielte und ihn leise herauspustete. Schon sank der zweite Wachtposten zu Boden.

Der dritte bog um eine Ecke und blieb verwundert stehen, als er die Gestalten seiner gefallenen Kameraden sah.

»He! Was ist . . .?«

Er sollte es niemals erfahren, denn Darnads dritter Pfeil traf ihn in die nackte Schulter. Die Droge wirkte schnell. Der Posten fiel um. Der vierte wurde ausgeschaltet, noch ehe er die anderen zu Gesicht bekam. Dann huschten wir auf Zehenspitzen zu den Gästezimmern.

Bald, bald, dachte ich, wird alles vorüber sein; wir können nach Varnal zurückkehren und in Frieden leben. Ich konnte die Wissenschaft der geheimnisvollen Sheev erkunden und neue Erfindungen entwickeln, die den Karnala dienlich waren. Mit meiner Hilfe brauchten die Karnala nie wieder einen Angriff zu fürchten. Sie verfügten über die grundlegende Technologie, die notwendig war zum Bau von Verbrennungsmotoren, Stromgeneratoren, Funkgeräten – all das konnte ich für sie herstellen.

Das waren die – vielleicht für den Augenblick unpassenden – Gedanken, die mein Inneres beherrschten, als wir auf die Fenster der Gästezimmer zuschlichen.

Die Fenster hatten keine Scheiben, sondern nur Läden, und einer davon stand offen. Das Glück schien an jenem Abend auf unserer Seite zu sein.

Vorsichtig spähte ich in das Zimmer. Es war kostbar – wenn auch etwas geschmacklos – eingerichtet: mit am Boden angehäuften Fellen, geschnitzten Truhen und Bänken. In einem Halter flackerte die Fackel, die den Raum erhellte. Es war niemand im Zimmer.

Ich schwang ein Bein über das niedrige Fenstersims und stieg – so leise ich konnte – ein.

Darnad und die übrigen folgten mir.

Dann standen wir alle da, sahen einander an und lauschten intensiv auf ein Geräusch, das anzeigen würde, wo die Frauen gefangengehalten wurden.

Schließlich erklang es – ein leiser Ton, der von allem möglichen hätte herrühren können. Sicher sein konnten wir nur, daß er einer menschlichen Kehle entstammte.

Er kam aus einem Zimmer zu unserer Linken.

Darnad und ich näherten uns dem Raum, die anderen Krieger folgten uns. Wir blieben an der Tür stehen, die nicht verriegelt war.

Nun ertönte aus dem Innern ein Laut, der wie ein leises

Lachen klang – das Lachen einer Frau. Aber es konnte kein Lachen sein. Ich mußte mich verhört haben. Dann ertönte eine leise, hohe Stimme, die völlig unverständlich war.

Darnad schaute mich an. Unsere Blicke begegneten sich, dann stießen wir in einer synchronen Bewegung die Tür auf.

Fackellicht erhellte die beiden Anwesenden.

Die eine war Horguhl. Sie stand in der Nähe des Fensters.

Die andere war Shizala – meine Shizala!

Shizala war an Händen und Füßen gefesselt.

Horguhl jedoch war frei. Sie stand mit auf den Hüften ruhenden Händen da und lächelte Shizala an, die ihren Blick erwiderte. Ihr Lächeln gefror, als sie uns erblickte. Shizala rief glücklich aus: »Michael Kane! Darnad! Oh, Zar sei Dank, daß ihr gekommen seid!«

Horguhl blieb mit ausdruckslosem Gesicht stehen und sagte gar nichts.

Ich trat vor, um Shizalas Fesseln zu lösen. Während ich mich daran zu schaffen machte, behielt ich das Vladnyarmädchen mißtrauisch im Auge, da ich mir nicht sicher war, welche Rolle sie in der ganzen Sache spielte. War sie nun eine Gefangene oder nicht? Im Augenblick wirkte es unwahrscheinlich. Und doch ...

Plötzlich lachte Horguhl mir ins Gesicht.

Ich löste Shizalas restliche Fesseln. »Warum lachst du?«

»Ich dachte, du wärst tot«, entgegnete sie, ohne meine Frage zu beantworten. Und dann hob sie den Kopf und stieß einen durchdringenden Schrei aus.

»Ruhe!« gebot Darnad mit einem scharfen Flüstern. »Du wirst den ganzen Palast alarmieren. Wir wollen dir kein Leid zufügen!«

»Davon bin ich überzeugt«, sagte sie, als Darnad auf sie

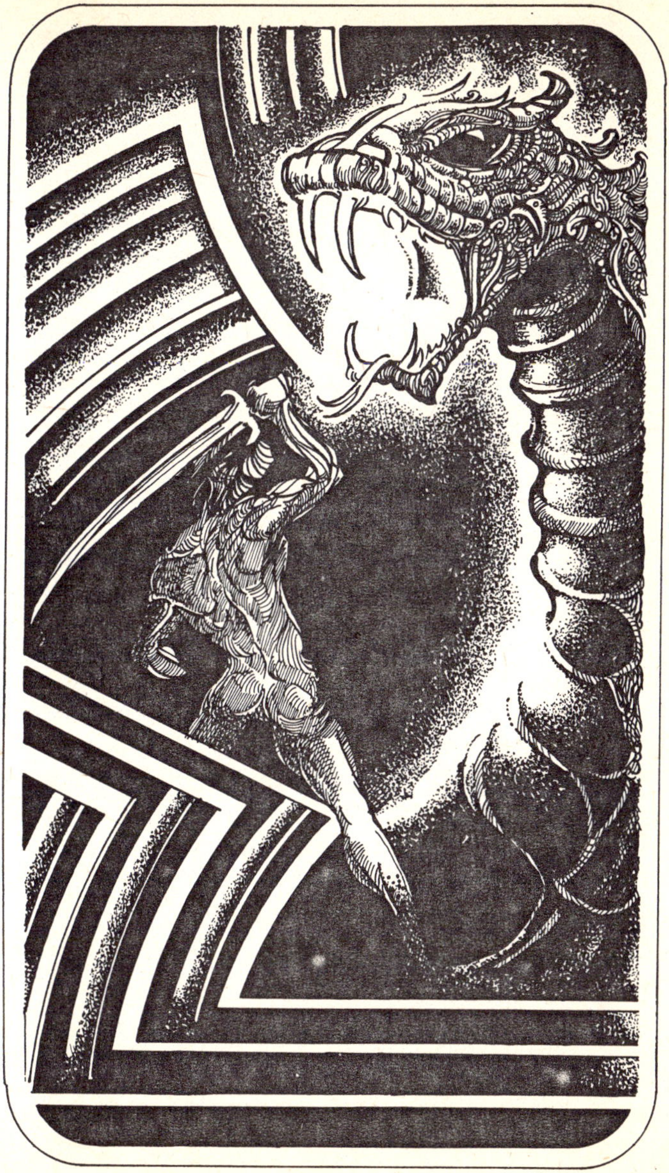

zutrat. »Aber meinen Freunden wollt ihr Schaden zufügen!« Erneut kreischte sie.

Draußen im Korridor kam Unruhe auf.

Shizalas Augen schimmerten vor Tränen – aber auch vor Glück –, als sie in mein Gesicht emporblickte. »Oh, Michael Kane – irgendwie wußte ich, daß du mich retten würdest. Ich dachte, sie hätten dich umgebracht – und doch . . .«

»Keine Zeit für Plaudereien«, sagte ich unvermittelt und versuchte das Gefühl zu verbergen, das ihre Nähe in meinem Innern auslöste.

Darnad hatte die Hand auf Horguhls Mund gepreßt. Er sah ziemlich unglücklich aus, denn er war es nicht gewohnt, eine Frau so zu behandeln.

»Horguhl ist keine Gefangene«, erklärte Shizala. »Sie . . .«

»Das ist mir nun auch klar«, meinte ich. »Komm, wir müssen uns beeilen.«

Wir wandten uns um und liefen aus dem Zimmer. Darnad ließ Horguhl los und folgte uns.

Doch ehe wir das Fenster erreichten, stürmten zwanzig Mann in das Zimmer – angeführt von den beiden Argzoon-Riesen und einem anderen, der einen glänzenden Reif in seinem zerzausten, fettigen Haar trug.

Wir und die sechs Krieger stellten uns ihnen entgegen und bildeten eine Schranke zwischen ihnen und Shizala.

»Geh schnell, Shizala«, sagte ich leise. »Geh zum Haus von Belet Vor.« Ich erteilte ihr schnell Anweisungen, wie sie den alten Mann finden konnte.

»Ich kann dich nicht alleinlassen. Ich kann es einfach nicht.«

»Du mußt – es nützt uns mehr, wenn wir wissen, daß wenigstens du in Sicherheit bist. Bitte tu, was ich dir gesagt habe.« Ich musterte die Argzoon und die übrigen und wartete darauf, daß sie uns angriffen. Sie rückten vorsichtig näher.

Sie schien meine Überlegungen zu verstehen, und aus den Augenwinkeln sah ich mit großer Erleichterung, wie sie über das Sims kletterte und in der Nacht verschwand.

Horguhl tauchte aus dem anderen Zimmer auf und deutete mit herrischer Geste auf uns. Ihr Gesicht war zorngerötet.

»Diese Männer wollten mich und die andere Frau entführen«, erklärte sie dem Mann mit dem zotteligen Haar, der mit gezücktem Schwert bereitstand.

»Aha!« sagte er. Und fügte dann hämisch hinzu: »Wußtet ihr denn nicht, daß Chinod Sai großen Wert auf die Sicherheit seiner Gäste legt und das Eindringen von Pöbel wie euch sehr übelnimmt?«

»Pöbel, du Kinderschlächter?« sagte Darnad. »Ich kenne dich Emporkömmling – der du dich selbst zum Bradhi einer Schar von Halsabschneidern und Dieben ernannt hast!«

Chinod Sai verzog höhnisch das Gesicht. »Du sprichst tapfer, aber deine Worte sind hohl. Ihr werdet alle sterben.«

Dann stürzte er sich mit seinen Verbündeten und Wachen auf uns. Der Kampf begann.

Ich mußte nicht nur gegen Chinod Sai, sondern auch gegen einen der Argzoon kämpfen, und ich konnte nicht mehr, als mich wehren, obwohl ich wußte, daß ich den beiden im Umgang mit dem Schwert überlegen war.

Doch sie standen einander auch gegenseitig im Weg, und das erwies sich letzten Endes als mein Vorteil.

Ich hielt sie mir, so gut ich konnte, vom Leib, bis ich meine Chance kommen sah. Rasch warf ich mein Schwert von der rechten Hand in die linke. Das täuschte sie für einen Augenblick. Dann stürzte ich mich auf den

Argzoon, der langsamer war als Chinod Sai, und stieß ihm in die Brust. Stöhnend fiel er nach hinten. Nun blieb nur noch der selbsternannte Bradhi von Narlet.

Doch als Chinod Sai den großen, blauen Krieger fallen sah, verließ ihn offenbar der Kampfesmut; er wich zurück und ließ die gedungenen Wachen seinen Platz einnehmen.

Nun war ich an der Reihe, ihn zu verhöhnen.

Einer nach dem anderen fielen unsere eigenen Krieger, bis nur noch Darnad und ich auf den Beinen waren.

Ich sorgte mich kaum darum, daß ich vielleicht sterben mußte. Wenn nur Shizala in Sicherheit war – und ich wußte, daß der schlaue alte Belet Vor schon dafür Sorge tragen würde –, wollte ich gern dem Tode ins Auge sehen.

Aber ich sollte nicht sterben. Hinter uns drängten so viele Krieger herein, daß wir kaum unsere Schwertarme bewegen konnten.

Bald rangen wir mehr als daß wir fochten.

Der Druck der Menge war zu groß. Nach kurzer Zeit waren wir eingekesselt, und zum zweiten Mal innerhalb einer Woche erhielt ich einen Schlag auf den Kopf, nur daß dieser nicht so freundlich gemeint war wie der erste!

Ich verlor die Besinnung. Dunkelheit umflutete mich, und ich wußte nichts mehr.

9. Kapitel

LEBENDIG BEGRABEN

Ich schlug die Augen auf, konnte aber nichts sehen. Dafür roch ich viel. Ein fauler, feuchter, eisiger Geruch wehte durch meine Nüstern und schien darauf hinzudeuten, daß ich mich irgendwo unter der Erde befand. Ich zog Arme und Beine an. Sie waren zumindest nicht gefesselt.

Ich wollte aufstehen, stieß mir dabei jedoch den Kopf. Ich konnte mich nur gekrümmt auf die feuchte, schmutzige Erde hocken.

Ich war entsetzt. War ich in irgendeiner Gruft gefangen? Sollte ich langsam verhungern oder den Verstand verlieren? Mit Mühe gelang es mir, nicht die Nerven zu verlieren. Dann vernahm ich ein leises Geräusch zu meiner Linken.

Vorsichtig tastete ich umher, und meine Hand streifte etwas Warmes. Jemand stöhnte. Ich hatte ein Körperglied berührt. Es rührte sich. Dann murmelte eine Stimme: »Wer ist da? Wo bin ich?«

»Darnad?«

»Ja.«

»Ich bin es, Michael Kane. Wir scheinen uns in einer Art Verlies zu befinden – die Decke ist wirklich sehr niedrig.«

»Was?» Ich hörte, wie Darnad sich bewegte und aufsetzte, vielleicht tastete er mit der Hand nach oben. »Nein.«

»Weißt du, wo wir sind?«

»Im alten Heizungssystem.«

»Das klingt ja ganz harmlos. Was ist das?«

»Narlet ist auf den Ruinen einer alten Sheev-Stadt erbaut. Es existierte kaum mehr etwas davon – bis auf die Fundamente eines einzigen Gebäudes. Diese Fundamente bilden heute das Fundament von Chinod Sais Palast. Offenbar liegen die Steinplatten, die den Boden des Palastes bilden, über einem ehemaligen, eingelassenen Becken, das früher mit heißem Wasser gefüllt wurde, um so das Erdgeschoß des Palastes oder vielleicht auch den gesamten Bau mittels Leitungsrohren zu heizen. Nach allem, was ich gehört habe, gaben die Sheev diese Stadt lange vor ihrem Niedergang auf; später haben sie bessere Heizmethoden entwickelt.«

»Demnach liegen wir unter dem Boden von Chinod Sais Palast begraben?«

»Angeblich genießt er es, seine Feinde hier gefangenzusetzen – sie sozusagen stets buchstäblich zu seinen Füßen zu haben.«

Ich lachte nicht, aber ich bewunderte die Kraft meines Freundes, unter solchen Umständen scherzen zu können.

Ich streckte meine Hände nach oben, tastete die glatten, feuchten Fliesen über mir ab und drückte dagegen. Sie gaben nicht nach.

»Wenn *er* die Platten heben kann, warum können wir es dann nicht?«

»Ich habe gehört, daß nur einige wenige locker sind – Belet Vor hat mir das alles erzählt –, und nach der Einkerkerung der Gefangenen wird sehr schweres Mobiliar auf die Platten gerückt.«

»Demnach sind wir tatsächlich lebendig begraben«, sagte ich und unterdrückte ein Schaudern des Entsetzens. Ich muß zugeben, daß ich vom Grauen gepackt war. Ich glaube, jedem, gleichgültig, wie tapfer er ist, wäre es angesichts eines solchen Schicksals so gegangen.

»Ja.« Darnads Stimme war ein leises Murmeln. Offenbar gefiel auch ihm nicht, was uns da widerfahren war.

»Wenigstens haben wir Shizala befreit«, erinnerte ich ihn. »Belet Vor wird dafür sorgen, daß sie unversehrt nach Varnal zurückkommt.«

»Ja.« Seine Stimme klang etwas weniger angespannt.

Eine Weile herrschte Stille.

Später faßte ich einen Entschluß.

»Wenn du bleibst, wo du bist, Darnad«, schlug ich vor, »damit ich einen Bezugspunkt habe, werde ich unser Gefängnis erkunden.«

»Ja, gut«, stimmte er mir zu.

Ich mußte natürlich kriechen, eine andere Möglichkeit gab es nicht.

Ich zählte die ›Schritte‹, während ich mich über den widerlich feuchten, faulig stinkenden Boden bewegte.

Als ich bis einundsechzig gezählt hatte, gelangte ich an eine Wand. Immer noch zählend, machte ich mich daran, an ihr entlangzukriechen.

Etwas versperrte mir den Weg. Zuerst konnte ich nicht sagen, um was es sich handelte. Dünne Gegenstände – wie Stöckchen. Ich tastete sie sorgsam ab und zog dann schnell meine Hand zurück, als ich begriff, was es war. Knochen. Eins von Chinod Sais früheren Opfern.

Bei meinem Rundgang an der Mauer entlang stieß ich noch auf mehrere Skelette.

Von meinem Ausgangspunkt an maß die erste Wand siebenundneunzig ›Schritte‹, die zweite nur vierundfünfzig. Die dritte war insgesamt hundertsechsundzwanzig Schritte lang. Ich fragte mich allmählich, wozu ich dies tat – außer daß ich meine Gedanken damit beschäftigte.

Die vierte Wand. Ein ›Schritt‹, zwei, drei...

Beim siebzehnten ›Schritt‹ an der vierten Wand faßte meine Hand ins ... Nichts!

Es konnte doch wohl keine Fluchtmöglichkeit sein? Tastend stellte ich fest, daß eine Art rundes Loch von der vierten Mauer wegführte – vielleicht ein Rohr, durch das man einst Wasser in die Kammer geleitet hatte. Es war gerade groß genug, daß ein Mensch hindurchkriechen konnte.

Ich steckte den Kopf hinein und streckte meine Arme aus. Das Innere war feucht und schmierig, aber nichts bot mir Widerstand.

Ich quetschte meinen ganzen Körper hinein und fing an, mich wie eine Schlange zu winden. Normalerweise war ich nicht gern so eingeengt, aber wenn die Röhre eine Fluchtmöglichkeit bedeutete, war dies eine Platzangst wert.

Doch dann kam die Enttäuschung.

Meine Hände hatten etwas gefunden – und ich wußte sogleich, was sie berührt hatten.

Es war ein weiteres menschliches Skelett.

Offenbar hatte eine andere arme Seele – vielleicht sogar mehr als eine – diesen Fluchtweg erkundet, war enttäuscht worden und hatte nicht die Kraft oder die Lust gehabt, zurückzukriechen.

Ich seufzte tief und fing an, mich zurückzuschlängeln.

Doch als ich dies tat, hörte ich plötzlich etwas hinter mir. Ich verharrte regungslos. Es war das Geräusch kratzenden Steins. Ein bißchen Licht drang in das Rohr ein – und ich hörte jemanden kichern.

Ich rührte mich nicht. Ich wartete.

Dann ertönte Chinod Sais höhnische Stimme. »Sei gegrüßt, Bradhinak – wie gefällt dir dein Aufenthaltsort?«

Darnad antwortete nicht.

»Na, komm schon, ich will meinen Männern zeigen, wie ein echter Bradhinak der Karnala aussieht. Vielleicht ein bißchen besudelt – es tut mir leid, wenn meine Unterkunft nicht dem entspricht, was du sonst gewohnt bist.«

»Ich bleibe lieber hier, als deinen Beleidigungen ausgesetzt zu sein, du Abschaum«, antwortete Darnad gelassen.

»Und was ist mit deinem Freund – dem eigentümlichen Burschen? Vielleicht hätte *er* gerne eine kleine Straferleichterung? Wo steckt er?«

»Ich weiß es nicht.«

»Du weißt es nicht! Aber er wurde doch mit dir zusammen eingesperrt! Lüge nicht, Junge – wo steckt dein Begleiter?«

»Ich weiß es nicht.«

Das Licht wurde heller, vermutlich, weil Chinod Sai in die schreckliche Krypta hineinspähte und eine Fackel als Beleuchtung benutzte.

Seine Stimme wurde lauter in seiner Verdrossenheit. »Er muß da drunten sein!«

Darnads Ton klang nun unbeschwerter. »Du siehst doch, daß er nicht da ist – es sei denn, du meinst eines dieser Skelette.«

»Unmöglich! Wache!«

Ich hörte leise Schritte über mir.

Chinod Sai fuhr fort: »Tragt noch mehr Steine ab – seht nach, ob der andere Gefangene sich in einer Ecke versteckt. Er ist irgendwo dort drunten. In der Zwischenzeit schafft den Karnala hoch.«

Weitere Geräusche erklangen, und ich schloß, daß man Darnad fortgebracht hatte. Dann hörte ich, wie die Wachen weitere Steinplatten aufrissen, und ich grinste vor mich hin und hoffte, daß sie nicht daran denken würden, im Rohr nachzusehen. Dann fiel mir etwas ein. Es war kein erfreulicher Gedanke, aber er konnte mich vielleicht retten und mir dadurch die Gelegenheit geben, Darnad zu befreien.

Ich schlängelte mich wieder in das Rohr hinein und streckte die Hand aus, um ein paar Knochen jenes Unglücklichen zu ergreifen, der vor mir hiergewesen war. Er hatte zwar keinen Erfolg gehabt, aber auch wenn er schon ein paar Jahre tot war, konnte er mir jetzt vielleicht dienlich sein – und mir helfen, ihn zu rächen.

Ich drückte mich, so fest ich konnte, gegen ein Röhrenstück und fing an, die Knochen vor mich zu stapeln, bis ein ganzer Haufen zu meinen Füßen lag. Ich ging so lautlos wie möglich vor, und jedes Geräusch, das ich vielleicht verursachte, ging in dem Getöse unter, das die verzweifelten Wachen verursachten, als sie die Steinplatten wegzogen und im Halbdunkel herumkrochen, um mich zu finden.

»Er ist nicht da«, hörte ich einen von ihnen sagen.

»Du bist ein Dummkopf«, antwortete ein anderer. »Er muß da sein.«

»Und ich sage dir, daß er *nicht* da ist. Komm und sieh selbst!«

Ein zweiter Wachsoldat sprang neben den ersten, und ich hörte auch ihn herumpoltern.

»Das verstehe ich nicht. Es gibt hier keinen Ausgang. Wir haben doch mehr als einmal irgendwelche Kerle hier hereingeworfen. He – was ist das denn?«

Der Wachsoldat hatte das Rohr gefunden. Das Licht wurde greller.

»Könnte er dort hineingekrochen sein? Wenn ja, wird es ihm nicht viel nützen, das andere Ende ist blockiert.«

Dann fand der Mann die Knochen. »Bah! Er ist nicht da hoch, aber jemand anders hat es versucht. Die Knochen sind alt.«

»Was sollen wir dem Bradhi sagen?« fragte der erste Wachsoldat ängstlich. »Das Ganze riecht nach Zauberei!«

»So etwas gibt es nicht.«

»So heißt es heutzutage, aber mein Großvater kennt da ganz andere Geschichten . . .«

»Halt den Mund! Zauberei, Geister. Unfug! Und doch, ich muß zugeben, daß er irgendwie seltsam aussah. Er schien keinem Volk anzugehören, das ich kenne. Und ich habe gehört, daß hinter dem Ozean ein Land liegt, in dem Menschen mit übernatürlichen Kräften leben. Und dann gibt es noch diese Sheev . . .«

»Die Sheev! Das ist es!«

»Halt den Mund! Chinod Sai wird ihn dir stopfen, wenn er solche Gespräche in seinem Palast vernimmt!«

»Was sagen wir ihm nur?«

»Nur die Tatsachen. Der Mann *war* da – aber nun ist er fort.«

»Aber wird er uns glauben?«

»Wir können es nur hoffen.«

Ich hörte, wie die Wachsoldaten hinaufkletterten und weggingen. Sobald sie fort waren, kroch ich, so schnell ich konnte, durch die Röhre und stand bald aufrecht in meinem ehemaligen Gefängnis, so daß mein Kopf sich genau über der Höhe des Fußbodens befand. Steinplatten waren herausgenommen worden, und der ganze Boden war aufgerissen. Darüber zumindest war ich froh.

Niemand befand sich in dem Raum, bei dem es sich – nach dem riesigen, reich beschnitzten und mit Edelmetallen geschmückten Sessel am anderen Ende zu schließen – um eine Art Thronsaal handeln mußte.

Ich stemmte mich hoch und stand in dem Raum. Schnell und lautlos rannte ich zur Tür, blieb dort stehen und lauschte. Die Tür stand halb offen. Auf der anderen Seite ertönten zornige Stimmen.

Von außerhalb des Palastes kamen weitere Geräusche – Rufe und Schreie. Sie hörten sich ebenfalls zornig an. Irgendwo in der Ferne trommelten Fäuste gegen eine Tür.

Dann trat ich zurück, da plötzlich jemand den Raum betrat.

Es war Chinod Sai.

Er starrte mich einen Augenblick lang entsetzt an.

Dieser Augenblick genügte mir. Wie ein Blitz schoß ich vor und riß ihm das Schwert vom Gürtel!

Ich drückte die Spitze sanft gegen seine Kehle und sagte mit einem finsteren Lächeln: »Ruf deine Wachen, Chinod Sai – dann rufst du den Tod!«

Er wurde blaß und gurgelte etwas. Ich machte ihm Zeichen, ganz in den Raum zu treten und die Tür zu schließen. Ich hatte Glück gehabt. Alle waren mit anderen Dingen beschäftigt gewesen und hatten nicht bemerkt, was ihrem ›Bradhi‹ widerfahren war.

»Sprich leise!« befahl ich ihm. »Sag mir, was hier vor sich geht und wo sich mein Kamerad befindet.«

»Wie... wie konntest du entkommen?«

»Ich stelle hier die Fragen, mein Freund. Jetzt antworte!«

»Der Mob greift meinen Palast an«, erklärte er. »Irgendein jämmerlicher Eierdieb will mich stürzen.«

»Hoffentlich gibt er einen besseren Anführer ab als du. Und wo ist mein Kamerad?«

Er deutete mit der Hand hinter sich. »Dort drinnen.«

Plötzlich kam jemand herein. Ich hatte damit gerechnet, die Wachen würden klopfen. In diesem Fall hätte ich Chinod Sai sagen lassen, sie sollten draußen bleiben.

Aber das war kein Wachsoldat.

Es war der überlebende Argzoon. Er wirkte überrascht, mich zu sehen. Er drehte sich um und stieß ein warnendes Brüllen aus, das den Männern im Nebenzimmer galt.

Sie kamen herein. Ich wich zurück und sah mich nach einer Fluchtmöglichkeit um, aber alle Fenster in diesem Raum waren vergittert.

»Tötet ihn!« kreischte Chinod Sai und deutete mit zitterndem Finger auf mich. »Tötet ihn!«

Unter der Führung des blauen Argzoon kamen die Wachen auf mich zu. Ich wußte, daß ich dem Tod ins Auge sah – sie würden mich kein zweites Mal zum Gefangenen machen.

10. Kapitel

IN DEN HÖHLEN DER FINSTERNIS

Irgendwie gelang es mir, sie in Schach zu halten, wenn ich auch niemals begreifen werde, wie. Dann sah ich Darnad hinter ihnen auftauchen und ein Schwert schwenken, das er sich irgendwo beschafft hatte.

Gemeinsam griffen wir Chinod Sai und seine Männer von zwei Seiten an, aber wir wußten, daß wir uns irgendwann würden geschlagen geben müssen.

Dann ertönte ein plötzliches, langgezogenes Dröhnen, und ein wilder Mob stürmte herein – mit gezückten Schwertern, Speeren und Hellebarden.

Sie wurden von einem gutaussehenden jungen Mann angeführt, und aufgrund des Funkelns seiner Augen, das zugleich berechnend und triumphierend war, nahm ich an, daß es sich um den nächsten Anwärter auf den armseligen Thron der Stadt der Diebe handelte.

Während die übrigen nun Darnad gegen den Argzoon und die Wachen beistanden, konzentrierte ich mich auf Chinod Sai. Diesmal, so schwor ich mir, sollte er sich nicht davonmachen können.

Chinod Sai erriet meine Absicht, und dies schien seine Geschicklichkeit zu steigern.

Wir tanzten im Zweikampf über den aufgerissenen Boden seines Thronsaals vor und zurück, über den Knochen der Unglücklichen, die er zu seinem perversen Vergnügen eingemauert hatte.

Bei Hieben, Stichen und Paraden klang der Stahl unserer Klingen durch die Halle, während auf der anderen Seite der Mob im wilden Gerangel kämpfte.

Dann kam mein Untergang – zumindest glaubte ich das. Ich stolperte über eine Steinplatte und fiel rücklings in die Grube!

Ich sah, daß Chinod Sai den Arm zu dem tödlichen Stoß gegen mich erhob, der mich in den Schlick niederstrecken würde. Ich starrte zu ihm empor.

Als dann das Schwert auf mein Herz zusauste, rollte ich mich beiseite – unter ein Stück des Fußbodens, das noch intakt war. Ich hörte ihn fluchen und sah, wie er hinter mir hersprang. Er erblickte mich und stieß zu. Ich hob mich auf den linken Arm, parierte seinen Hieb und stieß ihm die Klinge geradewegs ins Herz. Ich stieß nach, und er fiel mit einem Stöhnen nach hinten.

Ich kletterte aus der Grube. »Ein angemessenes Grab, Chinod Sai«, sagte ich. »Ruhe bei den Knochen derer, die du auf so grauenvolle Weise ermordet hast. Du bekamst einen schnelleren Tod, als du verdient hast!«

Ich sah gerade noch, wie Darnad den letzten Argzoon niedermachte.

Der Kampf war vorbei, und der junge Anführer der Volksmenge hob die rechte Hand und rief:

»Chinod Sai ist geschlagen – der Tyrann wird sterben!«

Jubelnd antwortete die Menge: »Hoch lebe Morda Kohn, der Bradhi von Narlet!«

Morda Kohn schwenkte herum und grinste. »Chinod Sais Feinde sind meine Freunde. Ihr habt mir geholfen, den Thron zu erringen. Aber wo ist er?«

Ich deutete zu Boden. »Ich habe ihn getötet«, sagte ich nur.

Morda Kohn lachte. »Gut, gut! Für diesen kleinen Dienst bist du um so mehr mein Freund!«

»Es war kein Freundschaftsdienst für dich«, antwortete ich, »sondern ich hatte mir dieses Vergnügen geschworen.«

»Recht so. Der Tod deines Freundes hat mich aufrichtig bekümmert.«

»Meines Freundes?« fragte ich nach, als Darnad sich zu uns gesellte. Er hatte eine Fleischwunde an der rechten Schulter, schien aber ansonsten wohlauf.

»Belet Vor – wußtet ihr das nicht?«

»Was ist Belet Vor zugestoßen?« fragte Darnad ungeduldig.

Ich muß zugeben, daß ich nicht nur an Belet Vor dachte, sondern auch an das Mädchen, das ich zu ihm geschickt hatte, an Shizala.

»Nun, er war der Grund, daß ich das Volk gegen Chinod Sai aufwiegeln konnte«, erklärte Morda Kohn. »Chinod Sai und sein blauer Freund erfuhren, daß ihr im Hause Belet Vors gesehen wurdet. Sie gingen zu ihm und erteilten den Befehl, ihn auf der Stelle zu enthaupten!«

»Belet Vor ist tot? Enthauptet – o nein!« Darnads Gesicht wurde fahl vor Entsetzen.

»Leider ja.«

»Aber das Mädchen, das wir gerettet haben – das wir zu ihm schickten?« Ich sprach voller Angst und fürchtete mich fast vor der Antwort.

»Ein Mädchen? Ich weiß nicht, ich habe nichts von einem Mädchen gesehen. Vielleicht ist es noch dort und hält sich im Haus versteckt.«

Ich beruhigte mich. Wahrscheinlich war es so.

»Und es fehlt noch jemand«, erklärte Darnad. »Die Vladnyarfrau – Horguhl. Wo ist sie?«

Gemeinsam suchten wir den Palast ab, aber es war keine Spur von ihr zu finden.

Die Nacht brach herein. Wir borgten uns Daharas vom neuen ›Bradhi‹ und stürmten zu Belet Vors Haus.

Im Innern war alles durchstöbert. Wir riefen Shizalas Namen, aber sie antwortete nicht. Shizala war fort – aber wo? Und wie?

Wir wankten aus dem Haus. Hatten wir gekämpft und so vieles aufs Spiel gesetzt, um nun zu scheitern?

Zurück zum Palast und hören, ob Morda Kohn uns helfen konnte.

Der neue Bradhi überwachte die Wiedereinsetzung der Bodenfliesen. »Sie werden jetzt fest einzementiert«, sagte er. »Sie werden nie wieder dem alten, schrecklichen Brauch dienen.«

»Morda Kohn«, sagte ich verzweifelt, »das Mädchen war nicht in Belet Vors Haus. Und wir wissen, daß es bestimmt nicht aus eigenem Antrieb fortgegangen ist. Hat einer von Chinod Sais Wachen überlebt? Wenn ja, könnte er uns vielleicht erzählen, was geschehen ist.«

»Ich glaube, es befinden sich mehrere Gefangene im Vorzimmer.« Morda Kohn nickte. »Befragt sie, wenn ihr wollt.«

Wir begaben uns ins Vorzimmer. Dort hielten sich drei übellaunige, schwerverwundete Gefangene auf.

»Weiß einer von euch, wo Shizala steckt?«

»Das blonde Mädchen – die Gefangene, die hier war.«

»Ach, die – ich glaube, sie sind zusammen weggegangen.«

»Zusammen?«

»Sie und die dunkelhaarige Frau.«

»Wohin gingen sie?«

»Welchen Sinn hat es, auch zu erzählen, was ich weiß?« Der Wachsoldat blickte mich listig an.

»Ich werde mit Morda Kohn sprechen. Er ist uns einen

Gefallen schuldig. Ich werde ihn bitten, bei dir Gnade vor Recht ergehen zu lassen.«

»Wirst du Wort halten?«

»Natürlich.«

»Ich glaube, sie zogen in Richtung der Berge von Argzoon.«

»Ach . . . aber warum?« mischte Darnad sich in unser Gespräch. »Warum sollte eine Vladnyar freiwillig zu den Argzoon gehen? Die Blauen Riesen sind niemandes Freund.«

»An Horguhls Verbindung mit den Argzoon haftet irgend etwas Mysteriöses. Vielleicht finden wir die Antwort, wenn wir sie finden«, meinte ich. »Könntest du uns zu den Bergen von Argzoon führen, Darnad?«

»Ich glaube schon.« Er nickte.

»Dann komm, beeilen wir uns. Mit etwas Glück holen wir sie noch ein, ehe sie die Berge erreichen.«

»Es wäre auch besser so«, sagte er.

»Warum?«

»Weil die Argzoon buchstäblich *in* den Bergen leben – in den Höhlen der Finsternis, die unter dem Bergkamm verlaufen. Einige sagen, es wäre wirklich die nackte Welt des Todes, und nach allem, was ich gehört habe, wäre es durchaus möglich.«

Wir sprachen kurz mit Morda Kohn und baten ihn, gnädig mit dem Wachsoldaten zu verfahren. Dann gingen wir hinaus, bestiegen unsere Daharas und ritten zu den furchterregenden Höhlen der Finsternis.

Das Glück war uns nicht hold. Erst schnitt sich Darnads Tier an einem scharfen Stein am Fuß und fing an zu lahmen. Einen vollen Tag lang mußten wir im Schritttempo reisen, bis wir zu einem Lager kamen, wo wir es gegen ein ziemlich zähes Tier austauschen konnten, das aussah, als hätte es Durchhaltevermögen.

Dann verloren wir den Mut auf einer kahlen Ebene, die unter dem Namen Wildnis des Jammers bekannt war, und wir konnten gut verstehen, warum hier jeden der Jammer überkam.

Andererseits war das Reittier, das Darnad eingetauscht hatte, tatsächlich sehr kräftig – mein eigenes ermattete zuerst.

Schließlich brachten wir die Wildnis des Jammers hinter uns und gelangten an die Ufer eines unglaublich wilden Flusses, der noch breiter war als der Mississippi.

Wir hatten wieder Aufenthalt, während wir ein Boot von einem freundlichen Fischer borgten und die Überfahrt bewältigten. Glücklicherweise trug Darnad einen kostbaren Ring am Finger und konnte ihn in Perlen umtauschen, die in dieser Gegend das übliche Tauschmittel darstellten.

In der Siedlung am Fluß kauften wir Vorräte und erfuhren zu unserer Erleichterung – denn es hatte immer noch die Möglichkeit bestanden, daß der Wachsoldat boshafterweise gelogen hatte –, daß zwei Frauen, auf die die Beschreibung Horguhls und Shizalas paßte, hier durchgekommen waren. Wir fragten, ob man den Eindruck gewonnen hätte, Shizala habe unter Druck gestanden, aber unser Informant erklärte, sie sei wohl nicht gefesselt gewesen.

Dies war verwirrend, denn wir konnten nicht verstehen, weshalb Shizala aus freien Stücken in das schreckliche Gebiet der Argzoon reisen sollte.

Also überquerten wir den Carzaxfluß im Boot des Fischers und führten unsere Reittiere und Vorräte per Fähre mit uns. Es war eine schwierige Aufgabe, denn die Strömung trug uns viele Meilen flußabwärts, ehe wir das andere Ufer erreichten. Der Fischer würde das Boot später zurückholen. Wir zogen es ans Ufer, schnürten die Vorräte auf unsere Tiere und saßen auf.

Hier war das Land bewaldet, doch es handelte sich um die eigentümlichsten Bäume, die ich je gesehen hatte.

Ihre Stämme waren nicht so massiv wie die Baumstämme auf der Erde, sondern sie bestanden aus vielen hundert schlanken Rohren, die sich umeinanderwanden, um Stämme mit einem Durchmesser von zehn bis zwölf Metern zu bilden. Andererseits reichten die Bäume nicht sehr weit hinauf. Sie verzweigten sich vielmehr, so daß unsere Köpfe manchmal, wenn wir durch einen niedrigen Hain ritten, über sie hinausragten. Ich fühlte mich riesenhaft!

Auch wies das Laub eine ähnliche Tönung auf wie die Farne der Karmesinebene – wenngleich Rot auch nur die vorherrschende Farbe war. Es waren auch Blau-, Grün- und Gelbtöne sowie Braun und Orange zu finden. Tatsächlich sah es so aus, als befände sich der Wald in einem andauernden herbstlichen Zustand, und ich genoß diesen Anblick. So seltsam die Stummelbäume auch waren, sie erinnerten mich doch auf irgendeine unerklärliche Weise an meine Kindheit.

Aber dort gab es noch etwas anderes, wie ich bald entdecken sollte – und das mich, wenn schon nichts anderes, von der Notwendigkeit der Weiterreise überzeugte.

Wir waren schon zwei Tage durch den Wald geritten, als Darnad plötzlich sein Reittier zum Stehen brachte und wortlos durchs Laub deutete.

Ich konnte nichts sehen und schüttelte verwundert den Kopf.

Nun schien Darnads Tier sich unruhig herumzuwerfen – und das meine bald ebenfalls.

Darnad machte sich daran, sein Tier zu wenden und deutete in die Richtung, aus der wir gekommen waren. Das eigentümliche, affenartige Tier gehorchte den lenkenden Zügeln, und das meinige folgte ihm ziemlich rasch, als wären beide froh, umkehren zu können.

Dann hielt Darnad wieder an. Er senkte die Hand zum Schwert.

»Zu spät«, sagte er. »Und ich hätte dich warnen müssen.«

»Ich kann nichts sehen und nichts hören. Wovor hättest du mich warnen müssen?«

»Vor dem *Heela.*«

»Heela – was ist ein Heela?«

»Das . . .« Darnad deutete in die Richtung.

Da schlich ein Tier wie aus einem Alptraum auf uns zu, dessen Fell die gleiche gesprenkelte Tönung aufwies wie das Laub der Bäume.

Es hatte acht Beine, und jedes Bein lief in sechs geschwungene Krallen aus. Es hatte zwei Köpfe, ein jeder mit einem breiten, weit aufgerissenen Maul voll langer, rasiermesserscharfer Zähne, funkelnd gelben Augen und geblähten Nüstern. Vom Rumpf erhob sich ein einziger Hals, der sich oben zu den beiden Köpfen verzweigte.

Das Tier hatte zwei schuppige, kräftig aussehende Schwänze und einen tonnenförmigen, muskelbewehrten Körper.

Es glich nichts, das ich beschreiben könnte. So etwas konnte es nicht geben – und doch existierte es!

Der Heela blieb in ein paar Metern Entfernung stehen und peitschte mit seinem Doppelschwanz, während er uns mit seinen beiden Augenpaaren musterte.

Alles, was ich auf Anhieb zu seinen Gunsten sagen kann, ist, daß er nur etwa halb so groß wie ein gewöhnliches Dahara war.

Dann sprang er. Nicht nach mir oder Darnad, sondern nach dem Kopf von Darnads Dahara.

Das arme Tier schrie vor Schmerz und Furcht auf, als

der Heela seine acht Krallenreihen in den großen, flachen Kopf bohrte und sich auf diese Weise festklammerte, während er mit beiden Zahnreihen nach der Wirbelsäule des Daharas schnappte.

Darnad schlug mit seinem Schwert auf den Heela ein. Ich wollte ihm beistehen, doch mein Reittier wollte sich nicht von der Stelle rühren.

Ich stieg ab – es war das einzige, was ich tun konnte – und blieb hinter dem Rücken des angeklammerten Heela stehen. Ich verstand nicht viel von marsianischer Biologie, doch ich wählte jene Stelle im Nacken des Heela, die der entsprach, die er bei dem Dahara angriff. Ich wußte, daß viele Tiere, wenn sie andere angreifen, sich in Stellen verbeißen, wo sich ihnen selbst lebensgefährliche Verletzungen zufügen lassen.

Ich stieß mein Schwert hinein.

Ein paar Augenblicke lang hing der Heela noch am Kopf des Daharas; dann löste er seine Umklammerung und fiel mit einem markerschütternden Schrei aus Schmerz und Wut zu Boden. Ich trat zurück, um jeden Angriff abzuwehren, der noch von ihm ausgehen konnte. Aber er erhob sich, blieb auf wackligen Beinen stehen, machte ein paar Schritte von mir fort – und fiel dann tot um.

In der Zwischenzeit war Darnad von seinem Dahara gestiegen, das vor Schmerzen stöhnte und im Moos umherstampfte.

Dem armen Geschöpf war ein Gutteil Fleisch von Kopf und Hals gerissen worden. Es war durch uns nicht mehr zu retten, wir konnten es nur noch von seinen Schmerzen erlösen.

Voller Bedauern sah ich zu, wie Darnad sein Schwert an den Kopf des Tieres hielt und mit einem Schaudern zustieß.

Bald lagen Heela und Dahara nebeneinander. Eine sinnlose Vergeudung von Leben, dachte ich.

Doch was noch schlimmer war: Wir mußten nun zu zweit reiten, und wenn mein Dahara auch stark genug war, uns beide zu tragen, so müßten wir unsere vorherige Geschwindigkeit um mindestens die Hälfte reduzieren.

Das Pech schien uns zu verfolgen.

Zu zweit auf dem Dahara sitzend, ließen wir den Wald hinter uns. Darnad klärte mich auf, daß wir Glück gehabt hatten, nur einem dieser Tiere zu begegnen, denn andere seines Rudels hatten sich in der Nähe aufgehalten. Offenbar war es bei den Heelas üblich, daß der Rudelführer das Opfer als erster angriff und bei Erfolg den Rest der Meute zum Töten herankommen ließ, nachdem er die Kraft des Opfers erprobt hatte. Wenn jedoch der Heelaführer getötet wurde, verzog sich die Meute, weil sie den Gegner für zu stark hielt, um einen Angriff zu wagen. Eher würden sie den Kadaver ihres toten Führers auffressen. Und in diesem Falle auch den des Daharas.

Es sah so aus, als wären die Heelas wie Hyänen: zwar stark, aber feige. Ich dankte der Vorsehung jedenfalls für diesen Charakterzug.

Nun wurde die Luft kälter – wir ritten immerhin schon einen Monat – und die Himmel verdunkelten sich. Wir begannen mit der Überquerung einer weiten Ebene von schwarzem Lehm und dunklem Fels mit kurzem, finsterem Gesträuch und alten Ruinen. Die Läufe unseres einzigen Daharas patschten in tiefe Pfützen, wateten durch zähen Matsch, rutschten über glasartiges Gestein oder stolperten über große Flächen alten Bauschutts.

Ich fragte Darnad, ob dies die Ruinen der Sheev seien, aber er brummte nur, daß er es nicht glaube.

»Ich nehme an, daß sie einst von den Yaksha bewohnt wurden«, sagte er.

Ein Schauder überlief mich, als kalter Regen auf uns herabfiel.

»Wer waren die Yaksha?«

»Es heißt, sie seien alte Feinde der Sheev, entstammten jedoch der gleichen Rasse.«

»Mehr weißt du nicht über sie?«

»Das sind die einzigen Fakten. Alles andere ist Aberglaube und Spekulation.« Er schien innerlich zu frösteln, aber weniger vor Kälte als angesichts eines Gedankens, der ihm gekommen war.

Wir ritten weiter und zogen immer langsamer über das finstere Ödland und suchten bei Nacht, die allerdings vom Tag kaum zu unterscheiden war, Schutz unter halb zerfallenen Mauern oder offen daliegendem Fels. Merkwürdige, bleiche Tiere durchstreiften diese Ebene; seltsame Schreie wie die Stimmen verlorener Seelen; Unruhe und Geräusche, die wir eher *spürten* als hörten oder sahen. So sollte es noch zwei Wochen lang andauern, ehe die hochaufragenden Felsenspitzen der Argzoon im schummrigen, dunstigen Licht der Einöde des Verderbens zu sehen waren.

Die Berge von Argzoon waren hoch und zerklüftet, schwarz und abweisend.

»Wenn ich ihren Lebensraum sehe«, sagte ich zu Darnad, »kann ich verstehen, warum die Argzoon so sind. Solche Landschaften sind nicht dazu angetan, einem Sinn für Milde und Freundlichkeit einzuflößen.«

»Da stimme ich dir zu«, antwortete er. Etwas später fügte er hinzu: »Wir sollten die Tore von Gor Delpus vor Einbruch der Nacht erreichen.«

»Was ist das?«

»Der Eingang zu den Höhlen der Finsternis. Wie ich mir habe erzählen lassen, werden sie nie bewacht, denn nur wenige haben es gewagt, in die ureigensten unterirdischen Zonen der Argzoon einzudringen – dafür sorgt schon unsere Angst vor dunklen, engen Räumen.«

»Sind die Höhlen sehr gefährlich?«

»Ich weiß es nicht«, sagte er. »Es ist noch niemand zurückgekehrt, der davon hätte berichten können...«

Als die Abenddämmerung hereinbrach, erblickten wir die Tore im schwachen Mondschein von Deimos. Es handelte sich im wesentlichen um natürliche Höhlenöffnungen, die durch eine derbe Bearbeitung höher und breiter gemacht worden waren. Sie wirkten finster und bedrohlich, und ich konnte nun verstehen, was Darnad mir erzählt hatte. Nur meine Mission – die Frau zu befreien, die ich liebte, aber niemals würde erringen können – würde mich dazu bringen, dort hineinzugehen.

Wir ließen unser getreues Dahara draußen stehen, damit es selbst für sich sorgte, bis wir zurückkehrten – falls wir zurückkehrten. Und dann betraten wir die Höhlen der Finsternis.

11. Kapitel

DIE KÖNIGIN DER ARGZOON

Es war kalt in den Höhlen. Ein eisiger Wind durchzog sie, der schlimmer war als alles, was ich in der Einöde des Verderbens erlebt hatte.

Wir gingen immer weiter hinab – über einen glatten, breiten, kurvenreichen Weg, der in weiten Abständen von Fackeln erhellt wurde. Wir erblickten weite Grotten und Kammern, wie es sie in großen Höhlensystemen gibt: mit Stalagmiten und Stalaktiten, herumliegenden schwarzen Felsbrocken und Rinnsalen eiskalten Wassers und bitter riechendem Schlick, der an den Felsen klebte, und kleinen, bleichen Tieren, die davonhuschten, wenn wir uns näherten.

Und tiefer im Innern waren die Seitenwände des Weges mit Kriegstrophäen geschmückt, hier dem Skelett eines Argzoon in voller Rüstung mit Schwert, Schild, Speer und Axt, der von seiner großen Körperhöhe auf uns herabgrinste, dort mehrere zu einer großen Pyramide aufgehäufte menschliche Schädel. Finstere Beutestücke, die manchmal im flackernden Fackelschein zu Leben erwachten, jedoch die angemessene Dekoration für diesen eigentümlichen Ort abgaben.

Dann schließlich bemerkten wir, wie der Weg eine scharfe Linkskurve nahm. Wir folgten seinem Verlauf und standen plötzlich in einer gewaltigen Höhle, deren Wände so weit entfernt waren, daß wir sie nicht sehen konnten. Wir standen oberhalb und blickten hinab in den

Raum. Der Weg führte hinein und wand sich, wie wir sehen konnten, etwa drei Kilometer abwärts. In regelmäßigen Abständen loderten hohe Feuer am Boden der Grotte, und dazwischen lagen ganze Dörfer. Ziemlich nahe auf unserer Seite der Höhle erhob sich eine steinerne Stadt – eine Stadt, die aus beinahe wahllos aufeinandergeschichteten Steinhaufen zu bestehen schien. Eine bedrückende Stadt, eine kalte, befestigte, öde Stadt. Eine Stadt, die zu den Argzoon paßte.

Wir sahen, wie die Männer, Frauen und Kinder in der Stadt und den umliegenden Dörfern ihren Beschäftigungen nachgingen. Es waren auch Daharaställe und Ställe kleinerer Tiere zu sehen, bei denen es sich um eine domestizierte Form der Heelas zu handeln schien.

»Wie kommen wir dort hinein?« flüsterte ich Darnad zu. »Sie werden sofort erkennen, wer wir sind!«

Just in dem Augenblick vernahm ich hinter uns ein Geräusch und zerrte ihn in den Schatten des Felsens.

Ein paar Momente später stolperte eine Gruppe von etwa dreißig Argzoonkriegern an uns vorbei. Sie sahen aus, als hätten sie eine Tortur hinter sich. Viele wiesen unversorgte Wunden auf, anderen hing die Rüstung nur noch in Fetzen vom Körper, und alle wirkten erschöpft.

Ich nahm an, daß es sich um Überlebende der am Tage unserer Abreise aus Varnal begonnenen Säuberungsaktion handelte.

Das war ein weiterer Grund, daß wir uns besser nicht sehen ließen! Die Argzoon würden sich mit Freuden an den Angehörigen des Volkes rächen, das sie geschlagen hatte.

Aber diese Krieger waren zu müde, um uns auch nur zu bemerken. Sie wankten nur über den gewundenen Pfad auf die Höhlenwelt zu, wo die großen Lagerfeuer prasselten und mit geringem Erfolg versuchten, den Ort zu erwärmen und zu erhellen.

Wir konnten nicht bis zum Einbruch der Nacht warten, denn hier herrschte ständig Nacht. Wie also konnten wir uns in die Stadt schleichen und feststellen, wo Shizala gefangengehalten wurde?

Wir konnten nichts anderes tun, als den Weg hinabzuhuschen und uns so gut wie möglich im Dunkeln zu halten – in der Hoffnung, daß die Argzoon zu sehr mit ihren eigenen Angelegenheiten beschäftigt waren, um uns zu bemerken: ihre Wunden zu versorgen und ihre Streitkräfte zu ordnen.

Nicht einmal dachten wir daran, umzukehren und Hilfe zu holen. Dafür schien es nun zu spät. Wir mußten Shizala allein befreien.

Doch dann schoß mir ein Gedanke durch den Kopf!

Wer sonst wußte, wo Shizala gefangen gehalten wurde? Wer außer uns hatte alle Informationen über die Argzoon?

Die Antwort war offenkundig: Keiner!

Als wir ein kleines Stück gegangen waren, wandte ich mich zu Darnad um und sagte unumwunden: »Du mußt umkehren.«

»Umkehren? Bist du von Sinnen?«

»Nein, ich bin bei völlig klarem Verstand. Ist dir eigentlich nicht klar, daß es keinen weiteren Versuch mehr geben wird, Shizala zu retten, wenn wir bei diesem Unternehmen umkommen? All unser Wissen würde mit uns verlorengehen!«

»Daran hatte ich nicht gedacht«, überlegte er. »Aber warum soll *ich* umkehren? Du gehst! Ich werde versuchen . . .«

»Nein. Du kennst die Geographie von Vashu besser als ich. Ich könnte mich leicht verirren. Jetzt, wo du mich in die Berge von Argzoon geführt hast, mußt du zur nächsten Siedlung umkehren und Kuriere mit der Botschaft losschicken, wo ich und Shizala sind. Dann kann eine Armee hierherkommen, solange die Argzoon noch geschwächt sind und sich erholen müssen. Ihr könnt die Gefahr der Blauen Riesen ein für allemal aus der Welt schaffen!«

»Aber ich werde Wochen brauchen, um auch nur an den Rand der Zivilisation zu gelangen! Wenn du hier in irgendwelche Schwierigkeiten kommst, wirst du längst tot sein, ehe ich Hilfe bringen kann.«

»Wäre unsere persönliche Unversehrtheit unser oberstes Ziel gewesen«, erinnerte ich ihn, »befände sich jetzt keiner von uns beiden hier. Du mußt die Logik meiner Worte einsehen. Geh!«

Er dachte einen Augenblick angestrengt nach, dann legte er mir die Hand auf die Schulter, drehte sich um und nahm schnell den Weg in die Richtung, aus der wir gekommen waren.

Wenn Darnad erst einmal einen Entschluß gefaßt hatte, setzte er ihn auch rasch in die Tat um.

Ich schlich mich nun weiter und fühlte mich ohne Darnad und angesichts dieser gewaltigen Natur noch kleiner und schwächer.

Irgendwie schaffte ich es, unbemerkt bis zum Fuß des Weges zu gelangen.

Irgendwie schaffte ich es, von der Felswand in den Schatten der Stadt zu huschen und mich an den grob behauenen Stein zu schmiegen.

Und dann wurde es plötzlich dunkler.

Zuerst konnte ich die Ursache meines Glücks gar nicht begreifen. Dann sah ich, daß die Argzoon ihre großen Feuer eindämmten.

Aber warum?

Dann wurde mir klar, was hier vor sich ging. Offensichtlich waren sie knapp an Brennstoff, so daß man für die Zeit, die der Nacht in der Außenwelt entsprach, die Feuer löschte. In der nahezu stockfinsteren Schwärze kam ich zu dem Schluß, daß dies meine Gelegenheit war, die Stadt zu erkunden, um herauszufinden, wo Shizala festgehalten wurde.

Vielleicht würde ich sogar, sofern das Glück mir weiter hold blieb, eine Gelegenheit bekommen, sie zu befreien. Dann konnten wir gemeinsam die finstere Höhlenwelt der Argzoon verlassen und nach Varnal zurückreiten.

Ich wagte es mir kaum vorzustellen, als ich langsam anfing, die rauhe Wand der Stadtmauer zu erklimmen.

Es war ein schwieriger, aber nicht allzu schwieriger Aufstieg. In den langen Wochen unserer Suche waren meine Hände und Füße abgehärtet worden, und ich konnte mich jetzt ans Gestein klammern wie ein Gibraltaraffe.

Die Finsternis barg natürlich ihre eigenen Gefahren, und ich mußte weitgehend nach Gefühl klettern, doch bald befand ich mich oben auf der Mauer.

Geduckt und mit dem Schwert in der Hand – für den Fall, daß ich überrascht wurde – schlich ich über die Mauer und spähte in die Stadt hinab, um jene Winkel zu erkunden, wo man Shizala wahrscheinlich festhielt.

Dann sah ich es!

Ein Gebäude war recht gut durch Fackeln im Innern und an der Brustwehr erleuchtet. Doch dies erregte nicht so sehr meine Aufmerksamkeit wie das große, flatternde Banner, das an einem Mast auf dem mittleren Turm des Gebäudes aufgezogen war.

Es war das N'aal-Banner, das Horguhls Zelt draußen auf dem Schlachtfeld geziert hatte – eine größere Version, aber das gleiche Muster.

Es war nur ein kleiner Anhaltspunkt – aber immerhin

etwas. Ich würde den Weg zu dem Gebäude mit der Fahne einschlagen.

Ich steckte mein Schwert zurück in die Gürtelschlaufe und machte mich vorsichtig an den Abstieg.

Ich befand mich noch etwa drei Meter über dem Erdboden, als plötzlich eine Abteilung Argzoonkrieger in der Nähe der Mauer um ein Gebäude bog und auf mich zu marschierte. Ich fragte mich, ob man mich gesehen hatte, ob die Männer geschickt worden waren, um sich mit mir zu befassen. Doch dann marschierten sie an mir vorbei. Ich befand mich nur einen halben Meter über dem Kopf des größten, als sie an mir vorüberzogen. Ich klebte wie eine Fliege an der Mauer und betete insgeheim, daß ich nicht abrutschte und mich so selbst verraten würde.

Sobald sie außer Sicht waren, kletterte ich die restlichen Meter bis zum Boden und rannte in den Schutz eines Gebäudes hinüber, das aus dem gleichen groben Gestein bestand wie die Mauer.

Da ich wußte, daß die Argzoonkrieger nicht viele Reittiere bei sich gehabt hatten, nahm ich an, daß bislang erst wenige Soldaten zurückgekehrt waren – was auch erklärte, wieso die Stadt so ausgestorben wirkte.

Auch das war mir nur recht und gereichte mir zum Vorteil.

Bald hatte ich das Gebäude erreicht, zu dem ich unterwegs war.

Die Seitenwände dieses Hauses waren etwas glatter, aber ich glaubte, daß ich es bezwingen konnte. Das einzige Problem bestand darin, daß es ziemlich gut erleuchtet war und man mich eventuell sah.

Ich mußte das Risiko eingehen, denn ein besserer Zeitpunkt würde sich nicht mehr ergeben. Ich wollte versuchen, an ein Fenster zu gelangen und mich hineinzuschwingen. Wenn ich erst einmal drinnen war, konnte ich mich vielleicht besser verstecken und wenigstens durch Beobachten und Lauschen etwas darüber herausfinden, wo man Shizala gefangenhielt.

Ich konnte mich an einem vorstehenden Stein halten und Zentimeter um Zentimeter hochziehen. Es ging nur langsam voran und wurde zunehmend schwerer. Sämtliche Fenster – nicht viel mehr als Löcher im Gestein – befanden sich in gewisser Entfernung vom Erdboden, alle mindestens in sechs Meter Höhe, und das, das ich mir ausgesucht hatte, lag vermutlich noch weiter oben. Ich nahm an, daß man die Fenster aus Angst vor Überfällen so hoch angebracht hatte.

Schließlich schaffte ich es doch bis zum Fenster und spähte über den Sims, um nachzusehen, ob sich jemand in dem Raum befand. Offensichtlich war es nicht der Fall.

Schnell schwang ich mich hinein.

Es schien sich um eine Art Lagerraum zu handeln, denn es standen Weidenkörbe mit getrocknetem Obst, Fleisch, Kräutern und Gemüsen herum. Ich beschloß, mich an den Lebensmitteln gütlich zu tun, bei denen es sich offenbar um Beutestücke früherer Überfälle handelte. Ich wählte die leckersten Sachen und verzehrte sie. Ich hatte auch Durst, doch es war keine erreichbare Wasserquelle in Sicht. Das Trinken würde also noch warten müssen.

Gestärkt wie ich war, erkundete ich den Raum. Er war ziemlich groß und zugig. Vielleicht war er wegen des Durchzugs seit langem nicht mehr als Wohnraum benutzt worden – was man aus den alten und fast verfaulten Weidenmatten schließen konnte, die auf dem Boden verstreut lagen.

Ich suchte die Tür und wollte sie öffnen.

Zu meiner großen Enttäuschung war sie verschlossen

– von außen verriegelt, vermutlich als Vorsichtsmaßnahme gegen Diebe!

Ich war sehr erschöpft, und die Augen fielen mir automatisch zu, als ich versuchte, gegen den Schlaf anzukämpfen. Die Verfolgung war langwierig und mühsam gewesen; wir hatten uns wenig Ruhe gegönnt. Ich entschied, daß ich Shizala mehr nützen könnte, wenn ich ausgeruht war.

Ich kletterte über die Körbe und baute mir eine Art Nest in ihrer Mitte, indem ich einige davon beiseite schob und sie um mich gruppierte. So hatte ich es wärmer, und wenn jemand den Raum betrat, konnte er mich nicht sehen. Nachdem ich mich einigermaßen sicher fühlte, legte ich mich zum Schlafen hin.

Das Aufhellen des Feurscheins, der durchs Fenster fiel, sagte mir, daß ein neuer Argzoon-›Tag‹ angebrochen war. Doch ich begriff sogleich, daß ich nicht davon wachgeworden war.

Irgend jemand befand sich im Zimmer.

Ganz vorsichtig streckte ich meine verkrampften Glieder. Ich erhob mich und spähte durch eine Ritze meiner Barrikade.

Der Mann, der dort den Körben Lebensmittel entnahm, war kein Argzoon. Er war mir vom Körperbau ganz ähnlich, nur von sehr blassem Teint – vielleicht aufgrund des Lebens in den sonnenlosen Gewölben der Blauen Riesen.

Sein Gesicht hatte einen merkwürdigen, leblosen Ausdruck. Seine Augen waren stumpf und seine Züge erstarrt, als er mechanisch Fleisch und Gemüse aus den großen Körben in einen kleineren legte, den er in der linken Hand hielt.

Er war unbewaffnet. Seine Schultern waren gebeugt, sein Haar dünn und ungepflegt.

Es gab keinen Zweifel an seiner Stellung und Funktion in der Höhlenwelt der Argzoon.

Der Mann war ein Sklave, er schien es seit langer Zeit zu sein.

Als Sklave würde er seine Herren gewiß nicht lieben. Doch wie stark war er andererseits durch sie eingeschüchtert? Konnte ich mich ihm in der Hoffnung offenbaren, Hilfe zu erhalten, oder würde er es mit der Angst zu tun bekommen und schreien?

Ich hatte viele Risiken auf mich genommen, um mich soweit durchzuschlagen. Ich mußte noch eines eingehen.

So lautlos es ging kletterte ich aus meiner Deckung und kroch über die Körbe hinweg auf ihn zu. Er stand halb von mir abgewandt und schien mich erst zu bemerken, als ich fast genau über ihm war.

Als er mich sah, riß er die Augen auf. Sein Kinn klappte herab, doch er gab keinen Laut von sich.

»Ich bin ein Freund«, flüsterte ich.

»F. . . Freund?« Er wiederholte das Wort so hohl, als hätte es für ihn keinerlei Bedeutung.

»Ein Feind der Argzoon – ein siegreicher Kämpfer über viele der Blauen Riesen.«

»Ah!« Er wich furchtsam zurück und ließ den Korb fallen.

Ich sprang zu Boden, stürzte zur Tür und schloß sie. Er drehte sich zu mir um; seine Lippen zitterten nun, seine Augen waren immer noch vor namenlosem Entsetzen aufgerissen. Offenbar fürchtete er sich weniger vor mir, als vor etwas, was ich für ihn repräsentierte.

»D-du mußt zur Königin . . . d-du mußt dich ergeben. T-tu das, d-dann entgehst du vielleicht dem N'aal-Ungeheuer!«

»Die Königin? Das N'aal-Ungeheuer? Ich habe diesen Namen schon einmal gehört. Was bedeutet er?«

»O-oh, f-frag mich nur nicht!«

»Wer bist du? Wie lange lebst du schon hier?« Ich versuchte, in eine andere Richtung Fragen zu stellen.

»Ich ... ich glaube, mein Name war Ornak Dia ... Ja, das war er, das war mein Name ... Ich w-weiß nicht, w-wie lange ... seit w-wir den Argzoon h-hierher folgten und in einen Hinterhalt ge-gelockt wurden. Sie hatten nur ihre halbe Streitmacht gegen die Länder des Südens gef-führt ... W-wir erk-k-kannten nicht ...« Mit diesen Erinnerungen schien er sich offenbar an einen Teil des Mannes zu erinnern, der er einst gewesen war, denn er straffte seine Schultern ein wenig und hielt den Mund ruhiger.

»Du gehörtest zu der Armee, die der Bradhi der Karnala hierhergeführt hat – ist das so?« fragte ich. Ich überlegte, welche Härten einen Krieger in so relativ kurzer Zeit in ein solch unterwürfiges Wesen hatten verwandeln können.

»Das stimmt.«

»Sie lockten euch hier herein, wo der Rest ihres Heeres euch erwartete – eine kalkulierte Taktik –, und als ihr am Fuße der Höhlenwelt anlangtet, griffen sie euch an und rieben eure Armee völlig auf. Ist es nicht so gewesen?« Ich hatte das meiste natürlich schon erraten.

»J-ja. Sie machten Gefangene. Ich gehöre zu den letzten, die noch am Leben sind.«

»Wie viele Gefangene?«

»Mehrere hundert.«

Ich war entsetzt. Nun wurde mir klar, daß dieser Feldzug der Argzoon schon Jahre zuvor sorgfältig geplant gewesen war. Das erste Heer war vernichtend geschlagen worden, doch es hatte die militärische Stärke der südlichen Nationen erheblich geschwächt. Als nächstes war die Strafexpedition der Armee des Südens, die die Argzoon bis hierher verfolgt hatte, in eine sorgsam ausgelegte

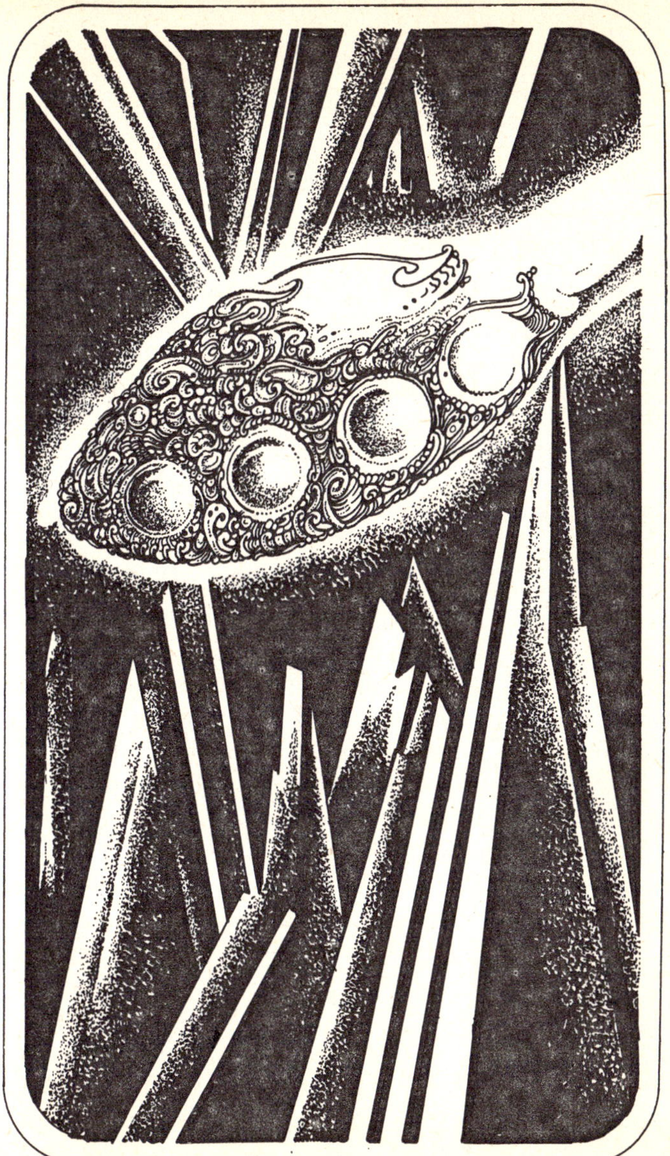

Falle gelaufen. Die erschöpften Krieger mußten für die ausgeruhte Streitmacht der Argzoon-Krieger, die im Hinterhalt auf Lauer gelegen hatten, ein leichtes Spiel gewesen sein. Dann hatten die Argzoon die zweite Hälfte ihrer Strategie angewandt: Sie waren heimlich in kleinen Gruppen südwärts gezogen – mit dem Ziel, den Süden in einem Überraschungsschlag zu nehmen. Und Varnal sollte den Anfang machen. Irgend etwas hatte diese Strategie vereitelt – und der Plan war zusammengebrochen. Aber es war ihnen gelungen, großen Schaden anzurichten. Der Süden würde Jahre brauchen, um sich von dem Schlag zu erholen. Und inzwischen würde er ständig mit der Gefahr anderer, stärkerer Möchtegern-Angreifer konfrontiert sein. Zum Beispiel den Vladnyar.

Nun stellte ich dem Sklaven die entscheidende Frage:

»Sag mir, sind vor kurzer Zeit zwei Frauen hierhergebracht worden? Eine Dunkelhaarige und eine Blonde?«

»Da w-war eine weibliche Gefangene...«

Nur eine! Ich betete inständig, daß Shizala nicht unterwegs ums Leben gekommen war.

»Wie sieht sie aus?«

»Sie ist sehr schön... blond... eine Karnala. Ich glaube...«

Ich seufzte erleichtert auf. »Aber was ist mit Horguhl von den Vladnyar – mit der dunkelhaarigen Frau?«

»Ah!« Seine Stimme war ein gedämpfter Schrei. »Erwähne diesen Namen nicht. Sprich ihn nicht aus!«

»Was ist denn los?« Ich konnte sehen, daß er sich nun in einem noch schlimmeren Zustand befand, als zu dem Zeitpunkt, da ich ihn angesprochen hatte. Speichel rann sein Kinn herab, seine Augen zuckten irre. Er zitterte mit jeder Faser seines Körpers. Er schlang die Arme um sich, krümmte und wand sich. Er stöhnte leise.

Ich packte ihn bei den Schultern und wollte ihn schütteln, damit er sich wieder in die Gewalt bekam, doch er fiel zu Boden und stöhnte und zitterte weiter.

Ich kniete mich neben ihn. »Sag mir – wer ist Horguhl? Welche Rolle spielt sie in dieser Sache?«

»Ah. B-bitte, laß mich. Ich werde niemandem sagen, daß du hier bist... D-du mußt gehen. Schnell!«

Plötzlich ertönte hinter mir eine andere Stimme. Eine kühle, spöttische Stimme, die ihren boshaften Humor zurückhielt...

»Laß den armen Kerl in Ruhe, Michael Kane. Ich kann deine Frage besser beantworten. Meine Wachen meldeten Vorgänge im Lagerraum, also kam ich, um die Angelegenheit selbst zu untersuchen. Ich habe dich beinahe erwartet.«

Ich wirbelte in immer noch geduckter Haltung herum und blickte in die unergründlichen, bösen Augen der dunkelhaarigen Frau, deren Rolle bisher so rätselhaft gewesen war. Nun sollte es kein Rätsel mehr bleiben.

»Horguhl! Wer bist du?«

»Ich bin die Königin der Argzoon, Michael Kane. Ich war es, die die Armee befehligte, die ihr schlugt, nicht der arme Ranak Mard. Meine Armee löste sich auf, ehe ich sie zurückrufen konnte, weil dieses Karnala-Miststück Shizala mich angegriffen hat. Im Handgemenge hat sie mich bewußtlos geschlagen, doch dann wurde sie festgenommen. Als ich wieder zu mir kam, liefen meine Krieger wild durcheinander, so daß ich beschloß, statt an ihrer Stadt an ihr Rache zu nehmen...!«

»Du! Du hast hinter alledem gesteckt! Aber wieso bist du Königin dieser riesenhaften Wilden – welche Macht kann eine einzelne Frau über sie ausüben?«

»Meine Macht über etwas anderes ist es, die sie fürchten«, erklärte sie lächelnd.

»Und was wäre das?«

»Das wirst du früh genug erfahren.« Nun strömten Blaue Riesen hinter ihr in den Raum. »Ergreift ihn!«

Ich wollte aufstehen, stolperte jedoch gegen den hingestreckten, bebenden Körper des Sklaven. Ehe ich mich wieder fangen konnte, stürzte sich ein halbes Dutzend Argzoon auf mich.

Ich wehrte mich mit Füßen und Fäusten, doch bald hatten sie mir die Arme auf den Rücken gebunden, und Horguhl lachte mir so ins Gesicht, daß ihre scharfen weißen Zähne im Dämmerlicht blitzten.

»Und nun wirst du erfahren«, sagte sie, »welche Strafe dem Mann zugedacht ist, der verantwortlich ist für die Zerschlagung der Pläne der Königin der Argzoon.«

12. Kapitel

DIE GRUBE DES N'AAL-UNGEHEUERS

»Schafft ihn in meine Gemächer«, befahl Horguhl den Wachen. »Ich will ihn erst verhören.«

Man stieß mich hinter ihr her, daß ich ihr durch ein Labyrinth kahler, zugiger, von prasselnden Fackeln erleuchteter Korridore folgte, bis wir an eine hohe Tür gelangten, die augenscheinlich aus schwerem Holz mit derb gehauenen Silberbeschlägen bestand.

Die Tür wurde geöffnet, und der dahinterliegende weite Raum wurde von einem gewaltigen Feuer erwärmt, das in einem Kamin an einer Seitenwand loderte. Das Zimmer selbst war üppig mit Fellteppichen und schweren Tuchen ausgekleidet. An den Wänden hingen Tapisserien, offensichtlich Beutestücke aus geplünderten Städten, denn die kunsthandwerkliche Qualität war hervorragend. Sogar die Fenster waren verkleidet, was die Wärme des Raumes erklärte.

Neben dem Feuer stand eine schwere Truhe, die mir etwa bis zur Taille reichte. Darauf standen Krüge mit Wein und Schüsseln voller Früchte und Fleisch. Auf der anderen Seite des Zimmers, dem Feuer gegenüber, befand sich eine große, mit Fellüberwürfen geschmückte Liege, und überall im Zimmer standen Bänke und geschnitzte Holzsessel.

Obgleich die Gemächer der Königin nach den Maßstäben des zivilisierten Südens nicht sonderlich luxuriös ausgestattet waren, so wirkten sie doch im Vergleich mit dem, was ich bis jetzt als Lebensstandard des Argzoon-Volkes gesehen hatte, nahezu verschwenderisch.

Über dem Kamin hing ein weit weniger kunstvoll gearbeiteter Wandteppich. Er stellte das Wesen dar, das ich bereits auf dem Banner der Königin gesehen hatte – das mysteriöse N'aal-Ungeheuer. Es sah bedrohlich aus, und ich bemerkte, daß die Wachen den Blick von ihm abgewandt hielten, als fürchteten sie sich davor.

Ich war natürlich immer noch gefesselt, und als Horguhl die Wachen entließ, hatte sie nichts von mir zu befürchten. Ich blieb aufrecht stehen und sah über ihren Kopf hinweg, während sie vor mir auf und ab ging und mich mit seltsamen, neugierigen Blicken maß. Dies dauerte eine Weile an, doch ich versuchte, eine ausdruckslose Miene zu wahren und starr geradeaus zu sehen.

Plötzlich trat sie vor, holte mit der rechten Hand aus und schlug mir über den Mund, daß meine Haut brannte. Ich blieb so reglos wie zuvor.

»Wer bist du, Michael Kane?«

Ich antwortete nicht.

»Du hast etwas Bestimmtes an dir. Etwas, das ich noch nie an einem Mann gefühlt habe. Etwas, das mir ... gefallen könnte.« Ihre Stimme klang weicher, und sie trat einen Schritt näher auf mich zu. »Es ist mein Ernst, Michael Kane«, sagte sie. »Dein Schicksal ist kein erfreuliches, wenn ich befehle, dich von hier abzuführen. Aber du könntest es abwenden ...«

Ich schwieg weiter.

»Michael Kane – ich bin eine Frau. Eine ... eine empfindsame Frau.« Sie lachte irgendwie voller Selbstironie, dachte ich. »Was ich bin, bin ich durch Umstände, die nicht in meiner Verantwortung liegen. Möchtest du wissen, weshalb ich Königin der Argzoon bin?«

»Ich möchte wissen, wo Shizala ist, das ist alles«, antwortete ich schließlich. »Wo ist sie?«

»Bis jetzt ist ihr noch kein Leid geschehen. Vielleicht wird dies auch in Zukunft nicht der Fall sein. Ich habe mir eine interessante Lösung für sie ausgedacht. Sie wird sie nicht umbringen, aber mir helfen, sie in eine willfährige Dienerin zu verwandeln, glaube ich. Ich würde die Herrscherin von Varnal lieber als meine im Staub kriechende Sklavin behalten, als sie sterben zu sehen ...«

Meine Gedanken rasten. Shizala sollte also nicht sterben – jedenfalls *noch* nicht. Ich war erleichtert, denn dies würde Darnad Zeit geben, zurückzukehren und sie zu retten. Ich beruhigte mich ein wenig – vielleicht mußte ich sogar lächeln.

»Du scheinst bei guter Laune zu sein. Demnach empfindest du nichts für diese Frau?« Horguhl klang beinahe gierig.

»Warum sollte ich?« log ich.

»Das ist gut«, sagte sie, wie zu sich selbst. Wie ein Panther schritt sie zur Couch und streckte ihren prachtvollen Körper darauf aus. Ich blieb an Ort und Stelle stehen, blickte jedoch direkt in ihre glühenden Augen. Nach einer Weile senkte sie den Blick.

Sie blickte zu Boden und sagte: »Ich war gerade elf Jahre alt, als die Argzoon die Karawane überfielen, mit der meine Eltern und ich an der Nordgrenze von Vladnyar entlangzogen. Sie brachten viele um, auch meine Eltern, aber sie machten auch Sklaven. Ich war einer dieser Sklaven ...«

Ich wußte, daß sie mich irgendwie rühren wollte, und wenn ihre Geschichte der Wahrheit entsprach, so tat mir das elfjährige Kind leid, das sie gewesen war. Doch das rechtfertigte in meinen Augen nicht ihre späteren Verbrechen.

»Zu jener Zeit waren die Argzoon untereinander zerstritten. Häufig stellte die Höhle ein Schlachtfeld widerstreitender Parteien dar. Sie konnten keine Einigkeit erzielen. Die Argzoon waren in etwa zwanzig Sippen zersplittert, und Blutfehden waren normale, alltägliche Geschehnisse. Das einzige, was sie für kurze Zeit einen konnte, war ihre gemeinsame Furcht vor dem N'aal-Ungeheuer, das in den Geheimgängen unter der Großen Höhle ihr Unwesen trieb. Es ernährte sich von den Argzoon, die seine natürliche Beute darstellten. Es glitt heran, schlug zu und schlängelte sich wieder fort. Die Argzoon glauben, das N'aal-Ungeheuer stellt die Inkarnation Raharumaras dar, ihrer obersten Gottheit. Sie wagten keinen Versuch, es zu töten. Und wann immer es möglich war, opferten sie ihm Sklaven.

Als ich sechzehn Jahre alt war, gehörte ich zu den Auserwählten, die dem Ungeheuer als Opfer dienen sollten. Doch ich hatte schon zuvor die Kraft in mir gespürt – eine gewisse Fähigkeit, andere nach meinem Willen handeln zu lassen. Nicht in großem Maßstab, aber in Dingen, die mein Los ein wenig erleichtert. Merkwürdigerweise war es ausgerechnet das N'aal-Ungeheuer, das diese Kraft vollends in mir weckte.

Als die Kunde kam, das Ungeheuer käme in die Große Höhle hinaufgekrochen, wurden ich und eine Anzahl anderer Leute meines Standes gefesselt und auf den Weg geschickt, den es vermutlich einschlagen würde. Bald tauchte es auf, und ich mußte in namenlosem Entsetzen zusehen, wie es meine Begleiter packte und verschlang. Ich starrte ihm in die Augen. Irgendein Instinkt hieß mich, ihm besänftigend zuzusummen. Ich ... ich weiß nicht, woran es liegt, aber es reagierte auf mich. Über mein Denken war ich fähig, Verbindung mit ihm aufzunehmen und ihm Befehle zu erteilen.«

Sie hielt inne und schaute mich an. Ich reagierte nicht.

»Ich kehrte in diese Stadt zurück – die Schwarze Stadt –, und das Ungeheuer kam wie ein Schoßhündchen hinter mir her. Ich ordnete an, daß man ein tiefes Loch aushob, um es darin gefangenzuhalten. Die Argzoon musterten mich voll abergläubischer Ehrfurcht – und sie tun es noch heute. Durch meine Macht über das N'aal-Ungeheuer habe ich Macht über sie. Später faßte ich den Entschluß, mich für die Jahre meines Elends schadlos zu halten und plante die Eroberung des gesamten Kontinents. Über verschiedene Wege erhielt ich Informationen über den Süden und dessen Verteidigungssysteme. Dann setzte ich den ersten Teil meines Plans in die Tat um. Ich war bereit, über Jahre auf den Sieg zu warten. Doch statt dessen ...«

»Die Niederlage«, erwiderte ich. »Eine wohlverdiente Niederlage. Deine Jahre bei den Argzoon haben dich verdorben, Horguhl – so verdorben, daß es sich nicht mehr rückgängig machen läßt!«

»Narr!« Sie war von der Couch aufgestanden, drückte ihren sinnlichen Körper an den meinen und streichelte meine Brust. »Narr! Ich habe neue Pläne – ich bin noch lange nicht geschlagen. Ich kenne viele Geheimnisse; ich verfüge über eine so große Macht, wie du sie dir nicht träumen läßt. Michael Kane, du kannst an alledem teilhaben. Ich sagte dir bereits, daß ich noch nie einem Mann wie dir begegnet bin: tapfer, gutaussehend und mit starkem Willen. Aber du hast auch noch etwas anderes – irgendeine geheimnisvolle Eigenart, die dich vom gewöhnlichen Pöbel Vashus wie mir unterscheidet. Werde mein König, Michael Kane ...«

Sie sprach leise, ihre hypnotischen Augen blickten in die meinen, und irgend etwas schien in meinem Gehirn vorzugehen. Ich empfand Wärme und Euphorie. Schon kam ich zu dem Schluß, daß ihr Angebot verlockend war.

»Michael Kane – ich liebe dich.«

Irgendwie rettete mich diese Erklärung, wenn ich auch niemals erfahren werde, warum. Sie riß meine Gedanken in die Wirklichkeit zurück. Trotz meiner Fesseln schüttelte ich die Umklammerung ihrer Hände ab.

»Ich liebe dich nicht, Horguhl!«, erklärte ich unumstößlich. »Und ich könnte auch nichts als Abscheu vor einem Menschen empfinden, der das getan hat, was du getan hast. Nun ist mir klar, warum Shizala sich so widerstandslos hat hierherbringen lassen – durch deine hypnotischen Kräfte! Nun, bei mir werden sie jedenfalls nichts erreichen.«

Sie ließ mich los, und als sie wieder das Wort ergriff, klang ihre Stimme tief und bebend. »Irgendwie wußte ich es. Vielleicht zieht mich gerade das an: die Tatsache, daß du meiner Macht zu widerstehen vermagst. Nur wenige sind dazu in der Lage – nicht einmal das Ungeheuer.«

Ich trat ein paar Schritte zurück. Ich sah mich noch immer nach irgendeiner Fluchtmöglichkeit um. Sie schien es zu bemerken und schaute plötzlich auf.

Ihr Gesicht war nur eine haßerfüllte Maske!

»Nun gut, Michael Kane – durch deine Weigerung nimmst du das Schicksal an, das ich für dich ausersehen habe. Wachen!«

Die hünenhaften Argzoonkrieger traten ein.

»Ergreift ihn. Gebt allen zurückgekehrten Argzoon Nachricht. Es sind noch nicht viele – aber befehlt ihnen, zu kommen. Sagt ihnen, sie könnten zusehen, wie Raharumara ein Opfer gebracht wird!«

Mit diesen Worten führte man mich fort. Ich verbrachte eine kurze Zeit mit meinen Wachen in einer Kammer in der Nähe des Burgausgangs, dann führten sie mich durch die rauchigen, stinkenden Straßen der Schwarzen Stadt. Hinter uns bildeten sich Zweier- und Dreiergruppen der Argzoon, die immer größer wurden. Eine richtige Prozession. Ein blauer Krieger, der neben den Wachen herschritt, warf mir einen merkwürdigen Blick zu, den ich nicht deuten konnte. Er trug keine Rüstung – ich nahm an, daß er sie bei der Flucht zurück zur Schwarzen Stadt verloren hatte – und wies auf der Brust Anzeichen einer Verletzung aus jüngerer Zeit auf. Dann ließen wir die Stadt hinter uns, und ich vergaß ihn wieder.

Die Szene außerhalb der Stadt ähnelte einer mittelalterlichen Bilddarstellung der Hölle. Die großen Feuer prasselten und verströmten zuckendes, rauchiges Licht über die felsige Ebene, die den Höhlenboden bildete. Die riesenhaften Argzoon wirkten wie Dämonen, als sie mich über die Ebene geleiteten. Die Feuer waren die, über denen die Verdammten gebraten wurden. Und ich sollte bald einer Kreatur gegenüberstehen, die einer alten Darstellung Satans sehr ähnlich war.

Horguhl war schon an Ort und Stelle. Sie stand auf einem Podium, zu dem sechs Stufen hinaufführten. Sie hielt uns den Rücken zugekehrt und hatte die Arme ausgestreckt. Zu ihren beiden Seiten standen Kohlenpfannen, in denen die Flammen loderten, damit sie für alle gut zu sehen war. Die Argzoon begannen am Fuße der Stufen einen Halbkreis zu bilden und verteilten sich um den Rand dessen, das nun, da wir näher herankamen, als Grube zu erkennen war.

Meine Wachen blieben stehen und verharrten erwartungsvoll vor der ersten Stufe. Wir schauten alle zu Horguhl hinauf. Sie summte etwas. Die Worte – oder vielmehr die Laute, denn ich konnte sie nicht verstehen – jagten mir einen Schauer über die Haut, und ich bemerkte, daß der Gesang auf viele der Argzoon eine ähnliche Wirkung ausübte.

Aus der Grube kam ein eigentümliches, gleitendes Geräusch, und ich sah, wie an einer Seite des Podiums ein großer, flacher Schlangenkopf auftauchte und im Rhythmus ihres Gesangs hin- und herpendelte.

Die Argzoon murmelten voller abergläubischer Furcht vor sich hin. Schließlich fingen sie an, sich im Rhythmus des Schlangenkopfes singend hin- und herzuwiegen. Der Schlangenkopf war von einem widerlichen Gelb, und an seinem Oberkiefer ragten lange, gebogene Fänge aus dem Maul. Das Ungeheuer verströmte einen schalen, ungesunden Geruch. Plötzlich öffnete es seine großen Kiefer und stieß ein grauenvolles Zischen aus, wobei ein weit klaffender, roter Schlund und eine riesige, gespaltene Zunge sichtbar wurden.

Dann wurde Horguhls Summen immer leiser und das Gewoge schwächer. Das Summen der Zuschauer wurde fast unhörbar, und dann herrschte plötzlich absolute Stille. Es traf mich fast wie ein Schock.

Da brach ein Schrei hinter mir das Schweigen.

»Nein! Nein!«

Ich wandte mich um und sah, wer den Schrei ausgestoßen hatte.

»Shizala!« entfuhr es mir unwillkürlich. Die Unmenschen hatten sie herangeschleppt, damit sie Zeuge meines Todes werden sollte – das war klar. Selbst aus dieser Entfernung konnte ich sehen, daß Tränenspuren über ihre Wangen verliefen, und daß sie sich gegen den Griff zweier kräftiger blauer Krieger wehrte. Ich wollte mich losreißen, um zu ihr zu laufen, doch die Fesseln und die Wachen hinderten mich daran.

»Leb weiter!« rief ich ihr zu. »Paß gut auf dich auf! Hab keine Angst!« Ich konnte ihr ja nicht sagen, daß

Darnad gerade erst in die Zivilisation aufgebrochen war, um Hilfe für ihre Befreiung zu holen. Aber vielleicht würde ihr mein Ruf »Leb weiter!« etwas sagen.

Sie antwortete mit schwacher Stimme: »O, Michael Kane, ich ... ich ...«

»Ruhe!« Horguhl hatte sich herumgedreht. Sie sprach sowohl zu ihren Untertanen als auch zu mir und Shizala. »Bringt den Gefangenen an den Rand der Grube.«

Ich wurde nach vorn gestoßen und starrte dorthin, wo das N'aal-Ungeheuer zusammengeringelt lag. Seine eigentümlich intelligenten Augen starrten zu mir hoch, so daß mich ein Schauer durchlief, denn ich las beinahe so etwas wie boshafte Erheiterung darin.

»Das N'aal-Ungeheuer ist heute zum Spielen aufgelegt«, sprach Horguhl über mir. »Es wird sich eine Weile mit dir vergnügen, ehe es dich verschlingt.«

Ich beschloß, mir von dem Entsetzen, das mich erfüllte, nichts anmerken zu lassen.

»Werft ihn hinab!« befahl Horguhl.

Gefesselt und hilflos stieß man mich in die Grube des Ungeheuers!

Ich schaffte es, ein paar Meter entfernt von dem riesigen, aufgerollten Schlangenwesen, das mich mit seinen schrecklichen Augen fixierte, auf den Füßen zu landen.

Und dann vernahm ich plötzlich von oben einen Schrei und schaute hoch. Ein Argzoonkrieger starrte zu mir herab – jener, der mich schon vorher so seltsam angesehen hatte. Er hielt ein Schwert in der einen und eine Streitaxt in der anderen Hand. Was hatte er vor?

Ich hörte, wie Horguhl ihren Wachen zuschrie: »Haltet ihn auf!«

Und dann sprang der Argzoon Krieger in die Grube und stand neben mir. Er hob das Schwert, und ich verstand plötzlich, was hier in Wirklichkeit vor sich ging.

13. Kapitel

EIN UNERWARTETER VERBÜNDETER

Zuerst glaubte ich, der Krieger wollte mich aus irgendeinem unbegreiflichen Grund töten. Aber dem war nicht so. Rasch durchschnitt er meine Fesseln.

»Ich kenne dich«, stellte ich überrascht fest. »Du bist der Krieger, gegen den ich bei Varnal gekämpft habe.«

»Ich bin der Krieger, den du nicht töten wolltest – den du vor den Beleidigungen und Schwertern seiner Kameraden bewahrt hast. Ich habe viel über das nachgedacht, was du damals getan hast, Michael Kane. Ich bewundere dein Verhalten. Ich habe vieles daraus gelernt. Und jetzt – jetzt kann ich dir wenigstens dabei helfen, gegen diese Kreatur um dein Leben zu kämpfen.«

»Aber ich dachte, dein Volk fürchtet sie wegen ihrer angeblich übernatürlichen Herkunft.«

»Richtig. Aber ich habe angefangen, daran zu zweifeln. Rasch, nimm das Schwert! Ich war immer besser mit der Axt als mit dem Schwert!«

Mit diesem unerwarteten und willkommenen Verbündeten trat ich dem N'aal-Ungeheuer entgegen.

Es schien durch den Lauf der Ereignisse verunsichert. Sein Blick wanderte zwischen uns beiden hin und her, als wüßte es nicht, welchen es zuerst angreifen sollte, denn wir hatten uns nun voneinander getrennt und warteten in geduckter Haltung.

Plötzlich stieß der große Kopf der Bestie auf mich zu. Ich taumelte nach hinten, bis ich an der Wand stand und verzweifelt mit dem großen Argzoon-Schwert nach seiner Schnauze hieb.

Es war offensichtlich nicht daran gewöhnt, daß seine Opfer sich wehrten. Es zischte verwundert und zornig, als mein Schwert ihm eine Wunde auf der Schnauze verpaßte.

Es zog den Kopf zurück und löste seine zusammengerollte Haltung, so daß sein Kopf bald hoch über mir schwebte und ich in seinem Schatten stand. Das weit aufgerissene Maul des Ungeheuers stieß herab, und ich glaubte schon, es würde mich auf einmal verschlingen. Ich hob das Schwert mit nach oben gerichteter Spitze, und als das Maul mich fast erreicht hatte und mich der faulige Atem schier überwältigte, rammte ich die Spitze in den weichen Gaumen der Bestie.

Das Ungeheuer schrie und warf sich zurück. Inzwischen hatte sich der Argzoonkrieger eingemischt und schlug mit der Axt nach dem Kopf der riesigen Schlange. Sie wandte sich gegen ihn, und der herumpeitschende Kopf warf ihn aus dem Gleichgewicht.

Er stürzte, und das Ungeheuer riß das Maul auf, um ihm den Kopf abzubeißen.

Dann sah ich meine Chance gekommen. Ich sprang *auf* den Hals der Bestie, hinauf zu ihrem Kopf, lief über den flachen Schädel und stellte mich mit gespreizten Beinen über die Augen.

Das alles dauerte nur ein paar Sekunden, während der Argzoon unten verzweifelt gegen die schnappenden Kiefer ankämpfte.

Ich hob das Schwert mit beiden Händen über das rechte Auge der Kreatur.

Der Stahl sank ins Fleisch. Das Ungeheuer warf den Kopf zurück, und ich wurde ohne Schwert von meinem hohen Standort heruntergeschleudert.

Das Ungeheuer wandte sich nun wieder mir zu. Das Schwert ragte immer noch aus seinem Auge, so daß es einen noch groteskeren Anblick bot, als es auf mich zuschoß.

Der Argzoon-Axtkämpfer sprang wieder auf und stellte sich neben mich, offenbar in der Absicht, mich nun zu beschützen, da ich unbewaffnet war.

Das Ungeheuer stieß einen markerschütternden, widerhallenden Schrei aus, und das klaffende Maul mit der rasch vorschnellenden gespaltenen Zunge stieß auf uns herab.

Sie war nur noch Zentimeter von uns entfernt, als das Biest plötzlich den Kopf drehte und ihn zurückwarf. Es entrollte sich zu seiner ganzen Länge und machte Anstalten, sich steil aufzurichten, so daß ich glaubte, es wolle die Grube verlassen. Ich sah, wie die Beobachter auseinanderliefen, dann sackte die Bestie zusammen und hätte uns beinahe mit dem Gewicht ihres Körpers zerdrückt.

Mein Schwert hatte seine Funktion erfüllt. Ich hatte das Ungeheuer getötet. Es hatte sich nur länger als normalerweise möglich ans Leben geklammert. Und ich war schon drauf und dran gewesen, ihm seine übernatürliche Herkunft zu glauben!

Ich beugte mich zu dem mächtigen Kopf hinab und zog das Schwert heraus. Es ließ sich leicht lösen.

Dann wurde mir klar, daß damit noch nichts wirklich gewonnen war. Ich war immer noch gefangen, und wenn wir auch bewaffnet waren, so standen doch über uns zweihundert Argzoon, die bereit waren, uns auf ein Wort Horguhls hin zu töten.

»Was machen wir jetzt?« fragte ich meinen neuen Freund.

»Ich weiß«, sagte er nach kurzem Nachdenken. »Dort hinten ist eine kleine Öffnung. – Schau, ganz unten am

Fuß der Grube, auf der anderen Seite.« Ich folgte seinem deutenden Finger. Er hatte recht. Dort befand sich eine Öffnung, die zwar groß genug war für einen Menschen, nicht aber für den Kopf des Ungeheuers.

»Was ist das?« wollte ich wissen.

»Ein Tunnel, der zu den Sklavenunterkünften führt. Manchmal werden von der anderen Seite her Sklaven als Nahrung für das Untier hier hineingejagt.« Mein neuer Freund lachte grimmig. »Es wird kein Menschenfleisch mehr fressen! Komm mit. Wir haben das Ungeheuer bezwungen – das wird Eindruck auf sie machen. Und sie werden noch stärker beeindruckt sein, wenn sie sehen, daß wir von hier verschwunden sind. Mit etwas Glück können wir in dem Durcheinander entfliehen.«

Ich folgte ihm in den Tunnel. Unterwegs nannte er mir seinen Namen. Movat Jard von der Movat-Tyk-Sippe – einem der großen Argzoonclans aus früheren Zeiten, ehe Horguhl das Argzoonvolk zusammengeschlossen hatte. Er erzählte mir, daß die Argzoon sich vor Horguhls Kräften fürchteten und sich deshalb nicht gegen sie auflehnten. Ihre ehrgeizigen Pläne von der Eroberung im großen Maßstab hatten sich zerschlagen, und die Argzoon waren stark dezimiert.

Nach einiger Zeit wurde es in dem dunklen Tunnel etwas heller, und ich sah ein Gitter mit Querverstrebungen. Es bestand aus Holz. Als ich hindurchspähte, sah ich auf der anderen Seite eine von einer einzelnen Fackel erleuchtete Höhle.

Am Boden lagen in der Stellung absoluter Niedergeschlagenheit – dicht beieinander wie Vieh, nackt und schmutzig, bärtig und bleich – die Überlebenden der großen Armee, die man einst hier in den Hinterhalt gelockt hatte. Etwa einhundertfünzig unterernährte, mutlose Sklaven. Sie taten mir leid.

Movat Jard hieb mit seiner Axt auf das hölzerne Gitter ein. Bald brach es zusammen, und einige Sklaven schauten überrascht auf, als wir die Höhle betraten. Der Geruch der menschlichen Ausdünstungen war schier unerträglich, doch ich wußte, daß es nicht ihre Schuld war.

Einer, der sich aufrechter hielt als die übrigen und so groß war wie ich, trat vor. Er hatte einen dichten Bart, den er mühsam sauber hielt, und sein Körper wirkte muskulös, als hätte er sich bewußt in Form gehalten.

Als er das Wort ergriff, erklang eine tiefe würdevolle Stimme.

»Ich bin Carnak«, sagte er einfach. »Was hat das zu bedeuten? Wer seid ihr, und wo kommt ihr her? Wie konntet ihr der Bestie entkommen?«

Ich sprach nicht nur mit ihm. Ich wandte mich an alle, weil sie uns alle mit etwas Ähnlichem wie Hoffnung in den Augen anschauten.

»Die Bestie ist tot!« verkündete ich. »Wir haben sie getötet – das ist Movat Jard, mein Freund.«

»Ein Argzoon – dein Freund? Unmöglich!«

»Es ist durchaus möglich – und daß ich noch lebe, ist der Beweis!« Ich lächelte Movat Jard an, der versuchte, das Lächeln zu erwidern, aber als er die Zähne entblößte, sah er immer noch furchteinflößend aus!

»Wer bist du?« wollte der Bärtige namens Carnak wissen.

»Ich bin ein Fremder hier – fremd auf dem ganzen Planeten, doch ich bin hier, um euch zu helfen. Wollt ihr frei sein?«

»Natürlich«, antwortete Carnak. Ein aufgeregtes Gemurmel lief durch die Höhle. Die Männer machten sich daran, sich zu erheben; neue Lebhaftigkeit kam in ihre Bewegungen.

»Ihr müßt bereit sein, euch die Freiheit teuer zu erkaufen«, erklärte ich. »Wir müssen uns irgendwo Waffen besorgen.«

»Wir können nicht gegen das gesamte Volk der Argzoon kämpfen«, meinte Carnak verhalten.

»Ich weiß«, sagte ich. »Aber das ganze Volk der Argzoon ist auch gar nicht hier. Es sind vielleicht insgesamt zweihundert Krieger – und sie sind völlig demoralisiert.«

»Ist das wahr? Ist das wirklich wahr?« Carnak grinste aufgeregt.

»Es ist wahr«, sagte ich, »aber ihr seid ebenso in der Unterzahl, wie ihr unbewaffnet seid. Wir müssen scharf überlegen – aber zuerst müssen wir hier heraus.«

»Das dürfte in unserer gegenwärtigen Stimmung nicht schwer sein«, entgegnete Carnak. »Gewöhnlich stehen da mehr Wachen, aber gegenwärtig sind es nur zwei.« Er deutete zum anderen Eingang der Höhle. Der bestand aus Weidengeflecht, das war alles. »Normalerweise wimmelt die Höhle dahinter von Wachen, und alle, die dort einen Fluchtversuch wagten, wurden dem Ungeheuer geopfert. Aber jetzt . . .«

Mit Jovat Jard dicht auf den Fersen schritt ich zur Tür und fing an, mit meinem Schwert auf sie einzuschlagen. Movat Jard unterstützte mich mit seiner Axt. Die Gefangenen versammelten sich aufgeregt hinter uns, Carnak in vorderster Linie.

Hinter der Tür vernahmen wir ein überraschtes Grunzen. Dann rief ein Argzoon:

»Hört auf – oder ihr werdet dem Ungeheuer zum Fraß vorgeworfen!«

»Das Ungeheuer ist tot«, entgegnete ich. »Du sprichst mit den beiden, die es getötet haben!«

Wir schlugen die Tür zusammen. Sie fiel nach hinten, krachte auf den Boden und gab den Blick auf zwei verblüfft dreinschauende Wachen frei, die Schwerter in den Händen hielten.

Movat Jard und ich stürzten uns auf sie und hatten sie bald mit der schnellsten Reihe von Hieben ausgeschaltet, die ich je erleben werde.

Carnak beugte sich hinab und ergriff das Schwert eines gefallenen Wachsoldaten. Ein anderer nahm ebenfalls ein Schwert an sich, und zwei weitere bedienten sich mit Streitkolben und Axt.

»Wir müssen uns zur Waffenkammer durchschlagen«, empfahl Movat Jard. »Dort können wir uns angemessen ausrüsten.«

»Wo sind die Verliese?« wollte ich wissen.

»Unter der Schwarzen Stadt. Es gibt mehrere Eingänge.«

»Und wo befinden sich die Waffenkammern?«

»Im Schloß. In Horguhls Schloß. Wenn wir uns beeilen, können wir dort sein, ehe sie in die Stadt zurückgekehrt sind. Es muß einige Verwirrung unter ihnen herrschen.«

»Movat Jard, warum unterstützt du uns gegen dein eigenes Volk?« fragte Carnak. Er schien ein wenig mißtrauisch, denn er war schon einmal in eine listige Falle der Argzoon gelaufen.

»Ich habe viel aus dem gelernt, was Michael Kane gesagt und einst für mich getan hat. Ich habe gelernt, daß *Ideen* einen manchmal mehr verbinden als Blutbande. Außerdem kämpfe ich gegen Horguhl, nicht gegen die Argzoon. Wenn wir *sie* geschlagen haben, werde ich meinen Standort neu bestimmen – aber erst, wenn sie nicht mehr Königin ist!«

Das schien Carnak zu überzeugen. Wir rannten die Hänge hinauf, die von den Kerkern wegführten, und standen bald an einem von einem einzelnen Mann bewachten Eisentor. Als er uns sah – und vielleicht auch die verzweifelte Entschlossenheit in unseren Augen bemerkte –, zog er erst gar nicht die Waffe, sondern streckte die Hände vor sich aus.

»Nehmt meine Schlüssel – aber verschont mich.«

»Ein vernünftiges Geschäft«, sagte ich, nahm seine Schlüssel und schloß das Eisentor auf. »Wir werden uns auch deine Waffen ausleihen.« Zwei weitere Männer wurden mit Schwert und Axt bewaffnet. Damit waren wir insgesamt schon acht. Wir fesselten den Blauen Riesen und schlichen hinaus auf die Straße.

Hinter den Mauern der Schwarzen Stadt hörten wir Stimmengewirr, doch die Argzoon waren noch nicht wieder am Stadttor angelangt. Wir schlugen den Weg zum nahegelegenen Schloß ein und eilten durch die Straßen zur Waffenkammer.

Wir strömten ins Schloß und machten die wenigen Wachen nieder, die sich uns in den Weg zu stellen versuchten.

Als wir gerade in die Waffenkammer einbrachen, kehrte der erste Argzoon zurück und schrie Alarm.

Wir stürzten in die Waffenkammer, die zwar weniger gut sortiert, aber ansonsten der in Varnal äußerlich ganz ähnlich war; die Waffen wirkten natürlich grobschlächtiger.

Während die begeisterten Gefangenen sich mit den besten Waffen der Argzoon ausrüsteten – gar nicht zu reden von den Haufen Beutewaffen, die wir hier entdeckten –, wehrten wir acht, die bereits unter Waffen standen, die erste Flut der Argzoonkrieger ab.

Wir müssen einen eigentümlichen Anblick geboten haben, wir drei an der Spitze: ein blauer Argzoon von annähernd drei Metern Größe, ein wild dreinblickender, nackter, von Haaren überwucherter Mann, und ein braungebrannter Schwertkämpfer, der nicht einmal von diesem Planeten stammte. Aber eins hatten wir alle gemeinsam – wir konnten mit dem Schwert umgehen.

Wir standen Schulter an Schulter und wehrten die Angreifer ab, während unsere Kameraden sich bewaffneten. Es schien, als hätte ich gegen einen ganzen Wall von Schwertern anzukämpfen, deren Hiebe auf mich niederprasselten.

Irgendwie hielten wir sie auf und schafften es sogar, unsere Feinde zu dezimieren. Dann ertönte hinter uns ein lauter Schrei.

Die Gefangenen waren sämtlich bewaffnet und bereit zum Kampf. Aus den Sklaven waren wieder Krieger geworden: Krieger mit Rachegelüsten für die Jahre der Demütigung und Furcht – und für den verräterischen Hinterhalt, der einen großen Anteil der Männer des Südens in den besten Jahren dahingerafft hatte.

Nun drängten wir nach vorn und trieben die Argzoon vor uns her.

Wir kämpften in den Korridoren des Schlosses, in Hallen und Zimmern. Wir kämpften in Horguhls verlassenem Thronsaal und auch in ihren Privatgemächern. Und ich nutzte die Gelegenheit, den N'aal-Teppich herunterzureißen.

Und hinaus ging es in die Straßen, bis die ganze Schwarze Stadt von kämpfenden Männern zu wimmeln schien.

Unsere Zahl war gering. Unsere Leute hatten ihre alte Ausbildung an den Waffen fast vergessen. Doch unsere Herzen flossen über vor Kampfeslust, denn endlich waren wir in der Lage, es unseren alten Feinden heimzuzahlen.

Als alle unsere Leute in die Straßen gestürmt waren, hatten die Argzoon mehr als ein Drittel niedergemäht – aber wir hatten ihnen noch mehr Opfer abgerungen!

Und je länger sie kämpften, desto besser erinnerten sich die ehemaligen Sklaven an ihre alten Waffenkünste. Der Kampf in der Stadt ließ nach, als die Argzoon den Versuch unternahmen, sich neu zu formieren.

Wir nutzten die Waffenruhe, um unsere eigene Streitmacht zu sammeln und weitere Vorgehensweisen zu erörtern. Wir hielten ein weites Gebiet um das Schloß herum, doch die Argzoon kontrollierten noch den größten Teil der Stadt.

Irgendwo mußten Horguhl und Shizala sein. Ich betete inständig, daß Horguhl in ihrem Zorn über die Niederlage nicht befahl, daß man Shizala umbrachte, sondern daß sie immer noch darauf vertraute, daß ihre Krieger siegen konnten.

Die Argzoon griffen als erste an, doch wir waren darauf vorbereitet und hatten unsere Krieger auf allen Straßen verteilt.

Eine Zeitlang konnte keine der beiden Parteien einen Vorteil erringen. Wir hielten unsere Position und die Argzoon die ihre.

»Wir haben ein Patt«, erklärte Movat Jard, als er, Carnak und ich uns berieten.

»Wie können wir es überwinden?« fragte ich.

»Wir müssen einen großen Teil Soldaten hinter ihnen in Stellung bringen«, meinte Carnak. »Dann können wir sie von zwei Seiten angreifen und einen Keil in ihre Reihen treiben.«

»Ein guter Plan«, stimmte ich zu. »Aber wie können wir diese Kampfgruppe verlegen? Wir können schließlich nicht fliegen.«

»Richtig«, meinte Movat, »aber wir können *unter* ihnen hindurchziehen. Erinnert ihr euch an die Sklavenunterkünfte? Erinnert ihr euch, daß ich sagte, es gäbe mehrere Ein- und Ausgänge?«

»Ja«, erwiderte ich. »Könnten wir einen davon passieren und hinter den Feind gelangen?«

»Sofern sie nicht auf den Trick vorbereitet sind«, sagte er, »müßte es uns gelingen. Wenn sie jedoch die Eingänge blockiert haben, kostet uns der Versuch noch mehr – denn dann sitzt ein Gutteil unserer Krieger da unten fest und kann uns nicht helfen, das gewonnene Terrain zu verteidigen. Ist es das Risiko wert?«

»Ja«, sagte ich. »Denn wenn wir nicht bald eine Bresche schlagen können, lassen die Kräfte unserer Leute nach. Sie sind schon vom Stellungskampf geschwächt. Wir können es uns nicht leisten, weitere Zeit zu vergeuden.«

»Wer führt sie an?« fragte Carnak und trat vor, weil er augenscheinlich an sich selbst dachte.

»Das werde ich übernehmen«, sagte ich. »Ihr werdet hier beide gebraucht, um die Abwehr abzustimmen.«

Sie sahen ein, daß dies notwendig war.

Innerhalb einer Shati führte ich einen Trupp von etwa dreißig Kriegern auf den Eingang zu den Sklavenunterkünften zu, den Movat uns gezeigt hatte.

Im Laufschritt zogen wir die kurvenreichen Gänge hinab.

Und rannten geradewegs in eine Abteilung Argzoon, die uns entgegenkam!

Noch ehe wir recht wußten, was geschah, vergeudeten wir Zeit und Kräfte in einem Kampf um den unterirdischen Durchgang.

Die Argzoon schienen ziemlich lustlos zu kämpfen; ich hatte zwei getötet und mehrere entwaffnet, ehe der Rest die Waffen streckte und sich mit leeren Händen ergab.

»Warum gebt ihr so leicht auf?« fragte ich einen der ihren.

Er antwortete mit dem heiseren, kehligen Akzent seines Volkes.

»Wir sind es leid, für Horguhl Kämpfe auszufechten«, erklärte er. »Und sie führt uns nicht einmal in der Schlacht an – sie ist verschwunden, nachdem du das Ungeheuer getötet hast. Wir gehorchten ihr nur, weil wir glaubten, Raharumara lebe in der N'aal-Bestie, und sie sei stärker als er. Aber jetzt wissen wir, daß Raharumara nicht in dem Ungeheuer gewohnt hat – sonst wärst du nicht in der Lage gewesen, es zu töten. Wir haben keine Lust, weiter unser Leben für ihre Pläne zu opfern. – Im Laufe der Jahre sind zu viele unserer Brüder gestorben, damit Horguhls Gelüste befriedigt wurden. Und so weit sind wir nun gekommen – daß ein paar Krieger in den Straßen der Schwarzen Stadt kämpfen, um sich gegen Sklaven zu verteidigen!«

»Wie viele teilen deine Ansichten?« fragte ich.

»Ich weiß nicht«, gab er zu. »Wir haben nicht darüber gesprochen – die Ereignisse haben uns zu sehr überrascht.«

»Kennst du das blonde Mädchen, das Horguhl hierherbrachte? Das vorhin der Zeremonie mit dem Ungeheuer beiwohnte?« fragte ich.

»Ja, ich habe es gesehen.«

»Weißt du, wo es sich aufhält?«

»Ich glaube, im Vulsenturm.«

»Wo ist das?«

»In der Nähe des Haupttors – es ist der höchste Turm der Stadt.«

Wir nahmen ihnen die Waffen ab und setzten unseren Weg durch die Sklavenverschläge fort, bis wir schließlich in einem Teil der Stadt wieder auftauchten, der beinahe direkt hinter der Rückfront der kämpfenden Argzoon lag.

Wir griffen sofort an.

Die Argzoon fuhren mit überraschten Aufschreien

herum. Dann waren wir sofort in einen Kampf verwickelt und stießen in dem Bemühen durch ihre Reihen, uns zu unseren Kameraden auf der anderen Seite durchzuschlagen.

Ich selbst focht gegen den riesigsten Argzoon, dem ich je begegnet war. Er maß etwa dreieinhalb Meter und kämpfte mit einer langen Lanze und einem Schwert.

Einmal schleuderte er mir die Lanze entgegen. Per Zufall konnte ich sie in der Luft abfangen, sie umdrehen und auf ihn zurückschleudern. Ich traf ihn am Bauch. Mit dem Schwert versetzte ich ihm den Todesstoß. Hätte ich die Lanze nicht so glücklich gefangen, ich weiß nicht, ob ich dieses Gefecht überlebt hätte.

Nun konnte ich sehen, daß wir unsere Kampfgenossen auf der anderen Seite fast erreicht hatten.

In der Gewißheit, daß die Taktik geglückt war, ließ ich meine Männer unter der Führung eines dunkelhäutigen Kriegers zurück, der in der Schlacht Geschicklichkeit und Intelligenz bewiesen hatte. Ich verließ den Schauplatz des Kampfes und steckte mein Schwert ein.

Ich rannte zum Vulsenturm in der Nähe des Haupttors. Hier hoffte ich Shizala endlich zu finden und selbst die Verantwortung für ihre Sicherheit zu übernehmen, wenn ich schon nichts anderes tun konnte. Bald erblickte ich den Turm und bemerkte, daß der Eingang unbewacht schien.

Doch ich sah auch noch etwas anderes. Etwas, das mir einen gewaltigen Schreck einjagte.

Was ich sah, hielt ich für ganz und gar unmöglich – für eine Vorspiegelung, ein Trugbild.

Ich erblickte ein Luftschiff, das oben am Turm vertäut lag – ein Luftschiff, das dem sehr ähnelte, mit dem Shizala und ich zum Lager der Argzoon geflogen waren!

Ich erreichte den Turmeingang und lief hinein. Dort

stieß ich auf eine Wendeltreppe, deren Stufen immer weiter hinaufführten. Im unteren Teil des Turms schienen sich keine Zimmer zu befinden. Ich hastete die Treppe hinauf.

Als ich fast ganz oben war, stieß ich auf eine Tür. Sie war unverriegelt, also stieß ich sie auf.

Ein Schock traf mich, als ich die beiden im Raum anwesenden Personen sah. Die eine war Shizala.

Die andere ... Die andere war Telem Fas Ogdai, der Bradhinak von Mishim Tep – Shizalas Verlobter.

Er hatte einen Arm um Shizala gelegt, und in der anderen Hand hielt er ein Schwert, während er bedächtig zur Tür schaute, durch die ich eingedrungen war.

14. Kapitel

SÜSSE FREUDE UND BITTERER KUMMER

Ich gestehe, einen Augenblick lang beherrschte mich eher bitterste Enttäuschung statt der Freude, daß Shizala sich unversehrt in den Armen ihres Beschützers befand.

Ich gab meine Angriffsstellung auf und lächelte Telem Fas Ogdai zu.

»Sei gegrüßt, Bradhinak. Ich sehe mit Freuden, daß es dir gelungen ist, die Bradhinaka vor Gefahren zu behüten. Wir bist du hierhergekommen? Hast du vielleicht in Narlet erfahren, wohin wir ziehen wollten? Oder hat dir Darnad schneller Nachricht zukommen lassen, als ich vermutet hatte?«

Telem Fas Ogdai lächelte achselzuckend. »Spielt das eine Rolle? Ich bin hier, und Shizala ist unversehrt. Das ist das einzig Wichtige.«

Ich fand, daß seine Antwort recht rätselhaft war, aber ich nahm sie hin.

»Michael Kane«, sagte Shizala, »ich war überzeugt, daß du in der Zwischenzeit umgekommen bist.«

»Es sieht so aus, als wäre die Vorsehung auf meiner Seite«, sagte ich und versuchte, den Ausdruck in meinen Augen zu verbergen, der doch hinzugefügt haben mußte, »außer in der wichtigsten Frage meines Lebens.«

»Ich hörte, du hast Wunder an Waghalsigkeit vollbracht.« Aus Telem Fas Ogdais Stimme klang eine gewisse Ironie. Meine Abneigung gegen ihn stieg, trotz meines Bemühens, eine objektivere Haltung ihm gegenüber einzunehmen. Er war dabei nicht gerade eine Hilfe ...

»Das war auch die Vorsehung«, antwortete ich.

»Wenn du uns vielleicht einen Augenblick allein lassen würdest?« meinte Telem Fas Ogdai.

»Ich würde gern ein paar Worte unter vier Augen mit Shizala wechseln.«

Ich wollte mich nicht noch einmal wie ein Idiot benehmen. Ich verbeugte mich knapp und ging aus dem Zimmer.

Kaum hatte ich die Tür hinter mir geschlossen, als ich plötzlich hörte, wie Shizala laut aufschrie.

Das war zuviel. Trotz meines früheren Fauxpas im Palast von Varnal konnte ich mich nicht mehr beherrschen. Ich stürzte in den Raum zurück.

Shizala wand sich im Griff des finster dreinblickenden Telem Fas Ogdai. Er wollte sie zum Fenster zerren, wo das Luftschiff wartete.

»Halt!« befahl ich laut.

Sie schluchzte. »Michael Kane ... er ...«

»Es tut mir leid, Shizala, aber was du auch von mir denken magst, ich werde nicht zusehen, wenn ein Grobian so mit einer Dame umgeht.«

Telem Fas Ogdai lachte. Er hatte sein Schwert zwar weggesteckt, doch nun ließ er Shizala los, um es erneut zu ziehen.

Zu meiner Überraschung lief sie direkt auf mich zu.

»Er ist ein Verräter!« rief sie. »Telem Fas Ogdai hat gemeinsame Sache mit Horguhl gemacht – sie wollten zusammen den gesamten Kontinent beherrschen!«

Ich konnte meinen Ohren kaum trauen. Ich zog meine Klinge.

»Er drohte damit, dich zu töten, wenn ich nicht schweigen würde«, fuhr sie fort. »Und das wollte ich nicht.«

Telem Fas Ogdai kicherte. »Vergiß nicht deinen Schwur. Du mußt mich immer noch heiraten.«

»Wenn bekannt wird, daß du ein Verräter bist«, sagte ich, »muß sie es nicht mehr.«

Sie schüttelte den Kopf. »Nein, der Eid, den wir geleistet haben, steht über jedem gewöhnlichen Gesetz. Er hat recht. Man wird ihn verbannen – und mich mit ihm.«

»Was ist das für ein grausames Gesetz!«

»Es entspricht der Tradition«, sagte sie nur. »Es ist eine Sitte unseres Volkes. Wenn wir die Tradition mißachten, wird die ganze Gesellschaft auseinanderbrechen, das wissen wir. Deshalb muß der einzelne manchmal Unrecht ertragen – um des Großen Gesetzes willen.«

Es fiel mir schwer, dagegen Argumente zu finden. Vielleicht bin ich altmodisch, aber ich habe große Achtung vor Überlieferung und Brauchtum als Pfeilern der Gesellschaft.

Telem Fas Ogdai griff mich mit einem irren Kichern an.

Ich schob Shizala hinter mich und parierte schnell auf seinen Hieb.

Wir kämpften uns hin und her durch den Raum. Niemals zuvor war ich einem so begabten Schwertkämpfer begegnet. Wir waren würdige Gegner, abgesehen davon, daß ich mich schon zuvor stark verausgabt hatte. Allmählich ahnte ich, daß er gewinnen würde und Shizala damit gezwungen wäre, ihr Leben an der Seite des verhaßten Verräters zu verbringen!

Bald wich ich tatsächlich vor einem Wirbelwind von Stahl zurück. Ich stand mit dem Rücken nicht etwa zur Wand, sondern – schlimmer noch – zum Fenster. Hinter mir gähnte ein Abgrund von dreißig Metern Tiefe!

Ich sah, wie Telem Fas Ogdai grinste, als er mich weiter zurückdrängte. Nun überkam mich die Verzweiflung. Von irgendwoher mobilisierte ich zusätzliche Kraftreserven. In einem letzten, verzweifelten Versuch stürzte ich mich auf ihn und warf mich direkt in den Wirbel aus blitzendem Stahl.

Ich erwischte ihn im Überraschungsangriff. Es rettete mir das Leben und kostete ihn das seine.

Er strauchelte kurz.

Rasch hieb ich nach seiner Kehle. Die Schwertspitze traf Fleisch, und er stürzte mit einem lauten Aufschrei fassungslosen Zorns nach hinten.

Ich kniete neben ihm, als das Leben aus ihm heraussprudelte. Ich konnte ihn nicht retten. Wir wußten beide, daß er sterben würde. Shizala kam und kniete sich ebenfalls neben ihn.

»Warum, Telem«, fragte sie, »warum hast du so etwas Abscheuliches getan?«

Er wandte ihr den Blick zu und sprach unter Mühen.

»Vor über einem Jahr unternahm ich heimlich eine Expedition. Ich wollte herausfinden, was aus deinem Vater geworden war. Statt dessen wurde ich gefangengenommen und zu Horguhl geschleppt.«

»Es war tapfer, einen solchen Versuch zu unternehmen«, sagte ich leise.

»Sie ... sie hat mich irgendwie verführt«, sagte er. »Sie vertraute mir Geheimnisse an ... finstere Geheimnisse. Ich geriet völlig in ihre Gewalt. Ich half ihr bei der Planung der letzten Etappe zum Angriff auf Varnal. Ich reiste absichtlich zum Zeitpunkt der Attacke nach Varnal, wohl wissend, daß man mich bitten würde, eine Nachricht mit der Bitte um Hilfe nach Mishim Tep und zu euren Verbündeten zu übermitteln.« Er fing schrecklich an zu husten, dann faßte er sich wieder.

»Ich ... ich konnte mich nicht dagegen wehren. Ich dachte, ihr würdet unterliegen, doch es kam anders. Deine Leute erfuhren, daß ich die Nachricht nicht nach

Mishim Tep gebracht hatte – mein Vater wollte wissen, warum. Ich ... ich konnte nicht antworten. Die Leute fingen an zu reden – bald war es ein offenes Geheimnis, daß ich Varnal verraten hatte, obwohl ... niemand verstand, *warum*. Es liegt an dieser Frau ... es ist wie ein Traum ... ich war ein Verräter und ein Narr ... sie ... sie ...«

Dann richtete er sich mit ins Leere geheftetem Blick auf.

»Sie ist böse!« schrie er. »Ihr müßt sie finden und töten! Solange sie lebt, wird alles, was wir auf Vashu lieben und in Ehren halten, vom Verfall bedroht sein. Ihre Geheimnisse sind schrecklich – sie verleihen ihr eine fürchterliche Macht! *Sie muß sterben!*«

Dann fiel er zurück und war tot.

»Wo steckt Horguhl?« fragte mich Shizala.

»Ich weiß es nicht. Ich glaube, sie ist entkommen – doch wohin, ist ein Rätsel. Selbst die Argzoon kennen diese Höhlenwelt nicht bis ins letzte!«

»Glaubst du, daß er übertrieben hat – daß sein Geist umnachtet war?«

»Ich halte es für möglich«, sagte ich.

Und dann lag sie plötzlich in meinen Armen und schluchzte.

Ich drückte sie fest an mich und flüsterte ihr tröstliche Worte ins Ohr. Sie hatte unglaubliche Härten und Schrecken erlebt und sie tapfer durchgestanden. Ich konnte es ihr nicht vorwerfen, daß sie nun weinte.

»O Michael Kane ... o mein Liebster!« schluchzte sie.

Ich wollte meinen Ohren nicht trauen. Ich hatte das Gefühl, daß die Anstrengungen des Tages mich um den Verstand gebracht hatten!

»W-was hast du gesagt?« fragte ich ziemlich fassungslos.

Sie unterdrückte ihr Schluchzen, schaute zu mir auf

und lächelte zwischen ihren Tränen hindurch. »Ich sagte ›mein Liebster‹«, wiederholte sie. »Michael Kane, ich habe dich vom ersten Augenblick an geliebt. Weißt du noch, als das Mizip dich verfolgt hat?« Ich lachte, und sie lachte mit.

Aber genau damals habe ich mich auch in dich verliebt«, keuchte ich. »Und... ich glaubte, du liebtest Telem Fas Ogdai!«

»Ich habe ihn bewundert – damals«, sagte sie, »aber lieben konnte ich ihn nicht – insbesondere, nachdem ich dich kennengelernt hatte. Aber was hätte ich tun sollen? Die Tradition hatte mich ihm versprochen; ich konnte nicht dagegen verstoßen...«

»Das hätte ich auch nicht von dir erwartet«, sagte ich. »Aber jetzt...«

Sie schlang ihre Arme um mich, und ich zog sie an meine Brust.

»Jetzt«, hauchte sie, »steht es uns frei, zu heiraten, sobald der Verlobungstag festgesetzt werden kann.«

Ich beugte mich hinab, um sie zu küssen, als mir einfiel, daß ich noch gar nicht wußte, wie die Schlacht ausgegangen war.

»Wir müssen nachsehen, wie weit unsere Leute mit den Argzoon sind«, erklärte ich.

Sie wußte nichts von allem, was inzwischen vorgefallen war – oder zumindest nur sehr wenig. Ich klärte sie schnell auf. Wieder lächelte sie und ließ ihre Hand in die meine gleiten. »Ich werde mich nicht noch einmal von deiner Seite reißen lassen«, sagte sie. Ich wußte, ich hätte sie besser im Turm zurücklassen sollen – oder noch besser in dem Luftschiff, wo sie am sichersten gewesen wäre –, doch ich konnte den Gedanken nicht ertragen, daß wir noch einmal getrennt werden sollten. Das Luftschiff erinnerte mich an die Zeit, als wir zusammen über das Argzoonlager geflogen waren, und ich fragte sie, warum sie damals das sichere Schiff verlassen hatte.

»Hast du es denn nicht verstanden?« fragte sie, als wir Hand in Hand die Stufen hinabgingen. »Ich wollte dir helfen – oder mit dir sterben, wenn es denn sein mußte. Doch als ich dort ankam, hattest du deine Aufgabe schon erfüllt und warst fort!«

Ich drückte liebevoll und voller Dankbarkeit ihre Hand. Den Rest wußte ich von Horguhl.

Auf der Straße stellten wir fest, daß die Argzoon ihre Waffen niederlegten und offensichtlich keinerlei Lust mehr zum Kämpfen hatten, seit sie wußten, daß ihre Königin geflohen war.

Aufgeregt und siegesbewußt kam eine Abordnung von Kriegern unter Führung von Movat Jard und Carnak auf mich zu.

Wir warteten, bis sie uns erreichten. Ich fühlte mich plötzlich sehr erschöpft, als mir klar wurde, daß wir gewonnen hatten und ich heute nicht mehr kämpfen mußte.

Trotz all meiner Müdigkeit klopfte mein Herz vor Glück. Wir hatten gewonnen – und Shizala hatte versprochen, meine Frau zu werden. Was konnte ich mir noch mehr wünschen?

Dann kam Carnak mit einem Lächeln auf den Lippen – und ausgestreckten Händen – auf uns zugelaufen.

»Shizala!« rief er. »Shizala! Bist du es wirklich? Wie kommst du hierher?«

Sie schaute verwirrt drein. Ich fragte mich, ob er ein alter Freund war und hoffte, daß es sich nicht um einen noch früheren Verlobten handelte, der mein Glück hätte zerschlagen können.

»Carnak – du kennst Shizala?« fragte ich überrascht.

»Sie kennen?« Carnak lachte herzlich. »Das will ich wohl meinen!«

»Carnak!« Nun war es an Shizala, zu lachen. »Ist das dein Name? Heißt du wirklich so?«

»Natürlich!«

Ich sah mit einer gewissen Eifersucht, die ich gern eingestehen will, wie der ältere Mann Shizala in die Arme nahm. Und dann machte ein einziges Wort alles klar.

»Vater!« schrie sie. »O Vater, ich dachte, du wärst tot!«

»Das wäre ich auch bald gewesen, gäbe es da nicht diesen jungen Mann mit dem fremdartig klingenden Namen – und diesen tapferen Wilden, seinen Freund.« Carnak wies mit dem Daumen auf Movat Jard.

Shizala drehte sich zu mir um.

»Du hast meinem Vater das Leben gerettet?« Sie drückte meinen Arm. »O Michael Kane – das Haus Vanal verdankt es dir, daß es noch am Leben ist!«

Ich lächelte. »Danke – wenn es nicht am Leben wäre, würde mich das zu einem sehr traurigen Mann machen.«

Carnak tätschelte meine Schulter. »Was für ein Held! So einen habe ich mein Lebtag noch nicht gesehen – und ich habe durchaus ein paar tapfere Krieger gekannt!«

»Du bist selbst ein großartiger Kämpfer«, sagte ich.

»Ich bin ganz gut, junger Mann – doch so gut wie du war ich nie.« Dann betrachtete er wehmütig seine Tochter und mich. »Ich sehe wohl, daß ihr einander ... hm ... einige Gefühle entgegenbringt. Aber ist dir klar, Shizala, daß daraus nichts werden kann?«

»Was?« Ich war vor Entsetzen fast wie von Sinnen. Welcher neue Aspekt sollte nun eine Mauer zwischen meiner Geliebten und mir errichten?

Carnak schüttelte den Kopf. »Es geht um den Bradhinak Telem Fas Ogdai. Er ...«

»Er ist tot«, sagte ich. Erleichterung überkam mich. Natürlich wußte Carnak nichts von dem, was eben geschehen war. Rasch erzählte ich es ihm.

Er lauschte mit einem Stirnrunzeln. »Ich wußte, daß der Bursche halsstarrig war – und ich wußte, wie Horguhl ihre Blicke und ihre Stimme dazu verwenden konnte, jemanden in ihre Gewalt zu bringen –, aber ich hätte nie gedacht, daß der Sohn meines ältesten Freundes...« Er räusperte sich. »In gewisser Hinsicht war es meine Schuld – denn schließlich kam er, um zu sehen, ob ich gefangen war und noch lebte, in der Absicht, mich zu retten.« Carnak – oder der Bradhi von Varnal, der er ja war – schüttelte den Kopf. »Wir werden seinem Vater sagen, daß er für unsere Sache starb«, entschied er. »Und in indirektem Sinne stimmt das ja auch.«

Er sah uns an und lächelte. »Dann könnt ihr eure Verlobung verkünden, sobald wir nach Varnal zurückgekehrt sind, wenn das euer Wunsch ist.«

»Es ist unser Wunsch«, erklärten wir wie aus einem Mund und lächelten einander an.

Es dauerte nur kurze Zeit, um den Rest der entmutigten Argzoon zusammenzutreiben, und es wurde beschlossen, daß wir drei – Carnak, Shizala und ich – die Schwarze Stadt unter der Obhut Movat Jards zurücklassen wollten, wodurch die Niederlage für die Argzoon weniger bitter war. Wir riefen Movat Jard zum einstweiligen Herrscher der Argzoon aus, bis nach der Unterzeichnung eines Friedensvertrages eine Wahl stattfinden konnte.

Da wir begriffen, daß die Argzoon weitgehend durch Horguhls Pläne in diese Lage gebracht worden waren, verfuhren wir nicht so hart mit ihnen, wie es sonst möglich gewesen wäre.

Bald bestiegen wir das Luftschiff und verabschiedeten uns vorerst von Movat Jard.

Carnak übernahm die Steuerung des Schiffes und lenkte es durch die schwierigen Biegungen und Kurven des Tunnels ins Freie.

Bald überquerten wir die Einöde des Verderbens, den Wald mit den gedrungenen Bäumen, den breiten Strom, die Wildnis und die Karmesinebene.

Die Reise dauerte viele Tage, doch wir brachten sie damit zu, Pläne zu schmieden, besprachen alles, was sich ereignet hatte, seit wir getrennt worden waren.

Dann schwebten wir wieder über Varnal.

Als in der Stadt bekannt wurde, wer wir waren, brach ein ungeheurer Jubel aus, und wir wurden mit einer gewaltigen Feier willkommen geheißen. Die Verlobung wurde für den nächsten Tag festgesetzt, und ich kehrte an diesem Abend im Zustand unfaßbaren Glücks auf mein Zimmer zurück.

Doch nach alledem kam der bitterste Schlag von allem. Es war, als hätte das Schicksal mich all diese Prüfungen absolvieren lassen, um mir dann meine Belohnung im letzten Augenblick zu entreißen – denn in der Nacht fühlte ich, wie mich ein seltsames, vertrautes Gefühl überkam.

Ich spürte, wie mein Körper auseinanderzubrechen schien und ich wieder in phantastischer Geschwindigkeit durch Raum und Zeit gezerrt wurde. Dann war es vorbei, ich lag irgendwo. Ich lächelte, weil ich glaubte, es wäre ein Traum gewesen. Ich spürte, wie mir Licht in die Augen fiel, und ich dachte, es müsse Morgen sein – der Morgen meines Verlobungstages.

Ich schlug die Augen auf und sah in das lächelnde Gesicht *Doktor Logans* – meines Chefassistenten im Labor!

»Logan!« keuchte ich. »Wo bin ich – was ist geschehen?«

»Ich weiß es nicht, Professor«, antwortete er. »Ihr Körper ist mit Narben übersät – aber irgendwie sind Sie muskulöser geworden. Wie fühlen Sie sich?«

»Was ist passiert?« wiederholte ich laut.

»Wir haben etwa sieben Stunden gebraucht, dann entdeckten wir Sie auf einer merkwürdigen Wellenlänge – wir dachten schon, wir hätten Sie ganz verloren. Irgend etwas hat mit dem Transmitter nicht geklappt.«

Ich stand auf und packte ihn an seinem Laborkittel.

»Sie müssen mich zurückschicken! Sie müssen mich zurückschicken!«

»He – das Erlebnis ist Ihnen wohl nicht gut bekommen, Professor«, meinte einer der Techniker. »Sie können froh sein, daß Sie noch am Leben sind. Wir haben sieben Stunden gearbeitet – Sie waren schon so gut wie tot!«

»Das bin ich immer noch«, sagte ich und ließ die Schultern hängen. Ich ließ Logans Kittel los, stand da und starrte die Geräte an. Sie hatten mich zu einem höchst abenteuerlichen Ort und zu einer wundervollen Frau geführt – und mich dann zurückgerissen in diese finstere Welt.

Ich wurde zur Krankenstation gebracht, und sie ließen mich wochenlang nicht gehen, weil Ärzte und Psychologen herausfinden wollten, was mir ›wirklich‹ zugestoßen war. Man schrieb mich arbeitsunfähig und wollte mich natürlich nie wieder in die Nähe eines Transmitters lassen – obwohl ich es mehrere Male versucht habe. Schließlich schickten sie mich nach Europa – zu einem ausgedehnten Urlaub.

Und hier bin ich.

EPILOG

Das war im wesentlichen die Hinterlassenschaft des Professors und Schwertkämpfers Michael Kane – der auf der Erde Wissenschaftler und auf dem Mars Krieger gewesen war.

Glauben Sie es, wenn Sie wollen, so wie ich es geglaubt habe. Glauben Sie es nicht, wenn Sie nicht dazu in der Lage sind.

Nachdem ich Kanes Geschichte gehört hatte, bat ich ihn um Erlaubnis zu zwei Dingen.

»Lassen Sie mich Ihre bemerkenswerte Geschichte veröffentlichen«, sagte ich, »damit die ganze Welt über Ihren Verstand und Ihre Aufrichtigkeit urteilen kann.«

Er zuckte die Achseln. »Ich vermute, nur wenige werden zum richtigen Urteil kommen.«

»Aber diese wenigen werden mir recht geben.«

»Nun gut – und die andere Bitte?«

»Daß Sie mir gestatten, Ihnen den Bau eines privaten Materietransmitters zu finanzieren. Läßt sich das machen?«

»Ja. Letzten Endes bin ich der Erfinder der Maschine. Es würde jedoch eine Menge Geld kosten.«

Ich fragte, wieviel. Er sagte es mir. Es würde ein großes Loch in mein Vermögen reißen – in Wirklichkeit ein größeres, als ich mir leisten konnte, aber ich sagte ihm nicht, daß ich bereit war, meinen Glauben an seine Geschichte mit einer großen Summe zu unterstützen.

Nun ist der Transmitter fast fertiggestellt. Kane meint, daß er die richtige Frequenz einstellen kann. Wir haben wochenlang daran geschuftet, sie zu vollenden, und ich hoffe, daß er recht hat.

Diese Maschine ist in gewisser Hinsicht noch ausgeklügelter als das erste Modell, da es sich tatsächlich um eine Art ›Transreceiver‹ handelt, der beständig auf eine bestimmte Wellenlänge eingestellt ist.

Kanes Vorstellung geht dahin, daß er auf dem Mars eine zweite Maschine bauen und dann ganz nach eigenem Gutdünken hin- und herreisen kann. Dieser Wunsch erscheint mir vielleicht etwas ehrgeizig, doch ich habe großen Respekt vor seinem wissenschaftlichen Denken entwickelt.

Wird es funktionieren?

Ich weiß es noch nicht. Wenn dieses Manuskript in Druck geht, haben wir noch etwa eine Woche, um die Maschine zu testen.

Vielleicht werde ich bald mehr von diesem Marskrieger zu berichten haben.

Ich hoffe es jedenfalls.

ENDE DES
ERSTEN BUCHES

Der Herr der Spinnen

Für Henry Morrison
und Robert Silverberg

PROLOG

»Es muß uns gelingen!« Ich schaute gespannt hoch. Der Sprecher war ein gutaussehender Riese von Mann mit funkelnden, diamantblauen Augen. Er beugte sich über eins der merkwürdigsten Geräte, das ich jemals gesehen hatte. Es hatte ungefähr die Größe eines Telefons und wies viele Skalen und Schalter auf. Eine große, darüberhängende Spule pulsierte elektrisch, und zu seiner Rechten – in einer dunklen Ecke – stand ein Dynamo ungewöhnlicher Bauart, der es mit Energie speiste.

Der hochgewachsene Mann saß in einer Art Hängegerüst, das ebenfalls an der Decke des improvisierten Labors angebracht war, bei dem es sich in Wirklichkeit um die Kellerräume meines Hauses im Londoner Stadtteil Belgravia handelte. Ich stand unter dem Hängegerüst und las ihm die Meßwerte von den Skalen vor.

Wir hatten viele Wochen lang an der Maschine gearbeitet – vielmehr, *er* hatte daran gearbeitet. Ich hatte lediglich das Geld für die notwendigen Gerätschaften bereitgestellt und seine Instruktionen bei den simplen Aufgaben befolgt, die auszuführen er mir gestattete.

Wir hatten uns erst vor kurzer Zeit in Frankreich kennengelernt, wo er mir eine eigentümliche, wilde Geschichte von seinen Abenteuern auf dem Planeten Mars erzählt hatte! Dort hatte er sich in die wunderschöne Prinzessin einer Stadt namens Varnal von den Grünen Nebeln verliebt. Er hatte gegen riesige blaue Menschen namens Argzoon gekämpft und schließlich erfolgreich einen halben Kontinent von ihrer barbarischen Herrschaft befreit.

So platt dargestellt, klingt das Ganze wie die paranoiden Wahnideen eines Irren oder die dreisten Lügen eines wortgewandten Märchenerzählers. Trotzdem glaubte ich ihm – und glaube ihm auch heute noch.

Ich habe bereits von unserer ersten Begegnung, und was sich aus ihr entwickelte, berichtet – wie Michael Kane, der Mann, der nun in dem Hängegerüst über meinem Kopf arbeitete, als Physiker in Chicago Spezialforschungen an etwas betrieben hatte, das er einen ›Materietransmitter‹ nannte, wie das erste Experiment fehlschlug und ihn statt zu einer anderen Stelle seines Labors auf den Mars beförderte.

Es handelte sich dabei nach unserer Auffassung um einen Mars, der Äonen in der Vergangenheit lag, einen Mars, der erblüht war, noch ehe der Mensch unseren Planeten bevölkerte; einen Mars mit starken Gegensätzen, fremden Bräuchen, Landschaften und Tieren. Einen Mars, auf dem sich Völker bekriegten, die sich im Besitz der Überreste einer einst hochtechnisierten Zivilisation befanden, einen Mars, auf dem Kane sich zu Hause gefühlt hatte. Als erfahrener Schwertkämpfer war er für die besten Krieger des Roten Planeten ein ebenbürtiger Partner gewesen; als Romantiker, der seine ursprüngliche, eintönige Umwelt verabscheute, hatte er das Glück genossen, das ihm der Zufall beschert hatte.

Aber das Schicksal (in Gestalt seiner wissenschaftlichen Mitarbeiter) hatte ihn auch zur Erde zurückgeholt, zurück ins Hier und Heute, und das just in dem Augenblick, da er seine marsianische Liebste hatte heiraten wollen. Die anderen Wissenschaftler in Chicago hatten den Fehler im Transmitter beseitigt und Kane zurückholen können. Eben noch hatte er in einem marsianischen Bett geschlafen, im nächsten Augenblick stand er wieder in seinem Labor und blickte in die strahlenden Gesichter seiner Forschungskollegen! Sie hatten geglaubt, sie hätten ihm einen Gefallen getan!

Niemand hatte seiner Geschichte Glauben geschenkt. Man hatte diesem brillanten Wissenschaftler einfach nicht geglaubt, als er versucht hatte, die anderen davon zu überzeugen, daß er wirklich auf dem Mars gewesen war – einem Mars, wie er vor Millionen von Jahren existiert hatte! Man verbot ihm, sich seiner eigenen Erfindung zu nähern, und er wurde auf unbestimmte Zeit beurlaubt. Voller Verzweiflung, weil er seinen geliebten Mars niemals wiedersehen würde, war Kane ziellos durch die Welt gezogen und hatte dabei stets an Vashu gedacht – so bezeichneten die Einheimischen den Mars.

Dann waren wir uns zufällig in einem kleinen französischen Café mit Blick aufs Mittelmeer begegnet. Er hatte mir die ganze Geschichte erzählt. Danach hatte ich zugesagt, ihm beim Bau eines privaten Transmitters ähnlich dem in Chicago zu helfen, so daß er mit etwas Glück zurückkehren konnte.

Und nun war seine Maschine fast fertig!

»Es muß uns gelingen!« Er wiederholte den Satz halb zu sich selbst, während er konzentriert und mit gerunzelter Stirn arbeitete.

Er setzte sein Leben aufs Spiel, wenn der Versuch fehlschlug. Er hätte beim ersten Mal unwillkürlich durch Zeit und Raum geschleudert werden können – er hatte nur sehr magere Beweise für seine Theorie von der Raum-Zeit-Verschiebung, die eine besondere Einstellung des Transmitters ausgelöst haben sollte, der gleichen Einstellung, die beim ersten Versuch bestanden hatte. Ich erinnerte ihn noch einmal daran, daß – selbst wenn der Transmitter funktionierte – die Wahrscheinlichkeit sehr gering war, daß er wieder zum Mars befördert werden würde. Und selbst wenn dem so war – wie groß war die

Chance, daß es sich zeitlich um den gleichen Mars handelte, den er verlassen hatte?

Aber er hielt an seiner Theorie fest – die meiner Ansicht nach mehr auf seinen Wünschen als auf realen Tatsachen basierte – und steckte seine ganze Hoffnung in die Funktionstüchtigkeit, sofern er Jahr, Tag und geographische Lage richtig erwischte.

Offensichtlich war ein Ort in der Nähe von Salisbury ideal und morgen um 11.30 Uhr eine hervorragende Zeit. Deshalb arbeitete er mit solch rasender Eile.

Was nun die wirkliche Maschine anging, so war ich überzeugt, daß sie in Ordnung war. Ich maßte mir nicht an, seine Berechnungen zu verstehen, doch ich vertraute seinem Charakter und seinem Ruf als Physiker.

Schließlich blickte Kane von dem Konus hoch, an dem er herumgebastelt hatte, und musterte mich mit dem traurigen und gleichzeitig sengenden Blick, der mir so vertraut geworden war.

»Das wär's«, sagte er. »Nun können wir nichts mehr tun, außer ihn zu seinem Standpunkt zu befördern. Ist der Generatorwagen bereit?«

»Er wartet«, erwiderte ich und meinte den transportablen Dynamo, den er benutzen würde, um sein Gerät anzutreiben. »Soll ich die Agentur anrufen?«

Er schürzte die Lippen und zog die Stirn kraus. Er schwang sich aus dem Hängegerüst und sprang zu Boden. Er blickte hoch zu seinem geistigen Ziehkind, dann entspannten sich seine Züge. Er schien befriedigt.

»Ja. Rufen Sie lieber heute abend als morgen früh an.« Er nickte.

Ich ging nach oben und telefonierte mit der Arbeitsvermittlung, die uns die ›Muskelkraft‹ zur Verfügung stellen sollte, die wir benötigten, um unsere Maschinen zu ihrer Endstation in der Ebene von Salisbury zu befördern. Die

Männer würden am nächsten Morgen vor meiner Tür stehen, versicherte mir die Agentur.

Als ich in den Keller zurückkehrte, fand ich Kane halb schlafend in einem Sessel zusammengesackt.

»Kommen Sie, mein Lieber«, sagte ich. »Sie sollten sich jetzt besser hinlegen, sonst sind Sie morgen nicht in der Lage, Ihr Bestes zu geben.«

Er nickte stumm, und ich half ihm die Treppen hinauf ins Bett. Dann zog ich mich zurück.

Am nächsten Morgen erschienen die Männer mit einem großen Lieferwagen. Unter Kanes recht ängstlicher Aufsicht wurde der Materietransmitter herausgetragen und in dem Lieferwagen sicher abgestellt.

Dann brachen wir in Richtung Salisbury auf. Ich saß hinter dem Steuer des größeren Fahrzeugs, das Kane als Generatorwagen bezeichnete.

Wir hatten eine Stelle nicht weit von dem berühmten Steinkreis Stonehenge ausgesucht. Die großen, primitiven Säulen, die viele für eines der ersten astronomischen Observatorien halten, zeichneten sich scharf im grellen Morgenlicht ab.

Wir führten ein großes Zelt mit uns, um die Ausrüstung vor dem Wetter und vor neugierigen Blicken zu schützen. Das stellten wir mit Hilfe der Männer auf, die schließlich mit der Anweisung davonfuhren, am nächsten Vormittag mit dem Lieferwagen wiederzukommen.

Es war ein unruhiger Tag, und der Wind peitschte die Zeltplane, während Kane und ich uns mühten, die Geräte aufzubauen und ein paar Tests durchzuführen, um sicherzugehen, daß sie einwandfrei funktionierten. Das nahm den größten Teil des Tages in Anspruch, und der Abend brach herein, als ich zum Wagen ging, um den Dynamo einzuschalten, damit wir den Transmitter prüfen konnten.

Je mehr Stunden verstrichen, desto finsterer wurde Kanes Gesicht. Er wirkte angespannt und erinnerte mich noch mal an alles, was ich tun mußte, wenn die Zeit gekommen war. Ich wußte es schon auswendig – es war eine einfache Überprüfung gewisser Instrumente und das Bedienen einiger Schalter.

Kurz vor 23.30 Uhr trat ich ins Freie. Der Mond stand hoch am Himmel, die Nacht war wild und stürmisch. Große, schwarze Wolkenbänke zogen über den Himmel. Eine unheilschwangere Nacht!

Ich blieb ein paar Minuten stehen, rauchte und kuschelte mich fest in meinen Mantel. Mein Geist war halb betäubt von der Konzentration der vergangenen Wochen. Jetzt, da das Experiment direkt bevorstand, hatte ich fast Angst – Angst um Kane. Er würde, wenn nicht sein Leben, so zumindest seine Hoffnung verlieren, wenn es mißlang. Und mit dem Verlust seiner Hoffnungen, so wähnte ich, war Kane nicht mehr der Mensch, den ich bewunderte.

Er rief aus dem Inneren des Zeltes nach mir.

Als ich hineinging, sah ich, daß seine übliche Ruhe dahin war, teils wegen seiner weitgehenden Erschöpfung, teils aufgrund gleichartiger Erwägungen wie der meinigen.

»Wir sind fast soweit, Edward.«

Ich trat meine Zigarette aus und warf einen Blick auf die verteufelte Maschine. Nun war der Materietransmitter zum Leben erwacht und summte vor Energie. Die kegelförmige Drehantenne obenauf glühte rubinrot und verlieh dem Zeltinneren ein bizarres Aussehen. In diesem Widerschein wirkte Kanes gutgeschnittenes Gesicht wie das eines edlen, aber unirdischen Halbgottes.

»Drücken Sie mir die Daumen.« Er versuchte, gelassen zu lächeln. Wir reichten uns die Hände.

Er stieg in den Transmitter, ich klappte die Paneele hinter ihm zu und verschloß sie fest. Ich warf einen Blick auf meine Uhr. Noch eine Minute. Ich wagte nicht daran zu denken, nicht zu erwägen, was ich gleich tun würde!

Während die Sekunden dahintickten, sagte ich mir noch einmal genau die Anweisungen auf und beobachtete die Instrumente, auf denen die Nadeln zitterten und die Skalen aufglühten. Ich streckte die Hand aus, drückte einen Knopf und kippte einen Schalter. Schlichte Handgriffe, aber Handgriffe, die einen Menschen töten oder ihn körperlich oder geistig dem Untergang weihen konnten.

Von oben erklang plötzlich ein schriller Ton. Die Nadeln schlugen wie rasend aus. Ich wußte, was das zu bedeuten hatte.

Kane war unterwegs!

Aber wohin? In welche Zeit? Vielleicht würde er es niemals erfahren.

Aber nun war es vollbracht. Ich ging langsam aus dem Zelt. Ich zündete mir noch eine Zigarette an und rauchte. Ich dachte über Kane und seine wildromantischen, abenteuerlichen Erlebnisse auf einem früheren Planeten nach. Ich fragte mich wie schon des öfteren, ob ich recht daran getan hatte, ihm zu glauben und zu helfen. Ich fragte mich, ob ich falsch gehandelt hatte.

Und ich empfand auch Trauer – als wäre etwas Starkes und Bedeutsames meinem Leben entrissen. Ich hatte einen Freund verloren.

Dann hörte ich plötzlich aus dem Zelt eine Stimme.

Voller Schreck erkannte ich sie als Kanes Stimme – obgleich sie nun anders klang.

Also war es uns nicht gelungen. Vielleicht war er nirgendwohin befördert worden. Vielleicht waren seine Berechnungen falsch gewesen. Halb erleichtert und halb bestürzt stolperte ich ins Zelt zurück – um dort einen weiteren Schock zu erleben!

Der Mann, der dort vor mir stand, war fast nackt.

Es war Kane – aber nicht der Kane, dem ich erst vor wenigen Minuten die Hand geschüttelt hatte.

Ich starrte verwundert seine Aufmachung an. Es handelte sich um eine Art Lederharnisch, der mit seltsam funkelnden Edelsteinen geschmückt war, die ich nicht identifizieren konnte. Um die breiten, muskulösen Schultern war ein leichter Umhang in wunderbarem Blau geworfen. An der linken Hüfte trug er ein Schwert mit Korbgriff, ein Schwert an einer dicken Lederschlaufe, jedoch ohne jegliche Scheide. An den Füßen trug er schwere, bis zu den Knien geschnürte Sandalen. Nun fiel mir auch auf, daß sein Haar länger war. Seinen Körper zeichneten mehrere Narben, wovon einige alt, andere recht jung waren. Er lächelte mich seltsam an, als begrüßte er einen alten Bekannten, den er lange nicht gesehen hatte.

Ich erkannte die Aufmachung aus Kanes früheren Beschreibungen. Es war die Ausrüstung eines *Pukan* – eines Kriegers vom Mars!

»Kane!« keuchte ich. »Was ist passiert? Sie sind doch erst vor wenigen Augenblicken . . .« Ich verstummte, weil ich nicht weitersprechen, sondern ihn nur anstarren konnte! Er trat auf mich zu und umfaßte meine Schulter mit seinem kräftigen Griff.

»Warten Sie«, sagte er entschieden, »dann erkläre ich Ihnen alles. Aber können wir vorher zurück in Ihr Haus nach London? Wahrscheinlich werden Sie wieder Ihren Kassettenrecorder brauchen.«

Mit dem Generatorwagen fuhren wir nach Belgravia zurück, und neben mir saß tatsächlich dieser seltsame, nackte Krieger mit seinem langen Schwert und dem fremdartigen, edelsteinbesetzten Kriegsharnisch. Glücklicherweise sah uns niemand, als wir mein Haus betraten. Er bewegte sich geschmeidig, die Muskeln unter seiner gebräunten Haut zuckten – ein graziöser Übermensch, ein Held aus der Sagenwelt.

Meine Haushälterin wohnt nicht im Haus, also bereitete ich ihm selbst etwas zu essen zu und brachte ihm einen starken, schwarzen Kaffee, den er sichtlich genoß.

Ich schaltete den Recorder ein, und er fing an zu sprechen. Es folgt sein Bericht, aus dem nur meine Fragen, seine Nebenbemerkungen und einige eher wissenschaftliche Informationen redigiert wurden, um seine eigene, fortlaufende Erzählung darzubieten.

EPB
Chester Square
London S.W. 1
April 1969

1. Kapitel

DIE KAHLE EBENE

Nachdem ich den Materietransmitter betreten hatte, empfand ich einen Hauch von Furcht. Mir wurde zum ersten Mal in vollem Ausmaß klar, was ich aufs Spiel setzte.

Aber in diesem Augenblick war es zu spät. Sie hatten die Arbeit auf Ihrer Seite des Transmitters bereits verrichtet. In mir stiegen die üblichen mit der Maschine einhergehenden Gefühle auf. Es bestand kein Unterschied zu vorher, außer daß ich mir diesmal nicht sicher war, wohin ich befördert wurde – Sie erinnern sich vielleicht, daß ich bei meiner ersten Reise geglaubt hatte, nur zu einem ›Empfänger‹ in einem anderen Teil des Laborgebäudes geschleudert zu werden. Statt dessen war ich auf meinen Mars befördert worden. Was war nun mein Reiseziel? Ich betete insgeheim, es möge wieder der Mars sein.

Seltsame Farben erstanden vor meinen Augen. Wieder empfand ich Schwerelosigkeit. Es kam eine Periode, in deren Verlauf ich mich, nun ja, *allem* verbunden fühlte. Dann kam das Gefühl, körperlos zu sein und gleichzeitig mit unglaublicher Geschwindigkeit durch die Finsternis geschleudert zu werden. Mir schwanden die Sinne.

Diesmal erwachte ich in vergleichsweiser Dunkelheit. Ich lag mit nach unten gewandtem Gesicht auf hartem, steinigem Boden. Ich fühlte mich ein bißchen zerschlagen, aber nicht allzu schlimm. Ich drehte mich auf den Rücken.

Ich war auf dem Mars!

Ich wußte es in dem Augenblick, da ich die Zwillingsmonde erblickte: Urnoo und Garhoo auf marsianisch, Phobos und Deimos auf englisch, die eine öde Landschaft mit eisigen Felsen und spärlicher Vegetation erhellten. Drüben im Westen funkelte etwas – etwas, bei dem es sich um die weite Fläche eines stillen Gewässers handeln konnte.

Ich befand mich immer noch in der Kleidung, die ich beim Betreten des Materietransmitters getragen hatte. Seine Drehantenne löst alles im Innern der Maschine auf und wandelt es in Wellenform um. Ich hatte sogar etwas Kleingeld in der Tasche und meine Armbanduhr bei mir.

Aber irgend etwas stimmte nicht.

Behutsam setzte ich mich auf. Ich war noch immer etwas benommen, doch mir dämmerte bereits der Verdacht, daß etwas ernsthaft schiefgegangen war.

Bei meiner ersten Hin- und Rückreise war ich direkt vor der Stadt Varnal auf dem südlichen Mars gelandet. Und in Varnal hatten mich meine hilfsbereiten Kollegen Wissenschaftler wieder aufgeschnappt, um mich zur Erde zurückzuzerren.

Aber dieses Ödland stand im Gegensatz zu allem, was ich auf *meinem* Mars gesehen hatte!

Natürlich handelte es sich durchaus um den Mars – die Monde bewiesen es. Doch es schien sich nicht um den Mars des Zeitalters zu handeln, das ich kennengelernt hatte – den Mars, wie er existiert hatte, als auf der Erde noch Dinosaurier umherspazierten und der Mensch sich auf seinem Heimatplaneten noch nicht zur dominanten Spezies entwickelt hatte.

Ich fühlte mich verzweifelt, hilflos und unglaublich einsam. Nun war alle Hoffnung dahin, meine geliebte, mir anverlobte Shizala wiederzusehen und in der Stadt der Grünen Nebel in Frieden zu leben.

Die marsianische Nacht ist lang, und diese kam mir wie die längste von allen vor, bis die Dämmerung einsetzte und ich schließlich aufstand und mich umschaute.

Wohin ich mich auch drehte, mein Blick traf nur auf Meer und Felsen!

Wie ich schon vermutet hatte, stand ich auf einer kahlen Ebene, die sich von einem großen, kalten Meer aus, das sich leicht, aber ruhelos bewegte und unter einem freudlosen Himmel lag, landeinwärts zog. Ob es nun die Vergangenheit oder Zukunft des Mars war, den ich kannte, war mir gleichgültig. Ich wußte nur, daß ich mich vermutlich an der geographischen Stelle befand, wo Varnal von den Grünen Nebeln und die Rufenden Berge einst gestanden hatten – oder einst stehen *würden,* und daß für mich alles dahin war! Wo sich einst Hügel gewellt hatten, wogte nun die See, und den Raum der Stadt nahmen Felsen ein.

Ich fühlte mich betrogen. Woher diese Empfindung kam, ist schwer zu begründen. Schließlich war es meine eigene Schuld, daß ich hier stand, statt meine Liebste im Palast der Herrscher von Karnala zu umarmen.

Ich seufzte und fühlte mich plötzlich sehr erschöpft. Ohne darüber nachzudenken, was aus mir werden würde, begann ich in düsterer Stimmung landeinwärts zu gehen. Ich hatte, so schien mir, kein Ziel als zu laufen, bis ich vor Müdigkeit und Hunger zusammenbrach. Die karge Landschaft schien meinen Mangel an Antriebskraft nur zu reflektieren.

Alle Hoffnungen waren dahin, alle Träume zerschlagen. Mich verzehrte nur noch die Verzweiflung!

Es mag vielleicht fünf Stunden – oder ungefähr vierzig marsianische Shatis – später gewesen sein, als ich das

Tier erblickte. Es mußte sich schon seit einer Weile an mich herangepirscht haben.

Das erste, was mir an an ihm auffiel, war seine gespenstisch funkelnde Haut, in der sich das Licht fing und in allen Regenbogenfarben zurückgeworfen wurde. Es sah aus, als bestünde das Tier aus einer Art klebriger, kristalliner Substanz, aber dem war nicht so. So seltsam es auch war, es stellte sich beim zweiten Blick als Wesen aus Fleisch und Blut heraus.

Es war zwischen achtzehn und zwanzig Kilodas – etwa einsachtzig bis zwei Meter – hoch und dreißig Kilodas lang. Es war ein kräftiges Tier mit einem riesigen, breiten Maul voller Zähne, die ebenfalls wie Kristalle blitzten. Es hatte ein einziges, vielfacettiertes Auge – was mehrere marsianische Geschöpfe auszeichnete – und vier kurze, muskelbepackte Beine, die in große, krallenbewehrte Pfoten ausliefen. Es hatte keinen Schwanz, aber eine Art Kamm, möglicherweise aus verfilztem Fell, der auf seinem Rücken wippte.

Es war darauf aus, mich zum Frühstück zu verspeisen, das war klar.

Meine verzweifelte Stimmung verflog angesichts der drohenden Gefahr. Ich hatte keine Waffen, also bückte ich mich und sammelte mit beiden Händen große Steine.

Unter Aufbietung aller Willensstärke stellte ich mich dem Tier entgegen, das langsam auf mich zu stakste, während sein Kamm immer schneller – wie aus Vorfreude auf die Mahlzeit – vibrierte. Gelblicher Speichel troff aus dem offenen Maul, und das einzige Auge war angespannt auf mich gerichtet.

Plötzlich brüllte ich los und schleuderte meinen ersten Stein, wobei ich aufs Auge zielte. Dann ließ ich den zweiten Stein folgen. Das Geschöpf stieß einen unglaublich klagenden Schrei aus, der Schmerz und Zorn ausdrückte. Es bäumte sich auf die Hinterläufe und ruderte mit den Vorderbeinen.

Ich hob zwei weitere Steine auf und warf sie auf seinen weichen Unterleib. Offensichtlich zeigten sie nicht die gleiche Wirkung wie die Würfe auf das Auge. Das Tier fiel wieder auf alle viere herab und hielt seine Stellung, um mich böse anzusehen.

Für den Augenblick sah es nach einem Patt aus.

Langsam bückte ich mich und tastete nach mehr Munition. Ich fand noch einen Stein, das war alles.

Nun zitterte und flatterte der Kamm, das Maul klaffte weiter auf, und das Seibern nahm zu. Dann trat das Geschöpf mehrere Schritte zurück, aber mir war klar, daß es sich nicht verziehen, sondern zum Sprung ansetzen wollte.

Ich versuchte einen Trick, der meines Wissens auf der Erde funktionierte, wenn Menschen in ähnlicher Lage sich wilden Tieren gegenübersehen. Ich schrie, so laut ich konnte, rannte auf das Geschöpf zu und hielt den Stein hoch erhoben in der Hand.

Ich lief mit voller Wucht fast in sein schreckliches Maul.

Die Bestie hatte sich keinen Zentimeter gerührt!

Nun befand ich mich in einer schlimmeren Lage als zuvor! Entschlossen, mein Leben so teuer wie möglich zu verkaufen, schleuderte ich den letzten Stein auf das Auge und raste weiter, um an ihm vorbeizurennen. Das Tier schrie auf, winselte und bäumte sich erneut auf. Dann sah ich, wie dickes Blut an seiner Schnauze herabzurinnen begann. Es fuhr herum, stand immer noch auf den Hinterläufen, wedelte mit den Vorderbeinen und schlug die Krallen in die Luft. Ich hatte den unteren Teil des Auges getroffen. Ich mußte einigen Schaden angerichtet haben, dafür zeugte das Blut, das herabtroff, aber das Tier konnte immer noch sehen.

Ich bückte mich nach einem weiteren Stein, als es plötzlich mit einer Geschwindigkeit, mit der ich nicht gerechnet hatte, mit weit aufgerissenem Maul auf mich zustürzte.

Ich konnte mich gerade noch beiseite werfen, doch da wirbelte es auch schon herum und griff mich wieder an. Mir war klar, daß ich keine Chance hatte.

Ich weiß noch, daß ich auf einem Fels lag und mich umzudrehen versuchte, um auf die Beine zu kommen. Ich war mir voller Furcht des gewaltigen Leibes bewußt, der da auf mich niederstürzte – mit blitzenden Zähnen...

Und als das Tier nur noch wenige Zentimeter von mir entfernt war, stürzte es plötzlich zu Boden, zuckte mit den Gliedmaßen und blieb reglos liegen.

Was war geschehen? Ich glaubte zuerst, daß mein Steinwurf schlimmeren Schaden als vermutet angerichtet hatte, doch als ich aufstand, sah ich eine lange, schwere Lanze aus der Seite der Bestie ragen.

Ich schaute mich um und erblickte eine stehende Gestalt... Ich war sogleich wieder auf der Hut. Es war ein Blauer Riese – ein Argzoon. Ich hatte ihre Grausamkeit schon früher erlebt; ich wußte, daß sie Menschen wie mich sofort angriffen.

Der Argzoon war mit Schwert und Streitkolben an der rechten und linken Hüfte bewaffnet. Er war ungeheuer muskulös und beinahe drei Meter groß.

Was meinen Verdacht, daß ich mich in einem anderen Zeitalter befand, bestätigte, war die Tatsache, daß er statt der üblichen Argzoon-Lederbrustplatte eine solche aus edlem Metall trug, und auch seine Arm- und Beinschienen bestanden aus Metall.

Vielleicht hatte er mir das Leben gerettet, um seinen

Spaß mit mir zu haben. Ich machte mich daran, die Lanze aus dem Tierkadaver zu zerren, damit ich etwas zu meiner Verteidigung hätte, falls er mich angriff.

Ich bekam die Lanze frei, und er trat näher. Er lächelte und blieb stehen, um mich mit in die Hüften gestemmten Armen und leicht zur Seite geneigtem Kopf verwundert zu betrachten.

»Ich bin bereit, Argzoon«, erklärte ich auf marsianisch. Dann lachte er – nicht das wilde, animalische Lachen der Argzoon, sondern ein gutmütiges Lachen. Hatten sich die Argzoon so sehr verändert?

»Ich habe deinen Kampf mit dem Rhadari beobachtet«, sagte er. »Du bist sehr tapfer.«

Vorsichtig ließ ich die Lanze sinken und schwieg. Auch die Stimme ähnelte nicht der gutturalen Sprechweise der Argzoon, wie ich sie kannte. Er deutete auf mich und lächelte erneut. »Warum bist du in dieses dicke Gewand gehüllt? Bist du krank?«

Ich schüttelte den Kopf und fühlte mich schon etwas verlegen, was nicht nur an meiner Erscheinung lag, die für den Mars ziemlich eigentümlich war, sondern auch deswegen, weil ich ihn für einen Feind gehalten hatte.

»Ich werde Hool Haji genannt«, sagte er. »Dein Name und Stamm?«

»Michael Kane«, sagte ich, als ich endlich die Sprache wiederfand. »Ich gehöre zu keinem einheimischen Stamm, aber ich bin vom Volk von Karnala aufgenommen worden.«

»Ein merkwürdiger Name, aber ich kenne die Karnala. Ihrem Ruf nach sind sie so tapfer, wie du dich erwiesen hast.«

»Entschuldige die Frage«, sagte ich, »aber du scheinst mir nicht eben typisch für das Volk der Argzoon.«

Er lachte gutmütig. »Danke. Das liegt daran, daß ich ein Mendishar bin.«

Ich erinnerte mich vage, von den Mendishar gehört zu haben, wußte aber nicht mehr, was man mir über sie erzählt hatte. Vermutlich war es Shizala gewesen.

»Ist dies hier das Gebiet der Mendishar?« fragte ich.

»Ich wollte, es wäre so. Aber wir sind ganz in der Nähe.«

»Wo liegt Mendishar – von Argzoon aus gesehen?«

»Oh, wir liegen ein gutes Stück nördlich von den Höhlen der Finsternis.«

Der Zeitunterschied konnte demnach nicht so groß sein, wie ich zuerst angenommen hatte. Wenn die Karnala und die unterirdische Welt der Argzoon, die Höhlen der Finsternis, noch existierten, dann war dieser Fleck, die kahle Einöde, auf der ich zu mir gekommen war, nur eben nicht typisch für den Planeten, den ich von früher kannte.

Hool Haji streckte die Hand aus. »Vielleicht könnte ich jetzt meine Lanze wiederhaben?«

Ich entschuldigte mich und gab sie ihm. »Du siehst erschöpft aus«, sagte er. »Komm mit – ich habe ganz in der Nähe mein Lager aufgeschlagen. Wir werden ein Stück von deinem jüngsten Widersacher verzehren.« Er bückte sich, hob den Kadaver des großen Tieres mühelos auf und warf ihn sich über die Schulter.

Ich ging neben ihm her, und er verlangsamte bewußt sein Tempo, damit es mir nicht so schwerfiel, mit ihm Schritt zu halten. Er schien unter seiner Bürde überhaupt nicht zu ermüden.

»Ich war undankbar«, stellte ich fest. »Ich habe mich nicht einmal bedankt, daß du mir das Leben gerettet hast. Ich stehe in deiner Schuld.«

»Mögest du eine Gelegenheit erhalten, sie zu begleichen«, erwiderte er mit der höflichen Formulierung, die ich bislang nur im Süden gehört hatte.

Wir gelangten zu Hool Hajis Lager – einem niedrigen Zelt, das neben einem kleinen, zwischen den Felsen dahinsprudelnden Bach aufgeschlagen war.

Ein Feuer brannte und verbreitete eine Wolke übelriechenden Rauchs, aber Hool Haji erklärte, daß in diesen Gegenden Oxel der einzige Brennstoff sei – eine bräunliche, farnartige Pflanze, die zwischen den Steinen sproß.

Während Hool Haji das Tier häutete, wobei er sehr geschickt mit einem Spezialmesser aus seinem oberen Harnisch zu Werke ging, erklärte er mir die Ähnlichkeit zwischen seinem Volk und dem der Argzoon. Ich interessierte mich dafür, insbesondere, da ich dabei auch einiges über die jüngste Geschichte von Vashu hörte – dem Mars, wie wir ihn auf der Erde nennen.

Es sah so aus, als seien die Mendishar und Argzoon in der dunklen und weit zurückliegenden Vergangenheit Vashus ein Volk gewesen, das in der Nähe des Meeres gelebt hatte, wo es nach der Sage seinen Ursprung genommen hatte. Sie waren Fischer und Schiffsbauer, Piraten und Küstenplünderer, Seehändler und Inraktaucher gewesen – wobei der Inrak ein seltener Schalenfisch war, den alle Bewohner des Planeten, bis auf die Blauen Menschen selbst, offenbar für eine Delikatesse hielten.

Sie hatten auf einem Teil des Planeten gelebt, der zu jener Zeit reichlich abgelegen gewesen war. Ihre Lebensweise war rückständig, ihre Handelsgeschäfte und Überfälle weitgehend auf die nächste Umgebung beschränkt.

Dann war der Schrecklichste Krieg ausgebrochen. Was die Ursache dieses Krieges und seine Protagonisten anging, blieb Hool Haji ziemlich vage. Er sagte lediglich, daß er zwischen den Sheev und den Yaksha entbrannt war. Von den Sheev hatte ich schon gehört. Dieses geheimnisvolle Volk hatte den Karnala viele nützliche Dinge hinterlassen – sie hatten einst über eine große Kultur verfügt, Atomenergie und ähnliche Dinge gekannt und waren weiter fortgeschritten als die Erdenmenschen meiner eigenen Zeit. Noch immer waren die Ruinen ihrer Städte zu sehen. Hool Haji schien kaum mehr darüber zu wissen als ich. Die Yaksha und die Sheev entsprangen ähnlicher Herkunft, sagte er, aber die Yaksha seien entschieden weniger produktiv gewesen.

Der Schrecklichste Krieg hatte jahrzehntelang auf dem gesamten Planeten gewütet. Bald hörten sogar die Blauen Menschen davon. Bald litten auch sie unter seinen Auswirkungen, und viele starben an einer seltsamen Krankheit, die der Wind von Westen herangetragen hatte.

Dann gelangten die Yaksha zu den Niederlassungen des Blauen Volkes. Sie besaßen viele wundersame Waffen, doch sie wirkten verzweifelt und niedergeschlagen. Diese Handvoll Yaksha boten den Blauen Menschen gewaltige Chancen zu Plünderungen, wenn sie ihnen helfen würden, eine Sheev-Stellung im Landesinneren anzugreifen. Viele hatten sich einverstanden erklärt und waren zu den Bergen aufgebrochen, wo die Sheev sich aufhielten. Offensichtlich hatten sie die Sheev in aus dem Fels gesprengten unterirdischen Höhlen entdeckt und angegriffen. Die Sheev hatten sie abgewehrt, bis nur noch drei von ihnen am Leben waren. Dann waren diese drei in einer Art Flugschiff geflohen. Die Yaksha, von denen ebenfalls nur wenige überlebt hatten, waren ihnen gefolgt und hatten die Blauen Menschen aufgefordert, die Stellungen zu halten, bis sie zurückkehrten.

Sie waren nicht zurückgekehrt. Die Blauen Menschen hatten sich in der Höhlenwelt niedergelassen. Manche hatten ihre Frauen mitgebracht. Sie paßten sich der Umgebung an und gaben sich dabei alle Mühe. Die Höhlen waren ein idealer Ort, von dem aus sich auf die kleineren, hellhäutigeren Rassen Überfälle unternehmen ließen. Das war vor einem Jahrtausend der Ursprung der Argzoon gewesen.

Die Mendishar stammten von jenen ab, die geblieben waren. Sie hatten nicht am Schrecklichsten Krieg teilgenommen, sondern waren durch den Handel auf fernen Inseln und einem Kontinent, der jenseits des Meeres im Norden lag, zu Wohlstand gelangt.

»Das heißt«, erklärte Hool Haji, als er das Fleisch auf einem Spieß über das Feuer schob, »bis die Priosa zuviel Macht erlangten.«

»Wer sind die Priosa?« fragte ich.

»Ursprünglich bildeten sie die königliche Garde – eine zeremonielle Einheit, die an das Haus unseres Bradhis gebunden war.« Ein Bradhi ist eine Art marsianischer König, der im Prinzip nach der Erbfolge regiert, jedoch durch allgemeine Wahl abgesetzt und neu bestimmt werden kann. »Sie bestand aus jungen Kriegern, die im Volk zu Ehren gelangt waren. Die Bevölkerung vergötterte sie und sprach ihnen allmählich eine fast mystische Bedeutung zu. Im Bewußtsein der einfachen Leute wurden sie beinahe zu Übermenschen, fast zu Göttern – sie konnten tatsächlich ungestraft alles tun, was sie wollten. Und dann, vor etwa vierzig Jahren, behauptete der damalige Pukan-Nara« – was soviel wie ›Anführer der Krieger‹ bedeutet – »der Priosa, er erhalte Botschaften von höheren Wesen.

Da der Bradhi und sein Rat wußten, daß die gesamte Struktur der Priosa eine Gefahr für die Mendishar-Nation darstellte, beschloß man, sie aufzulösen. Aber sie hatten nicht mit der Macht gerechnet, die die Priosa inzwischen über das einfache Volk ausübte. Als man den Beschluß verkündete, die Truppe aufzulösen, wollte das

Volk nichts davon wissen. Der Bradhi wurde abgesetzt, und der Pukan-Nara, Jewar Baru, zum neuen Bradhi gewählt. Der alte Bradhi und seine Ratsmitglieder kamen ausnahmslos auf geheimnisvolle Weise ums Leben. Die Familie des Bradhi mußte fliehen, und es begann die unselige Herrschaft des Bradhi Jewar Baru.«

»In welcher Hinsicht unselig?« wollte ich wissen.

»Er hat den Aberglauben wieder in das Leben der Mendishar zurückgebracht. Die Priosa vollbringen ›Wunder‹ und behaupten, weissagen zu können; sie empfangen ›Botschaften‹ von ›höheren Wesen‹ ... das ist Religion auf primitivster Ebene.«

Ich kannte das System. Es ähnelte durchaus diversen Episoden in der wechselvolllen Geschichte meines eigenen Planeten.

»Sie bilden heute eine Kaste von Soldatenpriestern, die die Reichtümer der Nation plündern«, fuhr Hool Haji fort. »Und jetzt ist der Punkt erreicht, wo viele ihre Illusionen verloren haben. Aber Jewar Baru und seine ›Übermenschen‹ haben die absolute Macht. Wer sich öffentlich als unzufrieden bekennt, gehört bald zu ihren rituell-barbarischen Opfern, denen auf dem größten Platz von Mendisharling, der Hauptstadt unseres Landes, das Herz aus dem Leibe gerissen wird.«

Ich war entsetzt. »Aber welche Rolle spielst du bei alldem?« fragte ich.

»Eine bedeutende«, antwortete er. »Ein Aufstand ist geplant, und viele Rebellen warten in den kleinen Bergdörfern hinter Mendisharling. Sie warten nur auf einen Anführer, der sie eint und gegen die Priosa führt.«

»Und dieser Anführer kommt nicht?«

»Ich bin dieser Führer«, sagte er. »Ich hoffe, ihr Vertrauen in mich ist gerechtfertigt. Ich bin der letzte aus der Linie der alten Bradhi; mein Vater wurde auf Jewar Barus

Befehl hin ermordet. Meine Familie zog in die Einöde, wo sie erfolglos Zuflucht suchte, als sie von Priosabanden gejagt wurde. Jene, die nicht von ihnen ermordet wurden, starben an Unterernährung und Krankheiten oder wurden von Tieren wie unserem Freund hier zerrissen.« Er deutete auf den Kadaver, der allmählich gut brutzelte.

»Schließlich blieb nur noch ich, Hool Haji, übrig. Obgleich ich mich nach Mendishar sehnte, wußte ich keinerlei Möglichkeit, dorthin zurückzugelangen – bis mich auf meiner Wanderschaft, viele Tagesreisen von hier entfernt, ein Kundschafter fand und mir von den Rebellen erzählte. Daß sie einen Führer brauchen, und wie ideal ich als letzter der alten Dynastie doch sei. Ich erklärte mich einverstanden, das Bergdorf aufzusuchen, das er mir nannte, und jetzt bin ich auf dem Weg dorthin.«

»Da ich kein Ziel habe«, sagte ich, »würdest du es mir vielleicht gestatten, dich zu begleiten?«

»Deine Gesellschaft ist mir willkommen. Ich bin ein einsamer Mann.«

Wir aßen, und ich erzählte ihm meine Geschichte, die er keineswegs so unglaublich fand, wie ich erwartet hatte.

»Wir sind auf Vashu an eigentümliche Vorkommnisse gewöhnt«, sagte er. »Von Zeit zu Zeit streifen uns die Schatten der älteren Rassen in Form wiederentdeckter Wunder und seltsamer Erfindungen, von denen wir wenig verstehen. Deine Geschichte ist ungewöhnlich, aber möglich. Alles ist möglich.«

Erneut fiel mir auf, daß die Marsianer insgesamt ein philosophisches Volk sind – nach unseren Begriffen etwas fatalistisch, glaube ich, aber mit einer starken Tradition und einem Ehrenkodex, der sie vor dem geringsten Hauch von Dekadenz schützt.

Nach der Mahlzeit legten wir uns schlafen, und es war

wieder Nacht, als wir zu den Bergen von Mendishar aufbrachen.

Die Dämmerung stieg in den Bergen auf, die die Grenze des Mendishar-Gebietes markierten, und Hool Haji mußte sich zurückhalten, um nicht größere Schritte zu machen.

Just als wir den Fuß auf blaugrünen Rasen setzten, tauchten auf dem nächsten Hügel zwei Reiter auf riesigen, affenartigen Daharas auf, den Reittieren der meisten Marsvölker, und hielten für einen Augenblick inne. Als sie uns erblickten, ritten sie mit voller Geschwindigkeit auf uns zu.

Sie waren prachtvoll mit buntbemalten Rüstungen und langen bunten Federn auf engsitzenden Helmen bekleidet. Ihre Schwerter blitzten in der frühen Morgensonne.

Sie wollten uns eindeutig ans Leben!

Hool Haji schrie ein Wort, schleuderte mir seine Lanze zu und zog das Schwert.

Das Wort war . . . *Priosa!*

Die beiden galoppierten uns entgegen, und ich hielt meine Lanze bereit, als das gewaltige Schwert meines Gegners emporzuckte, um meinen Schädel herabzuschlagen und ihn zu spalten.

Es zischte auf mich zu. Ich wehrte es mit der Lanze ab, aber die Wucht seines Hiebes schlug mir die Waffe aus den Händen, so daß ich dem Krieger mit einem Satz ausweichen mußte; ich stürzte hinzu, um die Lanze wieder aufzuheben, als er mit seinem Reittier herumwirbelte und mich mit zusammengekniffenen, siegessicheren Augen angrinste.

2. Kapitel

ORA LIS

Der Krieger der Blauen Riesen richtete nun sein Schwert auf mich, als wollte er mich aufspießen – ich bin überzeugt, daß dies seine Absicht war.

Meine Lanze lag nur ein Stück von mir entfernt, aber ich hatte keine Zeit, sie aufzuheben. Als seine Schwertspitze meine Kehle fast erreicht hatte, warf ich mich zurück und spürte, wie mir das Metall buchstäblich die Haare teilte! Dann schnappte ich die Lanze und sprang hoch.

Er wendete gerade sein Reittier, als ich meine Chance kommen sah und die Lanze auf ihn schleuderte.

Sie traf ihn ins Gesicht, so daß er auf der Stelle tot war. Er fiel nach hinten, die Lanze federte in seinem Kopf. Das Schwert entfiel seiner Hand und hing an einer Armschlaufe. Das ungezügelte Dahara bäumte sich auf, als es spürte, daß sein Herr es nicht mehr in der Gewalt hatte, und der Leichnam kippte aus dem Sattel.

Als ich mich umschaute, sah ich, daß Hool Haji nicht das gleiche Glück gehabt hatte wie ich – denn es war nur Glück gewesen. Er verteidigte sich gegen einen Hagel von Schlägen, mit denen sein Gegner auf ihn eindrang. Er war auf ein Knie niedergestürzt.

Ich packte das Schwert meines toten Gegners und rannte mit einem Aufschrei los. Ich muß mit meiner Kleidung einen besonderen Anblick geboten haben, als ich mit dem riesigen Schwert einem der beiden widerstreitenden Blauen Riesen zu Hilfe eilte!

Törichterweise schwenkte Hool Hajis Widersacher auf meinen Schrei hin halb herum. Mein blauer Verbündeter brauchte nur diese kurze Ablenkung. Er sprang auf, schlug die Waffe seines Feindes nieder und trieb sein Schwert in die Kehle des Priosa.

Der Riese war noch nicht ganz tot, als Hool Haji das Zaumzeug des Daharas packte und das Tier zum Stehen brachte, als dessen Herr seitwärts aus dem Sattel fiel. Leicht verächtlich zog der Exbradhinak die Füße des Toten aus den Steigbügeln und ließ ihn zu Boden sinken.

Ich begriff, was mein Freund plante, deswegen drehte ich mich zu dem anderen Dahara um, das ein wenig abgerückt war und sich ängstlich umschaute. Ohne seinen Reiter sah es noch menschenähnlicher aus als zuvor. Das Dahara stammte vom gewöhnlichen Affenvorfahren des Menschen ab. Hätte jemand von ihm behauptet, wie man es manchmal von Hunden und Pferden sagt, es sei ›fast menschlich‹, so hätte man lediglich eine schlichte Tatsache konstatiert. Ihre Intelligenz war von Spezies zu Spezies unterschiedlich, die der kleineren Art im Süden war größer als die der entschieden größeren Art aus dem Norden. Ich näherte mich dem riesigen Tier mit Vorsicht und sprach ihm besänftigend zu. Es scheute, aber erst dann, als ich seine Zügel hatte fassen können. Es tat, als wolle es nach mir schnappen (ich hatte nicht einmal von den wildesten Daharas gehört, daß sie Menschen angriffen), aber dann hatte ich es in der Gewalt.

Nun hatten wir beide Reittiere, und es waren genügend Waffen da, um mich auszurüsten.

Makabrerweise nahmen wir den Toten alles ab, was wir brauchen konnten. Es war ein Jammer, daß die Rüstungen keinem von uns paßten, weil Hool ein wenig zu groß und ich viel zu klein war, aber ich konnte mir zwei schwere Lederriemen über die Schulter hängen, so daß ich die schweren Waffen besser tragen konnte. Ich war froh, mich des größten Teils der lästigen Erdkleidung entledigen zu können. Mit meinen Waffen und auf dem breiten Rücken des Daharas fühlte ich mich schon eher wie ein Krieger des Mars. Ich galoppierte dahin und hielt Schritt mit Hool Haji, als wir erneut den Weg in die Berge einschlugen.

Nun befanden wir uns wenigstens in Mendishar. Das Dorf – es hieß Asde-Trahi – lag nur wenige Kilometer entfernt.

Bald kamen wir dort an. Ich hatte etwas Primitiveres erwartet als die bunten Mosaikwände der niedrigen, halbrunden Häuser; viele der Mosaiken waren prachtvoll und künstlerisch zu Bildern arrangiert. Das Dorf war von einer Mauer umgeben, doch als wir bergab darauf zuritten, konnten wir das gesamte Innere überschauen. Die Mauer war ebenfalls mit Bildern in kräftigen Grundfarben verziert: Orange, Blau und Gelb in geometrischen Mustern, die weitgehend auf Kreis- und Rechteckformen basierten.

Als wir uns Asde-Trahi näherten, tauchten Gestalten auf der Mauer auf. Sie waren beinahe ausnahmslos bewaffnet und angriffsbereit. Es waren Blaue Riesen, aber bei ihren Rüstungen, sofern sie überhaupt welche trugen, handelte es sich um gepolstertes Leder, das auch meine alten Feinde, die Argzoon, trugen. Und auch unter ihren Waffen befand sich alles, dessen sie hatten habhaft werden können.

Als wir näher gekommen waren, stieß eine der Gestalten einen wilden Schrei aus und begann, rasch auf ihre Begleiter einzureden.

Großer Jubel brach aus, dann streckten die Krieger die Schwerter und Äxte in die Höhe und hüpften voller Überschwang auf und ab.

Offenbar hatte man Hool Haji erkannt, und er war willkommen.

Vom Flaggenmast im Zentrum des Dorfes wurde eine Fahne eingeholt und eine andere gehißt. Ich vermutete, daß hier buchstäblich das Banner der Rebellion hochgehalten wurde. Das grellgelbe und schwarze Quadrat war offenbar der alte Wimpel des abgesetzten Bradhi.

Hool Haji lächelte mir zu, als sich das Tor in der Mauer auftat. »Das ist eine Heimkehr, auf die es sich zu warten lohnt«, meinte er.

Wir ritten in das Dorf, und Männer und Frauen und Mendishar-Kinder (von denen einige fast so groß waren wie ich) scharten sich um Hool Haji und redeten wild durcheinander, um ihn willkommen zu heißen.

Eine der Frauen – nach einheimischen Maßstäben war sie gewiß wunderschön – klammerte sich an Hool Hajis Arm und schaute mit großen Augen zu ihm empor.

»Ich habe so lange auf dich gewartet, großer Bradhinak«, hörte ich sie sagen. »Ich habe von diesem Tag geträumt.«

Hool Haji schien dies eher verlegen zu machen – wie es mir auch gegangen wäre –, und er konnte sich nur mit Mühe aus der Umklammerung der Frau befreien, doch es gelang ihm, als er einen großen, würdevollen jungen Krieger mit zur Begrüßung ausgestreckten Armen auf sich zukommen sah.

»Morahi Vaja!« rief der Verbannte erfreut aus. »Du siehst, ich habe mein Versprechen gehalten.«

»Und ich das meine«, lächelte der junge Krieger. »In diesen Bergen gibt es kein Dorf, das dich und unsere Sache nicht bereitwillig unterstützen würde.«

Die Frau stand immer noch dabei, doch sie hielt Hool Haji nicht länger fest. Morahi Vaja trat auf sie zu.

»Dies ist meine Schwester, Ora Lis – sie ist dir zwar nie

zuvor begegnet, aber bereits deine entschiedenste Anhängerin.« Morahi Vaja lächelte. Dann wandte er sich an das Mädchen. »Ora Lis, willst du die Diener anweisen, für Hool Hajis Freund ein Bett und Essen vorzubereiten?« Der jüngere Krieger schien keineswegs von der Anwesenheit eines Fremden überrascht – obwohl dieser Fremde einer anderen Rasse angehörte.

Hool Haji wurde klar, daß es nun an der Zeit war, mich vorzustellen. »Dies ist Michael Kane – er kommt von Negalu«, erklärte er und benutzte den marsianischen Namen der Erde.

Diesmal zeigte Morahi Vaja doch etwas Überraschung. »Ich dachte, Negalu würde nur von riesenhaften Reptilien und Ähnlichem bewohnt«, sagte er.

Hool Haji lachte. »Er kommt nicht nur von Negalu, sondern auch aus der Zukunft!«

Morahi Vaja lächelte matt. »Dann sei gegrüßt, Freund, ich hoffe, du wirst unserem Unternehmen Glück bringen.«

Ich konnte mir gerade noch die Bemerkung verkneifen, daß ich das gleiche hoffte, zumal ich mit meinem eigenen ja kaum Glück gehabt hatte!

Als wir absaßen, berichtete Hool Haji: »Michael Kane rettete mir das Leben, als wir heute früh von den Priosa angegriffen wurden.«

»Sei willkommen und geehrt«, begrüßte mich Morahi Vaja.

»Hool Haji hat vergessen, dir zu erzählen, daß er zuvor *mein* Leben gerettet hat«, erklärte ich, als Morahi Vaja uns auf ein großes Haus zuführte, das mit den prachtvollsten Mosaiken geschmückt war, die ich je gesehen hatte.

»Dann war es vorherbestimmt – denn wärst du nicht gerettet worden, hättest du auch ihn nicht retten können.«

Mir fiel keine Antwort auf diese Logik ein. Wir betraten das Haus. Es war kühl, die Räume weitläufig, hell und einfach eingerichtet.

Ora Lis war schon da. Sie hatte nur Augen für Hool Haji, den ihre Aufmerksamkeit gleichermaßen schmeichelte und in Verlegenheit brachte.

Morahi Vaja war in dem Dorf zweifellos eine Gestalt von gewisser Stellung – er war, wie sich später herausstellte, eine Art Bürgermeister –, und wir wurden mit dem Besten von allem versorgt. Die Speisen und Getränke waren köstlich, einiges wurde allerdings offenbar nur im Norden hergestellt, denn es war mir völlig unbekannt.

Wir aßen und tranken, bis wir satt waren, und die ganze Zeit über widmete Ora Lis ihre ganze Aufmerksamkeit Hool Haji und bat sogar, bleiben zu dürfen, als Morahi Vaja sagte, wir sollten nun über Strategien und Logistik reden.

Die Gründe der geplanten Rebellion waren zweifach: Zum einen begriffen die Menschen allmählich, daß es sich bei den Priosa keineswegs um höhere Wesen handelte, und zum zweiten wurden die Priosa nachlässiger, bequemer und wollten kaum noch Patrouillen reiten.

Es erschien mir, daß dies kein ungewöhnlicher Vorgang war: Es scheint sich um eine Art Naturgesetz zu handeln, daß der Tyrann an seinem eigenen Mangel an Voraussicht scheitert. Stets hatte der kluge König, wie immer sein Charakter sonst gewesen sein mochte, seine Untertanen und damit auch sich selbst geschützt. Je größer und komplexer nun aber die Gesellschaft wurde, um so länger dauerte es, bis man sich des Tyrannen entledigte. Häufig wird natürlich ein Tyrann vom nächsten abgelöst, und ein schlimmer Kreislauf tritt in Kraft.

Letzten Endes bedeutet dies jedoch den Zusammenbruch des Staates, seine Eroberung durch eine fremde Macht oder seinen Zerfall, und früher oder später wird ein aufgeklärter Herrscher oder eine aufgeklärte Regierung aufsteigen. Dies kann Jahrhunderte dauern – oder auch nur ein paar Wochen –, und man kann freilich nur schwer philosophieren, wenn man persönlich den eisernen Stiefel im Nacken hat.

Wir unterhielten uns bis spät in die Nacht, und ich amüsierte mich manchmal insgeheim, wenn Hool Haji eine Schale Obst oder das Angebot eines weiteren Kissens von der entgegenkommenden Ora Lis ablehnte. Unser Plan basierte auf der Annahme, daß die Städter sich uns anschließen würden, wenn sie sahen, daß eine große Streitmacht aus Mendishar vom Lande her die Hauptstadt angriff.

Die Vermutung schien nur logisch. Alles schien reif zum Handeln.

Dies war noch nicht lange so, klärte Morahi Vaja uns auf. Die Menschen aus den Dörfern und kleinen Städten waren es müde geworden, Morahi Vaja zu folgen, der in ihren Augen zu jung und kampfunerprobt war. Doch als er den Kontakt zu Hool Haji hatte aufnehmen können, war alles anders geworden. Nun waren sie begeistert dabei.

»Du bist sehr wertvoll, Bradhi«, meinte Morahi Vaja. »Du mußt dich bis zum Zeitpunkt der Erhebung gut schützen, denn wenn wir dich verlieren, verlieren wir unsere ganze Sache!«

Morahi Vajas Gesicht war sehr ernst. Offenbar meinte er das, was er sagte, wirklich ernst – und er wußte, daß seine Auffassung auf der Wahrheit beruhte.

Wir bekamen jeder ein Zimmer in Morahi Vajas Haus. Bei meinem Bett handelte es sich um die flache, ungefederte Liegestatt, wie sie auf dem ganzen Mars verbreitet ist. Bald war ich eingeschlafen.

Ich war in einer zwiespältigen Stimmung aus Niedergeschlagenheit und Vorfreude zu Bett gegangen. Es war nicht leicht zu vergessen, daß ich durch unüberwindliche Schranken von der Frau, die ich liebte, getrennt war. Andererseits lag mir die Sache des unterdrückten Volkes von Mendishar sehr am Herzen. Wir Amerikaner empfinden stets Sympathie mit den Unterdrückten, wer immer sie sein mögen, solange sie sich nur selbst wehren. Vielleicht keine sehr christliche Haltung, aber eine, die ich mit den meisten meiner Landsleute und vermutlich dem Großteil der Menschheit teile.

Ich erwachte in einer etwas philosophischeren Stimmung. Es bestand Hoffnung – geringe Hoffnung. Sie erinnern sich, daß ich Ihnen von den wundervollen Erfindungen der geheimnisvollen Sheev erzählte? Nun, darin lag meine Hoffnung: daß ich irgendwann einmal mit den Sheev Verbindung aufnehmen und sie um Hilfe bitten konnte, Zeit und Raum erneut zu durchqueren; diesmal nicht von einem Planeten zum anderen, sondern von einem Zeit- und Standpunkt auf dem Mars zu einem anderen.

Ich entschloß mich, die Sheev zu suchen oder zumindest einen Angehörigen ihrer Rasse, sobald ich den Ausgang der Revolution von Mendishar erlebt hatte. Ich fühlte mich darin verstrickt, vor allem, weil ich Hool Haji als engen Freund betrachtete und alles, was er unternahm, jetzt auch mich etwas anging.

Kurz nachdem ich erwacht war, erklang von meiner Tür ein leises Klopfen. Sonnenlicht strömte durch das scheibenlose Fenster, und die Luft roch frisch und süß: die vertrauten Düfte der ländlichen Gegenden des Mars.

Ich rief dem Wartenden zu, er solle eintreten. Es war eine Dienerin mit einem Tablett dampfender Speisen. Das war an sich schon eine Überraschung, denn das südmarsianische Frühstück bestand gewöhnlich aus Früchten und Ähnlichem.

Während ich die letzten Bissen verzehrte, trat Hool Haji ein. Er lächelte. Nachdem er mich begrüßt hatte, setzte er sich aufs Bett und brach in schallendes Gelächter aus.

Sein Lachen war ansteckend, so daß ich selbst grinsen mußte, obwohl ich den Anlaß zu seiner Erheiterung nicht erkennen konnte.

»Was gibt es denn?« fragte ich.

»Die Frau«, erklärte er und grinste weiter. »Morahi Vajas Schwester ... Wie heißt sie noch gleich?«

»Ora Lis?«

»Richtig. Nun, sie hat mir heute morgen das Frühstück gebracht.«

»Ist das irgendwie verwunderlich?«

»Es ist sehr höflich – wenn auch ein seltener Brauch bei unserem Volk. Es war nicht so sehr die Geste, die ich normalerweise als Kompliment hingenommen hätte, als vielmehr, was sie sagte.«

»Was sagte sie denn?« Nun beschlich mich Unbehagen. Wie ich schon zuvor erwähnte, habe ich manchmal seltsame Ahnungen, oder wie immer Sie es nennen wollen. Ich habe einen sechsten Sinn, der mich vor Schwierigkeiten warnt. Manche würden es eine unbewußte Logik nennen, die Daten sammelt und Schlußfolgerungen zieht und doch das bewußte Denken niemals erreicht.

»Kurz gesagt«, fuhr mein Freund fort, »sie erklärte mir, sie wüßte, daß unsere Schicksale miteinander verwoben seien. Ich nehme an, sie glaubt, ich werde sie heiraten.«

»Ach, reine Vernarrtheit«, sagte ich, trotz alledem ein wenig verwirrt. »Du bist der geheimnisvolle Verbannte, der zurückkehrt, um seine Thronansprüche geltend zu machen. Was gäbe es denn Romantischeres? Welches

Mädchen würde nicht darauf reagieren? Nach allem, was ich gehört habe, ist dies keine ungewöhnliche Empfindung.«

Er nickte. »Ja. Deshalb habe ich die Erklärung auch nicht allzu ernst genommen. Aber keine Angst, ich habe sie höflich behandelt.«

Ich strich mir nachdenklich übers Kinn, und mir wurde plötzlich klar, daß ich mich seit einiger Zeit nicht rasiert hatte: Ich fühlte kräftige Stoppeln. Ich mußte etwas dagegen unternehmen. »Wie meinst du das?« fragte ich.

»Ich sagte ihr, die Sache des Aufstandes erforderte zwar meine ganze Aufmerksamkeit, aber daß ich sehr wohl bemerkt hätte, wie wunderschön sie sei ... Das ist sie doch, findest du nicht?«

Ich antwortete nicht. Alle Schönheit ist relativ, das war mir klar, aber ich konnte – ehrlich gesagt – eine wunderschöne, zweieinhalb Meter große Blaue Riesin nicht von einer häßlichen unterscheiden!

»Ich sagte ihr, wir sollten warten, bis wir uns besser kennengelernt haben«, fuhr der Mendishar kichernd fort.

Ich fühlte mich etwas erleichtert, als ich erfuhr, daß mein Freund sich so taktvoll verhalten hatte.

»Eine kluge Reaktion«, nickte ich. »Wenn du erst einmal als Bradhi auf dem Thron von Mendishar sitzt, ist immer noch Zeit, über eine Romanze – oder wie man ihr aus dem Weg geht – nachzudenken.«

»Genau«, meinte Hool Haji und brachte seinen massigen Körper wieder auf die Beine. »Ich weiß nicht recht, ob sie es akzeptiert hat. Sie schien es eher als Beweis meiner eigenen Leidenschaft zu deuten, was mich ein wenig verwirrt hat.«

»Mach dir keine Gedanken«, sagte ich. »Welche Pläne hast du für heute?«

»Wir müssen uns beeilen und eine Botschaft an alle

Cilaks und Orcilaks vorbereiten, um sie zu einer Vollversammlung einzuberufen.« Die beiden marsianischen Worte bedeuteten ungefähr Gemeindevorsteher und Bürgermeister, die Endung -ak wies jemanden aus, der Macht über seine Mitbürger ausübte, oder genauer ausgedrückt, eine Person, die von ihren Mitbürgern auserwählt worden war, ihre Interessen zu vertreten. Cil bezeichnete eine kleine Gemeinde, Orcil eine größere.

»Es ist notwendig«, fuhr Hool Haji fort, »damit sie sehen, daß ich der bin, der ich bin – und um die Entscheidung zu treffen, wann und wo wir zuschlagen, und um die Aufstellung unserer Krieger festzulegen.«

»Was schätzt du, wie viele Krieger du zur Verfügung hast?« Ich fragte, um den Sprung ins kalte Wasser zu wagen.

»Etwa zehntausend.«

»Und mit wie vielen Priosa werden sie es aufnehmen müssen?«

»Etwa fünftausend, einschließlich jener Krieger, die ihnen nicht angehören, sie aber unterstützen werden. Die Priosa werden natürlich weit besser bewaffnet und ausgebildet sein. Meine Leute haben die Angewohnheit, eigenständig ohne irgendwelche Befehle zu kämpfen. Die Priosa haben diesen Mangel an Disziplin abgelegt, aber ich bin nicht sicher, ob man dies auch von jenen ihrer Krieger sagen kann, die in den Dörfern zu Hause sind.«

Ich begriff. Das war ein Zug, den die Mendishar mit ihren Argzoon-Vettern teilten. Die Argzoon waren nur unter der Erzschurkin Horguhl geeint gewesen – und das hauptsächlich aus Furcht vor dem gemeinsamen Feind, dem N'aal-Ungeheuer – und aus Aberglauben.

»Das ist ein weiterer Grund, warum meine Präsenz vonnöten ist«, erklärte Hool Haji. »Sie werden, so glaubt Morahi Vaja, unter einem Bradhi aus der Erblinie kämpfen, aber sie würden es ablehnen, Befehle von einem einfachen Cilak oder Orcilak anzunehmen.«

»Dann hat Morahi Vaja recht – du bist für die Sache von unschätzbarem Wert.«

»Es sieht so aus. Das ist eine große Verantwortung.«

»Es ist eine Verantwortung, an die du dich wirst gewöhnen müssen«, sagte ich. »Als Bradhi von Mendishar wirst du dein Leben lang schwer an der Verantwortung für dein Volk tragen.«

Er seufzte und schenkte mir ein schiefes Lächeln. »Es hat schon seine Vorteile, als einsamer Wanderer durch die Wüste zu ziehen, wie?«

»Sicher. Aber wenn du von königlichem Geblüt bist, hast du keine Wahl.«

Er seufzte wieder und umfaßte den Griff seines langen Schwertes. »Du bist mehr als ein fähiger Mitstreiter, Michael Kane. Du bist ebenso ein Freund von großer Charakterstärke.«

Ich faßte nach seinem Arm und blickte ihm in die Augen. »Diese Worte treffen auf dich ebensogut zu, Bradhinak Hool Haji.«

»Ich hoffe es«, sagte er.

3. Kapitel

HOOL HAJIS AUFGABE

Ein paar Tage später erfuhren wir, daß die verschiedenen Anführer der Städte und Gemeinden heimlich Nachricht erhalten hatten und das große Treffen für in drei Tagen angesetzt war.

Während dieser Wartezeit hatten wir lange Stunden über der Planung verbracht und wenige zur Erholung genutzt. Hool Haji brachte viel Zeit mit Ora Lis zu. Wie jeder Mann fühlte er sich von ihrer Bewunderung geschmeichelt und konnte der Versuchung nicht widerstehen, sich darin zu sonnen. Ich ahnte, daß dies nicht gut enden würde, aber ich konnte ihm keinen Vorwurf machen. Unter anderen Umständen wäre es mir vielleicht ebenso ergangen. Tatsächlich hatte ich mich in der Vergangenheit mehr als einmal so verhalten, wenngleich für mich nicht annähernd soviel auf dem Spiel gestanden hatte.

Es kam mir vor, als hätte Ora Lis Anlaß zu der Vermutung, ihre Leidenschaft würde erwidert, aber ich fand keine Möglichkeit, meinen Freund zu warnen.

Einmal hielt ich mich zufällig allein im gleichen Raum mit ihr auf und unterhielt mich eine Weile mit ihr.

Trotz ihrer für mich fremdartigen Züge und ihrer ungewöhnlichen Größe erschien sie mir schlichtweg als einfaches, unbefangenes, romantisches Mädchen. Ich unternahm den Versuch, mit ihr über Hool Haji zu sprechen, über seine vielfältigen Pflichten gegenüber seinem Volk, und daß es viele Jahre dauern könnte, ehe er an sich selbst und daran zu denken vermochte, sich eine Frau zu nehmen.

Ihre Reaktion darauf war ein Lachen und ein Achselzucken.

»Du bist ein kluger Mann, Michael Kane – mein Bruder sagt, dein Rat hätte ihnen viel geholfen –, aber ich glaube, in Liebesangelegenheiten bist du nicht besonders klug.«

Das traf mich tiefer als nötig, denn ich dachte unablässig an meine eigene Liebe: Shizala. Doch ich blieb hartnäckig.

»Hast du niemals daran gedacht, daß Hool Hajis Empfindungen für dich vielleicht nicht so stark sind wie die deinen für ihn?« erkundigte ich mich vorsichtig.

Wieder Lächeln und leichtfertiges Lachen. »Wir sollen in zwei Tagen getraut werden«, verriet sie mir.

Mir stockte der Atem. »Getraut? Davon hat Hool Haji mir nichts erzählt!«

»Hat er nicht? Nun, es ist dennoch so.« Darauf wußte ich keine Antwort, sondern beschloß, Hool Haji bei der nächsten Gelegenheit zu fragen.

Ich fand ihn an der Nordmauer des Dorfes, wo er über die lieblichen grünblauen Hügel, die bestellten Felder, von denen die Dorfbewohner lebten, und über die großen, scharlachroten Rhaniblumen blickte, die hier im Überfluß wuchsen.

»Hool Haji«, sagte ich ohne Umschweife, »wußtest du, daß Ora Lis glaubt, daß sie dich in zwei Tagen heiraten wird?«

Er wandte sich lächelnd um. »Tatsächlich? Ich fürchte, sie lebt in einer Märchenwelt. Gestern sagte sie geheimnistuerisch, wenn ich sie bei einem gewissen Baum dort hinten träfe« – er deutete nach Nordosten – »würden sich unser beider Wünsche erfüllen. Eine heimliche Heirat! Sie ist noch romantischer, als ich dachte.«

»Aber ist dir denn nicht klar, daß sie tatsächlich glaubt, du hättest die Absicht, die Verabredung einzuhalten?«

Er holte tief Luft. »Ja, ich denke schon. Ich muß in dieser Sache wohl etwas unternehmen, wie?«

»Das mußt du – und zwar schnell. Das arme Mädchen!«

»Weißt du, Michael Kane, die Aufgaben der vergangenen Tage hatten mich fast in einen Zustand der Euphorie versetzt. Ich habe Zeit in Ora Lis' Gesellschaft verbracht, weil es das Entspannendste war, was ich mir vorstellen konnte. Und doch habe ich kaum etwas von dem wahrgenommen, was sie gesagt hat. Ich kann mich kaum an ein Wort erinnern, das ich zu ihr gesagt habe. Offenbar ist das Ganze zu weit gegangen.«

Die Sonne begann bereits unterzugehen und überzog den tiefblauen Himmel mit roter, gelber und purpurner Maserung.

»Wirst du sie nun aufsuchen?« Ich erklärte ihm, wo sie sich aufhielt.

Er gähnte erschöpft. »Nein ... das werde ich lieber tun, wenn ich ausgeruht bin. Morgen früh.«

Wir schlenderten gemächlich zum Haus unseres Gastgebers zurück. Unterwegs begegnete uns Ora Lis. Sie ging rasch vorbei und blieb nur einen Augenblick stehen, um Hool Haji ein verhaltenes Lächeln zu schenken.

Ich war entsetzt. Ich verstand die mißliche Lage meines Freundes. Ich konnte mir vorstellen, wie diese Situation hatte erwachsen können, und hatte Mitgefühl mit ihm. Nun mußte er etwas tun, was jeder Mann verabscheut: ein Mädchen auf taktvollste Weise ins tiefste Unglück stürzen. Da mir diese Situation leidlich bekannt war, wußte ich auch, daß – wie taktvoll der Mann auch sein mochte – es zu Mißverständnissen kommen mußte, daß das Mädchen zu weinen anfangen und es ablehnen würde, sich von ihm trösten zu lassen. Nur wenige Frauen reagieren nicht auf diese Weise – und das sind, ehrlich gesagt, jene, die ich bewundere – Frauen wie meine Shizala, die so feminin ist, wie man es sich nur vorstellen kann, Frauen, die einen eisernen Willen und eine Charakterstärke aufweisen, um die sie die meisten Männer beneiden würden.

Nicht, daß ich kein Mitgefühl für die arme Ora Lis empfunden hätte. Ich hatte sogar sehr viel Mitgefühl. Sie war jung und naiv – ein Dorfmädchen ohne die natürliche Klugheit meiner Shizala, die wie alle Angehörigen der südmarsianischen Herrscherhäuser während ihrer Kindheit einer strengen Erziehung unterzogen worden war.

Ich sympathisierte mit beiden. Aber es war Hool Hajis Sache, diese unerfreuliche Aufgabe zu bewältigen. Und ich wußte, daß er sie bewältigen würde.

Sobald ich gebadet und mich mit einem besonders geschärften Messer, das ich mir von Morahi Vaja geborgt hatte (die Blauen Marsianer haben keine nennenswerte Körperbehaarung), rasiert hatte, kroch ich erschöpft ins Bett.

Nachdem ich aufgestanden und mir kaltes Wasser über den ganzen Körper gespritzt hatte, um die Müdigkeit zu vertreiben, verzehrte ich die Mahlzeit, die mir die Dienerin gebracht hatte, schnallte meine Waffen um und trat hinaus in den Innenhof des Hauses.

Es war ein wunderschöner Morgen, aber ich konnte ihn nicht so recht genießen.

Als ich gerade umkehrte, um nach Hool Haji zu sehen, kam Ora Lis aus dem Haus gestürmt. Tränen liefen ihr über das Gesicht, und sie schluchzte laut und haltlos.

Ich begriff, daß Hool Haji wohl mit ihr gesprochen und ihr die Wahrheit gesagt hatte, die unangenehme Wahrheit. Ich wollte sie ansprechen, um ihr ein paar tröstliche Worte zu sagen, doch sie war schon an mir vorbei und lief die Straße hinab.

Ich sagte mir, daß es so am besten sei und daß das Mädchen, jung und entwicklungsfähig, wie es noch war, einen anderen Krieger finden würde, an den es seine Leidenschaft verwenden konnte, die offensichtlich einen bedeutenden Teil seines Charakters ausmachte.

Aber ich täuschte mich. Es sollte sich während der folgenden Ereignisse herausstellen, wie sehr ich mich täuschte.

Hool Haji kam aus dem nächsten Haus. Er ging langsam und hielt den Kopf gesenkt. Als er hochblickte und mich sah, bemerkte ich in seinen Augen Schmerz und Trauer.

»Du hast es hinter dich gebracht«, sagte ich.

»Ja.«

»Ich habe sie gesehen – sie lief an mir vorbei und wollte nicht stehenbleiben, als ich ihren Namen rief. Es war am besten so.«

»Vermutlich.«

»Sie wird bald einen anderen finden«, sagte ich.

»Weißt du, Michael Kane«, meinte er mit einem Seufzen, »zu tun, was ich tat, fiel mir schwerer, als du glaubst. Unter anderen Umständen hätte ich vielleicht Liebe zu Ora Lis entwickeln können.«

»Vielleicht hast du noch die Möglichkeit, wenn alles vorüber ist.«

»Wird es dann nicht zu spät sein?«

Ich mußte realistisch denken. »Möglicherweise schon.«

Er schien sich Mühe zu geben, den Gedanken zu verdrängen. »Komm«, sagte er, »wir müssen mit Morahi

Vaja sprechen. Er muß deine Ansichten zur Aufstellung der Streitaxtkämpfer von Sala-Ras erfahren.«

Wenn Hool Haji zutiefst niedergeschlagen war, so quälten mich schlimmste Vorahnungen.

Diese Episode sollte weiterreichende Folgen haben, als einer von uns hätte vorhersehen können.

Sie sollte den gesamten Verlauf der Ereignisse verändern und mich in einige recht seltsame Abenteuer stürzen.

Und sie sollte den Tod vieler Menschen bedeuten.

4. Kapitel

VERRATEN!

Der Tag der großen Versammlung dämmerte, und Ora Lis war noch nicht wiedergekehrt. Und die Suchmannschaften, die aufgebrochen waren, hatten keine Spur von ihr entdeckt. Wir waren alle besorgt, aber die Versammlung hatte Vorrang.

Die stolzen Cilaks und Orcilaks trafen ein. Sie waren heimlich und stets allein gereist. Die Priosa-Patrouillen achteten sorgsam auf größere Menschengruppen, die Gefahr bedeuten konnten.

Bauern, Kaufleute, Handwerker, Daharaausbilder, was sie auch im normalen Leben sein mochten, sie waren alle Krieger. Nicht einmal die Tyrannei der Priosa hatte den Landbewohnern verbieten können, Waffen zu tragen. Und bewaffnet waren sie – bis an die Zähne.

In den umliegenden Bergen wurden Wachen postiert, um nach Priosa-Patrouillen Ausschau zu halten, obgleich man an diesem besonderen Tag mit keiner rechnete, weshalb die Versammlung auch auf diesen Termin gelegt worden war.

Es waren mehr als vierzig Gemeindevorsteher und Bürgermeister anwesend, die alle höchst vertrauenswürdig wirkten und denen die Integrität im Gesicht stand. Aber auch ihre Unabhängigkeit war spürbar – jene Unabhängigkeit, um deretwillen sie lieber individuell kämpften statt sich zu einem gemeinsamen Vorgehen zu entschließen. Doch ihre gemeinhin mißtrauischen Blicke nahmen einen anderen Ausdruck an, als sie den großen Saal betraten, der in Morahi Vajas Haus für die Versammlung vorbereitet worden war. Dort erblickten sie Hool Haji und sagten: »Es ist, als wäre der alte Bradhinak wieder zum Leben erwacht!« Und das genügte. Niemand beugte das Knie oder grüßte devot – sie blieben aufrecht stehen. Aber es umgab sie nun eine Atmosphäre neuer Entschlossenheit.

Nachdem Morahi Vaja sich überzeugt hatte, daß keiner an Hool Hajis Identität zweifelte, entrollte er eine große Karte von Mendishar und hängte sie hinter sich an die Wand. Er umriß unsere grundlegende Strategie und schlug Taktiken für die verschiedensten Umstände vor. Die örtlichen Führer stellten Fragen – sehr überlegte und tiefschürfende Fragen –, und wir beantworteten sie. Wann immer wir nicht gleich eine Antwort parat hatten, gingen wir in die Diskussion.

Mit Männern wie diesen gegen die arglosen Priosa, so wurde mir klar, würde es keine große Kunst sein, die Hauptstadt einzunehmen und Jewar Baru die erschlichene Macht abzunehmen.

Doch immer noch war ich von Unruhe erfaßt. Ich konnte sie nicht ablegen. Ich war beständig auf der Hut, warf wachsame Blicke um mich und hatte stets eine Hand am Schwert. Gegen Mittag wurde im Saal eine Mahlzeit aufgetragen, und wir aßen, während die Verhandlungen weiterliefen, denn es war keine Zeit zu verlieren.

Im Laufe des frühen Vormittags waren die Einführungsgespräche dann zu Ende, und unbedeutendere Einzelheiten wurden erörtert – wie man am besten kleine Einsatzgruppen mit besonderen Kampfkenntnissen und Einzelkämpfer wie die regional erfolgreichsten Lanzenwerfer einsetzte und dergleichen.

Gegen Abend stimmten die meisten von uns überein,

daß wir nunmehr für den Angriff, der in drei Tagen stattfinden sollte, bereit seien und ihn auch gewinnen müßten.

Aber zu dem Angriff sollte es niemals kommen.

Statt dessen wurden wir bei Sonnenaufgang angegriffen!

Sie stürmten das Dorf von allen Seiten, und wir waren an Anzahl und Bewaffnung hoffnungslos unterlegen.

Sie führten einen berittenen Angriff. Ihre Rüstungen blitzten im Schein der untergehenden Sonne, ihre Helmbüsche wippten, und das Funkeln ihrer Lanzen, Schilde, Schwerter, Streitkolben und Äxte wirkte ebenso bedrohlich wie der schreckliche Lärm, bei dem es sich um das blutrünstige Gebrüll von Männern handelte, die bereit waren, ja mehr noch, die die Aussicht genossen, ein ganzes Dorf mit Männern und Frauen und Kindern auszulöschen.

Es war ein wölfisches Heulen aus menschlichen Kehlen.

Es war nicht nur ein Geschrei, das Entsetzen in den Herzen von Frauen und Kindern hervorrief, sondern auch bei erwachsenen, tapferen Männern. Es war ein gnadenloses, boshaftes, schon jetzt siegessicheres Geschrei.

Es war der Schrei des menschlichen Jägers angesichts menschlicher Beute!

Wir sahen, wie sie durch die Straßen ritten und auf alles einschlugen, was sich regte. Das grausame Frohlocken in ihren Gesichtern war unbeschreiblich. Ich sah eine Mutter sterben, die ihr Kind an sich klammerte. Ihr wurde der Kopf abgeschlagen, das Kind von einer Lanze aufgespießt. Ich sah, wie ein Mann sich gegen die niederprasselnden Waffen von vier Reitern zu wehren versuchte – und mit einem Aufschrei von Wut und Haß starb.

Es war ein Alptraum.

Wie hatte das geschehen können? Wir waren verraten worden, soviel stand fest. Das waren unverwechselbar Priosa.

Wir stürzten auf die Straßen, bezogen Schulter an Schulter Stellung und wehrten die wilden Reiter ab, als sie uns angriffen.

Es bedeutete das absolute Ende. Wenn wir starben, waren die Menschen führerlos. Selbst wenn einige entkamen, waren ihrer nicht genug, um eine neuerliche Revolte zu beginnen.

Wer hatte uns verraten?

Mir fiel niemand ein, der dafür in Frage gekommen wäre.

Gewiß keiner der Dorfvorsitzenden, dieser Männer von Stolz und Integrität, die jetzt unter der Wucht des Priosa-Angriffs fielen.

Während wir kämpften, brach die Nacht herein – nicht aber die Dunkelheit, denn die Szene wurde erhellt von den Häusern, die die Angreifer schon in Brand gesteckt hatten.

Wenn ich jemals Zweifel gehegt hatte, Hool Haji könnte in seiner Schilderung der Grausamkeit des Tyrannen und seiner auserwählten Anhänger übertrieben haben, so waren diese schnell ausgeräumt. Noch nie hatte ich gesehen, wie Angehörige eines Volkes mit solchem Sadismus gegen ihresgleichen vorgingen.

Die Erinnerung daran ist noch tief in mein Gedächtnis eingeprägt. Ich werde diese schreckliche Nacht niemals vergessen – ich wollte, ich wäre dazu imstande.

Wir kämpften, bis uns sämtliche Glieder schmerzten. Eine Hoffnung nach der anderen verflog im Blut der tapferen Mendishar, jedoch nicht, ehe sie nicht eine große Anzahl von besser Bewaffneten mit in den Tod gerissen hatten!

Ich kreuzte mit ihnen die Klingen. Meine Bewegungen wurden fast mechanisch: Verteidigung und Angriff, die Abwehr eines Hiebes oder Schlages oder seine Ablenkung und dann das eigene Zielen und Zustoßen. Ich kam mir wie eine Maschine vor. Die Ereignisse und die Erschöpfung hatten alle meine Gefühle verdrängt.

Erst später, als nur noch wenige von uns übrig waren, bemerkte ich, daß Hool Haji und Morahi Vaja, der links neben mir stand, einander anbrüllten.

Morahi Vaja schalt meinen Freund und herrschte ihn an, sofort zu fliehen. Aber Hool Haji weigerte sich.

»Du mußt gehen, es ist deine Pflicht!«

»Pflicht! Es ist meine Pflicht, mit meinem Volk zu kämpfen!«

»Es ist deine Pflicht, dich wieder fürs Exil zu entscheiden. Du bist unsere einzige Hoffnung. Wenn sie dich gefangennehmen oder töten, ist die ganze Sache dahin. Geh, es werden andere die Plätze derer einnehmen, die heute gefallen sind.«

Ich begriff sogleich die Logik von Morahi Vajas Argumenten und unterstützte ihn.

Wir kämpften weiter, ohne unsere Debatte abzubrechen. Es war eine bizarre Szene!

Schließlich sah Hool Haji ein, daß es so sein sollte: daß er gehen mußte.

»Aber du mußt mich begleiten, Michael Kane. Ich ... ich werde deinen Trost und deinen Rat benötigen.«

Armer Teufel – er befand sich in einer seltsamen Stimmung und würde vielleicht etwas Überstürztes tun. Ich erklärte mich einverstanden.

Schritt für Schritt zogen wir uns an die Stelle zurück,

wo zwei Männer mit finsterer Miene Reittiere für uns bereithielten.

Bald ritten wir aus dem verwüsteten Dorf, aber wir wußten, daß die Priosa das Gebiet gewiß umstellt hatten und irgendwo auf einen solchen Fluchtversuch warteten – es gehörte zur üblichen Taktik.

Ich schaute zurück, und erneut packte mich das Entsetzen!

Eine kleine Gruppe von Verteidigern stand Schulter an Schulter vor Morahi Vajas Haus. Sonst lagen überall Tote – Tote beiderlei Geschlechts und jeglichen Alters. Grelle Flammen loderten aus den einst prachtvollen Mosaikhäusern. Es war eine Szene wie von Bosch oder Breughel: ein Abbild der Hölle.

Dann mußte ich meine Aufmerksamkeit dem Trappeln von Daharafüßen widmen, die sich uns näherten.

Ich bin kein Mensch, der leichtfertig haßt – aber diese Priosa haßte ich. Ich freute mich auf die Gelegenheit, die drei, die uns grinsend entgegenkamen, zu töten.

Wir benutzten den noch warmen, reichlich blutbesudelten Stahl, um das Grinsen aus ihren Gesichtern zu wischen.

Dann ritten wir schweren Herzens weiter, fort vom Ort des Zorns und der Grausamkeit.

Wir ritten, bis wir die Augen kaum noch offenhalten konnten und der kalte Morgen hereinbrach.

Dann erblickten wir die Überreste eines Lagers und die Umrisse einer bäuchlings auf dem Gras ausgestreckten Gestalt.

Als wir uns dem Lager näherten, erkannten wir sie.

Es war Ora Lis.

Mit einem überraschten Aufschrei ritt Hool Haji auf sie zu, stieg ab und kniete sich neben die Frau. Als ich es ihm gleichtat, sah ich, daß sie – verwundet war. Man hatte ein Schwert in sie gerammt.

Aber warum?

Hool Haji schaute zu mir hoch, als ich auf der anderen Seite des bäuchlings liegenden Mädchens stand. »Das ist zuviel«, sagte er mit dumpfer Stimme. »Erst das – und nun dies hier.«

»Ist es das Werk der Priosa?« fragte ich ruhig.

Er nickte und prüfte ihren Puls. »Sie stirbt«, sagte er. »Es ist ein Wunder, daß sie mit dieser Verletzung überhaupt noch so lange gelebt hat.«

Als reagierte sie auf seine Stimme, schlug Ora Lis die Augen auf. Ihr Blick war getrübt, doch er hellte sich auf, als sie Hool Haji erkannte. Ein ersticktes Schluchzen entrang sich ihrer Kehle, und sie sprach unter Mühen, so daß fast nur ein Flüstern zu vernehmen war.

»Oh! Mein Bradhi!«

Hool Haji streichelte ihren Arm und versuchte Worte zu finden, die nicht kommen wollten. Offenbar gab er sich die Schuld für diese Tragödie.

»Mein Bradhi, es tut mir leid.«

»Leid?« Nun fand er die Sprache wieder. »Nicht dir sollte es leid tun, Ora Lis; ich müßte mich entschuldigen.«

»Nein!« Ihre Stimme wurde kräftiger. »Du weißt nicht, was ich getan habe. Ist noch Zeit?«

»Zeit? Zeit wofür?« Hool Haji war verwirrt, mir jedoch begann es zu dämmern.

»Zeit, die Priosa aufzuhalten.«

»Weshalb?«

Ora Lis hustete schwach. Blut befleckte ihre Lippen.

»Ich ... ich habe ihnen verraten, wo du warst ...«

Sie versuchte sich aufzurichten. »Ich habe ihnen verraten, wo du warst ... Verstehst du denn nicht? Ich erzählte ihnen von der Versammlung. Ich war wie von Sinnen. Ich ... war so beleidigt. Oh ...«

Hool Haji schaute mich wieder an, und schwerer Schmerz lag in seinem Blick. Nun begriff er. Ora Lis war es gewesen, die uns verraten hatte, um sich an Hool Haji zu rächen, weil er sie verschmäht hatte.

Dann blickte er zu ihr hinab. Was er dann sagte, zeigte mir ein für allemal, daß er in jedweder Hinsicht ein Mensch war – ein Mensch von Stärke, aber auch von Barmherzigkeit.

»Nein«, sagte er, »sie haben nichts unternommen. Wir werden das ... Dorf ... sofort warnen.«

Sie starb, ohne noch etwas zu sagen. Ein erleichtertes Lächeln stand auf ihren Lippen.

Wir begruben das unglückselige Mädchen in der lehmigen Erde der Berge. Wir zeichneten ihr Grab nicht. Irgend etwas mahnte uns, es nicht zu tun – als könnten wir damit die ganze tragische Episode beerdigen.

Doch das war natürlich unmöglich.

Später an diesem Tag gesellten sich noch mehrere entkommene Mendishar zu uns. Wir erfuhren, daß die Priosa Jagd auf alle Überlebenden machten und entkommenen Kriegern dicht auf den Fersen waren. Wir erfuhren auch, daß sie einige Gefangene gemacht hatten, doch die Überlebenden wußten nicht, um wen es sich handelte. Sie berichteten, daß das Dorf dem Erdboden gleichgemacht worden sei.

Einer der Ortsvorsteher, ein Krieger mittleren Alters namens Khal Hira, sagte, als wir weiterritten: »Ich wüßte nur zu gern, wer uns verraten hat. Ich habe mir das Gehirn zermartert und kann keine Lösung finden.«

Ich schaute zu Hool Haji hinüber, und er erwiderte meinen Blick. Vielleicht geschah es in diesem Augenblick – oder vielleicht war es auch schon früher gewesen –, daß wir eine geheime Übereinkunft trafen, nichts von Ora Lis zu sagen. Sollte es ein Geheimnis bleiben. Die einzigen wirklichen Missetäter waren die Priosa. Alle übrigen waren Opfer des Schicksals.

Wir gaben Khal Hira keine Antwort. Und er sprach nicht weiter.

Keiner von uns war in der Stimmung, sich zu unterhalten.

Die Berge liefen in Ebenen aus, die Ebenen mündeten im Wüstengebiet, als wir niedergeschlagen und erschöpft vor unseren Priosa-Verfolgern flohen. Sie holten uns nicht ein, wohl aber trieben sie einige von uns indirekt in den Tod.

5. Kapitel

DER TURM IN DER WÜSTE

Khal Hira hielt die geschwollenen Lippen fest aufeinandergepreßt, als er über die Wüste hinausblickte.

Und Wüste war es: nicht länger die kahle Einöde mit gesprungener Erde und Felsen, sondern eine Gegend, wo ein anhaltender Wind den schwarzen Sand ständig in Bewegung hielt.

Wir fanden keine Pfützen brackigen Wassers mehr; wir wußten nicht einmal annähernd, wo wir uns befanden, außer, daß wir in nordwestliche Richtung aufgebrochen waren.

Unsere zähen Reittiere waren fast ebenso erschöpft wie wir. Sie erlahmten allmählich. Hier war der Himmel wolkenlos, und die Sonne brannte flackernd und gnadenlos hernieder.

Seit fünf Tagen ritten wir ziemlich ziellos durch die Wüste. Unser Denken war immer noch wie gelähmt von der plötzlichen Wendung der Ereignisse im Dorf. Wir waren immer noch zutiefst niedergeschlagen, und wenn wir nicht bald Wasser fanden, waren wir verloren. Unsere Körper waren mit schwarzem Wüstensand verkrustet, und wir hingen erschöpft in unseren Sätteln.

Wir konnten nichts anderes tun, als weiterzureiten und unsere sinnlose Suche nach Wasser fortzusetzen.

Am sechsten Tag kippte Khal Hira aus dem Sattel. Er gab keinen Laut von sich, und als wir ihm zu Hilfe eilten, stellten wir fest, daß er tot war.

Am folgenden Tag starben zwei weitere Krieger. Außer mir und Hool Haji waren nun noch drei am Leben, falls ›Leben‹ der angemessene Ausdruck war. Es handelte sich um Jil Deera, Vas Oola und Bac Puri. Der erste war ein stämmiger Krieger, der noch wortkarger war als seine Kameraden – und für einen Mendishar von kleiner Statur. Bei den beiden anderen handelte es sich um hochgewachsene, junge Männer. Von den dreien zeigte Bac Puri als erster Anzeichen, daß er die Fassung verlor. Ich konnte ihm keinen Vorwurf machen – bald würde die sengende Sonne uns alle um den Verstand bringen, falls sie uns nicht vorher umbrachte.

Bac Puri führte plötzlich leise Selbstgespräche und rollte furchterregend mit den Augen. Wir taten, als bemerkten wir es nicht, teils um seinet-, teils um unseretwillen. Sein Zustand schien zu prophezeien, in welcher Verfassung wir uns bald befinden würden.

Dann erblickten wir den Turm.

Dergleichen hatte ich auf dem Mars noch nie gesehen. Obgleich er zum Teil zerstört war und uralt schien, wies er keine Spur von Zerfall auf. Die Beschädigung des Bauwerks schien das Ergebnis einer Art Bombardierung darzustellen, denn im oberen Teil wies es große, schartige Löcher auf, die von einem Beschuß irgendwann in seiner Geschichte herrühren mußten.

Der Turm bot uns zumindest Schutz. Aber er sagte uns auch, daß hier irgendwann einmal eine Siedlung gewesen war. Und wo einst eine Siedlung existiert hatte, gab es vielleicht auch Wasser.

Als ich den Turm erreicht hatte und ihn berührte, stellte ich überrascht fest, daß er aus keiner natürlichen Substanz bestand, zumindest keiner solchen, die ich erkannt hätte. Er schien aus einer Art ungeheuer haltbarem Plastikmaterial beschaffen zu sein und die Stärke von Stahl oder etwas noch Härterem zu besitzen, denn er hatte ohne den geringsten Schaden dem ständig umherpeitschenden Sand getrotzt.

Wir betraten das Bauwerk, meine Begleiter mußten sich dazu bücken. Sand war in den Turm hineingeweht, doch es herrschte Kühle. Wir fielen zu Boden und schliefen auf der Stelle ein.

Ich wachte als erster auf. Was vermutlich daran lag, daß ich mich noch nicht ganz an die längere marsianische Nacht gewöhnt hatte.

Es dämmerte gerade. Ich fühlte mich zwar immer noch schwach, aber doch erfrischt.

Selbst in meinem derzeitigen Zustand erweckte der Turm meine Neugier. Etwa dreieinhalb Meter über meinem Kopf spannte sich eine Decke, doch nirgendwo war eine Möglichkeit erkennbar, das obere Stockwerk zu erreichen, das existieren mußte.

Ich ließ meine schlafenden Begleiter zurück und machte mich an die Erkundung der uns umgebenden Wüste, um nach irgendeinem Anzeichen für Wasser unter dem Sand Ausschau zu halten.

Ich war überzeugt, daß es irgendwo vorhanden war, doch ob es ich finden konnte, war eine andere Frage.

Dann sah ich etwas aus dem Sand emporragen. Es war keine Düne. Als ich es genauer inspizierte, stellte es sich als kleines Mäuerchen heraus. Es war aus dem gleichen Material wie der Turm. Als ich jedoch den Sand wegscharrte, sah ich, daß das Mäuerchen eine Grundfläche aus dem gleichen Material umschloß. Den Zweck dieser Konstruktion erfaßte ich nicht. Sie bildete ein vollkommenes Quadrat mit einem Durchmesser von etwa drei Metern. Ich schlug den Weg zur gegenüberliegenden Mauer ein.

Ich war nicht vorsichtig genug, oder vielleicht auch

einfach zu erschöpft, denn plötzlich setzte ich einen Fuß auf weichen Sand, verlor das Gleichgewicht und brach durch die Abdeckung. Ich landete zerschrammt und außer Atem in einer Kammer, die halb voll Sand war. Ich rollte mich auf den Rücken, schaute hoch und sah ein zerklüftetes Loch, durch das Tageslicht sickerte. Das Loch schien die gleiche Ursache zu haben wie die Löcher im Turm. Man hatte versucht, es zu flicken, und den Flicken hatte der Wind verweht. Und ich war hindurchgefallen.

Der Flicken war durchsichtig und hatte ursprünglich aus einem Stück leichter Plastikfolie bestanden. Ich sah mir ein Stück an, das ich mit in die Tiefe gerissen hatte. Wieder konnte ich das Material nicht identifizieren, aber da ich kein Chemiker bin, konnte ich nicht sagen, ob seine Herstellungsweise auf der Erde meiner Zeit bekannt war oder nicht. Doch wie der Turm ließ auch das Material eine fortgeschrittene Technologie vermuten, die keine der marsianischen Rassen kannte, mit denen ich bislang in Berührung gekommen war.

Mir kam ein Gedanke, und mit diesem verflog plötzlich meine ganze Erschöpfung. Der Gedanke hatte weitgehende Implikationen, aber ich muß gestehen, daß ich nicht an meine Begleiter, sondern nur an mich selbst dachte.

War dies eine Siedlung der Sheev? Wenn ja, so bestand vielleicht eine Möglichkeit, zum Mars jenes Zeitalters zurückzukehren, das ich finden mußte – des Zeitalters, in dem meine Shizala lebte.

Ich spie den körnigen Sand aus und stand auf. Die Kammer war leer, doch als sich meine Augen an das schummrige Licht gewöhnt hatten, erkannte ich an der gegenüberliegenden Wand eine kleine Schalttafel. Beim Inspizieren sah ich ein halbes Dutzend kleiner Knöpfe. Meine Hand schwebte über ihnen. Was würde geschehen, wenn ich einen davon betätigte? Würde überhaupt etwas geschehen? Eigentlich war es unwahrscheinlich – und doch konnte die Hand, die die Decke geflickt hatte, auch irgendwelche Maschinen funktionstüchtig gehalten haben. War dieser Ort bewohnt? Ich war überzeugt, daß von hier aus weitere Kammern abzweigten. Es war logisch. Wenn es irgendwo Kontrollknöpfe gab, mußten auch irgendwo Maschinen stehen.

Ich drückte aufs Geratewohl einen Knopf. Das Ergebnis war ziemlich enttäuschend, denn es geschah nicht mehr, als daß gedämpftes Licht den Raum erfüllte, das von den Wänden selbst verströmt wurde. Dieses Licht offenbarte etwas anderes – eine rechteckige, haarfeine Linie neben der Armatur, die eine Tür erahnen ließ. Ich hatte recht gehabt.

Und die Energiequelle funktionierte noch – zumindest teilweise.

Ehe ich weitere Untersuchungen anstellte, besann ich mich und kehrte zu meinem Standort unter dem Loch in der Decke zurück. Ich hörte schwache Stimmen. Offenbar waren meine Begleiter aufgewacht, hatten sich gefragt, wo ich war, und kamen, mich zu suchen. Ich rief hinauf.

Bald sah ich Hool Hajis Gesicht überrascht zu mir hinunterblicken.

»Was hast du entdeckt, Michael Kane?«

»Vielleicht unsere Rettung«, sagte ich und versuchte ein Lächeln. »Komm herunter, bring die anderen mit, seht selbst, was ich gefunden habe.«

Bald sprang Hool Haji in die Kammer hinab, gefolgt von Jil Deera und Vas Oola. Bac Puri schwang sich als letzter hinunter; er schaute extrem mißtrauisch drein und wirkte immer noch halb von Sinnen.

»Wasser?« fragte Bac Puri. »Hast du Wasser entdeckt?«

Ich schüttelte den Kopf. »Nein. Aber vielleicht schaffen wir es, hier welches zu finden.«

»Vielleicht! Vielleicht! Ich sterbe!«

Hool Haji legte eine Hand auf Bac Puris Schulter. »Beruhige dich, mein Freund. Hab Geduld.«

Bac Puris Zunge strich langsam über seine geschwollenen Lippen, und er versank in ein dumpfes Grübeln. Nur sein Blick zuckte weiter durch den Raum.

»Wozu dienen die?« Jil Deera deutete in Richtung auf die Knöpfe.

»Einer davon hat das Licht hier eingeschaltet«, sagte ich. »Ich nehme an, daß ein anderer die Tür betätigt, aber welcher, weiß ich nicht.«

»Was liegt hinter dieser Tür, frage ich mich«, warf Vas Oola ein.

Ich schüttelte den Kopf. Dann streckte ich die Hand aus und drückte einen weiteren Knopf. Die Kammer fing an, leicht zu vibrieren. Hastig drückte ich den Knopf erneut, und das Vibrieren hörte auf. Das Drücken eines dritten Knopfes brachte kein sichtbares Ergebnis.

Ein vierter löste ein schrilles, klagendes Geräusch und ein Krächzen aus, das, wie ich schnell sah, anzeigte, daß die Tür sich öffnete und in die Wand zu unserer Rechten glitt.

Als wir in die freigelegte Öffnung starrten, sahen wir anfangs nichts als stockfinstere Dunkelheit. Kalte, eiskalte Luft zog über unsere Gesichter.

»Was glaubst du, wer diesen Komplex gebaut hat?« flüsterte ich Hool Haji zu. »Die Sheev?«

»Ja, es könnten die Sheev gewesen sein.« Er schien sich nicht sicher zu sein.

Ich streckte die Hand aus und tastete nach einer Schalttafel, die logischerweise jener entsprechen mußte, vor der wir standen.

Ich fand sie. Ich drückte den entsprechenden Schalter. Sogleich erfüllte Licht den zweiten Raum.

In diesem lag kein Sand. Er war ungefähr von der gleichen Größe wie der erste, aber hier waren zu beiden Seiten große, runde Gegenstände in die Wände der einen Seite eingelassen. Darüber befanden sich offenbar die dazugehörigen Steuerungsmechanismen.

Auf dem Boden lag ein Skelett.

Als Bac Puri die Überreste dessen sah, was einmal ein Blauer Riese von Mendishar gewesen war, stieß er einen gellenden Schrei aus und deutete mit zitterndem Finger auf die Knochen.

»Ein Omen! Auch er war neugierig. Ein Blitz hat ihn getroffen: Hier ist eine übernatürliche Kraft am Werk!«

Ich täuschte Sorglosigkeit vor, trat in den Raum hinein und beugte mich über das Skelett.

»Unfug«, sagte ich, bückte mich und zerrte einen kurzschaftigen Speer aus den Überresten. »Das hier hat ihn umgebracht – seht!« Ich hielt die Lanze empor. Sie war leicht und kräftig, aus einem Stück gefertigt und wiederum aus dem hochentwickelten, unbekannten Material.

»So etwas habe ich noch nie in meinem Leben gesehen«, erklärte Jil Deera, trat neben mich und beäugte neugierig die Waffe. »Und sieh dir mal die auf dem Schaft eingeritzten Symbole an! Sie gehören zu keiner mir bekannten Sprache.«

Ich erkannte in der Sprache auch nicht das übliche Kommunikationsmittel auf dem Mars. Trotzdem bestanden noch Ähnlichkeiten – wenn auch weit schwächer – zum alten Sanskrit. Die wesentlichen Schriftzüge waren die gleichen.

»Was ist es denn, hast du eine Ahnung?« fragte ich und reichte den Speer Hool Haji weiter.

Er schürzte die Lippen. »Bei meinen Wanderungen

habe ich so etwas schon einmal gesehen. Es ähnelt der Schrift der Sheev, entspricht ihr aber nicht ganz.« Seine Hand zitterte ein wenig, als er mir den Speer zurückgab.

»Um was handelt es sich denn?« fragte ich etwas ungeduldig.

»Es ist...«

Dann ertönte ein markerschütterndes Geräusch. Es war hoch und außergewöhnlich, eine Art Flüstern, das durch die Kammern hallte. Es ertönte von unterhalb des Raumes, in dem wir standen, tief aus dem Innern des unterirdischen Komplexes.

Es war eines der scheußlichsten Geräusche, die ich je im Leben gehört hatte. Es schien Bac Puris verrückte Spekulation zu bestätigen, daß der Ort von übernatürlichen Wesen bewohnt war. Plötzlich wandelte sich die unterirdische Kammer von einer Zuflucht in einen Ort des Schreckens. Er löste ein Entsetzen aus, das schwer zu beherrschen war.

Mein erster Impuls bestand darin, die Flucht zu ergreifen... und Bac Puri befand sich tatsächlich schon ein paar Zentimeter jenseits der Tür, durch die wir gekommen waren. Die anderen zeigten weniger Entschlossenheit, teilten aber augenscheinlich meine Gefühle.

Ich lachte, oder vielmehr, ich versuchte es. Ich brachte ein Krächzen ohne jede Heiterkeit zustande und sagte: »Nun kommt schon. Dies ist eine alte Anlage. Das Geräusch kann von einem Tier stammen, das in den Ruinen haust; es kann von den Maschinen stammen oder vielleicht nur vom Wind, der durch die Kammern weht...«

Ich glaubte kein Wort von dem, was ich sagte, und von den anderen glaubte es auch keiner.

Ich änderte meine Vorgehensweise. »Na ja«, meinte ich mit einem Achselzucken, »was sollen wir tun? Ein Risiko eingehen, das vielleicht gar keins ist, oder dem sicheren Tod in der Wüste entgegengehen? Es wird ein langsamer Tod werden.«

Bac Puri hielt inne. Ein Überrest seiner früheren Willensstärke muß ihm beigestanden haben. Er straffte die Schultern und trat wieder zu uns.

Ich ging an dem Skelett vorbei und betätigte den Schalter, um die nächste Tür zu öffnen.

Die Tür öffnete sich diesmal geschmeidig, und ich fand schnell den nächsten Schalter, um die dritte Kammer zu beleuchten. Diese war größer.

In gewissem Sinn beruhigte sie mich, denn sie war voller Maschinen. Natürlich konnte ich nicht wissen, welche Funktion die Maschinen ausübten, aber der Gedanke, daß irgendeine höhere Intelligenz sie geschaffen hatte, war allein schon tröstlich. Als Wissenschaftler wußte ich die Arbeitsleistung an sich zu schätzen. Dies war das Werk normal intelligenter Menschen – nicht irgendwelcher höherer Wesen.

Sollten noch irgendwelche Bewohner in diesem Honigwabensystem aus Höhlen leben, mußte es sich um Leute handeln, die der Logik zugänglich waren. Vielleicht waren sie uns feindlich gesinnt, vielleicht besaßen sie bessere Waffen – aber es mußten zumindest greifbare Gegner sein.

Dachte ich.

Ich hätte erkennen müssen, daß dieses Argument Lücken hatte und daß ich so rational dachte, um meine aufgewühlten Gefühle zu besänftigen.

Ich hätte erkennen müssen, daß das vernommene Geräusch tierischen Ursprungs war und von bösartigen Absichten kündete. Es hatte nicht im geringsten nach menschlicher Intelligenz geklungen.

Wir zogen weiter, Kammer für Kammer, und fanden

weitere Maschinen und größere Materialschränke; Stoffe, die Fallschirmseide nicht unähnlich waren; Behältnisse mit Gasen und Chemikalien; dicke Spulen von nylonähnlichem Garn, nur stärker; Laborausrüstungen für chemische, elektronische und andere Versuche; Maschinenteile und Dinge, bei denen es sich augenscheinlich um irgendwelche Energieeinheiten handelte.

Je weiter wir in das große Kammersystem vordrangen, um so ungeordneter waren die Dinge, die wir vorfanden. In den ersten Räumen waren sie säuberlich gestapelt und aufgereiht, doch in den letzten waren Behältnisse umgekippt, Spinde geöffnet und ihr Inhalt verstreut worden. Hatten Plünderer die Anlage heimgesucht? War der Tote im zweiten Raum einer von ihnen?

Ich weiß nicht, welche Kammer es war – vielleicht die dreißigste –, die ich auf die übliche Weise öffnete. Ich griff hinein, um den Lichtschalter zu betätigen, und spürte, daß etwas Weiches, Feuchtes meine Hand berührte.

Es war ein scheußliches Gefühl. Mir stockte der Atem. Ich zog die Hand zurück und drehte mich um, um meinen Begleitern von dem Vorfall zu berichten.

Das erste, was ich sah, war Bac Puris Gesicht und seine vor Entsetzen weit aufgerissenen Augen.

Er deutete in die Kammer. Ein ersticktes Geräusch entfuhr seiner Kehle. Er ließ die Hand sinken und tastete nach seinem Schwert.

Auch die anderen fuhren mit der Hand nach ihren Waffen.

Ich drehte mich wieder um … und sah sie. Weiße Gestalten.

Vielleicht waren es einmal Menschen gewesen.

Nun hatten sie nichts Menschliches mehr an sich.

Mit einem aus Entsetzen und Verzweiflung gemischten

Gefühl zog auch ich mein Schwert und hatte das Empfinden, daß keine gewöhnliche Waffe mich gegen die Erscheinungen verteidigen konnte, die aus der Dunkelheit auf uns zuströmten.

6. Kapitel

DIE EINST MENSCHEN WAREN

Diesmal ergriff Bac Puri nicht die Flucht.

Sein Gesicht war merkwürdig verzerrt. Er trat einen halben Schritt zurück, und dann stürzte er, ehe wir ihn zurückhalten konnten, in den dunklen Raum hinein – geradewegs auf die leichenblassen Geschöpfe zu.

Sie wichen brabbelnd einen Augenblick zurück; es war ein schreckliches, zwitscherndes Geräusch, wie von Tausenden von Fledermäusen, das die Luft erfüllte und durch das Höhlensystem widerhallte.

Bac Puris Schwert schwenkte von links nach rechts, auf und nieder, trennte Gliedmaßen ab, stach in Organe und durchbohrte die unnatürlich weichen, feuchtkalten Leiber.

Und dann war er plötzlich – wie durch Zauberei – das Ziel eines ganzen Speerhaufens. Er schrie vor Schmerz und Raserei auf, als die Wurfspieße, die jenem glichen, den wir zuvor gesehen hatten, ihn trafen, bis sein Leib als der eines Menschen fast nicht mehr zu erkennen war.

Er fiel polternd zu Boden.

Als wir erkannten, daß die Wesen zumindest sterblich waren, beschloß ich, Bac Puris rasenden Angriff zu nutzen. Ich setzte mit gezücktem Schwert durch die Tür und schrie:

»Kommt mit . . . wir können sie schlagen!«

Man konnte sie zwar töten, aber es waren schwer faßbare Geschöpfe, deren Anblick und Berührung körperlichen Abscheu verursachte. Die anderen folgten mir, als ich den Angriff gegen sie führte, und bald fand ich mich in einem Knäuel weichen, nachgiebigen, scheinbar knochenlosen Fleisches wieder.

Und die Gesichter! Es waren zwar häßliche Karikaturen menschlicher Antlitze, doch ähnelten sie nichts so sehr wie den häßlichen, kleinen Vampirfledermäusen auf der Erde. Flache Gesichter mit eingesunkenen Nasenlöchern; Mundspalte voller scharfer kleiner Fänge; halb erblindet, dunkle, teuflische und gefühllose Augen.

Während ich mich gegen ihre Klauen, scharfen Zähne und Speere wehrte, huschten sie brabbelnd und zwitschernd um mich herum.

Ich hatte mich in ihnen getäuscht. Keine Spur von Intelligenz stand in ihren Gesichtern, nur teuflische Blutgier und eine finstere Boshaftigkeit, die dem Haß entsprang. Aber keinerlei Vernunft. Meine Begleiter und ich kämpften Schulter an Schulter und Rücken an Rücken, als die Dinger an uns zerrten.

Sobald wir feststellten, daß unsere schweren Klingen sie verletzen konnten, und wir bereits Dutzende unserer Gegner außer Gefecht gesetzt hatten, faßten wir wieder Mut.

Schließlich drehten sich die Ghule um und flohen. Sie ließen nur die Verwundeten zurück, die sich am Boden wanden. Wir töteten sie. Wir konnten nichts anderes tun.

Wir versuchten, sie durch die nächste Tür zu verfolgen, doch sie schloß sich schnell, und bis wir sie geöffnet hatten, waren die Kreaturen schon tiefer in dem Komplex verschwunden.

Der Lichtschalter funktionierte und ließ uns die toten Wesen deutlicher erkennen.

Bac Puri hatte mit seiner Raserei zweifellos dazu beigetragen, uns das Leben zu retten. Bei seinem Angriff hatte er die meisten ihrer Speere auf sich gezogen.

Die Bewohner dieses unterirdischen Gebäudes waren ein wenig kleiner als ich und schienen, so unglaublich es war, nicht einmal ein Skelett aufzuweisen. Unsere Waffen hatten Muskelgewebe und Haut durchtrennt und blutende Wunden gerissen – falls man das dünnflüssige gelbe Zeug, das unsere Klingen besudelte, Blut nennen konnte, doch sie waren nirgendwo auf den Widerstand von Knochen gestoßen.

Ich stahl mich näher, um die Toten zu inspizieren, und dabei stellte ich fest, daß sie sehr wohl ein Knochengerüst besaßen; jedoch waren ihre Gebeine so dünn und spröde, daß sie aussahen wie dünne Elfenbeinfädchen.

Welch seltsamer Verzweigung des Evolutionsstammbaumes waren diese Kreaturen entsprungen?

Ich drehte mich zu Hool Haji um.

»Zu welcher Rasse gehören sie?« erkundigte ich mich. »Ich glaube, du hattest es vorhin schon geahnt.«

»Es sind keine Sheev«, antwortete er mit leicht ironischer Miene.

»Yaksha auch nicht – und an sie hatte ich gedacht, ehe ich sie gesehen habe. Diese beklagenswerten Dinger sind keine wirkliche Gefahr. Es sei denn, daß sie einen um den Verstand bringen könnten!«

»Du hast sie also für Angehörige der Yaksha gehalten. Warum?«

»Weil die Schriftzeichen auf ihren Speeren, Instrumenten und Schränken zur Sprache der Yaksha gehören.«

»Wer sind die Yaksha? Ich glaube mich zu erinnern, daß du sie schon einmal erwähnt hast.«

»Wer sie *sind*? *Waren* ist vielleicht die bessere Formulierung, denn heute existieren sie nur noch in Gerüchten und abergläubischen Spekulationen. Sie sind Vettern der

Sheev. Erinnerst du dich nicht, wie ich dir bei unserer ersten Begegnung von ihnen erzählt habe?«

Nun fiel es mir wieder ein! Natürlich: die ältere Rasse, die die Argzoon von Mendishar fortgelockt hatte – während des Krieges, den die Marsianer den Schrecklichsten nannten.

»Ich glaube, es muß sich um Nachfahren der Yaksha handeln«, fuhr Hool Haji fort, »denn sie weisen eine leichte Ähnlichkeit mit diesem Volk auf, wenn meine Informationen stimmen. Wahrscheinlich haben sie seit zahllosen Jahrhunderten hier gelebt und wissen instinktiv – zweifellos in ritueller Form –, wie man die Maschinen in Gang hält und den Bau gegen Eindringlinge verteidigt. Sie haben Stück für Stück ihre Intelligenz eingebüßt und ziehen, wie dir aufgefallen sein wird, die Dunkelheit dem Licht vor, obwohl sie das Licht haben könnten. Ein angemessenes Schicksal für den Überrest eines bösen Volkes.«

Mich schauderte. Ich konnte auf meine Art Mitleid empfinden mit den Geschöpfen, die früher einmal Menschen gewesen waren.

Dann kam mir plötzlich ein Gedanke.

»Nun«, sagte ich ein wenig ermutigt, »wie sie auch biologisch einzuordnen sein mögen, so brauchen sie doch auf jeden Fall Wasser. Das bedeutet, daß wir hier irgendwo finden werden, was uns fehlt.«

Unser dringendes Bedürfnis nach Flüssigkeit schien mit der Entdeckung der unterirdischen Kammern schwächer geworden zu sein, aber der Kampf hatte uns weiter geschwächt, und Wasser brauchten wir am allerdringlichsten.

Vorsichtig, aber mit größerer Zuversicht, daß wir jedem der weißen Geschöpfe, die uns angriffen, gegenübertreten und es bezwingen konnten, gingen wir weiter, bis wir in einen Raum gelangten, der größer war als die übrigen Kammern und in den *natürliches* Licht hereinsickerte!

Als ich hochschaute, sah ich, daß das Licht durch ein Kuppeldach zu fallen schien, das sich weit höher spannte, als die Decke der meisten Räume, durch die wir gekommen waren. Sand war durch ein paar Ritzen dieser Kuppel hereingeweht, doch er lag nicht hoch auf dem Boden.

Und dann hörte ich es!

Ein helles, sprudelndes Geräusch. Erst glaubte ich, der Durst hätte mich um den Verstand gebracht, doch als meine Augen sich besser an das Zwielicht gewöhnten, sah ich ihn: einen Brunnen inmitten des Raumes. Ein großes Becken kühlen Wassers.

Wir gingen weiter und probierten die Flüssigkeit vorsichtig, ehe wir tranken. Sie war rein und frisch.

Wir tranken vorsichtig und befeuchteten unsere Körper, während abwechselnd einer von uns Wache gegen einen möglichen Angriff der hier Heimischen stand.

Erfrischt und voll neuen Mutes füllten wir unsere Feldflaschen. Der Stöpsel der meinigen klemmte, weil er mit Schmutz verstopft war. Ich zog das kleine Jagdmesser aus der rechten Seite meines Harnischs, ein Messer, wie es jeder Blaue Marsianer bei sich trägt. Es ist in der Verzierung des Leders halb versteckt, so daß der Feind es im Fall einer Gefangennahme übersehen und der gefangene Krieger damit eine Chance zur Flucht erhalten könnte. Ich bohrte den Stöpsel heraus und steckte das Messer in die verborgene Scheide im Harnisch zurück.

Was nun?

Wir hatten nicht die Absicht, die übrigen Kammern zu erkunden. Für den Augenblick hatten wir genug gesehen. Wir waren jedoch vorsichtig genug, die gegenüberliegende Tür, durch die die weißen Dinger zweifellos geflohen waren, so gut wir konnten mit Sand und losem Mauerwerk zu versperren.

Als nächstes entdeckte ich eine Leiter aus in die Wand eingelassenen Sprossen, die zum Dach hinaufführte, wo eine schmale Galerie in der Höhe, wo die Kuppelwölbung ansetzte, um den Raum verlief. Sie war breit genug, daß ich mich auf ihr bewegen konnte, und diente augenscheinlich den Handwerkern zur Instandhaltung oder Ausschmückung der Kuppel.

Die Kuppel bestand nicht aus dem haltbaren Plastikmaterial des übrigen Baus. Ich brachte mein Auge an einen Spalt und sah auf die scheinbar endlose Weite der schwarzen Wüste hinaus, deren Sandkörnchen nun wie Kristalle in der Sonne funkelten. Die Kuppel schien halb unter dem Sand verborgen zu sein und war von außen wahrscheinlich kaum zu erkennen.

Ein Stück Plastik brach mir unter der Hand. Die Kuppel befand sich in einem Zustand fortgeschrittenen Zerfalls und würde bald ganz zusammenbrechen. Sie war durchsichtig, offenbar um Tageslicht in den Raum mit dem Brunnen einzulassen. Vermutlich war dieser Saal der zentrale Freizeitraum gewesen, als die Yaksha noch bei Verstand und von menschlicher Art gewesen waren. Die Kuppel war weniger aus funktionalen Gründen als zur Zierde gebaut. Wahrscheinlich war das der Grund, daß sie bald einstürzen würde. Wenn dies geschah, würde der Sand eindringen und die Quelle verschütten. Ich glaubte kaum, daß die Bewohner der unterirdischen Stadt genügend Intelligenz aufbrachten, um den Sand abzutragen – beziehungsweise, die Kuppel zu reparieren.

Schon früher waren am Dach Reparaturen ausgeführt worden, vermutlich aber von intelligenteren Vorfahren der augenblicklichen Bewohner.

Ich kletterte zum Boden zurück, und langsam wuchs in

meinem Kopf eine Idee. Die Kuppel maß an ihrer Basis etwa zehn Meter im Durchmesser – was breit genug war, einen größeren Gegenstand durchzulassen.

»Was schaust du so nachdenklich drein, mein Freund?« wollte Hool Haji wissen.

»Ich glaube, ich weiß eine Fluchtmöglichkeit«, sagte ich.

»Aus diesem Komplex? Wir brauchen doch nur den gleichen Weg zurück zu nehmen.«

»Oder das Dach zu durchstoßen«, erklärte ich und deutete nach oben. »Es ist ziemlich dünn und außen vom Sand abgetragen. Aber ich meinte mit meinen Worten, wie wir unserer größten Notlage entkommen könnten: der Flucht aus der Wüste.«

»Hast du irgendwo eine Karte entdeckt?«

»Nein, aber vieles andere. Lauter Erzeugnisse einer großen, wissenschaftlichen Kultur: starkes, luftdichtes Plastikmaterial, Seile, Gasbehälter. Ich hoffe, daß sie noch immer Gas enthalten, und daß es von der Art ist, die ich brauche.«

Hool Haji verstand überhaupt nichts.

Ich lächelte. Die anderen schauten mich nun an, als ginge ich den von Bac Puri vorgezeichneten Weg und verlöre allmählich den Verstand.

»Die Kuppel hat mich irgendwie auf eine Idee gebracht«, sagte ich. »Mir kam der Gedanke, daß wir mit einem ... fliegenden Schiff die Wüste überqueren könnten.«

»Ein fliegendes Schiff! Ich habe von dergleichen schon gehört, einige Völker im Süden sollen noch einige besitzen.« Es war Jil Deera, der nun sprach. »Hast du eins gefunden?«

»Nein.« Ich schüttelte den Kopf und dachte angestrengt nach.

»Warum redest du dann davon?« wollte Val Oosa ziemlich bissig wissen.

»Weil ich glaube, daß wir eins *bauen* könnten«, sagte ich.

»Eins bauen?« Hool Haji lächelte. »Wir verfügen nicht über das Wissen der alten Völker. Es wäre unmöglich.«

»Ich habe einige technische Kenntnisse«, sagte ich, »wenn auch nicht so viele wie offensichtlich die untergegangene Rasse. Ich hatte nicht daran gedacht, ein so ausgefeiltes Luftschiff zu bauen, wie sie sie einst hatten.«

»Was sonst?«

»Ein primitives Luftfahrzeug könnten wir, glaube ich, schon bauen.«

Die drei Blauen Männer betrachteten mich schweigend – und immer noch ein wenig mißtrauisch.

Es gab kein Wort für die Art Luftfahrzeug, das ich im Kopf hatte – kein marsianisches Wort. Ich benutzte die Ableitung aus dem Französischen.

»Man könnte es *Ballon* nennen«, sagte ich.

Ich machte mich daran, im Sand eine Zeichnung zu erstellen, und erklärte ihnen das Prinzip des Ballons.

»Wir müßten aus dem dort hinten entdeckten Material einen Gassack herstellen«, erklärte ich. »Das wird natürlich schwierig werden, denn für einen Start muß der Ballon völlig luftdicht sein. Daran hängen wir an Seilen eine Kabine auf – das ist das Ding, in dem wir dann reisen . . .«

Als ich mit meinen Skizzen und Erklärungen fertig war, glaubten mir die intelligenten Menschen von Mendishar. Sie verstanden mich zum großen Teil sogar, was recht bemerkenswert ist, wenn man bedenkt, daß sie einer weitgehend nicht-technisierten Gesellschaft entstammten. Noch einmal erfuhr ich die starke Aufgeschlossenheit der Marsianer, denen man insgesamt in sehr kurzer Zeit jede Idee vertraut machen kann, vorausgesetzt, man erklärt sie in entsprechend logischen Begriffen. Sie waren freilich ein altes Volk und kannten die Beispiele früherer, hochentwickelter Völker, der Sheev und der Yaksha, die ihnen gezeigt hatten, daß vieles, was unmöglich schien, dies nicht notwendigerweise war.

Begeistert kehrten wir in die unterirdischen Räume zurück und suchten die Materialien aus, die wir benötigten.

Ich war keineswegs sicher, ob sich das *richtige* Gas in den Flaschenregalen finden ließ, die mehrere Kammern belegten. Ich setzte mein Leben aufs Spiel, als ich an jedem ein bißchen schnupperte. Die Flaschen waren mit Ventilen ausgestattet, die noch erstklassig funktionierten.

Einige der Gase waren mir nicht bekannt, schienen aber nicht besonders giftig, obwohl mir von dem einen oder anderen für eine Weile leicht schwindelig wurde.

Schließlich fand ich die Behälter, die ich brauchte. Sie enthielten ein Gas mit der Ordnungszahl 2, dem Zeichen *He* und dem Atomgewicht 4.0023; ein Gas, das seinen Namen vom griechischen Wort für Sonne bezieht: Helium. Da es nicht brennbar und sehr leicht ist, stellte es genau das dar, was ich suchte: das perfekte Gas für die Füllung meines Ballons.

Die Suche gestaltete sich intensiver, nachdem ich mich vergewissert hatte, daß alle grundlegenden Dinge, die wir benötigten, vorhanden waren: das leichte Plastikmaterial, das Gas und die Seile. Als nächstes inspizierte ich die Motoren, die wir gefunden hatten. Ich nahm sie nicht in ihre Bestandteile auseinander, denn ich vermutete, daß sie auf einer Art Kernstoffbasis arbeiteten und ihre Energie von einem winzigen Atomgenerator erzeugt wurde. Aber ich fand heraus, wie sie bedient wurden, und sah, daß man sie mühelos mit Propellern ausrüsten konnte.

Aber es fanden sich keine Propeller – nichts, was sich hätte als Propeller verwenden lassen. Wir würden sie also irgendwie selbst herstellen müssen.

Unsere nächste große Entdeckung war eine Maschine, die sich darauf programmieren ließ, Stücke des zähen, leichten Plastikmaterials auszuspucken, aus dem ein Großteil des Komplexes erbaut war.

Die Maschine war groß und offenbar mit einer Art verstecktem Speicher verbunden.

Sie war ein wahrer Segen für uns. Auf einem Bildschirm ließ sich eine sorgfältige Zeichnung des gewünschten Teils anfertigen. Man mußte sie wie einen Plan erstellen: Seitenansicht, Ober- und Vorderansicht. Man wählte dann die Größe des erforderlichen Stückes, drückte ein paar Knöpfe, und innerhalb weniger Minuten erschien es in einer Wanne unter dem Zentralteil der Maschine.

Wir konnten so viele Propeller bekommen, wie wir wollten, ja, wir konnten sogar die Kabine nach unseren Angaben bauen lassen. Zu diesem Zeitpunkt wünschte ich mir, daß ich mehr Zeit gehabt hätte, diese phantastische Untergrundstadt zu durchstöbern und die Energiequelle zu suchen, die sie am Leben erhielt. Auch hätte ich gern gewußt, welche Rohstoffsynthese für das superstarke Plastikmaterial verantwortlich war und wie die Maschinerie funktionierte... Ich beschloß, möglichst bald hierher zurückzukehren und Leute mitzubringen, die ich ausbilden konnte, damit sie mit mir an einem Projekt arbeiteten, dessen Endziel darin bestand, der Stadt ihre Geheimnisse zu entreißen, um die Wechselbeziehung der Informationen und die Analyse der Maschinen und Materialien abzusichern.

Wenn es soweit war, würde auf dem Mars ein neues Zeitalter anbrechen.

Vorerst arbeiteten wir hart und brachten alle notwendigen Teile in den Kuppelsaal, wo wir uns, abgesehen von allen anderen Vorteilen, in der Nähe des Wasservorrats befanden.

In luftdichten Behältnissen fanden wir auch Trockennahrung.

Sie war geschmacklos, machte aber satt.

Als der Ballon allmählich Gestalt annahm, stieg unsere Stimmung zusehends.

In dieser Zeit kümmerten wir uns auch wieder um unsere äußere Erscheinung. Ich legte Wert darauf, mich täglich zu rasieren, auch wenn der einzige Spiegel, den ich finden konnte, ein großer Reflektor von meiner Größe war, den ich in den Kuppelsaal schleppte, um ihn als Rasierspiegel zu benutzen!

Während Jil Deera und Vas Oola am Ballon arbeiteten – wir hatten festgestellt, daß der Druck einer warmen menschlichen Hand genügte, die Folie zusammenzuschweißen, was die Herstellung des Gassackes erheblich erleichterte –, kletterten Hool Haji und ich an der Wand hoch und vollendeten das Werk, das die Natur begonnen hatte – nämlich die Kuppel aufzubrechen.

Damit die Bewohner der Anlage weiterleben konnten, hatten wir eine Art Lukenverschluß konstruiert, der anstelle der Kuppel einzusetzen war, damit nicht weiter Sand hinabwehte und den Brunnen verstopfte.

Bald hatten wir die Heliumflaschen an das Ventil des Gassackes angeschlossen und sahen zu viert zu, wie der große Plastikberg sich langsam füllte.

Noch hatten wir die Antriebsriemen nicht an Motor und Propellerwelle angebracht, aber ansonsten war der Ballon fertig.

Er war in allen wesentlichen Punkten ein motorgetriebenes Luftschiff, wenn auch langsamer und empfindlicher als die marsianischen Luftschiffe, die ich gesehen hatte, aber ich glaubte, er würde seine Sache schon machen.

Bald war der Gasbehälter prall gefüllt. Der Ballon zerrte allmählich an seiner Vertäuung, und es sah aus, als könne er hundert von unserem Gewicht davontragen. Wir lachten und klopften uns gegenseitig auf die Schulter, auch wenn ich mich ziemlich strecken mußte, um Hool Hajis Schulter zu erreichen. Wir hatten es geschafft!

Die geschlossene Kabine hing an starken Seilen herab, die die Ballonhülle umspannten. Sie bestand aus Teilen synthetischen Materials und hatte offene Luken. Leider hatten wir keine Möglichkeit gefunden, uns klare Scheiben zu beschaffen, so daß wir statt dessen Fensterläden hatten bauen müssen. Im Innern befanden sich Vorräte an Wasser, Treibgas und Trockennahrung.

Wir waren sehr stolz auf das Schiff. So wenig elegant es sein mochte, war es doch vernünftig konstruiert, und bald, wenn wir den Ballon ein wenig durchs Dach ließen und die Treibriemen am Motor befestigten, würden wir jedes beliebige Ziel erreichen können. Wahrscheinlich würden wir zurück nach Mendishar fliegen, wo die Ankunft ihrer totgeglaubten oder vertriebenen Führer in einem Flugschiff die Menschen vermutlich dermaßen anspornen würde, daß ihre spektakuläre Rückkehr zumindest wiedergutmachen konnte, was beim Angriff im Dorf verlorengegangen war.

Hool Haji und die beiden anderen Blauen Riesen unterhielten sich ernsthaft über diese Möglichkeit, als die gegenüberliegende Tür, die wir gegen das Eindringen der weißen Ghule blockiert hatten, zu schmelzen begann.

Das Material, das ich für unzerstörbar gehalten hatte, brodelte und sickerte dahin wie billiges Plastikmaterial im Feuer. Ein scheußlicher, gleichzeitig saurer und süßer Geruch strömte von der Tür herüber.

Ich wußte nicht, was geschah, aber ich handelte dennoch.

»Schnell!« brüllte ich. »In den Ballon!«

Ich stieß meine Begleiter an und half ihnen, in die Kabine zu klettern.

Dann, als die Tür endgültig zusammenbrach, drehte ich mich um. Einige der weißen Bewohner der Anlage standen im Rahmen.

Sie hielten ein Gerät in den Händen.

Offenbar wußten sie nicht, um was es sich dabei handelte.

Sie wußten gerade, wie man es hielt und damit zielte.

Es war ein eigentümliches Paradoxon: ein dermaßen technisch fortgeschrittenes Instrument in den Händen dieser derangierten Geister.

Das Gerät schickte einen Strahl aus, der die gegenüberliegende Mauer traf und den Ballon und mich nur knapp verfehlte. Zweifellos ein Hitzestrahl. Ein Laserstrahl.

In diesem Augenblick erkannte ich, daß niemand die Ankertaue durchtrennt hatte.

Ich sprang hinzu und zog mein Schwert.

Ich wußte nun, daß das alte Volk über tragbare Laserwaffen verfügt hatte; ich hätte mit so etwas rechnen müssen.

In ihrem rasenden Zorn hatten die Abkömmlinge der Yaksha wahrscheinlich eine frühere Errungenschaft ihres Volkes wiederentdeckt. Sie hatten den Projektor herangeschleppt, um den Eindringlingen den Tod zu bringen.

Was immer der Grund sein mochte, wir würden alle sterben, wenn ich nicht schnell handelte. Ich durchschnitt die Ankertaue.

Hool Haji brüllte mir aus der Kabine zu, als er sah, was ich tat.

Der Ballon stieg langsam auf und prallte sanft gegen

die Decke. In Kürze würde das Gas sie in Sicherheit bringen, wenn es sich seinen Weg in die Lüfte über der Kuppel suchte. Die in die Kuppel gebrochene Öffnung war gerade breit genug, um sie hindurchzulassen.

Nun richteten die Ghule ihre Laserkanone wieder auf mich.

Der Tod war mir gewiß. Der Strahl strich durch den Raum und zerschmolz und durchschnitt alles, was er streifte.

Und dann kam mir die rettende Idee!

7. Kapitel

DIE STADT DER SPINNE

Als der Strahl, den die trotteligen Ghule ziemlich willkürlich lenkten, immer näher kam, erblickte ich plötzlich den großen Reflektor, den ich bis dahin als Rasierspiegel verwendet hatte.

Es war ein starker Reflektor. Vielleicht würde meine Idee funktionieren.

Schnell rannte ich darauf zu und versteckte mich dahinter.

Der Laserstrahl schnitt ein Stück des Brunnens ab, das mit lautem Spritzen ins Wasser stürzte. Nun sprudelte die Quelle nur noch dann und wann.

Der Strahl wanderte näher und zerschmolz ein ganzes Stück der Wand, so daß der dahinterliegende Raum freigelegt wurde. Die weißen Gestalten schlurften näher heran und wiegten dabei den starken Projektor in ihren fast knochenlosen Armen.

Dann traf der Strahl auf den Reflektor.

Laserstrahlen sind konzentriertes Licht. Ein Spiegel reflektiert Licht.

Und so tat es auch dieser.

Der Spiegel krümmte den Strahl und verteilte ihn ein paar kurze Augenblicke lang. Dann lenkte er für ein paar Sekunden den Strahl gegen jene zurück, die ihn ausschickten.

Die meisten weißen Ghule waren in einer Sekunde zusammengeschrumpft. Die übrigen schrien entsetzt auf, wichen ein paar Schritte zurück und stürzten dann mit lautem Geschrei auf mich zu.

Ich rannte auf eines der herabbaumelnden Ankertaue zu und begann, mich daran zur Kabine hochzuhieven.

Dann schoß der Ballon in die Luft, und in dem Augenblick, da ich der Gefahr durch die weißen Kreaturen entgangen und mich in eine neue Gefahr gebracht hatte, wurde mir klar, daß wir bei unserer hastigen Flucht etwas Lebenswichtiges vergessen hatten.

Wir hatten vergessen, Ballast einzuladen – der Ballon stieg zu schnell auf!

Zweimal hätte ich beinahe den Halt an dem Tau verloren, als ich versuchte, mich zur Kabine hochzuziehen.

Dann sah ich, wie Hool Haji die Kabinenluke öffnete, sich gerade noch knapp an der Kabine festhielt, die Hände ausstreckte und das Seil packte, an dem ich hing.

Der Boden lag tief unten, die schwarze, funkelnde Wüste drehte sich unter mir.

Hool Haji schaffte es, sich in die Kabine zurückzuziehen, und hielt das Seil dabei noch immer fest. Dann zog er mich mit Hilfe der beiden anderen an dem Seil herauf.

Meine Hände schmerzten und scheuerten sich durch die Reibung auf. Ich war kurz davor loszulassen.

Als ich das Gefühl hatte, mich nicht länger halten zu können, spürte ich, wie mich kräftige Hände packten und in die Kabine zerrten. Dann wurde die Luke geschlossen.

Ich keuchte vor Erschöpfung und Erleichterung und blieb auf dem Kabinenboden liegen, bis ich wieder zu Atem gekommen war. Wir stiegen immer noch viel zu schnell auf und würden bald die dünne marsianische Atmosphäre verlassen – man darf nicht vergessen, daß die Atmosphäre jenes Zeitalters allerdings noch weit dichter war als heute.

Ich erhob mich zitternd und trat an die Steuerung. Es

handelte sich um einfache, provisorische Geräte, die wir vor dem Start überprüft hätten, wenn uns die Zeit geblieben wäre. Nun würde es sich herausstellen, ob sie funktionierten. Wenn nicht, war es um uns geschehen.

Ich zog einen Hebel, der das Ventil des Gassackes regulierte. Ich mußte Gas ablassen und dabei hoffen, daß es genug und nicht zuviel war, um nicht zur Oberfläche hinabzustürzen.

Allmählich hielten wir eine gewisse Höhe, und nun wußte ich, daß die Steuerung funktionierte.

Doch wir wurden immer noch willkürlich von den Luftströmungen dahingetrieben. Wir würden landen und die Treibriemen an den Motor anschließen müssen. Mit Motorkraft mußte uns die Rückkehr nach Mendishar innerhalb eines knappen Tages möglich sein.

Ich ärgerte mich ziemlich über die Vergeudung des kostbaren Heliums, aber es war nichts daran zu ändern. Ich fing an, das Schiff langsam hinabzulenken.

Wir befanden uns noch in etwa dreihundert Meter Höhe, als es schien, als würde der Ballon plötzlich von einem riesigen Fuß getreten und herumgewirbelt. Wir flogen durch die Kabine. Ich verlor das Gleichgewicht und wurde vom Steuerpult fortgeschleudert.

Ich glaube, ich verlor für einige Zeit die Besinnung.

Als ich zur mir kam, herrschte fast schon Dunkelheit. Nun hatte man nicht mehr das Gefühl, ein Spielball weit größerer Riesen als meiner blauen Begleiter zu sein. Aber dafür wurden wir jetzt mit rasender Geschwindigkeit vorangeschleudert. Ich erhob mich schwankend, trat an ein Bullauge und schob den Fensterladen zurück.

Ich sah hinunter und konnte erst gar nicht glauben, was ich sah. Wir flogen übers Meer – ein rauhes, sturmgepeitschtes Meer. Wir reisten mit gut hundertfünfzig Stundenkilometern, wahrscheinlich sogar schneller.

Aber was trieb uns an?

Es war eine Art Naturgewalt. Nach dem heulenden und stöhnenden Geräusch, das an meine Ohren drang, schien es sich um einen Sturm zu handeln.

Aber welcher Wind hätte ohne jede Vorwarnung so plötzlich aufkommen können?

Ich wandte mich um und stellte fest, daß Hool Haji sich zu rühren begann. Auch er war besinnungslos gewesen.

Ich half ihm hoch, und gemeinsam weckten wir unsere Kameraden.

»Was ist das, Hool Haji? Weißt du es?« fragte ich.

Er fuhr sich mit seiner riesigen Hand übers Gesicht. »Ich hätte den Kalender genauer beobachten müssen«, sagte er.

»Wieso?«

»Ich habe es nicht erwähnt, weil ich glaubte, wir würden die Wüste entweder hinter uns bringen oder sterben. Dies war, bevor wir den Turm und die unterirdische Stadt entdeckten. Solange wir am Boden waren, erwähnte ich es nicht, weil wir dort unten, wo kein Schaden zu erkennen war, in Sicherheit hätten sein müssen.«

»Was hast du nicht erwähnt? *Was?*«

»Verzeih, es ist meine Schuld. Vermutlich war der Brüllende Tod der Grund dafür, daß wir nie von der Yakshastadt erfahren haben.«

»Was ist der Brüllende Tod?«

»Ein gewaltiger Sturm, der von Zeit zu Zeit über die Wüste hinwegfegt. Einige halten ihn für die *Ursache* der Wüste selbst und meinen, vor seinem Aufkommen sei das Wüstengebiet fruchtbares Land gewesen. Vielleicht wurde die Stadt der Yaksha vor dem Aufkommen des Brüllenden Todes erbaut. Ich weiß nicht – aber er fegt schon seit Jahrhunderten über die Wüste, ruft mächtige Sandstürme hervor und ebnet alles ein.«

»Und wohin weht der Wind?« wollte ich wissen. »Dies sollten wir schon wissen, denn schließlich schleppt er uns mit sich.«

»Westwärts«, erklärte Hool Haji.

»Übers Meer?«

»Genau.«

»Und wohin dann?«

»Ich weiß es nicht.«

Ich ging wieder zum Bullauge und sah hinaus.

Noch immer erstreckte sich unter uns die unruhige, finstere, kalte See, aber ich glaubte, im Halbdunkel ganz schwach etwas wie eine Landmasse ausmachen zu können.

»Was liegt hinter dem westlichen Meer?« fragte ich meinen Freund.

»Sagen ... Reiseberichte ... Forschungsexpeditionen sind niemals zurückgekehrt. Der westliche Kontinent ist eine Dschungelgegend voller seltsamer Tiere. Ihn hat der Schrecklichste Krieg am stärksten betroffen. Als er endete, so heißt es, waren mit der Natur eigentümliche Veränderungen vorgegangen: Menschen, Tiere, Pflanzen veränderten sich ... durch irgendwelche Überbleibsel des Schrecklichsten Krieges. Manche sagen, es sei ein Geist gewesen; andere reden von einem Gas, wieder andere von einer Maschine. Aber was immer auch die Ursache sein mag, vernünftige Menschen haben den westlichen Kontinent immer gemieden.«

»Das alles scheint auf einen Atomkrieg, Strahlung und Mutationen hinzuweisen«, überlegte ich. »Aber durch die Jahrtausende, die seit dem Krieg vergangen sind, ist es unwahrscheinlich, daß dort noch gefährliche Strahlung herrscht. Davor brauchen wir uns also nicht zu fürchten.«

Einige meiner Worte äußerte ich auf englisch, da sie in meinem marsianischen Vokabular nicht enthalten waren.

Der ›Brüllende Tod‹ begann offenbar nachzulassen, denn unser Tempo verlangsamte sich.

Ich hatte den Eindruck, daß unser Schicksal nicht mehr in meinen Händen lag, als wir tiefer landeinwärts getragen wurden.

Die beiden Monde des Mars schossen über uns durch den Himmel und erhellten den Anblick eigentümlicher, wogender Dschungelgebiete in seltsamen Farben.

Ich muß gestehen, daß mich die andersartige Vegetation durchaus irgendwie verwirrte, aber ich sagte mir, daß uns nichts Böses zustoßen konnte, solange wir in dieser Höhe im Wind dahinschwebten.

Wenn der Wind uns nicht mehr weitertrug, konnten wir nach Lust und Laune landen, den Motor anbringen und mit Antriebskraft dorthin fliegen, wohin wir wollten.

Die Gelegenheit sollte sich uns erst Stunden später bieten. Woher der Wind wehte und wo er schließlich erstarb, konnte ich nicht sagen – sofern er nicht ständig den Globus umkreiste und dabei neue Kräfte sammelte. Ich bin kein Meteorologe.

Schließlich konnten wir uns aus dem Luftstrom lösen und auf die riesigen Bäume zutreiben, deren dichtes Laubwerk festen Boden unter uns zu bilden schien.

Große, schillernde Blätter wogten in wellenförmigen Bewegungen, und ihre Farben waren Abstufungen von Schwarz, Braun, Dunkelgrün und gesprenkeltem Rot.

Ein Hauch des Bösen hing dräuend über diesem Dschungel, und der Gedanke, dort landen zu müssen, gefiel uns gar nicht. Aber letztendlich entdeckten wir gegen Morgen eine Lichtung, die für unseren Ballon groß genug war. Wir machten uns zur Landung bereit.

Für ungeübte Luftfahrer landeten wir sehr sauber. Wir vertäuten das Schiff und untersuchten es auf Schäden.

Das Yaksha-Baumaterial hatte einem Sturm standgehalten, der fast alles andere zerschmettert hätte. Die Schäden waren vergleichsweise gering, wenn man bedachte, wie wir umhergepeitscht worden waren.

Wir hatten nun nichts anderes zu tun, als in etwa einer Stunde die Antriebsriemen zu befestigen und etwas zu suchen, das uns als Ballast dienen konnte. Wir mußten Helium nachfüllen und wären dann in Null Komma nichts unterwegs nach Mendishar.

Bald hatten wir die Motoren am Laufen, und die Propeller drehten sich.

Doch während wir arbeiteten, hatten wir das ungewisse Gefühl, beobachtet zu werden. Wir sahen nichts als den dunklen Dschungel, der sich mehrere hundert Fuß hoch in die Luft reckte und eine Art Gitterwerk aus Baumstämmen bildete, das von einem Wirrwarr anderer Pflanzen überwuchert wurde, die Wärme und feuchten Geruch verbreiteten.

Ich hatte keine Ahnung, wie die Lichtung sich hatte bilden können. Sie stellte eine Laune der Natur dar. Ihr Boden bestand aus glattem, festem, beinahe steinhartem Lehm. An ihren Rändern wucherten die dunklen, glänzenden Blätter niederer Sträucher, ein Gewirr von Ranken, die aus den Augenwinkeln wie dicke Schlangen aussahen. Dazu kamen ungesund aussehende Büsche und Schlingpflanzen, die sich um die Baumwurzeln ringelten.

Niemals hatte ich in einem Wald etwas derart Großes gesehen. Eine Vielfalt von Ebenen schien immer weiter hinaufzuführen, so daß der Wald von außen wie eine Felswand wirkte, die mit den dunklen Öffnungen von Höhlen durchsetzt war.

Es war nichts Besonderes, sich hier beobachtet zu fühlen. Ich vermutete, daß mir nur meine Phantasie einen

Streich spielte, denn die Umgebung war dazu angetan, das Unterbewußtsein zu überlisten.

Nun mußten wir nur noch Ballast suchen. Jil Deera schlug vor, daß abgeschnittene Äste dazu ebenso geeignet seien wie alles andere. Es war eine derbe Form von Ballast, aber sie würde uns vermutlich dienlich sein. Während Jil Deera und Vas Oola mir halfen, letzte Hand an den Motor zu legen, wollte Hool Haji noch ein paar Äste besorgen.

Und schon war er fort. Wir beendeten unsere Arbeit und warteten, daß er zurückkehrte. Wir wollten diesen geheimnisvollen Dschungel schnell verlassen und so bald wie möglich nach Mendishar zurückkehren.

Bis zum späten Nachmittag hatten wir uns heiser gerufen, aber Hool Haji kehrte nicht zurück.

Es blieb nichts anderes übrig, als in den Wald zu gehen, um nachzusehen, ob er verletzt war – vielleicht bewußtlos geschlagen bei einem kleineren Unfall.

Vas Oola und Jil Deera wollten mich auf der Suche begleiten, aber ich erklärte ihnen, daß der Ballon am wichtigsten war – sie mußten dortbleiben und auf ihn aufpassen. Schließlich konnte ich sie überzeugen.

Ich fand die Stelle, wo Hool Haji in den Wald gegangen war, und machte mich daran, seiner Spur zu folgen.

Es war nicht schwierig. Als großer Mensch hatte er viele Spuren hinterlassen. An manchen Stellen hatte er das Unterholz ein wenig weggehackt.

Der Wald war finster und feucht. Meine Füße traten über nachgiebige, faulende Pflanzen, und manchmal sanken sie in den darunter befindlichen Schlamm. Ich rief weiter den Namen meines Freundes, aber er antwortete noch immer nicht.

Dann stieß ich auf Spuren eines Kampfes und erkannte, daß es keine Einbildung gewesen war, als ich geglaubt hatte, wir würden beobachtet.

Dann fand ich Hool Hajis Schwert. Niemals hätte er es abgelegt, es sei denn, er war gefangengenommen oder ... getötet worden!

Ich suchte nach Spuren seiner Bezwinger, konnte aber keine finden!

Dies war äußerst verwirrend, denn ich bildete mir durchaus etwas auf meine Fähigkeiten als Spurenleser ein. Ich konnte jedoch nichts anderes finden als Rückstände einer klebrigen Substanz, die wie feine Seidenschnüre aussahen und am Laubwerk ringsumher klebten.

Später entdeckte ich noch mehr davon und beschloß, daß ich es im Auge behalten wollte, da es den einzigen Hinweis darstellte. Ich hoffte, daß Hool Hajis Bezwinger oder Mörder diese Spur zurückgelassen hatten, obgleich mir völlig unklar war, warum – und was sie bedeutete.

Als die Dunkelheit hereinbrach, fiel mir kaum auf, daß ich an den Rand einer Stadt gelangt war.

Es schien sich dabei um ein einziges, riesiges, sich durch den Dschungel erstreckendes Gebäude zu handeln. Es schien förmlich aus dem Dschungel emporzuwachsen, mit ihm zu verschmelzen und Teil davon zu sein. Es bestand aus dunklem, altem Obsidian, und in einige Aushöhlungen waren Erde und Samen gefallen, so daß kleine Bäume und Sträucher aus der Stadt wuchsen. Im Halbdunkel schienen Spitztürme und Kuppeln ineinander überzugehen. Man konnte leicht auf den Gedanken verfallen, daß dies eine merkwürdige Laune der Natur war, daß hier lediglich Gestein geschmolzen und dann zum *Trugbild* einer Stadt erstarrt war.

Doch hier und da waren Fenster und Eingänge, wenn auch ausnahmslos von Pflanzenwuchs überschattet.

Bei Einbruch der Dunkelheit schimmerte die Stadt ganz schwach. Sie fing die wenigen schwachen Mondstrahlen ein, die das Laubdach hoch über ihr zu durchdringen vermochten.

Hierhin mußten die Feinde meinen Freund verschleppt haben. Es war ein furchteinflößender Ort.

Erschöpft betrat ich die Stadt, kletterte über das aufgehäufte, glasglatte Gestein, suchte nach Anzeichen irgendwelcher Bewohner und danach, wo mein Freund versteckt sein könnte.

Ich kletterte an den schrägen Hauswänden empor und über Dächer, dann an Mauern wieder hinab. Ich suchte und suchte. Überall herrschte eine tiefe Dunkelheit. Ich spürte glattes, schweres Gestein unter meinen Händen und Füßen.

In dieser Stadt gab es keine Straßen, nur Vertiefungen in den Dächern. Ich betrat einen dieser Schächte und begann ihn verzweifelt zu durchqueren. Etwas huschte an der Mauer zu meiner Linken empor, und mir wurde schlecht, als ich sah, um was es sich dabei handelte: die größte Spinne, die ich in meinem Leben gesehen hatte.

Nun entdeckte ich noch andere. Ich nahm Hool Hajis Schwert fest in die Hand und bereitete mich darauf vor, das meine ebenfalls zu ziehen. Die Spinnen waren so dick wie Fußbälle.

Ich wollte den Schacht gerade verlassen und an einer anderen grünen Mauer emporklettern, als ich spürte, daß mir etwas über Kopf und Schulter fiel. Ich wollte es mit dem Schwert wegschlagen, aber es klebte an mir. Je heftiger ich mich bewegte, desto tiefer verstrickte ich mich darin.

Nun begriff ich, warum es bei Hool Hajis Gefangennahme keine Toten gegeben hatte!

Das Ding, das auf mich gefallen war, war ein Netz aus der gleichen feinen, klebrigen Seide, die ich im Wald gesehen hatte. Es war zäh und klebte an allem fest.

Nun stürzte ich mit dem Gesicht zu Boden und versuchte immer noch, mich zu befreien.

Ich spürte, daß mich knochige Hände aufhoben.

Ich sah mir die, die mich gefangen hatten, an. Ich konnte meinen Augen nicht trauen. Bis zur Taille waren sie Menschen, allerdings erheblich kleiner als ich, mit drahtigen Leibern und hervorquellenden Muskeln. Sie wiesen große Augen und einen schmalen Mund auf, aber sie waren durchaus noch als menschliche Wesen zu erkennen – bis man sie unterhalb der Taille sah und die acht pelzigen Beine erkannte, die von dort ausgingen. Menschenkörper auf Spinnenbeinen!

Ich vollführte ein paar Hiebe in Richtung ihres Anführers – aber meine Arme waren so gebunden, daß ich nichts mehr zustande brachte. Der Anführer blieb völlig ausdruckslos, als er eine lange Stange auf mich richtete. An ihrem Ende saß eine nadelartige Spitze von etwa fünfzehn Zentimetern Länge. Er stach mich, allerdings nur kurz. Ich versuchte mich zu wehren, doch dann spürte ich plötzlich, daß mein gesamter Körper völlig steif wurde.

Ich konnte keinen Muskel rühren. Ich konnte nicht einmal blinzeln. Man hatte mir ein Gift injiziert, das war offensichtlich: ein Gift, das einen völlig lähmte.

8. Kapitel

DER GROSSE MISHASSA

Auf den Rücken der seltsamen, abstoßenden Spinnenmenschen wurde ich tief ins Innere der unheimlichen Stadt getragen.

Das Labyrinth, das von schwach leuchtenden Steinen erhellt wurde, schien weder Sinn noch Plan zu haben.

Wir kamen durch Gänge und Räume, die manchmal kaum mehr als Röhren waren und sich dann wieder zu großen, balkonreichen Sälen verbreiterten.

Ich gelangte zu der Überzeugung, daß es sich hier nicht um das Werk der Spinnenmenschen handelte, ja, es schien überhaupt kein Menschenwerk zu sein, sondern das irgendeiner fremdartigen Intelligenz, die vielleicht durch die Auswirkungen atomarer Strahlung entstanden war. Diese Intelligenz, die ziemlich verdreht gewesen sein mußte, um eine solche Stadt zu entwerfen, war vermutlich längst untergegangen, wenn diese Spinnenmenschen nicht ihre Diener waren.

Irgendwie glaubte ich nicht so ganz daran, denn die Korridore und Säle lagen voller Schmutz, Spinnweben und den Zerfallsprodukten von Jahrhunderten. Ich hielt inne, um darüber nachzudenken, wie diese Spinnenmenschen wohl entstanden und ob sie Vettern der riesigen Spinnen waren, die ich draußen gesehen hatte. Falls sie mit ihnen verwandt waren, welche unglückselige Verbindung hatte dann in einer weit zurückliegenden Vergangenheit Früchte wie diese hervorgebracht?

Sie huschten weiter und trugen mich in ihren starken Armen. Ich wagte nicht, mir auszumalen, was das Schicksal für mich bereithielt. Ich war überzeugt, daß sie mich foltern würden. Vielleicht würden sie mich bei irgendeinem scheußlichen Ritual auffressen: Ich war überzeugt, daß ich sprichwörtlich die Fliege in ihrer Suppe war!

Meine Vermutung kam der Wirklichkeit näher, als ich anfänglich gedacht hatte.

Schließlich betraten wir einen riesigen Saal, der weit größer war als alles bisher Gesehene. Er war völlig dunkel und wurde nur von der schwachen Strahlung des Gesteins erhellt.

Aber nun spürte ich, daß die Wirkung der Droge nachzulassen begann. Ich spannte zur Probe die Muskeln, soweit dies bei dem klebrigen Netz möglich war, das, wie ich nun vermutete, direkt aus den Leibern der Spinnenmenschen kam und meine Bewegungen noch immer einschränkte.

Und dann sah ich sie! Eine riese Spinnwebe erstreckte sich quer durch den Saal. Sie glitzerte im schummrigen Licht, und ich konnte eine Gestalt erkennen, die dort mit gespreizten Gliedmaßen hing. Ich war sicher, daß es sich um Hool Haji handelte. Den Spinnenmenschen selbst machten die klebrigen Fäden wohl nichts aus, denn mehrere zerrten mich zu dem anderen Opfer hinauf. Es war wirklich Hool Haji, wie ich nun erkannte.

Und dann ließen sie uns in der Luft hängen und huschten auf ihren pelzigen Beinen in die Dunkelheit davon. Seit ich sie erstmals erblickt hatte, hatten sie nicht einen Laut von sich gegeben.

Mein Mund war noch gelähmt von der Droge, aber ich schaffte es, ein paar Worte zu sprechen. Man hatte mich schräg unterhalb von Hool Haji zurückgelassen, deshalb konnte ich nur wenig von ihm sehen; nur seinen linken Fuß und ein Stück seines Schienbeins.

»Hool Haji, kannst du sprechen?«

»Ja. Hast du irgendeinen Hinweis, was sie mit uns vorhaben, mein Freund?«

»Nein.«

»Es tut mir leid, daß ich dich mit hineingezogen habe, Michael Kane.«

»Es war nicht deine Schuld.«

»Ich hätte vorsichtiger sein müssen. Wäre ich es gewesen, könnten wir nun alle fortsein. Ist das Luftschiff in Sicherheit?«

»Soviel ich weiß.«

Ich versuchte, an dem Netz zu ziehen. Das Netz, in dem ich ursprünglich gefangen worden war, wurde allmählich so spröde und brüchig, daß ich schließlich meine Hand ausstrecken konnte. Doch sie blieb sogleich in dem unnachgiebigen Hauptnetz hängen.

»Ich habe es auch schon versucht«, ertönte Hool Hajis Stimme von oben. »Ich weiß keinerlei Fluchtmöglichkeit mehr.«

Ich mußte zugeben, daß er wahrscheinlich recht hatte, trotzdem durchforstete ich mein Gehirn. Ich hatte allmählich das Gefühl, daß uns etwas Schreckliches bevorstand, falls mir kein Fluchtweg mehr einfiel.

Ich fing an, meinen zweiten Arm zu befreien.

Dann vernahmen wir ein Geräusch – ein lautes, scharrendes Geräusch wie der Gang der Spinnenmenschen, aber viel lauter.

Als wir hinabschauten, sahen wir plötzlich zwei riesige Augen, die zu uns heraufblickten. Sie waren völlig starr und hatten einen Durchmesser von über einem Meter.

Es waren die Augen einer Spinne. Mein Herz tat einen Sprung. Dann erklang ein Geräusch – eine leise, rasselnde, ironische Stimme, die nur dem Besitzer der Augen gehören konnte.

»Sso, ein appetitanregendesss Ssstück für mein heutigesss Fesstmahl ...«

Ich war fassungslos, daß dieses Wesen sprechen konnte.

»Wer bist du?« fragte ich mit nicht allzu fester Stimme.

»Ich bin Mishassa, der Große Mishassa, der letzte aus dem Volk der Shaassazheen.«

»Und diese Geschöpfe hier, deine Jünger?«

Es ertönte ein Laut, bei dem es sich um ein unmenschliches Kichern hätte handeln können.

»Meine Nachkommen. Durch Experimente in den Laboratorien der Shaassazheen hervorgebracht – der Höhepunkt der ... Aber ihr wollt doch zuerst euer Schicksal erfahren, nicht wahr?«

Ich fröstelte. Ich glaubte, daß ich es mir bereits ausmalen konnte. Ich antwortete nicht.

»Zittere, Kleiner, denn du gibssst bald mein Mittagsssmahl ab ...«

Nun konnte ich das Wesen deutlicher erkennen. Es war eine riesenhafte Spinne, offenbar eine derjenigen, die die radioaktive Strahlung hervorgebracht hatte, die diesen Teil des Landes vor Tausenden von Jahren getroffen hatte.

Mishassa erklomm langsam das Netz. Ich spürte, wie es unter seinem Gewicht absackte.

Ich setzte meine Bemühungen, den anderen Arm freizubekommen, fort, und schließlich gelang es mir, ohne daß er sich im großen Netz verfing. Mir fiel das kleine Jagdmesser in meinem Harnisch ein, und ich kam zu dem Schluß, daß ich den Versuch wagen mußte, es zu erreichen.

Zentimeter für Zentimeter schob ich meine Hand auf das Messer zu ...

Schließlich umschlossen meine Finger das Heft, und ich zog es aus der Scheide.

Das Spinnenungeheuer kam näher. Zuerst hackte ich auf den Teil des Netzes ein, das meinen anderen Arm festhielt.

Ich arbeitete wie rasend, aber das Netz war zäh. Schließlich ließ es sich durchtrennen, und ich war mit vorsichtigen Bewegungen imstande, nach meinem Schwert zu greifen.

Ich streckte den Arm nach oben und durchtrennte soviel Netzfäden rund um Hool Haji, wie ich nur erreichen konnte. Dann wandte ich mich wieder der Riesenspinne zu. Ihre Stimme flüsterte:

»Ihr könnt nicht entkommen. Selbssst wenn ihr völlig frei wärt, würdet ihr mir nicht entkommen. Ich bin ssstärker und ssschneller als ihr . . .«

Was Mishassa sagte, entsprach der Wahrheit – aber es konnte mich nicht davon abhalten, es zumindest zu versuchen!

Bald waren seine schrecklichen Beine nur noch wenige Zentimeter von mir entfernt, und ich bereitete mich darauf vor, mich zu wehren, und zwar mit allen Kräften. Dann hörte ich einen Aufschrei von Hool Haji, sah seinen Körper an mir vorbeifliegen und direkt auf dem Rücken der Spinnenbestie landen. Er klammerte sich an ihr Haar und rief mir zu, das gleiche zu tun.

Mir war nur nebelhaft bewußt, was er vorhatte, aber auch ich sprang, brach aus den letzten Netzfäden und stürzte dem Spinnenrücken entgegen, um dort zu landen und mich mit einer Hand fest an den widerlichen Pelz zu klammern. In der anderen Hand hielt ich mein Schwert.

Hool Haji schrie: »Gib mir dein Schwert, ich bin stärker als du.«

Ich reichte es ihm und zog mein Messer.

Das Tier schrie zornig auf und brüllte uns unverständliche Worte zu, als wir anfingen, mit unseren Waffen auf seinen Rücken einzustechen.

Er war offenbar an passivere Opfer in Gestalt seiner eigenen Jünger gewöhnt – wir aber waren zwei Kämpfer von Vashu, die ihr Leben nur teuer verkauften und es nicht ohne weiteres zuließen, das Festmahl einer riesenhaften sprechenden Spinne abzugeben!

Die Bestie zischte und fluchte. Sie schoß wie von Sinnen umher und ließ sich vom Netz zu Boden fallen. Doch wir klammerten uns weiter an ihr fest, stachen mit unseren Waffen auf sie ein und suchten nach einer tödlichen Stelle.

Das Tier bäumte sich auf und wäre beinahe umgestürzt, so daß wir unter seinem gewaltigen Rumpf zerdrückt worden wären. Aber vielleicht verfügte es noch über die Instinkte der ursprünglichen Spezies. Viele Spinnen können, wenn sie erst einmal auf den Rücken gefallen sind, nicht wieder auf die Beine kommen. Mishassa fand im letzten Augenblick das Gleichgewicht wieder und fing an, ziellos hin und her zu huschen.

Klebriges, schwarzes Blut spritzte aus einem Dutzend Wunden, aber keine hatte, wie es schien, genügend Wirkung gehabt, ihn zu bremsen. Plötzlich rannte er geradeaus und gab dabei einen dünnen, hohen, klagenden Laut von sich.

Wir legten uns flach hin, als er immer schneller wurde, und sahen einander verwundert an.

Er mußte sich mit ungefähr hundert Stundenkilometern voranbewegen, als er durch die Tunnel schoß und uns immer tiefer in die Stadt hineintrug.

Nun wurde der klagende Ton stetig lauter. Das Spinnengeschöpf war in Raserei verfallen. Ob es nun einen unkontrollierten Wahnsinn zeigte, bei dem es sich um ein

Erbe seiner Vorfahren handelte, oder ob die Wunden, die wir ihm zufügten, es vor Schmerzen zur Raserei trieben, sollten wir niemals erfahren.

Plötzlich sah ich, daß sich vor uns etwas bewegte.

Es war eine Gruppe von Spinnenmenschen (ob es die gleichen waren, die uns in den Saal mit dem Netz geführt hatten, konnte ich nicht wissen), und sie wirkten ziemlich entsetzt, als wir auf sie zugeschossen kamen.

Dann hielt die intelligente Riesenspinne in ihrer Raserei inne und fiel über sie her. Sie biß sie tot, nahm einen Kopf zwischen ihre Kiefer, riß ihn ab oder biß Rümpfe auseinander. Es war ein grauenvoller Anblick.

Wir hielten uns weiter am Rücken der wahnsinnigen Bestie fest, so gut es nur ging. Gelegentlich brüllte sie ein verständliches Wort oder einen Satz, aber für uns ergab nichts mehr einen Sinn.

Bald waren sämtliche Spinnenmenschen tot; es blieb nichts übrig als ein Haufen zerfetzter Leichname.

Der Arm tat mir weh, und ich wußte, daß ich mich nicht mehr lange in dem Fell festhalten konnte. Jeden Augenblick konnte ich hinabfallen und zur Beute der Spinnenbestie werden. Hool Hajis finsterer Miene entnahm ich, daß auch er unter der Anstrengung litt und sie nicht viel länger würde ertragen können.

Dann sackte die Spinnenbestie ganz plötzlich in den Gelenken zusammen. Gemächlich knickten die Beine unter ihrem Körper ein; sie sank auf die zerfetzten Leichen ihrer Jünger.

Sie hatte sie ausnahmslos, wie es schien, in ihrem Todeskampf vernichtet, denn sie schrie nur ein einziges Wort: »Dahin!« und starb.

Wir überzeugten uns, daß das Herz der Riesenspinne zu schlagen aufgehört hatte, dann sanken wir buchstäblich vom Rücken des Untiers, standen auf und sahen es uns an.

»Ich bin froh, daß *er* tot ist und nicht *wir*«, sagte ich. »Er muß begriffen haben, daß er der letzte Überlebende einer Fehlentwicklung war. Ich frage mich, was in diesem verdrehten, fremdartigen Hirn wohl vor sich ging. Irgendwie tut er mir leid. Sein Tod war irgendwie edel.«

»Dann hast du mehr gesehen als ich«, fiel Hool Haji mir ins Wort. »Ich konnte nur einen Feind erkennen, der uns beinahe umgebracht hätte. Aber wir haben *ihn* getötet. Das ist gut so.«

Die sachliche Feststellung meines Freundes riß mich aus meiner nachdenklichen Stimmung, die möglicherweise unter diesen Umständen fehl am Platze war. Ich stellte mir die Frage, wie wir aus dem Labyrinth dieser Stadt wieder hinausfinden sollten.

Und ich fragte mich, ob die Bestie in ihrem Todeskampf wirklich alle Spinnenmenschen getötet hatte.

Wir bahnten uns den Weg durch die verstümmelten Leichen und folgten dem Tunnel, bis er in den großen Saal mündete.

Wir entdeckten einen weiteren Tunnel, der von hier fortführte, trotteten weiter und hofften einfach, daß wir irgendwann einen Raum mit einem Fenster oder Ausgang finden würden – denn von außen waren ja ein paar zu erkennen gewesen.

Hool Haji hatte die meiste Zeit über mit den Tunneln ziemliche Schwierigkeiten – nur wenige waren groß genug, daß die Spinnenbestie sie selbst hätte passieren können. Dies brachte mich zu dem Schluß, daß das Geschöpf, das wir getötet hatten, selbst für seine Art außergewöhnlich groß gewesen war.

Erneut erwachte in mir das Mitleid für das unglückselige Lebewesen, daß so schlecht in die Welt gepaßt und doch eine so hervorragende Intelligenz aufgewiesen hatte.

Auch wenn es mein Leben bedroht hatte, konnte ich ihm keinerlei Haßgefühle entgegenbringen.

Ich befand mich immer noch in dieser philosophischen Stimmung, als wir auf die Fässer stießen.

Als erstes wies der Geruch auf ihre Existenz hin. Als wir die Dämpfe einatmeten, spürten wir, daß unsere Muskeln ein wenig starr wurden. Dann betraten wir einen Saal, über den sich grob gezimmerte Laufstege spannten, denn der tieferliegende Boden war gefüllt von einer geräuschvoll brodelnden Flüssigkeit.

Wir verharrten an den Laufstegen und schauten hinab.

»Ich glaube, ich weiß, was es ist«, sagte ich zu Hool Haji.

»Das Gift?«

»Genau – das Zeug, in das sie die Nadelspitzen getaucht haben, um uns zu lähmen.«

Ich runzelte die Stirn. »Es könnte sich für uns noch als nützlich erweisen.«

»Wozu?« wollte mein Freund wissen.

»Ich weiß nicht, ich habe nur so ein Gefühl. Es kann jedenfalls nicht schaden, ein paar Proben mitzunehmen.« Ich deutete auf die gegenüberliegende Wand. Auf einem Regal standen mehrere Keramikflaschen und ein Haufen Stöcke mit den 15-cm-Nadeln an den Spitzen.

Vorsichtig überquerten wir das Becken auf dem Laufsteg in Richtung des Regals. Wir atmeten so wenig wie möglich, aus Furcht, unsere Muskeln könnten völlig gelähmt werden, so daß wir in das Becken fielen und entweder ertrinken oder an einer Überdosis des Stoffes starben.

Schließlich erreichten wir das Regal. Wir fühlten uns mit jedem weiteren Augenblick steifer. Ich nahm zwei gut gearbeitete, wenn auch merkwürdige Flaschen an mich und reichte sie Hool Haji, der sich hinabbeugte und sie füllte. Wir verschossen die Flaschen mit Stöpseln, befestigten sie an unseren Gürteln, nahmen eine Anzahl Stangen an uns und verließen den Beckenraum durch den nächstbesten Ausgang.

Nun stieg der Tunnelboden. Dies erweckte ein wenig Hoffnung in uns.

Ich sah von irgendwoher Licht schimmern, obgleich ich eine direkte Quelle nicht erkennen konnte.

Als wir in einen schmalen Gang bogen und Tageslicht durch eine unregelmäßige Öffnung in dessen Seite fallen sahen, wurde das Licht plötzlich durch das Auftauchen einer Anzahl jener großen Spinnen, die ich bereits vorher gesehen hatte, verdüstert.

Ich zog mein Schwert, das mir mein blauer Freund zurückgegeben hatte, und er benutzte Stangen, um die widerlichen Kreaturen abzuwehren. Sie hielten nur kurze Zeit an, um uns anzugreifen, dann huschten sie weiter in die Tiefen der Stadt.

Was ich zuerst für einen direkten Angriff gehalten hatte, war in Wirklichkeit nicht mehr als die Rückkehr der Nachttiere in die Dunkelheit der Stadt.

Wir kletterten aus dem Fenster und standen wieder auf dem, was ich nur als ›Oberfläche‹ oder Dach der Stadt bezeichnen kann: einem Ort unnatürlicher Felswände und Schluchten, die sämtlich aus dem dunklen, obsidianartigen Gestein bestanden. Die Stadt ähnelte immer noch mehr einem gegossenen Werk als einer Struktur, die von Menschenhand errichtet worden war.

Unsere Füße glitten auf der glatten Oberfläche aus, als wir weiterstolperten und erkannten, daß wir überhaupt keine Vorstellung davon hatten, wo sich unser Schiff von uns aus gesehen befand!

Wahrscheinlich wären wir noch viele Stunden oder sogar Tage umhergewandert, hätten wir nicht plötzlich Jil

Deeras untersetzte Gestalt vor dem Hintergrund des Dschungels entdeckt. Wir riefen lauthals und winkten.

Er wandte sich um, fuhr mit der Hand zum Schwertgriff und nahm eine wachsame Haltung ein. Dann, als er uns erkannte, grinste er.

»Wo steckt Vas Oola?« fragte ich, als wir aufeinander zugingen.

»Er bewacht das Luftfahrzeug«, entgegnete der Krieger. »Zumindest ...« – er schaute sich angewidert um – »hoffe ich es.«

»Warum bist du hier?« erkundigte sich Hool Haji.

»Als ihr bei Einbruch der Dunkelheit nicht zurück wart, machte ich mir Sorgen. Ich glaubte, ihr seiet in Gefangenschaft geraten, weil ich keine Geräusche hörte, wie wilde Tiere sie verursachen, und sobald es dämmerte, folgte ich eurer Spur und gelangte hierher. Habt ihr die Wesen gesehen, die diese Stadt bevölkern? Riesenhafte Spinnen!«

»Irgendwo unter der Oberfläche kannst du die Überreste noch seltsamerer Bewohner vorfinden«, meinte Hool Haji lakonisch.

»Ich hoffe, du hast Wegmarkierungen für den Rückweg gesetzt«, sagte ich zu Jil Deera und schimpfte mich insgeheim einen Dummkopf, daß ich selbst nicht daran gedacht hatte.

»Das habe ich.« Jil Deera wies auf den Dschungel. »Es geht hier entlang. Kommt!«

Da das Pech uns verfolgt hatte, seit wir das Versteck der Yaksha hinter uns gelassen hatten, waren wir ziemlich besorgt um die Sicherheit unseres Schiffes. Denn wäre unser Ballon in diesem Gebiet, von dem wir nicht das geringste wußten, angegriffen und zerstört worden, dann erst hätten wir uns in einer kaum ausdenkbaren Notlage befunden.

Aber er befand sich in unversehrtem Zustand, ebenso wie Vas Oola, der erleichtert war, uns wiederzusehen.

Wir legten eine kurze Pause ein, um kleine Stämme als Ballast zu schneiden, und bald hatten wir sie an Bord geschafft.

Sobald wir uns wieder in der Kabine befanden, lösten wir die Ankertaue und stiegen langsam zum Himmel auf.

Als wir uns hoch genug über dem Dschungel befanden, der sich in alle Richtungen zu dehnen schien, warf ich den Motor an, setzte den Kurs fest, und bald waren wir – zumindest hofften wir dies inbrünstig – unterwegs nach Mendishar, um zu prüfen, ob nach der Niederlage der unglücklichen Revolutionsstreitmacht noch etwas zu retten war.

9. Kapitel

ZUM TODE VERURTEILT

Glücklicherweise überquerten wir das Meer ohne Zwischenfälle und gelangten schließlich an die Ufer von Mendishar.

Wir landeten in den Bergen und versteckten unser Gefährt.

Als wir die Berge in der Hoffnung absuchten, irgend etwas zu erfahren, stießen wir zweimal auf völlig zerstörte Dörfer.

Einmal hatten wir Glück. Wir begegneten einem alten Weib, das zufällig der Vernichtung entgangen war. Sie berichtete uns, daß ganze Familien von den Bergbewohnern festgenommen worden, viele Dörfer dem Erdboden gleichgemacht worden waren.

Wir erfuhren, daß die festgenommenen Revolutionsführer im Rahmen eines großen, von dem Emporkömmling Bradhinak Jewar Baru persönlich festgesetzten Rituals sterben sollten. Sie wußte nicht, wann dies stattfinden sollte, nur, daß es noch ausstand.

Wir beschlossen, daß wir der Hauptstadt Mendisharling persönlich einen Besuch abstatten sollten, um uns von der tatsächlichen Situation zu überzeugen, die Stimmung der Bevölkerung einzuschätzen und – wenn möglich – die zum Tode Verurteilten zu befreien.

Mit gefundenen Kleidern aus einem zerstörten Dorf tarnte sich Hool Haji als fahrender Händler und mich... als sein Bündel! – Denn ich wäre in jeder Verkleidung aufgefallen, also spielte ich den Part seiner Handelsware.

Über Hool Hajis Schulter geworfen, betrat ich zum ersten Mal die Hauptstadt von Mendishar. Es war ein wenig ermutigender Ort. Als ich durch einen Riß des Tuches spähte, das mich verhüllte, konnte ich sehen, daß es außer den ungeschliffenen, großtuerischen Priosa niemanden gab, dessen Rücken nicht gebeugt und dessen Gesicht nicht vom Elend zerfurcht war. Und ich sah kein einziges nicht vom Hunger gezeichnetes Kind.

Wir gingen über den Markt; nur wenig Nahrhaftes wurde dort feilgeboten.

Über der ganzen Stadt hing ein Hauch von Verzweiflung, der in krassem Gegensatz zu den grellbunten Uniformen der ›außerwählten‹ Priosa stand.

Ich kannte derartige Szenen zwar gut aus meiner Lektüre, doch im wirklichen Leben war mir Derartiges noch nicht untergekommen. Die Stadt wurde von einem Tyrannen regiert, der so sehr um seine eigene Sicherheit fürchtete, daß er es nicht wagte, den eisernen Würgegriff auch nur einen Augenblick zu lockern.

Was immer auch geschah, dachte ich, während mein Freund mich weiterschleppte (und ich hatte das Gefühl, daß er sich keinerlei Umstände machte, um mir den Transport bequemer zu gestalten), der Tyrann mußte schließlich fallen, denn Menschen lassen sich nicht länger als bis zu diesem Zustand unterdrücken. Irgendwann läßt der Tyrann oder sein Kronprinz nach, und dann entscheiden sich seine Untertanen zur Aktion.

Hool Haji nahm ein Zimmer in einem Gasthof in der Nähe des Platzes und ging sogleich hinauf. Dann legte er mich auf das harte Bett, setzte sich hin und wischte sich die Stirn, während ich mich aus dem Tuch befreite.

Ich schnitt eine Grimasse, als ich mich aufsetzte.

»Ich habe das Gefühl, als säße jetzt jeder Knochen in meinem Körper an der falschen Stelle.«

»Es tut mir leid.« Hool Haji lächelte. »Aber es sähe verdächtig aus, wenn ein verarmter Händler wie ich seine Waren so behandeln würde, als wären es Kostbarkeiten statt der paar Häute und Tuchballen, als die er sie am Stadttor ausgegeben hat.«

»Wahrscheinlich hast du recht«, stimmte ich ihm zu und schüttelte Arme und Beine, damit sie besser durchblutet würden. »Was jetzt?«

»Du wartest hier, während ich in die Stadt gehe und soviel wie möglich in Erfahrung zu bringen versuche. Ich muß die Stimmung der Bevölkerung erkunden. Wenn sie bereit ist, sich gegen Jewar Baru zu erheben – was ich durchaus glaube, falls sie den richtigen Anstoß erhält –, finden wir vielleicht eine Möglichkeit ihn zu stürzen.«

Er brach sogleich auf, und mir blieb nichts anderes übrig, als Däumchen zu drehen. Der Grund, aus dem ich ihn begleitet hatte (außer dem naheliegenden, daß ich sein Freund und Verbündeter war), lag darin, daß ich im Falle seiner Gefangennahme eine Chance hatte, unseren Freunden eine Nachricht zu übermitteln. Außerdem, sollten wir das Luftschiff brauchen, war ich in der Lage, es zu lenken.

Ich wartete und wartete, bis ich schließlich am späten Nachmittag Aufruhr von der Straße hörte.

Vorsichtig schlich ich zum Fenster und spähte hinaus.

Hool Haji unterhielt sich aufgebracht mit zwei anmaßend wirkenden Priosa-Gardisten.

»Ich bin nur ein armer Händler, meine Herren«, sagte er. »Nicht mehr, nicht weniger.«

»Du entsprichst ziemlich genau der Beschreibung, die wir von dem Thronfolger Hool Haji haben. Feigling, der er ist, floh er aus einem Dorf, das wir vor ein paar

Wochen durchsuchten. Er überließ es seinen Anhängern, für ihn zu kämpfen. Wir suchen diesen Schwächling, weil es ihm gelungen ist, ein paar Irregeleitete zu überzeugen, daß seine Herrschaft für Mendishar besser wäre als die des edlen Bradhi Jewar Baru.«

»Er scheint ja ein rechter Schurke zu sein«, antwortete Hool Haji pflichtgemäß. »Ein echter Halunke! Ich hoffe, ihr werdet ihn fangen, edle Herren. Nun muß ich aber zurück . . .«

»Wir glauben aber, daß du dieser *Hwok'kak* Hool Haji bist«, sagte einer der Gardisten und versperrte Hool Haji den Weg; er hatte eins der schlimmsten marsianischen Schimpfworte gebraucht. Ein Hwok'kak ist ein Reptil mit besonders widerlichen Gewohnheiten, aber der Begriff umschreibt noch vieles mehr, das ich hier unmöglich erläutern kann.

Hool Haji beherrschte sich sichtbar, als er das hörte, aber er verriet sich wohl doch, allerdings bestand ohnehin keine große Chance, daß die Gardisten ihn hätten in den Gasthof zurückkehren lassen.

»Du begleitest uns jetzt zu einem Verhör«, sagte der zweite Gardist. »Und wenn du nicht Hool Haji bist, wird man dich vermutlich freilassen – auch wenn der Bradhi solches Gesindel wie fahrende Händler überhaupt nicht mag.«

Hier mußte etwas geschehen, beschloß ich. In dem Tuchballen befand sich ein zusätzliches Schwert, das mich auf dem ganzen Weg durch die Stadt schier aufgespießt hatte. Ich trat ans Bett, zog das Schwert heraus und kehrte dann an meinen Platz am Fenster zurück.

Nun war es höchste Zeit, meinem Freund zu helfen, denn war erst einmal die ganze Stadt alarmiert, um Hool Haji bei der Flucht aufzuhalten, bestand nur noch eine geringe Chance, daß wir Mendisharling lebend verlassen konnten.

Ich stellte mich augenblicklich auf das Fenstersims und stürzte mich mit einem Schrei auf den nächsten Gardisten.

Der große Krieger war sichtlich erstaunt, einen Zwerg mit gezücktem Schwert auf sich zuspringen zu sehen.

Ich landete nur wenige Meter von ihm und griff sofort an.

Bald war die Straße wie durch Zauberei leergefegt, und nur die zwei Priosa und wir blieben bei unserem Gefecht auf Leben und Tod zurück.

Ich hoffte, daß es unter der niedergehaltenen Bevölkerung keine Spitzel gab, die andere Priosa holen würden. Wenn wir die beiden bezwingen konnten, würde uns vielleicht die Flucht aus der Stadt gelingen.

Mein Widersacher war immer noch äußerst verblüfft. Und von dieser Verblüffung erholte er sich nicht. Innerhalb weniger Minuten hatte ich seine Rüstung durchbohrt, und er lag tot auf den Pflastersteinen.

Auch Hool Haji konnte seinen Gegner schnell überwinden. Wir drehten uns um, als Laufschritte zu hören waren, und sahen eine ganze Abteilung Priosa auf uns zukommen. Auf einem großen, grauen Dahara ritt ein hochgewachsener, kräftig gebauter Mendishar in goldener Rüstung.

»Jewar Baru!« Der Name klang wie ein Fluch auf Hool Hajis Lippen.

Offenbar waren diese Krieger nicht gerufen worden, sondern hatten aus der Nähe den Gefechtslärm vernommen.

Hool Haji machte sich bereit, seine Stellung zu verteidigen, aber ich zupfte ihn am Arm.

»Sei kein Narr, Freund. Sie werden dich in Stücke schlagen! Komm, wir kehren bald zurück und werden mit dem Tyrannen reinen Tisch machen.«

Widerwillig folgte mir Hool Haji, als ich mich in die Taverne zurückzog und die Tür verriegelte.

Fast augenblicklich trommelten die Gardisten an die Tür. Wir rannten ins dritte und oberste Stockwerk des Gebäudes hinauf und stiegen von dort durch die Luke aufs Dach.

Die Häuser dieses Stadtteils standen eng zusammengedrängt, so daß es nicht schwierig war, von einem flachen Dach aufs nächste zu springen.

Hinter uns hatten die Gardisten (Jewar Baru nicht, er hatte es zweifellos vorgezogen, sicher auf der Straße zu bleiben) das Dach erreicht, verfolgten uns und riefen uns zu, wir sollten stehenbleiben.

Ich glaube nicht, daß sie zu jenem Zeitpunkt Hool Haji erkannten, obgleich inzwischen wohl bekannt war, daß er einen Mann wie mich als ständigen Kampfgefährten hatte. Gewiß hätten sie sich noch mehr verausgabt, hätten sie begriffen, um wen es sich bei meinem Freund handelte.

Nun führten die Dächer tiefer hinab, und schließlich liefen wir über die Abdeckungen einstöckiger Gebäude.

In der Nähe der Stadtmauer sprangen wir wieder auf die Straße hinab. Leute erschreckten, als wir auftauchten, und wir sahen gerade noch zwei halb betrunkene Priosa aus einer Weinschenke kommen und auf ihre Daharas zuwanken.

Aber wir waren schneller. Wir bestiegen die Tiere direkt vor ihrer Nase, rissen sie herum und waren schon in Richtung Stadttor auf und davon, als die Gardisten immer noch fassungslos hinter uns herriefen.

In der Nähe des Stadttors stießen wir auf vier Priosa, die schneller reagierten als ihre Freunde. Als sie uns auf den offenkundig gestohlenen Tieren erblickten, wollten sie uns den Weg versperren.

Unsere Schwerter stießen schnell zu, und wir ließen zwei Tote und zwei Verwundete zurück, als wir durch das Stadttor und die lange Landstraße, die von Mendisharling wegführte, hinabritten, als wäre der Teufel hinter uns her.

Schon verfolgten uns Reiter, als wir über den Pfad galoppierten und dann scharf nach links in die Berge bogen.

Wir ritten, dicht gefolgt von unseren Feinden, auf die Berge zu, bis unsere Tiere allmählich erlahmten.

Wäre nicht bald die Nacht hereingebrochen, hätten wir wohl umkehren und eine so große Streitmacht bekämpfen müssen, daß wir uns kaum irgendwelche Chancen hätten ausrechnen können. Doch dann kam die Dunkelheit, und wir konnten unseren Verfolgern vor dem Aufgehen der beiden Monde entkommen.

In der relativen Sicherheit einer Höhle, die wir entdeckt hatten, erzählte Hool Haji mir alles, was er in der Stadt erfahren hatte.

Das Volk murrte schon fast öffentlich gegen den Tyranen, aber die Menschen waren noch verängstigt, um wirklich etwas gegen ihn zu unternehmen. Zudem war man zu schlecht organisiert, um eine erfolgreiche Revolte zu starten.

Er glaubte, daß die Nachricht von der mutwilligen Zerstörung von Dörfern und der Ermordung Unschuldiger in der Stadt angekommen war, auch wenn die Priosa jeden Versuch unternahmen, die Gerüchte zu zerstreuen.

In Jewar Barus Gefängnissen schmachteten fast zweihundert Gefangene jeglichen Alters und Geschlechts und warteten auf das große ›Opfer‹, das auf dem Zentralplatz der Stadt dargebracht werden sollte.

Sie alle waren wegen angeblicher Hilfe für Hool Haji und dessen Anhänger zum Tode verurteilt worden. Manche hatten nichts von alldem gewußt, und die Kinder hatten gewiß überhaupt keine Rolle gespielt. So wollte Jewar Baru ein Exempel statuieren. Es würde ein blutiges Exempel werden, das vielleicht dazu beitrug, daß er das Volk für weitere zwei bis drei Jahre niederhalten konnte. Aber länger gewiß nicht.

»Aber das ist nicht das Entscheidende«, sagte ich zu Hool Haji. »Die Menschen müssen irgendwie gerettet werden, und zwar *jetzt.*«

»Natürlich«, stimmte er mir zu. »Und weißt du, wer zu den Gefangenen gehört, die in Jewar Barus Verliesen sitzen? Weißt du, an wem sie ein ganz besonderes Exempel statuieren wollen?«

»An wem?«

»An Morahi Vaja. Er wurde im Kampf gefangen. Es gab einen Sonderbefehl, ihn lebendig zu fassen!«

»Wann soll dieses ›Opfer‹ stattfinden?« erkundigte ich mich.

Hool Haji vergrub den Kopf in den Händen. »Morgen mittag«, stöhnte er. »O Michael Kane, was sollen wir tun? Wie können wir dieses Ereignis abwenden?«

»Wir können nur eins tun«, sagte ich finster. »Wir müssen alle Mittel ausnutzen, die uns zur Verfügung stehen. Wir vier: Du, ich, Jil Deera und Vas Oola müssen Mendisharling angreifen!«

»Wie können vier Männer eine große Stadt angreifen?« fragte er ungläubig.

»Ich werde dir sagen, wie wir die Attacke führen können«, erklärte ich, »doch die Erfolgschancen sind nur gering.«

»Erläutere mir deinen Plan«, bat er.

10. Kapitel

EIN VERZWEIFELTER PLAN

Ich stand an der Steuerung des Luftschiffes und starrte durch ein Bullauge auf die vor uns liegende Landschaft.

Die drei Blauen Riesen hinter mir schwiegen. Es gab nichts zu reden. Unser Plan war umfassend diskutiert worden.

Es war kurz vor Mittag. Wir bewegten uns rasch auf Mendisharling zu. Mein Plan beruhte hauptsächlich auf einer exakten Zeitabstimmung. Wenn es uns nicht gelang, war unser Untergang wenigstens spektakulär und würde zukünftigen Revolutionären vielleicht den Weg weisen.

Nun kamen die Türme der Stadt in Sicht. Sie war geschmückt wie für ein Fest. Von jedem Turm und jedem Mast flatterten Fahnen – ein freudiger Anlaß, hätte ein Fremder vielleicht gedacht. Wir aber wußten es besser ...

Auf dem zentralen Platz der Stadt standen zweihundert Pfähle. Zweihundert Gefangene waren daran gefesselt: Männer, Frauen und Kinder. Neben ihnen standen mit gezückten Opfermessern zweihundert prachtvoll gekleidete Priosa.

Im Mittelpunkt dieser Pfahlkreise stand auf einem Podest Jewar Baru höchstpersönlich – in goldener Rüstung und mit einem goldenen Messer in der Hand. Auf diesem Podest stand ebenfalls ein Pfahl. An ihm gebunden stand Morahi Vaja mit gefaßter Miene. Sein Blick war nirgendwohin gerichtet – außer auf sein eigenes schreckliches Schicksal.

Um den Platz herum wartete auf Befehl des Emporkömmlings die gesamte Bevölkerung von Mendisharling in vielen Reihen.

Jewar Baru stand mit zur Sonne gereckten Armen da, und ein nervöses Lächeln zuckte über seine schmalen Lippen. Er wartete in teuflischer Vorfreude darauf, daß die Sonne den Zenit erreichte.

Auf dem Platz herrschte Stille – bis auf das verwirrte Plappern der kleinen Kinder in der Menge und an den Pfählen, da sie nicht wußten, was hier vor sich ging. Ihre Eltern hießen sie schweigen, ohne Erklärungen abzugeben. Wie sollte man dergleichen auch erklären?

Jewar Barus Blick war immer noch auf die Sonne gerichtet, als er zu sprechen begann.

»O Mendishar, es sind solche unter euch, die dem Großen Finsteren folgten und sich entschieden, den Befehlen des Großen Erleuchteten zuwiderzuhandeln, der in der Lebensspenderin der Sonne verkörpert ist. Von üblen Motiven wie Selbstsucht und Bosheit bewegt, schickten sie nach dem Mörder und Feigling Hool Haji, damit er sie gegen euren gewählten Bradhi ins Feld führen sollte. Aus den Tiefen der finsteren Einöde kam der Eindringling, kam aus der Nacht, um gegen die Priosa zu kämpfen, die Kinder des Himmels, die Söhne des Großen Erleuchteten. Aber der Große Erleuchtete sandte Jewar Baru ein Zeichen und warnte ihn vor dem, was geschehen sollte. Und Jewar Baru ging, gegen Hool Haji zu kämpfen, der floh und sich nicht wieder bei Tageslicht blicken ließ, denn er ist ein nächtlicher Schleicher. Folglich flüchtete der Feigling, und der Große Erleuchtete triumphierte. Heute haben wir seine Anhänger hier. Man wird sie dem Großen Erleuchteten nicht im Geiste der Rache, sondern als ein Geschenk für ihn opfern, damit Mendishar gereinigt wird und der Tod dieser *unsere* Schuld hinwegwäscht.«

Die Reaktion auf diese abergläubische Falschheit äußerte sich nicht in Begeisterung.

Jewar Baru wandte sich Morahi Vaja zu, hielt das goldene Messer an das Herz des Kriegers und war bereit, es ihm im blutigen Ritual herauszuschneiden.

Die Atmosphäre war gespannt. Wenn Jewar Baru Morahi Vaja opferte, war dies das Zeichen für zweihundert weitere Messer, zweihundert unschuldige Herzen herauszureißen!

Die Sonne stand kurz vor dem Zenit, als Jewar Baru seinen Gesang anstimmte.

Er war halb damit zu Ende und in einem Zustand annähernder Trance, als das Luftschiff unbemerkt über der Stadt auftauchte. Aller Augen ruhten auf Jewar Baru oder waren zu Boden gerichtet, obgleich verfügt worden war, daß alle zusehen mußten.

Darauf hatten wir gesetzt, deshalb hatten wir unsere Ankunft so genau bemessen, auch wenn wir dadurch nur wenige Augenblicke hatten, um einen Versuch zur Rettung der Opfer zu unternehmen.

Wir hatten die Motoren abgestellt, schwebten über den Platz und sanken immer tiefer hinunter.

Dann streifte unser Schatten Jewar Barus Podium – als er gerade sein Messer in Morahi Vajas Körper stoßen wollte.

Er wirbelte herum und schaute hoch. Alle folgten seinem Blick.

Jewar Baru riß verwundert die Augen auf.

In diesem Moment hob ich in der Kabine meinen Arm und schleudert das, was ich in der Hand hielt, auf den Usurpator. Wie ich geplant hatte, streifte die Speerspitze seine Kehle – aber das reichte aus.

Jewar Baru erstarrte mitten in der Bewegung, als hätte ihn die Macht eines gottähnlichen Wesens gelähmt, als er zu uns emporblickte.

Im Augenblick bekämpften wir Aberglauben mit Aberglauben, so daß das Auftauchen unseres Schiffes über dem Platz wie der Besuch eines zornigen Gottes wirken mußte.

Am frühen Morgen dieses Tages hatte ich ein behelfsmäßiges Megaphon gebastelt und brüllte nun, wobei meine Stimme vom Widerhall der umliegenden Häuser noch mehr verzerrt und verstärkt wurde.

»Volk von Mendishar! Euer Tyrann ist entmachtet – ringt seine Häscher nieder!«

Gemurmel kam in der Menge auf. Die Volksstimmung war gleichermaßen ärgerlich und verwirrt – allerdings galt der Zorn nicht uns. Es war ein Schritt gewesen, der ganz auf die Psychologie setzte. Wir gingen davon aus, daß Jewar Barus Lähmung dazu beitragen würde, daß seine Anhänger den Mut verloren und die gewöhnlichen Menschen ihn faßten.

Langsam begann die Menge sich ins Zentrum des Platzes vorzuschieben, während die Priosa, die sich allmählich voller Panik umschauten, die Schwerter zogen.

Ich führte das Luftschiff näher an das Podium heran, damit Hool Haji vom Schiff auf die Plattform springen und sich neben seinen erstarrten Feind stellen konnte.

»Hool Haji!« keuchte Morahi Vaja an seinem Pfahl.

»Hool Haji!« ertönte es von mehreren Priosa, die den exilierten Prinzen wiedererkannt hatten.

»Hool Haji!« erklang es von der Bevölkerung von Mendisharling, die hörte, wie die Priosa den Namen nannten.

»Jawohl – Hool Haji!« schrie mein Freund und hob sein Schwert in die Luft. »Jewar Baru würde mich gerne als Feigling darstellen, der sein Volk im Stich läßt. Aber seht: Ich betrete diese Stadt allein, um meine Freunde zu retten und euch entscheiden zu lassen, wie mit ihm verfahren werden soll! Macht die Priosa nieder, die euch so lange gepeinigt haben. Nun ist Gelegenheit zur Rache gekommen!«

Einen Augenblick lang herrschte absolute Stille. Dann setzte ein Gemurmel ein, das allmählich lauter und lauter wurde, bis es zu einem Brüllen anschwoll.

Schließlich stürzte sich die Bevölkerung von Mendisharling wie ein Mann auf die entsetzten Priosa.

Viele starben unter den schwingenden Schwertern der Soldaten, ehe die Priosa schließlich der schieren Übermacht erlagen. Aber es kamen weniger, weit weniger um, als bei dem Opfer oder als in Jewar Barus Gefängnissen noch umgekommen wären.

Wir sahen zu, wie die menschliche Woge die Priosa in einer scheinbar einzigen, flüssigen Bewegung umspülte. Als es vorüber war (in der kurzen Zeit von wenigen Minuten), lebte kein einziger Priosa mehr, der an diesem Tag ein Opfer hatte töten wollen. Tatsächlich waren nur wenige Tote weitgehend unversehrt. Die meisten waren in Stücke gerissen worden. Ein passendes, wenn auch blutiges Ende.

Ich hatte mich nicht an den Handlungen beteiligt, denn unser Plan hatte darauf beruht, die Stimmung des Volkes, die psychologische Wirkung unseres Erscheinens und das Ergebnis meiner in Gift getauchten Speerspitze einzuschätzen, die ich mit dem Betäubungsmittel aus dem Becken der Spinnenstadt versehen hatte. Wäre unser Plan fehlgeschlagen, wären wir in ebenso kurzer Zeit getötet worden wie unsere Feinde.

Ich zitterte gleichermaßen vor Erregung und Erleichterung, als ich mich die Strickleiter hinabschwang, um mich zu meinen Freunden aufs Podium zu stellen. Wir lösten Morahi Vajas Fesseln. Unten, rings um den Platz, wurden die anderen geretteten Opfer befreit.

Nun erhob sich großer Jubel für Hool Haji.

Er dauerte viele, viele Minuten an. Inzwischen schwangen sich Jil Deera und Vas Oola aus dem Schiff und vertäuten es an einem Pfahl.

Ich trat vor und rief dem Volk von Mendishar zu: »Grüßt euren Bradhi – Hool Haji! Erkennt ihr ihn als rechtmäßigen Bradhi an?«

»*Jawohl!*« ertönte die Antwort der Menge.

Hool Haji hob bewegt die Hand.

»Ich danke euch. Ich habe euch von der Herrschaft des Tyrannen befreit und euch geholfen, ihn und seine Anhänger zu überwältigen – wenn auch der eigentliche Retter Michael Kane ist. Aber nun müßt ihr die restlichen Priosa aufstöbern und sie gefangennehmen, denn sie alle müssen den Preis für ihre Taten der vergangenen Jahre bezahlen. Geht nun! Bewaffnet euch mit den Klingen eurer Unterdrücker und sucht die Straßen nach jenen ab, die noch am Leben sind!«

Die Männer bückten sich und hoben die Schwerter der getöteten Priosa auf. Dann liefen sie durch die Straßen, und bald erklang erneuter Gefechtslärm in Mendisharling.

Als die Wirkung des Gifts nachließ, banden wir Jewar Baru fest.

Nun murmelte er unverständlich vor sich hin, und Schaum trat auf seine Lippen. Er war offenbar völlig verrückt, war es wohl schon seit einiger Zeit gewesen, aber diese plötzliche Niederlage hatte ihn völlig aus dem Gleichgewicht geworfen.

»Was hast du mit ihm vor?« fragte ich Hool Haji.

»Ihn auf die Probe stellen und töten«, antwortete mein Freund ohne Umschweife.

Nun hatte ich einen Tiefpunkt. Es war vorbei; unser Ziel war schnell erreicht worden. Wieder überkam mich ein Gefühl von Sinnlosigkeit. Wir ließen uns in Jewar Barus Palast nieder, jenem Gebäude, das Generationen von Hool Hajis Vorfahren beherbergt hatte, ehe die irregeleitete Bevölkerung dem Emporkömmling in ihren Untergang gefolgt war.

Morahi Vaja leitete die Truppen, die die Priosa aufstöberten, die dem ersten Angriff entkommen waren. Er ging, kehrte aber sogleich wieder zurück, um uns zu sagen, daß noch eine Menge Priosa auf Patrouille oder aus der Stadt geflohen waren. Es würde Zeit kosten, sie alle aufzustöbern, und einige würden vielleicht entkommen.

Das brachte mich auf eine Idee. Zweifellos stellten die nicht festgenommenen Priosa keine Gefahr mehr für Hool Haji dar, aber sie sollten nicht ungestraft davonkommen. Ihre Verbrechen waren mannigfach – allem voran die sadistische Ermordung von Unschuldigen.

Ich kam zu dem Schluß, daß ich mich hierbei vielleicht als nützlich erweisen konnte.

»Ich werde als euer Späher fungieren«, schlug ich vor. »Mit dem Luftschiff komme ich weit schneller voran als die Priosa, kann ich Positionen genau bestimmen und so weiter. Dann kann ich zurückkehren und euch ungefähr sagen, wo ihr die Entkommenen findet.«

»Ein guter Plan«, stimmte Hool Haji zu. »Ich würde dich gern begleiten, aber hier ist noch viel zu tun. Brich morgen früh auf, du brauchst etwas Ruhe.«

Ich sah ein, daß dies sinnvoll war. Man stellte mir ein Zimmer zur Verfügung, und bald war ich eingeschlafen.

Am nächsten Morgen kletterte ich in mein Schiff, winkte Hool Haji zu und sagte ihm, daß ich vermutlich ein paar Tage fortbleiben würde.

Der Großteil der Priosa, so erklärte man mir, war südwärts geflohen, so daß ich am besten diese Richtung einschlug.

Die beinahe lautlosen Motoren begannen zu summen, die Propeller drehten sich, und bald hatte ich Mendisharling und Hool Haji hinter mir gelassen.

Ich wußte damals nicht, was das Schicksal, das, so meine ich, ein ungewöhnliches Interesse für meine Angelegenheiten entwickelt hatte, für mich bereithielt.

11. Kapitel

DAS FLIEGENDE UNGEHEUER

Zwei Tage später befand ich mich tatsächlich sehr weit südlich. Ich hatte ein paar kleine Priosabanden gesehen, ihre Positionen vermerkt und die allgemeine Richtung, die sie eingeschlagen hatten.

Ich hatte die Grenzen von Mendishar überflogen und sah in der Ferne eine Reihe hoher, schwarzer Berggipfel, die mir vertraut vorkamen.

Nachdem ich meiner Ansicht nach alle Priosa lokalisiert hatte, die ich finden konnte, beschloß ich, die Berge zu erkunden und nachzusehen, ob es sich dabei tatsächlich um das handelte, was ich vermutete.

Und das war es. Es waren die Argzoon-Berge, wo ich früher – oder sollte dies erst noch geschehen? – gegen die Untertanen der bösen Überläuferin Horguhl und das Ungeheuer gekämpft hatte, das sie mit ihren hypnotischen Kräften beherrscht hatte.

Ich spürte, wie sich Gefühle in mir regten, fast eine Art Wehmut, als ich diese schwarzen Berge überflog. Den Bergen selbst brachte ich keine Liebe entgegen, aber sie erinnerten mich an meine früheren Abenteuer auf Vashu und ganz besonders an die kurze Zeit des Glücks, die ich mit der wunderschönen Shizala genossen hatte. Es fiel mit schwer, daran zu denken, daß sie noch gar nicht geboren war.

Ich fragte mich, ob es die Sache wert wäre hinabzufliegen, glaubte jedoch, daß die Argzoon noch nicht besiegt waren und deshalb wahrscheinlich kurzen Prozeß mit mir machen würden. Dann würde ich völlig sinnlos sterben.

Ich wendete gerade das Schiff, als das Ding aus einer dunklen Schlucht auftauchte und auf mich zuflatterte.

Es war ein Ungeheuer von so erstaunlichen Ausmaßen, daß ich zuerst glaubte, es müsse sich um eine unheimliche Flugmaschine handeln. Nichts konnte einen solchen Rumpf vom Boden heben, geschweige denn ihn fliegen lassen, als eine von Menschen geschaffene Maschine, dachte ich.

Aber es war kein Menschenwerk.

Es hatte das Aussehen eines zweiköpfigen Heelas – des kleinen Raubtiers, das die Wälder weiter im Süden bewohnte –, mit gewaltigen Fängen und funkelnden Augen. Aus seinen Schultern sprossen große, ledrige Flügel. Es handelte sich nach Aussehen und Temperament ganz offensichtlich um einen Heela-Vetter. Das Heela war schon gefährlich, aber dieses Geschöpf hatte ein Vielfaches seiner Größe. Es flog mit nach vorne gereckten Krallen auf mich zu, als wolle es mich packen. Die Mäuler beider Köpfe waren weit aufgerissen.

Ich rammte den Geschwindigkeitshebel auf ›volle Kraft‹ und zog an einem anderen, um den Ballast aus den Hängevorrichtungen unter der Kabine abzuwerfen.

Durch den schnellen Aufstieg konnte ich etwas zusätzliche Entfernung zwischen das Untier und mich legen. Aber dann stieg das Geschöpf ebenfalls höher und flog schneller.

Ich hatte nicht die Zeit gehabt, das Schiff zu wenden, ich flog immer noch südwärts. Ich wünschte, ich besäße noch andere Waffen als Speere mit der Giftspitze und mein Schwert. Ein Maschinengewehr mit Dumdumgeschossen hätte vielleicht etwas gegen diese Bestie bewirken können. Besser noch ein großes Schnellfeuer-Artilleriegeschütz. Oder eine Bazooka. Oder ein Flammenwerfer. Oder einer dieser Laserprojektoren... Ich hatte nichts von alledem. Ich bekam allmählich das Gefühl, das nicht einmal die Geschwindigkeit auf meiner Seite war, denn das Monster behielt eisern seinen Kurs bei und verkürzte langsam den Abstand zwischen uns.

Das Luftschiff war nicht gerade das wendigste Fahrzeug, aber die Kunststücke, die ich vollführte, hätten jeden in Erstaunen versetzt, der etwas von den Handhabungsmöglichkeiten eines Fesselballons verstand!

Unter mir – weit, ganz weit unten – sah ich den Heelawald, den ich einst mit Darnad, Shizalas Bruder, durchquert hatte.

Dann hatte ich ihn auch schon hinter mir und flog weiter südwärts.

Ich holte jedes Quentchen Energie aus dem Motor heraus, so daß ich schließlich fürchtete, ich müsse früher oder später die Propeller verlieren.

Das Monster flatterte immer näher heran. Es war mit seinen breiten Schwingen größer als mein Schiff, und ich wußte, daß zwei Hiebe seiner Krallen genügen würden, um den Gassack zu zerfetzen, so daß ich wie ein Stein zur Erde sacken würde.

Ich wollte nicht aufgeben. Jedes gewöhnliche Tier wäre inzwischen ermüdet. Aber nein. Hartnäckig verfolgte es mich, weil es vielleicht ahnte, daß der Sieg und eine Mahlzeit in Aussicht standen. Allerdings glaubte ich, daß es von der Mahlzeit ziemlich enttäuscht sein würde.

Ich stieg höher. Wenn ich nicht vorsichtig war, mußte ich bald in eine Luftschicht geraten, die zu dünn zum Atmen war. Dann brauchte ich mir um den fliegenden Heela keine Gedanken mehr zu machen – und auch um nichts anderes mehr. Es wäre nämlich mein Tod gewesen.

Ich fragte mich, ob dieses Geschöpf bei all seiner Wildheit so feige war wie sein kleinerer Vetter in den Wäldern. Wenn ja, gab es vielleicht eine Möglichkeit, es zu erschrecken.

Ich zermarterte mein Gehirn, aber es wollte mir nichts einfallen. Was hätte ein zweiköpfiges fliegendes Säugetier von mehreren Tonnen Gewicht schon ängstigen können? Die Antwort, so komisch es klingt, lag auf der Hand: ein noch größeres zweiköpfiges fliegendes Säugetier! Aber leider hatte ich keinen solchen Verbündeten.

Nun befand sich der Heela schon viel näher, so daß ich seine Züge deutlich erkennen konnte.

Instinktiv griff ich nach einer Lanze mit Giftspitze und schleuderte sie dem Ding durch das Bullauge entgegen.

Sie mußte wohl in einem seiner Rachen gelandet sein, denn ein Maul schloß sich, und das Biest kaute... fort war der Speer. Nun hatte es mich fast eingeholt. Ich beschloß, lieber im Kampf zu sterben, so kurz der auch dauern mochte.

Ich schleuderte einen weiteren Speer und verfehlte diesmal mein Ziel ganz und gar. Was dann geschah, war erstaunlich. Das Ungeheuer reckte einen Hals, packte den fallenden Speer, kaute und verschluckte ihn.

Mich überkam großer Kummer. Nicht nur, daß meine kläglichen Waffen ihm nichts anzuhaben vermochten, es genoß sie auch noch als Mahlzeit!

Die Speere trugen jedenfalls dazu bei, daß es etwas langsamer wurde, wenn es anhielt, um sie zu fangen! Ich warf die restlichen Lanzen und versuchte eines seiner Augen zu treffen, aber ich schoß jämmerlich daneben.

Als letztes erinnere ich mich, wie das Tier das Schiff schließlich einholte. Ein riesiger schwarzer Schatten schien mich zu umhüllen. Ich erinnere mich an ein reißendes Geräusch und meine Erkenntnis, daß ich und das

Schiff dem Untergang geweiht waren. Entweder würden wir mit Gassack, Kabine und allem Drum und Dran in der Luft von einem Raubtier gefressen, das buchstäblich Allesfresser war, oder aber Hunderte von Metern hinabstürzen und am Boden zerschellen.

Die Kabine schaukelte wie wild. Ich stürzte nach hinten und schlug mit dem Kopf an die Seite des Steuerpults. Ich weiß noch, wie ich, als mich das Schwindelgefühl überkam, dachte, daß ich meinen Tod nun wenigstens nicht mitbekommen würde.

12. Kapitel

NEUE FREUNDE

Ich hatte das Gefühl, als hätte ich mir jeden einzelnen Knochen im Leibe gebrochen. Zum Glück aber hatte ich nur üble Prellungen und Schnittwunden, das war alles.

Aber wo befand ich mich?

Ich hatte hatte nicht die geringste Ahnung.

Ich begann, mich aus den Einrichtungsgegenständen der Kabine herauszuwühlen. Soweit ich erkennen konnte, war sie nicht stark beschädigt; das Baumaterial der Yaksha war ein unglaublich zäher Stoff.

Ich öffnete die Luke, die nun über mir lag, und krabbelte ins Dunkel der marsianischen Nacht, die wegen der Doppelmonde nur wenig finster ist.

Der Gasballon waberte halb entleert am Boden. War ich so schnell gesunken, daß das Heela nicht mehr hatte folgen können, nachdem ein Großteil des Gases entwichen war?

Ich wußte es nicht, aber meine zögernde Antwort auf die Frage, was mich gerettet hatte, war nicht sehr überzeugend.

Ich ging in die Kabine zurück, unterdrückte wegen meiner Prellungen ein schmerzerfülltes Stöhnen und holte einen Flicken und eine Dose des klebrigen Zeugs, das wir in der Yaksha-Stadt entdeckt hatten. Das Helium entwich dem Gassack nur noch langsam, denn dieser war über dem Leck zusammengesackt und bildete so eine Art Tasche, aus der das Gas weniger schnell entströmte, als es sonst der Fall gewesen wäre.

Eilends flickte ich den Ballon und dachte dankbar daran, daß noch genügend Heliumflaschen vorhanden waren, um ihn zu füllen.

Als ich meine Arbeit beendet hatte, sah ich etwas zu meiner Rechten. Es war ein größeres Objekt.

Ich näherte mich ihm vorsichtig – und entdeckte das Ungeheuer! Wie war es umgekommen? Ich trat hinzu, um es festzustellen – und dann bemerkte ich, daß es noch atmete!

Es atmete zwar mit Schwierigkeit, aber immerhin!

Ich nahm an, daß es selbst für sein unglaubliches Verdauungssystem mehr von dem lähmenden Gift verschluckt hatte, als es vertragen konnte. Im Moment des Angriffs war es wahrscheinlich von der Lähmung erfaßt und abgetrieben worden, bis es erdwärts gefallen war, um hier zu landen. Mein beschädigter Ballon mußte ihm gefolgt und kurz danach in seiner Nähe aufgeprallt sein.

Ich dankte der Vorsehung für den ungeheuren Appetit, mit der sie das Heela ausgestattet hatte. Dann lief ich zum Schiff zurück, um mein Schwert zu holen, das sich beim Absturz von meinen Gürtel gelöst haben mußte.

Während das Tier schlief (ich fühlte mich dabei wie ein Feigling, obgleich ich es töten mußte, damit es nicht einen anderen Reisenden angriff), durchbohrte ich seine Facettenaugen und hoffte, bis zu seinem Gehirn vorzustoßen. Es schlug um sich und warf mich zweimal um, doch ich hielt durch, bis es endgültig tot war.

Dann kehrte ich zu dem Luftschiff zurück und schloß die Gasflaschen an das Ventil des Ballons an.

Bald fühlte ich mich, bis auf die Prellungen, etwas besser.

Ich beschloß, nachdem ich das Schiff am Boden vertäut hatte, in der Kabine zu schlafen, um bis zum nächsten Morgen möglichst wieder in guter Verfassung zu sein.

Am nächsten Morgen stieg ich ziemlich benommen und müde auf, ohne genau zu wissen, was ich vorhatte.

Ich sah nun, daß sich unter mir ein breiter Fluß wand. Ich kannte die Landschaft zwar nicht im geringsten, aber ich beschloß, dem Fluß in der Hoffnung zu folgen, an seinem Verlauf eine kleine Siedlung zu erspähen, wo ich mich nach meiner Position erkundigen konnte.

So folgte ich dem Fluß vier Tage lang, ohne einen einzigen Ort zu erblicken.

Als ich schließlich etwas entdeckte, war es kein Dorf, sondern eine Flotte!

Es waren über ein Dutzend erstklassig gearbeitete Segelschiffe von anmutiger Schönheit, die flußaufwärts lavierten. Als ich tiefer flog, erkannte ich, daß es sich bei der Besatzung um Menschen wie mich handelte, nur dunkelhäutiger.

Ich machte mich an den Abstieg zu dem führenden Schiff, das aufgrund seiner Größe und der Bemalung seines Lateinsegels das Flaggschiff sein mußte.

Ich rief einige Bestürzung hervor, ehe ich das Megaphon ergriff und hinunterbrüllte:

»Ich habe keine bösen Absichten! Wer seid ihr?«

In der üblichen Marssprache, allerdings in wenig vertrautem Akzent, rief einer der Männer herauf:

»Wir sind Männer von Mishim Tep, auf dem Weg zur Juwelenstadt! Wer bist du?«

Mishim Tep! Das war der älteste Verbündete Karnalas – und Karnala war das Land, aus dem meine Shizala stammte. Ich hatte das Gefühl, auf Freunde gestoßen zu sein!

Ich antwortete, daß ich ein Reisender aus dem Norden sei, ein Mann ohne heimatlichen Stamm, der gerne Gesellschaft gehabt hätte, wenn es ihm erlaubt war, an Bord zu kommen.

Nun schien ihre Neugier geweckt, und man glaubte mir, daß ich keine Gefahr bedeutete. Also erlaubte man mir, den Ballon an ihrem Mast festzumachen und eine Strickleiter an Deck hinabzulassen – eine schwierige Operation, die ich, wie ich mit gewissem Stolz sagen darf, mit großer Geschicklichkeit absolvierte.

Der junge Kapitän, ein freundlicher Krieger namens Vorum Saz Hazhi, berichtete mir, daß er viele Monate lang auf einer Expedition an der Küste unterwegs gewesen war. Dort hatte ein kleiner Verbündeter Mishim Teps unter Überfällen zu leiden gehabt. Man hatte die Plünderer geschlagen und befand sich nun auf dem Heimweg nach Mih-Sa-Voh, der Juwelenstadt, der Metropole Mishim Teps.

Statt an Ort und Stelle die Lage zu komplizieren, berichtete ich, ich sei ein Wissenschaftler, der Erfinder des Luftschiffes, das wir nun im Schlepptau hatten, und ich suchte im Süden Aufträge. Ich erzählte, ich sei vom westlichen Kontinent angereist, was ja genaugenommen auch der Wahrheit entsprach.

»Wenn du in der Lage warst, *das* zu erfinden«, meinte Vorum Saz Hazhi begeistert, »wirst du am Hofe unseres Bradhi mehr als willkommen sein. Du brauchst keine Angst vor dem Verhungern zu haben. Er wird dir alle Aufträge erteilen, die du brauchst.«

Es freute mich, das zu hören, und ich entschloß mich auf der Stelle, zu dem zu werden, als was ich mich ausgegeben hatte: ein freischaffender Wissenschaftler!

Wegen der Priosa, die ich nicht gemeldet hatte, machte ich mir keine allzu großen Gedanken. Tatsächlich war diese Mission für mich nur ein Zeitvertreib gewesen, und die Priosa würde man vermutlich ohnehin bald aufspüren. Natürlich wollte ich bald nach Mendishar zurückkehren, um Hool Haji zu berichten, daß ich wohlauf war.

Aber in der Zwischenzeit konnte ich der Versuchung nicht widerstehen, kurze Zeit mit Menschen meiner Körpergröße und meines allgemeinen Aussehens zu verbringen – und mehr noch mit Menschen, deren Sitten und Gebräuche so sehr denen des Volkes ähnelten, in das man mich aufgenommen hatte: dem der Karnala.

Einige Tage später kamen die Türme der Juwelenstadt in Sicht.

Es war der prachtvollste Ort, den ich je in meinem Leben erblickt hatte. Jeder Turm und jedes Dach waren mit Edelsteinen oder Halbedelsteinen geschmückt, so daß die Stadt aus der Ferne ein einziges buntes Leuchten bot.

Der Hafen bestand aus weißem Marmor, in dem Kristalle funkelten und in dem sich das tanzende Flußwasser spiegelte. Von einem klaren, blauen Himmel schien strahlend die Sonne. Süßer Duft von Sträuchern und Gräsern hing in der Luft, und der Anblick und der Lärm glücklicher, intelligenter, wohlbehüteter Menschen war eine Freude für meine Sinne.

Viele Leute waren gekommen, um die Rückkehr der Schiffe nach ihrer langen Expedition zu bejubeln. Sie waren in bunte Umhänge gehüllt, die der Vielfalt der Wimpel an unseren Masten entsprachen. Vielen stockte der Atem, als sie das Luftschiff im Schlepptau erblickten.

Die zarte Musik der Marsianer aus dem Süden ertönte und hieß die heimkehrende Flotte willkommen. Die Sonne war warm, die Szene friedlich. Es war das erste Mal seit meiner Ankunft auf dem Mars, daß ich fast so etwas wie Glück empfand.

Waren Hool Haji und die Mendishar auch kultivierte und edle Menschen gewesen, so hatte ihrer Zivilisation doch ein Hauch von Wildheit angehaftet, ein Widerhall der Verwandtschaft mit ihren Argzoon-Vettern, wie ihn die Kulturen im Süden nicht aufwiesen. Darüber hinaus waren mir die Mendishar ebenso wie die Argzoon körperlich so fremd, daß das Gefühl, sich wieder unter Menschen meines Schlages zu befinden, ausgesprochen wohltuend war.

Wir traten an den Kai, und Vorum Saz Hazhis Verwandte drängten nach vorn, um ihn zu begrüßen. Er stellte mich vor, und es hieß, ich wäre ihnen als Gast willkommen, bis ich eine eigene Bleibe gefunden hätte.

Vorum Saz Hazhi erklärte, er würde für den kommenden Morgen eine Audienz beim Bradhi beantragen.

Als ich mich am Dock umschaute, erblickte ich viele Krieger – mehr als ich anfänglich bemerkt hatte. Es schienen irgendwelche eilige Vorbereitungen im Gange zu sein. Auch Vorum Saz Hazhi fiel dies auf; er wirkte ebenso verwundert wie ich. Er fragte seine Eltern danach.

Sie blickten besorgt drein und erwiderten, wir sollten nach Hause gehen und dann würden sie uns die schlechten Neuigkeiten berichten.

Erst am Abend, als wir gemeinsam bei Tisch saßen, erzählten Vorum Saz Hazhis Eltern, daß Mishim Tep sich auf einen Krieg vorbereitete.

»Es ist ein schwarzer Tag, und ich kann nicht verstehen, wie es soweit kommen konnte«, meinte der Vater meines neuen Freundes. »Aber . . .«

In diesem Augenblick traten ein Mann und eine Frau ein. Sie waren ungefähr vom gleichen Alter wie Vorum Saz Hazhis Eltern. Sie wollten alles über den Ballon erfahren und von meinen Abenteuern hören.

So wandte sich das Gespräch von der Politik ab, als ich von meinen Erlebnissen im Norden und auf dem westlichen Kontinent erzählte. Als die Gäste schließlich fort waren, war ich mehr als reif fürs Bett und begab mich eiligst in den Raum, den die Eltern des jungen Kriegers mir zur Verfügung gestellt hatten.

Am Morgen ging Vorum Saz Hazhi zum Palast, wo der Bradhi ihn zu seinen Siegen beglückwünschen wollte. Ich ging zum Hafen. Wir hatten vereinbart, daß er dem König von mir berichten sollte, während ich den Ballon holte. Natürlich hatte der Bradhi die Neuigkeit schon erfahren, aber er würde mein Luftschiff gewiß mit eigenen Augen sehen wollen. Ich sollte es zum Palast steuern und dort vertäuen.

Als ich langsam zum Hafen schlenderte und dabei ein wenig trödelte, um mir die Geschäfte anzusehen und mit jenen Bürgern von Mis-Sa-Voh zu reden, die mich als Pilot dessen erkannten, was für sie eine wundersame Flugmaschine war, sah ich eine kleine Prozession an mir vorüberziehen.

Sie bestand aus müde wirkenden Kriegern auf Daharas. Offenbar waren auch sie gerade von einer Expedition zurückgekehrt, denn sie waren schmutzig und wiesen ein paar leichte Verletzungen auf.

Sie hatten einen Gefangenen bei sich – einen wild wirkenden Mann mit langem, dichtem Bart und hellblondem, zerzaustem Haar. Auch er wies viele frische Narben auf. Man hatte ihm auf dem Dahara die Hände auf den Rücken gebunden.

Trotz seines ungepflegten Äußeren hielt er sich gut. Obwohl ich den Eindruck als Sinnestäuschung verdrängte, war ich überzeugt, daß er irgend etwas Bekanntes an sich hatte. Da dies unmöglich schien, wollte ich gar nicht erst Energie vergeuden, um über diesen Eindruck nachzudenken, sondern fragte einen Vorübergehenden, ob er wisse, wer der Gefangene sei.

Der Mann schüttelte den Kopf. »Zweifellos einer unserer Feinde – obwohl sie normalerweise nicht so aussehen.«

Ich setzte meinen Weg zum Hafen fort, wo der Ballon

noch immer auf mich wartete. Er war nun an einem der Eisenringe am Kai angebunden.

Ich kletterte in die Kabine und warf den Motor an, diese wundersame, kleine Einheit, die keinen Treibstoff zu benötigen schien.

Dann steuerte ich direkt über die Dächer der funkelnden Juwelenstadt auf den Palast zu, ein großes Gebäude, das noch prachtvoller war als alle anderen. Er schien buchstäblich aus Juwelen erbaut zu sein.

Ich hatte erfahren, daß in Mishim Tep viele Edelsteine abgebaut wurden, und wenn sie auch nützliche Handelsgüter darstellten, maß man ihnen in der Bevölkerung keine besondere Bedeutung bei.

Ich gelangte zur Palasttreppe und ging etwas tiefer. Die Wachen stürmten auf meine gerufenen Anweisungen hin nach vorn, um die Ankertaue zu packen und festzumachen.

Vorum Saz Hazhi erschien auf der obersten Stufe und begrüßte mich, als ich die Treppe emporschritt.

»Ich habe dem Bradhi von deinem Angebot berichtet«, sagte er, »und ich möchte dir nun gern ein paar Fragen stellen. Er meint, du wärst zu einem günstigen Zeitpunkt erschienen – solche Schiffe könnten im Kampf gegen unsere Feinde nützlich sein.«

Als ich neben ihn trat, bemerkte ich, daß er besorgt dreinschaute.

»Was bekümmert dich?« fragte ich.

Er ergriff meinen Arm, als er mich in den Palast geleitete. »Ich weiß nicht recht«, sagte er. »Vielleicht sind es die Vorbereitungen für diesen schrecklichen Krieg, den wir erwarten, aber der Bradhi erscheint mir anders als sonst. Irgend etwas Merkwürdiges geht da vor, aber ich kann mir nicht vorstellen, was es sein könnte.«

Mehr konnte er nicht sagen, denn dann wurden die riesigen, edelsteinbesetzten Türen zum Thronsaal geöffnet, und ich erblickte einen weiten, mit großen bunten Fahnen behangenen Raum, in dem sich mehrere Galeriereihen bis zur Decke erstreckten. An den Wänden standen Edelleute, die mir voll höflicher Neugier entgegenblickten.

Auf dem Thronpodium an der gegenüberliegenden Seite befanden sich drei Personen. In der Mitte war der Bradhi, ein sorgengezeichneter Mann mit graumeliertem Haar und einem kräftigen, ausdrucksvollen Gesicht, das wie aus Stein gemeißelt schien.

Zu seiner Linken stand – immer noch mit gebundenen Händen – der wilde Mann, den ich schon zuvor gesehen hatte.

Aber es war die Person, die auf einem Schemel neben dem Bradhi saß, die ich voller Abscheu wiedererkannte. Und doch erweckte diese Gestalt gleichzeitig ein Jubelgefühl in mir.

Es war Horguhl, jene teuflische Frau, die direkt und indirekt die Ursache aller Schwierigkeiten während meines ersten Marsaufenthalts gewesen war.

Horguhl!

Dies konnte nur bedeuten, daß meine Berechnungen in bezug auf die Zeit richtig gewesen waren, auch wenn ich räumlich etwas abgerutscht war.

Wenn Horguhl hier existierte, mußte auch Shizala irgendwo stecken!

Horguhl und der wilde Mann drehten sich um, um mich anzuschauen. Sie sagten wie aus einem Munde: *»Michael Kane!«*

Wieso hatten sie mich beide wiedererkannt?

13. Kapitel

HORGUHLS INTRIGE

Ich trat nicht weiter vor, weil mir klar war, daß ich mich in Gefahr befand.

Und dann erkannte ich plötzlich die Stimme des wilden Mannes, und ich begriff, warum er mir so bekannt vorgekommen war. Es war Darnad, Shizalas Bruder, von dem ich mich, wie es mir vorkam, vor Jahren in den Höhlen der Argzoon getrennt hatte.

Wenn er gefangen war, bestand meine Pflicht darin, ihn zu befreien, denn er war ein enger Freund.

Ich zog mein Schwert, und statt zur Eingangshalle zurückzueilen, rannte ich auf Darnad zu, ehe die erstaunten Höflinge etwas unternehmen konnten.

Horguhl schrie und deutete auf mich. »Das ist er, das ist er! Er ist die einzige Ursache dieses Krieges!«

Darüber, wie ich, der sich in einer anderen Zeit und einem anderen Raum befunden hatte, einen Krieg verursacht haben konnte, machte ich mir überhaupt keine Gedanken. Ich durchschnitt Darnads Fesseln und wirbelte herum, als ein Höfling mit gezogenem Schwert auf mich zukam.

Ich benutzte einen Trick, den mir mein alter Fechtmeister Clarchet als Junge beigebracht hatte: Ich schob die Spitze meines Schwertes in den Korbgriff des seinen und riß ihm die Waffe aus der Hand, so daß sie auf mich zuwirbelte. Dann warf ich sie Darnad zu, damit wir beide bewaffnet waren. Der Trick konnte nur bei jemandem funktionieren, der ganz und gar nicht darauf vorbereitet war – aber er hatte funktioniert, und das war das Entscheidende.

Der ganze Thronsaal war in Aufruhr. Ich war überzeugt, daß ein schrecklicher Irrtum vorlag, für den Horguhl verantwortlich war, und ich wollte keinen derjenigen töten, die mich so gastfreundlich behandelt hatten.

Darnad und ich führten ein Abwehrgefecht von der Ecke des Thronpodiums aus, und die Höflinge achteten darauf, uns nicht zu heftig zuzusetzen, damit ihrem Bradhi nichts geschehe.

Das brachte mich auf einen Bluff, mit dessen Hilfe vielleicht überhaupt kein Blut vergossen zu werden brauchte – einschließlich des unseren.

Ich sprang hinter den Bradhi und packte den Mann bei seinem Lederzeug.

Dann hob ich mein Schwert über seinen Kopf. »Wenn ihr uns verletzt, töte ich euren Bradhi«, erklärte ich mit lauter und deutlicher Stimme.

Sie blieben stehen und senkten ihre Waffen.

»Hört nicht auf ihn«, schrie Horguhl ihnen zu. «Er lügt, er wird einen Bradhi nicht umbringen!«

Ich sprach so ernst ich konnte, obwohl Horguhl, die mich besser kannte als die anderen, mit ihrer Äußerung völlig recht hatte, und wandte mich an die Höflinge.

»Ich bin ein verzweifelter Mann«, sagte ich. »Ich weiß nicht, warum ihr den Sohn des Herrschers eures ältesten Verbündeten gefangen haltet oder warum ihr dieser niederträchtigen Frau gestattet, neben dem Bradhi auf dem Thronpodest zu stehen. Erkennt ihr in ihm denn nicht Darnad von Karnala, den Bradhinak und Pukan-Nera?«

»Wir erkennen ihn sehr wohl«, rief einer der Höflinge. »Genau deshalb halten wir ihn schließlich fest! Wir befinden uns im Krieg mit den Karnala!«

»Im Krieg?« Ich wollte meinen Ohren nicht trauen. »Im Krieg mit denen, die seit ewigen Zeiten eure Freunde waren? Warum?«

»Ich werde dir sagen, warum!« kreischte Horguhl. »Und du müßtest es wissen, denn du bist ein Teil des Grundes! Deine liederliche Brahinaka Shizala hat Telem Fas Ogdai, den Sohn des Bradhi, verstoßen und ermordet, damit sie ... *dich* heiraten kann.«

Ich war angesichts dieser dreisten Lüge fassungslos. Horguhl war dafür verantwortlich gewesen, daß Telem Fas Ogdai zum Verräter geworden und schließlich im fairen Kampf gefallen war.

»Sicher ist es allgemein bekannt, daß Telem Fas Ogdai Karnala verraten hat?« fragte ich, an die Höflinge gewandt. Aber sie stöhnten nur auf und murmelten etwas. Sie schienen nicht von dem überzeugt zu sein, was ich gesagt hatte.

Ihr Sprecher erklärte: »Sie hat uns den ganzen niederträchtigen Plan erzählt, den ihr, Shizala und du, ausgeheckt habt. Die Ehre Mishim Teps wurde besudelt, sein liebster Sohn ermordet, der Bradhi angegriffen und erniedrigt – dergleichen kann nur mit Blut gesühnt werden.«

»Du redest dummes Zeug«, antwortete ich. »Ich kenne die Wahrheit: Horguhl hat euch hypnotisiert, wie schon viele zuvor. Ihr glaubt an eine Geschichte, die der Analyse nicht für einen Augenblick standhalten würde, wenn euer Denken nicht durch ihre Kräfte umnachtet wäre.«

Der Bradhi wehrte sich in meiner Umklammerung. »Wäre sie nicht gewesen, hätten wir niemals die Wahrheit erfahren«, sagte er. Er sprach wie eine Maschine, und ich war überzeugt, daß er sich völlig in Horguhls Gewalt befand.

»Euer Bradhi ist hypnotisiert worden«, sagte ich verzweifelt.

»Du lügst!« kreischte Horguhl. »Ich bin nur eine einfache Frau, die von Michael Kane getäuscht wurde, so wie er euch zu täuschen versucht. Tötet ihn! Tötet ihn!«

»Wie kann eine einzige Frau ein ganzes Volk zum Narren halten?« rief ich und wandte mich zu ihr um. »Was hast du getan, du abscheuliches Geschöpf? Du hast zwei große Völker einander an die Kehle gehetzt. Hast du überhaupt kein Ehrgefühl?«

Obgleich sie ihre Rolle weiterspielte, sah ich einen Hauch von Ironie in ihren Augen, als sie antwortete: »Hast *du* keinerlei Ehrgefühl? Du Eindringling, der alle Sitten und Gebräuche der südlichen Nationen mit Füßen getreten hat, um die Frau zu bekommen, die du liebtest?«

Ich erkannte, daß sie nicht zu überzeugen waren.

»Nun gut«, sagte ich. »Wenn ich ein Schurke bin, wie du sagst, dann weißt du, daß ich meine Drohung ausführen werde und den Bradhi umbringe, wenn ihr mich angreift.« Ich trat vor, und sie gingen widerwillig zurück, um mich durchzulassen

Darnad deckte mir den Rücken, als wir durch die Halle und den Eingang zur Palasttreppe und zu meinem Luftschiff gingen.

Ich zwang den Bradhi, die Leiter zu erklimmen, und Darnad folgte mir. Sobald wir uns in der Kabine befanden, wandte ich mich an den alten Mann.

»Du mußt uns glauben, wenn wir Horguhls Worte bestreiten«, drängte ich ihn.

»Horguhl spricht stets die Wahrheit«, antwortete er mit ausdrucksloser Stimme und glasigen Augen.

»Begreifst du denn nicht, daß sie euch hypnotisiert hat?« fragte ich. »Die Karnala und die Menschen von Mishim Tep waren für eine so lange Zeit Freunde, daß ein Krieg zwischen ihnen alles vernichten könnte, was die südliche Kultur repräsentiert!«

»Sie würde nicht lügen.«

»Aber sie lügt doch!« Nun ergriff Darnad zum ersten Mal das Wort. »Ich verstehe nicht alles, wovon ihr redet, aber ich verstehe sehr wohl, daß weder meine Schwester noch Michael Kane jemals solche Dinge tun würden, die man ihnen vorwirft.«

»Horguhl ist gut. Sie spricht die Wahrheit.«

Ich schüttelte traurig den Kopf. Dann führte ich ihn zur Luke und zeigte ihm die Leiter.

»Du kannst gehen, du armes, irregeführtes Wesen«, sagte ich. »Ist das, was ich sehe ... der Schatten des einstmals großen Bradhi?«

Einen Augenblick lang schien etwas in seinen Augen aufzuleuchten, und ich sah, was für ein Mensch er war, wenn er nicht unter Horguhls hypnotischer Macht stand. Die Trauer um den Verrat und den Tod seines Sohnes schienen bereits seit einiger Zeit an seinen Kräften zu zehren – und in dieser Zeit hatte Horguhl es geschafft, sich an ihn heranzumachen und auf ihn einzuwirken, bis sein Wille völlig dahin war.

Ich hatte sie unterschätzt. Ich hatte geglaubt, sie hätte sich in den Höhlen der Argzoon geschlagen gegeben, doch statt dessen hatte sie sogleich einen Plan entwickelt, um ihre Ziele durchzusetzen und sich an ihren Feinden zu rächen – und einer dieser Feinde war, auch wenn die Menschen es nicht verstanden, Mishim Tep!

Wir warteten, bis der Bradhi unten angelangt war. Dann, als die Höflinge und Wachen nach vorn stürzten, zogen wir die Leiter ein, durchschnitten die Halteseile und stiegen in den Himmel über der Juwelenstadt auf.

Nun, da ich die Wahrheit kannte – daß ich mich wirklich im gleichen Zeitalter befand, aus dem ich das letzte Mal fortgerissen worden war –, war ich entschlossen, nach Varnal zurückzukehren, um meine Shizala wiederzusehen. Des weiteren mußten wir herausfinden, was der Bradhi Carnak – Shizalas und Darnads Vater – von dieser Angelegenheit wußte und was er vorhatte.

Die große Schlacht, die in Varnal zwischen den Karnala und den Argzoon ausgefochten worden war, hatte die Karnala-Streitmacht stark ausgeblutet und geschwächt. Ich glaubte nicht, daß sie eine Chance hatten, einen Krieg gegen das stärkere Mishim Tep zu gewinnen.

Und, so dachte ich, sie wären gewiß auch nicht mit dem Herzen bei der Sache, denn während die Bewohner von Mishim Tep davon überzeugt waren, daß Horguhl die Wahrheit sprach, wußten die Karnala es besser und mußten der Verirrung ihrer Freunde mehr als Mitgefühl entgegenbringen.

Wir würden selbst bei Höchstgeschwindigkeit einige Zeit brauchen, um Varnal zu erreichen, aber zumindest war Darnad in der Lage, mich zu leiten.

Während wir auf die Stadt der Grünen Nebel zuflogen, erzählte mir Darnad, was ihm widerfahren war, seit wir uns in den Höhlen der Argzoon getrennt hatten.

Sie werden sich erinnern, daß Darnad und ich beschlossen hatten, daß einer von uns in den Süden zurückkehren sollte, um Hilfe für Shizalas Rettung zu holen, die als Horguhls Gefangene in den Höhlen von Argzoon gefangen saß, für den Fall, daß meine Bemühungen fehlschlagen sollten.

Er war so schnell wie möglich die Hunderte von Kilometern geritten, die wir zurückgelegt hatten. Aber bald darauf hatte sein Reittier zu lahmen begonnen, und er hatte sich ohne Dahara in den von Heelas wimmelnden Wäldern wiedergefunden.

Irgendwie hatte er die Heelas, die ihn angegriffen hatten, abwehren können, aber bald hatte er die Orientierung verloren und war in ein Dorf von Primitiven gestolpert, die ihn gefangennahmen – mit der Absicht, ihn zu fressen.

Er hatte fliehen können, indem er sich aus der Hütte gegraben hatte, wo man ihn gefangenhielt, und war einige Zeit ohne Waffen und halb verhungert umhergewandert, ehe er auf eine Gruppe von Nomadenhirten stieß, die ihm halfen.

Es folgten viele weitere Abenteuer, und schließlich wurde er von Räubern versklavt, die ihn an die Vertreter des Bradhis eines kleinen Volkes verkauften, dem es im Süden irgendwie gelungen war zu überleben, obwohl es seiner Entwicklung nach den meisten südlichen Nationen weit unterlegen war.

Er hatte die erste Gelegenheit zur Flucht aus der Arbeitskolonne genutzt und sich auf den Weg nach Mishim Tep gemacht, das die nächste befreundete Nation war – zumindest hatte er sie dafür gehalten.

Als er Mishim Tep erreicht und den Bewohnern einer kleinen Siedlung an der Grenze erzählt hatte, wer er war, jagten sie ihn davon. Er hatte nicht glauben können, was geschehen war, und gedacht, es müsse sich um einen Irrtum handeln.

Und bald war er von denen, die er für die sichersten Verbündeten seines Volkes hielt, gejagt worden. Wochenlang war er den Gardisten, die ihn suchten, entwischt, doch schließlich hatte man ihn in die Enge getrieben. Er hatte tapfer gekämpft, war aber schließlich gefangengenommen worden.

Die Gardisten hatten ihn nach Mih-Sa-Voh gebracht, wo ich ihn nun wiedergetroffen hatte.

Diese Geschichte konnte durchaus mit der meinen Schritt halten – die ich ihm auf seinen Wunsch hin erzählte.

Bald flogen wir über die weite Ebene, die ich sogleich an ihren seltsamen, karmesinroten Farnen erkannte, welche wie ein endloser Ozean im Wind wogten: die Karmesinebene.

Ich genoß den Anblick, denn er bedeutete, daß wir uns ganz in der Nähe der Rufenden Berge befanden, in denen Varnal, die Stadt der Grünen Nebel, das Heim des Bradhi von Karnala und Shizala, meiner Verlobten, lag.

Wir erreichten die Rufenden Berge am nächsten Morgen, und es dauerte nicht lange, bis wir das Tal erreichten, in dem sich Varnal ausbreitete.

Mein Herz tat einen Freudensprung, als ich die hohen, weißen Gebäude von Varnal erblickte. Hier und dort sah ich einige Häuser aus dem merkwürdigen blauen Marmor, der in den Bergen abgebaut wird. Goldene Spuren maserten ihn und ließen die Bauwerke in der Sonne glitzern. Wimpel flatterten auf den Türmen. Es war eine schlichtere Stadt als die Juwelenstadt Mih-Sa-Voh, und auch nicht so groß, doch für mich war sie unendlich schöner – und ein unendlich willkommenerer Anblick!

Wir landeten auf dem Platz der Stadt. Sogleich stürmten Wachen heran, bereit, uns wie Feinde entgegenzutreten.

Der Bradhi Carnak eilte die Stufen des Palastes hinab. Shizala folgte ihm.

Shizala!

Sie blickte hoch und sah mich. Unsere Blicke begegneten einander und verschmolzen. Wir standen da, Freudentränen stiegen uns in die Augen, dann stürzte ich aus der Kabine und lief auf sie zu, um sie in die Arme zu nehmen.

»Was ist geschehen?« fragte sie. »O Michael Kane, was ist geschehen? Ich wußte nicht, was ich gauben sollte, als du in der Nacht vor unserer Verlobungsfeier verschwandest. Ich wußte, daß du mich nicht aus freien Stücken verlassen würdest. Was ist passiert?«

»Ich werde es dir bald erzählen«, versprach ich. »Aber zuerst müssen andere Dinge besprochen werden.« Ich wandte mich an den Bradhi. »Wußtest du, daß Mishim Tep plant, auf Varnal zu marschieren?«

Er nickte düster und sorgenvoll. »Die Kriegserklärung kam gestern per Kurier«, sagte er. »Ich kann mir nicht erklären, wie Bolig Fas Ogdai an derartige Entstellungen der Wahrheit glauben kann. Er beschuldigt mich und die meinen – und auch dich, Michael Kane – der scheußlichsten Verbrechen, die unsere Gesellschaft kennt. Wir waren über viele Jahre Freunde, so wie unsere Väter und Vorväter. Wie ist so etwas nur möglich?«

»Auch das kann ich erklären«, sagte ich. »Aber laßt uns nun versuchen, diese Probleme zu vergessen – wir sind wieder vereint!«

»Ja«, stimmte er mir zu und lächelte zaghaft, »es ist *wirklich* ein Freudentag. Euch beide zurückkehren zu sehen ist mehr, als ich zu hoffen wagte. Kommt, kommt, wir werden zusammen essen, reden und alles erklären.«

Hand in Hand folgten Shizala und ich ihrem Bruder und ihrem Vater in den Palast.

Bald war das Mahl zubereitet, und ich erzählte als erster. Ich berichtete ihnen von meiner Rückkehr zur Erde, von meiner Rückreise zum Mars und meinen Abenteuern im Norden. Dann sprach Darnad von seinen Abenteuern, und wir erörterten, was seither in Varnal geschehen war.

Trotz der finster dräuenden Wolke des bevorstehenden Krieges, die ständig präsent war, konnten wir unsere Freude, wieder beisammenzusein, nicht verbergen, und die Gespräche dauerten bis tief in die Nacht. Der nächste

Tag würde zwei Dinge bringen: die Verlobung von Shizala und mir, die notwendig war, ehe eine Eheschließung stattfinden konnte – und das Entwickeln von Kriegsstrategien . . .

14. Kapitel

EINE UNERFREULICHE ENTSCHEIDUNG

»Demnach hat Horguhl Bolig Fas Ogdai ebenso getäuscht, wie sie seinen Sohn getäuscht hat«, sagte Carnak am nächsten Morgen.

»Sie hat ihn völlig in ihrer Gewalt«, erklärte Darnad.

Wir frühstückten gemeinsam, was ein seltener Brauch auf dem Mars ist, aber wir hatten wenig Zeit zu vergeuden.

»Es muß eine Möglichkeit geben, den Bradhi zu überzeugen, daß sie lügt«, sagte Shizala.

»Du hast ihn nicht gesehen«, sagte ich. »Wir haben versucht, ihn zu überzeugen, aber er wußte ja kaum, was er sagte – er verhielt sich wie ein Träumender. Dieser Konflikt war ihr Werk – nicht das Bolig Fas Ogdais.«

»Es bleibt die Frage«, meinte Darnad, »wie wir diesen Krieg abwenden können. Ich hege nicht den Wunsch, das Blut meiner Freunde zu vergießen. Und ich will auch nicht die Zerstörung von Varnal erleben, denn sie würden zweifellos gewinnen.«

»Ich sehe nur eine Möglichkeit.« Ich sprach behutsam. »Es ist eine unerfreuliche Lösung – aber es scheint kein Weg daran vorbeizuführen. Wenn alles andere fehlschlägt, muß jemand Horguhl töten. Mit ihrem Tod wäre auch ihre Macht über den Bradhi und seine Untertanen zu Ende.«

»Eine Frau töten?« Darnad war schockiert.

»Mir gefällt die Vorstellung ebensowenig wie dir«, sagte ich.

»Du hast recht, Michael Kane.« Carnak nickte. »Es ist wohl unsere einzige Chance. Aber wer würde eine solch abscheuliche Aufgabe übernehmen?«

»Da ich zu diesem Schluß gekommen bin, werde auch ich die Last auf mich nehmen müssen«, murmelte ich.

»Laß es uns später aushandeln«, meinte der Bradhi hastig. »Nun ist fast die Zeit für die Verlobungsfeier im Thronsaal gekommen. Du und Shizala, ihr müßt euch vorbereiten.«

Ich kehrte in mein und Shizala in ihr Zimmer zurück. Dort fand ich verschiedenen Zierat und Kleidungsstücke ausgebreitet. Nach kurzer Zeit kam Darnad und erklärte mir, wie ich es tragen mußte.

Da war ein Harnisch aus fein getriebenen Gold- und Silbergliedern, mit Edelsteinen besetzt, ein ebenfalls juwelenfunkelndes Schwert und ein dazu passender Dolch.

Daneben lag ein dicker, dunkelblauer, in kräftigem Scharlachrot abgesetzter Umhang. Er war mit zarten Stickereien aus gelbem und grünem Garn geschmückt, das symbolhafte Szenen aus der Geschichte der Karnala darstellte.

Und da war auch ein Paar Sandalen aus weichem, glänzendem schwarzen Leder, die mit Riemen bis unters Knie gebunden wurden.

Bald hatte ich alles angelegt, und Darnad trat zurück, um mich zu begutachten.

»Du siehst gut aus«, sagte er. »Ich bin stolz, dich als Bruder zu bekommen.«

Begriffe wie ›Schwager‹ gibt es im marsianischen Wortschatz nicht. Wenn man in eine Familie einheiratet, erwirbt man automatisch die gleiche Stellung wie die Blutsverwandten. Ich würde Carnaks Sohn und Darnads Bruder sein – und ihre Brüder und Vettern würden die

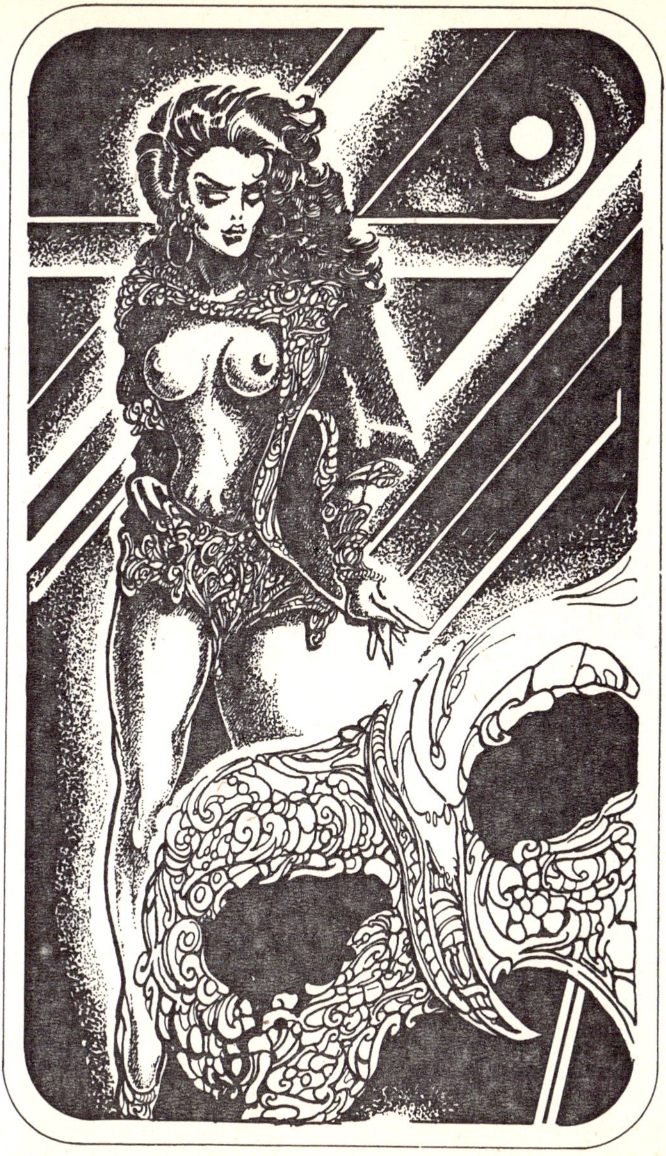

meinen werden. Es kam mir merkwürdig vor, daß Shizala aufgrund dieser Logik nicht nur meine Frau, sondern auch zu meiner Schwester und meiner Nichte werden würde. Aber so war der Brauch auf dem Mars, und ich wollte ihn akzeptieren.

Darnad geleitete mich zum Thronsaal, wo uns ein paar auserwählte Höflinge erwarteten. Der Thronsaal ähnelte dem der Juwelenstadt, auch wenn er schlichter und weniger prunkvoll war. Auf dem Podium stand Bradhi Carnak in prächtigen Gewändern aus schwarzem Pelz und mit einem Stirnreif.

Wie die meisten wichtigen Bräuche auf dem südlichen Mars war die Zeremonie kurz und eindrucksvoll.

Carnak verkündete, daß wir verheiratet werden sollten, und wir bestätigten, daß dies unser Wunsch und nicht der eines dritten sei. Dann fragte er, ob irgendwelche Einwände gegen diese Heirat bestünden. Es gab keine.

Carnak schloß: »Dann soll es sein, daß meine Tochter Shizala, die Bradhinaka, und mein Sohn Michael Kane von Negalu nach Ablauf von weiteren zehn Tagen vermählt werden, wenn dies ihr Wunsch ist.«

Und so war ich dem wundervollen Mädchen anverlobt.

Wir konnten nichts anderes tun, als uns auf das Schlimmste vorzubereiten. Von einem Balkon am Turm des Palastes schauten wir hinab auf den Platz, wo unsere kläglich zusammengeschrumpfte Armee Aufstellung nahm.

Ich hatte die zeremoniellen Gewänder abgelegt und trug nun den schlichten Harnisch eines Kriegers. Dazu ein zweckdienliches Schwert und eine der etwas ungenauen, luftdruckbetriebenen Pistolen der Karnala. Über die Schultern geschlungen trug ich einen Umhang aus dunkelgrünem Tuch.

Ich sollte vielleicht erwähnen, daß ich anfing, mir das Haar nach der Mode des südlichen Mars wachsen zu lassen. Auch wenn man diesen Brauch in unserer Gesellschaft in gewissem Maß ablehnt, auf dem Mars fällt man mit kurzem Haar auf und wird häufig angesprochen. Um mich also weitgehend wie meine Gastgeber zu verhalten – die beileibe niemand unmännlich nennen konnte –, ließ ich mein Haar wachsen. Ich hielt es mir mit einem einfachen Metallreif aus den Augen. Er war aus Gold und stellte ein Verlobungsgeschenk Shizalas dar. Nun hatte ich den Arm um sie gelegt, und wir schauten hinab auf den Platz.

Darnad befand sich als oberster Pukan-Nara unten auf dem Hof; Carnak stand bei uns auf dem Balkon.

»Konntest du eine Einschätzung der Streitkräfte Mishim Teps vornehmen?« wollte Carnak wissen.

»Durchaus«, erwiderte ich. »Zumindest in gewissem Umfang. Sie sind euch mindestens fünf- bis sechsfach überlegen!«

»Unser stärkster Verbündeter – nun auf der Gegenseite! Es wird die Zerstörung des Südens, so wie wir ihn kennen, bedeuten«, meinte Shizala sorgenvoll. »Jahrhunderte wurde das Gleichgewicht der Macht durch die – wie wir sagen – ›wohlwollenden Nationen‹ erhalten, deren führende Mitglieder Mishim Tep und Karnala waren. Dieser Krieg wird uns in solchem Ausmaß schwächen, daß der Süden zur leichten Beute für Feinde aller Art werden wird.«

»Zweifellos geht Horguhls Hoffnung genau in diese Richtung«, betonte ich. »In der Anarchie, die diesem Krieg folgen muß – und ihr kann es gleichgültig sein, wer ihn gewinnt –, wird sie die Macht erringen, auf die sie aus ist. Ihr Versuch, uns mit Hilfe der Argzoon zu zerschmettern, schlug fehl – nun versucht sie es auf diese Weise. Sie gibt nicht leicht auf.«

»Sie ist eine merkwürdige Frau«, meinte Shizala. »Ich habe viel Zeit in ihrer Gesellschaft zugebracht – zwangsläufig natürlich, als ihre Gefangene. Manchmal wirkt sie völlig unschuldig und naiv, dann wieder ist sie ein echtes Ungeheuer! Und diese unheimliche Kraft in ihr, diese Fähigkeit, andere nach ihrem Willen handeln zu lassen ... es ist einfach unmenschlich.«

»Unmenschlich ist es nicht«, erklärte ich. »Viele Menschen haben ähnliche Kräfte, wenn sie auch nicht so hoch entwickelt sind. Die Art und Weise, wie sie sie einsetzt, ist so pervers.«

»Sie scheint allen südlichen Völkern ein Verbrechen anzulasten, das man an ihr begangen hat«, sagte Shizala. »Warum tut sie das?«

»Wer kann schon die Motive eines kranken Hirns erklären?« sagte ich. »Sie ist wahnsinnig – und wenn Wahnsinn sich mit Logik leicht erklären ließe, gäbe es ihn vielleicht nicht mal.«

»Dein Plan«, meinte Shizala mit leichtem Schaudern. »Dein Plan, sie umzubringen. Wie willst du es machen?«

»Ich finde das Ganze so abscheulich«, sagte ich, »daß ich nicht viel darüber nachgedacht habe. Erst müssen wir warten, bis der Großteil der Armee von Mishim Tep sich auf dem Marsch befindet. Ich glaube nicht, daß Horguhl ihr Leben aufs Spiel setzt, indem sie mit dem Heer reitet. Sie wird sich im Hintergrund halten. Ich würde sie ... natürlich nur töten, wenn kein anderer Ausweg bleibt, das heißt, wenn ich keine andere Möglichkeit finde, den Bradhi zu überzeugen, daß sie lügt. Es wäre besser, wenn ich sie dazu zwingen könnte zuzugeben, daß sie nicht die Wahrheit gesagt hat!«

»Und wenn die Armee sich auf dem Marsch befindet – was dann?«

»Ich werde mich heimlich nach Mishim Tep schleichen.«

»Wie?«

»Ich werde den größten Teil der Strecke per Luftschiff zurücklegen. Dann werde ich meine Hautfarbe der der Leute von Mishem Tep anpassen und als Söldner die Stadt betreten. Ich glaube, es gibt Söldnergruppen, die in Mishim Tep Anstellung suchen.«

»Das sind die Jelusa, Vettern des Volkes von Mishim Tep.«

»Dann werde ich zum Jelusa.«

»Und dann?«

»Bitte ich Horguhl um ein Gespräch unter vier Augen. Unter dem Vorwand, ihr Geheimnisse offenbaren zu wollen . . .«

»Sie wird dich erkennen!«

»Ist es nicht Brauch der Jelusa-Söldner, eine Maske zu tragen, damit niemand weiß, wer sich als Söldner verdingt?«

»Genau.«

»Dann werde ich eine solche Maske tragen.«

»Und wenn . . . falls dein Versuch gelingt . . . du allein mit ihr bist?«

»Werde ich versuchen, sie zu entführen, und sie zwingen, ein schriftliches Geständnis abzulegen. Dann werde ich sie einsperren und dem Bradhi von Mishim Tep das Geständnis vorlegen. Wenn er die Wahrheit dann immer noch nicht erkennen will, zeige ich das Schriftstück seinen Adligen. Ich bin sicher, sie werden verstehen, da sie ja nicht unter ihrem Zauber stehen . . .« Meine Stimme versagte, als ich Shizalas Miene sah.

»Es ist ein gewagter Plan«, sagte sie, »der fast zum Scheitern verurteilt ist, Liebster.«

»Es ist der einzige Plan, der mir in den Sinn gekommen ist«, sagte ich, »der einzige mit der geringsten Aussicht auf Erfolg.«

Sie zog die Stirn kraus. »Ich erinnere mich, daß mir Telem Fas Ogdai einst von einem fast vergessenen Gegenstand erzählte, der in der Schatzkammer von Mih-Sa-Voh liegt. Es ist ein Schild mit polierter Oberfläche, der jeden versteinert, der hineinschaut.«

Die Sage interessierte mich, denn sie schien Ähnlichkeit mit unserem Mythos von Perseus und den Gorgonen aufzuweisen – und vielleicht war dies sogar der Ursprung unserer Sage, denn unsere Rasse stammt von den Marsianern ab. »Sprich weiter«, bat ich meine Verlobte.

»Nun, dieser Schild hat noch eine andere Eigenschaft. Jeder, der hineinschaut, ist gezwungen, die Wahrheit zu sagen. Es hat etwas mit dem mesmerisierenden Einfluß der Oberfläche zu tun. Ich kenne die wissenschaftliche Erklärung nicht, vermutlich wurde er von den Sheev oder Yaksha konstruiert, und deren Wissenschaften sind meinen Kenntnissen weit voraus.«

»Und den meinen ebenfalls«, fügte ich hinzu.

»Ich nehme an, es ist nur ein Märchen, eine amüsante Geschichte, die Telem Fas Ogdai zum Zeitvertreib erzählte.«

»Es klingt unwahrscheinlich«, gab ich zu und wandte mich dann von dem Gedanken ab. Ich konnte meine Zeit nicht mit Spekulationen vergeuden.

Shizala seufzte.

»Sollen wir denn niemals in Frieden leben, Michael Kane?« fragte sie. »Hat eine fremde Macht beschlossen, daß eine so große Liebe wie die unsere nicht in Ruhe genossen werden darf? Warum werden wir nur ständig auseinandergerissen?«

»Wenn es mir gelingt, haben wir vielleicht das Glück, viele Jahre gemeinsam in Frieden zu leben«, sagte ich tröstend.

Wieder seufzte sie und sah mir in die Augen. »Hältst du es für sehr wahrscheinlich?«

»Zumindest ist es die Mühe wert«, antwortete ich schlicht.

Am nächsten Tag stand ich wieder auf dem Balkon.

»Die Armee von Mishem Tep müßte nun auf dem Vormarsch sein«, sagte sie, »und sich Karnala nähern. Es wird viele Tage dauern, ehe sie hier anlangt.«

»Das läßt mir um so mehr Zeit zur Ausführung meines Plans«, antwortete ich. Ich wußte, daß sie darauf anspielte, wieviel Tage wir noch zusammen verbringen konnten, aber ich konnte mir nicht leisten, daß irgend etwas schiefging – ich mußte mir soviel zeitlichen Spielraum wie möglich verschaffen.

»Vermutlich«, antwortete sie.

Darauf küßte ich sie und drückte sie fest an mich.

Als wir später wieder auf den Platz hinabschauten, sah ich zu, wie unsere winzige Streitmacht, die erst vor kurzem die weit überlegene Armee der Argzoon abgewehrt hatte, ihre Vorbereitungen traf.

Wir hatten beschlossen, den Kriegern von Mishim Tep lieber auf dem Schlachtfeld gegenüberzutreten, als abzuwarten, bis sie die Stadt belagerten. Wenn möglich, sollte die Stadt mit den Frauen und Kindern verschont bleiben. Die Armee von Mishim Tep bestand nicht aus Barbaren, und wenn sie die Armee von Karnala erst einmal geschlagen hatte, würde sie keine weiteren Repressalien für irgendwelche vermuteten Kränkungen und Hinterhältigkeiten ausüben, die sie angeblich von uns erlitten hatten.

Als ich sah, daß das Heer sich bereitmachte, beschloß ich, keine weitere Zeit mehr zu vergeuden und noch an diesem Abend in Richtung Juwelenstadt aufzubrechen.

Ich entbot Carnak und Darnad meinen Abschied und sagte Shizala Lebewohl.

Ich verabschiedete mich auch wortlos von der lieblichen Stadt, als die untergehende Sonne ihren Marmor blutrot färbte.

Dann war die kurze Zeit des Friedens vorüber, und ich schlug den Kurs nach Mih-Sa-Voh ein.

15. Kapitel

MÖRDERMASKE

Ich stand an den Toren der Juwelenstadt und antwortete auf die Fragen der Wache.

»Was willst du hier? Weißt du nicht, daß Mishim Tep sich im Kriegszustand befindet?«

»Gerade deshalb komme ich ja, mein Freund. Siehst du nicht, daß ich ein Jelusa bin?«

Mit der dünnen Maske aus Filigransilber, die mein ganzes Gesicht bedeckte, dem blutroten Umhang und dem in der Scheide getragenen Schwert (was auf dem Mars ein seltener Brauch ist) sah ich wirklich wie ein Jelusa-Söldner aus. Zumindest glaubte ich dies. Jetzt, wo der Wachposten mich sorgsam musterte, war ich mir nicht mehr so ganz sicher.

Dann gab er sich zufrieden.

»Du kannst eintreten«, sagte er. Nach einem kurzen Augenblick der Verzögerung schwenkten die Tore zurück, und ich ging munter hinein, mein Bündel geschultert.

Der Wachtposten kam von der Mauer herunter und trat mir entgegen.

»Du hast kein Dahara«, stellte er fest. »Wie kommt das?«

»Es fing unterwegs an zu lahmen.«

Er akzeptierte die Antwort und deutete in der Abenddämmerung die Straße hinauf.

»Die übrigen findest du im Haus zum Blauen Dolch«, erklärte er.

»Die übrigen? Die übrigen von wem?«

»Nun, deine übrigen Gefährten natürlich. Gehörst du denn nicht zu dieser Truppe?«

Ich wagte nicht, es abzuleugnen, also ging ich ziemlich aufgeregt zum Blauen Dolch hinüber, einem Gästehaus oder einer Taverne, und trat ein. Drinnen saßen mehrere Jelusa-Söldner mit Bronze-, Silber- oder Goldmasken. Einige davon waren zu merkwürdigen Gesichtszügen geformt, andere mit winzigen Edelsteinen besetzt.

Da mich niemand erkannte, erkannte ich sie auch nicht.

Ich fragte den Wirt, ob er ein Zimmer habe, aber er zuckte nur die Achseln. »Deine Kollegen haben schon alles belegt. Würdest du ein Zimmer mit jemandem teilen?«

Ich schüttelte den Kopf. »Keinesfalls. Ich werde mir einen anderen Gasthof suchen. Kannst du mir einen empfehlen?«

»Du könntest es im Hängenden Argzoon, eine Straße weiter, versuchen.«

Ich bedankte mich und ging. Nun war es sehr dunkel, und es fiel mir recht schwer, meinen Weg durch die Straßen zu finden. Straßenbeleuchtung schien es hier nicht zu geben, nicht einmal in dieser zivilisiertesten aller marsianischen Städte.

Ich verirrte mich und fand die Taverne mit dem etwas blutrünstigen Namen nicht. Als ich nach einem anderen Gasthaus suchte, entwickelte sich in mir allmählich das Gefühl, daß ich verfolgt wurde.

Ich wandte den Kopf halb zur Seite, um aus dem Augenwinkel sehen zu können, ob sich jemand hinter mir befand, aber die Maske versperrte mir die Sicht, und ich wagte nicht, sie abzunehmen.

Ich ging weiter und bog in eine kleine Seitenstraße ein.

Es war kaum mehr als eine Gasse. Ich drückte mich in eine Türnische.

Und natürlich huschte eine Gestalt recht eilig an mir vorüber. Ich trat aus meinem Versteck und zog das Schwert.

»Ist es etwa höflich, mein Freund«, fragte ich, »einen Menschen auf diese Weise zu verfolgen?«

Er drehte sich mit einem Keuchen um und griff nach seinem Schild.

Im Mondenschein funkelte etwas, und mir wurde klar, daß er eine Jelusa-Maske trug.

»Was soll das?« fragte ich so munter wie möglich. »Willst du einen Kameraden berauben?«

Die Stimme, die aus der Maske ertönte, klang kühl. Der Mann machte sich nicht die Mühe, sein Schwert zu ziehen.

»Es widerspricht dem Jelusa-Kodex, dergleichen zu tun«, erklärte er.

»Was willst du also von mir?«

»Einen Blick unter deine Maske werfen, Freund.«

»Auch das widerspricht dem Kodex«, betonte ich.

»Ich weiß nicht, wie dein Kodex lautet, mein *Freund*, aber ich kenne den der Jelusa ziemlich gut. Und du?«

Offenbar hatte ich einen Fehler begangen, und dieser Mann hatte ihn bemerkt. Vielleicht gab es ein geheimes Zeichen, das die Jelusa untereinander austauschten, wenn sie vorgaben, sie würden sich nicht kennen.

Es sah so aus, als würde ich diesen Mann töten müssen, wenn er mich drängte, die Maske abzunehmen. Es stand zuviel auf dem Spiel, als daß ich es hätte riskieren können, entlarvt zu werden. Zudem hätte er damit den ganzen Plan vereitelt.

»Zieh!« befahl ich finster.

Er lachte.

»Zieh!«

»Also hatte ich doch recht«, stellte er fest. »Du hast dich als Jelusa verkleidet.«

»Genau. Nun zieh dein Schwert!«

»Warum sollte ich?«

»Weil«, so erklärte ich, »ich nicht zulassen kann, daß du mein Geheimnis verrätst – ich muß dich zum Schweigen bringen.«

»Habe ich denn gesagt, daß ich weitererzählen werde, was ich weiß?«

»Du bist ein Jelusa. Du weißt, daß ich keiner bin, daß ich mich nur verkleidet habe.«

Wieder lachte er. »Aber die Jelusa fühlen sich vielleicht geschmeichelt, daß du einer von ihnen sein möchtest. Es steht nicht in unserem Kodex, daß wir jemanden verraten oder töten müssen, wenn er sich als einer der unseren ausgibt.«

»Warum hast du mich dann verfolgt?«

»Neugier. Ich dachte, du wärst ein Dieb. Bist du es?«

»Nein.«

»Schade. Weißt du – aber das dürfte dir bekannt sein –, die Jelusa-Zunft der Maskenträger ist nicht nur eine Zunft von Söldnern und Mördern, sondern auch von Dieben. Und mir kam der Gedanke, mein Freund, daß du dich vielleicht in der gleichen Absicht hier befindest wie ich.«

»Und welche wäre das?«

»Die Schatzkammern des Palastes auszurauben. Schließlich sind zur Zeit so wenige Wachen da, daß es eine ideale Gelegenheit ist. Angeblich sollen sie völlig einbruchsicher sein, weißt du.«

»Ich bin kein Dieb.«

»Warum steckst du dich dann hinter einer Jelusa-Maske?«

»Das ist meine Sache.«

»Du bist ein Spion für die Karnala.«

Da ich kein Spion war, schüttelte ich den Kopf.

»Das ist ja äußerst mysteriös«, stellte der Jelusa in seinem spöttischen Tonfall fest.

Dann kam mir plötzlich ein Gedanke. »Wie willst du dich in den Palast einschleichen?« fragte ich.

»Aha, du verfolgst also doch das gleiche Ziel wie ich!«

»Ich sagte doch schon, ich bin kein Dieb – aber ich käme gern in den Palast, ohne den Wachen zu begegnen.«

»Und was hast du dann vor? Einen Mord?«

Mich schauderte. Lügen hatten keinen Zweck – als allerletzte Möglichkeit war ich bereit, Horguhl zu töten, wenn ich damit die beiden großen Völker davon abhalten könnte, einander auszulöschen.

»Das ist es also«, murmelte der Jelusa.

»Es ist nicht so, wie du denkst. Ich bin kein gedungener Mörder.«

»Ein Idealist! Bei den beiden Monden, entschuldige – aber dann nichts wie weg! Ein Idealist!« Der Jelusa machte eine spöttische Verbeugung und tat, als wolle er an mir vorbeihuschen.

»Ein Realist«, sagte ich. »Ich bin hier, um den Versuch zu wagen, den bevorstehenden Krieg zu verhindern.«

»Also doch ein Idealist. Kriege kommen und gehen – warum sollte man versuchen, sie aufzuhalten?«

»Das kann man wohl kaum als objektive Meinung bezeichnen, wenn es aus dem Munde eines Mannes kommt, der mit Kriegen seinen Lebensunterhalt verdient«, sagte ich. »Aber ich bin es jetzt leid. Schwörst du, über mich zu schweigen, oder willst du das Schwert ziehen?«

»Unter diesen Umständen werde ich Schweigen bewahren«, sagte der maskierte Mann, dessen goldene, juwelenbesetzte Maske plötzlich blitzte, als ein Mondstrahl auf sie fiel. »Aber ich habe einen Vorschlag. Ich verspreche, daß ich nicht mehr bohren werde, warum du dich in den Palast einschleichen willst – und ich denke, mein Vorschlag könnte zu unserer beider Vorteil sein.«

»Und wie lautet er?«

»Daß wir uns gegenseitig helfen, Zugang zum Palast zu erhalten. Dann geht ein jeder seiner Wege: du zu dem ... äh, Opfer ... und ich zur Schatzkammer.«

Es stimmte schon, daß ich einen Verbündeten gebrauchen konnte, aber ob dieser zynische Dieb der Partner war, den ich mir selbst ausgesucht hätte, wußte ich nicht.

Ich dachte über seinen Vorschlag nach.

Dann nickte ich. »Nun gut«, sagte ich. »Da du offensichtlich in diesen Dingen mehr Erfahrung hast als ich, will ich so verfahren, wie du sagst. Wie stellst du es dir vor?«

»Zurück zum Blauen Dolch«, sagte er, »und in die verschwiegenen vier Wände meines Zimmers. Ein bißchen Wein, ein bißchen Schlaf ... und eine kleine Unterhaltung.«

Etwas widerwillig folgte ich ihm durch das Labyrinth der Straßen. Ich bewunderte dabei seinen Orientierungssinn. Vielleicht würde mir dieser Dieb von Jelusa letzten Endes noch mehr als nützlich sein.

Der Dieb nahm seine Maske nicht ab, als wir in seinem Zimmer angelangt waren, ich die meine dagegen wohl. Er neigte den Kopf zur Seite. Seine Maske stellte ein merkwürdiges Vogelgesicht dar und verlieh ihm ein grotesk-komisches Aussehen.

»Mein Zunftname lautet Toxo«, sagte er.

»Mein Name ...« Ich zögerte. »Mein Name ist Michael Kane.«

»Ein höchst seltsamer Name. Ja, wie du vermutest hast, habe ich ihn schon gehört.«

»Was hältst du von dem Namen?«

»Ich halte ihn, wie gesagt, für höchst seltsam. Wenn du wissen willst, was ich gehört habe und was ich darüber denke – nun, was ist Wahrheit? Ich sage dir, mein Freund, ich glaube alles und nichts. Ich bin kein gutes Zunftmitglied – andere, die dir das Zeichen gegeben und keine Reaktion erhalten hätten, wären zorniger als ich geworden.«

»Wie ist das Zeichen?«

Ganz beiläufig zeichnete er mit dem Daumen ein kleines Kreuz auf seine Maske.

»Ich habe es nicht gesehen«, gab ich zu.

»Das Zeichen ist notwendig, wenn alle Masken tragen«, erklärte er. »Auch das hätte ich dir nicht verraten dürfen. Schon viele haben versucht, sich als Jelusa auszugeben. Es ist hier die beste Tarnung.«

»Hat es sonst noch jemand bemerkt?« fragte ich.

»Ich sagte den anderen, du hättest mir das Zeichen gegeben, bräuchtest aber vielleicht Hilfe, um ein Gasthaus zu finden. Das war meine Ausrede, um dir zu folgen.«

»Du bist mir ja ein ganz schöner Abweichler«, stellte ich fest.

»Ach was. Ich lebe nur, so gut ich kann. Ich glaube nicht an diese verknöcherten Zünfte und dergleichen.«

»Warum trittst du dann nicht aus?«

»Die Maske, mein Freund, der Schutz. Ich will überleben.«

»Bestehen keine Strafen, wenn man die Geheimnisse der Zunft preisgibt?«

»Wir sind heute nachlässiger als früher, nur ein paar Fanatiker halten die alten Traditionen noch hoch. Außerdem rede ich gern. Ich muß ständig reden – so daß ich zwangsläufig auch irgendwann Geheimnisse verrate. Aber was ist schon ein Geheimnis? Was ist Wahrheit?«

Letzteres schien mir eine eher rhetorische Frage zu sein, so daß ich mir nicht die Mühe machte, darauf zu antworten.

»Nun«, meinte Toxo. »Was ist mit dem Palast?«

»Ich kenne nur den Großen Saal«, sagte ich. »Von der Lage der anderen Räume weiß ich wenig.«

Toxo griff unter die Bettdecke und zog eine große Rolle steifes Papier hervor. Er strich es glatt und zeigte es mir. Es handelte sich um einen detaillierten Plan des Palastes – mit allen Fenstern, Eingängen, Zwischenwänden und sonstigem, was sich in den Etagen befand. Es war eine ausgezeichnete Karte.

»Die hat mich meine Festmaske gekostet«, sagte Toxo. »Aber ich habe sie ohnehin nie getragen. Und ich kann mir eine neue anfertigen lassen, wenn ich reich bin.«

Zwar hatte ich meine Zweifel an der moralischen Einschätzung meines Beistandes für einen Dieb, der die königliche Schatzkammer ausrauben wollte, aber ich dachte, daß sämtliche Edelsteine Mishim Teps ein geringer Preis dafür waren, das drohende Blutvergießen zu verhindern.

»Warum ist die Schatzkammer bewacht?« erkundigte ich mich. »Warum, wo man doch Edelsteine von allen Wänden der Stadt pflücken kann und die Bewohner sie wie gewöhnliche Steine behandeln?«

»Es geht mir nicht so sehr um die Juwelen, die ein paar tausend Kilometer nördlich oder östlich von hier einen hervorragenden Preis erzielen würden, sondern um die Handwerkskunst der eingelagerten Objekte«, erklärte Toxo. Er beugte sich vor, und seine Augen blitzten mir aus der Schmuckmaske entgegen.

»Hier ist der beste Weg in den Palast«, sagte er. »Ich wollte ihn nicht nehmen, solange ich auf mich allein gestellt war.«

»Würde denn keiner der anderen Jelusa dir helfen?«

»Nur einer – und der ist ein dummer Stümper. Nein, ich bin gegenwärtig der einzige Dieb hier – bis auf den Mann, den ich erwähnt habe. Alle übrigen sind Kämpfer. Das hättest du jedoch schon an den Masken erkennen müssen.«

»Ich wußte nicht, daß die Masken sich unterscheiden.«

»Aber natürlich!«

»Und was für eine ist meine?«

»Die Maske ist zufälligerweise die eines Mörders«, erklärte Toxo fröhlich.

Ich fühlte, wie mich ein Schauer durchflutete. Ich betete zur Vorsehung, daß ich nicht dazu gezwungen sein würde, eine Frau zu töten, wie schlecht sie auch sein mochte.

16. Kapitel

DAS PERSONIFIZIERTE BÖSE

Es war ruhig in den Straßen der Juwelenstadt, und Toxo und ich duckten uns mit unseren Masken in die Schatten um den Palast.

Die Masken hatten den kleinen Nachteil, daß sie das wenige herrschende Licht reflektierten.

Toxo hatte eine Art Lasso von seiner Taille abgewickelt. Es war ein dünnes Seil, aber sehr stark, wie er mir versicherte. Er deutete schweigend auf das Dach, wo ein Flaggenmast sich kurz hinter dem Rand erhob. Zwei Männer waren vonnöten, da das Seil um den Mast herumgeschlungen werden mußte, so daß beide Enden zur Straße hinabbaumelten.

Einer mußte das Seil halten, während der andere hochkletterte und es festmachte, damit der zweite ihm folgen konnte.

Auf dem Dach ging der Wachtposten vorüber. Hier war nur einer auf Rundgang, und der brauchte zwanzig Minuten. In normalen Zeiten patrouillierten hier drei Wachen.

Toxo schleuderte das Seil fachmännisch hinauf. Es schlängelte sich nach oben, legte sich um den Mast und fiel auf der anderen Seite wieder herab, wo es über den Rand des Daches baumelte. Nun ruckte Toxo an dem Seil, und das kurze Ende, das beschwert worden war, glitt an der Wand herab.

Bald waren beide Enden gleich lang. Ich band mir eins

um die Taille und bildete das Gegengewicht, als Toxo zu klettern begann. Es blieben noch zehn Minuten, bis der Wachtposten wiederkehren würde, aber es war ein langsamer Aufstieg.

Nach einer Zeit, die mir wie ein Jahrhundert vorkam, erreichte Toxo das Dach und band das Seil um den Fahnenmast. Ich machte mich an den Aufstieg. Ich hatte das Gefühl, die Arme müßten mir abfallen, als ich oben anlangte.

Schnell banden wir das Seil los und rannten geduckt in den Schatten einer kleinen Dachkuppel.

Der Wachtposten ging vorüber. Er hatte nichts bemerkt.

Das Dach war zwar flach, wirkte aber uneben und rutschig. Als ich hinabgriff, um es zu befühlen, erkannte ich, daß es mit geschliffenen Edelsteinen besetzt war.

Toxo deutete stumm auf die Kuppel. Auch sie paßte in unseren Plan. Sie bestand aus Glas – aus getöntem Glas in einem weichen Metallrahmen. Geräuschlos mußten wir genügend Glas herausnehmen, um einsteigen zu können.

Vorsichtig fingen wir an, den Rahmen aufzustemmen. Wir bogen ihn zurück, nachdem wir genügend Glas herausgelöst hatten.

Zweimal kam der Wachsoldat vorüber. Zweimal sah er uns nicht. Sein Augenmerk galt der Straße!

Schließlich hatten wir ein so großes Loch geschaffen, daß wir hindurchschlüpfen konnten. Toxo ging voran, baumelte einen Augenblick an den Händen und ließ sich dann nach unten fallen. Ich hörte den weichen Aufprall seiner Landung. Dann quetschte ich mich durch das Loch, schaukelte und ließ mich fallen.

Wir befanden uns auf einer Laufplanke, hoch über einem verdunkelten Raum – vielleicht einem Bankettsaal, denn es handelte sich nicht um den Thronsaal, wo ich Horguhl zum ersten Mal gegenübergetreten war.

Toxo huschte über die schwankende Laufplanke, und erst jetzt begriff ich, daß ich in den Tod gestürzt wäre, hätte ich sie verfehlt.

Nun gelangten wir zur Tür, die von unserer Seite her verriegelt war. Wir schoben den Riegel zurück und betraten einen kleinen Raum, von dem aus Steinstufen hinabführten.

Wir eilten die Treppe hinab, verlangsamten jedoch unsere Schritte, als wir Licht heraufsickern sahen. Die schummrige, bläuliche Strahlung der beinahe ewig haltbaren Lichtkugeln der Sheev. Fast alle südlichen Marsianer besaßen sie.

Wir spähten hinab in einen größeren Raum – allem Anschein nach dem bescheiden eingerichteten Zimmer eines Bediensteten. Auf dem Bett lag ein fettleibiger Mann, der im Schlaf alle viere von sich streckte. Hinter ihm befand sich eine Tür.

Das Herz schlug uns bis zum Halse, als wir an dem schlafenden Diener vorbeischlichen und langsam die Tür aufzogen. Wir schafften es, ohne ihn zu wecken.

Nun gelangten wir weiter unten in ein größeres Zimmer.

Es war besser eingerichtet und schien das Wohnzimmer einer größeren Wohnung zu sein – vielleicht das eines Gefolgsmannes von Adel, der im Palast wohnte. Der Mann, an dem wir uns vorbeigeschlichen hatten, war vermutlich sein Diener gewesen.

Als wir den Fuß auf den Boden des Raumes setzten, ging die Tür auf, und ich sah den Adligen vor mir, der mich im Thronsaal angegriffen hatte!

Mit einem Fluch wandte er sich um – vermutlich um Hilfe herbeizurufen –, aber ich hatte das Zimmer in einem Augenblick durchquert, das Schwert gezogen, die Tür zugeschlagen und ihm den Ausgang versperrt.

»Wer seid ihr? Jelusa, wie? Was habt ihr hier zu suchen?«

Er wirkte zwar leicht erschüttert, aber nicht ängstlich – nur sehr wenige Südmarsianer sind Feiglinge. Er wollte das Schwert ziehen, aber ich legte meine Hand auf die seine und nickte Toxo zu.

Während der Edelmann noch rätselte, was hier vor sich ging (er war vielleicht tapfer, aber alles andere als klug), zog Toxo das Schwert aus der Scheide und schlug ihm mit dem Griff auf den Kopf.

Der Mann fiel lautlos zu Boden, und wir fesselten und knebelten ihn.

Zu Toxos Überraschung hatte ich darauf bestanden, daß es kein Blutvergießen geben durfte. Die Bewohner von Mishim Tep waren zwar von einer boshaften, schlauen Frau irregeleitet und beeinflußt worden, aber sie verdienten nicht den Tod, weil sie an ihre Lügen glaubten.

Als wir die Tür öffneten, befanden wir uns auf einem Treppenabsatz. Mehrere andere Türen zweigten von ihm ab.

Hier beschlossen Toxo und ich, uns zu trennen. Nach der Karte zu urteilen, die er von einem bestechlichen Lakaien gekauft hatte, befanden sich Horguhls Gemächer auf dieser Etage.

Toxo interessierte sich nicht im geringsten für sie – aber um so mehr für die Schatzkammern.

Wortlos gingen wir auseinander. Toxo stieg die Treppe hinab, die von dem Absatz aus nach unten führte, ich schlich weiter zu der Tür, die ich suchte.

Vorsichtig betätigte ich die Klinke. Die Tür leistete keinen Widerstand. Das Zimmer lag in völliger Dunkelheit.

Hatte ich einen Fehler begangen?

Gewöhnlich spüre ich, ob sich noch jemand in einem Zimmer befindet, auch wenn ich ihn nicht sehen kann.

Dieser Raum war leer. Ich schlich zu einer Tür, die aus dem Raum hinausführte, und fand den angrenzenden Raum ebenfalls leer, ebenso wie die gesamte restliche Wohnung.

Ich beschloß, es zu wagen, das Licht einzuschalten.

Ich hatte mich doch wohl nicht getäuscht? Als ich mich umschaute, war ich sicher, daß dies Horguhls Gemächer waren – und doch befand sie sich nicht hier, obgleich es spät in der Nacht war.

War sie etwa doch mit dem Heer geritten?

Ich war sicher, daß sie es nicht getan hatte. Ich will ihr zugestehen, daß sie schon recht mutig war, aber es schien nicht in den Rahmen dessen zu passen, was ich für ihren Plan hielt. Sie würde es vorziehen, ruhig dazusitzen und zuzusehen, wie zwei alte Freunde miteinander kämpften, bis keiner mehr lebte.

Wo also steckte sie?

Im Palast. Dessen war ich mir sicher. Nun war ich gezwungen, sie zu suchen.

Ich verließ ihre Zimmerflucht und trat hinaus auf den Treppenabsatz. Offensichtlich war der Palast weitgehend leer. Alle seine gewöhnlichen Bewohner waren mit der Armee aufgebrochen. Wahrscheinlich befanden sich hier nur ein paar Wachen und Diener – und der Edelmann, mit dem wir zusammengestoßen waren. Man hatte ihn vermutlich zurückgelassen, um sie zu beaufsichtigen.

Ich beschloß, einen Besuch im Thronsaal zu wagen, denn mein Instinkt sagte mir, daß dies ein wahrscheinlicher Aufenthaltsort für Horguhl sein könnte.

Vorsichtig ging ich die Treppen hinab, bis ich im Erdgeschoß anlangte und zur Eingangshalle kam, die ich wiedererkannte.

Ich warf mich schnell in die Dunkelheit zurück, als ich sah, daß ein Gardist vor der Tür zum Thronsaal Wache hielt. Nur eine schwache blaue Birne brannte über ihm an der Decke. Er schien halb eingeschlafen zu sein.

Irgendwie mußte ich seine Aufmerksamkeit ablenken, damit ich den Thronsaal betreten konnte. In meinem Gürtel steckte ein kleines Messer, das ich benutzt hatte, um den weichen Metallrahmen der Dachkuppel aufzustemmen. Ich zog es heraus und warf es fort. Es landete in der Nähe der gegenüberliegenden Treppe auf der anderen Seite der Halle. Der Gardist fuhr bei dem Geräusch zusammen. Er war hellwach und spähte zum Treppenhaus. Langsam ging er darauf zu.

Dies war meine Chance. Schnell rannte ich auf die Tür des Thronsaals zu, wobei meine Füße beinahe lautlos über den glatten Boden huschten. Ich schob die Tür auf, die sich, wie ich von früher wußte, nach innen öffnete, und schloß sie leise hinter mir, sobald ich drinnen stand.

Ich hatte es geschafft.

Und dort auf dem Thron von Mishim Tep saß das personifizierte Böse, diese wilde, dunkelhaarige Frau, die zwar schön, doch in ihrem Denken völlig abartig war. Wie Shizala gesagt hatte: eine teils naive, teils übernatürlich kluge Frau.

Sie nahm mich kaum wahr. Sie hing mit zur Decke gerichtetem Blick auf dem Thron und murmelte etwas vor sich hin.

Ich mußte schnell handeln, damit sie nicht nach der Wache rief. Wenn sie dies tat, hatte ich bestimmt mit mehr als einem Mann zu tun. Ich rannte durch den Saal auf den Thron zu.

Dann senkte sie den Blick und sah mich. Sie konnte mich nicht erkennen, denn ich trug immer noch die Silbermaske. Aber natürlich erschrak sie. Doch ihre Neugier – die einen ausgeprägten Zug von ihr darstellte – hielt sie davon ab, sofort Hilfe zu rufen.

»Wer bist du?« fragte sie. »Du da, in der seltsamen Maske.«

Ich antwortete nicht, sondern trat gemessenen Schrittes auf sie zu.

Ihre großen, naiv-klugen Augen wurden noch größer.

»Was verbirgst du hinter der Maske?« wollte sie wissen. »Bist du so häßlich?«

Ich ging weiter, bis ich vor dem Podium stand.

»Nimm die Maske ab, sonst rufe ich die Wache, und die wird sie dir abnehmen. Wie bist du hier hereingekommen?«

Langsam hob ich die Hand zur Maske.

»Willst du wirklich, daß ich sie abnehme?« fragte ich.

»Ja. Wer bist du?«

Ich riß die Maske herunter. Ihr stockte der Atem. Die verschiedensten Gefühle spiegelten sich auf ihrem Gesicht wider, und eigentümlicherweise war von dem Haß, den sie früher gezeigt hatte, nichts zu sehen.

»Vielleicht deine Nemesis«, sagte ich.

»Michael Kane! Bist du allein hier?«

»Mehr oder weniger«, sagte ich. »Ich bin gekommen, um dich zu entführen!«

»Warum?«

»Was glaubst du?«

Sie schien es tatsächlich nicht zu wissen. Sie legte den Kopf zur Seite, schaute mir ins Gesicht und suchte nach irgendeinem Zeichen – ich wußte nicht für was.

Als ich sie so ansah, fiel es mir schwer zu glauben, daß diese mädchenhafte Person auf dem Thron zu einem Haß fähig sein sollte, der ganze Völker in den Untergang trieb. Sie war schon dafür verantwortlich gewesen, daß die Argzoon die Macht eines halben Dutzends südlicher

Nationen geschwächt und sich in diesem Prozeß selbst völlig aufgerieben hatten. Nun traten Karnala und Mishim Tep gegeneinander zum Krieg an, und sie saß mit unschuldigen Augen da, die mich verblüfft anstarrten.

»Mich entführen ...« Sie schien die Vorstellung fast reizvoll zu finden. »Interessant ...«

»Komm mit!« befahl ich barsch.

Ihre Augen wurden größer, und ich wandte den Blick ab, um sie nicht direkt ansehen zu müssen. Ich kannte ihre hypnotischen Kräfte schon.

»Ich würde trotzdem gern wissen, warum, Michael Kane.«

Ich wußte kaum, was ich sagen sollte. Ich hatte mit vielem gerechnet, aber nicht mit dieser passiven Stimmung. »Damit du bezeugst, daß du den Bradhi in bezug auf seinen Sohn, Shizala und mich belogen hast – und um den Krieg zu verhindern, ehe es zu spät ist.«

»Und was wirst du für mich tun, wenn ich dir diesen Gefallen erweise?« Sie schnurrte nun fast, und ihre Augenlider senkten sich zur Hälfte herab.

»Was meinst du damit? Willst du eine Art Geschäft mit mir machen?«

»Vielleicht.«

»Was für ein Geschäft?«

»Das solltest du doch wissen, Michael Kane. Man könnte fast sagen, daß du der Grund bist, aus dem ich diese Situation heraufbeschworen habe.«

Ich verstand immer noch nicht.

»Was schlägst du vor?« fragte ich. Es wäre eine große Erleichterung, wenn es sonst nichts gab, was sie auf dem Herzen hatte.

»Wenn ich dem Bradhi sage, daß ich gelogen habe, will ich ... *dich*«, erklärte sie und warf mir die Arme entgegen.

Ich war schockiert. Ich konnte nicht antworten.

»Ich werde bald von hier fortgehen«, sagte sie. »Ich habe hier nichts mehr zu tun, es ist alles erledigt. Du könntest mich begleiten – es würde dir dann an nichts fehlen.«

Um Zeit zu schinden, fragte ich: »Wohin würden wir gehen?«

»Nach Westen, dort gibt es Gebiete, die warm, finster und geheimnisvoll sind. Gebiete, wo sich merkwürdige Geheimnisse finden lassen – Geheimnisse, die uns große Macht verleihen, dir und mir. Wir könnten die Welt beherrschen!«

»Du bist ehrgeiziger als ich, fürchte ich«, lautete meine Antwort. »Abgesehen davon habe ich auf dem westlichen Kontinent einige Erfahrungen gemacht und würde nicht freiwillig dorthin zurückkehren.«

»Du bist *dort gewesen!«* Ihre Augen begannen zu leuchten. Sie stand auf, trat von der Empore, blieb dicht vor mir stehen und sah zu mir auf.

Ich wußte immer noch nicht, was ich tun oder sagen sollte. Ich hatte mit einem kreischenden Bündel voller Haß gerechnet – sie aber in einer seltsamen Stimmung vorgefunden. Sie war vielleicht zu schwierig für mich.

»Du bist im Westen gewesen!« fuhr sie fort. »Was hast du gesehen?«

»Dinge, die ich nicht wiedersehen möchte«, antwortete ich. Nun schaute ich ihr unwillkürlich in die Augen. Sie zogen meine ganze Aufmerksamkeit auf sich. Ich spürte, daß mein Herz heftig schlug, und sie drückte ihren Körper an den meinen. Ich konnte mich nicht rühren. Ein wollüstiges Lächeln spielte um ihre Lippen, und sie streichelte verhalten meinen Arm. Ich fühlte mich schwindelig, der Wirklichkeit entrückt, und ihre Stimme klang wie aus weiter Ferne zu mir durch.

»Ich schwöre«, sagte sie, »daß ich mich an meinen Teil des Abkommens halte, wenn du den deinen einhältst. Werde der meine, Michael Kane. Deine Herkunft ist so mysteriös wie die Herkunft der Götter. Vielleicht bist du ein Gott – ein junger Gott. Vielleicht vermagst du *mir* Kraft zu verleihen – und nicht ich dir.«

Ich versank tiefer und tiefer in diese Augen. Es gab nichts anderes mehr. Mein Fleisch fühlt sich wie Wasser an. Ich konnte kaum stehen. Sie streckte die Hand aus und fuhr mir langsam mit den Fingern durchs Haar.

Ich schwankte, taumelte rückwärts, und diese Bewegung half mir, mich von ihrem Bann zu lösen. Mit einem Hauch stieß ich sie von mir und rief:

»Nein!«

Darauf veränderte sich ihre Miene, ihr Gesicht wurde von Haß verzerrt.

»Na schön – dann eben nicht«, sagte sie. »Ich werde es genießen, dich persönlich zu töten, ehe ich aufbreche. Wachen!«

Ein einziger Gardist kam herein.

Ich zog mein Schwert und schalt mich einen Narren. Ich hatte mich von Horguhl betören lassen, wie sie auch den Bradhi betört hatte. Ihre Kräfte waren noch gewachsen, seit ich ihr das letzte Mal begegnet war. Wenn sie noch weiter zunahmen, wußte nur der Himmel, wohin es führen würde. Man mußte sie irgendwie aufhalten – irgendwie!

Der Gardist hieb mit seinem Schwert auf mich ein. Ich parierte mühelos. Ich prahle nicht, wenn ich sage, daß ich ein meisterhafter Schwertkämpfer bin, der jeden gewöhnlichen Palastwächter leicht schlagen kann. Ich hätte ihn schnell erledigen können, aber ich wollte immer noch niemanden töten. Ich wollte ihm das Schwert mit einem Trick entreißen, aber er hielt die Klinge zu fest.

Während ich Zeit bei dem Versuch vergeudete, ihn zu entwaffnen, stürzten weitere Gardisten herein.

Horguhl stand hinter mir, während ich mich gegen sechs Klingen verteidigte – und immer noch einen reinen Abwehrkampf führte, weil ich niemanden umbringen wollte.

Dies war mein Verderben, denn während ich mit den Wachen kämpfte, schlich sich Horguhl von hinten mit einem schweren Gegenstand an mich heran (was es war, werde ich niemals erfahren) und versetzte mir einen schweren Schlag auf den Kopf.

Ich fiel rückwärts zu Boden.

Das letzte, was ich weiß, ist, daß ich mich selbst noch einmal kräftig verfluchte, weil ich ein solcher Narr gewesen war.

Nun schien alles verloren!

17. Kapitel

DER SPIEGEL

Ich wachte in einer feuchtkalten Zelle auf, die offenbar irgendwo unter der Erde lag. Es war eigentlich keine Kerkerzelle – die Bradhis des Südens haben nichts mit den mittelalterlichen Raubrittern auf der Erde gemein –, sondern eher ein alter Lagerraum. Die Tür war jedoch solide, und so sehr ich sie auch zu bewegen versuchte, ich schaffte es nicht. Sie war von außen verriegelt

Man hatte mir meine Waffen weggenommen.

Ich fragte mich, welches Schicksal Horguhl für mich ersonnen hatte. Indem ich ihr Liebesangebot ablehnte, hatte ich ihren Haß gegen mich verdoppelt. Ich schüttelte mich. Da ich wußte, welche Ideen ihr Geist hervorbrachte, gefiel mir die Aussicht, von ihr gefoltert zu werden, gar nicht.

In der Tür war ein kleiner Spalt, durch den ich den Riegel sehen konnte. Hätte ich ein Messer gehabt, hätte ich ihn anheben können, davon war ich überzeugt – aber ich hatte kein Messer.

Ich machte mich daran, die Zelle abzutasten. Hier und dort fanden sich kleine Abfallstücke – offenbar hatte man hier Gemüsekisten gelagert.

Meine Hand berührte eine Holzleiste und fuhr dann witer, bis ich erkannte, was sie bedeuten konnte. Ich hob sie auf und nahm sie mit zur Tür, aber sie war zu dick, um durch den Spalt zu passen.

Das Holz war nicht hart, sondern ziemlich weich. Das

brachte mich auf eine Idee. Vorsichtig fing ich an, mit dem Daumennagel Splitter abzuziehen.

Stück für Stück arbeitete ich an der Leiste, bis ich es geschafft hatte. Dann drehte ich mich wieder der Tür und dem aufreizenden Spalt zu. – Mein Holzstück paßte hindurch.

Ich dankte meinem Schicksal, daß die Zelle nicht gebaut worden war, um etwas Bedeutenderes als ein paar Kisten Gemüse wegzuschließen, machte mich daran, den Riegel nach oben zu schieben, und betete im stillen, daß die dünne Latte nicht brechen würde.

Nach einiger Zeit schaffte ich es schließlich, den Riegel anzuheben.

Er polterte draußen zu Boden. Ich stieß die Tür auf.

Der Korridor lag im Finstern. An seinem Ende befand sich eine weitere Tür. Ich ging arglos darauf zu und sah mich einem Wachsoldaten gegenüber, der gerade von einem Nickerchen erwachte. Offenbar hatte ihn das Geräusch des herabfallenden Riegels auffahren lassen.

Er sprang hoch, aber ich stürzte mich auf ihn. Wir rangen auf der schmutzigen Erde, doch dann konnte ich ihn in den Würgegriff nehmen und ihm den Hals zudrücken, bis er ohnmächtig wurde. Anschließend stand ich auf, packte sein Schwert und seinen Dolch und setzte meinen Weg fort.

Die Gänge hinter dem ersten Korridor bildeten ein ziemliches Labyrinth, aber schließlich verbreiterte sich einer davon zu einem beeindruckenden, hohen, geräumigen Flur, der auf zwei schwere Türen zuführte, die aus massiver Bronze oder einem vergleichbaren Metall zu bestehen schienen.

Vielleicht führen sie zum Treppenaufgang des Palastes, dachte ich hoffnungsvoll.

Ich öffnete die Türen, und mir bot sich einer der merkwürdigsten Anblicke meines Lebens.

Es war die Schatzkammer von Mishim Tep, ein riesiges Gewölbe mit niedriger Decke. Hier waren hochwertige Arbeiten gestapelt – Kunstwerke wäre das zutreffendere Wort. Da waren juwelenbesetzte Schwerter und Becher, Stühle, große Tische und Bilder aus Edelsteinen, die ein eigenes Licht zu verbreiten schienen. Sie waren ausnahmslos verstaubt und willkürlich aufgestapelt. Sorglos hatten die Bradhis von Mishim Tep ihre Schätze im Dunkeln angehäuft und ganz und gar vergessen!

Mit stockte der Atem bei diesem wundervollen Anblick, und ich konnte nichts anders als dastehen und gaffen.

Dann erblickte ich Horguhl. Sie war in irgend etwas vertieft und wandte mir den Rücken zu. Selbst als ich durch die Stapel von Schätzen schritt, bemerkte sie mich nicht. Ich zog meinen Dolch und drehte ihn, um ihr mit dem Heft auf den Kopf zu schlagen.

Dann glitt mein Fuß auf einem Edelsteinmosaik aus, und ich stolperte mit großem Getöse gegen einen der Stapel. Er kippte um, und ich mit ihm.

Aus den Augenwinkeln sah ich, wie Horguhl sich umdrehte und eines der Schwerter packte.

Ich wollte aufstehen, aber ich rutschte erneut aus. Sie hob das Schwert und wollte es mir gerade ins Herz stoßen, als sie plötzlich wie versteinert stehenblieb.

Ihr Mund klappte auf. Sie war nicht gelähmt – nicht so, wie ich nach der Giftinjektion durch die Spinnenmenschen –, aber ihre Muskeln erschlafften, und das Schwert entfiel ihren gefühllosen Fingern.

Ich drehte den Kopf und fragte mich, was sie gesehen hatte, aber hinter mir ertönte plötzlich ein Ruf:

»Keine Bewegung!« Ich erkannte die Stimme. Es war Toxo. Ich gehorchte seinem eindringlichen Befehl.

Kurz darauf ertönte die Stimme erneut. »Steh auf, Michael Kane, aber dreh dich nicht um.«

Ich tat wie geheißen.

Horguhl stand immer noch völlig reglos da.

»Geh zur Seite.«

Ich tat es.

Kurz darauf erblickte ich die Vogelmaske und die strahlenden, kleinen Augen, die durch die Sehschlitze spähten.

»Ich habe die Schatzkammer gefunden.« Toxo klopfte auf einen großen Sack, den er über der Schulter trug. »Aber diese junge Frau hat mich gestört. Offenbar hatte sie ähnliche Absichten.«

»Das also war ihr Plan«, sagte ich. »Sie erzählte mir, wenn ich mit ihr ginge, würde es uns an nichts fehlen. Sie wollte nicht nur Mishim Tep und Karnala in den Untergang treiben, sondern auch mit dem Schatz fliehen. Aber was hast du mit ihr angestellt?«

»Ich? Nichts. Ich wollte dir gerade zu Hilfe kommen, als ich ausrutschte und nach dem nächstbesten Halt griff. Ich erwischte ein Stück Tuch – es muß sehr alt gewesen sein –, das unter meiner Hand zerriß. Ich legte damit eine Art Spiegel frei. Ich wollte mir gerade anschauen, was ich getan hatte, als ich bemerkte, welche Wirkung der Spiegel auf die junge Frau ausübte, so daß ich es für klüger hielt, nicht hineinzuschauen. Dann rief ich dir eine Warnung zu.«

»Der Spiegel!« keuchte ich. »Ich habe von ihm gehört – eine Entwicklung der Sheev. Irgendwie wandelt er das Licht um, so daß derjenige, der hineinblickt, hypnotisiert wird. Und darüber hinaus vermag er den Willen desjenigen auszuschalten, so daß er jede Frage, die man ihm stellt, wahrheitsgemäß beantworten muß.«

Dies gab Toxo Gelegenheit, seine liebste rhetorische Frage zu wiederholen: »Ach, was ist schon Wahrheit?

Glaubst du wirklich, daß der Spiegel zu alldem imstande ist?«

»Versuchen wir es doch!« schlug ich vor. »Horguhl, hast du den Bradhi von Mishim Tep in bezug auf Michael Kane, Shizala und die anderen belogen?«

Die Stimme, die antwortete, klang schwach, aber das Wort war deutlich genug.

»Ja.«

Ich frohlockte. Vor meinem geistigen Auge entstand ein Plan. Mit dem Rücken zum Spiegel, das Gesicht Horguhl zugewandt, banden und knebelten wir das Mädchen. Als Vorsichtsmaßnahme gegen ihre hypnotischen Fähigkeiten verbanden wir Horguhl die Augen. Sobald dies geschehen war, fing sie an, sich zu wehren, aber sie war viel zu fest verschnürt, um sich befreien zu können!

Sicherheitshalber wickelte ich sie noch in meinen Umhang.

»Deinen Umhang werden wir ebenfalls brauchen, Toxo«, sagte ich. Wir machten einen weiten Bogen um die angehäuften Edelsteine, bis wir hinter dem Spiegel standen. Wie alle Schätze von Mishim Tep war auch er vergessen worden. Wie viele Jahrhunderte lang war diese feinsinnige Erfindung hier verstaubt? So, wie sich das vermoderte Tuch anfühlte, sehr, sehr viele.

Wir hängten Toxos Umhang über den Spiegel und schlangen ihn fest darum. Er hatte einen Durchmesser von etwa dreißig Zentimetern und war mit wenigen Edelsteinen verziert. Er war von runder Form, sehr schwer und hatte einen Griff wie ein Schild. Vielleicht hatten die Sheev ihn als Waffe benutzt, aber dies glaubte ich nicht. Wenn er überhaupt im Krieg eingesetzt worden war, dann vermutlich als Instrument, das Gefangenen Informationen entlockte.

Irgendwie schafften wir es, das Mädchen, den Spiegel

und Toxos Beute ungesehen aus der Kammer zu schaffen und uns den Weg zum Dach zu bahnen.

Der Wachsoldat patrouillierte immer noch – wenn es nicht derselbe war, so ähnelte er ihm zumindest stark. Wir schlugen ihn bewußtlos – wir hatten jetzt keine Zeit mehr, vorsichtig vorzugehen – und ließen ihn träumend auf dem Dach zurück, als wir das Seil benutzten, um unsere Bündel auf die Straße hinabzulassen.

Sobald wir unten waren, schlichen wir fort und hielten hin und wieder inne, um auszuruhen.

Ich betete heimlich, daß man uns nicht erwischen würde, nachdem wir es nun so weit geschafft hatten. Es hing alles davon ab, daß wir uns bis zum Luftschiff durchschlagen konnten. Ich erzählte Toxo davon, und er zeigte Interesse.

»Wir werden Reittiere brauchen, um dorthin zu gelangen«, sagte er, als wir am Blauen Dolch ankamen, wo glücklicherweise alles schlief. Wir schafften unsere Erwerbungen in sein Zimmer. Dann ging Toxo eine halbe Stunde fort. Als er zurückkam, strahlten seine Augen vor Freude.

Irgendwo hatte er eine Kutsche gestohlen (und so, wie sie aussah, eine recht schnelle), vor die eine Gruppe von sechs Daharas gespannt war.

Toxo packte Horguhl und mich zusammen mit seiner Beute auf den Hintersitz, schlug eine Decke über uns, zog sich eine Kapuze ins Gesicht und knallte mit der Peitsche, damit die Daharas sich in Bewegung setzten.

Ich erinnere mich nur noch, wie ich bei der unglaublichen Geschwindigkeit umhergestoßen wurde. Ich erinnere mich an einen wütenden Schrei – von der Torwache, wie Toxo mir später sagte –, dann holperten wir über offenes Land.

Es war Morgen, als ich den Kopf unter der Decke hervorstreckte. Irgendwie war ich trotz des Holperns eingeschlafen. Toxo stieß mich an.

»Du mußt mich jetzt führen«, meinte er.

Ich führte ihn bereitwillig zu der Stelle, wo ich das Luftschiff versteckt hatte. Wir zerrten das Gestrüpp auseinander, und da lag es unversehrt. Wir machten uns daran, alles in die Kabine zu laden. Toxo sagte, er wolle am Rand der Karmesinebene abgesetzt werden, in der Nähe von Narlet – einer Stadt, die ich gut kannte; einer Siedlung von Dieben und Gaunern, wo Toxo sich zweifellos heimisch fühlen würde.

Ich war einverstanden, denn es lag auf meinem Weg. Ich hoffte, auf die beiden Heere zu stoßen, ehe sie in Kampfhandlungen verstrickt waren.

Bald waren wir in der Luft, und ich hielt nur einmal an, um Toxo mit seinem Schatz von Bord zu lassen. Ich winkte dem maskierten Dieb dankbar zu und stieg wieder auf.

Das gelegentliche Stöhnen Horguhls konnte mir nur versichern, daß sie noch am Leben war – mehr interessierte mich zu diesem Zeitpunkt nicht.

Würde ich noch rechtzeitig ankommen?

18. Kapitel

ENDLICH DIE WAHRHEIT!

Da waren wir! Ich hätte keinen Augenblick später kommen dürfen!

Die beiden Heere – das große von Mishim Tep und das kleinere von Karnala – standen einander auf der Karmesinebene gegenüber. Es war ein eigentümlicher Ort, um eine Schlacht auszutragen, aber zweifelsohne hatte die Armee von Mishim Tep gar nicht damit gerechnet, auf die Karnala zu stoßen – und die Karnala waren nur marschiert, bis sie den Mishim Tep gegenüberstanden.

Ich sah, daß sie ihre Schlachtenreihen zum ersten Angriff geordnet hatten.

Ich sah sogar Carnak – auf seinem riesigen Dahara – und Darnad neben ihm, an der Spitze ihrer Männer.

Und da stand mit ernstem Gesicht und inzwischen weniger glasigen Augen der Bradhi von Mishim Tep (offensichtlich hielten Horguhls hypnotische Kräfte nicht endlos an) an der Spitze seiner großen Armee.

Als mein Luftschiff herabsank, wandten sich alle Blicke nach oben und erkannten es sofort. Aus den Reihen der Mishim Tep flogen ein paar Speere zu mir hinauf, aber der Bradhi hob den Arm, um seinen Männern Einhalt zu gebieten. Er schien neugierig zu sein. Ich ergriff mein selbstgebasteltes Megaphon und rief zu ihm hinab: »Bradhi, ich bringe dir den Beweis, daß Horguhl gelogen hat – daß du im Begriff stehst, wegen der Lügen einer teuflischen Frau einen gänzlich sinnlosen Krieg zu führen!«

Er strich sich mit der Hand übers Gesicht. Dann runzelte er die Stirn und schüttelte den Kopf, als wolle er seine Gedanken klären.

»Gestattest du mir zu landen und es dir zu beweisen?« fragte ich.

Nach einer Weile nickte er wortlos.

Ich führte das Schiff hinab, bis es auf den Spitzen der karmesinroten Farnwedel aufsetzte. Dann zerrte ich ohne lange Umstände das Bündel heraus, das Horguhl war, umklammerte den abgedeckten Spiegel und sprang hinterdrein. Schnell vertäute ich das Schiff und schleppte die geknebelte Frau mit den verbundenen Augen und den Spiegel hinüber vor die Reihen der Mishim Tep.

Erst packte ich Horguhl aus. Ich erntete damit verwundertes Gemurmel. Der Bradhi räusperte sich, als wolle er das Wort ergreifen, doch dann überlegte er es sich anders. Mit zusammengepreßten Lippen nickte er mir erneut zu. Ich nahm Horguhl den Knebel aus dem Mund und zwang sie aufzustehen.

»Wirst du der Wahrheit aus Horguhls Mund Glauben schenken, Bradhi?« fragte ich.

Erneut räusperte er sich.

»J-ja«, antwortete er. Seine Augen wurden schon merklich klarer.

Ich deutete auf den eingehüllten Spiegel. »Ich habe hier den sagenumwobenen Spiegel der Wahrheit, den die Sheev vor Tausenden von Jahren erfanden. Ihr alle habt von seinen magischen Fähigkeiten gehört. Ich werde sie euch nun vorführen!«

Den Rücken den Leuten von Mishim Tep zugewandt, hob ich den Spiegelschild an seinem Griff empor und entfernte den Umhang.

Dann streckte ich die Hand aus und nahm Horguhl die Augenbinde ab.

Sogleich zog der Spiegel ihren Blick auf sich, und wieder blieb sie mit offenem Mund stehen.

»Seht ihr?« sagte ich. »Es funktioniert.«

Sie drängten sich dichter heran, um sich zu überzeugen, daß ich die Wahrheit sagte. »Seht nicht direkt in ihn hinein«, warnte ich sie, »sonst erlebt ihr die gleichen Auswirkungen. Seid ihr bereit zu hören, ob Horguhl dem Bradhi die Wahrheit erzählt oder gelogen hat, um ihn zu verführen, euch in diesen sinnlosen Krieg gegen eure alten Verbündeten zu stürzen?«

»Das sind wir«, erklang die Stimme des Bradhis hinter mir, die nun überraschend tief und fest klang.

»Horguhl«, sagte ich langsam und deutlich, »hast du den Bradhi betrogen?«

Die leise, nun willen- und geistlose Stimme erwiderte: »Das tat ich.«

»Wie hast du ihn überzeugt?«

»Durch meine Kräfte – die Kräfte in meinen Augen und meinem Kopf.«

Daraufhin erklang Keuchen und Gemurmel. Wieder hörte ich, daß der Bradhi sich räusperte.

»Und welche Lügen hast du ihm erzählt?«

»Daß Michael Kane und Shizala die Absicht hatten, seinen Sohn zu verleumden und zu töten.«

»Und wer war in Wahrheit dafür verantwortlich?«

»Ich selbst!«

Daraufhin erhob sich ein Brüllen, und die Männer schoben sich nach vorn. Ich war überzeugt, viele von ihnen (sicher hatten nicht alle diese Schlacht gegen ihre alten Verbündeten führen wollen) waren bereit, Horguhl in Stücke zu reißen. Aber der Bradhi gebot ihnen Einhalt.

Dann ergriff der alte Mann das Wort. »Mir ist bewiesen worden, daß ich das Opfer der bösen Kräfte dieser Frau war. Anfangs glaubte ich, mein Sohn sei ein Verräter

– aber dann kam sie mit einer Geschichte, die ich lieber glauben wollte. Es war eine Lüge. Ich glaubte ihrer ersten Lüge. Ich glaubte auch allen folgenden Lügen. Michael Kane hatte recht: Sie ist böse. Fast hätte sie das Ende des Südens herbeigeführt.«

Dann galoppierten Carnak und Darnad vor; Carnak und Bolog Fas Ogdai legten einander die Hände auf die Schultern und sprachen leise in freundschaftlichem Ton miteinander. Beide Männer hatten Tränen in den Augen.

Horguhl war wieder gefesselt und geknebelt. Sie lag in einem Transportkarren, in dem sie zur Juwelenstadt zurückgebracht und für ihre Verbrechen verurteilt werden sollte.

Bolog Fas Ogdai und einige seiner Lehnsmänner kehrten mit uns nach Varnal und zu Shizala zurück.

Es gibt nicht mehr viel zu erzählen, außer, daß der Bradhi von Mishim Tep Ehrengast bei unserer Hochzeit war. Wir verbrachten herrliche Flitterwochen als Gäste des Bradhis und kehrten später nach Varnal zurück, wo ich anfing, den Bau weiterer Luftschiffe zu überwachen.

Um weitere Heliumvorräte zu beschaffen, stellten wir eine Expedition nach Mendishar und in die dahinterliegende Wüste zusammen. In Mendishar hatte mit Hool Haji auf dem Thron eine glückliche Zeit begonnen.

Welch ein Willkommen er mir bereitete! Er war inzwischen zu der Überzeugung gekommen, ich sei tot.

Als wir die Yakshastadt erreichten, fanden wir den Brunnen verstopft. Die restlichen Ghule lagen tot daneben. Sie hatten nicht genügend Verstand aufgewiesen, ihn zu säubern!

Auf unserer dritten Expedition in die Wüste von Mendishar (diesmal mit einer ganzen Luftschiff-Flotte) beschloß ich, ein kompliziertes Experiment mit den

Maschinen zu wagen, die ich in der Yakshastadt gefunden hatte.

Sie wissen vielleicht noch, daß die Arbeit an meinem Materietransmitter mit der früheren Arbeit an den Laserstrahlen zusammenhing. Als ich die Konstruktion des Yaksha-Lasergeräts untersuchte, war ich in der Lage, einen Materietransmitter zu bauen, der mich auf die Erde und zu dem Zeitpunkt zurückbefördern würde, da ich sie verlassen hatte.

Deswegen kann ich Ihnen nun meine Geschichte erzählen.

EPILOG

»Das ist also die Erklärung!« brachte ich mühsam hervor und schaute Michael Kane an. »Nun können Sie nach Lust und Laune zwischen der Erde unseres Zeitalters und Ihrem Mars hin- und herpendeln!

»Ja«, erwiderte er mit einem Lächeln. »Und darüber hinaus habe ich die gesamte Technik verfeinert. Es ist nicht mehr nötig, daß der Transmitter herumtransportiert wird – er kann in Ihrem Weinkeller stehen!«

»In diesem Fall werde ich wohl einen neuen Platz für den Wein finden müssen«, meinte ich. »Und was haben Sie nun weiter auf dem Mars vor?«

»Nun, wie Sie wissen, bin ich jetzt ein Bradhinak.« Er lächelte beinahe. »Ich bin ein Prinz der Karnala – ein Prinz vom Mars. Ich trage Verantwortung und habe Verpflichtungen. Karnala ist noch schwach. Da es Zeit kosten wird, die Bevölkerungszahl zu steigern, konzentriere ich mich darauf, eine neue Luftstreitmacht aufzubauen!«

»Und ist die ganze Aufregung vorbei? Wird es keine weiteren Abenteuer mehr geben?«

Kane schürzte die Lippen. »Ach, da bin ich mir nicht so sicher. Ich glaube, es wird noch viele Abenteuer geben – und ich verspreche Ihnen, wenn ich sie überlebe, werde ich Sie noch öfter besuchen und Ihnen davon berichten.«

»Und ich werde sie veröffentlichen«, sagte ich. »Die Menschen werden sie für Hirngespinste halten, aber sollen sie es ruhig. Sie und ich kennen die Wahrheit.«

»Vielleicht werden auch die anderen sie eines Tages erkennen«, sagte er.

Bald darauf verschwand er wieder, aber die letzten Worte, die er an mich richtete, konnte ich nicht vergessen.

»Es wird noch viele Abenteuer geben«, hatte er gesagt. Ich freute mich jetzt schon darauf, sie zu hören.

ENDE DES
ZWEITEN BUCHES

Die Herrscher der Tiefe

Für Mr. Chip Delany aus San Francisco
und Schwester Mary Eugene vom
Bon Secours Convent in Derby, Pennsylvania

... Die Krankheit heißt Furcht,
und das Heilmittel ist der Glaube ...

PROLOG

Als ich eines Herbstabends in meinem Arbeitszimmer saß, wo ein kleines Kaminfeuer die Kühle des Raumes vertrieb, in dem bereits die Witterung des bevorstehenden Winters herrschte, hörte ich unten in der Eingangshalle Schritte.

Ich bin zwar kein ängstlicher Mensch, doch ich habe ziemlich viel Phantasie und dachte zugleich an Gespenster und Einbrecher, als ich mich aus dem ledernen Lehnstuhl erhob und die Tür öffnete. Die Halle lag ruhig da, die Lichter waren aus, aber ich sah eine dunkle Gestalt zu mir emporsteigen.

Die Größe des Mannes und das Klimpern, das er beim Gehen verursachte, hatten etwas an sich, das ich auf der Stelle wiedererkannte. Ein Lächeln zog über mein Gesicht, als er näher kam, und ich streckte ihm die Hand entgegen.

»Michael Kane?« Es war eigentlich keine Frage.

»In der Tat«, erwiderte die tiefe, kraftvolle Stimme meines Besuchers. Er erreichte den oberen Treppenabsatz, und ich spürte, wie ein fester, männlicher Griff meine Hand umschloß. Ich sah, daß der Riese mein Lächeln erwiderte.

»Was macht der Mars?« erkundigte ich mich, als ich ihn in das Arbeitszimmer führte.

»Hat sich ein wenig verändert, seit wir uns das letzte Mal gesehen haben«, antwortete er.

»Das müssen Sie mir erzählen«, sagte ich eifrig. »Was möchten Sie trinken?«

»Nichts Alkoholisches, danke. Ich bin nicht mehr daran gewöhnt. Vielleicht einen Kaffee? Das ist das einzige, was mir auf dem Mars fehlt.«

»Warten Sie hier«, bat ich ihn. »Ich bin heute allein im Haus. Ich werde uns welchen machen.«

Als ich hinausging, hatte er sich in einem Sessel am Kamin fallen lassen. Sein prachtvoller, gebräunter Körper war völlig entspannt. Er wirkte befremdlich fehl am Platz mit seinem mit unbekannten Edelsteinen gespickten marsianischen Kriegsharnisch und dem riesigen Langschwert mit dem verzierten Korbgriff, das mit der Spitze auf den Boden stieß. Seine diamantblauen Augen wirkten viel fröhlicher und gelöster als bei unserer letzten Begegnung. Durch sein Verhalten entspannte ich mich ebenfalls – trotz meiner Aufregung über das Wiedersehen mit ihm.

Während ich in der Küche den Kaffee zubereitete, fiel mir wieder all jenes ein, was er mir von seinen früheren Abenteuern berichtet hatte: von Shizala, der Prinzessin von Varnal, und Hool Haji, dem neuen Herrscher von Mendishar – von seiner Frau, beziehungsweise einem engsten Freund. Ich erinnerte mich an seine erste Reise zum Mars – einem weit in unserer Vergangenheit liegenden Mars –, auf den er zufällig durch die Fehlfunktion eines Materietransmitters geraten war, den er bei seinen Laserforschungen in Chicago entwickelt hatte; wie er Shizala kennengelernt und ihretwegen mit den Blauen Riesen und deren Anführerin Horguhl, einer Frau von anderer Rasse, die eine geheimnisvolle Macht über die Menschen ausübte, in den üppigen Landschaften eines fremden Planeten gekämpft hatte. Ich erinnerte mich, daß er mich um Hilfe gebeten und ich sie ihm gewährt hatte – worauf wir in meinem heimischen Keller einen Materietransmitter gebaut hatten. Er war zum Mars zurückgekehrt und hatte sich vielen Gefahren gestellt, die vergessene unterirdische Stadt der Yaksha wiederentdeckt, bei der Durchführung einer Revolution geholfen und gegen seltsame Spinnenwesen gekämpft, ehe er Shizala schließlich wiedergefunden und geheiratet hatte. Mit Hilfe der vergessenen wissenschaftlichen Ausstattung der Yaksha – einer inzwischen vermutlich ausgestorbenen Rasse – hatte er eine Maschine gebaut, die ihn durch Zeit und Raum wieder zu dem Sender-Empfänger in meinem Tiefgeschoß schleudern konnte.

Offenbar war er, wie er bei seiner letzten Abreise versprochen hatte, zurückgekehrt, um mir von seinen neuesten Abenteuern zu erzählen.

Ich kehrte mit dem Kaffee zurück und stellte ihn vor ihm ab.

Er schenkte sich eine Tasse ein, probierte zuerst ein wenig mißtrauisch und fügte dann Milch und Zucker hinzu. Er nahm den ersten tiefen Schluck und grinste.

»Eins der Dinge, die nach wie vor nach meinem Geschmack sind«, erklärte er.

»Und was nach wie vor nach *meinem* Geschmack ist«, antwortete ich beflissen, »ich möchte Ihre neueste Geschichte vom Anfang bis zum Ende hören.«

»Haben Sie inzwischen meine ersten beiden Abenteuer veröffentlicht?« wollte er wissen.

Dies war damals noch nicht der Fall gewesen, also schüttelte ich den Kopf. »Irgend jemand wird mir schon noch genügend Glauben schenken, um sie zu verlegen«, sagte ich zu ihm. »Einige Leute glaubten, ich hätte sie aus irgendeinem zynischen Grund geschrieben – aber wir wissen, daß dem nicht so ist, daß Sie tatsächlich existieren und Ihre Heldentaten wirklich vollbracht haben. Eines Tages wird man es verstehen, wenn die Regierungen bereit sind, die Informationen herauszugeben, die Ihre

Geschichten bestätigen. Man wird einsehen, daß Sie kein Lügner sind und ich kein Irrer – oder schlimmer noch: kein Zeilenschinder bin, der nur einen utopischen Roman schreiben wollte.«

»Ich hoffe es«, sagte er ernst, »denn es wäre ein Jammer, wenn die Leute die Geschichte meiner Erlebnisse auf dem Mars nicht zu lesen bekämen.«

Als er seine erste Tasse Kaffee austrank und zugriff, um sich die zweite einzuschenken, stellte ich den Kassettenrecorder an, um jedes Wort, das er sagte, aufzuzeichnen. Dann lehnte ich mich in meinen Sessel zurück.

»Arbeitet Ihr großartiges Gedächtnis nach wie vor lückenlos?« erkundigte ich mich.

Er lächelte. »Ich denke schon.«

»Und Sie werden mir jetzt Ihre neuesten Abenteuer auf dem Mars berichten?«

»Wenn Sie sie hören möchten.«

»Und ob. Wie geht es Ihrer Frau Shizala? Und Hool Haji, Ihrem Freund von den Blauen Riesen? Und Horguhl – gibt es von ihr etwas Neues?«

»Nein, von ihr haben wir nichts mehr gehört«, sagte er. »Dem Schicksal sei Dank dafür!«

»Was gibt's denn dann? Gewiß hat sich auf dem Mars nicht alles so ereignislos entwickelt!«

»Das gewiß nicht. Ich bin eben erst dabei, mich von allen Geschehnissen zu erholen. Ihnen alles zu erzählen, wird mir wieder – wie üblich – helfen, die Dinge ins richtige Verhältnis zu setzen. Wo wollen wir anfangen?«

»Das letzte, was ich von Ihnen gehört habe, war, daß Sie mit Shizala glücklich in Varnal lebten, Luftschiffe zur Verstärkung der varnalischen Luftstreitmacht entwarfen und mehrere Expeditionen in die unterirdische Yaksha-Stadt unternahmen, um deren Maschinen zu studieren.«

»Stimmt.« Er nickte nachdenklich. »Nun, ich kann mit unserer sechsten Expedition zur Yaksha-Stadt beginnen. Damit kamen die Dinge nämlich richtig ins Rollen. Sind Sie bereit?«

»Ich bin bereit«, antwortete ich.

Kane fing mit seiner Geschichte an.

EPB
Chester Square, London, S.W. 1
August 1969

1. Kapitel

DIE LUFTEXPEDITION

Ich küßte Shizala zum Abschied, wobei ich mir kaum bewußt war, daß ich sie für viele marsianische Monate nicht wiedersehen sollte, und griff nach der Leiter, die zur Kabine meines Raumschiffs führte – eines Fahrzeugs, das nach meinen eigenen Entwürfen gebaut worden war.

Shizala sah schöner aus denn je, eine feminine Frau, die ohne jeden Zweifel das prachtvollste menschliche Wesen auf dem ganzen Planeten Mars war.

Die schlanken Türme von Varnal, der Stadt, deren Bradhinak ich nun war, erhoben sich hinter uns in der frühen Morgensonne. Die Luft war erfüllt vom Duft des wohlriechenden, grünen Nebels, der von dem See im Zentrum von Varnal aufstieg und zarte, grüne Spuren hinterließ, die sich mit den hübschen Farben der an den Turmmasten flatternden Wimpel vermischten. Die meisten Häuser sind hoch und weiß, andere bestehen aus edlem blauen Marmor oder sind goldgeädert. Es ist eine vornehme, prächtige Stadt – vielleicht die schönste auf dem Mars.

Dort hatten wir seit unserer Heirat gelebt und waren außerordentlich glücklich gewesen. Aber ich bin ein ruheloser Geist, und mein Innerstes brannte nach neuen Informationen über die vergessenen marsianischen Maschinen in den Gewölben der Yaksha, die noch unerforscht waren.

Als dann Hool Haji von Mendishar weit im Norden

angeflogen kam, um mich zu besuchen, hatte ich bald eine Expedition zu den Yaksha-Gewölben vorgeschlagen, zum Teil im Geiste unserer alten gemeinsamen Erinnerungen.

Er hatte sich begeistert einverstanden erklärt, und so war es beschlossene Sache. Wir sollten nur für den Zeitraum, der auf der Erde einer Woche entspricht, fortbleiben, und Shizala, die mir eine tiefe, beständige Liebe entgegenbrachte, die ich ganz und gar erwiderte, hatte nichts gegen diese Unternehmung einzuwenden.

Nun wartete Hool Haji, der Blaue Riese, der auf dem Mars mein engster Freund geworden war, oben in der Kabine des Luftschiffes auf mich, das sanft in der Brise schaukelte.

Noch einmal küßte ich Shizala. Ich sagte nichts. Es bedurfte keiner Worte – wir verständigten uns mit Blicken, und das genügte.

Ich machte mich daran, die Leiter zum Schiff zu erklimmen.

Der Innenraum war behaglich mit Sofas aus einem Material ausgestattet, das rotem Plüsch ähnelte, die Metallgeräte wirkten wie Messing und glänzten ebenso. Die Einrichtung hatte etwas leicht Nostalgisches und Viktorianisches an sich, und ich hatte den Stil im ganzen Schiff beibehalten. Die Taue, die beispielsweise im Zickzack über den Gassack führten, bestanden aus dickem, rotem Seil, die Metallkabine war in kräftigen Rot- und Grüntönen bemalt und die Schnörkelverzierung in Gold betont. Die Steuergeräte des Schiffes befanden sich im vorderen Teil und bestanden wiederum aus dem messingartigen Metall mit schwarzem Email.

Ich warf die Maschinen an, sowie ich neben Hool Haji, neben dessen riesigen, blauhäutigen Rumpf ich mir wie ein Zwerg vorkam, meinen Platz einnahm.

Mein Freund beobachtete interessiert, wie ich einen Hebel betätigte, durch den die Trossen gelöst wurden, die das Schiff am Boden hielten, und ich steuerte es von Varnal fort – nicht ohne einen schmerzlichen Stich, denn ich wußte, daß ich sowohl Shizala als auch die Stadt der Grünen Nebel vermissen würde.

Ich wußte zu jenem Zeitpunkt nicht, daß ich sehr lange von ihnen getrennt sein, daß sich Umstände ergeben würden, durch die ich dem Tod ins Auge sehen, gewaltige Beschwerden erdulden und scheußliche Gefahren überwinden müßte, ehe ich sie wiedersehen sollte.

Also legte ich in dieser leicht melancholischen Stimmung und mit gleichzeitig wachsender Spannung bei der Aussicht, die Maschinen der Yaksha erneut zu studieren, den Kurs nordwärts fest. Selbst in meinem vergleichsweise schnellen Luftschiff würde es eine lange Reise werden.

Der Flug zur Yaksha-Stadt in der Wüste verlief jedoch nicht ohne Unterbrechung, denn am zweiten Tag unserer Reise begannen die Motoren zu versagen. Ich war überrascht, denn ich hatte Vertrauen in meine Ingenieure.

Ich drehte mich zu Hool Haji um. Mein Freund sah auf die unter uns liegende Gegend hinab. Es war eine von Gelb beherrschte Landschaft, wo sich unter uns riesenhaft große, irisähnliche Blumen in einem graziösen, wenn auch monotonen Tanz wiegten. Hin und wieder wurde das gelbe Blütenmeer von blauen oder grünen Stellen durchbrochen, und jeder Farbklecks stammte von Blüten, die dem Aussehen nach Ringelblumen ähnelten. Selbst in dieser großen Höhe war ihr süßer Duft wahrzunehmen, der meine Nase erfreute. Hool Haji wirkte ganz hingerissen von dieser Schönheit und hatte die Veränderung unseres Motorengeräuschs noch nicht einmal bemerkt.

»Sieht aus, als ob wir landen müßten«, klärte ich ihn auf.

Er schaute zu mir hoch. »Warum, Michael Kane? Wäre das nicht unklug?«

»Was meinst du mit unklug?« fragte ich.

Er deutete nach unten.

»Die Blumen.«

»Wir könnten eine Lichtung suchen.«

»Darum geht es mir nicht. Hast du noch nie von den Blumen von Modnaf gehört? Sie wirken aus der Ferne sehr anziehend, sind aber höchst gefährlich, wenn man ihnen nahe kommt. Von hier aus duften sie köstlich, doch aus der Nähe wirken sie lähmend und bringen einen dann langsam um den Verstand. Viele haben sich von diesen Blumen in die Falle locken lassen. Sie wurden aller Lebenskraft beraubt, bis ihnen nichts Menschliches mehr blieb und sie als geistlose Wesen schließlich in den Treibsand von Golana irrten, wo sie langsam in die Tiefe gezerrt wurden und man nie wieder etwas von ihnen hörte.«

Mir schauderte. »Kein Mensch dürfte ein so grausames Schicksal erleiden!«

»Und doch ist es vielen so ergangen. Und die überlebt haben, sind kaum mehr als lebende Tote.«

»Dann laß uns einen Kurs fort von Mofdal und Golana einschlagen und hoffen, daß unser Motor nicht eher ausfällt, bis wir sie weit hinter uns gelassen haben«, sagte ich und beschloß, den Gefahren unter uns um jeden Preis aus dem Wege zu gehen, selbst wenn es hieße, uns im Wind treiben zu lassen, bis wir sie hinter uns gebracht hätten.

Während ich mich um den Motor kümmerte, erzählte mir Hool Haji die Geschichte eines alten, unglückseligen Mannes, der einst von großer Macht geträumt hatte, ein gewisser Blemplac der Wahnsinnige, der immer noch da unten herumirren sollte. Er hatte die Düfte so lange eingeatmet, daß sie auf ihn nicht mehr wie auf andere wirkten und es geschafft, den Treibsand zu überleben, da er für seine Existenz verantwortlich gewesen war. Offenbar war er einst ein wohltätiger, guter Mensch gewesen, der sich einige wissenschaftliche Erkenntnisse angeeignet und von Größe geträumt hatte. Da er nur wenig von den Dingen verstand, mit denen er umging, hatte er sein Wissen dazu verwendet, einen großen, funkelnden Turm zu bauen, der die Menschen mit seiner Schönheit und Pracht inspirieren sollte. Die Fundamente waren errichtet worden, und lange Zeit hatte es so ausgesehen, als sollte sein Projekt glücken. Traurigerweise war irgend etwas schiefgelaufen und hatte seinen Verstand in Mitleidenschaft gezogen. Sein Experiment geriet außer Kontrolle, und das Ergebnis war der Treibsand, der besondere und unnatürliche Eigenschaften aufwies, die man sonst nirgendwo findet.

Schließlich schafften wir es zu unserer großen Erleichterung, die Blumen und den Treibsand hinter uns zu lassen. Ich hatte den Treibsand nur bei Nacht, im Schein der am Himmel dahinziehenden Monde beobachtet. Aber dieser kurze Blick hatte mir genügt, um zu wissen, das Hool Haji nicht übertrieben hatte. Von dem langsam wogenden Unrat dort unten waren seltsame Schreie aufgestiegen und irres Gebrüll, das manchmal nach Worten klang, aber ich konnte keinen Sinn aus ihnen heraushören und gab mir auch keine große Mühe.

Gegen Morgen überflogen wir eine Reihe tiefer, funkelnder Seen, die mit grünen Inseln und gelegentlichen Booten gesprenkelt waren, die über die Wasserfläche dahinglitten.

Ich machte gegenüber Hool Haji eine Bemerkung über den wohltuenden Gegensatz, und er pflichtete mir bei. Er war während unseres Fluges über das vorangegangene

Gebiet stärker beunruhigt gewesen, als er zugegeben hatte. Ich fragte ihn, ob es vernünftig wäre, hier eine Landung zu versuchen, denn der Motor ging ständig aus und an und würde wohl bald endgültig den Geist aufgeben. Er sagte, es sei hier gefahrlos, denn die Inseln wären von aufgeklärten, intelligenten Menschen bewohnt, die jeden Besucher der Seen bewirten und freudig aufnehmen würden. Er nannte Namen der Inseln, als wir darüber hinwegflogen. Ein üppig bewachsenes Eiland lag etwas abseits von den anderen.

»Die Insel da heißt Drallab«, erklärte Hool Haji. »Ihre Bevölkerung pflegt nur wenig Kontakt mit den Nachbarn, und obwohl sie an den Aktivitäten der anderen Inseln geringen Anteil nimmt, übt sie einen großen künstlerischen Einfluß auf sie aus und ist wirklich außergewöhnlich freundlich. Man hat mich einst dort aufgenommen, als ich die Inseln bereiste, und ich habe jeden Augenblick meines Aufenthaltes genossen.«

Eine weitere Insel tauchte auf. Sie stellte einen eigentümlich wirkenden Ort von wundersamen Gegensätzen für eine so kleine Insel dar. Ich konnte einen kleinen Wald, einen Berg, eine Einöde und andere Landschaftsformen erkennen. Dies war K'cocroom, wie Hool Haji mich informierte, eine Insel, die erst in den vergangenen paar Jahren aus dem See aufgetaucht und weitgehend unbewohnt war. Ihre zahlenmäßig geringe Bevölkerung wirkte sehr unterschiedlich, da sie einmal freundlich und dann wieder abweisend auf Fremde reagierte.

Wir beschlossen, dort nicht zu landen und überflogen mehrere andere Inseln, deren Namen Hool Haji mir alle liebevoll erläuterte. Da war S'Sidla, eine sanfte Landschaft mit kräftigen, hoch gewachsenen Bäumen und üppig bewachsenen, dunklen Lichtungen, und Nossirah, ein zerklüftetes, gesund wirkendes Fleckchen Erde mit –

wie Hool Haji mir berichtete – großen, noch nicht geförderten Bodenschätzen.

Auch wenn ein Teil meiner Aufmerksamkeit dem Motor galt, nahm ich seine Worte begierig auf, denn alles, was er mir erzählte, ergänzte mein Bild einer Welt, die ich nur teilweise erkundet hatte, und je mehr ich wußte, um so besser war ich gerüstet, auf ihr zu überleben.

Schließlich war es uns gelungen, das Luftschiff über die ganzen Inseln hinwegzusteuern und sahen vor uns auf dem Festland – was unserer Auffassung nach ein besserer Landeplatz war, falls der Motor sich als irreparabel erweisen sollte – eine Stadt, die Cend-Amrid hieß. Die Bewohner, so berichtete Hool Haji, waren für ihr handwerkliches Geschick im Umgang mit den wenigen technischen Geräten, die auf dem Mars geläufig waren, bekannt. Sie würden uns eher helfen können als die Inselbewohner, auch wenn diese möglicherweise freundlicher waren.

Ich betätigte meine Steuerinstrumente, und wir flogen langsam auf Cend-Amrid zu. Später sollte ich es bedauern, nicht auf den Inseln gelandet zu sein, denn Hool Haji stellte bald fest, daß Cend-Amrid sich sehr verändert hatte, seit er sich als umherziehender Einzelgänger zeitweilig dort aufgehalten hatte.

Doch wir waren erleichtert, daß wir über der Stadt schwebten, als der Abend hereinbrach und die Türme in tiefe Dunkelheit tauchte.

Es war ein stiller Ort, wo nur wenige Lichter brannten, aber ich schob dies auf die Tatsache, daß die Menschen arbeitsam und ihre Vergnügungen nach Hool Hajis Aussagen schlicht waren und sich nicht zu abenteuerlichen Festivitäten ausdehnten.

Wir landeten am Rande der Stadt, und ich warf die

Fangleine aus, damit sich die scharfen Widerhaken des Ankers in die Erde gruben und ich hinabklettern konnte, um die Leinen an zwei kräftige Bäumen in der Nähe zu binden.

2. Kapitel

DIE STADT DES FLUCHS

Als wir auf Cend-Amrid zu gingen, fuhr Hool Hajis Hand automatisch an seinen Schwertgriff. Da ich ihn so gut kannte, war mir die Geste vertraut, und ich fand sie verwirrend.

»Ist irgend etwas nicht in Ordnung?« fragte ich.

»Ich weiß nicht so recht, mein Freund«, antwortete er ruhig.

»Du sagtest doch, Cend-Amrid sei ein ungefährlicher Ort für uns.«

»Das dachte ich. Aber jetzt fühle ich mich unbehaglich. Ich kann es nicht erklären.«

Seine Stimmung übertrug sich auf mich, und ein Hauch von Finsternis umwölkte meinen Geist.

Hool Haji zuckte die Achseln. »Ich bin müde. Wahrscheinlich ist das der Grund.«

Ich nahm seine Erklärung hin, und wir gingen etwas weniger unruhig auf das Stadttor zu.

Es stand offen, es waren keinerlei Wachen zu ihrem Schutz zu sehen. Wenn Leute so großzügig gesonnen waren, mußte dies bedeuten, daß es uns nicht schwerfallen dürfte, Hilfe zu finden.

Hool Haji murmelte jedoch vor sich hin, daß dies ungewöhnlich sei. »Sie sind kein geselliges Volk«, sagte er.

Wir schritten durch die stillen Straßen. Die hohen, dunklen Häuser schienen völlig unbelebt wie die Kulissen einer ausgefallenen Inszenierung, und im Augenblick war die Bühne leer.

Unsere Schritte hallten wider, als wir weitergingen. Hool Haji führte uns den Weg zur Stadtmitte.

Ein wenig später vernahm ich ein anderes Geräusch, blieb stehen und legte meine Hand auf Hool Hajis Arm.

Wir lauschten.

Da war es wieder – leise Schritte, wie sie ein Mensch mit Leinenschuhen oder Stiefeln aus sehr weichem Leder erzeugen würde.

Die Geräusche näherten sich uns. Automatisch fuhr Hool Hajis Hand zu seinem Schwertgriff.

Um die Ecke bog eine Gestalt in einem schwarzen Umhang, der über dem Kopf zu einer Art angedeuteter Kapuze zusammengeschlagen war. In einer Hand trug sie einen Blumenstrauß; einen großen, flachen Kasten in der anderen.

»Sei gegrüßt«, sagte ich höflich, wie es auf dem Mars Sitte ist. »Wir sind fremd in eurer Stadt und suchen Hilfe.«

»Welche Hilfe sollte Cend-Amrid einer menschlichen Seele noch bieten können?« murmelte der Vermummte traurig, und seine Stimme ließ erkennen, daß dies keine Frage war.

»Wir wissen, daß euer Volk im Umgang mit Maschinen geschickt und erfahren ist. Wir dachten ...« Hool Hajis Erklärung wurde unterbrochen, als der Mann ein seltsames Gelächter anstimmte.

»Maschinen! Sprich nicht von Maschinen!«

»Warum nicht?«

»Bleibt nicht, es herauszufinden, Fremde! Verlaßt Cend-Amrid, solange ihr noch Gelegenheit dazu habt!«

»Warum sollen wir nicht über Maschinen sprechen? Wurden sie mit einem Tabu belegt? Haßt das Volk jetzt die Maschinen?« Ich wußte, daß Maschinen in einigen irdischen Gesellschaften gefürchtet und gemeinhin abgelehnt wurden, weil die Leute Angst vor ihrem Mangel an Menschlichkeit hatten, ich wußte, daß eine Überbetonung der Automation und Ähnliches bei einigen Philosophen die Besorgnis hervorrief, die Perspektiven des Menschen könnten zu künstlich werden. Als Wissenschaftler auf der Erde war ich bei Partys des öfteren mit solchen Auffassungen konfrontiert worden, wobei man mir alle möglichen Teufeleien vorgeworfen hatte, da ich mich mit Kernphysik beschäftigte. Ich fragte mich, ob die Leute von Cend-Amrid diese Reaktion auf die Spitze getrieben und die von einigen der ihren gefürchteten Maschinen abgeschafft hatten. Das ermutigte mich, diese Frage zu stellen.

Aber wieder lachte der Mann nur.

»Nein«, antwortete er. »Die Leute hassen die Maschinen nicht – sofern sie sich nicht gegenseitig hassen.«

»Deine Bemerkungen sind undurchschaubar«, sagte ich voller Ungeduld. »Was ist hier los?« Ich glaubte allmählich, daß es sich bei dem ersten Menschen, der uns in Cend-Amrid über den Weg gelaufen war, um einen Irren handelte.

»Ich sagte es doch«, meinte er und schaute sich dabei in alle Richtungen um, als hätte er Angst. »Bleibt gar nicht erst, um herauszufinden, was hier nicht in Ordnung ist. Verlaßt Cend-Amrid auf der Stelle. Bleibt keine Sekunde länger. Diese Stadt ist mit einem Fluch beladen!«

Vielleicht hätten wir seinen Rat befolgen sollen, aber das taten wir nicht. Wir blieben, um weiter mit ihm zu reden, und das war, kurz gesagt, ein Fehler, den wir noch bedauern sollten.

»Wer bist du?« fragte ich. »Warum bist du der einzige, der in Cend-Amrid unterwegs ist?«

»Ich bin Arzt«, antwortete er. »Oder vielmehr, ich *war* es!«

»Du willst sagen, daß du von der Ärztezunft ausgeschlossen wurdest?« vermutete ich. »Du darfst nicht mehr praktizieren?«

Wieder dieses unendlich bittere Lachen – ein Lachen, das sich am Rande des Wahnsinns bewegte.

»Ich bin nicht aus der Zunft ausgeschlossen worden. Ich bin nur kein Arzt mehr. Ich werde zur Zeit als Wartungsmonteur der Klasse-3-Typen bezeichnet.«

»Was sind das für ›Typen‹, die du wartest? Bist du jetzt Mechaniker, oder was?«

»Man sagt, ich sei Mechaniker. Ich warte menschliche Wesen. Sie sind die Klasse-3-Typen – die Menschen!« Die Worte klangen wie ein kläglicher Aufschrei. »Ich war einst Arzt – meine ganze Ausbildung sollte mir Mitgefühl für die Patienten vermitteln. Und jetzt bin ich ... ein Mechaniker. Es ist meine Aufgabe, die menschliche Maschine zu überprüfen und zu entscheiden, ob sie mit einem Minimum an Wartung funktionieren kann. Wenn ich zu dem Schluß komme, daß sie auf diese Weise nicht betriebsfähig zu halten ist, muß ich sie zum Verschrotten melden, und ihre Bestandteile wandern ins Ersatzteillager für gesunde Maschinen.«

»Aber das ist ja abscheulich!«

»Das ist es auch!« sagte er leise. »Und jetzt müßt ihr diese verfluchte Stadt sofort verlassen. Ich habe schon zuviel erzählt.«

»Aber wie kam es zu dieser Situation?« fragte Hool Haji hartnäckig. »Als ich das letzte Mal in Cend-Amrid war, erschienen mir die Leute ganz normal und sachlich – vielleicht ein bißchen schwerfällig, aber mehr auch nicht.«

»Sachlichkeit ist durchaus vorhanden«, entgegnete der

Arzt, »und es gibt auch den menschlichen Faktor, die emotionale Seite des Menschen. Gemeinsam machen sie den Menschen aus. Aber wenn ein Faktor verstärkt und der andere bewußt ausgeschaltet wird, kommt es zu einer von zwei Ultimativentwicklungen – was die Menschheit angeht.«

»Und wie sehen die aus?« erkundigte ich mich, weil mich diese Behauptung unwillkürlich interessierte.

»Das Ergebnis ist entweder das Tier oder die Maschine«, antwortete er schlichtweg.

»Das erscheint mir als übertriebene Vereinfachung«, sagte ich.

»Das ist es auch. Aber wir haben es hier mit einer übertrieben vereinfachten Gesellschaft zu tun«, sagte er und ereiferte sich nun trotz der ängstlichen Blicke, die er die Straße hinauf- und hinabschickte, für sein Thema. »Hier wurde die Maschine im Menschen bestärkt und, wenn ihr so wollt, ist es gerade die tierische Dummheit, die dies bestärkt hat – denn das Tier kann nicht vorausdenken, der Mensch hingegen wohl. Das Tier im Menschen führt ihn zur Schaffung von Maschinen zu seinem Wohlergehen, und die Maschine vergrößert zuerst seine Bequemlichkeit und dann sein Wissen. In einem gesunden Ort würde dies langfristig ineinandergreifen. Aber die Bewohner von Cend-Amrid haben sich zu lange von allem abgeschlossen. Und jetzt ist Cend-Amrid in keinerlei Hinsicht mehr ein gesunder Ort.«

»Aber diese Entwicklung muß doch durch irgend etwas ausgelöst worden sein. Irgendein Diktator muß doch diesen Wahnsinn in Cend-Amrid verursacht haben«, meinte ich.

»In Cend-Amrid herrscht die Elf – kein Mensch. Aber der Diktator, der die Stadt in der Gewalt hat, ist derselbe, der die Menschheit zu allen Zeiten beherrscht hat –

sofern die Geschichten der unsterblichen Sheev nicht der Wahrheit entsprechen.«

»Du sprichst vom Tod«, sagte ich.

»Von dem spreche ich. Und die Gestalt, die der Tod in Cend-Amrid angenommen hat, ist eine der scheußlichsten.«

»Und welche ist das?«

»Das Leiden – eine Seuche. Diktator Tod hat die Furcht mitgebracht – und die Furcht führte die Elf zu ihrer Doktrin.«

»Aber was genau *besagt* ihre Doktrin?« wollte Hool Haji wissen.

Der Arzt wollte gerade antworten, als er plötzlich mit einem Zischen den Atem einsog und den Weg zurückhuschte, den er gekommen war.

»Geht!« flüsterte er dringlich, als er floh. »Geht jetzt!«

Seine Angst hatte uns so angesteckt, daß wir beinahe bereit waren, seine Empfehlung zu befolgen. Doch ein unglaublicher Anblick schob sich auf der langen, dunklen Straße auf uns zu.

Es war wie eine riesenhafte Sänfte, ein riesiger Kasten mit Griffen an allen vier Unterseiten, der auf den Schultern einiger hundert Männer getragen wurde, die sich wie einer bewegten. Ich hatte vorrückende Armeen gesehen, aber selbst die bestgedrillte Soldatenabteilung hatte sich niemals mit der phantastischen Präzision dieser Männer bewegt, die den großen Kasten auf ihren Schultern trugen.

In der Sänfte saßen, wie durch die unverglasten Fenster zu erkennen war, die ich auf beiden Seiten bestens einsehen konnte, zwei Männer. Ihre Gesichter waren regungslos und ihre Körper steif und aufrecht. Sie wirkten in keiner Weise lebendig – sowenig wie die Männer, die das merkwürdige Gefährt schleppten. Das war kein Anblick, wie ich ihn jemals auf dem Mars erwartet hätte, wo das menschliche Individuum bei allen Kämpfen und Spannungen des gewöhnlichen Lebens respektiert wurde und Reglementierung, wie ich sie nun beobachtete, bislang völlig fremdartig erschienen war. Alles in mir empörte sich bei diesem Anblick, und Zornestränen stiegen mir in die Augen. Vielleicht geschah alles Folgende instinktiv; vielleicht habe ich nur im nachhinein meine Gefühle rational gedeutet. Aber sei's drum. Der Anblick beleidigte mich zutiefst – gefühlsmäßig wie psychologisch, aber er beleidigte auch meinen Verstand. Vor mir hatte ich das Beispiel des Wahnsinns, von dem der fast irre Arzt gesprochen hatte.

Und ich konnte spüren, daß Hool Haji gleichermaßen empört auf den Anblick reagierte.

Glücklicherweise sind wir vernünftige Männer und hatten unsere Triebe für den Augenblick in der Gewalt. Eine solche Vorgehensweise ist richtig, übel jedoch wäre es, die Beherrschung, die wir als vernunftbegabte Menschen aufbieten können, zu benutzen, um uns selbst zu überzeugen, daß keinerlei Handeln jemals vonnöten ist. Wir warteten nur den rechten Zeitpunkt ab, und ich wollte mehr über diesen schrecklichen Ort in Erfahrung bringen, ehe ich gegen ihn etwas unternahm.

Denn etwas gegen ihn unternehmen würde ich in jedem Falle. Das beschloß ich auf der Stelle. Und sollte es mein Leben und alles kosten, was mir lieb und teuer war, schwor ich mir insgeheim, ich würde die Korruption ausrotten, die in Cend-Amrid herrschte – nicht nur meiner selbst willen, sondern zum Wohle des gesamten Mars.

Damals, als sich der Wagen uns näherte, verstand ich nicht, wozu mich mein Schwur treiben würde. Ich durchschaute nicht, was er alles mit sich bringen würde.

Doch selbst wenn ich es gewußt hätte, hätte es mich

nicht von meinem eingeschlagenen Weg abgebracht. Nachdem der Entschluß gefällt und der Eid abgelegt war – und ich ahnte, daß Hool Haji sich das gleiche gelobte, denn er war mein Freund, und ich wußte, wie vieles uns gemeinsam war –, hielt ich meine Stellung und wartete, daß das Gefährt uns erreichte.

Das tat es schließlich und hielt dann an.

Einer der Männer beugte sich vor und fragte mit kalter, allen Gefühlen barer Stimme:

»Warum ihr kommen Cend-Amrid?«

Augenblicklich stieß mich die Form der Frage an. Sie paßte so gut zu dem toten Gesicht.

Irgend etwas in mir ließ die Antwort blumiger formulieren, als es gewöhnlich meine Art ist.

»Wir kommen mit offenen Herzen, die Leute von Cend-Amrid um einen Gefallen zu bitten. Wir haben nichts als Dankbarkeit zu bieten, wenn wir euch um Hilfe ersuchen.«

»Welche Hilfe?«

»Wir haben einen Motor, der nicht richtig funktioniert. Ein Flugschiff, das ich selbst konstruiert habe, mit einem Antrieb, wie man ihn auf dem Mars wahrscheinlich kein zweites Mal findet.«

»Was für Motor?«

»Das Prinzip ist einfach. Ich nenne ihn einen Verbrennungsmotor, aber das wird dir wenig sagen.«

»Funktioniert er?«

»Im Augenblick nicht, deshalb sind wir hier«, erklärte ich und zügelte meine Ungeduld. Der ausgefallene Motor verlor nach allem, was ich an diesem Ort gesehen hatte, den der Arzt so treffend die Stadt des Fluchs hieß, an Bedeutung.

»Funktioniert das Prinzip?« erkundigte sich der Mann mit dem starren Gesicht.

»Normalerweise«, erwiderte ich.

»Wenn funktioniert, gut; wenn nicht funktioniert, schlecht«, erklang die gefühllose Stimme.

»Funktioniert ihr denn?« fragte ich wütend, den Inhalt ihrer Fragen verabscheuend.

»Cend-Amrid funktioniert.«

»Ich meine – könnt ihr meinen Motor reparieren?«

»Cend-Amrid können alles.«

»Werdet ihr meinen Motor reparieren?«

»Cend-Amrid nachdenken. Wird Reparatur von Motor für Cend-Amrid von Nutzen sein?«

»Sie wird *uns* von Nutzen sein – und damit letztendlich auch Cend-Amrid.«

»Cend-Amrid muß beraten. Ihr mitkommen.«

»Ich glaube, wir bleiben lieber draußen und verbringen die Nacht in unserem Schiff, um eure Entscheidung morgen früh zu erfahren.«

»Nein. Nicht gut. Ihr nicht bekannt.«

Ich war erschüttert über die unglaublich primitive Argumentation des Sprechers und erkannte plötzlich, was der Arzt mit seiner Bemerkung, das Tier hätte die Maschine geschaffen und den Menschen völlig außer acht gelassen, meinte. Vielleicht war dies im Rückblick ganz gut für mich, denn heute weiß ich genau, was der Mars nach logischen Begriffen für mich bedeutet. Täuschen Sie sich nicht, der Fluch, der auf Cend-Amrid lastete, war für den Mars, den ich liebe, noch fremdartiger, als er für die Erde wäre. Und weil der Mars vielleicht gar nicht auf die Gefahren vorbereitet war, die Cend-Amrid innewohnten, hielt ich es für meine Pflicht, die Seuche so schnell wie möglich auszurotten.

»Ich glaube dennoch, es wäre am besten, wenn wir Cend-Amrid verließen und draußen warteten«, widersprach ich. Es war natürlich meine Absicht, den Versuch zu unternehmen, den Motor selbst zu reparieren und so schnell wie möglich nach Varnal zurückzukehren, um Hilfe zu holen. Zum Teil war ich mir natürlich bewußt, daß die Herrscher von Cend-Amrid mir meine Einmischung ebenso verübeln würden wie ich jegliche Beschneidung meiner persönlichen Freiheit, aber der Entschluß war gefallen, und ich wußte im Grunde meines Herzens, daß ich recht hatte. Ich beschloß allerdings sogleich, daß Gewalt, wenn irgend möglich, vermieden werden sollte, denn ich bin mir völlig darüber im klaren, daß Gewalt letzten Endes nichts anderes als Gegengewalt erzeugt, und gewalttätig zu reagieren bedeutet nur, für die Zukunft weitere Gewalttätigkeit vorzuprogrammieren.

Tatsächlich illustrierte die Entgegnung des starrgesichtigen Mannes nichts anderes, als er sagte:

»Nein. Am besten für Cend-Amrid, ihr bleiben. Wenn nicht bleiben, Cend-Amrid dafür sorgen.«

»Ihr wollt uns mit Gewalt zum Bleiben zwingen?«

»Mit vielen Männern zwei Männer zum Bleiben zwingen.«

»Das hört sich verdammt nach Gewalt an, mein Freund«, erklärte Hool Haji mit finsterem Lächeln, und seine Hand fuhr an sein Schwert. Wieder packte ich seinen Arm.

»Nein, mein Freund – später vielleicht, aber wir wollen uns zuerst lieber etwas hier umsehen. Wenn wir ein bißchen Glück haben, sehen sie keinen Grund, uns nicht zu helfen. Unterdrücken wir vorerst unsere Gefühle und begleiten sie.« Ich hatte dies schnell dahingemurmelt, und der Mann mit dem starren Gesicht, dessen Partner sich nicht einmal gerührt oder das Wort ergriffen hatte, schien es nicht zu hören.

»Vorerst«, knurrte er.

»Nur für den Augenblick«, versicherte ich ihm.

Der Mann mit dem ausdruckslosen Gesicht fragte: »Ihr kommen?«

»Wir kommen mit«, sagte ich.

»Folgt«, befahl er uns und sagte dann zu den Sänftenträgern, die so ausdrucks- und bewegungslos geblieben waren wie sein Freund: »Träger zurück zum Zentrum.«

Dann trat ein weiteres erschreckendes und unerwartetes Geschehnis ein.

Statt sich umzudrehen, begannen die Träger rückwärts zu laufen.

War das selbst nach den beschränkten Begriffen der Herrscher von Cend-Amrid rationell?

Das war es nicht. Es war schlicht und einfach Irrsinn. Angesichts dieser Verrücktheit hätte ich beinahe die Beherrschung verloren, die zu bewahren ich mir solche Mühe gab, aber als ich Hool Hajis Haltung bemerkte und erkannte, daß auch er gleich außer sich geriet, konnte ich ihn zurückhalten und damit auch mich selbst.

In einer Stimmung überwältigenden Entsetzens, denn nun verstand ich, warum der Arzt so verwirrt gewirkt hatte, folgten wir dem Gefährt.

3. Kapitel

DIE ELF

Das Zentrum war offensichtlich geschaffen worden, indem man sorgsam den genauen Mittelpunkt von Cend-Amrid berechnet und alle bestehenden Gebäude dort abgerissen hatte, um einen viereckigen, gedrungenen Bau zu errichten, der sich auffällig von den anderen Häusern abhob. Allem Anschein nach war das Zentrum erst kürzlich angelegt worden, und ich fragte mich, wie schnell und um welchen Preis der Bau hochgezogen worden war – denn gewiß war er vorrangig mit menschlicher Arbeitskraft erstellt worden!

Das Zentrum war mit Menschenblut erbaut worden – wobei der Mensch einer Tyrannei unterworfen war, die zu verstehen weit schwerer fiel als jede durch den Machtrausch eines Diktators errichtete.

Das Gefährt hielt an und wurde vor dem Haupteingang – einem in die Seitenwand geschnittenen Quadrat – zu Boden gelassen; ihm entstiegen wie zwei Roboter die beiden Männer und gingen vorweg in das Gebäude.

Drinnen herrschte das schummrige Licht einfacher Lampen, die eine grobe Ähnlichkeit mit unseren Öllampen aufwiesen. Dies überraschte mich, da die meisten marsianischen Völker die beinahe ewig anhaltende künstliche Beleuchtung verwendeten, die eine der angenehmen Hinterlassenschaften der Sheev darstellte – einer supertechnisierten Rasse, die sich der Legende und der bescheidenen Geschichtswissenschaft zufolge bei einem fürchterlichen Krieg vor vielen Jahrhunderten selbst ausgelöscht hatte. Nur wenige Unsterbliche waren übriggeblieben, die die Irrtümer ihres Lebens begriffen hatten und sich selten in die Angelegenheiten der Menschen einmischten, vielleicht weil sie befürchteten, sie könnten ihre Fehler wiederholen.

Ich machte eine diesbezügliche Bemerkung zu Hool Haji, und er erzählte mir, daß auch sie einst jene Lichter besessen hatten. Man hatte sie jedoch bei dem Versuch, neue herzustellen, auseinandergenommen und nicht mehr zusammensetzen können.

Diese Information rundete meinen Eindruck über das Volk von Cend-Amrid ab und half mir zu verstehen, warum es so geworden war. Wenn ich auch für die Hintergründe ihrer Unvernunft Verständnis aufbrachte, so änderte dies um keinen Deut meine Absicht, den Versuch zu wagen, diesen Wahnsinn so weit wie möglich auszurotten.

Wir folgten den beiden in einen Raum, wo wir neun Männer vorfanden, die ausnahmslos das gleiche steife Gebaren und den gleichen reglosen Gesichtsausdruck wie die beiden ersten an den Tag legten. Sie unterschieden sich natürlich in ihrer äußeren Erscheinung.

Die beiden ersten nahmen ihre Plätze an dem runden Tisch ein, an dem die neun anderen bereits saßen. Die ausgehöhlte Mitte des Tisches bot einen gräßlichen Anblick. Es erschien mir zuerst merkwürdig, so etwas an diesem Ort vorzufinden, bis mir seine genaue Bedeutung bewußt wurde.

Es war ein menschliches Skelett.

Gewissermaßen ein *Memento mori*.

Ursprünglich – und vielleicht hatten die Elf inzwischen das eigentliche Motiv vergessen – war es dort hingelegt worden, um sie an den Tod zu erinnern. Wenn der

Arzt recht hatte, war es die Angst vor der Seuche, die sie dazu veranlaßt hatte, dieses unnatürliche Herrschaftssystem einzuführen.

Als nächstes fiel mir auf, daß ein Platz am Tisch leer geblieben war. Aber wenn zwölf Sitzplätze um das Skelett herum aufgestellt waren, wo blieb dann der Zwölfte? Denn die Herrscher von Cend-Amrid nannten sich die Elf.

Ich hoffte, daß ich die Antwort auf diese Frage später erfahren würde.

Mit der gleichen ausdruckslosen Stimme, mit der der Mann schon anfangs zu uns gesprochen hatte, berichtete er nun den übrigen, was sich zwischen uns abgespielt hatte. Er gab dazu keinerlei persönlichen Kommentar ab und wollte offenbar nichts anderes übermitteln als die genaue Information.

Als er fertig war, wandten sich die anderen um und schauten uns an.

»Wir sprechen«, erklärte der erste Mann nach einer Weile.

»Sollen wir gehen, damit ihr euren Beschluß fassen könnt?« erkundigte ich mich.

»Nicht notwendig. Wir erwägen Fakten. Ihr hier, gleichgültig.«

Und dann entspann sich zwischen den elf Männern ein unglaubliches Gespräch. Nicht einmal äußerte einer von ihnen eine persönlich gefärbte Meinung. Mancher mag das erstrebenswert finden – die Vernunft als Herrscherin über die Gefühle –, aber diesem Akt beizuwohnen war entsetzlich, denn plötzlich wurde mir klar, daß es der persönlichen Ansicht eines Menschen bedarf, um zu einer realistischen Einschätzung zu gelangen, wie mangelhaft sie auch immer erscheinen mag.

Es würde Sie langweilen, wenn ich hier die ganze Diskussion wiedergäbe, aber im wesentlichen erörterten sie, ob es für Cend-Amrid irgendwie von Nutzen wäre, wenn sie uns Hilfe gewährten.

Schließlich kamen sie zu einem Entschluß – zu dem, wie ich unwillkürlich dachte, ein vernünftiger Mensch innerhalb von Augenblicken gelangt wäre. Kurz gesagt handelte es sich um folgendes: Würde ich ihnen erklären, wie ein Verbrennungsmotor gebaut wird und wie er funktionierte, würden sie mir helfen, den meinen zu reparieren.

Ich wußte, wie gefährlich es sein könnte, diesem unseligen Gesellschaftssystem den Weg zu echtem technischen Fortschritt zu weisen, aber ich gab vor, daß ich damit einverstanden sei, denn gleichzeitig wußte ich, daß sie nicht über die Mittel verfügten, viele Verbrennungsmotoren zu bauen, ehe ich mit Helfern zurückkehren und versuchen konnte, die Krankheit zu heilen, die Cend-Amrid befallen hatte.

»Du zeigst?« fragte einer der Elf.

»Ich werde es zeigen«, stimmte ich zu.

»Wann?«

»Morgen früh.«

»Morgen früh. Ja.«

»Können wir jetzt zu unserem Luftschiff zurückkehren?«

»Nein.«

»Warum nicht?«

»Ihr bleibt, ihr nicht bleibt. Wir nicht wissen. Also ihr bleibt hier.«

Ich zuckte die Achseln. »Nun gut. Dann können wir vielleicht irgendwo bis morgen früh schlafen.« Wenigstens, dachte ich, konnten wir unsere Kräfte sparen, bis wir beschlossen hatten, was zu tun war.

»Ja.«

»Gibt es irgendwo einen Gasthof, wo wir bleiben können?«

»Ja, aber dort nicht bleiben.«

»Warum nicht? Ihr könntet Wachen aufstellen, wenn ihr uns nicht traut.«

»Ja, aber ihr sterben oder nicht sterben. Wir nicht wissen. Also ihr bleibt hier.«

»Warum sollten wir sterben?«

»Seuche machen sterben.«

Ich begriff. Sie wollten nicht, daß wir mit der Seuche infiziert wurden, die immer noch die Stadt beherrschte, wie wir vermuteten. Vielleicht war dieser Bau besser geschützt als die Stadt.

Wir erklärten uns einverstanden, hierzubleiben.

Daraufhin führte uns der erste Mann aus dem Raum und einen kurzen Gang hinab, an dessen Ende eine Treppenflucht in die Keller des Zentrums führte.

Wir stiegen die Stufen hinab und gelangten zu einem weiteren Gang mit vielen Türen an beiden Seiten. Sie sahen verdächtig nach den Zellenreihen eines Gefängnisses aus.

Ich fragte den Mann, um was es sich dabei handelte.

»Hier schlecht funktionierende Köpfe untergebracht«, erklärte er.

Ich verstand dann, daß hier vermutlich jene Leute in Gefangenschaft saßen, die nach den Maßstäben der Stadt zwar noch nützlich waren für Cend-Amrid, aber nach den gleichen Maßstäben auch für verrückt gehalten wurden.

Offenbar wurden wir zu dieser Klasse gerechnet. Solange sie uns nicht die Waffen abnahmen, war ich bereit, mich für die Nacht einschließen zu lassen, sofern man dadurch letztlich unseren Motor reparierte und wir nach Varnal zurückreisen konnten, um dort zu beschließen, wie wir Cend-Amrid von dem Doppelfluch befreien könnten: der körperlichen und der geistigen Krankheit. Eine Kombination, so dachte ich unwillkürlich, wie sie auf dem Mars selten auftritt – zumal hier Krankheiten überhaupt nicht häufig vorkommen –, auf der Erde dagegen häufig. Und ebenso unwillkürlich drängte sich mir die Frage auf, ob die Menschen auf dem Mars die gleichen wären, wenn es hier mehr Krankheiten gegeben hätte. Ich kam zu dem Schluß, daß sie dann anders sein müßten. Und ich glaube, daß ich damit recht habe.

Ich bin Wissenschaftler, ich weiß, aber ich bin kein philosophischer Mensch – ich ziehe das Handeln dem Denken vor. Aber das Beispiel von Cend-Amrid erschreckte mich zutiefst, und ich werde mir wohl die Mühe machen müssen zu erklären, warum ich die Gesellschaft des Mars der der Erde vorziehe. Der Mars ist natürlich beileibe nicht vollkommen – und vielleicht ist dies auch teilweise der Grund, daß ich dort meine wirkliche Heimat gefunden habe. Aber dort hat man im wesentlichen eines gelernt: Das menschliche Individuum über allem zu schätzen. Nicht nur den Starken, sondern auch den Schwachen zu achten, denn wir tragen in einem großen Maß alle Stärken und Schwächen in uns. Es sind vor allem anderen die Umstände, die den Menschen ausmachen, den wir als stark oder schwach bezeichnen.

Dies war ein weiterer Grund, warum ich es verabscheute, was aus den Menschen von Cend-Amrid geworden war.

Letzten Endes würde es sich vielleicht als Sache des Verstandes und der Fechtkunst erweisen. Aber Sie müssen wissen, daß mein Denken vor meinem Schwertarm in Funktion trat.

Und wenn der Mars der Erde vorzuziehen ist, müssen Sie verstehen, warum dies so ist. Der Grund ist folgender:

Die Umstände haben es mit dem Mars besser gemeint als mit der Erde. Auf dem Planeten gibt es kaum Krankheiten, und die Bevölkerung ist zahlenmäßig so gering, daß jeder Mensch die Chance hat, sich selbst zu verwirklichen.

Nun öffnete der Mann mit dem ausdruckslosen Gesicht eine Tür und trat zurück, damit wir hineingehen konnten.

Überrascht stellte ich fest, daß sich in der kleinen Zelle mit ihren vier Pritschen bereits ein Insasse befand. Er war ganz anders als die Elf, aber etwas in seinen unruhigen Augen erinnerte mich an den Arzt, den wir kennengelernt hatten.

»Er nicht gut für andere hier«, erklärte der Mann mit dem ausdruckslosen Gesicht, »aber das einziger Platz für euch. Nicht mit ihm sprechen.«

Wir sagten nichts, als wir die Zelle betraten und zusahen, wie sich die Tür hinter uns schloß. Wir hörten, wie ein Riegel vorgelegt wurde und wußten, daß wir nun gefangen saßen. Nur die Tatsache, daß wir noch im Besitz unserer Waffen waren, tröstete uns.

»Wer seid ihr?« fragte unser Zellengenosse, sobald die Schritte des anderen verklungen waren. »Warum hat Sechs euch festgenommen und euch die Schwerter gelassen?«

»Er war also die Sechs, ja?« Ich lächelte. »Wir sind einander niemals vorgestellt worden.«

Der Mann stand auf und kam wütend auf mich zu. »Darüber kannst du lachen?« Er deutete zur Tür. »Verstehst du denn überhaupt nicht, über was du lachst?«

Ich wurde ernst. »Natürlich«, sagte ich, »aber ich habe den Eindruck, wenn dagegen etwas unternommen werden soll« – ich nickte in die Richtung, die er angezeigt hatte –, »müssen wir unsere fünf Sinne beisammenhalten und dürfen nicht auf unsere Weise so verrückt werden wie jene, die wir bekämpfen wollen.«

Er ließ einen forschenden Blick über mein Gesicht schweifen, schaute dann zu Boden und nickte.

»Vielleicht hast du recht«, sagte er. »Vielleicht war das letzten Endes der Punkt, in dem ich mich getäuscht habe.«

Ich stellte meinen Freund und mich vor. »Das ist Hool Haji, Prinz von Mendishar im hohen Norden; und ich bin Michael Kane, Prinz von Varnal, das im Süden liegt.«

»Seltsame Freunde«, sagte er mit einem Blick auf uns beide. »Ich dachte, die Leute des Südens und die Blauen Riesen wären Erbfeinde.«

»Heute steht es nicht mehr so schlecht«, sagte ich. »Aber wer bist du, und weshalb sitzt du im Gefängnis?«

»Ich bin Eins«, sagte er, »und genau aus diesem Grund bin ich hier, wenn ihr so wollt.«

»Du meinst, du bist das fehlende Mitglied des Rates, der über Cend-Amrid herrscht?«

»Genau. Mehr noch: Ich habe den Rat gegründet. Habt ihr den Tisch gesehen, um den sie sitzen?«

»Ja. Ein eigentümlicher Platz.«

»Ich habe das Skelett in die Mitte des Tisches gelegt. Es sollte eine beständige Mahnung an das sein, gegen das wir zu kämpfen hatten: die schreckliche Seuche, die immer noch in der Stadt tobt.«

»Aber was hat diese Seuche ausgelöst? Ich habe noch nie von tödlichen Krankheiten auf dem Mars gehört.«

»Wir haben sie selbst ausgelöst – indirekt. Unweit von den Randgebieten der Stadt fanden wir einen alten Kanister. Er war so alt, daß es sich offensichtlich um ein Werk der Sheev oder der Yaksha handelte. Wir brauchten viele Monate, ehe es uns gelang, ihn zu öffnen.«

»Was war darin?« fragte Hool Haji neugierig.

»Nichts – dachten wir.«

»Nur Luft?« erkundigte sich Hool Haji ungläubig.

»Nicht nur Luft – die Seuche. Sie war die ganze Zeit über darin gewesen. In unserer Dummheit haben wir sie herausgelassen.«

Jetzt nickte Hool Haji.

»Ja, ich kann mich an die Hälfte der Geschichte erinnern«, sagte er. »Es hat irgend etwas damit zu tun, daß die Sheev und die Yaksha in ihrem selbstzerstörerischen Krieg Seuchen einsetzten, die sie irgendwie einfingen und auf ihre Feinde losließen. So etwas müßt ihr gefunden haben.«

»Genau das haben wir entdeckt – und welchen Preis dafür bezahlt!« Der Mann, der sich als Eins bezeichnet hatte, trat an seine Pritsche, setzte sich und stützte den Kopf in die Hände.

»Aber was geschah dann?«

»Ich gehörte dem Rat an, der Cend-Amrid regierte. Ich kam zu dem Schluß, wir müßten ein logisches System entwickeln, um die Seuche unter Kontrolle zu bringen. Ich entschied – und glaubt mir, daß ich nicht gern zu dieser Schlußfolgerung gelangt bin –, bis zur Ausrottung der Seuche sei jedes menschliche Wesen als Maschine anzusehen, da sich die Seuche ansonsten überall verbreitet hätte. Wenn die Seuche den Betreffenden nicht allzu schlimm überfiel – ihre Auswirkungen sind unterschiedlich, müßt ihr wissen –, würde er sich als potentiell arbeitsfähiger Mechanismus erweisen. War er stark befallen, mußte er als nutzloser Mechanismus angesehen und deshalb vernichtet werden. Seine unbeschädigten Teile sollten für den Fall aufbewahrt werden, daß sie einen funktionierenden oder potentiell arbeitsfähigen Mechanismus ergänzen konnten.«

»Aber ein solches Konzept erfordert doch eine viel verfeinertere Chirurgie, als eure Gesellschaft vermutlich kennt«, wandte ich ein.

»Wir haben Sheev-Gerätschaften. Ein Arm, eine Hand, ein lebenswichtiges Organ kann an der richtigen Stelle des menschlichen Körpers eingesetzt oder angefügt werden, dann wird die Maschinerie eingeschaltet. Das Gerät bringt irgendeine Energie hervor und fügt die Teile zusammen.« Der Mann sprach in verwundertem Ton, als hätte ich dies wissen müssen.

Hool Haji mischte sich ein. »Ich habe zwar von einer solchen Maschine gehört«, erklärte er, »hatte aber keine Ahnung, daß eine davon in Cend-Amrid existiert.«

»Wir haben es vor den anderen Völkern geheimgehalten«, erklärte der Mann. »Wir sind ein eher verschlossener Menschenschlag, wie du vielleicht weißt.«

»Das weiß ich wohl«, bestätigte Hool Haji. »Aber ich wußte nicht, in welchem Maß ihr verschwiegen seid.«

»Wären wir nicht solche Geheimniskrämer gewesen«, sagte Eins, »befänden wir uns heute nicht in dieser Lage.«

»Das ist schwer zu sagen«, meinte ich. »Aber weshalb sitzt du jetzt in Gefangenschaft?«

»Weil ich erkannte, daß meine Überlegungen etwas hervorgebracht hatten, das ebenso gefährlich ist wie die Seuche«, entgegnete er. »Ich wollte den Kurs, den ich eingeschlagen hatte, umkehren und uns alle wieder zur Vernunft bringen. Es war zu spät.«

Er tat mir leid. »Aber sie haben dich nicht getötet. Warum?«

»Ich nehme an, wegen meiner Denkfähigkeit. Auf ihre eigentümliche Art haben sie noch Achtung vor der Intelligenz – zumindest vor der Intelligenz einer bestimmten Art. Aber ich glaube nicht, daß dies anhalten wird.«

Ich glaubte es auch nicht. Ich war bemüßigt, die tragische Gestalt auf der Pritsche vor mir gleichzeitig zu verabscheuen und zu bedauern. Mein Mitgefühl gewann jedoch die Oberhand, auch wenn ich ihn im geheimen einen Narren schalt. Wie andere auf der Erde und dem Mars vor ihm war er das Opfer des Molochs geworden, den er selbst geschaffen hatte.

»Kam euch nicht in den Sinn«, fragte ich, »daß die alten Völker – die Sheev oder die Yaksha –, die fähig waren, diesen Seuchenbehälter zu fertigen, möglicherweise auch über ein Gerät zur Heilung von dieser Seuche verfügte?«

»Natürlich habe ich daran gedacht«, sagte Eins und sah gekränkt auf. »Aber existiert es noch? Und wenn ja, wo ist es? Wie soll man mit den Sheev Kontakt aufnehmen?«

»Das weiß niemand«, meinte Hool Haji. »Sie kommen und gehen.«

»Es muß doch möglich sein«, sagte ich, warf Hool Haji einen raschen Blick zu und fragte mich, ob ihm nicht der gleiche Einfall gekommen war, »diese Erfindung aufzuspüren, wenn sie noch existiert.«

Hool Haji schaute mit funkelnden Augen auf. »Du denkst an unser ursprüngliches Reiseziel, nicht wahr?«

»Genau«, sagte ich.

»Natürlich. Erst die Seuche – dann den Wahnsinn heilen!«

»Richtig.«

Eins schaute uns verwundert an. Er begriff offenbar kein Wort von unserem Gespräch. Ich hielt es in diesem Stadium für zweckmäßig, ihm nichts von der Schatzkammer voller Maschinen zu erzählen, die in den Kellergewölben der Yaksha versteckt war. Vielmehr waren Hool Haji und ich früher schon stillschweigend übereingekommen, den Ort geheimzuhalten und nur einer geringen Zahl von Vertrauten von seiner Lage zu berichten. Darin teilten wir die scheinbare Besorgnis der Sheev, denn wir hatten das Gefühl, daß die Preisgabe eines solchen Geheimnisses Gefahren mit sich bringen würde. Wenn die Sheev der Menschheit die wohlwollende Aufmerksamkeit entgegenbrachte, an die ich glaubte, warteten sie offenbar, bis die Gesellschaft auf dem Mars voll ausgereift war, ehe sie ihr die Wohltaten der früheren Gesellschaft zugänglich machte, die sich selbst zerstört hatte.

Eins fragte: »Was redet ihr da? Daß eine Chance besteht, ein Gegenmittel für die Seuche zu finden?«

»Genau.«

»Wo? Und wie?«

»Das können wir nicht verraten«, erklärte ich. »Aber wenn es uns gelingt, aus Cend-Amrid fortzukommen und eine solche Maschine zu finden, verspreche ich dir, daß wir zurückkehren.«

»Nun gut«, meinte er. »Das kann ich annehmen. Ihr bietet zumindest eine kleine Hoffnung. Ich hatte schon geglaubt, es bestünde nicht die geringste mehr.«

»Sag uns deinen wirklichen Namen«, bat ich. »Und schöpfe selbst wieder ein bißchen Hoffnung.«

»Barane Dasa«, sagte er, stand wieder auf und sprach nun mit festerer Stimme. »Barane Dasa, Meisterschmied von Cend-Amrid.«

»Dann wünsche uns Glück, Barane Dasa«, sagte ich, »und hoffe darauf, daß die Elf in der Lage sein werden, uns bei der Reparatur unseres Motors zu helfen.«

»Wir verstehen etwas von Maschinen in Cend-Amrid«, erklärte er, und etwas wie früherer Stolz trat in seine Augen. »Er wird wieder in Ordnung gebracht werden.«

»Vielleicht habt ihr doch nicht genug davon verstanden«, erinnerte ich ihn.

Er schürzte die Lippen. »Vielleicht haben wir keinen ausreichenden Unterschied zwischen den Maschinen, die uns lieb waren und den Menschen, die uns ebenfalls lieb waren, gemacht«, meinte er.

»Diese Unterscheidung sollten wir stets treffen«, erklärte ich. »Was nicht heißt, wir sollten Maschinen völlig ablehnen. Unterscheidungen sind nützlich, Ablehnungen dagegen nicht so sehr; Unterscheidungen entstammen der Liebe zum Wissen, wohingegen die Ablehnung einer Sache letztendlich aus der Furcht vor ihr herrührt.«

»Ich werde darüber nachdenken«, versprach er mit einem zaghaften Lächeln auf den Lippen, »aber ich werde einige Zeit benötigen, ehe ich entscheide, ob ich mit dir übereinstimme oder nicht.«

»Mehr können wir nicht verlangen«, entgegnete ich und erwiderte sein Lächeln.

Dann legten wir uns schlafen; Hool Haji streckte sich auf dem Boden der Zelle aus, denn die Pritschen waren nicht für drei Meter hohe Blaue Riesen gedacht.

4. Kapitel

DIE FLUCHT AUS CEND-AMRID

Am Morgen, kurz nach Sonnenaufgang, gingen wir alle hinaus, um nach dem Motor zu sehen – Hool Haji, ich und die Elf. Ich hatte von Barane Dasa erfahren, daß jedes Ratsmitglied vor dem Ausbruch der Seuche seiner Berufssparte vorgestanden hatte, und mir war klar, daß diese Leute am besten geeignet waren, die Maschine in Ordnung zu bringen, falls überhaupt jemand dazu fähig war.

Ich holte das Luftschiff zur Erde herunter und löste die Platten der Motorverkleidung. Ich konnte beinahe augenblicklich sehen, daß es sich um eine unbedeutende Panne handelte und schalt mich einen Dummkopf. Die Treibstoffzufuhr bestand aus mehreren Einzelabschnitten, von denen einer sich gelockert hatte. Irgendwie hatte sich ein Lappen – den vielleicht ein Mechaniker vergessen hatte – in die Leitung gearbeitet und verstopfte sie nun.

Es ist immer die einfachste Erklärung, die man übersieht. Ich hatte angenommen – berechtigtermaßen allerdings, denn die Mechaniker, die ich in Varnal ausgebildet hatte, waren normalerweise höchst zuverlässig und aufmerksam –, daß irgend etwas Kniffliges mit dem Motor nicht stimmte.

Trotzdem hatte ich nun einmal durch diesen Irrtum Cend-Amrid entdeckt, und dem war vermutlich gut so, denn so hatte ich die Gelegenheit, etwas für die Stadt zu tun. Mir lag nicht nur das Wohl von Cend-Amrid, sondern das Wohl des ganzen Mars am Herzen. Ich wußte, daß die hier herrschende Krankheit und Ideologie sich gleichermaßen ausbreiten konnten, so wie im Mittelalter der Schwarze Tod und die Schwarze Magie miteinander einhergegangen waren, und dem wollte ich um jeden Preis entgegenwirken.

Ich hielt es jedoch für zweckmäßig, so zu tun, als wäre etwas an der Maschine immer noch nicht in Ordnung und gestattete der Elf, sie zu inspizieren; das tat sie mit unverändert ausdruckslosen Gesichtern, während ich die Pläne hervorholte, die ich ihnen versprochen hatte. Ich war ziemlich sicher, daß sie nicht weit damit kämen, welche Energiequelle sie auch immer benutzten, ehe ich zurückkehrte; Dampfkraft war die einzige, die sie in groben Zügen verstanden. Das unterschied sie allerdings wesentlich von allen anderen Völkern auf dem Mars, die sich lediglich mit Physik der theoretischen Art befaßt hatten, denn die Maschinen der Sheev waren äußerst kompliziert und für sie schlichtweg unverständlich.

Wieder empfand ich Mitleid mit dem Volk von Cend-Amrid, glaubte aber nach wie vor, daß die Situation, die auf dem übrigen Mars herrschte, letzten Endes doch die beste war.

Kurz gesagt, die Neugier bringt die Katze nur manchmal um, und das gewöhnlich auch nur, wenn sie keinen festen Boden unter den Füßen hat. Mir ging es nun besser, da ich wußte, daß ich Cend-Amrid ohne allzu große Schwierigkeiten verlassen konnte, und ich wartete auf ein Zeichen der Verwunderung auf den Gesichtern der Elf, die meine Zeichnungen studierten.

Es kam keines. Der einzige Eindruck, den sie mir nachhaltig vermittelten, war der ihres Selbstvertrauens.

Unausweichlich fragten sie mich schließlich nach dem Treibstoff, und ich zeigte ihnen ein wenig von dem Benzin, das ich in Varnal hatte raffinieren lassen. Ich möchte betonen, daß die Varnalier im Grunde selbst nichts von den Grundlagen der Motoren verstanden, die ich für Luftschiffe verwendete, wie sie auch nicht viel mehr von den weit komplizierteren Prinzipien des Sheev-Antriebs begriffen, mit dem ich mein erstes Luftschiff betrieben hatte. Und das, so fand ich, war im Augenblick nur gut.

Einer der Elf – er nannte sich selbst Neun – fragte nach dem Benzin und wo es zu finden sei.

»Es ist in seinem Rohzustand nicht so«, erklärte ich.

»Wie ist es im Rohzustand?« kam die gefühllose Frage.

»Das ist schwer zu sagen.«

»Du kommst zurück Cend-Amrid und zeigst. Wir haben viele Flüssigkeiten aus alten Entdeckungen bewahrt.«

Zweifellos meinte er, daß sie noch andere Hinterlassenschaften der Sheev gefunden und auf die eine oder andere Art erhalten hatten.

Nun übermannte mich die Neugier, und ich wollte mir nicht die Gelegenheit entgehen lassen, die von Neun erwähnten ›Flüssigkeiten‹ zu sehen. Ich erklärte mich einverstanden, den Rückweg zur Stadt anzutreten.

Hool Haji blieb im Schiff, während ich mit der gesamten Elf zum Laborgebäude zurückging, das direkt hinter dem Zentrum lag. Bei Tageslicht waren überall Spuren der Seuche zu erkennen. Durch die Straßen quietschten mit Leichen beladene Karren. Aber wenn man erwartet hätte, auf den Gesichtern der Lebenden Anzeichen von Trauer zu sehen, so suchte man vergebens. Die Tyrannei der Elf ließ solche – in ihren Augen – unnützen Gefühle wie Trauer oder Freude nicht zu. Ich schlußfolgerte, daß man Zeichen von Gefühl entweder für Beweise des ›Wahnsinns‹ oder dafür hielt, daß die Seuche wieder ein Opfer befallen hatte.

Mir schauderte bei dieser Vorstellung mehr, als hätte jemand irgendwie seine Trauer geäußert.

Die Elf führten mir alle Chemikalien vor, die sie in den Ruinen der Sheev-Städte geborgen hatten, aber ich sagte ihnen, daß keine dem Benzin gleichkam – was gelogen war.

Sie baten mich, ihnen etwas Benzin zu überlassen, und ich erklärte mich einverstanden. Ich wollte jedoch dafür Sorge tragen, daß es nicht funktionierte, wenn sie es testeten.

Ich hatte mich geweigert, mich in einer dieser schrecklichen Sänften tragen zu lassen, also gingen wir zu Fuß den Weg zurück, den wir gekommen waren.

Auch das wirkte auf die Elf, selbst wenn sie es nicht zeigten, verabscheuungswürdig, und als einer von ihnen stehenblieb, wurde mir auch klar, warum. Am Ende der Straße, die wir nahmen, sah ich einen Mann aus einem Haus schwanken und auf uns zustolpern.

Auf seinen Lippen stand blutiger Schaum, und auf seinem Gesicht verlief ein grünlicher Fleck vom Hals bis zur Nase. Ein Arm wirkte gelähmt und unbrauchbar, der andere fuchtelte herum, als versuchte der Mann, das Gleichgewicht zu halten. Er sah uns und stieß einen unartikulierten Schrei aus. Seine Augen glänzten fiebrig, und aus ihnen schien der Haß.

Als er sich den Elf näherte, rief er: »Was habt ihr getan? Was habt ihr getan?«

Die Elf machten wie ein Mann kehrt und ließen mich mit dem von der Seuche befallenen armen Teufel allein. Er aber ignorierte mich und lief ihnen nach.

»Was habt ihr getan?« kreischte er wieder.

»Worte bedeuten nichts. Können nicht antworten«, erwiderte Neun.

»Ihr seid schuld! Ihr habt die Seuche ausgelöst. Ihr

habt uns diese üble Herrschaft aufgezwungen! Warum sehen es nur so wenige ein?«

»Sinnlos«, erklang die kalte, gefühllose Stimme von Sechs.

Dann kam aus dem gleichen Hauseingang ein Mädchen gelaufen. Es war hübsch, ungefähr achtzehn und trug den üblichen marsianischen Lederharnisch. Ihr braunes Haar war zerzaust, ihr Gesicht von Tränen verschmiert.

»Vater!« rief sie und rannte auf den Kranken zu.

»Geh weg, Ala Mara!« schrie er. »Geh weg – ich werde sterben. Laß mich die geringe Lebenskraft, die mir bleibt, nutzen, um gegen diese Tyrannen zu protestieren. Ich will versuchen, in ihnen irgendein menschliches Gefühl auszulösen, und wenn es nur Haß ist!«

»Nein, Vater!« Das Mädchen zerrte an seinem Arm.

Ich wandte mich an sie: »Ich stehe auf eurer Seite«, erklärte ich. »Aber wartet noch eine Weile. Vielleicht kann ich euch helfen.«

Einer der Elf – ich glaube, er nannte sich Drei – drehte sich um. In der Hand hielt er eine Luftpistole. Ohne mit der Wimper zu zucken, betätigte er den Abzug. Sie funktionierte nur auf kürzeste Entfernung – und das hier war fast Kernschußweite. Der Mann brach mit einem Stöhnen zusammen.

Das Mädchen kreischte laut auf und begann, mit den Fäusten gegen Dreis Brust zu trommeln.

»Du hast ihn umgebracht! Du hättest ihm wenigstens das bißchen Leben, das ihm noch blieb, lassen können!« schluchzte es vor Wut.

»Untauglich«, sagte Drei. »Du auch untauglich.« Er hob die Pistole.

Nun konnte ich nicht länger zusehen.

Mit einem unartikulierten Schrei stürzte ich mich auf

ihn, schlug ihm die Waffe aus den Händen und legte einen Arm um das Mädchen.

Ich sagte nichts.

Er schwieg ebenfalls.

Wir standen einfach da und starrten einander wortlos an, bis die anderen zehn Ratsmitglieder sich umdrehten.

Mit der freien Hand zog ich mein Schwert.

»Ein Toter ist am untauglichsten von allen«, sagte ich. »Und genau dazu werde ich einige von euch machen, wenn ihr euch nur einmal rührt.«

Nun weinte das Mädchen vor Schreck; es tat mir noch mehr leid als zuvor.

»Hab keine Angst, Ala Mara«, sagte ich, da mir der Name wieder einfiel, den ihr Vater benutzt hatte. »Sie werden dir nichts tun.«

Jetzt hob jener, der am weitesten von mir entfernt stand, ohne meine Drohung zu beachten, eine Pfeife an die Lippen. Ihr schriller Ton durchdrang die Luft, und ich wußte, daß er damit Wachen herbeirufen wollte.

Ich hob das Mädchen auf meine Schulter und stürzte die Straße hinab. Ich wußte, daß das Stadttor hinter der nächsten Biegung lag und ich schnell genügend Abstand zwischen mich und die Elf legen mußte, damit ihre Pistolen mir nichts mehr anhaben konnten.

Ich lief keuchend um die Ecke und schoß aufs offene Tor zu. Als ich hindurchlief, folgten mir Wachen, und ich betete, daß es mir gelingen würde, das wartende Luftschiff zu erreichen, bevor alles verloren war.

Hool Haji mußte gesehen haben, daß die Wachen hinter mir herjagten, denn plötzlich tauchte er am Eingang der Luftschiffkabine auf. Ich warf ihm das Mädchen halb zu und drehte mich gerade rechtzeitig um, um mich den beiden ersten Schwertkämpfern zu stellen. Sie waren unerfahren im Umgang mit den Waffen, und anfänglich konnte ich mich mühelos verteidigen. Aber bald beteiligten sich mehrere an dem Gefecht, und ich wäre in arge Bedrängnis geraten, wäre der massige Hool Haji nicht neben mir aufgetaucht.

Gemeinsam hielten wir ihnen stand, bis mehrere tot oder verwundet am Boden lagen.

Hool Haji raunte mir zu: »Geh an Bord. Ich komme gleich nach.«

Trotzdem ich weiterkämpfen mußte, schaffte ich es, die Kabine zu erklimmen.

Hool Haji stieß ein letztes Mal zu, tötete eine Wache und sprang in einer Gefechtspause, die nur den Bruchteil einer Sekunde andauerte, in die Kabine. Ich stand an der Tür bereit und warf sie zu. Ich überließ es Hool Haji, sie zu verriegeln, ging an dem immer noch verängstigten Mädchen vorbei und setzte mich an die Steuerung.

Es war nur eine Sache von Augenblicken, ehe die Maschine dröhnend ansprang. Ich machte die Fangleinen los, und bald stiegen wir in die Lüfte auf.

»Was jetzt?« fragte Hool Haji mit einem Blick auf das Mädchen, während er sich in seinen Spezialsessel setzte.

»Ich bin versucht, sofort nach Varnal zurückzukehren«, sagte ich, »um mir den Geschmack dieser Stadt aus dem Mund zu spülen, ehe wir etwas weiteres unternehmen. Aber es wäre vermutlich besser, sofort die unterirdischen Kammern der Yaksha aufzusuchen und nachzusehen, ob wir eine Apparatur zur Heilung der Krankheit finden können. Noch besser wäre es, wir könnten Kontakt mit den Sheev aufnehmen. Sie könnten vielleicht helfen.«

»Die Sheev lassen sich selten in unsere Angelegenheiten verwickeln«, erinnerte mich Hool Haji.

»Aber wenn sie *wüßten!*«

»Vielleicht wissen sie es.«

»Nun gut«, sagte ich, »wir fliegen nach Yaksha. Vielleicht finden wir dort auch die Mittel, mit den Sheev Kontakt aufzunehmen.«

»Und was ist mit dem Mädchen?« erkundigte sich Hool Haji.

»Wir können nichts anders tun, als sie mitnehmen«, erklärte ich. »Nachdem ich ihr nun einmal geholfen habe, trage ich irgendwie auch die Verantwortung für sie.«

»Und ich, mein Freund.« Hool Haji lächelte und drückte meine Schulter.

Von hinten sagte Ala Mara leise: »Ich danke euch, Fremdlinge. Aber wenn ich euch Schwierigkeiten bereite, setzt mich ab, wo ihr wollt. Ihr habt schon genug getan.«

»Unsinn«, sagte ich und nahm Kurs nach Norden und Yaksha. »Ich möchte dich irgendwann nach Cend-Amrid zurückbringen können – und wenn, dann mit wirksamen Mitteln zur Beseitigung der dortigen Schreckensherrschaften.«

Vielleicht deshalb und weil es offenbar an den Tod ihres Vaters dachte, fing das Mädchen wieder an zu schluchzen. Auch mir fiel es schwer, angesichts ihrer Gefühle völlig gelassen zu bleiben, und so dauerte es eine ganze Weile, bis ich darüber nachdenken konnte, mit welcher Methode ich die Apparatur zur Heilung der Krankheit finden würde – vorausgesetzt, es gab überhaupt eine in Yaksha!

Es würde noch einige Tage dauern, bis wir unser Ziel erreichten. Und in der Zwischenzeit wollte ich mir alle Mühe geben, wirklich kühl zu denken.

Damals wußte ich freilich nicht, was das Schicksal für mich bereithielt, sonst wäre ich vielleicht nach Varnal zurückgekehrt.

Doch es war nun einmal so, daß die Dinge sich noch weiter komplizierten, und bald befand ich mich – wie alle anderen – in einer verzweifelten Notlage.

5. Kapitel

DIE BARBAREN

Schließlich durchquerten wir die Wüste, nachdem wir beschlossen hatten, Hool Hajis Heimat erst auf dem Rückweg zu besuchen. Es war teilweise die Entscheidung meines Freundes, denn wie er erklärte, war er erst vor kurzem von dort abgereist und war überzeugt, daß in der Zwischenzeit wenig geschehen war, das seine Anwesenheit erforderte.

Wir landeten direkt vor dem Eingang, den wir lange zuvor freigelegt hatten. Wir vertäuten das Luftschiff und ließen es in Ala Maras Obhut zurück.

Am Eingang – er war mit einer großen Platte aus einer rostfreien Metallegierung bedeckt, die wir früher gefunden hatten – erkannten wir Anzeichen, daß sich jemand hier zu schaffen gemacht hatte.

Hool Haji deutete auf den Boden.

»Seit unserer Abreise müssen Menschen hier gewesen sein«, sagte er. »Da sind Fußspuren – und dort sieht man, daß schwere Gegenstände über den Boden gezerrt wurden. Welchen Schluß ziehst du daraus, Michael Kane?«

Ich runzelte die Stirn. »Vorläufig keinen anderen als du. Wir sollten lieber vorsichtig sein, wenn wir den Komplex betreten. Vielleicht finden wir drinnen einen Hinweis, um wen es sich bei den Fremden handelt. Wer könnte schon hierhergekommen sein?«

Hool Haji schüttelte den Kopf. »Die Fußspuren zeigen,

daß es keine Angehörigen meines Volkes, sondern welche deines waren – und doch leben in dieser Gegend keine Kleinen. Sie müssen von weither gekommen sein.«

Wir hoben die Abdeckung an und stiegen in den kühlen Innenraum. Er wurde von den scheinbar ewigwährenden Lampen der alten Rasse erhellt.

Bei unserem letzten Besuch hatten wir eine hölzerne Treppe gebaut, und die war nun zerkratzt und zersplittert, was wiederum besagte, daß schwere Gegenstände hier hinaufgeschleppt worden waren.

Als wir weiter in die Kammern der Yaksha vordrangen, stockte uns angesichts des Bildes der Zerstörung, das sich uns bot, vor Zorn der Atem. Maschinen waren umgeworfen und zerschlagen, Fässer mit Chemikalien aufgehackt und zerschmettert, und alle möglichen Gegenstände teilweise zerstört worden.

Wir gingen weiter durch viele Kammern der unterirdischen Stadt und entdeckten weitere Beweise sinnlosen Vandalismus, bis wir einen besonders großen Raum betraten und ihn fast leer vorfanden. Mir fiel ein, daß gerade hier viele der interessantesten Yaksha-Maschinen gestanden hatten. Sie hätten viele aufschlußreiche Kenntnisse vermittelt, wäre ich in der Lage gewesen, sie zu studieren.

Aber sie waren fort!

Wo waren sie geblieben?

Ich hatte nicht die geringste Vorstellung.

In diesem Augenblick hörte ich, wie sich vor uns etwas bewegte. Ich zog mein Schwert. Hool Haji tat es mir nach.

Wir waren gerade soweit, als aus dem Eingang, der jenem gegenüber lag, durch den wir gekommen waren, eine Zahl von Männern stürmte, die Schwerter schwenkten und runde Schilde aus grob behauenem Metall trugen.

Was mir jedoch am meisten an ihnen auffiel, war die Tatsache, daß sie alle bärtig waren. Fast jeder, den ich auf dem Mars gesehen hatte, war glattrasiert.

Es handelte sich um untersetzte, muskulöse Krieger mit schweren, gänzlich unverzierten Lederharnischen. Ihr einziger Schmuck bestand aus Halsbändern und Armreifen aus gehämmertem Metall, das wie Eisen wirkte. Nur wenige trugen etwas, das im Licht wie Gold oder Messing glänzte.

Sie blieben ungeordnet stehen, als wir Anstalten machten, ihnen mit gezogenem Schwert entgegenzutreten.

Einer von ihnen, ein schielender Bursche, der noch haariger war als die anderen, legte den Kopf zur Seite und sagte mit rauher, unverschämter Stimme:

»Wer seid ihr? Was habt ihr hier zu suchen? Dies ist unser Plünderrevier. Wir haben es zuerst entdeckt.«

»Ach, tatsächlich?« erwiderte ich.

»Ja, so ist es. Ihr seid ein komisches Pärchen, ihr beiden. Ich habe immer gedacht, die Blauen Riesen wären ein kämpferisches Volk, so wie wir.«

»Nach dem zu urteilen, was ihr hier angerichtet habt, müssen Leute wie ihr bekämpft werden«, erklärte Hool Haji in angewidertem Tonfall.

»Leute wie *ihn* meine ich auch«, sagte der Bärtige und fuchtelte mit seinem Schwert in meine Richtung.

»Darum geht es jetzt nicht«, fuhr ich ihn ungeduldig an. »Wohl aber geht es darum, wer *ihr* seid!«

»Das geht euch nichts an!«

»Wir können dafür sorgen, daß es uns etwas angeht!« fauchte Hool Haji.

Der Bärtige lachte heiser und hochmütig. »Ach, wirklich? Nun, versucht es, wenn ihr wollt. Wir sind Bagarad, und Rokin der Goldene ist unser Anführer. Wir sind die besten Kämpfer auf beiden Seiten der Westsee.«

»Ihr kommt also von jenseits der Westsee«, stellte ich fest.

»Ihr habt von uns gehört?«

Ich schüttelte den Kopf, aber Hool Haji sagte: »Die Bagarad – ich habe von meinem Vater etwas über euch erfahren. Barbaren, Plünderer, Räuber aus dem Land jenseits der Westsee.«

Ich hatte den westlichen Kontinent nur einmal und aus Zufall besucht. Wir waren dort auf die Stadt der Spinne gestoßen, und Hool Haji und ich entkamen nur knapp dem Tod. Diese Männer stammten also auch von dem geheimnisvollen Erdteil, den die meisten zivilisierten Völker des Mars noch nicht erforscht hatten.

»Barbaren!« Wieder stimmte der Mann sein kehliges Lachen an. »Vielleicht – aber bald werden wir die ganze Welt erobert haben!«

»Wie das?« erkundigte ich mich, und mir dämmerte ein Verdacht.

»Weil wir Waffen haben – Waffen, von denen die Menschheit sich nichts träumen ließ. Die Waffen der Götter, die einst hier lebten!«

»Hier lebten keine Götter«, erklärte ich. »Höchstens arme Teufel.«

Der Mann furchte die Stirn. »Was weißt du schon von den Göttern?«

»Ich sagte es doch – die, die diese Höhlenstadt erbauten, waren keine Götter, sondern normale Menschen.«

»Du redest ketzerisches Zeug, Glattgesicht«, knurrte der Barbar. »Hüte dich! Wer bist du überhaupt?«

»Ich bin Michael Kane, der Bradhinak von Varnal.«

»Ein Bradhinak, wie? Für dich bekäme man wohl ein gutes Lösegeld, was?«

»Zweifellos«, antworte ich ungerührt. »Aber es wäre das Lösegeld für einen Leichnam, denn ich würde lieber im Kampf sterben als zulassen, daß jemand wie du Hand an mich legt.«

Der Barbar grinste, er hatte offensichtlich seine Freude an dieser Beleidigung.

»Und wer ist der andere?«

»Ich bin Bradhi Hool Haji von Mendishar, und ich brauche die Worte meines Freundes nicht zu wiederholen, denn sie sind identisch mit dem, was ich zu sagen hätte.« Hool Haji veränderte seine Stellung ein wenig.

Der Barbar blickte argwöhnisch und nachdenklich zu Boden.

»Schön, schön. Zwei fette Summen, wenn wir euch lebend bekommen, nicht wahr? Ich bin Zonorn der Reißer und mache meinem Namen alle Ehre. In meinen besten Zeiten habe ich den Leuten die Gliedmaßen einzeln ausgerissen.«

»Eine nützliche Begabung«, spöttelte ich.

Sein Gesicht wurde ernst. »Jawohl, das ist es auch – dort, wo die Bagarad herrschen. Keiner wagt es, Zonorn an den Karren zu fahren – nur der Mann, der mächtiger ist als ich.«

»So wie du redest, ist das keiner«, meinte ich.

»Ich spreche von unserem eigenen Bradhi, Rokin dem Goldenen. Du magst mich beleidigen, ich werde die Beleidigung nur daran messen, was sie taugt. Doch wenn sie kläglich ist, werde ich Anstoß an ihr nehmen. Aber sage ein Wort gegen Rokin – einen wirklichen Feldherrn –, und ich reiße dich in Stücke. Ich brauche weder Schwert noch Schild, um es mit einem Mann aufzunehmen.«

»Demnach habt ihr auf Rokins Befehl hin die Maschinen gestohlen, nicht wahr?«

»So könnte man sagen.«

»Wo sind die Maschinen jetzt? Noch auf dieser Seite der Westsee?«

»Einige ja, andere nicht.«

»Ihr seid Dummköpfe, mit ihnen herumzuspielen. Sie könnten euch ebenso leicht vernichten wie jene, gegen die ihr sie einsetzen wollt.«

»Versuche nicht, mich mit solchem Gerede zu verängstigen«, krächzte Zonorn. »Wir wissen, was wir tun. Nenn niemals einen Mann der Bagarad einen Dummkopf, ehe du nach deinem Bart suchst.« Er brach in Gelächter aus und hatte offensichtlich seinen Spaß an dem, was ein geläufiger Scherz seines Volkes war.

»Ich habe keinen Bart«, erinnerte ich ihn. »Und ihr wärt klug, das zurückzugeben, was ihr gestohlen habt. Ihr könnt gar nicht ermessen, was euer Handeln bewirkt; ihr würdet es nicht einmal verstehen, wenn ich es euch erklärte.«

»Wir haben keine Angst vor dir«, sagte er. »Und auch nicht vor deinem großen Freund. Wir sind viele – und wir sind die besten Kämpfer auf beiden Seiten des Ozeans.«

»Dann wollen wir ein Abkommen treffen«, schlug ich vor.

»Und was soll das für ein Abkommen sein?«

»Wenn wir euch in einem fairen Kampf schlagen, bringt ihr die Waffen zurück.« Ich dachte, dies entspräche seinen schlichten, barbarischen Instinkten.

»Das geht nicht«, sagte er und schüttelte enttäuscht den Kopf. »Solche Entscheidungen kann nur Rokin treffen.«

»Wie verfahren wir also?«

»Ich bin ein fairer Mann«, erklärte Zonorn nachdenklich. »Und wir sind augenblicklich in der Überzahl. Ich werde euch gehenlassen. Was haltet ihr davon?«

»Du hast Angst, gegen uns zu kämpfen, nicht wahr?« Hool Haji lachte und wiegte sein Schwert in der Hand.

Das hätte er lieber nicht sagen sollen.

Wenn Zonorn uns hätte gehenlassen, hätten wir mit einer Streitmacht von Mendishar zurückkehren und sie aufhalten können, ehe sie sich zum westlichen Kontinent einschifften.

Aber Hool Haji hatte Zonorns Barbarenstolz beleidigt.

Dies ließ sich nun nur noch mit Blut begleichen.

Mit einem wütenden Aufschrei stürzte Zonorn schon auf Hool Haji zu.

Und auch seine Männer griffen uns nun an.

Bald kämpften wir zwei jeder gegen mehrere wirbelnde Klingen gleichzeitig. Die Barbaren waren kühne, kraftvolle Kämpfer, doch ihrer Schwerttechnik fehlte die Raffinesse.

Es war ziemlich leicht, uns gegen so viele Männer zu verteidigen, aber wir wußten beide, daß wir schließlich sterben würden, hatten wir kein außerordentliches Glück.

Wir standen beim Kampf mit dem Rücken zur Wand, und bald waren unsere Klingen von der Spitze bis zum Griff mit dem Blut unserer Angreifer besudelt.

Ich wich einem ungeschickten Hieb aus, stieß über einen Schildrand und traf meinen Gegner an der Kehle. Erst als ich ihn getötet hatte und schon mit einem anderen Widersacher beschäftigt war, begriff ich, daß mir Zonorn selbst zum Opfer gefallen war.

Nach einer Weile fing mein Schwertarm an zu schmerzen, aber ich kämpfte verzweifelt weiter, denn ich wußte, daß es diesmal um weit mehr als nur um unser Leben ging.

Das Schicksal von Cend-Amrid stand auf dem Spiel. Vielleicht sogar das Schicksal des ganzen Mars.

Wir mußten die richtige Apparatur finden, ob sie sich nun in den Gewölben oder im Besitz des ungeschlachten Barbaren befand, der sich Rokin der Goldene nannte. Ich wehrte einen von oben geführten Schlag ab und war halb außer Atem, als mein Angreifer seinen Schild an meine Brust drückte.

Ich ließ mein Schwert auf seinen Griff fallen, setzte mich mit einem Ruck ab und stieß wieder zu, um sein Herz zu treffen.

Und doch schien es, trotz aller Schnelligkeit, mit der wir sie töteten, als nähmen ständig neue Kämpfer die Plätze der Toten ein, und wie üblich konnte ich bald an nichts anderes mehr denken als den Kampf. Ich wurde, so sehr ich es verabscheute, selbst zu einer Kampfmaschine, deren ganze Aufmerksamkeit dem Erhalt des eigenen Daseins galt, auch wenn es bedeutete, dafür viele andere Leben zu opfern.

Trotz meiner edlen Ideale wurde ich, wenn es darauf ankam, ebenso zum Mörder wie jene, die ich aus diesem Grund verachtete.

Ich erwähne dies nur, um zu erläutern, daß ich keinen Spaß am Töten habe und es vermeide, wo ich nur kann – selbst auf dem Mars, dieser kriegerischen Welt.

Wir kämpften pausenlos weiter, bis unser gesamtes Zeitgefühl dahin war und es pausenlos so schien, als entkämen wir dem Tod stets nur um Haaresbreite.

Doch endlich sah es so aus, als würden auch unsere Gegner erlahmen.

Ich erkannte eine Lücke und kam zu dem Schluß, daß wir unserer Sache jetzt am besten dienten, wenn wir einen Fluchtversuch machten.

Ich brüllte Hool Haji zu, stürzte durch die Lücke und beobachtete aus den Augenwinkeln, daß er mir folgte. Dann sah ich, wie ein Mann Hool Haji aus dem Dunkel von der Seite her angriff. Ich wußte instinktiv, daß er ihn nicht rechtzeitig sehen würde.

Ich schrie ihm eine Warnung zu und drehte mich um,

um ihn zu retten. Ich machte zu heftig kehrt und verlor auf dem schlüpfrigen Blut das Gleichgewicht.

Ich erinnere mich an ein grinsendes, bärtiges Gesicht und einen Schild, der gegen den meinen geschmettert wurde.

Ich wollte ruhig Blut bewahren und aufstehen. Ich sah, wie Hool Haji mit schmerzverzerrtem Gesicht nach seiner Seite faßte. Dann verschwamm mir alles vor den Augen.

Ich stürzte vornüber – in der Gewißheit, nie wieder aufzuwachen.

6. Kapitel

ROKIN DER GOLDENE

Ich kam wieder zu mir, aber es war kein angenehmes Erwachen. Ich wurde auf dem Rücken eines Tieres durchgeschüttelt.

Als ich die Augen aufschlug und in den grellen Sonnenschein blinzelte, sah ich, daß ich an Händen und Füßen gebunden war und gefesselt auf dem Rücken eines riesigen Daharas lag, des universellen Reit- und Lasttiers sämtlicher Marsianer, die mir begegnet waren.

Die Sonne schien direkt in meine Augen, und mir tat jeder einzelne Muskel des Körpers weh. Aber im großen und ganzen schien ich unversehrt zu sein.

Ich fragte mich, was aus Hool Haji geworden war.

Und dann überlegte ich, wie es wohl Ala Mara erging, die wir allein zur Bewachung des Luftschiffes zurückgelassen hatten.

Ich betete zum Himmel, daß die grobschlächtigen Barbaren sie nicht entdeckt hatten!

Ich schloß die Augen wieder vor dem Sonnenlicht und dachte über die Möglichkeiten nach, meinen Häschern zu entfliehen und die Maschine zur Heilung der Seuche in Cend-Amrid zu finden. Ich war so müde, daß mir das logische Denken schwerfiel.

Als ich das nächste Mal die Augen aufschlug, starrte ich in das verschlagene Gesicht eines Barbaren.

»Du lebst also noch.« Er grinste.

»Ich hatte euch Südländer für schwächlich gehalten –

aber wir sind dort drüben eines Besseren belehrt worden.«

»Gib mir ein Schwert und binde mir die Hände los, dann kannst du die Lektion auch persönlich lernen«, sagte ich mit belegter Stimme.

Er schüttelte verwundert den Kopf. »Laß dir einen Bart wachsen, und du könntest ein Bagarad sein. Ich glaube, du wirst Rokin dem Goldenen gefallen.«

»Wohin gehen wir?«

»Zu Rokin.«

»Was ist aus meinem Freund geworden?« Das Mädchen erwähnte ich absichtlich nicht.

»Er lebt noch – allerdings hat er eine leichte Fleischwunde davongetragen.« Wir bewegten uns immer noch vorwärts während unserer Unterhaltung; er ritt das Dahara. Ich war erleichtert, daß Hool Haji überlebt hatte.

»Wir konnten eure Daharas nicht finden«, berichtete der Barbar. »Wie seid ihr hergekommen?«

Diese Frage erleichterte mich noch mehr, denn sie bedeutete, daß Ala Mara nicht entdeckt worden war. Aber wo war sie? Wie kam es, daß man das Luftschiff nicht bemerkt hatte? Ich versuchte eine Entgegnung zu finden, auf die mir diese Fragen zumindest teilweise beantwortet würden.

»Wir hatten ein Luftfahrzeug«, sagte ich. »Wir sind geflogen.«

Der Barbar brach in ein schallendes Gelächter aus.

»Du hast Mut«, sagte er. »Du kannst nicht nur wie ein Bagarad kämpfen, du lügst auch so.«

»Habt ihr kein Luftschiff gesehen?«

Er grinste. »Wir haben kein Luftschiff gesehen. Du nennst uns Barbaren, mein Freund, aber sogar wir sind schlau genug, nicht an Kindermärchen zu glauben. Jeder weiß, daß Menschen nicht zum Fliegen geschaffen sind – und es deshalb auch nicht können.«

Ich lächelte schwach zurück. Er wußte nicht, daß ich seine Naivität belächelte und mich freute, weil seine Antwort mit Sicherheit bedeutete, daß man weder mein Luftschiff noch Ala Mara gesehen hatte. Aber ich fragte mich noch immer, was aus dem Mädchen geworden war. Ob das Luftschiff irgendwie abgetrieben worden war? Ich konnte es mir nicht vorstellen. Ich konnte nur hoffen, daß sich beide in Sicherheit befanden.

Nach einer Weile schlief ich trotz des holprigen Ritts dank meiner Erschöpfung ein.

Als ich das nächste Mal erwachte, war es dunkel, und das Dahara ging gemächlicher.

Über dem Gemurmel der Gespräche der Barbaren hörte ich ein anderes Geräusch: das Rauschen des Meeres.

Meine Hoffnungen schwanden, als ich erkannte, daß wir zu ihrem Lager gelangt waren und ich bald vor ihren vielbewunderten Anführer, Rokin den Goldenen, treten würde.

Nach einer Weile blieb das Dahara stehen. Derbe Hände rissen die Seile von meinem Körper und ließen mich zu Boden fallen. Einer der Barbaren, möglicherweise jener, mit dem ich mich zuvor unterhalten hatte, setzte mir einen Beutel mit lauwarmem Wasser an die Lippen, und ich trank begierig.

»Bald auch Essen«, versprach er. »Nachdem Rokin dich angesehen hat.«

Er ging weg, und ich blieb auf dem Kiesstrand liegen und lauschte der nahen See. Ich war immer noch nicht ganz bei mir.

Später vernahm ich Stimmen, dann fiel etwas zu Boden. Ich drehte den Kopf und sah den massigen Hool Haji neben mir liegen. Ich bemerkte seine Wunde und sah, daß die Barbaren zumindest so gnädig gewesen waren, sie, wenn auch nur grob, zu verbinden.

Er wandte mir den Kopf zu und lächelte grimmig.

»Wenigstens leben wir noch«, meinte er.

»Aber für wie lange?« fragte ich. »Und wird es das wert sein? Wir müssen so schnell wie möglich fliehen, Hool Haji. Du weißt warum!«

»Ich weiß«, sagte er gelassen. »Ich schmiede auch Fluchtpläne. Aber im Augenblick können wir nur den rechten Zeitpunkt abwarten. Was ist mit dem Mädchen, das du aus Cend-Amrid befreit hast – wo steckt sie?«

»In Sicherheit, soweit ich weiß«, erklärte ich. »Zumindest ist sie nicht von den Barbaren gefunden worden.«

»Gut. Wie hast du es erfahren?«

Ich berichtete ihm das wenige, das ich herausgefunden hatte.

»Vielleicht hat sie etwas von den Vorfällen gesehen und holt Hilfe«, meinte er, wenn auch nur wenig überzeugt.

»Sie könnte die Steuerung nur bedienen, wenn sie mir wirklich äußerst genau zugesehen hätte. Ich kann mir keine Erklärung denken. Ich hoffe nur, sie ist wohlauf.«

»Hast du sie bemerkt?« fragte Hool Haji dann. »Die einzige Chance, die wir haben?«

»Und die wäre?«

»Das geheime Jagdmesser steckt noch in meinem Harnisch.«

Das war ja immerhin etwas! Alle blauhäutigen Marsianer tragen im Schmuckwerk ihres Kriegsharnischs kleine Messer versteckt. Jemandem, der es nicht gewöhnt ist, danach zu suchen, erscheinen sie wie eine Verzierung des Harnischs, aber ich konnte wieder einmal für die geheimen Messer dankbar sein. Leider trug ich einen Harnisch nach der Mode des Südens, der kein solches Messer enthielt. Aber eins war immer noch besser als keins. Wenn ich es mit den Zähnen herausziehen konnte, war ich vielleicht in der Lage, Hool Hajis Fesseln zu durchschneiden.

Ich rollte mich gerade zu diesem Zweck auf ihn zu, als plötzlich über uns ein Geräusch erklang. Ich ließ mich zurückfallen und schaute hoch.

Der Himmel, der nur von Phobos erhellt wurde, umriß eine riesenhafte, gänzlich in funkelndes Metall gekleidete Gestalt. Bei dem Metall handelte es sich um Gold, das grob zu einer von dicken, deutlich sichtbaren Nieten zusammengehaltenen Rüstung verarbeitet war. Es war ein prachtvolles Bild barbarisch hochtrabender Prahlerei, und sie paßte hervorragend zu dem Mann.

Er hatte einen sorgfältig gekämmten blonden Bart und langes, wehendes Haar von der gleichen Farbe, das deutlich sauberer war als das seiner Kameraden. An der Hüfte trug er ein riesiges Breitschwert, dessen Griff er umklammerte, als er mit einem breiten Grinsen auf mich hinabsah.

»Was bist du?« fragte er mit tiefer, heiterer Stimme, »Bradhi oder Bradhinak?«

»Was bist *du*?« fragte ich zurück, obwohl die Antwort offensichtlich war.

»Bradhi, mein Freund, was du sehr wohl weißt, wenn du dich so ausgiebig mit meinen Männern unterhalten hast, wie sie behaupten. Bradhi Rokin der Goldene, Anführer dieser Hunde, der Bagarad. – Nun sei höflich und antworte mir.«

»Ich bin Bradhinak Michael Kane von Varnal, der Stadt der Grünen Nebel, der prächtigsten von ganz Vashu.« Ich sprach ebenso angeberisch und benutzte das marsianische Wort für ihren Planeten.

Wieder grinste er. »Und du – der andere? Demnach bist du der Bradhi, wie?«

»Bradhi aus einer langen Linie«, erwiderte Hool Haji

stolz. »Bradhi der Mendishar – niemand kann sich höher rühmen.«

»Glaubst du nicht, wie?«

Hool Haji antwortete nicht. Er schaute Rokin ungerührt an.

Den schien das nicht zu beeindrucken.

»Du hast viele meiner Männer getötet, sagt man mir, einschließlich meines besten Leutnants, Zonorn den Reißer. Ich glaubte stets, ihn könnte nichts umbringen.«

»Es war leicht«, sagte ich. »Und es geschah aus Zufall. Mir fiel sein Tod erst auf, als er schon am Boden lag.«

Rokin brach in ein donnerndes Gelächter aus. »Welch ein Prahlhans! Besser als ein Bagarad!«

»Um einiges besser, wie man mir gesagt hat«, entgegnete ich. »Und es ist nicht schwer zu glauben, wenn alle wie Zonorn sind.«

Er runzelte leicht die Stirn, grinste jedoch immer noch, und deutete auf mich, daß seine goldene Rüstung an den Gelenken knackte. »Glaubst du wirklich? Du wirst feststellen, daß nur wenige fähig sind, die Bagarad zu überbieten.«

»Wenige was?«

»Wie? Was meinst du?«

»Wenige was? Kinder?«

»Nein! Männer, mein Freund!« Sein Gesicht strahlte. Wie viele primitive Menschen schien er Beleidigungen an sich zu schätzen, galten sie nun ihm oder nicht. Ich wußte jedoch, daß es einen Punkt gab, den man nicht überschreiten durfte und der war nicht immer leicht zu erkennen. Ich machte mir erst gar keine Gedanken darüber.

»Was hast du nun mit uns vor?« erkundigte ich mich.

»Ich weiß nicht recht. Sie sagen, ihr wärt besorgt wegen der Waffen, die wir aus den von uns entdeckten Gewölben fortholten. Was wißt ihr darüber?«

»Nichts«, sagte ich.

»Sie sagen, ihr machtet den Eindruck, als ob ihr eine Menge davon verstündet.«

»Dann täuschen sie sich.«

»Sag ihm, er soll sie zurückgeben«, knurrte Hool Haji. »Sag ihm, was wir seinem Freund erzählt haben – daß sie Dummköpfe sind, sich mit solchen Mächten einzulassen!«

»Also wißt ihr doch etwas«, sagte Rokin. »Wieviel?«

»Wir wissen nur, daß es euch allen den Tod bringen kann, wenn ihr daran herumpfuscht. Es könnte die Zerstörung der halben Welt bewirken!«

»Versuch nicht, mich mit solchen Drohungen einzuschüchtern!« Rokin lächelte. »Ich bin kein kleiner Junge, dem man erzählen kann, was gut und was schlecht für ihn ist.«

»In diesem Fall«, sagte ich dringlich, »stellst du dich sogar wie ein Säugling an. Und es ist kein Spielzeug, mit dem du dich da beschäftigst!«

»Das weiß ich selbst, mein Freund. Es sind Waffen. Waffen, mit denen ich die halbe Welt erobern werde, wenn ich sie richtig einsetze.«

»Vergiß sie!« riet ich ihm.

»Unsinn! Warum sollte ich?«

»Beispielsweise deswegen«, erklärte ich. »In einer Stadt, die weit von hier entfernt ist, herrscht eine Seuche. Eine der Apparaturen, die ihr habt, kann sie vielleicht eindämmen. Wenn sie nicht eingedämmt wird, wird sie bald die Stadtgrenzen überschreiten und sich weiter ausbreiten. Weißt du, was eine Seuche ist? Eine Krankheit?«

»Nun, ich habe selbst schon ein oder zwei Beschwerden gehabt – und andere wohl auch, soviel ich weiß. Ich habe mehrere Tage lang gehustet, nachdem ich als junger

Bursche im Meer beim Schwimmen abgetrieben wurde. Meinst du das?«

»Nein.« Ich beschrieb die Symptome der grünen Seuche, die die Bevölkerung von Cend-Amrid dahinraffte.

Als ich fertig war, sah auch er ziemlich grün aus. »Bist du sicher, daß es so schlimm ist?« fragte er.

»Es ist so schlimm«, bestätigte ich. »Was würdest du davon halten, wenn sich dies über den ganzen Kontinent verbreiten würde und schließlich auch auf deinen übergriffe?«

»Wie kann es ›übergreifen‹?« fragte er ungläubig.

Ich versuchte, ihm das Wesen der Keime und Mikroben zu erklären, aber es sagte ihm nicht viel. Ich erreichte nicht mehr damit, als daß ich meine Position verschlechterte und er den Kopf schüttelte.

»Welch ein Lügner! Welch ein Lügner!« wiederholte er. »Kleine Lebewesen in unserem Blut! Du mußt ein Bagarad sein! Dich muß man uns als Säugling gestohlen haben!«

»Glaub mir, was ich über die Seuche erzähle, oder laß es bleiben«, antwortete ich verzweifelt. »Aber glaube mir wenigstens die Auswirkungen – selbst Rokin der Goldene ist davor nicht sicher.«

Er schlug gegen seine Rüstung. »Das ist Gold – es schützt mich vor allem – vor Mensch und Zauberei!«

»Du scheinst uns zu achten«, sagte ich. »Wirst du uns also freilassen?«

Er schüttelte den Kopf. »Nein.« Er grinste. »Ich glaube, wir werden euch noch nützlich finden – und sei es nur wegen des Lösegeldes.«

Es war offensichtlich unmöglich, an den Barbaren heranzukommen, indem man an seine Vernunft appellierte. Uns blieb nur die Hoffnung, schnell zu fliehen, sobald wir wußten, welche Maschinen er gestohlen hatte. Und wenn möglich, mußten wir dafür sorgen, daß er sie niemals einsetzen konnte. Das brachte mich auf einen weiteren Gedanken.

»Und wenn ich dir bei der Handhabung der Maschinen helfen kann?« fragte ich. »Würdest du uns dann freilassen?«

»Vielleicht«, sagte er und nickte nachdenklich. »Wenn ich mich dazu durchringen könnte, dir zu trauen.«

»Ich bin Wissenschaftler«, erklärte ich. »Ich könnte mich dir zur Verfügung stellen, wenn es sich für mich lohnen würde.«

Diese Angriffstaktik schien zu besseren Ergebnissen zu führen, denn er rieb sich das Kinn und nickte erneut.

»Ich werde über alles nachdenken«, sagte er, »und euch morgen früh Bescheid geben.« Er drehte sich um und ging zum Strand hinab. »Ich werde euch etwas zu essen bringen lassen«, rief er zurück.

Das Essen kam, und es war nicht schlecht – anständiges, einfaches Fleisch, Kräuter und Gemüse. Zwei fröhliche Barbaren fütterten uns damit, deren schwache Späße wir ertragen mußten, solange wir aßen.

Als sie fort waren und uns das Barbarenlager ruhig erschien, rollte ich mich wieder auf Hool Haji zu, in der Absicht, mir das Messer aus seinem Harnisch zu verschaffen.

So fest wie wir gebunden waren, fiel mir schwer, zu beurteilen, ob uns jemand beobachtete oder nicht. Ich beschloß, das Risiko einzugehen. Zentimeter um Zentimeter rückte ich näher an meinen Freund heran, und endlich schlossen sich meine Zähne um den Knauf des Messers.

Langsam zog ich es aus seinem Versteck, bis ich es fest zwischen den Zähnen hatte.

Hool Haji waren die Hände auf dem Rücken gebunden,

so daß ich weiterrollen mußte, um den Versuch zu unternehmen, seine Fesseln zu zerschneiden.

Nach einer Zeit, die mir wie eine Ewigkeit erschien, fiel der erste Strick auseinander, dann der zweite! Bald würden seine Hände frei sein!

Ich hatte gerade die letzte Schlinge, die Hool Hajis Hände band, in Angriff genommen, als über uns ein rauhes Gelächter erscholl. Und dann sah ich Gold blitzen, als mir das Messer aus den Zähnen gerissen wurde.

»Ihr habt Schneid, ihr beide«, ertönte Rokins Stimme unter heiserem Gelächter. »Aber ihr seid uns zu wertvoll, um euch gehenzulassen. Wir wollen euch lieber wieder schlafenlegen.«

Hool Haji und ich unternahmen den verzweifelten Versuch, auf die Beine zu kommen und ihn anzugreifen, aber die Fesseln hatten unsere Durchblutung beeinträchtigt.

Ein Schwertknauf zuckte hoch.

Er sauste herab.

Ich verlor die Besinnung.

7. Kapitel

DIE REISE NACH BAGARAD

Wir befanden uns auf See, als ich im muffig riechenden Frachtraum eines Schiffes erwachte, dessen Wände – wie ich es erwartet hatte – nicht aus Holz bestanden.

Man hatte mir die Fesseln abgenommen, und bis auf leichte Muskelkrämpfe fühlte ich mich körperlich viel besser. Und ich konnte auch viel klarer denken. Die jüngsten Erlebnisse mit den Barbaren schienen ein Großteil meiner ursprünglichen Gefühle getilgt zu haben, und wenn ich auch wußte, daß sie zu gegebener Zeit wieder aufwallen würden, fühlte ich mich gelöst und in gewisser Hinsicht in gesünderer seelischer Verfassung. Vielleicht lag dies an dem Schiff. Der Raum ist dort begrenzt, die Möglichkeiten beschränkt, so daß man sich weit eher als Herr der Lage fühlt als angesichts des scheinbar endlosen Horizonts, der sonst auf dem Mars jenes Zeitalters existiert, das ich kenne.

Was auch immer die Gründe gewesen sein mögen, ich konnte jedenfalls nun besser planen, was ich tun wollte. Das vorrangigste Ziel war die Besichtigung aller von Rokin geplünderten Maschinen und die Prüfung, ob eine davon die notwendigen Fähigkeiten aufwies, gegen die Seuche wirksam zu werden. Sollte eine die nötigen Eigenschaften aufweisen, mußte ich mir Wege ausdenken, sie Rokin zu entwenden und – auch wenn ich die Vorstellung verabscheute, so war es doch unumgänglich – den Rest zu vernichten. Wenn keines der Geräte mir liefern konnte, was ich suchte, konnte ich sie alle zerstören. Letzteres war natürlich die einfachere Aufgabe.

Das Schiff schlingerte, und ich mußte mich gegen die Seitenwände des Frachtraumes stemmen. Der Rumpf schien aus einem Stück zu bestehen, aus einer Art bruchfestem Kunststoff, wie ich ihn früher in der Yaksha-Festung entdeckt hatte. Es war dunkel, doch nachdem sich meine Augen daran gewöhnt hatten, konnte ich Gegenstände erkennen, bei denen es sich einst um Motoraufhängungen gehandelt haben mochte. Doch nun waren die Motoren nicht mehr vorhanden. Erneut hatte ich ein Überbleibsel dessen vor mir, was die Marsianer den Schrecklichsten Krieg nennen – jenen Krieg, der Yaksha und Sheev beinahe ausgerottet und den Planeten fast vernichtet hatte.

Ich vernahm ein ersticktes Stöhnen aus der gegenüberliegenden Ecke. Ich glaubte, die Stimme zu erkennen.

»Hool Haji?« fragte ich. »Bist du es?«

»Ich bin's, mein Freund – oder vielmehr, was von mir übrig ist. Warte, bis ich nachgesehen habe, ob mir nichts fehlt. Wo sind wir?«

Im Dämmerlicht sah ich, wie die riesige Gestalt meines Freundes sich von der Stelle erhob, wo er gelegen hatte, und wie er taumelte und gegen ein Schanzkleid fiel.

So gut es eben ging, bahnte ich mir den Weg zu ihm, während das Schiff entsetzlich schaukelte. Obwohl kaum Geräusche in den Frachtraum drangen, hatte ich das Gefühl, daß wir uns inmitten eines schweren Unwetters befanden. Ich hatte gehört, daß die Westsee nicht gerade als gesunder Ort für Seefahrer galt, was vermutlich auch der Grund war, daß sie so selten überquert wurde.

Hool Haji stöhnte. »Oh, die Mendishar waren noch nie für die Seefahrt geschaffen, Michael Kane.«

Er änderte seine Position, als das Schiff von einer weiteren kräftigen Woge getroffen wurde.

Plötzlich strömte Licht in den Frachtraum, und mit ihm ein Schwall von Seewasser, der uns gleich bis auf die Haut durchnäßte. In der Luke über uns tauchte ein bärtiger Barbar auf.

»An Deck!« befahl er knapp, und seine Stimme war im Heulen des Sturmes gerade noch zu vernehmen.

»In dieses Unwetter?« sagte ich. »Wir sind keine Seeleute!«

»Dann ist es die rechte Zeit, es zu werden, mein Freund. Rokin will euch sprechen.«

Ich zuckte die Achseln und ging auf die Leiter zu, die nun im Licht der offenen Luke zu sehen war.

Hool Haji folgte mir. Gemeinsam kletterten wir hinaus auf das schlüpfrige Deck und klammerten uns an das Seil, das in der Mitte zwischen zwei Masten aufgespannt war, deren Segel jetzt gerefft blieben.

Gischt wirbelte durch die Luft, Wasser schlug auf die Planken, und das Schiff wurde von gewaltigen, grauen Massen wogenden Wassers umhergeschleudert. Himmel und Meer waren grau und nicht voneinander zu unterscheiden – alles unter uns und um uns her schien in Bewegung zu sein. Einen schrecklicheren Sturm hatte ich noch nie erlebt.

Falls ein Blauer Riese grün anlaufen kann, war Hool Hajis Gesicht nun grün, und in seinen Augen stand eine Qual, die ebensosehr aus einer tiefverwurzelten seelischen Verwirrung wie einem körperlichen Unbehagen zu rühren schien.

Wir schlugen uns zur Brücke durch, wo sich Rokin, der immer noch seine goldene Rüstung trug, an die Reling klammerte und sich beinahe voller Verwunderung umschaute.

Irgendwie gelang es uns, sich zu ihm auf die Brücke zu gesellen.

Er drehte sich zu uns um und sagte etwas Unverständliches, das ich nicht verstehen konnte, aber dessen Ton zu seinem erstaunten Blick paßte. Ich bedeutete ihm, daß ich es nicht hatte hören können.

»So etwas habe ich noch nie erlebt!« brüllte er. »Wir können von Glück sagen, wenn wir nicht Schiffbruch erleiden.«

»Weshalb wolltest du uns sprechen?«

»Wir brauchen Hilfe.«

»Was können wir tun? Wir verstehen nichts von Schiffen und Seefahrt.«

»Im vorderen Frachtraum stehen Maschinen. Starke Maschinen. Könnten sie nicht den Sturm beilegen?«

»Das bezweifle ich«, schrie ich zurück.

Er nickte vor sich hin und sah mir dann ins Gesicht. Er schien die Wahrheit meiner Aussage zu akzeptieren.

»Wie stehen unsere Chancen?« erkundigte ich mich.

»Miserabel!«

Noch immer schien er wenig Furcht zu zeigen. Vielleicht konnte er einfach nicht an die Stärke des Sturmes glauben.

Genau in diesem Augenblick schlug eine weitere gewaltige Welle gegen das Schiff, und eine Sturzflut ergoß sich über mich. Dann spürte ich, wie Rokins schwerer Rumpf auf mich stürzte.

Ich vernahm einen Schrei.

Dann wurde mir klar, daß ich über Bord gespült worden und völlig der Willkür des tosenden Ozeans ausgesetzt war.

Ich kämpfte verzweifelt, um mich an der Oberfläche zu halten und hielt Mund und Nase so fest geschlossen wie möglich.

Ich wurde wie wahnsinnig auf den Wellenkämmen umhergeschleudert und stürzte in Schluchten zwischen

Wasserwänden, bis ich endlich ein herunterhängendes Seil erblickte. Ich wußte nicht, ob es irgendwo festgemacht war oder nicht – aber ich packte es und hielt es fest. Ich klammerte mich an das Tau und spürte am anderen Ende tröstlich Widerstand.

Ich weiß nicht, wie lange ich mich auf diese Weise an dem Seil festhielt, aber woran immer es am anderen Ende verknotet war, es hielt mich oben, bis der Sturm sich allmählich legte.

Im wäßrigen Licht eines frühen Sonnenaufgangs schlug ich meine salzverkrusteten Augen auf.

Ich sah einen Mast im Wasser vor mir schwimmen; das Seil war daran befestigt.

Ich zog mich auf den abgebrochenen Mast zu und arbeitete mich mühsam durchs Wasser. Als ich schließlich nach dem Holz griff und erleichtert war über das bißchen Sicherheit, das der Mast bieten konnte, sah ich, daß zu denen, die sich außer mir fast bewußtlos an ihn klammerten, auch Hool Haji gehörte, dessen Kopf vor Erschöpfung hin und her fiel.

Ich streckte die Hand nach ihm aus, um ihn zu ermutigen und ihn wissen zu lassen, daß ich noch am Leben war.

In diesem Augenblick hörte ich einen entfernten Schrei zu meiner Linken, und als ich in diese Richtung schaute, sah ich, daß der Schiffsrumpf wunderbarerweise noch aufrecht schwamm.

Sonnenlicht funkelte auf Gold, und ich begriff, daß auch Rokin den Sturm überlebt hatte. Ich klemmte mir den Strick zwischen die Zähne und schwamm auf das Schiff zu. Das Tau war zu Ende, ehe ich das Schiff erreichte, aber glücklicherweise trieb es auf mich zu.

Bald wurde ich an Bord gezogen, und einige der Barbaren zerrten das Seil und den Mast heran.

Es dauerte nicht lange, dann wurde Hool Haji ebenfalls an Bord geholfen, und wir lagen nebeneinander völlig erschöpft an Deck. Rokin, der ebenso müde wirkte, lehnte sich über eine zerbrochene Reling und schaute auf uns herab.

Der tobende Sturm hatte buchstäblich alles von Deck gefegt. Nur der wundersame Schiffsrumpf hatte relativ unbeschadet überdauert. Beide Masten, der größte Teil der Reling und die gesamte Deckausstattung einschließlich der Lukenfalltür waren fortgerissen und über Bord gespült worden.

Rokin schritt auf uns zu.

»Ihr habt Glück gehabt«, stellte er fest.

»Du auch«, entgegnete ich. »Wo sind wir?«

»Irgendwo in der Westsee. Nach der Sturmrichtung zu schließen, vermutlich näher bei unserer Heimat als bei der euren. Wir können nur hoffen, daß die Strömungen uns günstig sind und wir bald Land erreichen werden. Die meisten unserer Vorräte sind vernichtet worden, als der Frachtraum überschwemmt wurde.« Er deutete auf die Luke, deren Tür abgerissen war. »Die Maschinen stehen dort unten – halb unter Wasser, aber weitgehend sicher, nehme ich an.«

»Sie werden niemals sicher sein – für dich«, warnte ich ihn.

Er grinste. »Nichts vermag Rokin etwas anzuhaben – nicht einmal dieser Sturm.«

»Wenn ich die Kraft dieser Maschinen richtig einschätze«, erklärte ich, »droht von ihnen weit mehr Gefahr als vom Unwetter.«

»Den Feinden Rokins vielleicht«, erwiderte der Barbar.

»Auch Rokin selbst.«

»Welchen Schaden könnten sie mir schon zufügen? Sie sind doch in meinem Besitz.«

»Ich habe dich gewarnt«, sagte ich und schüttelte den Kopf.

»Wovor warnst du mich?«

»Vor deiner eigenen Unwissenheit!« sagte ich.

Er zuckte die Achseln. »Man braucht nicht viel wissen, um die Maschinen einzusetzen.«

»Gewiß«, stimmte ich ihm zu. »Aber man benötigt Kenntnisse, um sie zu verstehen. Wenn man sie nicht versteht, wird man sie schnell genug fürchten lernen.«

»Ich kann deinen Überlegungen nicht folgen, Bradhinak. Du langweilst mich.«

Wieder einmal gab ich es auf, mit dem Barbaren zu diskutieren, obwohl ich wußte, daß es in diesem Fall wie in allen anderen nicht genügte, zu wissen, daß etwas funktioniert. Man muß auch die Funktionsweise verstehen, ehe man etwas zu seinem Vorteil und ohne persönliche Gefahr einsetzen kann.

8. Kapitel

DIE KRISTALLGRUBE

Am nächsten Tag erreichte das Schiff Land – ob es Festland des westlichen Kontinents oder eine Insel war, wußte ich in diesem Augenblick noch nicht.

Wir sprangen vom Schiff ins seichte Wasser und stapften dankbar ans trockene Ufer hoch, während Rokin seine Leute anwies, das Schiff an Land zu ziehen.

Als dies geschehen war und wir im Schatten des Schiffsrumpfes saßen, um uns von den Anstrengungen der beiden vergangenen Tage zu erholen, drehte Rokin sich mit einer Andeutung seines alten Grinsens um.

»Nun sind wir alle weit fort von zu Hause – und weit von der Stätte unseres Ruhms«, sagte er.

»Was wir dir zu verdanken haben«, erklärte Hool Haji und drückte damit meine eigenen Gefühle aus.

»Nun ja«, sagte Rokin und zupfte an seinem goldenen Bart.

»Das stimmt wohl.«

»Hast du keine Ahnung, wo wir uns hier befinden?« fragte ich ihn.

»Nicht die geringste.«

»Dann sollten wir am besten an der Küste entlangwandern und hoffen, auf eine freundliche Siedlung zu stoßen«, schlug ich vor.

»Wahrscheinlich.« Er nickte. »Aber jemand muß hierbleiben und den Schatz bewachen, der noch im Schiff liegt.«

»Sprichst du von den Maschinen?« erkundigte sich Hool Haji.

»Von denen spreche ich«, stimmte Rokin zu.

»Wir könnten sie mit einigen deiner Männer zusammen bewachen«, schlug ich vor.

Rokin lachte laut auf. »Ich bin vielleicht ein Barbar, mein Freund, aber ich bin kein Dummkopf. Nein, ihr kommt mit. Ich werde ein paar von meinen Leuten zur Bewachung des Schiffes zurücklassen.«

So machten wir uns auf den Weg am Strand entlang. Es war ein weites, glattes Ufer, wo gelegentlich ein Fels aus dem Sand ragte. In der Ferne raschelte das Laubwerk eines subtropischen Waldes sanft im milden, warmen Wind.

Die Gegend wirkte recht friedlich.

Doch ich täuschte mich.

Im Laufe des Nachmittags wurde der Küstenstreifen schmaler, und wir gingen viel näher am Waldrand als zuvor. Der Himmel war bedeckt, die Luft kühler geworden. Hool Haji und ich hatten keine Umhänge, und wir froren ein wenig in der reglosen, kühlen Luft.

Als sie schließlich auftauchten, geschah es urplötzlich.

Sie kamen in einem heulenden Rudel, brachen aus dem Wald hervor und liefen über den Strand auf uns zu. Es waren groteske Parodien menschlicher Wesen, über und über behaart und völlig nackt, und sie schwenkten Keulen und klobige Schwerter.

Ich wollte meinen Augen anfangs nicht trauen, als ich ohne nachzudenken mein eigenes Schwert zog und mich ihrem bevorstehenden Angriff stellte.

Sie gingen zwar aufrecht, hatten jedoch die halb menschlichen Züge von Hunden – von Bluthunden. Dies war die Rasse, die mir am ehesten einfiel.

Und was noch eindeutiger war: Die Geräusche, die sie

von sich gaben, waren von Hundegebell nicht zu unterscheiden.

Ihr Aussehen war so bizarr und ihr Überfall erfolgte so plötzlich, daß ich fast überrumpelt wurde, als der erste keulenschwingende Hundemensch sich auf mich stürzte.

Ich wehrte den Hieb mit meinem Schwert ab, wich den Fingern des Wesens aus und tötete es mit einem sauberen Stich ins Herz.

Ein anderer nahm seinen Platz ein und weitere gesellten sich dazu. Ich sah, daß das Rudel uns völlig umstellt hatte. Außer Hool Haji, Rokin und mir zählten nur noch zwei Barbaren zu unserer Expedition, und die Hundemenschen waren vermutlich über fünfzig.

Ich schwenkte mein Schwert in weitem Bogen und hieb tief in die Hälse zweier Hundemenschen, so daß sie zusammenbrachen.

Die Hundegesichter geiferten. In den großen Augen stand irrsinniger Haß, wie ich ihn bislang nur in den Augen tollwütiger Hunde gesehen hatte. Ich hatte den Eindruck, wenn sie mich bissen, würden sie mich mit dieser Seuche infizieren.

Drei weitere fielen unter meiner Klinge, als mir sämtliche Lektionen M. Clarchets, meines französischen Fechtlehrers, wieder einfielen.

Nun überkam mich wieder Ruhe.

Wieder war ich nichts anderes als eine Kampfmaschine und konzentrierte mich ganz auf die Abwehr dieses blindwütigen Überfalls.

Wir hielten ihnen weit länger stand, als ich uns zugetraut hätte, bis der Druck schließlich so groß wurde, daß ich mein Schwert nicht mehr bewegen konnte.

Dann wurde der Kampf mit Fäusten und Füßen ausgetragen, und ich ging zu Boden, als sich mindestens ein Dutzend Hundemenschen auf mich warf.

Ich fühlte, wie meine Arme gepackt wurden und versuchte immer noch, sie abzuschütteln. Aber schließlich hatten sie mich gefesselt.

Und wieder war ich gefangen.

Würde ich mit dem Leben davonkommen, um Cend-Amrid zu retten?

Inzwischen waren mir Zweifel daran gekommen. Das Pech verfolgte mich, davon war ich überzeugt, und ich ahnte, daß mich auf dem westlichen Kontinent der Tod ereilen würde.

Die Hundemenschen schleppten uns in den Wald, wobei sie sich in einer harten, bellenden Abart der auf dem Mars geläufigen Sprache unterhielten. Es fiel mir schwer, sie zu verstehen.

Einmal beobachtete ich, wie Hool Haji von mehreren Hundemenschen davongetragen wurde. Ich sah auch Rokins goldene Rüstung blitzen, so daß ich davon ausging, daß auch er noch am Leben war. Die restlichen Barbaren bekam ich nie mehr zu Gesicht, weswegen ich annahm, daß sie umgekommen waren.

Schließlich mündete der Wald in eine Lichtung, auf der man ein Dorf errichtet hatte. Bei den Häusern handelte es sich um grobgezimmerte Schuppen, die auf oder zwischen den Ruinen weit älterer Steingebäude errichtet waren, die augenscheinlich keine Beziehungen zu den Sheev oder Yaksha hatten. Die Gebäude schienen einst massiv und solide gewesen zu sein, aber erbaut hatte sie eine primitivere Rasse als das alte Volk, das sich im Laufe des Schrecklichsten Krieges selbst vernichtet hatte.

Als wir in eine der Hütten geschleppt und auf den übelriechenden Boden – halb Stein, halb Lehm – geworfen wurden, fragte ich mich, welches Volk hier gelebt haben mochte, bevor die Hundemenschen die Siedlung entdeckt hatten.

Ehe ich diesbezüglich etwas zu Hool Haji oder Rokin sagen konnte, betrat ein Hundemensch den Schuppen, der größer war als die übrigen. Er blickte mit seinen großen Hundeaugen auf uns herab.

»Wer seid ihr?« fragte er mit seinem merkwürdigen Akzent.

»Reisende«, antwortete ich. »Wir wollen euch nichts zuleide tun. Warum habt ihr uns angegriffen?«

»Wegen der Herrscher der Tiefe«, antwortete er.

»Wer sind die Herrscher der Tiefe?« erkundigte sich Hool Haji, der neben mir lag.

»Die Herrscher der Tiefe sind jene, die sich von der Kristallgrube ernähren.«

»Wir kennen sie nicht«, meinte ich. »Weshalb sagten sie euch, ihr sollt uns überfallen?«

»Sie haben es uns nicht gesagt.«

»Erteilen sie euch Befehle?« fragte Rokin. »Wenn ja, so sagt ihnen, daß sie Rokin den Goldenen gefangengenommen haben, dessen Männer sie bestrafen werden, wenn er stirbt.«

Etwas wie ein Lächeln verzog den wulstigen Mund des Hundemenschen.

»Die Herrscher der Tiefe strafen – *sie* werden nicht bestraft.«

»Können wir mit ihnen sprechen?« fragte ich.

»Sie sprechen nicht.«

»Können wir sie sehen?« wollte Hool Haji wissen.

»Ihr werdet sie sehen – und sie werden euch sehen.«

»Nun, dann können wir möglicherweise mit ihnen diskutieren«, sagte ich zu Hool Haji. Ich wandte mich wieder an den Hundemenschen, bei dem es sich um den Rudelführer zu handeln schien.

»Sind die Herrscher der Tiefe wie ihr?« fragte ich. »Oder wie wir?«

Der Rudelführer zuckte die Achseln. »Weder noch«, antwortete er. »Eher wie der da.« Er deutete auf Hool Haji.

»Es sind Menschen meiner Rasse?« sagte Hool Haji nun etwas zuversichtlicher. »Dann werden sie sicher einsehen, daß wir ihnen nichts anhaben wollen.«

»Nur ähnlich«, erklärte der Hundemensch. »Nicht genau wie du. Du wirst sie in der Kristallgrube sehen.«

»Was ist mit dieser Kristallgrube?« knurrte Rokin. »Warum können wir sie jetzt nicht sehen?«

Wieder schien der Hundemensch zu lächeln. »Sie kommen noch nicht«, erwiderte er.

»Wann werden sie denn kommen?«

»Morgen – wenn die Sonne am höchsten steht.«

Mit diesen Worten verließ der Hundemensch die Hütte.

Irgendwie schafften wir es, ein wenig zu schlafen. Wir hofften, daß die geheimnisvollen Herrscher etwas entgegenkommender und vernünftigen Argumenten zugänglicher waren als die Hundemenschen, die sie auf einer Ebene verehrten, die wir nicht recht verstehen konnten.

Kurz vor Mittag am folgenden Tag betraten mehrere Hundemenschen den Schuppen, hoben uns auf und schleppten uns ins Tageslicht.

Der Rudelführer stand wartend auf einem eingestürzten Stück Mauerwerk. Er hielt ein Schwert in der einen und einen Stock in der anderen Hand. An der Spitze des Stockes funkelte ein rubinartiger Edelstein von unglaublicher Größe. Ich begriff seine Bedeutung nicht, außer, daß er vielleicht das Symbol seiner Führerposition über die anderen darstellte.

Wir wurden von der Lichtung in den Wald zurückgetragen, doch es dauerte nicht lange, bis der Wald erneut einer weit größeren Lichtung Platz machte. Die nächsten

Bäume standen in großer Entfernung. Hier wogte saftiges Gras, das bis in Taillenhöhe reichte und mein Gesicht streifte, als sie mich weitertrugen.

Dann wurde das Gras spärlicher und entblößte ein Stück festgebackenen Lehms, in dessen Zentrum sich eine große Fläche von funkelnder Substanz befand, von der mir die Augen weh taten.

Sie glänzte und blitzte in der Sonne wie ein großer Diamant.

Erst als wir näher kamen, wurde mir klar, daß dies die Kristallgrube sein mußte.

Und es war tatsächlich eine Grube. Ihre Seitenwände bestanden aus reinem facettierten Kristall, in dem sich das Licht in so vielen Winkeln brach, daß man anfangs kaum erraten konnte, was es war.

Aber wo steckten die Herrscher der Tiefe, die Hool Haji ähneln sollten? Ich sah nur meine Begleiter und die Hundemenschen, die uns hierhergebracht hatten.

Wir wurden an den Rand der blendenden Grube getragen; dort durchtrennte man unsere Fesseln. Wir fragten uns verwundert, was nun geschehen würde, und keiner war darauf gefaßt, daß man uns plötzlich einen Schubs versetzte. Glücklicherweise waren die Seitenwände der Grube nicht besonders steil. Wir rutschten zum Boden hinab, ohne unsere Schußfahrt irgendwie steuern zu können, und landeten in der Tiefe der Grube auf einem Haufen.

Als wir uns aufrappelten, sahen wir, daß die Hundemenschen vom Rand der Grube zurückwichen.

Wir konnten uns nicht denken, warum wir hier waren, aber uns allen war unbehaglich zumute, und wir vermuteten, daß mehr dahintersteckte, als bis in alle Ewigkeit in der Kristallgrube gefangengehalten zu werden.

Nach ungefähr einer Stunde, in deren Verlauf wir die

Augen meist geschlossen halten mußten, gaben wir den Versuch auf, an den Grubenwänden emporzuklettern, und sannen auf andere Fluchtwege.

Es schien keine zu geben. Dann hörten wir von oben ein Geräusch und erblickten ein Gesicht, das zu uns herabspähte.

Zuerst glaubten wir, dies müsse einer der Herrscher sein, aber das Gesicht paßte nicht zu ihrer Beschreibung.

Dann erkannten wir, daß es das Gesicht eines Mädchens war.

Aber vielleicht ist Mädchen das falsche Wort, denn es handelte sich, wenn das Gesicht auch intelligent und hübsch wirkte, um das mutierte Antlitz einer Katze. Nur die Augen und die spitzen Ohren bewiesen die nichtäffischen Vorfahren des Wesens, aber der Anblick des Katzenmädchens war eine ebensolche Überraschung für uns wie zuvor der der Hundemenschen.

»Seid ihr Feinde der Hunde von Hahg?« fragte uns das Katzenmädchen flüsternd.

»Es sieht so aus, als hielten sie uns dafür«, entgegnete ich. »Bist du denn ihr Feind?«

»Mein ganzes Volk haßt das Hundevolk von Hahg«, erwiderte sie heftig. »Viele wurden hierhergebracht, um die Herrscher der Tiefe kennenzulernen.«

»Also sind sie auch eure Herrscher?« wollte Hool Haji wissen.

»Sie waren es – aber wir haben sie verstoßen.«

»Bist du gekommen, uns zu retten, Mädchen?« fragte Rokin direkt und voller Ungeduld.

»Ich bin gekommen, es zu versuchen, aber wir haben wenig Zeit.« Sie griff über den Rand der Grube und ließ einige Gegenstände an den Seitenwänden herabrutschen. Ich sah sogleich, daß es sich um drei Schwerter handelte. Sie unterschieden sich von denen, die das Hundevolk benutzte, waren jedoch immer noch recht fremdartig. Sie waren kürzer als die Schwerter, die ich gewohnt war, aber von hervorragender Machart. Ich reichte die anderen meinen Begleitern und nahm eins an mich, um es zu inspizieren.

Es war leicht und prachtvoll gehärtet. Für meinen Geschmack ein bißchen zu leicht, aber immerhin besser als nichts. Nun fühlte ich mich schon ein wenig wohler.

Ich schaute hoch und sah, daß plötzlich Besorgnis auf das Gesicht des Mädchens getreten war.

»Zu spät, euch aus der Grube herauszuhelfen«, sagte sie. »Die Herrscher der Tiefe kommen. Ich wünsche euch alles Gute.«

Und schon war sie verschwunden.

Wir warteten gespannt mit den Schwertern in Händen, und wir fragten uns, aus welcher Richtung die Gefahr auf uns zukommen würde.

9. Kapitel

DIE HERRSCHER DER TIEFE

Sie kamen von oben, und ihre mächtigen Schwingen flatterten laut durch die reglose Luft.

Sie waren etwas kleiner als Hool Haji, ihm aber in den Grundzügen sehr ähnlich, nur daß ihre Haut von viel hellerem Blau war, einem merkwürdigen, ungesunden Blau, das in eigentümlichem Gegensatz zu ihren roten, weit aufgerissenen Mäulern und den langen, weißen Fangzähnen stand. Ihre Schwingen waren an Schultern und Hüften angewachsen.

Sie erinnerten eher an Tiere als an Menschen.

Vielleicht waren diese Menschen zu Tieren geworden, wie sich die Tiere zu Menschen in Gestalt der Hundemenschen und des Katzenmädchens entwickelt hatten. In ihren Augen stand ein seltsamer, gefühlloser Glanz, aus dem nicht der Wahnsinn von Menschen, sondern die Raserei von Tieren sprach.

Sie schwebten über uns, ihre riesigen Schwingen schlugen durch die Luft und wirbelten einen Wind auf, der uns das Haar zerzauste.

»Die Jihadoo!« keuchte Hool Haji ungläubig.

»Wer sind sie?« fragte ich, während mein Blick an den unheimlichen Geschöpfen über uns haftete.

»Sie gehören zu den Sagengestalten in Mendishar – eine alte, meinem Volk verwandte Rasse. Man hat sie aus unseren Gebieten wegen ihrer undurchsichtigen Zauberexperimente verbannt.«

»Zauberei? Ich dachte, in Mendishar glaubt niemand an derlei Unfug?« sagte ich.

»Natürlich nicht. Ich sagte doch, die Jihadoo waren nur eine Sage. Aber jetzt bin ich mir da nicht mehr so sicher.«

»Wie immer ihr sie nennt, jedenfalls haben sie nichts Gutes mit uns vor«, knurrte Rokin der Goldene und kniff die Augen gegen das gleißende Licht in der Kristallgrube zusammen.

Einer nach dem anderen versammelten sich jene, die die Tiefe beherrschten, über der Grube.

Entsetzt bereitete ich mich auf meine Verteidigung vor.

Der erste kam mit einem schrillen Schrei herabgestürzt. Sein Maul war aufgerissen, seine Fänge entblößt. Er streckte klauenbewehrte Hände nach mir aus.

Ich schlug nach der Hand und fügte ihm eine blutende Wunde zu. Wenigstens waren die Jihadoo sterblich, fiel mir ein, als er plötzlich in der Luft wendete und mich aus einer anderen Richtung angriff. Inzwischen waren weitere hinzugekommen, und meine Kameraden wurden ebenso bedrängt wie ich.

Ich schlug mit dem schlanken Schwert auf das Gesicht meines Angreifers ein und konnte befriedigt sehen, daß ich ihn ins Auge getroffen und getötet hatte.

Die Herrscher der Tiefe waren auf bewaffneten Widerstand sichtlich unvorbereitet, so daß wir die ersten Gefechte fast mühelos durchstanden.

Ein zweiter schoß auf mich zu und streckte mir die Brust zu einem glatten Schwertstich entgegen.

Die ziemlich kleine Grundfläche der Grube war zu unserem Vorteil, denn dadurch konnten uns nicht zu viele Jihadoo gleichzeitig angreifen. Nun jedoch mußten wir auf die Leichname derer klettern, die wir bereits getötet hatten. In gewisser Hinsicht versorgte uns dies beim Kämpfen mit festerem Boden unter den Füßen.

Um uns herum herrschte ein Chaos von Flügelschlägen und reißzahnbewehrten Gesichtern, wild blickenden Augen und zupackenden Krallenhänden. Ich schlug einem weiteren Jihadoo den Kopf ab und wich zurück, als mir klebriges, übelriechendes Blut ins Gesicht spritzte.

Und als ich dann gerade in ein Gefecht mit einem anderen Ungeheuer verstrickt war, fühlte ich, daß meine Schultern von einem schmerzhaften Griff umklammert wurden.

Ich wollte mich umdrehen, um nach dem Angreifer zu schlagen, aber im gleichen Augenblick wurde ich in die Luft gerissen und verlor für einen Augenblick das Gleichgewicht.

Einer der fliegenden Tiermenschen trug mich hinauf in die Lüfte.

Als wir dann hoch über dem Wald flogen, versuchte ich weiterhin, meinen Häscher umzubringen, auch wenn es meinen Tod bedeuten sollte, denn so schrecklich erschien er mir.

Ich sah, daß Hool Haji und Rokin sich in einer vergleichbaren Notlage befanden, aber die wenigen Jidahoo, die uns folgten, ließen mich mit grimmiger Befriedigung erkennen, wie viele ihrer Artgenossen wir getötet hatten.

Ich wandte mich in der schmerzhaften Umklammerung der halb in meine Schultern gegrabenen Klauen und unternahm den Versuch, von hinten zuzustechen.

Zu meiner Rechten sah ich Rokin den gleichen Versuch unternehmen, und dank seiner goldenen Rüstung gelang es ihm, eine Schulter aus den Krallen des Jidahoo zu befreien.

Er hing an dem einen Arm, den der Jidahoo noch umklammert hielt und begann, auf dessen Brustmitte einzustechen. Das Geschöpf wehrte sich nicht, wie ich es erwartet hatte. Es ließ einfach Rokins anderen Arm los.

Entsetzt sah ich, wie der Barbar schreiend dem steinigen Boden entgegenstürzte, der den Wald abgelöst hatte.

Ich beobachtete, wie seine goldene Rüstung sich im Sonnenschein drehte und schnell nach unten fiel.

Und dann sah ich schließlich, wie er auf den Boden prallte.

Ich sah, wie die Rüstung dabei aufplatzte, ein roter Körper einen Augenblick zuckte und dann still liegenblieb.

Mir wurde schlecht von dem Anblick.

Ich wußte, daß Rokin ein Barbar und ein Feind gewesen war, aber er war auch ein eifriger und auf seine Weise großzügiger Mensch gewesen – ein menschliches Wesen im vollen Sinn des Wortes.

Und nachdem Rokin dahin war, würden wir vielleicht niemals die restlichen Maschinen finden, die er den Yaksha gestohlen hatte – vorausgesetzt natürlich, wir würden überhaupt wider alle Erwartungen unsere gegenwärtige mißliche Lage überleben.

Nun schwang ich mich zurück und schlang die Beine um ein herabhängendes Glied des Jidahoo. Er schien nicht damit gerechnet zu haben. Ich hatte es allerdings auch nicht vorausgeplant. Es war eine plötzliche Eingebung gewesen, aber so hatte ich wenigstens eine gewisse Chance, mich halten zu können, falls er beschloß, seinen Griff zu lösen.

Als nächstes veränderte ich meine Position, so daß ich ihm mein Schwert in die Seite rammen konnte. Ich fing an, auf ihn einzustechen.

Die Wunden, die ich ihm zufügen konnte, waren zwar nicht ernsthaft, aber sie reichten aus, daß er schrie und fauchte. Ich fühlte, wie seine Umklammerung nachließ und machte mich auf das gefaßt, was als nächstes kommen mußte.

Ich stieß mehrere Male zu.

Er schrie noch lauter. Eine Klaue ließ meine Schulter los, und ich wich ihm aus, als er damit nach mir zu schlagen begann. Ich hieb nach der Krallenhand – und trennte sie vom Körper.

Das war zuviel für ihn. Er löste auch den anderen Griff, und ich stürzte nach vorn.

Nur meine um ihn geschlungenen Beine bewahrten mich vor dem gleichen Schicksal wie Rokin.

Ich warf mich durch die Luft und schaffte es, mich jetzt auch mit den Armen an sein Bein zu klammern. Er schüttelte es, verlor in der Luft das Gleichgewicht und sank unvermeidlich tiefer, so sehr er auch mit den Flügeln schlug.

Zu meiner größten Zufriedenheit sanken wir Meter um Meter tiefer, während er verzweifelt versuchte, sich zu befreien. Aber ich hielt mich an ihm fest und stieß immer wieder mit dem leichten Schwert zu.

Er blutete heftig und wurde mit jedem Augenblick schwächer.

Dann gelang es ihm schließlich, mich mit einem letzten Zucken abzuschütteln.

Mit dem Gefühl, daß alle Mühe umsonst gewesen war, verlor ich den Halt und fiel.

Glücklicherweise stürzte ich nicht tief, denn der steinige Grund war wieder dem Wald gewichen, so daß ich im Geäst eines Baumes landete. Das elastische Blätterdach fing mich wie eine weiche Hängematte, und bald konnte ich heraus – und zur Erde hinabklettern.

Ich machte mir Sorgen um Hool Haji.

Wie war es ihm wohl ergangen?

Ich betete im stillen, daß er ebenso wie ich in der Lage gewesen war, sich dem Zugriff seines Häschers zu entziehen.

Einen Augenblick lang herrschte Stille im Wald, dann hörte ich ein gewaltiges Knacken zu meiner Rechten.

Ich lief in die Richtung, aus der das Geräusch gekommen war, und fand den Leichnam des Jihadoo, der mich hierhergetragen hatte. Anscheinend war er an seinen Verletzungen gestorben.

Mich schauderte, als ich den schrecklichen Hybriden ansah, und ich kam zu dem Schluß, daß ich am besten schnell wieder auf einen Baum kletterte, um nachzusehen, ob ich Hool Haji irgendwo entdecken könnte.

Ich kletterte den nächsten Baum hinauf, bis ich das Laubdach überblicken konnte.

In der Ferne sah ich ein Pünktchen, dann noch eins – Flugwesen, die jedoch so weit weg waren, daß ich weder feststellen konnte, ob es sich um Jihadoo handelte, noch, ob sie jemanden mitschleppten.

Mit schwindendem Mut kletterte ich zum Boden hinunter. Irgendwie mußte ich das Nest der Jihadoo ausfindig machen und zur Rettung meines Freundes aufbrechen – in der Hoffnung, daß sie ihn nicht auf der Stelle umbrachten.

Aber wie?

Auf diese Frage wußte ich keine Antwort.

Ich überlegte, ob das Katzenmädchen, das uns geholfen hatte, uns noch einmal beistehen würde, wenn ich sie wiederfinden könnte. Ich gelangte zu der Auffassung, daß es das Beste wäre, sie zu suchen, und brach in die ungefähre Richtung der Kristallgrube auf.

Selbst wenn ich das Katzenmädchen nicht fand, vielleicht konnte ich einen Hundemenschen ergreifen und mir von ihm die notwendigen Informationen beschaffen.

10. Kapitel

DAS VOLK DER PURHA

Ich mußte bei dem Weg über die steinige Ebene, wo Rokin zu Tode gestürzt war und durch das nächste Waldstück viele Shatis – die grundlegende marsianische Zeiteinheit – gelaufen sein, ehe ich ein Lebenszeichen vernahm.

Es war ein knackendes Geräusch im Unterholz.

Es klang, als ob ein großes Tier umherginge.

Ich wollte lieber vorsichtig sein, zog mein Schwert und duckte mich in den Schatten eines starken Baumstamms.

Plötzlich bot sich mir im Wald ein weiterer unheimlicher Anblick: ein nahezu unglaubliches Wesen, nur daß es diesmal eine frappierende Ähnlichkeit mit einem Tier von der Erde aufwies.

Das Geschöpf, dem ich gegenüberstand und dessen glänzende Augen mich musterten, obwohl ich in Deckung zu gehen versuchte, war fast identisch mit einer irdischen Wühlmaus.

Sie hatte die Ausmaße eines halbwüchsigen Elefanten.

Und sie war hungrig – und zweifellos ein Allesfresser.

Sie hockte aufgerichtet auf den Hinterläufen und sah mich mit schnuppernder Nase und blitzenden Augen an. Vielleicht, um mich anzufallen.

Ich war durch meine Erlebnisse seit Cend-Amrid und den Fußmarsch bis hierher so erschöpft, daß ich mir nur eine geringe Chance gab, die nötige Kraft aufzubringen, um mich erfolgreich gegen die Riesenwühlmaus zu wehren.

Plötzlich stürzte das Tier mit einem eigentümlichen, schrillen Schrei auf mich zu. Ich duckte mich hinter den Baum, und das schien es einen Augenblick lang zu verwirren.

Es war offenbar nicht besonders intelligent, was mich ein wenig erleichterte – obwohl ich das Gefühl hatte, seine körperliche Masse sei ihm gegenwärtig mehr von Nutzen als mir meine Intelligenz.

Einen Moment lang blieb es stehen. Dann begann es wieder, sich um den Baum zu schieben.

Ich schlich ebenfalls weiter um den Stamm und hielt ihn zwischen mir und dem gigantischen Wesen, das mich zweifellos verspeisen wollte.

Plötzlich sprang es auf den Baum zu und warf seinen massigen Körper dagegen. Der Baum ächzte und schwankte, und ich wurde zurückgeschleudert, so daß ich einen Augenblick hilflos am Boden lag.

Ich rappelte mich gerade wieder auf, als die Wühlmaus mich angriff. Das Tier hatte sein relativ kleines Maul schon aufgerissen, um mich mit einem Biß zu schnappen, der mir jeden beliebigen Körperteil, den es erwischte, abgetrennt hätte.

Ich schlug ihm das Schwert über die Schnauze und wankte dabei vor Erschöpfung. Mir verschwamm immer wieder alles vor den Augen, als ich versuchte, das bißchen Kraft, das mir geblieben war, zu mobilisieren.

Die Zähne verfehlten mich nur knapp. Ich konnte nicht davonlaufen, denn das riesige Tier war nicht nur schneller als ich, ich wußte auch, daß ich mich nicht mehr lange gegen es wehren konnte.

Ich wußte, daß ich sterben würde.

Vielleicht half mir diese Erkenntnis, die letzten Kraftreserven auszuschöpfen. Erneut hieb ich auf die Schnauze ein, diesmal so, daß Blut floß. Das Geschöpf schien verwirrt, aber es wich nicht zurück, sondern blieb einfach an Ort und Stelle stehen, während es erwog, wie ich am besten anzugreifen war.

Wieder schwankte ich vor völliger Übermüdung. Ich rang nach besten Kräften darum, auf den Beinen zu bleiben und kämpfend zu sterben.

Dann setzte hinter und über der Kreatur plötzlich ein Hagel schlanker Pfeile ein, die sich in den Körper der Riesenwühlmaus bohrten, so daß sie aufschrie und vor Schmerzen zuckte.

Mehrere Pfeile trafen ihre Augen, als sie sich den neuen Angreifern zuwandte.

Ich glaubte wirklich zu träumen, daß sich mein Pech so plötzlich verkehrt haben sollte.

Die Wühlmaus kreischte auf und schlug um sich. Ihr peitschender Schwanz warf mich zu Boden, als sie sich herumwarf und ihr Todeskampf einsetzte.

Ich lag einen Augenblick lang mit aufgerissenen Augen im federnden Gras, dankte dem Schicksal für meine Rettung und betete inständig darum, nicht erneut in die Hände eines Barbarenstammes zu fallen.

Wie aus weiter Ferne vernahm ich leise Stimmen. Ich sah graziöse Gestalten um die sterbende Maus hüpfen. Sie erinnerten an Katzen, und ehe ich ganz das Bewußtsein verlor, habe ich, wie ich mich erinnern kann, noch über den Irrwitz gelacht, daß ein Katzenrudel eine Riesenmaus angreift.

Dann kam die ersehnte Dunkelheit. Vielleicht war ich ohnmächtig geworden, vielleicht auch nicht – vielleicht schlief ich nur.

Ich erwachte durch die Berührung einer warmen, sanften Hand auf meinem Kopf. Als ich die Augen aufschlug, blickte ich in das Gesicht des Katzenmädchens, dem ich schon meine erste Rettung zu verdanken hatte.

»Was ist geschehen?« fragte ich mit seltsam belegter Stimme.

»Wir jagten das Rheti und fanden unsere Beute«, antwortete sie leise. »Und unsere Beute jagte dich. Wir konnten das Rheti erlegen und dich retten. Wo sind deine Freunde?«

Ich schüttelte den Kopf. »Einer wurde von den Herrschern der Tiefe getötet«, berichtete ich. »Den anderen haben sie davongetragen, glaube ich. Ich weiß nicht, was aus ihm geworden ist.«

»Du hast gegen die Herrscher gekämpft und überlebt!« Ihre Augen glänzten vor Bewunderung – und etwas anderem. »Das ist ein großer Tag. Als ich euch die Schwerter brachte, erhofften wir nicht mehr, als daß ihr im Kampf sterben würdet. Du wirst bei unseren Leuten als Held gelten.«

»Ich möchte gar kein Held sein«, erklärte ich. »Nur ein Lebender – und zwar ein solcher, der mit etwas Glück noch die Gelegenheit haben wird, seinen verschwundenen Freund wiederzufinden.«

»Welcher deiner Freunde wurde verschleppt?« wollte sie wissen.

»Der Blaue Riese – Hool Haji, mein engster Freund.«

»Für ihn besteht nur noch wenig Hoffnung«, meinte sie.

»Besteht denn überhaupt noch welche?«

»Nun ja – die Herrscher haben vermutlich gestern abend ihr Festmahl gehalten.«

»Gestern abend?« Ich setzte mich. »Wie lange habe ich geschlafen?«

»Fast zwei Tage«, antwortete sie. »Du warst sehr erschöpft, als wir dich hierher brachten.«

»Zwei Tage! So lange!«

»Es ist nicht so lange, wenn man bedenkt, was du vollbracht hast.«

»Aber zu lange«, sagte ich, »denn damit habe ich die Chance vertan, Hool Haji zu retten.«

»Du hättest den Sitz der Herrscher niemals rechtzeitig erreicht, was immer du auch unternommen hättest!« tröstete sie mich. »Gedenke deines Freundes als eines tapferen Helden. Vergiß nicht, wie er starb und was es für jene bedeutet, die die Tyrannei der Herrscher über ganze Jahrhunderte erduldet haben.«

»Ich weiß, daß ich mir Hool Hajis Tod nicht ernsthaft vorwerfen kann«, sagte ich und unterdrückte das Gefühl, das mich beim Gedanken an das Hinscheiden meines großartigen Freundes überkam, »aber es kann meine Trauer nicht mindern.«

»Betraure ihn, wenn du willst, aber ehre ihn auch. Er tötete viele der Herrscher. Noch nie wurde in der Kristallgrube ein solcher Kampf geführt. Selbst jetzt noch häufen sich die Leichen am Grunde der Grube. Wenigstens die Hälfte von ihnen sind tot. Erzähle mir von dem Gefecht.«

So knapp ich konnte, berichtete ich ihr, was vorgefallen war.

Ihre Augen begannen noch heller zu strahlen, und sie klatschte in die Hände.

»Welch großartige Geschichte für unsere Dichter!« hauchte sie. »Wie heißt du, mein Held – und wie sind die Namen deiner Freunde?«

»Meine Freunde waren Bradhi Hool Haji von Mendishar. Er kam von jenseits des Meeres. Und ...« Ich machte eine Pause, denn Rokin war eigentlich nicht mein Freund, wenn auch ein tapferer Kampfgefährte gewesen. »Bradhi Rokin der Goldene von den Bagarad.«

»Bradhis!« rief sie. »Und du? Was bist du – ein Bradhi der Bradhis? Du könntest nichts Geringeres sein.«

Ich lächelte angesichts ihres Eifers. »Nein«, antwortete ich. »Mein Name ist Michael Kane, durch Heirat Bradhinak des Königlichen Hauses von Varnal, das weit im Süden liegt, hinter dem Meer.«

»Aus dem Süden, von jenseits des Meeres. Ich habe Geschichten von diesen sagenumwobenen Ländern – den Ländern der Götter – gehört. Hier gibt es keine Götter. Sie haben uns im Stich gelassen. Kehren sie nun zurück, uns vor den Herrschern zu erretten?«

»Ich bin kein Gott«, erklärte ich, »und wir im Süden glauben nicht an Götter. Wir glauben an den Menschen.«

»Aber ist der Mensch nicht eine Art Gott?« fragte sie naiv.

Wieder mußte ich lächeln. »Er hält sich manchmal dafür. Aber die Menschen meines Landes sind keine übernatürlichen Wesen. Sie sind – wie du – aus Fleisch und Blut und von Verstand. Du unterscheidest dich nicht von ihnen, auch wenn deine Vorfahren andere sein mögen als die unseren.«

»Die Herrscher haben etwas anderes verbreitet.«

»Die Herrscher können sprechen?« Ich war erstaunt. »Ich hielt sie für geistlose Tiere.«

»Heute sprechen sie nicht mehr zu uns. Aber sie haben ihre Schriften hinterlassen. Wir lesen sie und haben sie früher befolgt. Das Volk von Hahg verehrt die Herrscher noch immer, wir hingegen nicht mehr.«

»Weshalb verehren sie sie? Man sollte glauben, sie würden solche Wesen bekämpfen«, meinte ich.

»Die Herrscher haben uns erschaffen«, sagte sie schlicht.

»Euch erschaffen – aber wie?«

»Wie, wissen wir nicht – bis auf ein paar vereinzelte Geschichten, nach denen die Herrscher einst noch älteren Meistern dienten, einer Rasse großer Zauberer, die inzwischen ausgestorben ist.«

Ich nahm an, daß sie von den Sheev oder den Yaksha

sprach, die einst den ganzen Mars beherrscht hatten. Vielleicht hatten die geflügelten blauen Menschen, die einst von Mendishar geflohen waren, die Relikte der alten Rasse aufgestöbert und von ihnen ihre wissenschaftlichen Kenntnisse übernommen.

»Was besagen eure Geschichten über die Herrscher?« fragte ich.

»Sie besagen, daß sie unsere Vorfahren erschufen, indem sie deren Geist mit Flüchen belegten und ihre Leiber so gestalteten, daß sie wie Menschen dachten und sich bewegten. Eine Zeitlang lebte unser Volk – das Volk der Purha – und der andere Stamm – das Volk von Hahg – zusammen in der Stadt der Herrscher. Wir dienten ihnen und wurden ihren magischen Zielen geopfert.«

Dies klang nach einer besonders scheußlichen Form von Vivisektion. Ich übersetzte die Geschichte des Mädchens in wissenschaftlichere Begriffe. Die Herrscher hatten sich die Wissenschaft einer noch älteren Rasse angeeignet. Sie hatten sie angewandt, vielleicht in Gestalt raffinierter Chirurgie, um aus Katzen und Hunden menschenähnliche Wesen zu schaffen. Dann hatten sie ihre Schöpfungen gleichermaßen als Sklaven und Subjekte ihrer Versuche eingesetzt.

»Und was geschah dann?« fragte ich. »Was hat die drei Völker auseinandergerissen?«

Sie blickte finster drein. »Das ist schwer zu verstehen«, antwortete sie. »Aber das Denken der Herrscher drehte sich immer mehr nur um sie selbst. Die Zauberkraft, die sie bei den Versuchen an uns entdeckt hatten, wurde nun an ihnen selbst angewandt. Sie wurden ... wie Tiere. Wahnsinn befiel sie. Sie verließen ihre Stadt und flogen zu den Höhlen in den Bergen, weit fort von hier. Aber alle fünfhundert Shetis kehren sie zur Kristallgrube zurück – die sie entweder selbst geschaffen haben oder aber die Alten, denen sie dienten –, um zu fressen.«

»Was fressen sie gewöhnlich?« fragte ich.

»Uns«, antwortete sie ohne Umschweife.

Ich war entsetzt. Ich konnte noch halb die psychologischen Hintergründe verstehen, die es den Hundemenschen von Hahg ermöglichten, ihren seltsamen Herren Fremde zu opfern, aber ich konnte ihre Mentalität, die sich darin äußerte, die Katzenleute in die Kristallgrube zu werfen, nur verabscheuen.

»Sie fressen das Volk von Purha!« Mich schauderte.

»Nicht nur sie.« Sie schüttelte den Kopf. »Nur wenn die Männer der Hahg uns erwischen. Wenn sie keine Gefangenen zur Auswahl haben, nehmen sie die Schwächsten aus ihren eigenen Reihen, um sie den Herrschern zum Fraß vorzuwerfen.«

»Aber was führt sie zu solch abscheulichen Verbrechen?« Mir stockte der Atem.

Wieder war die Antwort des Mädchens einfach und schien mir völlig einleuchtend.

»Angst«, sagte sie.

Ich nickte und fragte mich, ob dieses tiefgreifende Gefühl nicht den Kern der meisten Übel darstellte. Waren nicht alle politischen Systeme, alle Künste, alle menschlichen Handlungen darauf gerichtet, einem das kostbare Gefühl der Sicherheit zu vermitteln, das wir alle, jeder auf seine Art, anstrebten – das Fehlen von Angst? Es war die Angst, die den Wahnsinn hervorbrachte. Angst löste Kriege aus. Angst erzeugte oft gerade die Dinge, die wir am meisten fürchteten. Lobte man deshalb den furchtlosen Menschen, weil er für andere keine Bedrohung darstellte? Vielleicht, doch es gab viele Arten furchtloser Menschen, und das Nichtvorhandensein von Angst machte den ganzen Menschen aus, einen Menschen, der es nicht nötig hatte, seine Furchtlosigkeit zu demonstrieren. Der wahre Held – der häufig unbeachtete Held.

»Aber eure Stämme sind den Herrschern zahlenmäßig überlegen«, wandte ich ein. »Warum habt ihr euch nicht zusammengeschlossen, um sie niederzuringen?«

»Die Furcht, die die Herrscher uns einflößen, beruht nicht auf ihrer Anzahl«, entgegnete sie. »Auch nicht auf ihrer körperlichen Fremdartigkeit, selbst wenn dies *eine* Rolle spielen mag. Die Angst sitzt tiefer. Ich kann sie nicht erklären.«

Ich glaube, daß ich vielleicht wußte, was sie meinte. Auf der Erde haben wir dafür einen einfachen Namen. Wir nennen es die Angst vor dem Unbekannten. Manchmal ist es die Furcht eines Mannes vor einer Frau, die er nicht zu verstehen glaubt; manchmal ist es die Angst des Menschen vor Fremden – vor Angehörigen einer anderen Rasse oder Bewohnern eines anderen Landesteils. Manchmal ist es die Furcht vor den Maschinen, die er bedient. Ob mangelndes Verständnis nun eine persönliche oder allgemeine Erscheinung ist, jedenfalls erzeugt es Mißtrauen und Angst. Ihre Angst war es, dachte ich, nicht ihre Vorfahren, die die Hundemenschen von Hahg irgendwie unmenschlich erscheinen ließ.

Ich äußerte mich dementsprechend gegenüber dem Katzenmädchen, und es nickte einsichtig. »Ich glaube, du hast recht«, sagte sie. »Vielleicht überleben wir deshalb und werden zahlenmäßig stärker, während die Hundemenschen sich immer weiter zurückentwickeln und mehr und mehr wie ihre Vorfahren werden.«

Ihre schnelle Auffassungsgabe verblüffte mich. Obgleich ich nur ungern Pauschalurteile über Tiere abgebe, hatte ich doch den Eindruck, daß sich in den aus ihnen entwickelten Typen die grundsätzliche Feigheit des Hundes und die grundlegende Tapferkeit der Katze widerspiegelten. Zwar konnte ich daraufhin den Hundemenschen ihre Brutalität nicht mehr recht zum Vorwurf machen, aber es änderte nichts an meiner tiefen Abscheu dem gegenüber, was aus ihnen geworden war. Denn ebenso wie es vielleicht mutige Hunde gibt – und auf der Erde berichten viele Erzählungen davon –, hätte auch dieses Volk Mut *fassen* können.

Ich bin Optimist, und mir kam der Gedanke, ich könnte vielleicht ebenso ein Mittel zur Bekämpfung der Seuche finden, die Cend-Amrid befallen hatte, wie ich möglicherweise den Hundemenschen helfen könnte, den Gegenstand ihrer Angst zu beseitigen – denn mit Sicherheit bestand für die Herrscher keine Hoffnung mehr. Sie waren böse. Und das Böse ist ein anderer Ausdruck für den Gegenstand unserer Furcht. Nehmen Sie die Bibel zur Hand, wenn Sie die Angst vor den Frauen sehen wollen, die die alten Propheten dazu brachte, sie schlecht zu nennen. Und Böses gebiert Böses. Beseitigt man den ersten Anlaß, besteht für den Rest noch Hoffnung.

Wieder äußerte ich einiges davon gegenüber dem Katzenmädchen. Sie zog die Stirn kraus und nickte. »Es ist schwer, mit dem Volk von Hahg überhaupt Mitgefühl zu empfinden«, sagte sie. »Denn was sie uns in der Vergangenheit angetan haben, ist einfach schrecklich gewesen. Aber ich will versuchen, dich zu verstehen, Michael Kane.«

Sie erhob sich von der Stelle, wo sie im Schneidersitz neben mir gesessen hatte.

»Ich heiße Fasa«, stellte sie sich vor. »Komm, sieh dir an, wo wir wohnen.«

Sie führte mich aus dem Gebäude, in dem ich im Halbdunkel gelegen hatte, so daß ich nur schlecht die zwischen den Bäumen errichtete Miniaturstadt sehen konnte. Nicht ein Baum war zum Bau der Stadt des Katzenvolkes gefällt worden. Sie fügte sich in den Wald ein und bot so einen weit raffinierteren Schutz als die übliche umzäunte Lichtung, auf der die meisten Dschungelstämme leben.

Die einzelnen Häuser waren nur ein bis zwei Stockwerke hoch und aus Lehm erbaut, den man zu großer Schönheit verarbeitet hatte. Da waren winzige Spitztürme und Minarette und Wandgemälde in blassen, lieblichen Farben. Sie bildeten ein Gemisch von Formen und Farben inmitten der üppigen Kulisse der Natur.

Der Anblick vertrieb die Düsternis meiner Gedanken ein wenig, und Fasa schaute erfreut zu mir auf, als sie sah, wie sehr mich die Schönheit ihres Wohnsitzes verzückte.

»Gefällt es dir?«

»Ich bin hingerissen«, sagte ich begeistert. Die Stadt erinnerte mich auf ihre eigene, schlichte Art mehr an Varnal von den Grünen Nebeln als alles andere, was ich auf dem Mars gesehen hatte. Sie strahlte die gleiche Ruhe aus – eine lebhafte Ruhe, wenn Sie so wollen –, aufgrund derer ich mich in Varnal so zu Hause und wohl fühlte.

»Ihr seid ein künstlerisches Volk«, sagte ich und strich über das Schwert, das ich noch trug. »Ich habe es sofort gesehen, als du uns diese Klingen brachtest.«

»Wir geben uns Mühe«, antwortete sie. »Manchmal glaube ich, es hilft einem innerlich weiter, wenn man seine Umgebung hübsch gestalten kann.«

Wieder erstaunten mich die schlichten, aber tiefgründigen Wahrheiten – ihr gesunder Menschenverstand, wenn Sie so wollen –, die dieses schöne Mädchen vorbrachte. Aber was ist die größte Klugheit, wenn nicht die gesündeste Art von Menschenverstand, von *wahrer* Vernunft? So isoliert und von zwei Seiten angefeindet, wie dieses Katzenvolk lebte, besaß es doch offenbar etwas Kostbareres als die meisten Nationen des Mars – und gewiß als die der Erde.

»Komm«, sagte sie und nahm mich beim Arm. »Du mußt meinen alten Onkel Slurra kennenlernen. Ich glaube, du wirst ihm gefallen, Michael Kane. Er bewundert dich schon jetzt – aber Bewunderung geht nicht immer mit Zuneigung einher, meinst du nicht auch?«

»Da hast du recht«, erklärte ich nachdrücklich und ließ mich von ihr zu einem prachtvollen Gebäude führen.

Ich mußte beim Eintreten den Kopf einziehen. Drinnen erblickte ich einen Katzenmann, der entspannt und bequem in einem kunstvoll geschnitzten Lehnstuhl saß. Er stand nicht auf, als ich den Raum betrat, aber sein Gesichtsausdruck und sein Nicken schienen mir mehr Achtung auszudrücken als sämtliche Höflichkeitsgebärden, die man mir auf der Erde hätte widmen können.

»Wir waren uns nicht bewußt, welche Wohltaten du dem Volk von Purha bescheren würdest, als wir Fasa mit den Schwertern zu euch sandten«, erklärte er.

»Wohltaten?« fragte ich.

»Unermeßliche sogar«, sagte er und wies mich mit einer Handbewegung an, in einem Sessel in seiner Nähe Platz zu nehmen. »Zuerst die Niederlage der Herrscher mitzuerleben – und es war eine weitgehendere Niederlage, als du vielleicht erfassen magst –; zu sehen, daß sie nicht unsterblich sind, war genau das, was meine Leute jetzt brauchten.«

»Vielleicht«, sagte ich und nickte zustimmend, um zu zeigen, daß ich verstand, was er meinte, »wird es den Hahg ebenfalls nützen.«

Er überlegte einen Augenblick, ehe er antwortete. »Ja, vielleicht schon, falls sie sich noch nicht zu sehr festgebissen haben. Es wird ihre Skepsis vor der Macht der Herrscher wecken, wie wir vor langen Jahren, noch vor der Zeit meines Urgroßvaters, zur Epoche Mispashs des Gründers mißtrauisch wurden.«

»Ein Weiser eures Volkes?« erkundigte ich mich.

»Unser Stammvater«, erwiderte der alte Katzenmann. »Er hat uns eine große Wahrheit gelehrt – er war der klügste aller Propheten.«

»Und wie lautet diese Wahrheit?«

»Niemals nach Propheten zu suchen«, antwortete Slurra mit einem Lächeln. »Man sollte sich mit einem begnügen, wenn er klug war.«

Ich dachte, wie wahr dies sei – und wie sehr Slurras Worte auf die Situation der Erde zutrafen, wo ganze Nationen, weil es einst Propheten gegeben hatte, nun nach neuen suchten, statt die Lehren der wenigen zu studieren, deren allgemeingültige Wahrheit stets gelautet hatte: *Erkenne dich selbst.* Da diese Nationen sich selbst nicht erkannten und vielleicht auch Angst vor der Selbstfindung hatten, hatten sie falsche Propheten zugelassen – wie zum Beispiel Adolf Hitler, der mir dabei sogleich einfällt –, damit diese sie von allem Übel befreiten. Diese Propheten hatten nicht mehr vollbracht, als jene, die auf sie gehört hatten, in eine noch schlimmere Lage zu bringen.

Ich unterhielt mich eine ganze Weile mit dem Katzenmann und fand das Gespräch sehr aufschlußreich.

Dann sagte er: »Aber das ist alles recht und schön. Wir müssen etwas unternehmen, um dir zu helfen.«

»Ich danke dir«, sagte ich.

»Was können wir tun?«

Mir fielen die Maschinen ein, die in dem Schiff zurückgeblieben waren, das wir auf den Strand gezogen hatten. Ich beschloß, daß sie mein erstes Ziel darstellen sollten. Wenn die Katzenmenschen mir helfen konnten, würde es die Dinge sehr erleichtern. Ich erklärte dem alten Slurra die Gründe meiner Anwesenheit.

Er hörte ernst zu, und als ich fertig war, sagte er: »Du

hast eine ehrenvolle Aufgabe, Michael Kane. Wir sollten stolz sein, dir bei der Ausführung helfen zu dürfen. Sobald du bereit bist, wird eine Gruppe meiner Leute dich zum Schiff begleiten, so daß die Maschinen hierhergeschafft werden können.«

»Bist du sicher, daß du diese verhängnisvollen Maschinen hier haben willst?« fragte ich.

»Ich glaube, Maschinen stellen nur in den Händen gefährlicher Menschen eine Gefahr dar. Sie sollte man scharf beobachten, nicht ihre Werkzeuge«, erklärte Slurra. Ich hatte ihm die Möglichkeit und Zusammenhänge der alten Maschinen schon erläutert.

Und so wurde es abgemacht. In kurzer Zeit würde eine von mir geleitete Expedition zur Küste aufbrechen.

Ich hatte nicht die Absicht, das Katzenvolk in eine Auseinandersetzung mit den Barbaren zu verwickeln – oder sie gar auf die Barbaren zu hetzen, um ihnen, die Rokin in Gefahr gebracht hatten, etwas zuleide zu tun. Ich hoffte, daß eine Demonstration der Stärke und einige deutliche Worte zusammen mit der Neuigkeit, daß Rokin nun tot war, sie bewegen konnten, sich uns anzuschließen.

Aber es sollte etwas anders kommen. Doch das konnte ich zu diesem Zeitpunkt noch nicht ahnen.

11. Kapitel

›DIE MASCHINEN SIND VERSCHWUNDEN!‹

Wir brauchten einige Zeit, ehe wir die Küste erreichten, und noch etwas mehr, um meine Spur bis zu der Stelle zurückzuverfolgen, wo das Schiff zurückgeblieben war.

Als wir uns dem Schiff näherten, bemerkte ich, daß etwas nicht stimmte. An Deck gingen keine Wachtposten auf und ab. Alles wirkte so still wie ein Grab.

Ich lief schneller, und die Katzenmenschen folgten mir. Es waren über zwanzig und alle gut mit Bogen und Schwertern ausgestattet, doch sie konnten kaum wissen, welch gewaltigen Trost sie für mich auf dem westlichen Kontinent darstellten.

Als ich am Schiff anlangte, sah ich Anzeichen, daß irgendein Kampf stattgefunden hatte.

Als nächstes entdeckten wir zwei tote Barbaren, die man auf scheußliche Weise erschlagen hatte.

Zapha, der Hauptmann, der die Katzenmenschen anführte, untersuchte den Boden. Dann blickte mich sein intelligentes Katzengesicht nachdenklich an.

»Weitere Opfer der Herrscher, wenn ich mich nicht täusche, Michael Kane«, sagte er. »Das Volk von Hahg ist hiergewesen und hat Gefangene gemacht.«

»Wir müssen sie retten«, erklärte ich.

Er schüttelte den Kopf. »Die Männer von Hahg müssen sich gefragt haben, woher ihr kamt und haben wohl eure Spuren zurückverfolgt. Das war vor zwei Tagen. Die Herrscher werden jetzt noch nicht zur Kristallgrube zurückkehren. Nur die Tatsache, daß euer Auftauchen mit dem Besuch der Herrscher zusammenfiel, hat euch vor der beliebtesten Tätigkeit des Volkes von Hahg bewahrt.«

»Und worin besteht sie?«

»In etwas Grausigem – einer schrecklichen Folter. Ich glaube nicht, daß du deine Freunde noch bei gesundem Verstand vorfindest, auch wenn sie noch bis zum nächsten Besuch der Herrscher leben werden.«

Ich war entsetzt und niedergeschlagen. »Trotzdem müssen wir alles versuchen, was möglich ist«, erklärte ich entschlossen.

Ich kletterte die Schiffswand hinauf und schritt über das schrägliegende Deck auf den Frachtraum zu, wo die Maschinen gelagert waren.

Ich schaute hinab. Ich sah nichts als brackiges Wasser.

»Die Maschinen sind verschwunden!« schrie ich, lief zur zerbrochenen Reling und rief den Katzenwesen zu: *»Die Maschinen sind verschwunden!«*

Zapha warf mir einen überraschten Blick zu. »Sie haben sie mitgenommen? Es ist kaum ihre Art, etwas anderes zu unternehmen, als Opfer für die Herrscher zu fangen.«

»Trotzdem sind die Geräte fort«, erklärte ich und kletterte die Schiffswand hinab.

»Dann müssen wir sofort zum Dorf der Hahg und sehen, ob wir sie bergen können«, meinte Zapha kühn.

Wir machten kehrt und gingen den Weg zurück, den wir gekommen waren.

»Wir sollten vorher Verstärkung holen«, meinte ich.

»Vielleicht«, sagte Zapha nachdenklich. »Aber in der Vergangenheit hat diese Zahl immer ausgereicht.«

»Habt ihr die Hahg schon früher angegriffen?«

»Wenn es notwendig war – gewöhnlich, um unsere eigenen Leute zu retten.«

»Ich kann euch nicht in diese Auseinandersetzung hineinziehen«, meinte ich.

»Mach dir keine Gedanken. Der Kampf hier geht dich und uns an – er ist eins, weil das Ziel das gleiche ist«, erklärte Zapha unumstößlich.

Ich respektierte seine Worte und verstand seine Gefühle.

So brachen wir also eilends zum Lager der Hahg auf.

Als wir uns ihm näherten, ließen Zapha und seine Leute allmählich mehr Vorsicht walten, und er gab mir ein Zeichen, ihm zu folgen.

Ich konnte mich zwar nicht mit der Geschmeidigkeit der Katzenmenschen bewegen, die nun völlig lautlos durch den Wald schlichen, aber ich tat mein Bestes.

Bald lagen wir im Unterholz und beobachteten das verwahrloste Hahgdorf, das, wie ich erfuhr, auf den Ruinen erbaut war, welche die Herrscher bei ihrem Aufbruch in die Berge zurückgelassen hatten.

Irgendwoher erklangen Schreie wahnsinnigen Schmerzes, und ich wußte, was sie zu bedeuten hatten.

Diesmal hielt Zapha mich zurück, als ich spontan aufspringen wollte.

»Noch nicht«, sagte er kaum vernehmlich.

Ich erinnerte mich an eine ähnliche Warnung, die ich Hool Haji gegenüber geäußert hatte und sah ein, daß Zapha recht hatte. Wir würden handeln – aber erst im rechten Augenblick.

Als ich den Blick über das Lager schweifen ließ, sah ich plötzlich die Maschinen. Im Kreis um sie herum stand eine Gruppe grunzender Hundemenschen, die mit einer Art Fassungslosigkeit an ihnen herumstocherten.

Was hatte sie veranlaßt, sich die Mühe zu machen, die Maschinen hierher zu schleppen? Irgendeine Art atavistische Erinnerung? Irgendeine Assoziation mit den Herrschern, denen sie auf diese klägliche und unmenschliche Weise gefallen wollten?

Vielleicht war dies die halbe Antwort. Ich wußte es nicht.

Die Tatsache blieb bestehen, daß die Geräte hier waren und wir sie irgendwie wieder in unseren Besitz bringen mußten. Und wir mußten retten, was von den gepeinigten Barbaren übrig war.

Plötzlich bewegte sich etwas über uns in der Luft. Ich beobachtete erstaunt, daß die Herrscher zur Landung im Dorf ansetzten.

Zapha war ebenso verwundert wie ich.

»Weshalb sind sie hier?« flüsterte ich. »Sie kommen doch nur alle fünfhundert Shatis zur Kristallgrube zum Fressen?«

»Ich habe keine Ahnung«, sagte Zapha. »Ich glaube, wir werden hier Zeuge eines wichtigen Vorgangs, obwohl ich mir im Augenblick noch nicht vorstellen kann, was es zu bedeuten hat!«

Mit lautem Flattern der ledrigen, ausholenden Schwingen landeten die Herrscher der Tiefe in der Nähe der Maschinen. Die Hundemenschen wichen unterwürfig zurück.

Wieder hatte ich den Eindruck, daß ein atavistischer Impuls bei den Herrschern wirksam wurde, als sie wie dumme Raubvögel zwischen den Maschinen umherstolzierten.

Plötzlich streckte einer von ihnen die Hand aus und berührte einen Teil des Geräts, der für mich wie eine Verzierung aussah. Sogleich erfüllte ein unheimliches Summen die Luft, und die eingeschaltete Maschine fing an zu beben.

Die Hundemenschen wichen ängstlich noch weiter zurück. Dann faßte der Herrscher, der das Gerät eingeschaltet hatte, erneut nach dem Hebel. Das Summen erstarb.

Als hätte dies sie verwirrt, stiegen die Herrscher wieder in die Lüfte auf. Sie verschwanden so schnell und geheimnisvoll, wie sie gekommen waren. Wir sahen, daß die Hundemenschen langsam wieder heranschlichen und an den Maschinen schnüffelten.

Der Rudelführer bellte eine Art Befehl. Die Schlingpflanzen, mit denen die Maschinen ins Dorf geschleppt worden waren, wurden erneut ergriffen, und das Hundevolk zerrte sie wieder in die entgegengesetzte Richtung.

»Wohin bringen sie sie?« flüsterte ich Zapha zu.

»Ich habe nur einen Teil von dem mitbekommen, was der Anführer gesagt hat«, erwiderte Zapha. »Aber ich glaube, sie gehen zur Kristallgrube.«

»Sie – schaffen die Maschinen dorthin? Wozu?«

»Das spielt im Augenblick keine Rolle, Michael Kane. Wichtig ist nur, daß sie das Dorf fast unbewacht zurücklassen. Damit geben sie uns die Gelegenheit, zunächst einmal deine Freunde zu befreien.«

Ich widersprach seiner Bezeichnung für die Barbaren nicht. Sie waren keine wirklichen Freunde für mich gewesen, aber ich hatte das Gefühl, ihnen als menschliche Wesen, die ihre Gefangenen zumindest mit einer Art derben Achtung behandelt hatten, etwas schuldig zu sein.

Wir marschierten kühn ins Dorf, als die Hundemenschen, die die Maschinen schleppten, fort waren. Die Zurückgebliebenen sahen, daß wir ihnen zahlenmäßig überlegen waren und ließen sich von ihren Frauen und Kindern in die dunklen Schuppen zurückzerren.

Arme Geschöpfe! Die Feigheit war zu ihrer Lebenseinstellung geworden.

Die Katzenmenschen kümmerten sich nicht um sie, sondern gingen auf die Hütte zu, aus der zuvor das Stöhnen erklungen war. Nun herrschte dort Stille. Ich nahm an, daß die Barbaren besinnungslos waren.

Aber die zwei Gefangenen in der Hütte hatten nicht das Bewußtsein verloren.

Sie hatten sich das Leben genommen.

Vom Dachträger hing ein Strick herab. Er war um den Balken geschlungen und an jedem Ende zu einer Schlinge verknotet.

In diesen Schlingen hingen die beiden Barbaren.

Ich sprang hinzu, um sie abzuschneiden, aber Zapha schüttelte den Kopf.

»Sie sind tot«, sagte er. »Vielleicht ist es am besten so.«

»Ich habe große Lust, sie an Ort und Stelle zu rächen«, sagte ich heiser und drehte mich zum Eingang um.

»Du warst es doch, Michael Kane, der uns die wirkliche Ursache all dieser Dinge erklärt hat«, erinnerte mich Zapha.

Ich zügelte meine Gefühle und verließ den Ort des Todes.

Zapha trat mit mir ins Freie.

»Folgen wir nun den Hahg zur Kristallgrube«, schlug er vor. »Vielleicht erfahren wir etwas Neues. Vielleicht sind die Herrscher auch dorthin unterwegs.«

Ich erklärte mich einverstanden, und wir ließen das Dorf und den Gestank der Angst hinter uns.

12. Kapitel

DER TANZ DER HERRSCHER

Das hohe Gras bot uns Deckung, als wir uns der Kristallgrube näherten, und wir beobachteten vom Boden aus das schreckliche Bild.

Die Hundemenschen hatten die Maschinen inzwischen bis an den Rand der flimmernden Grube gezerrt.

Ich sah zu, wie sie sie über den Rand hievten, ohne genau zu wissen, was ich unternehmen sollte. Ich hörte, wie die Geräte in die Tiefe rutschten, und einige schienen mit einem Kreischen zu protestieren, als sie über die Kristallwände kratzten.

Wie damals bei uns wichen die Hundemenschen auch jetzt, nachdem die letzte Maschine hinabgeschoben war, vom Rand der Grube zurück. Ich wußte, daß die Yaksha-Maschinen so stabil waren, daß diese Behandlung ihnen nicht schadete.

Dann sah ich aus der Ferne, wie die Herrscher herangeschwebt kamen und sich wie Aasgeier auf einem Kadaver in der Grube niederließen.

Einen Augenblick lang blieben sie unseren Blicken verborgen; dann flatterten sie in bestimmter Reihenfolge aus der Grube hervor, bis sie einen Kreis bildeten und wieder in der Luft über der Kristallgrube schwebten.

Nun führten sie einen gespenstischen Tanz in der Luft auf, und sie folgten dabei einem Muster, das ich nicht sogleich durchschauen konnte.

Der Tanz ging weiter. Er wurde immer hektischer,

behielt jedoch stets seine Ordnung bei, wie schnell die Herrscher auch flogen.

Der Tanz hatte beinahe Bemitleidenswertes an sich, und nicht zum ersten Mal empfand ich Mitgefühl mit den längst vergessenen Impulsen, die die Herrscher zu den geistlosen Wesen hatten werden lassen, die sie jetzt waren.

Und der Tanz ging immer weiter; schneller und schneller wirbelten sie durch die Luft über der Kristallgrube. Ob es ein Verehrungsritual für die Maschinen oder einen Tanz des Hasses darstellte, werde ich nie erfahren.

Ich weiß jedoch, daß etwas von ihrem unsinnigen Gefühl auf mich übergriff; und ich beobachtete ihre weiteren Bewegungen voller Ehrfurcht.

Schließlich stieß einer von ihnen rasch in die Grube hinab. Ein zweiter folgte, dann noch einer und noch einer, bis alle wieder unseren Blicken verborgen waren. Ich nahm an, daß sie irgendeine Maschine eingeschaltet hatten. Plötzlich kam es in der Grube zu einer gewaltigen Eruption, und eine Feuersäule von über hundert Metern stieg in die Luft.

Ein lautes, gewaltiges Dröhnen zerriß die Atmosphäre. Die Hundemenschen hatten keine Zeit gehabt, sich in sichere Entfernung zu bringen. Sie alle wurden von einem Energiestoß aus der Grube verzehrt.

Einige Augenblicke lang stieg die Feuersäule höher und höher. Dann fiel sie in sich zusammen.

Die Luft war still. Nichts rührte sich. Zapha und die anderen Katzenmenschen schwiegen. Wir tauschten nur Blicke aus, die das tiefe Entsetzen bekundeten, das uns angesichts der Szene, deren Zeuge wir soeben geworden waren, befiel.

Nun ließ sich nicht mehr feststellen, ob eine der Maschinen jene war, die ich benötigte. Ich mußte einfach hoffen, daß sie – sofern es sie überhaupt gab – an einem anderen Ort noch unversehrt herumstand.

Die Herrscher waren tot und hatten die meisten ihrer Anhänger mit sich ins Verderben gerissen.

Als wir wieder im Katzendorf anlangten, erzählten wir den Leuten von Purha, was wir miterlebt hatten.

Daraufhin herrschte eine Stimmung stillen Hochgefühls, aber die Katzenmenschen waren weitsichtig genug, über die Bedeutung dessen nachzudenken, was wir ihnen erzählt hatten – auch wenn sich der wirkliche Sinn nur schwer vorstellen ließ.

In den Herrschern war ein Todeswunsch angesprochen worden, irgendein alter Trieb, der sie erst zu ihrer Vernichtung als menschliche Wesen – und nun als Lebewesen schlechthin geführt hatte.

Irgendein Kreislauf schien vollendet. Ich hatte das Gefühl, es wäre am besten, das Ganze zu vergessen.

Mein nächstes Ziel mußte darin bestehen, Bagarad aufzuspüren.

Dort waren weitere gestohlene Geräte – so hoffte ich zumindest.

Dort fand ich vielleicht, was ich suchte.

Ich diskutierte dies mit den Katzenmenschen, und sie erklärten mir, sie fühlten sich verpflichtet, mich nach Bagarad zu begleiten. Ich sagte, daß ich ihnen für ihre Begleitung dankbar sei, insbesondere, da ich immer noch den Verlust von Hool Haji betrauerte. Aber ich wollte sie nicht in irgendwelche Kämpfe verwickeln.

»Überlaß es *uns*, ob wir uns in den Kampf einmischen wollen oder nicht«, meinte Zapha mit einem ruhigen Lächeln.

Nun ergriff Fasa das Wort. »Ich würde dich gern begleiten, Michael Kane, aber im Augenblick kann ich schlecht fort. Aber nimm dies und hoffe, daß es dir Glück bringt.«

Sie überreichte mir einen nadeldünnen Dolch, der sich unter dem Harnisch verstecken ließ. Irgendwie ähnelte er den geheimen Jagdmessern der Mendishar, und er sollte auch dem gleichen Zweck dienen – als Hilfe im Falle drohender Gefahr.

Ich nahm ihn dankbar an und lobte die feine Machart der Waffe.

»Wenn ich kann, werde ich ein wenig ausruhen«, erklärte ich, »dann brechen wir auf, um Bagarad zu suchen.«

Der weise alte Katzenmann Slurra zog eine der Schreibtafeln heraus, von denen er mir zuvor erzählt hatte.

»Das ist die einzige Karte, die wir besitzen«, sagte er. »Wahrscheinlich ist sie ungenau, aber sie zeigt immer noch die grobe Richtung, die du einschlagen mußt, um das Land der Barbaren zu erreichen.«

Auch sie nahm ich mit dem Ausdruck meiner Dankbarkeit entgegen. Slurra hob die Hand.

»Bedanke dich nicht bei uns – laß uns dir danken, auf daß wir alles wiedergutmachen können, was du für uns sowohl mit Taten als auch mit Worten geleistet hast«, sagte er. »Ich hoffe nur, daß du eines Tages nach Purha zurückkehren wirst, wenn die Welt zur Ruhe gekommen ist.«

»Es wird eine meiner ersten Unternehmungen sein«, versprach ich, »falls ich meine Mission jemals erfüllen und überleben sollte.«

»Wenn sie erfüllbar ist, wirst du es schaffen, Michael Kane – und am Leben bleiben.« Er lächelte.

Am nächsten Morgen brachen ich, Zapha und eine Gruppe von Katzenmenschen in Richtung Bagarad auf, das südlich vom Gebiet des Katzenvolkes lag.

Es wurde eine lange Reise, in deren Verlauf wir eine Bergkette überqueren mußten, wo wir zu unserem Kummer einen unserer Leute verloren.

Aber im Tal auf der anderen Seite stießen wir auf eine Gegend freundlicher Bauersleute, die uns im Austausch gegen einige Kunsterzeugnisse der Katzenmenschen, die wir zu dem Zweck mitgenommen hatten, bereitwillig Daharas gaben.

Die Katzenleute waren nicht ans Reiten gewöhnt, aber ihr flexibles Denken und ihr Gleichgewichtssinn trugen dazu bei, daß wir bald wie alte Kavalleristen dahingaloppierten.

Einige Tage kamen wir gut voran, bis wir an ein Sumpfgebiet mit tiefhängendem Himmel gelangten. Nur mühsam bahnten wir uns den Weg über die Streifen festen Bodens, die im Zickzack durch die Sümpfe führten.

Hier schien es unablässig zu nieseln, und es war entschieden kälter.

Ich freute mich auf den Augenblick, da wir dieses Stück hinter uns hatten und in freundlichere Gefilde vorstießen.

Wir unterhielten uns wenig beim Reiten und konzentrierten uns darauf, die Daharas durch die Sümpfe zu lenken.

Es war gegen Abend des dritten Reisetages durch das Moor, als uns zum erstenmal auffiel, daß wir beobachtet wurden.

Zapha bemerkte es mit seinen schnellen Katzenaugen als erster, und er lenkte sein Dahara neben das meine, um mich zu warnen.

»Ich habe sie nur flüchtig gesehen«, sagte er, »aber hier draußen halten sich mehrere Männer auf. Wir sollten uns besser auf einen Angriff gefaßt machen.«

Nun sah ich sie ebenfalls, und mir wurde unbehaglich zumute.

Erst nach Einbruch der Dunkelheit erhoben sie sich rund um uns her und kamen schweigend auf uns zu. Es waren hochgewachsene, wohlgestaltete Menschen, wenn man von ihren Köpfen absah, die im Verhältnis zu ihren Körpern ungewöhnlich klein waren.

Sie trugen Schwerter – schwere, breitschneidige Dinger, mit denen sie auf uns eindrangen, während wir sie mit unseren leichteren Waffen abwehrten.

Wir verteidigten uns relativ gut, aber der Kampf in der Dunkelheit war recht verwirrend, denn im Gegensatz zu uns kannten diese Leute den Sumpf.

Ich schlug um mich und hielt sie mir vom Leib, wobei mein Dahara sich aufbäumte, schnaubte und schwer unter Kontrolle zu halten war. Diese Tiere waren schwerer zu zügeln als die Arten des südlichen Mars, und ich mußte einen Teil meiner Aufmerksamkeit der Aufgabe widmen, das Tier, so gut ich konnte, zu beruhigen.

Ich spürte, wie eine Klinge meinen Arm ritzte, schenkte der Wunde aber nur geringe Beachtung. In der Dunkelheit sah ich da und dort meine Kameraden kämpfen, und manch einer fiel. So kam ich zu dem Schluß, daß es am besten sei, einen Ausbruchsversuch zu unternehmen und zu hoffen, daß unsere Tiere festen Boden unter den Füßen behielten.

Dies rief ich Zapha zu, und er brüllte sein Einverständnis zurück. Wir drängten unsere Daharas rücksichtslos vorwärts und ließen die Männer, die uns angegriffen hatten, stehen.

Wir ritten weiter durch die Nacht und beteten inständig, daß das Moor uns nicht verschlang. Die kleinköpfigen Männer schienen die Verfolgung bald aufzugeben, so daß wir schließlich langsamer reiten konnten. Da der

Mond aufgegangen war, beschlossen wir weiterzuziehen, statt ein Lager aufzuschlagen und einen erneuten nächtlichen Angriff zu riskieren.

Gegen Morgen war uns immer noch nichts geschehen, obgleich wir ein- oder zweimal fast in den Sumpf geritten wären, und wir waren sehr erschöpft.

Meine Wunde schmerzte ein wenig, doch bald verband ich sie und dachte nicht mehr daran. Wir befanden uns nun am Rande des Moorgebiets und sahen vor uns festeres Gelände.

Außerdem erkannten wir die Umrisse dessen, was eine Reihe von Gebäuden zu sein schien, aber es war schwer zu entscheiden, ob es eine Stadt war oder nicht.

Zapha schlug vor, daß wir uns dem Ort vorsichtig näherten, aber er glaubte auch, daß wir dort unbehelligt ein Lager aufschlagen konnten, falls er unbewohnt war.

Als wir uns den Häusern näherten, stellten wir fest, daß es tatsächlich verfallene, leere Gebäude waren. Auf den Straßen wuchs Unkraut. Es sah aus, als hätte vor langer Zeit ein Feuer die Stadt verwüstet.

Als wir jedoch näherkamen, erkannten wir eine Gruppe berittener Männer. Sie hielten mit voller Geschwindigkeit und gezückten Waffen – hauptsächlich Äxten und Schwertern – auf den Westen der Stadt zu. Es waren gelbhäutige Menschen mit bunten Umhängen und prachtvoll geschmückten Kriegsharnischen. Das Gelb ihrer Haut ähnelte nicht dem der Asiaten, sondern war von dunklerer, satterer Tönung – fast ein Zitronengelb.

Von irgendwoher innerhalb der Ruinen erklang ein Schrei – die Stimme eines Mannes –, und wir vermuteten, daß ihm der Angriff der Gelbhäutigen galt.

Wir waren unsicher, wie wir uns verhalten sollten, da wir nichts über die momentane Situation wußten, doch wir ritten näher heran, um die Geschehnisse besser im

Blick zu haben. Dann sah ich den Mann, dessen Stimme wir gehört hatten – und wollte meinen Augen kaum trauen.

Der Mann, den die gelben Krieger mit solcher Heftigkeit angriffen, war kein anderer als Hool Haji!

Der Blaue Riese sah erschöpft aus und war schmutzig vom Umherziehen. Seine Schulter wies eine halb verheilte Wunde auf, doch er trug ein großes, breites Schwert jener Art, wie ich es in den Händen der gelbhäutigen Krieger gesehen hatte.

Als die gelben Krieger Hool Haji ergriffen, stieß ich einen lauten Schrei aus und drängte mein Dahara in seine Richtung.

Zapha und seine Leute folgten, und bald befanden wir uns Auge in Auge mit den gelben Kriegern.

Unser plötzliches Auftauchen schien ihnen nicht zu gefallen.

Sie hatten wohl erwartet, nur gegen einen Mann kämpfen zu müssen, und nun mußten sie feststellen, daß ihm fast zwanzig Reiter zur Seite standen.

Wir hatten nur wenige verletzt und getötet, ehe die übrigen ihre Reittiere herumrissen und davongaloppierten. Sie ritten auf einen Hügel und waren bald auf der anderen Seite außer Sicht.

Ich schwang mich vom breiten Rücken meines Daharas und ging auf Hool Haji zu. Er schien ebenso erstaunt, mich zu sehen, wie ich ihn.

»Hool Haji!« rief ich. »Du bist am Leben! Wie bist du hierhergekommen?«

Er lachte. »Du wirst mich für einen Lügner halten, wenn ich's dir erzähle – aber erzählen muß ich es trotzdem. Ich hatte dich ebenfalls für tot gehalten, Michael Kane. Habt ihr etwas zu essen? Wir müssen unser Wiedersehen feiern!«

Wir stellten Wachen auf, und wir übrigen machten ein Feuer und bereiteten einige unserer Vorräte zu.

Während wir aßen, erzählte mir Hool Haji seine Geschichte.

Er war, wie ich vermutet hatte, zum Bergnest der Herrscher getragen worden. Es war ein finsteres Höhlenlabyrinth im Innern der höchsten Gipfel, wo sie wie die Vögel nisteten.

Zuerst hatte man ihm nichts getan, sondern ihn nur in der Nähe des Hauptnestes abgesetzt, wo ein junges Wesen ihrer Spezies ruhte.

Aus der Art, wie sie diesen Nachwuchs hätschelten, schloß Hool Haji, daß es sich tatsächlich um den letzten ihrer Art handelte, denn er sah während des Aufenthalts in ihrem Horst keine weiblichen Stammesangehörigen.

Die Herrscher hatten ihn als Nahrung für den Kleinen vorgesehen, und er erwartete, daß sie ihn töteten. Doch als sie sich ihm näherten, waren sie von irgend etwas gestört worden. Er wußte nicht, wovon. Jedenfalls hatten sich die Herrscher plötzlich entschlossen davonzufliegen.

Als er mit dem Jungen, der in Wirklichkeit nicht viel kleiner war als er selbst, allein war, war ihm der Gedanke gekommen, ihn zu dressieren und so aus dem Horst zu entfliehen.

Mit seinem Schwert, das ihm abzunehmen die Herrscher zu dumm gewesen waren, stieß er das Geschöpf an den Nestrand. Er kletterte auf seinen Rücken und brachte es mit seiner Schwertspitze dazu, ihm zu gehorchen.

Er hatte in Richtung der Kristallgrube zurückkehren wollen, um nach eventuellen Spuren von mir zu suchen, aber der junge Jihadoo, wie Hool Haji ihn nannte, hatte nach anfänglichem Entsetzen Eigensinn entwickelt und sich widersetzt.

Er war anfangs sehr schnell geflogen, doch dann sehr müde geworden.

Er war tiefer und tiefer hinabgesunken, bis er schließlich über die Baumwipfel streifte.

Eine Art Überdruß brachte den Kleinen schließlich dazu, sich in der Luft umzudrehen und nach Hool Haji zu schnappen. Es kam zu einem Kampf. Mein Freund war gezwungen, das Geschöpf zu töten, um sich zu schützen, und sie waren beide zu Boden gestürzt, wobei er mit nicht mehr als ein paar Schrammen davongekommen war. Aber der Jihadoo war tot.

Hool Haji war in dem Sumpfgebiet gelandet, das wir gerade überquert hatten, konnte sich jedoch auf festen Boden schleppen und machte sich auf den Weg durchs Moor.

Dann hatten die kleinköpfigen Menschen ihn angegriffen. Hool Haji nannte sie Perodi.

Sie hatten ihn nach einem verzweifelten Kampf überwältigt und in eine Stadt geschleppt, die viele Shatis westlich lag.

Dort hatten sie ihn als Sklaven an die Gelbhäutigen verkauft, die die Stadt bewohnten – die Cinivik, wie sie sich nannten.

Hool Haji hatte sich geweigert, für sie als Sklave zu arbeiten. Schließlich war er in einem Gefängnis, von denen sie offenbar eine ganze Menge besaßen, angekettet worden.

Wegen seiner äußeren Besonderheiten wurde er wie eine Art Zootier zur Schau gestellt, die ganze Zeit über aber auch aufgepäppelt, bis er wieder ganz bei Kräften war.

Dann war es ihm gelungen, die Ketten aus der Wand zu reißen, den Kerkermeister zu erdrosseln, das Schwert des Mannes an sich zu nehmen und nach diversen Kämpfen aus der Stadt zu entfliehen.

Wie das Schicksal es wollte, führte sein einziger Fluchtweg in die Sümpfe. Er hatte mehrere Zusammenstöße mit den Perodi gehabt, sie jedoch jedesmal schlagen können. Er hatte bei diesen Gefechten mehrere Schwerter erbeutet und zwei ruiniert, um sich von der Kette an seinem Arm zu befreien.

Offensichtlich hatte man eine Belohnung für seine Ergreifung ausgesetzt, und die Perodi hatten den Cinivik verraten, wo er sich aufhielt. Er benutzte inzwischen die Ruinen als sein Hauptquartier. Eine kleine Gruppe von Kriegern war ihm hinterhergeschickt worden, aber er hatte mehrere getötet und den Rest davongejagt.

Er glaubte, er wäre getötet oder gefangengenommen worden, wenn wir nicht just in dem Augenblick aufgetaucht wären, da die zweite Expedition ihn angreifen wollte.

»Und das ist in wenigen Worten die Summe meiner Abenteuer bis zum heutigen Tag«, endete er. »Es tut mir leid, wenn ich dich gelangweilt haben sollte.«

»Das hast du bei weitem nicht«, erklärte ich. »Und jetzt werde ich dir meine Geschichte erzählen. Ich glaube, du wirst deinen Spaß daran haben.«

Ich schilderte Hool Haji meine gesamten Erlebnisse, seit man uns getrennt hatte, und er lauschte aufmerksam.

Nachdem ich meine Erzählung beendet hatte, sagte er: »Von uns beiden hast du die meisten Abenteuer erlebt. Jetzt befindest du dich also auf dem Weg nach Bagarad, wenn ich recht verstehe. Ich würde mich dir gern anschließen und dir helfen, so gut ich kann.«

»Dich lebendig wiederzufinden, ist das Beste, was mir bislang hat widerfahren können«, sagte ich aufrichtig.

In dieser Nacht schlief ich tief und fest.

Am Morgen ritten wir in Richtung Bagarad, das noch mehrere Tagesreisen entfernt lag.

Der Boden war nun problemloser und machte das Vorankommen leichter. Unsere ganze Gesellschaft ritt unter Scherzen und Gesprächen dahin, während sich rings um uns her eine weite Ebene in alle Richtungen erstreckte und uns ein Gefühl der Sicherheit vermittelte, denn hier konnten sich keine Feinde ohne Vorwarnung nähern.

Doch in der Ebene hielten sich keine Feinde auf, nur Herden merkwürdig aussehender Tiere, die nach Zaphas Aussagen völlig harmlos waren.

Bald ging die Ebene in Hügelland über, das ebenso ansehnlich war, denn die kleinen Anhöhen waren mit hellem, orangefarbenem Gras bewachsen, wo rote und gelbe Blumen im Überfluß blühten.

Es war seltsam, daß man auf dem Mars einerseits Landschaften vorfand, die denen von der Erde ähnlich waren und andererseits solche, die man auf keinem Planeten erwartet hätte.

Wir würden nun, wenn die Karte stimmte, nach Bagarad und zu unseren langersehnten Maschinen gelangen.

13. Kapitel

DIE ÜBERRESTE

Im Laufe des nächsten Nachmittags hatten wir die Hügel hinter uns gelassen und durchquerten nun eine zerklüftete Landschaft mit Steinen und schartigem Gras, wo knorrige Bäume aus jedem Felsspalt wuchsen, in dem sich ein bißchen Erde abgelagert hatte.

In dieser Landschaft lag Bagarad.

Doch ehe wir dort anlangten, stießen wir auf einen Barbarentrupp, der jenem sehr ähnelte, der Rokin letztlich in den Untergang gefolgt war.

Es waren finster dreinblickende Männer, Frauen und Kinder – aber sie warteten bloß, daß wir an ihnen vorüberzögen, ohne uns auf irgendeine Weise angreifen zu wollen.

Ich ließ mein Dahara stehen und sprach einen von ihnen an.

»Wißt ihr, in welcher Richtung Bagarad liegt?« erkundigte ich mich.

Der Mann murmelte etwas vor sich hin, das ich nicht hören konnte.

»Ich kann dich nicht verstehen«, sagte ich.

»Sucht nicht nach Bagarad«, meinte er. »Aber wenn du sehen willst, wo Bagarad liegt, mußt du in diese Richtung gehen.« Er wies sie mir mit der Hand.

Ich war durch seine Äußerung etwas verwirrt, lenkte mein Dahara jedoch in die angegebene Richtung. Hool Haji, Zapha und die Katzenmenschen folgten mir.

Als wir in Bagarad anlangten, war es fast Abend.

Es war nicht viel davon übrig.

Es standen nur noch Ruinen, und die waren verlassen. Über ihnen hing eine schmutzige Rauchwolke.

Ich wußte instinktiv, was geschehen war. Wir waren zu spät gekommen. Die Barbaren hatten an den Maschinen herumgespielt und sich selbst vernichtet.

Die, die wir gesehen hatten, mußten die wenigen Überlebenden gewesen sein.

Ich kletterte von meinem Dahara und machte mich daran, mir den Weg durch die Ruinen zu bahnen.

Hier lag ein Stück Metall, dort der Rest einer Spule. Es war offensichtlich, daß alle Yaksha-Maschinen zerstört worden waren.

Ich bemerkte ein kleines Metallröhrchen und hob es auf. Es mußte zu einem der Geräte gehört haben. Ich steckte es voller Wehmut in den Beutel an meinem Gürtel. Es war das einzige unversehrte Teil, das geblieben war.

Mit einem Seufzen drehte ich mich zu Hool Haji um.

»Nun, mein Freund«, sagte ich, »unsere Mission ist beendet. Irgendwie müssen wir nun zu den Yaksha-Kammern zurück und nachsehen, ob dort noch irgend etwas vorhanden ist.«

Hool Haji drückte meine Schulter. »Sei nicht traurig, Michael Kane. Vielleicht ist es besser, daß die Maschinen vernichtet wurden.«

»Es sei denn, eine davon wahrte das Geheimnis zur Heilung der Seuche«, berichtigte ich ihn. »Denk an den Irrsinn und das Elend in Cend-Amrid. Wie sollen wir dagegen ankommen?«

»Wir müssen den Fall unseren Ärzten übergeben und hoffen, daß sie ein Heilmittel entwickeln.«

Aber ich schüttelte den Kopf. »Marsianische Ärzte sind es nicht gewohnt, Krankheiten zu diagnostizieren. Für den Grünen Tod gibt es keine Heilung – zumindest nicht auf lange Jahre hin.«

»Wahrscheinlich hast du recht«, gab er zu. »Dann sind die Yaksha-Höhlen unsere einzige Chance.«

»Sieht ganz so aus.«

»Aber wie sollen wir auf unseren Kontinent zurückkehren?« lautete seine nächste Frage.

»Wir müssen ein Schiff auftreiben.« Ich deutete nach Osten, wo in einiger Entfernung das Meer zu sehen war.

»Das wird nicht leicht sein«, meinte Hool Haji.

»Die Bagarad hatten Schiffe«, erklärte ich. »Sie müssen also auch einen Hafen haben.« Ich zog eine Karte heraus. »Schau mal. Nicht weit von hier verläuft ein Fluß. Vielleicht liegen dort Schiffe vertäut.«

»Dann laß uns aufbrechen«, sagte er. »Ich brenne darauf, wieder den Fuß auf heimischen Boden zu setzen.«

Wir ritten zum Fluß und entdeckten nach einer Weile eine Stelle, an der mehrere Bagaradschiffe vertäut lagen. Keine Menschenseele war hier zu sehen.

Was hatte die Überlebenden ins Landesinnere getrieben? fragte ich mich. Warum hatten sie kein Schiff genommen? Ob sie vielleicht die Schiffe mit den Maschinen in Verbindung brachten, die ihre Stadt vernichtet hatten? Ich konnte mir keine andere Erklärung denken.

Wir entschieden uns für ein kleines Schiff mit nur einem Mast, das von zwei Leuten leicht gehandhabt werden konnte.

Zapha ergriff das Wort, nachdem Hool Haji unser Boot ausgewählt und wir seine Vorteile erörtert hatten.

»Michael Kane«, sagte Zapha, »wir würden uns geehrt fühlen, wenn ihr uns erlaubt, euch zu begleiten.«

Ich schüttelte den Kopf. »Ihr habt uns schon genug geholfen, Zapha. Ihr werdet von eurem eigenen Volk gebraucht, und die Rückreise ist lang. In gewissem Sinn war eure Begleitung vergebens, aber ich bin froh, daß ihr wenigstens nicht viele Männer verloren habt.«

»Auch ich bin froh darüber«, sagte er. »Aber wir würden dir gern folgen, Michael Kane. Wir fühlen uns immer noch in deiner Schuld.«

»Bedankt euch nicht bei mir«, sagte ich. »Dankt den Umständen. Jeder andere hätte das gleiche tun können.«

»Das glaube ich nicht.«

»Sei vorsichtig, Zapha«, mahnte ich ihn. »Denk an euren alten Propheten. Wenn du etwas an mir bewunderst, so suche es in dir selbst. Du wirst es dort finden.«

Er lächelte. »Ich verstehe, was du meinst«, antwortete er. »Ja, vielleicht hast du recht.«

Bald danach nahmen wir wehmütig voneinander Abschied, und ich hoffte, eines Tages nach Purha zurückkehren und die Katzenmenschen wiedersehen zu können.

Hool Haji und ich inspizierten das Schiff und stellten fest, daß es so gut mit Vorräten ausgestattet war, als hätte es vor der Explosion direkt auslaufen sollen.

Mit einigen Befürchtungen gestattete mir Hool Haji, uns vom Ufer abzustoßen, und bald segelten wir flußabwärts aufs offene Meer zu.

Es dauerte nicht lange, bis die See vor uns in Sicht kam, und schließlich hatten wir das Festland hinter uns gelassen.

Glücklicherweise herrschte kein großer Wellengang. Hool Haji äußerte die Vermutung, daß dies in der Regel eine ruhige Jahreszeit auf der Westsee war, und ich dankte der Vorsehung für diesen Umstand.

Wir nahmen Kurs auf einen Küstenstreifen, der am nächsten bei den Yaksha-Gewölben lag.

War noch Zeit, Cend-Amrid zu retten?

Ich wußte es nicht.

Einige Tage verstrichen, und unsere Reise verlief ohne

Zwischenfälle. Wir hatten schon den Eindruck, das Glück stünde uns nun ewig zur Seite, als Hool Haji einen erschreckten Schrei ausstieß und nach vorn deutete.

Dort tauchte aus dem offenen Meer ein Ungeheuer furchterregenden Ausmaßes auf.

Wasser lief von seinem Rücken und tropfte von einem gewaltigen grünen Kopf. Fleischfetzen hingen ihm vom Körper, als wäre es bei einem heftigen Unterwasserkampf verwundet worden.

Es schien weder Säuger noch Fisch zu sein – wahrscheinlich eine Echsenart, auch wenn sein Körper dem eines Nilpferdes und sein Kopf dem eines Schnabeltiers ähnelte.

Nicht sein Aussehen, sondern seine Größe war so erschreckend. Es überragte unser Boot um vieles und hätte nur das Maul zu öffnen brauchen, um es zu verschlingen.

Vielleicht kam das Ungeheuer normalerweise nicht an die Oberfläche, sondern war nur von dem Sieger des Kampfes, den es gerade ausgefochten hatte, heraufgetrieben worden.

Was immer der Grund gewesen war, wir hätten es lieber gesehen, es wäre unten geblieben, denn nun paddelte es auf uns zu, wenn auch scheinbar mehr aus Neugier als aus irgendeinem anderen Grund.

Wir konnten nur zusehen und hoffen, daß es uns nicht angriff.

Es senkte den mächtigen Kopf und schaute uns aus großen Augen an. Ich hatte trotz aller Furcht den Eindruck, daß es alles andere als ein wildes Tier war, denn es wirkte sanftmütiger als viele andere Geschöpfe, die ich auf dem Mars gesehen hatte.

Nachdem es uns untersucht hatte, hob es erneut den Kopf und schaute sich um, als würfe es einen letzten Blick über die Wasseroberfläche.

Dann tauchte es gemächlich unter und ließ nur schäumende See zurück. Vielleicht setzte es den Kampf fort, dem es sich entzogen hatte, vielleicht war es auch nur von dem Anblick, der sich ihm hier geboten hatte, verwirrt.

Hool Haji und ich atmeten erleichtert auf.

»Was war das?« fragte ich. »Kennst du es?«

»Ich habe nur von ihm gehört. In Mendishar sagt man Seemutter dazu – vielleicht wegen seines sanften Wesens. Man hat noch nie gehört, daß sie Schiffe angegriffen haben. Zumindest nie absichtlich, wenn sie auch gelegentlich eins zufällig in die Tiefe gerissen haben.«

»Dann bin ich froh, daß es uns zuvor bemerkt hat«, sagte ich mit einem Lächeln.

Ein wenig später erblickten wir eine Schar großer Lebewesen, die zwar viel kleiner als die Seemutter, aber dennoch furchteinflößend waren. Und Hool Hajis Kommentar war eine Warnung.

»Ich hoffe, sie kommen nicht allzu nahe«, sagte er. »Sie sind bei weitem nicht so harmlos wie die Seemutter.«

Ich konnte ihre schlangenähnlichen Körper und spitzen Köpfe erkennen, die denen von Schwertfischen ähnelten.

»Wie heißen sie?«

»N'heer«, erklärte er. »Sie leben rudelweise in allen Meeren und greifen alles an, was ihnen vor die Augen kommt.« Er lächelte finster. »Glücklicherweise sehen sie nicht allzu viel; es sind äußerst kurzsichtige Geschöpfe.«

Wir steuerten so weit von den N'heer fort, wie es ging, aber es war unser Pech, daß sie es sich in die Köpfe gesetzt hatten, näher und näher an unser Schiff heranzuschwimmen.

Hool Haji zog sein Schwert.

»Mach dich bereit«, sagte er leise. »Ich glaube, sie werden uns nun jeden Augenblick sehen.«

Und das taten sie natürlich auch.

Sie hatten sich in recht mäßigem Tempo voranbewegt, aber nun schossen sie schnell und mit vorgereckten Schlangenhälsen durchs Wasser, daß man hätte glauben können, eine Speersalve flöge auf uns zu.

Sie griffen das Schiff an, aber der alte Bootsrumpf widerstand, und einen Augenblick lang schwammen sie etwas irritiert und schnell um uns herum.

Dann sprangen sie erneut aus dem Wasser. Sie fingen an, nach uns zu stoßen.

Wir schlugen mit den Schwertern über ihre spitzen Köpfe, bis sie fauchten und nach uns schnappten.

Schulter an Schulter wehrten wir sie ab, während immer mehr uns angriffen. Unsere Schwerter durchbohrten zwar ihre verhältnismäßig weichen Leiber, schienen jedoch keine nachhaltige Wirkung auf sie zu erzielen.

Einige waren ganz aus dem Wasser gehüpft und an Deck gelandet.

Sie schlängelten sich auf uns zu.

Einem gelang es, mich ins Bein zu stechen, ehe ich ihm mein Schwert ins Auge stieß.

Ein anderer hätte mir fast den Arm abgerissen, aber ich hieb ihm eine klaffende Wunde in den Kopf.

Bald war das Deck schlüpfrig vom Blut, und es fiel mir schwer, nicht darauf auszurutschen.

Als es so aussah, als sollten wir zum Futter der N'heer werden, hörte ich über mir Motorengebrumm.

Es war ein unmögliches Geräusch.

Ich wagte einen Blick nach oben.

Es war ein unmöglicher Anblick!

Dort flogen mehrere Luftschiffe, wie ich sie entworfen hatte. Von ihren Kabinen flatterten die Flaggen von Varnal.

Was für ein verrückter Zufall hatte sie hierhergeführt?

Doch ich hatte keine Zeit mehr, darüber nachzudenken, denn wir mußten uns ganz auf die Abwehr der N'heer konzentrieren.

Aber wir bekamen Beistand von den Luftschiffen. Ein Pfeilhagel ergoß sich über die schleimigen Kreaturen, und viele starben, ehe die übrigen schnell davonschwammen.

Von einem der Schiffe wurde ein Seil herabgelassen. Ich packte es und kletterte hinauf.

Bald sah ich in kein geringeres Gesicht als das meines Schwagers – Darnad von Varnal. Über sein jugendliches Antlitz zog ein Grinsen der Freude und Erleichterung, und er drückte herzlich meine Schulter.

»Michael Kane, mein Bruder!« sagte er. »Endlich haben wir dich gefunden!«

»Was meinst du damit?« fragte ich.

»Das kann ich dir später erzählen. Laß uns erst Hool Haji an Bord helfen. Ihr habt noch einmal Glück gehabt.«

Als wir Hool Haji heraufhalfen, mußte ich ihn ironisch angrinsen. »Ich soll Glück gehabt haben? Bis zu diesem Augenblick habe ich ganz anders darüber gedacht.«

14. Kapitel

DER GRÜNE TOD

Darnad saß an der Steuerung des Luftschiffs, dessen Navigation ich ihm beigebracht hatte, und auf den Polsterbänken saßen mehrere Krieger von Varnal. Sie strahlten vor Freude, uns wiederzusehen.

»Ich würde nur zu gerne wissen, was euch ausgerechnet jetzt in diesen Teil der Westsee verschlagen hat«, sagte ich.

»Der Zufall scheint zu schön, um wahr zu sein.«

»Es ist in Wirklichkeit auch kein Zufall«, sagte Darnad, »es sind die glücklichen Umstände.«

»Dann berichte mir davon.«

»Erinnerst du dich an das Mädchen von Cend-Amrid? Ala Mara heißt sie.«

»Natürlich. Aber woher kennst du sie?«

»Nun, ihr habt sie doch in eurem Luftschiff zurückgelassen, als ihr euch an die Erkundung der Yaksha-Gewölbe machtet, nicht wahr?«

»Ja.«

»Offenbar verspürte das Mädchen Langeweile. Es fing an, am Steuerpult des Schiffes herumzuspielen. Es hatte natürlich nichts Böses vor, aber per Zufall lösten sich die Fangleinen, so daß das Fahrzeug vom Wind davongetrieben wurde.«

»*Das* ist also passiert! Ich glaube, es war ein Glück für sie.«

»Warum das?«

»Weil sie sonst jenen in die Hände gefallen wäre, die uns gefangen nahmen.«

»Wer war es?«

»Das werde ich dir erzählen, wenn ich den Rest deiner Geschichte gehört habe.«

»Na schön. Jedenfalls driftete das Luftschiff viele Tage in den Strömungen, ehe eins unserer Patrouillenfahrzeuge es entdeckte, das mit einer Nachricht von Shizala an dich unterwegs war.«

»Eine Nachricht?«

»Ja. Davon werde ich auch gleich berichten. Das Mädchen erzählte von der Lage in Cend-Amrid und warum ihr zu den Yaksha-Kammern aufgebrochen wart. Das Schiff kehrte zuerst mit dem Mädchen und den Neuigkeiten nach Varnal zurück. Dann leitete ich diese Expedition nach Yaksha, um nachzusehen, ob ich euch helfen könnte, denn wir glaubten, ihr würdet dort ohne Transportmittel festsitzen. – Wir hielten es jedoch auch für möglich, daß ihr euch nach Mendishar durchschlagen würdet. Als wir Mendishar erreichten, hatte man nichts von euch gehört. Also flogen wir nach Yaksha.«

»Und ihr stelltet fest, daß wir fort waren.«

»Genau.«

»Was habt ihr dann unternommen?«

»Nun, wir fanden Hinweise, daß viele Maschinen fortgeschleppt worden waren. Und wir entdeckten die Leichen vieler Krieger, die uns unbekannt waren. Und wir nahmen an, daß man euch in einen Kampf verwickelt hatte. Die Toten ließen uns glauben, ihr hättet eure Gegner bezwungen. Und wir errieten, daß ihr in Gefangenschaft geraten wart. Wir folgten einer Spur durch die Wüste zur Küste, wo wir weitere Anzeichen entdeckten, daß kürzlich ein Schiff dort abgelegt hatte.«

»Was machtet ihr, als ihr feststelltet, daß das Schiff uns wahrscheinlich übers Meer geführt hatte?«

»Wir konnten nicht mehr tun als den Versuch zu unternehmen, das Schiff zu finden, was uns nicht gelungen ist. Danach konnten wir nur noch Meer und Küste in der Hoffnung absuchen, weitere Hinweise zu finden. Wir befanden uns auf der fünften Überfahrt zurück, als wir euer Boot sichteten und euch helfen konnten.«

»Gerade noch zur rechten Zeit«, sagte ich. »Ich bin dir sehr dankbar, Darnad.«

»Nicht der Rede wert. Aber was ist euch widerfahren? Habt ihr eine Maschine zur Heilung der Seuche gefunden?«

»Nein, wie ich leider sagen muß.«

Dann erzählte ich Darnad alles, was wir erlebt hatten. Er hörte gespannt zu.

»Ich bin froh, daß ihr noch am Leben seid«, erklärte er. »Und ich hoffe, wir werden eines Tages die Katzenmenschen besuchen können.«

»So.« Ich lächelte. »Nun war ich aber geduldig genug. Was besagt die Nachricht, die Shizala mir schicken wollte?«

»Es ist eine sehr erfreuliche Nachricht«, meinte Darnad.

»Du wirst Vater.«

Diese letzte Neuigkeit riß mich mehr mit als alles andere. Ich konnte meine Begeisterung kaum zügeln, und alle gratulierten mir.

Zu hören, daß Shizala mir ein Kind schenken würde, war die Mühsal wert, die ich durchgestanden hatte. Ich konnte es kaum erwarten, nach Hause zu kommen und sie wiederzusehen.

Aber vorher wartete meine Pflicht. Ich mußte zurück zu den Yaksha-Gewölben und das Gerät suchen, das die

Yaksha wahrscheinlich entwickelt hatten, um den Auswirkungen des Grünen Todes etwas entgegenzusetzen.

Nun überflogen wir das Festland und sollten bald die Yaksha-Kammern in der Wüste erreichen.

Dann sahen wir sie unter uns liegen, und Darnad steuerte das Luftschiff tiefer hinab.

Wir vertäuten die Schiffe und ließen ein paar Mann zur Bewachung zurück, bevor wir erneut die Höhlen betraten.

Mit mehr Leuten konnten wir diesmal eine wirklich gründliche Suche nach der Erfindung vornehmen, die wir brauchten. Nach meinen Vermutungen konnte das Mittel Tablettenform haben oder flüssig sein, aber da mir die phantastischen hochentwickelten Wissenschaften der Yaksha vertraut waren, konnte es sich auch um eine Maschine handeln, die Krankheitskeime mit Strahlen direkt abtötete.

Wir suchten mehrere Tage. Die Gewölbe waren weitläufig, und es kostete Zeit, all das, was wir fanden, zu überprüfen. Die Barbaren hatten doch eine Menge zurückgelassen. Sie hatten tatsächlich nur die Maschinen mitgenommen, die kriegerischen Zwecken zu dienen schienen. Es blieben viele Gerätearten, aber alles Kriegsmaterial war fort. Nun erkannte ich, daß sie ein für allemal zerstört waren, und vielleicht war dies nur gut so, obwohl ich es bedauerte, nun ihre Funktionsprinzipien nicht mehr analysieren zu können.

Obwohl wir alles überprüften, konnten wir nichts finden, was dem Grünen Tod entgegenwirken sollte. Schließlich mußten wir aufgeben und zu unseren Luftschiffen zurückkehren.

Nun saß ich an der Steuerung, während Darnad sich ausruhte.

Ich nahm Kurs auf Varnal.

»Was können wir nun tun?« fragte Darnad düster. »Müssen wir Cend-Amrid vergessen?«

»Wenn du das Grauen dort miterlebt hättest«, sagte ich, »würdest du keinen solchen Vorschlag machen. Wir werden einfach versuchen müssen, selbst ein Heilmittel zu entwickeln, obwohl dies vermutlich viel Zeit in Anspruch nehmen wird – es sei denn, wir hätten großes Glück.«

Auf dem Rückweg flogen wir nicht über Cend-Amrid, was mich ziemlich erleichterte; ich glaube nicht, daß ich den Anblick der Stadt ertragen hätte, und sei es auch nur aus dieser Höhe.

Als wir uns jedoch der Karmesinebene näherten, die sich ganz in der Nähe von Varnal erstreckte, bemerkte ich einen langen Menschenzug unter mir.

Zuerst glaubte ich, es handele sich um eine vorrückende Armee, aber dazu war die Aufstellung zu unordentlich.

Ich ging tiefer und stellte fest, daß es tatsächlich Männer, Frauen und Kinder aller Altersstufen waren.

Der Anblick fesselte mich, und ich konnte mir nicht vorstellen, warum sich so viele Leute auf Wanderschaft befanden.

Ich steuerte das Luftschiff tiefer und erkannte voller Entsetzen, was ich seit meiner Flucht aus Cend-Amrid halb befürchtet hatte.

Sie waren alle vom Grünen Tod befallen.

Irgendwie mußte ein Reisender durch Cend-Amrid gekommen sein und die Seuche mitgeschleppt haben.

Vielleicht war er in seine Heimatstadt zurückgekehrt – und hatte sie infiziert.

Aber warum befanden sie sich auf dem Marsch?

Ich nahm das Megaphon von seinem Platz bei den Armaturen und trat an die Kabinentür.

Ich brüllte zur Menge hinab, die inzwischen zu uns heraufgaffte.

Sie waren alle im Lumpen gekleidet und hatten hagere, gequälte Gesichter.

»Wer seid ihr?« rief ich durch das Megaphon. »Woher kommt ihr?«

Einer von ihnen brüllte zurück: »Wir sind funktionsuntüchtig! Wir suchen eine Zuflucht.«

»Was meinst du mit ›funktionsuntüchtig‹? Kommt ihr von Cend-Amrid?«

»Einige von uns. Aber viele stammen auch aus Opquel, Fiola und Ishal.«

»Wer hat euch gesagt, ihr seid funktionsuntüchtig?« rief ich. »Die Leute von Cend-Amrid?«

»Wir haben einen Mechaniker unter uns. Er funktioniert auch nicht mehr. Er ist unser Kopf. Wir sind seine Hände, sein Motor und seine Füße.«

In diesem Augenblick wurde mir klar, daß sich von Cend-Amrid aus nicht nur die Seuche verbreitet hatte, sondern auch die gräßliche Weltanschauung, die dort herrschte.

»Warum ist er euer Anführer, wenn er nicht mehr funktioniert?«

»Wir sind die starken Funktionsuntüchtigen. Es ist unsere Pflicht, eine funktionsuntüchtige Welt zu schaffen.«

Hier erlebte ich eine weitere Perversion jener Logik mit, mit der einer die an der Seuche Erkrankten überzeugt hatte, es sei gut, die Krankheit zu haben – und schlecht, sie nicht zu haben.

Dies konnte bedeuten, daß sich der Grüne Tod möglicherweise wie ein Buschfeuer über dem südlichen Mars ausbreitete – vielleicht sogar auf dem ganzen Planeten –, wenn er nicht irgendwie eingedämmt werden konnte.

»Wohin geht ihr nun?« erkundigte ich mich.

»Nach Varnal!« kam die Antwort.

Ich hätte vor Schreck fast das Megaphon fallen lassen. Der Grüne Tod durfte nicht bis nach Varnal kommen! Nun hatte ich noch einen weit persönlicheren Anlaß, zu kämpfen. Würde ich einen kühlen Kopf bewahren? Ich betete inständig darum.

»Geht nicht nach Varnal!« schrie ich halb flehentlich. »Bleibt dort, wo ihr seid. Wir werden eine Möglichkeit finden, euch zu heilen. Habt keine Furcht!«

»Uns heilen?« rief der Mann. »Warum solltest du diesen Wunsch haben? Wir bringen allen Menschen die Freude des Grünen Todes.«

»Aber der Grüne Tod bedeutet Entsetzen und grauenvollen Schmerz!« schrie ich. »Wie könnt ihr nur glauben, daß er gut ist?«

»Weil er den Tod bedeutet!« entgegnete der Mann.

»Aber ihr werdet euch doch den Tod nicht wünschen! Ihr werdet doch nicht sterben wollen – es widerspricht allem Menschlichen!«

»Der Tod bringt das Ende aller Funktionen«, verkündete das Seuchenopfer. »Und das Ende aller Funktionen ist gut. Der funktionierende Mensch ist der böse Mensch.«

Ich schlug die Kabinentür zu, damit ich ihn nicht mehr sehen mußte. Schwitzend lehnte ich mich an die Wand der Gondel zurück.

»Man muß sie aufhalten!« knurrte Hool Haji, der den Großteil des Gesprächs mit angehört hatte.

»Aber wie?« stöhnte ich.

»Möglicherweise wird uns nichts anderes übrigbleiben, als sie umzubringen«, erklärte er traurig.

»Nein!« schrie ich.

Aber ich wußte, daß ich kaum an das glaubte, was ich da von mir gab. Ich wurde Opfer meiner Angst.

Ich wußte, daß ich diese Angst bekämpfen mußte. Aber was sollte ich tun?

15. Kapitel

GEFAHR FÜR VARNAL

Wir steuerten Varnal an, so schnell es ging, und endlich kamen auch die schlanken Türme der Stadt in Sicht.

Sobald wir gelandet waren, schlug ich den Weg zum Palast ein. Shizala erwartete mich schon auf den Treppen. Shizala, die liebliche Bradhinaka der Kanala, schönste Blume des Hauses Varnal, begrüßte mich.

Ich sprang auf sie zu, um sie zu umarmen und ohne mich darum zu kümmern, ob uns jemand beobachtete.

Sie erwiderte meine Umarmung und sah mich aus strahlenden Augen an.

»O Michael Kane, endlich bist du zurück! Ich hatte schon solche Angst, du wärst nicht mehr am Leben, mein Bradhinak!«

»Ich werde eh nicht sterben, solange du lebst«, sagte ich. »Das wäre die reinste Torheit von mir.«

Daraufhin lächelte sie mich an.

»Hast du die Neuigkeit schon erfahren?« fragte sie.

Ich tat, als wüßte ich noch nichts davon.

Ich wollte es aus ihrem eigenen Munde hören.

»Dann komm mit zu unseren Gemächern«, sagte sie. »Ich werde es dir dort erzählen.«

In unserer Wohnung erklärte sie mir schlicht, daß wir ein Kind bekommen würden. Dies genügte, um mich in eine ebenso starke Woge der Freude zu versetzen, wie in dem Augenblick, da ich zum ersten Mal davon gehört hatte, und ich hob sie mit den Armen begeistert hoch. Ich setzte sie ebenso rasch wieder ab, als ich mich an ihren Zustand erinnerte.

»Wir Karnala sind nicht so empfindlich.« Sie lächelte. »Meine Mutter ist noch mit ihrem Dahara ausgeritten, als sie erste Anzeichen einer bevorstehenden Geburt spürte.«

Ich lachte zurück. »Dennoch«, sagte ich, »werde ich dafür sorgen, daß du von nun an rundum geschützt bist.«

»Wenn du mich wie ein Baby behandelst, werde ich dir davonlaufen und einen Argzoon heiraten«, drohte sie mir im Scherz.

Meine Begeisterung wurde gedämpft, als ich wieder an die mit dem Grünen Tod Befallenen dachte, die auf Varnal vorrückten.

Sie bemerkte offenbar, daß etwas nicht in Ordnung war und fragte mich, was los sei.

Ich erzählte es ihr traurig und ohne Umschweife, und ich versuchte dabei, die Lage nicht zu dramatisieren, obwohl sie gewiß schlimm genug war.

Als ich zum Ende kam, nickte sie nachdenklich.

»Aber was sollen wir in dieser Sache tun?« fragte sie. »Wir können sie doch nicht umbringen! Sie sind weder geistig noch körperlich wohlauf – sie sind sich ja nicht einmal richtig bewußt, daß sie eine Bedrohung für uns darstellen.«

»Darin liegt ja die Schwierigkeit«, sagte ich. »Wie können wir es verhindern, daß sie nach Varnal kommen?«

»Vielleicht gibt es eine Möglichkeit«, deutete sie an.

»Und die wäre?«

»Wir könnten die Karmesinebene in Brand setzen – dann würden sie doch gewiß umkehren?«

»Es wäre eine Schande, die Karmesinebene zu zerstören. Abgesehen davon würden die Dörfer und Siedlungen dort in Mitleidenschaft gezogen.«

»Du hast recht«, stimmte sie mir zu.

»Außerdem sind sie inzwischen sicher schon auf der Karmesinebene angelangt. Es wird nicht lange dauern, bis sie ihr Ziel erreichen.«

»Du meinst Varnal?«

»Varnal ist die Stadt, von der sie gesprochen haben.«

Shizala seufzte.

Ich setzte mich auf einen Stuhl, lehnte mich auf den Tisch und nahm den Kriegsharnisch ab, den ich so lange getragen hatte. Etwas klapperte in meinem Beutel, und ich zog den betreffenden Gegenstand heraus.

Es war eine kleine Röhre, das unversehrte Teil einer zerstörten Maschine, das ich in den Ruinen von Bagarad eingesteckt hatte.

Ich legte es auf den Tisch und seufzte nun meinerseits.

»In wenigen Tagen erreicht der Grüne Tod Varnal«, grübelte Shizala, »sofern wir ihn nicht abwenden können. Irgendwie ...«

»Ich habe über die Möglichkeit nachgedacht, etwas gegen die Wirkung der Seuche zu unternehmen«, sagte ich. »Ich habe sehr lange danach gesucht – auf zwei Kontinenten. Ich glaube nicht, daß ein solches Mittel existiert.«

»Wir sollten die Hoffnung noch nicht aufgeben«, sagte sie, um mich aufzumuntern.

Ich stand auf und drückte sie fest an mich. »Danke«, sagte ich. »Ja ... ein klein wenig Hoffnung besteht noch.«

Am nächsten Morgen stand ich im großen Saal und beriet mich mit meinem Schwiegervater, dem Bradhi Carnak, dessen Sohn Bradhinak Darnad, meiner Frau, der Bradhinaka Shizala und meinem Freund Bradhi Hool Haji. Ich, der Bradhinak Michael Kane, vervollständigte diese erlauchte Versammlung.

Aber selbst unseren adeligen Köpfen wollte kein konstruktiver Gedanke kommen, als wir das Problem des Grünen Todes erörterten.

Ich hielt an meinen Prinzipien fest, auch wenn es mir angesichts der Tatsache, daß meine Frau und mein ungeborenes Kind gefährdet waren, schwerfiel.

»Wir können sie nicht umbringen«, wiederholte ich. »Es ist nicht ihre Schuld. Wenn wir sie töten, töten wir gleichzeitig etwas in uns selbst.«

»Ich verstehe dich, Michael Kane«, erklärte der alte Carnak und neigte zustimmend sein kräftiges Haupt. »Aber was können wir sonst tun, um Varnal vor dem Grünen Tod zu bewahren?«

»Ich glaube, wir werden letztendlich zu diesem Entschluß kommen müssen, Michael Kane«, meinte Hool Haji ernst. »Ich sehe keine Alternativen.«

»Es muß eine Alternative geben.«

»Fünf Köpfe grübeln darüber nach«, betonte Darnad. »Fünf kluge Köpfe zudem – und nicht einer ist auf eine konstruktive Idee gekommen. Wir könnten natürlich versuchen, sie gefangenzunehmen oder so etwas.«

»Aber das würde bedeuten, körperlich mit ihnen in Berührung zu kommen und eine Ansteckung zu riskieren«, gab Hool Haji zu bedenken. »Damit würden wir unser eigenes Ziel zunichtemachen.«

»Wir könnten eine Art großes Netz benutzen«, meinte Shizala. »Aber wahrscheinlich ist das eine undurchführbare Idee.«

»Das ist es wahrscheinlich.« Carnak zog die Stirn kraus. »Aber es *ist* wenigstens eine Idee, meine Liebe.«

Alle schauten mich an. Ich zuckte die Achseln. »Mein Kopf ist so ausgebrannt, wie er nur sein könnte«, erklärte ich.

Darnad seufzte.

»Dann gibt es nur noch eins zu tun, Michael Kane.«

»Was soll das sein? Nicht sie umzubringen – dieser Lösung muß ich mich widersetzen.«

»Wir müssen mit dem Luftschiff hinausfliegen und den Versuch unternehmen, sie zum Umkehren zu bewegen«, sagte er.

Ich stimmte zu. Es war so ziemlich das einzig Vernünftige, das wir nun tun konnten.

Also befanden wir uns bald schon wieder in der Luft: Hool Haji, Darnad und ich. Es dauerte nicht lange, da sichteten wir die ungeordnet über die Karmesinebene ziehende Menge. Es sah aus, als wären es noch mehr geworden. Vielleicht hatten sich ihnen Leute aus den Dörfern angeschlossen, die sie durchquert hatten.

Grüngetönte Gesichter schauten hoch, als wir langsam zu ihnen hinabstießen. Sie blieben stehen und warteten.

Ich benutzte das Megaphon, um sie erneut anzusprechen.

»Volk des Grünen Todes!« rief ich. »Warum bleibt ihr nicht, wo ihr seid? Habt ihr je darüber nachgedacht, daß ihr euch vielleicht täuscht?«

»Du bist doch der, der gestern zu uns gesprochen hat«, erklang eine Stimme. »Du mußt mit dem Mechaniker reden. Er ist es, der uns der endgültigen Funktionslosigkeit entgegenführt.«

Die Menge wich von einem Mann mit grüngeflecktem Gesicht, großen Augen und irrem Blick zurück. Er sah irgendwie dem Arzt ähnlich, den wir beim ersten Mal in Cend-Amrid kennengelernt hatten.

»Bist du der Anführer?« fragte ich.

»Ich bin der Kopf, sie sind die Hände, der Motor – alle Teile der laufenden Maschine.«

»Warum führst du sie an?«

»Weil es mein vorgesehener Platz ist.«

»Warum führst du sie dann zu anderen Siedlungen, Dörfern und Städten, wenn du weißt, daß ihr die Seuche in allen Orten verbreiten werdet, durch die euer Weg führt?«

»Es sind die Wohltaten, die ich ihnen bringe: die Wohltaten des Todes, die Erlösung vom Leben, die endgültige Funktionsuntüchtigkeit.«

»Denkt ihr nicht an jene, die ihr infiziert?«

»Wir bringen ihnen Frieden«, antwortete er.

»Bitte geht nicht nach Varnal«, drängte ich. »Sie wollen euren Frieden nicht – sie möchten ihren eigenen haben.«

»Unser Friede ist der einzige – die endgültige Funktionsuntüchtigkeit.«

Offensichtlich war es nach wie vor unmöglich, den Wahnsinn des Mannes zu durchbrechen. Schon um nur einen Ansatzpunkt zu finden, wäre ein feinsinnigerer Psychologe nötiger gewesen als ich.

»Seid ihr euch darüber im klaren, daß manche in Varnal eure Vernichtung erwägen, weil ihr eine Bedrohung für sie darstellt?« fragte ich ihn.

»Vernichtet uns, und wir werden nicht mehr funktionieren. Das ist gut.«

Es gab keinen Ausweg. Der Mann war völlig irrsinnig.

Schweren Herzens kehrten wir nach Varnal zurück.

Wir saßen in der Stadt der Grünen Nebel – die bald in Stadt des Grünen Todes umbenannt werden konnte, überlegte ich, wenn die Menge ihren Marsch fortsetzte – am grünen See und suchten erneut nach einer Lösung unseres Problems.

Darnad runzelte die Stirn, als forsche er bei sich nach einem vergessenen Stück Information.

Plötzlich schaute er auf. »Ich habe von einem Mann gehört, der möglicherweise fähig ist, ein Heilmittel gegen den Grünen Tod zu entwickeln«, sagte er. »Allerdings ist nicht auszuschließen, daß es sich bei ihm um eine Sagengestalt handelt – vielleicht hat er nie existiert.«

»Und wer ist das?« fragte ich.

»Sein Name ist Mas Rava. Er war früher Arzt am Hofe von Mishim Tep, entwickelte dann philosophische Ambitionen und zog sich in die Berge irgendwo im fernen Süden zurück. Mas Rava hat alle alten Sheev-Texte studiert, die er hat finden können. Aber irgendwie ist er zum Eigenbrötler geworden, und niemand hat ihn je wieder gesehen.«

»Wann soll er am Hof von Mishim Tep gelebt haben?« erkundigte ich mich.

»Vor über hundert Jahren.«

»Dann ist er vielleicht schon tot.«

»Ich weiß nicht recht. Ich habe mir die Geschichten über ihn in Mishim Tep nie so genau angehört. Aber an eins kann ich mich erinnern: Man sagt, er hätte die Unsterblichkeit erlangt.«

»Es besteht also eine kleine Chance, daß er noch lebt«, sagte ich.

»Eine kleine, gewiß.«

»Aber die Chancen, ihn in der Zeit, die uns zur Verfügung steht, ausfindig zu machen, sind noch geringer«, gab Carnak zu bedenken.

»Was auch immer geschähe, wir könnten ihn niemals rechtzeitig aufspüren«, sagte Hool Haji.

Shizala schwieg. Sie hielt nur den Kopf gesenkt und blickte ins Wasser des grünen Sees.

Plötzlich ertönte hinter uns ein Schrei, und ein Pukan-Nara – so werden auf Vashu die Kompaniechefs genannt – kam auf uns zugestürzt.

»Was gibt es?« fragte ich.

»Eins unserer Beobachtungsschiffe ist zurückgekehrt«, sagte er.

»Und?« drängte Carnak weiter.

»Die Menschenmenge bewegt sich mit unnatürlicher Geschwindigkeit auf die Stadt zu. Es wird keinen Tag mehr dauern, bis sie vor dem Stadttor steht.«

Darnad warf mir einen Blick zu. »So bald?« meinte er. »Damit hätte ich niemals gerechnet. Offensichtlich haben wir uns keinen Gefallen damit getan, sie anzusprechen.«

»Sie haben zu laufen begonnen«, sagte der Pukan-Nara. »Nach allem, was der Kundschafter berichtet, brechen viele erschöpft oder tot zusammen, aber die übrigen *rennen*. Irgend etwas treibt sie auf Varnal zu. Wir müssen sie aufhalten!«

»Wir haben alle Möglichkeiten, sie aufzuhalten, in Erwägung gezogen«, erklärte ich.

»Wir *müssen* sie abwehren.«

Ich hielt mich eisern an meine Vernunft. »Wir müssen nicht«, sagte ich erschöpft, obwohl ich wieder einmal versucht war, ihm recht zu geben.

»Was können wir aber sonst tun?« fragte der Pukan-Nara verzweifelt.

Ich kam zu dem Schluß, der sich eigentlich schon immer aufgedrängt hatte.

»Ich weiß, was es für euch bedeutet«, sagte ich. »Für mich ist es genauso schlimm – wenn nicht schlimmer.«

»Was willst du damit sagen, Michael Kane?« fragte meine Frau.

»Wir müssen Varnal evakuieren. Wir müssen die Stadt dem Grünen Tod überlassen und in die Berge fliehen.«

»Niemals!« rief Darnad.

Aber Carnak legte die Hand auf den Arm seines Sohnes.

»Michael Kane hat uns etwas Wertvolleres gegeben als das Leben oder die Heimat«, sagte er nachdenklich. »Er hat uns die Verantwortung gegenüber uns selbst geschenkt – und damit allen Menschen von Vashu. Seine Logik ist zwingend, seine Argumente sind klar. Wir müssen nach seinem Vorschlag verfahren.«

»Das werde ich nicht!« Darnad wandte sich mir zu. »Michael Kane! Du bist mein Bruder. – Ich liebe dich als meinen Bruder, als starken Kämpfer und großartigen Freund. Das kann doch nicht dein Ernst sein. Varnal diesem Pöbel zu überlassen – diesem verseuchten Volk! Du mußt von Sinnen sein!«

»Ganz im Gegenteil!« antwortete ich ruhig. »Ich kämpfe vielmehr gegen den Wahnsinn an. Ich versuche, Vernunft zu bewahren. Laß es dir von deinem Vater gesagt sein – er weiß, was ich meine.«

»Wir haben schreckliche Zeiten, Darnad«, sagte Shizala. »Komplizierte Zeiten. Deshalb ist es um vieles schwieriger, die rechte Entscheidung zu treffen, wenn Entscheidungen zum Handeln gefällt werden müssen. Die Menschen des Grünen Todes sind von Sinnen, wie die von Cend-Amrid. Gewalt gegen sie anzuwenden würde bedeuten, auf anderer Ebene die Tendenzen des Irrsinns in uns selbst zu fördern. Ich glaube, das will Michael Kane damit sagen.«

»Es trifft meine Gedanken weitgehend.« Ich nickte. »Wenn wir nun vor der Angst kapitulieren, was soll dann aus den Karnala werden?«

»Angst? Aber wäre Flucht denn keine Feigheit?«

»Es gibt viele Arten von Feigheit, mein Sohn«, sagte Carnak und stand auf. »Ich denke, die Flucht aus Varnal – auch wenn wir stark genug wären, die vorrückende Menge leichterdings zu bezwingen – stellt keine große Feigheit dar. Es ist vielmehr ein Akt des Verantwortungsgefühls.«

Darnad schüttelte den Kopf. »Ich verstehe immer noch nicht. Es kann doch gewiß nichts Falsches daran sein, unsere Stadt gegen eine Aggression zu verteidigen.«

»Es gibt verschiedene Arten von Aggressoren«, sagte ich. »Da waren einmal die Blauen Riesen der Argzoon, die kurz nach meiner Ankunft auf Vashu gegen Varnal vorrückten. Sie waren ein Volk von vergleichsweise gesundem Verstand. Es war einfach, sie abzuwehren. Es war alles, was wir tun konnten. Aber wenn wir in diesem Fall Gewalt anwenden, handeln wir unserer ganzen Sache zuwider – meiner ganzen Sache, wenn ihr so wollt, wenngleich ich dachte, daß sie euer aller Angelegenheit wäre. Mir geht es darum, die Krankheit an ihrer Wurzel auszurotten; die doppelte Krankheit von Körper und Geist zu heilen, die Cend-Amrid infiziert hat!«

Darnad schaute Hool Haji an, der seinen Blick erwiderte, und dann weg sah. Er fixierte seinen Vater und seine Schwester. Sie schwiegen.

Er schaute mich an.

»Ich kann dich zwar nicht verstehen, Michael Kane, aber ich will es versuchen«, sagte er schließlich. »Ich vertraue dir. Wenn wir die Stadt verlassen müssen, dann müssen wir sie eben verlassen.«

Und dann konnte Darnad die Tränen nicht länger zurückhalten, die ihm aus den Augen stürzten.

16. Kapitel

DER EXODUS

Sie werden also hoffentlich verstehen, daß aus diesem Grund eine große, starke, gesunde Stadt ihrer Einwohner beraubt wurde.

Krieger, Handwerker, Frauen und Kinder verließen Varnal in geordneten Reihen, und die Luftschiffe – sowohl die der Sheev wie jene nach meinen Entwürfen – schwebten über ihnen dahin. Einige gingen weinend wie Darnad, andere verwirrt, manche nachdenklich, aber alle wußten tief in ihrem Innern, daß es richtig war.

Sie ließen Varnal zurück, damit ein paar kranke und verirrte Seelen damit anstellten, was ihnen in den Sinn kam und sich nahmen, was sie wollten.

Es war das einzige, was wir tun konnten.

Ich bin normalerweise kein besinnlicher Mensch, wie ich Ihnen schon sagte, aber ich versuche, mich an bestimmte Prinzipien zu halten, wie verzweifelt die Lage und wie schrecklich die Gefahr auch sein mag. Nicht wegen einer Art Dogmatismus, sondern, wenn Sie so wollen, aus Angst vor der Angst – Angst vor den Taten, die man aus Angst begeht, den Gedanken, die man sich aus Angst vorspiegelt.

Ich ritt mein Dahara mit Shizala zu meiner Rechten und Hool Haji zu meiner Linken. Links von meinem Freund ritt Carnak, der Bradhi der Karnala, rechts von Shizala ihr Bruder Darnad – mit ernstem Gesicht und verwirrtem Blick.

Hinter uns ritt oder marschierte das stolze Volk von Varnal, der liebreizenden Stadt der Grünen Nebel, die immer weiter hinter uns zurückblieb.

Vor uns lagen kahle Berge, wo wir uns eine Bleibe einrichten würden, bis sich für die vom Grünen Tod Betroffenen irgendeine Hoffnung fände.

Hier stand nicht nur die physische Gesundheit des Mars auf dem Spiel, als wir die Stadt verließen. Es ging auch um die moralische und psychologische Zukunft des Planeten. Wir ließen Varnal zurück, damit der Mars die Welt bleiben konnte, die ich liebte, und Varnal die Stadt, in der ich mich am meisten heimisch fühlte.

Wir kämpften gegen Angst, Hysterie und die schreckliche, irrsinnige Gewalt an, die solche Gefühle mit sich bringen.

Wir verließen Varnal nicht, um anderen ein Beispiel zu geben. Wir gingen, um uns vor uns selbst beispielhaft zu verhalten. Das alles mag etwas großsprecherisch klingen. Ich bitte Sie nur darum, unser Tun zu erwägen und zu versuchen, Verständnis für unsere Motive aufzubringen.

Unsere Reise zu den Bergen kostete viel Zeit, denn wir mußten unsere Geschwindigkeit nach den langsamsten Bürgern ausrichten.

Schließlich erreichten wir das kalte Gebirge und fanden ein Tal, wo wir Häuser bauen konnten, denn die Talhänge waren dicht bewaldet.

Nachdem dies geschehen war, brachen wir mit unseren Luftschiffen in der Hoffnung auf, den legendären Arzt aufzuspüren, der vielleicht der einzige Mensch auf dem Mars war, der die Welt vor dem Grünen Tod retten konnte.

Letzten Endes war nicht ich es, der Mas Rava ausfindig machte, sondern der, der seinen Namen als erster genannt hatte: Darnad.

Eines Abends kehrte er in seinem Luftschiff zum Lager zurück. Er hatte sich angewöhnt, allein zu reisen, und wir konnten nachempfinden, was ihn dazu trieb.

»Michael Kane«, sagte er, als er die Hütte betrat, in der Shizala und ich wohnten. »Ich habe mit Mas Rava geredet.«

»Kann er uns helfen?« war meine erste Frage.

»Ich weiß es nicht. Ich habe nicht mehr getan, als ihn nach seinem Namen zu fragen.«

»Und mehr hat er dir nicht erzählt?«

»Nein. Ich fragte ihn, wer er sei, und er antwortete: ›Mas Rava‹.«

»Wo ist er?«

»Er lebt in einer Höhle, viele Shatis von hier entfernt. Möchtest du, daß ich dich hinbringe?«

»Ich denke schon«, entgegnete ich. »Hast du den Eindruck, daß er völlig zum Eremiten geworden ist? Wird unsere Notlage ihn überhaupt rühren?«

»Ich weiß es nicht. Morgen früh werde ich dich hinbringen.«

Also brachen wir am nächsten Vormittag mit Darnads Luftschiff auf, um Mas Rava zu suchen. So wie ich zuvor die Maschinen gesucht hatte, in der Hoffnung, daß sie uns retten würden, suchte ich nun einen Menschen. Würde er sich nützlicher als die Maschinen erweisen? Ich war mir nicht sicher. Hätte ich zuviel von den Maschinen erwartet? Durfte ich einem Menschen soviel zutrauen? Auch das wußte ich nicht.

Aber ich begleitete Darnad und steuerte das Schiff durch die Schluchten, bis wir an eine Stelle gelangten, wo ein natürlicher Weg bergauf zu einer Höhle führte.

Ich ließ eine Strickleiter auf den breiten Felsvorsprung vor der Höhle hinab und kletterte hinab, bis ich schließlich vor dem dunklen Eingang stand.

Dann trat ich ein.

Dort saß ein Mann, den Rücken an die Wand gelehnt, ein Bein angewinkelt, das andere ausgestreckt. Er betrachtete mich mit erheitertem und fragendem Blick. Er war glattrasiert und wirkte ziemlich jung. Die Höhle war sauber und ordentlich eingerichtet.

Er entsprach nicht meiner Vorstellung von einem Eremiten, und seine Höhle bot nicht das Bild eines Refugiums. Der Mann hatte etwas Weltoffenes an sich.

»Mas Rava?« fragte ich.

»Derselbe. Nimm Platz. Ich hatte gestern einen Besucher, und ich fürchte, ich habe ihn recht unhöflich behandelt. Er war der erste. Auf den zweiten bin ich besser vorbereitet. Wie heißt du?«

»Michael Kane«, sagte ich. »Es ist eine lange und komplizierte Geschichte, aber ich komme vom Planeten Negalu«, erklärte ich, und benutzte den marsianischen Namen für Erde, »und aus einer Zeit, die weit in deiner Zukunft liegt.«

»In diesem Fall bist du ein interessanterer Mann als mein erster Besucher«, sagte Mas Rava.

Ich setzte mich neben ihn.

»Bist du gekommen, weil du irgendwelche Informationen von mir willst?« lautete seine nächste Frage.

»In gewisser Weise«, antwortete ich. »Aber du solltest dir besser erst die ganze Geschichte anhören.«

»Dann laß sie von Anfang bis Ende hören«, meinte Mas Rava. »Mir wird nicht so schnell langweilig. Fang an.«

Ich berichtete ihm alles, was ich Ihnen erzählt habe, alles, was ich gedacht und gesagt hatte und alle Gedanken und Äußerungen, die man mir vorgetragen hatte. Ich brauchte mehrere Stunden, aber Mas Rava hörte mir die ganze Zeit zu, ohne zu unterbrechen.

Als ich zum Ende gekommen war, nickte er.

»Du hast dich und das Volk, das dich aufgenommen hat, in eine mißliche Lage gebracht«, sagte er. »Als Arzt bin ich ein wenig aus der Übung, aber in einem Punkt hast du zweifellos recht. Nach allem, was ich gelesen habe, gab es ein Heilmittel gegen die Seuche. Es hatte jedoch nicht die Form einer Maschine – in diesem Punkt hast du dich getäuscht –, sondern von Bakterien, die die Wirkung des Grünen Todes innerhalb von Sekunden aufheben konnten.«

»Kannst du dir vorstellen, wo ich ein Behältnis mit diesen Bakterien finden könnte?« fragte ich.

»Auf Vashu existieren mehrere Lager von der Art der Yaksha-Kammern, die ihr entdeckt habt. Es könnte sich in jedem davon befinden – obgleich es sehr gut möglich ist, daß die Sheev oder Yaksha etwas für sie dermaßen Unwichtiges dem Verfall überlassen haben.«

»Also glaubst du, daß die Chance, ein Gegenmittel zu finden, sehr gering ist?« fragte ich entmutigt.

»Ja, das glaube ich schon«, antwortete er. »Aber versuchen könntest du es.«

»Und du? Könntest du nicht ein Gegenmittel herstellen?«

»Mit genügend Zeit vielleicht schon«, sagte er. »Aber ich glaube nicht, daß ich es tun werde.«

»Würdest du es nicht einmal versuchen?«

»Nein.«

»Und warum nicht?«

»Weil ich ein überzeugter Fatalist bin, mein Freund.« Er lachte. »Ich bin sicher, daß der Grüne Tod vorübergehen und sein Erscheinen Vashu zeichnen wird. Aber ich glaube auch, daß die Gesellschaft diesen Stempel braucht – gerade die Gesellschaft, die keine ernsthaften Gefahren kennt. Es wird einer Stagnation vorbeugen.«

»Ich finde deine Einstellung schwer verständlich.«

»Ich will ehrlich sein und werde es dir auf andere Weise erklären. Ich bin ein träger und arbeitsscheuer Mensch. Ich sitze gern in meiner Höhle und denke. Ich denke übrigens auf einer sehr hohen Abstraktionsebene. Und ich bin ein Mensch, der wenig Gesellschaft braucht. Auch ich habe meine Ängste, wenn du so willst – aber sie bestehen darin, daß ich Angst davor habe, mich in die Angelegenheiten der Menschen zu verstricken und mich dabei selbst zu verlieren. Ich schätze meine Individualität. Wenn man sich all dies klarmacht, wird man zum Fatalisten. Ich habe mit den Angelegenheiten der Menschen dieses oder eines anderen Planeten nichts zu schaffen. *Planeten* interessieren mich – nicht *ein* Planet.«

»Mas Rava, ich habe den Eindruck«, sagte ich ruhig, »daß du auf deine Weise ebenso perspektivlos geworden bist wie die Herrscher von Cend-Amrid.«

Er dachte über diese Äußerung nach und lächelte mich an.

»Du hast recht«, stellte er fest.

»Dann wirst du uns helfen?«

»Nein, Michael Kane, ich werde es nicht tun. Du hast mir eine Lektion erteilt, und es wird interessant sein, über das, was du gesagt hast, nachzudenken. Aber ich werde euch nicht helfen. Verstehst du ...« Und wieder lächelte er mich an. »Ich habe gerade ohne Bitterkeit oder Verzweiflung verstanden, daß ich im wesentlichen ein dummer Mensch bin. Vielleicht kommt der Grüne Tod auch zu mir?«

»Vielleicht«, sagte ich enttäuscht. »Es tut mir leid, daß du uns nicht beistehen willst, Mas Rava.«

»Mir tut es auch leid. Aber bedenke eines, Michael Kane, wenn das Wort eines törichten Menschen dir irgend etwas bedeutet ...«

»Und das wäre?«

»Manchmal genügt der Wunsch«, erklärte Mas Rava. »Wünsche dir, daß der Grüne Tod ein Ende hat – vorausgesetzt, du unternimmst auch weiterhin etwas, selbst wenn du deine eigenen Unternehmungen nicht verstehst.«

Ich verließ die Höhle.

Darnad wartete immer noch ungeduldig. Die Strickleiter hing auf das Felssims hinab.

Eher auf eine unerklärliche Weise neugierig als enttäuscht kletterte ich in die Kabine zurück.

»Wird er uns helfen?« fragte Darnad begierig.

»Nein«, antwortete ich.

»Warum nicht? Er muß!«

»Er sagt, er will nicht. Er hat lediglich gesagt, daß es ein Heilmittel für die Seuche gab und es vielleicht noch irgendwo existiert – und daß es keine Maschine ist.«

»Was ist es denn?«

»Ein Bakterienbehälter«, sagte ich sinnend. »Komm, kehren wir zum Lager zurück.«

Am nächsten Tag hatte ich mich entschlossen, nach Varnal zurückzugehen und mir anzusehen, was aus der Stadt geworden war.

Ich nahm ein Luftschiff, ohne zu sagen, wohin ich wollte.

Varnal wirkte unverändert – ja, wenn überhaupt, höchstens noch schöner –, und als ich auf dem großen Platz der Stadt landete, hing dort nicht, wie ich erwartet hatte, der Gestank des Todes. Es war auch nirgendwo der verhaltene Geruch der Angst zu spüren.

Ich blieb jedoch sicherheitshalber in meiner Kabine und rief hinaus in die leeren Straßen.

Nach kurzer Zeit vernahm ich Schritte, und eine Frau

mit einem kleinen Kind kam um die Ecke. Es war eine kräftige Frau, und das Kind sah sehr gesund aus.

»Wer bist du?« fragte ich erstaunt.

»Es geht doch wohl eher darum, wer *du* bist?« entgegnete sie unerschrocken. »Was suchst du in Varnal?«

»Ich bin normalerweise in dieser Stadt zu Hause«, sagte ich.

»Ich normalerweise auch«, sagte sie spröde. »Gehörtest du zu denen, die von hier fortgezogen sind?«

»Falls du meinst, ob ich bei den Tausenden war, die die Stadt verließen, als die Leute mit dem Grünen Tod kamen«, sagte ich, »dann lautet die Antwort ja.«

»Das ist nun alles vorbei«, erklärte sie.

»Was ist vorbei?«

»Der Grüne Tod. Ich hatte ihn auch eine Weile.«

»Soll das heißen, du bist geheilt worden? Aber wie? Wodurch?«

»Ich weiß es nicht. Ich kam nach Varnal, und damit ist es geschehen. Vielleicht sind wir deshalb hierher gezogen. An den Marsch kann ich mich nicht mehr allzu gut erinnern.«

»Ihr seid alle nach Varnal gekommen und von der Seuche geheilt worden? Woran könnte es liegen – am Wasser? An der Luft? Irgend etwas dieser Art? Bei den Sheev, dann ist meine ganze Suche doch nicht umsonst gewesen! Gewiß hat die Antwort doch nicht die ganze Zeit über hier gewartet!«

»Was du sagst, hört sich ein bißchen verrückt an«, meinte die Frau. »Ich weiß nicht, woran es liegt. Ich weiß nur, daß ich geheilt bin – und alle anderen ebenso. Viele sind nach Hause zurückgekehrt, aber ich bin geblieben.«

»Woher kommst du ursprünglich?« fragte ich.

»Aus Cend-Amrid. Und ich habe eigentlich auch Heimweh.«

Ich fing an zu lachen und konnte mich nicht mehr beherrschen.

»Die ganze Zeit über!« schrie ich. »Die ganze Zeit über!«

17. Kapitel

NACH CEND-AMRID

Durch eine merkwürdige Wendung des Schicksals, so schien es, konnten wir nun nach Varnal zurückkehren.

Es war ein erfreuliches Ereignis, und die Rückreise ging entschieden schneller vonstatten als der Auszug.

Und das war natürlich nicht der einzige Grund der Freude. Wir hatten ein Mittel gegen die Seuche gefunden – oder zumindest festgestellt, daß die Krankheit heilbar war.

Sobald wir uns zur Überraschung der wenigen, die sich inzwischen dort niedergelassen hatten, wieder in Varnal eingerichtet hatten, machten wir uns daran, die entstandenen Schäden zu begutachten. Es war nichts Ernstes, außer daß man alles, was auch nur entfernt an Mechanisches erinnerte, in den grünen See geworfen hatte.

Das hatte gewiß noch zu dem wahnsinnigen Bestreben der Menge gehört, alles ›Funktionstüchtige‹ zu zerstören.

Nun kam mir der Gedanke, daß vielleicht irgend etwas, das man in den See geworfen hatte, eine Veränderung des Wassers bewirkt und selbiges zu einem Anti-Serum hatte werden lassen.

Ich versuchte mir auszumalen, was das gewesen sein könnte.

Aber ich kam nicht darauf. Erst jetzt kann ich mich im Rückblick fragen, ob vielleicht das Röhrchen, das ich von Bagarad mitgebracht und niemals wiedergefunden hatte, das Gegenmittel enthielt.

Ich werde es niemals erfahren.

Wichtig war nur, daß das Wasser des Sees der Grünen Nebel nun in der Lage war, die Seuche zu bekämpfen, und wir brauchten es nur in Gefäße zu füllen und den Opfern zu bringen.

Dies wurde nun unsere vordringlichste Aufgabe.

Wir bauten Tanks für das grüne Wasser und schufen eine Möglichkeit, sie an unseren Luftschiffen zu befestigen.

Dann brachen wir zum Seuchenzentrum auf – zur wahnsinnigen Stadt Cend-Amrid.

Wir nahmen Ala Mara mit, die ich nach unserer Rettung nur selten gesehen hatte, die aber unbedingt mit zurückkehren wollte.

Eine ganze Flotte von Luftschiffen – alle, die wir aufbieten konnten – brach zu der Reise auf, und wir waren voll guten Mutes. Wir flogen aus der Stadt, auf deren Türmen wieder bunte Wimpel flatterten, dem Schrecken der Seuche entgegen.

Ich befand mich in dem Schiff an der Spitze – zusammen mit Hool Haji und Ala Mara. Im folgenden saßen Darnad und seine Männer, und dahinter kamen die Luftschiffe unter Führung der tapfersten Pukan-Naras von Varnal.

Wir fanden mehrere Städte und Gemeinden, wo die Seuche wütete und konnten die geringen Wassermengen zurücklassen, die zur Heilung vonnöten waren.

Da wir viele Orte verseucht vorfanden, konzentrierten wir uns zuerst darauf, ihnen zu helfen, so daß es einige Zeit dauerte, ehe wir Cend-Amrid vor uns liegen sahen. Die Stadt war der Ursprung der Seuche, und nun, dank des Wassers, die letzte Gegend, in der die Krankheit herrschte.

Wir näherten uns der Stadt vorsichtig und schwebten über den Häusern.

Dann ließen wir uns treiben, bis wir uns über dem Zentrum befanden, einem kastenartigen, häßlichen Gebäude, in dem die Elf regierte.

Mit hölzernen Schritten und steiferen, noch langsameren Bewegungen als zu jener Zeit, da ich seinesgleichen zum letzten Mal gesehen hatte, erschien ein Wachsoldat auf dem Dach.

Er sah mit reglosem Gesicht zu uns hinauf.

»Wer ihr? Was wollen?«

»Wir bringen ein Heilmittel gegen den Grünen Tod«, erklärte ich.

»Kein Heilmittel.«

»Wir haben eins.«

»Kein Heilmittel.«

»Sag der Elf, daß wir ein Heilmittel bringen. Sag ihnen, sie mögen hinaufkommen.«

»Ich sagen.«

Der Mann ging steif davon. Es war schwer zu glauben, daß unter dieser roboterartigen Hülle noch ein Mensch lebte, aber ich war überzeugt, daß er sich finden ließe.

Bald erschien die Elf auf dem Dach – allerdings stellte ich mit Erstaunen fest, daß es nun zwölf waren.

Als ich mir die gefühllosen Gesichter genauer ansah, erkannte ich in einem von ihnen Barane Dasa, den Mann, den wir im Gefängnis kennengelernt hatten.

»Barane Dasa!« rief ich. »Was hast du mit diesen Leuten zu schaffen?« Er antwortete nicht.

»Du!« Ich zeigte mit dem Finger auf ihn. »Barane Dasa! Antworte mir!«

Die leeren Gesichter blieben ausdruckslos.

»Ich eins«, erklang die kalte Stimme.

»Aber sie . . . sie haben dich doch für verrückt erklärt.«

»Denken repariert.«

Mich schauderte bei dem Gedanken, was dieser Satz

möglicherweise implizierte – die Erklärung ›Denken repariert‹ ließ grobschlächtige Gehirnchirurgie vermuten.

»Was wollen Cend-Amrid?« fragte ein anderer Angehöriger des Rates.

»Wir bringen die Heilung vom Grünen Tod.«

»Keine Heilung.«

»Aber es gibt ein Heilmittel! Wir haben es, und seine Wirkung ist erwiesen.«

»Logik widerlegt Heilung.«

»Aber ich kann belegen, daß wir ein Heilmittel haben«, erklärte ich verzweifelt.

»Kein Heilmittel.«

Ich ließ die Leiter hinab. Ich mußte mit diesen Geschöpfen der Angst von Angesicht zu Angesicht reden und dabei hoffen, daß ein wenig Menschlichkeit in ihnen aufgerührt werden konnte.

»Laß den Wassertank herunter«, sagte ich zu Hool Haji. »Vielleicht kann ich sie überzeugen.«

»Sei vorsichtig, mein Freund«, warnte er mich.

»Das werde ich sein«, versprach ich. »Aber ich glaube nicht, daß sie körperliche Gewalt anwenden.«

Bald stand ich auf dem Flachdach und wandte mich an die Elf.

»Warum nennt ihr euch noch die ›Elf‹?« wollte ich wissen. »Ihr seid doch wieder zwölf.«

»Wir Elf«, sagten sie, und ich kam nicht dagegen an. Offenbar hatten sie sich noch weiter auf ihrem Weg der Irrealität verrannt, als es bei unserer ersten Begegnung der Fall gewesen war.

Ich schaute in die kalten, ausdruckslosen Gesichter und suchte darin nach einem Zeichen wirklichen Lebens, konnte aber keines finden.

Plötzlich deutete einer der Elf nach oben.

»Was das?«

»Das habt ihr schon einmal gesehen. Ein Luftschiff.«

»Nein.«

»Aber ihr habt eins gesehen, als ich das letzte Mal in Cend-Amrid war!«

»Was das?«

»Ein Luftschiff – sie fliegen durch die Luft. Ich habe euch gezeigt, wie der Motor funktioniert.«

»Nein.«

»Aber ja doch!« widersprach ich gereizt.

»Nein. Luftschiff nicht möglich.«

»Aber sicher sind sie möglich. Da schwebt es doch vor deinen eigenen Augen. Es existiert.«

»Luftschiff nicht funktioniert. Idee von Luftschiff funktionsuntüchtige Idee.«

»Ihr Dummköpfe. Ihr seht direkt vor euch, wie es funktioniert. Was habt ihr mit eurem eigenen Geist angestellt?«

Nun führte einer der Elf eine Pfeife an die Lippen und blies einen schrillen Ton.

Auf dem Dach kamen die schwertschwingenden Roboter angerannt, die ihnen dienten.

»Du machen Cend-Amrid-Maschine funktionsuntüchtig. Du Prinzip zerstören – du Motor zerstören – du Maschine zerstören.«

»Was für ein Prinzip?«

»Oberste Idee.«

»Die Idee, die euch zu dem gemacht hat, was ihr seid? Und was für einen Motor? Ihr seid kein Motor – ihr seid menschliche Individuen. Welche Maschine?«

»Cend-Amrid.«

»Cend-Amrid ist keine Maschine – es ist eine Stadt, die von Menschen gegründet und bewohnt ist.«

»Du geben funktionsuntüchtige Erklärungen. Du funktionsuntüchtig gemacht werden.«

Unwillkürlich zog ich mein Schwert, aber mehr blieb mir auch nicht übrig. Von oben vernahm ich einen lauten Schrei von Hool Haji, und dann ein Poltern, als er aus dem Luftschiff sprang und neben mir landete.

Die Elf wiesen ihre Wachen an, uns anzugreifen.

Nun schob sich die dichte Reihe der Automatisierten auf uns zu, und sie hoben ihre Schwerter wie ein Mann.

Hool Haji und ich standen nahe am Rand des Daches, und in wenigen Augenblicken würde man uns mit der bloßen Wucht in die Tiefe stürzen.

Dann sprangen Darnad und andere Varnala-Krieger mit Schlachtgeschrei aus den Luftschiffen an meine Seite, bis wir eine dünne Menschrenreihe bildeten, und uns den entsetzlichen, toten Wesen entgegenstellten, die langsam und im Gleichschritt wie eine fremdartige und einheitliche Wesenheit auf uns zukamen.

Der Kampf begann.

Die Tapferkeit der Kanala ist auf dem gesamten südlichen Mars berühmt, aber sie zeigten niemals soviel Mut wie in diesem Gefecht, da ihre Gegner den Eindruck machten, nichts könne sie töten.

Jeder gefallene Wachsoldat wurde durch einen neuen ersetzt. Auf jedes den Händen entschlagene Schwert folgte ein neues. Wir hatten nichts im Rücken als dünne Luft, so daß kein Rückzug möglich war.

Irgendwie, und ich glaube heute, aus reiner Willenskraft heraus, gelang es uns, den Automatisierten Boden abzuringen.

Wir drängten sie mit blitzenden Schwertern zurück, ohne daß dabei unsere Kriegsgeschreie erstarben, und wir spornten einander an, um nicht den Mut zu verlieren.

Viele der Automatisierten gingen zu Boden.

Nicht einer unserer Leute bekam mehr als eine unbedeutende Verletzung ab. Irgendwie überstanden wir alle die Gewalt der in Maschinen verwandelten Menschen.

Aber ganz allmählich umzingelten sie uns und drängten uns zusammen, bis kein Platz mehr zum Kämpfen da war.

Dann wurden wir gefangengenommen – nicht umgebracht, wie ich erwartet hatte –, und man riß uns die Schwerter aus den Händen.

Was hatten die Elf nun mit uns vor?

Ich schaute wieder zu den Luftschiffen hinauf. Was würden sie mit ihnen anstellen? Mit dem heilenden Wasser, das wir mitgebracht hatten? Ich fragte mich, ob Vernunft und Wohlergehen jemals wieder Einzug halten würden in Cend-Amrid.

18. Kapitel

HOFFNUNG FÜR DIE ZUKUNFT

Wir wurden in einer der Zellen untergebracht, in der wir schon einmal gefangen gesessen hatten.

Wir waren eine beachtliche Anzahl, so daß es recht eng zuging. Ich konnte nicht verstehen, daß man uns nicht auf der Stelle umbrachte, aber ich nahm es hin und entschloß mich, nach Fluchtmöglichkeiten zu suchen.

Ich inspizierte unsere Zelle. Sie war stabil und speziell als Gefängniszelle für Menschen konstruiert – eine Seltenheit auf dem Mars, wo normalerweise schon der Gedanke daran verhaßt war.

Plötzlich erinnerte ich mich an den schmalen Dolch, den das Katzenmädchen Fasa mir geschenkt hatte.

Ich zog ihn aus meinem Harnisch, betrachtete ihn und überlegte, wie wir ihn zu unserem Nutzen einsetzen könnten.

Es gibt nicht allzu viele Möglichkeiten, aus einem Gefängnis zu entfliehen – wenn es so überlegt konstruiert ist, daß die Tür den einzigen Zugang bildet. Ich erwog alle Möglichkeiten und widmete der Tür besondere Aufmerksamkeit.

Die Angeln waren ihr schwächster Punkt. Ich machte mich am Holz des Türrahmens und an den Scharnieren zu schaffen, und dachte daran, die Tür nach innen zu ziehen.

Ich mußte mehrere Shatis über dieser Arbeit zugebracht haben.

Endlich gelang es mir, das Holz vom Rahmen zu lösen. Dann zerrten Hool Haji, Darnad und ich an der Tür. Sie gab ächzend nach, der Riegel fiel auf der anderen Seite mit Gepolter zu Boden.

Anscheinend hatte uns niemand gehört. Wir schlichen uns leise zu den Stufen, die zum Erdgeschoß des Zentrums führten.

Wir waren gerade am Korridor angelangt und hatten vor, uns irgendwie zum Dach und den Luftschiffen durchzuschlagen – falls sie noch da waren –, als ich zu meiner Linken ein Geräusch vernahm.

Ich wirbelte mit dem Dolch in der Hand herum und nahm Kampfposition ein.

Dort stand in steifer Haltung und mit ausdruckslosem Gesicht eine Gestalt.

»Eins!« sagte ich. »Barane Dasa!«

»Wollte zu Zellen gehen«, ertönte seine kalte Stimme. »Jetzt nicht mehr nötig. Ihr mitkommen.«

»Wohin?« fragte ich.

»Hauptwasservorrat Cend-Amrid«, lautete die Antwort. »Dort sind eure Tanks.«

Verwundert folgten wir ihm; wir waren noch ziemlich unsicher und glaubten nach wie vor, es könne sich um eine Falle handeln.

Wir folgten ihm durch Korridore und Gänge, die vom Zentrum wegzuführen schienen, bis wir an einen hohen, überdachten Bau gelangten, der im Halbdunkel lag. Hier schimmerte ein großes Wasserbecken. Auf einer Art Landungssteg, der in das Reservoir hinausführte, standen die Tanks, in denen wir das grüne Wasser vom See der Grünen Nebel mitgebracht hatten.

Irgendwie mußte Barane Dasa sie selbst hierhergeschafft haben.

»Warum handelst du den Elf zuwider?« fragte ich, während ich mich überzeugte, daß niemand an den Tanks herumgespielt hatte.

»Es ist notwendig.«

»Aber als ich dich das letzte Mal sah, warst du noch ein ziemlich normales menschliches Wesen. Was ist mit dir passiert?«

Einen Augenblick lang entspannten sich seine Züge, und in seinen Augen stand ein leichter ironischer Schimmer. »Um ihnen zu helfen, dürfen wir sie nicht angreifen«, sagte er. »Ich glaube, das hast du mir doch beigebracht, Michael Kane.«

Ich war erstaunt.

Dieser Mann hatte geschauspielert, um sich bei den Elf zu rehabilitieren – damit er den Versuch unternehmen konnte, die Auswirkungen der Ideologie aufzuheben, die er selbst begründet hatte. Ich konnte ihn nur bewundern. Ich glaubte, daß er es noch weit bringen würde – wenn die Seuche ein für allemal ausgerottet war.

»Aber ich verstehe noch immer nicht, wozu du uns hierhergeführt hast«, sagte ich.

»Aus mehr als einem Grund. Ihr habt bei eurem Aufenthalt meiner Nichte Ala Mara das Leben gerettet. Das ist schlichte Dankbarkeit. Aber ihr habt mir auch den Weg gewiesen, wie ich das Verbrechen am besten wiedergutmachen kann, das ich an Cend-Amrid begangen habe.«

Ich streckte die Hand aus und ergriff seinen Arm. »Du bist ein aufrechter Mann, Barane Dasa. Du *wirst* es schaffen.«

»Ich hoffe es. Nun müßt ihr das Gegenmittel in den Wasservorrat schütten. Alle Maschinen benötigen Treibstoff«, sagte er, »und die Maschinen von Cend-Amrid müssen trinken.«

Seine Überlegung war vernünftig. Wir würden etwas

Gutes bewirken, wie er es insgeheim auch für sich erhoffte. Bald hatten wir das ganze grüne Wasser in das Reservoir entleert, und unser Werk war vollendet – oder würde es innerhalb eines Tages werden.

Dann sagte Barane Dasa: »Ihr mitkommen«, und nahm damit seine ursprüngliche Rolle wieder an.

Wir folgten ihm durch eine Reihe gewundener Gänge.

Wir bahnten uns langsam den Weg immer höher hinauf, bis wir zu meiner Verwunderung – denn ich hatte jegliche Orientierung verloren – auf dem Dach des Zentrums standen.

Und da schwebten auch unsere Luftschiffe.

Sie befanden sich an genau der Stelle, wo wir sie zurückgelassen hatten.

Von der Kabine meines Luftschiffes lächelte Ala Mara erleichtert auf uns herab.

»Onkel!« flüsterte sie aufgeregt, als sie Barane Dasa erblickte. Doch der Mann sah sie nicht an, sondern hielt das Gesicht reglos und seinen Körper aufrecht. Er winkte ihr nicht einmal zu.

»Onkel!« Ihre Stimme brach ein wenig. »Erkennst du mich denn nicht – Ala Mara, deine Nichte?«

Barane Dasa blieb stumm.

Ich machte ihr ein Zeichen, eine Handbewegung, die sie trösten sollte, aber ich vernahm ein Schluchzen, als sie sich in die Kabine zurückzog.

»Weshalb haben sie nichts mit unseren Luftschiffen angestellt?« fragte ich Barane Dasa leise.

»Luftschiffe nicht existieren«, antwortete er.

»Demnach können sie sie nicht sehen. Oder sie haben sich eingeredet, sie nicht sehen zu können.«

»Ja.«

»Du hast eine schwere Aufgabe auf deinem einsamen Posten«, stellte ich fest.

»Seuche fort – Aufgabe einfacher«, erklärte er. »Seuche schnell fort – alles länger dauert.«

»Und du wirst dich durchsetzen, wenn überhaupt jemand dazu fähig ist«, sagte ich und formulierte damit erneut die Gefühle, denen ich schon vorher Ausdruck verliehen hatte.

Ich drückte noch einmal seinen Arm und begann dann, die Leiter zur Kabine zu erklimmen. Jetzt würde ich Ala Mara trösten und ihr zumindest teilweise erklären müssen, welche Rolle ihr Onkel hatte spielen müssen.

Bald schwangen wir uns alle die Leitern empor und traten in unsere Kabinen.

Unser Hauptauftrag war erfolgreich abgeschlossen und etwas von unserem früheren Hochgefühl zurückgekehrt.

Die Luftschiffe schwenkten herum und nahmen Kurs zurück auf Varnal.

Bald flogen wir über die Seen dahin und überquerten die Gebiete der Blumen und des Treibsands.

Wir waren auf dem Weg nach Hause. In gewisser Hinsicht waren wir jetzt schon dort, denn endlich kam Freude in unsere Herzen und Ruhe über unser Denken!

Wir erreichten Varnal an einem friedlichen Morgen voll weichem Sonnenschein. Die grünen Nebel zogen sanft durch die Stadt, die Marmortürme glänzten und glitzerten, und die ganze Stadt funkelte wie ein kostbarer Edelstein im Licht.

Von weither erklang ein leises Geräusch wie Kindergesang, und wir erkannten es als die Lieder der Rufenden Berge.

Auf dem ganzen Mars schien Frieden zu herrschen. Wir hatten lange und schwer um diesen Frieden gekämpft, aber wir waren deshalb keine Helden. Vielmehr hatten wir nicht mehr getan, als Helden aus all jenen zu machen, die uns zur Seite gestanden hatten.

Das genügte.

Shizala erwartete uns auf dem Platz in der Nähe des Palastes. Sie saß auf dem breiten Rücken eines lammfrommen Daharas. Ein zweites Tier stand gesattelt und aufbruchbereit neben ihr.

Ich war nicht müde, und ich wußte, daß ihr das klar wäre.

Ich beeilte mich, die Leiter hinabzuklettern und mich auf das wartende Dahara zu schwingen.

Ich beugte mich hinüber, küßte meine Frau und drückte sie fest an mich.

»Ist es vorbei?« fragte sie.

»Weitgehend«, sagte ich. »In einiger Zeit wird nur die Erinnerung an Traurigkeit und Unruhe bleiben. Aber es ist ganz gut, daß Vashu solche Erinnerungen hat.«

»Ja.« Sie nickte. »Das ist gut. Komm – laß uns zu den Rufenden Bergen reiten, wie damals, als wir uns kennengelernt haben.«

Gemeinsam lenkten wir unsere Daharas durch den stillen Morgen und ritten durch die lieblichen Straßen den Rufenden Bergen entgegen.

Mit der wunderschönen Frau an meiner Seite und im Hochgefühl des schnellen Ritts wurde mir klar, daß ich etwas von unschätzbarem Wert erworben hatte – etwas, das ich sehr wohl hätte verlieren können, wäre ich nicht zum Mars gekommen.

Mit den kühlen Düften des marsianischen Herbstes in der Nase gab ich mich der Freude hin, die wahrem und einfachem Glück entspringt.

EPILOG

Ich hatte Michael Kanes Geschichte mit höchstem Interesse angehört, und sie hatte mich tiefer bewegt als alles andere zuvor.

Nun war mir klar, warum er viel gelassener wirkte als früher. Er hatte etwas gefunden – etwas, das auf der Erde sehr selten ist.

In diesem Augenblick wurde ich in Versuchung geführt, ihn zu bitten, mich bei seiner Rückkehr zum Mars mitzunehmen. Auch er lächelte.

»Würden Sie das wirklich wollen?« fragte er.

»Ich ... ich glaube schon.«

Er schüttelte den Kopf.

»Suchen Sie den Mars in sich selbst«, empfahl er. Dann lächelte er. »Wenigstens ist das weit weniger anstrengend.«

Ich dachte darüber nach und zuckte die Achseln.

»Vielleicht haben Sie recht«, sagte ich. »Aber wenigstens habe ich das Vergnügen, Ihre Geschichte aufs Papier zu bringen. So haben andere die Freude, das, was Sie auf dem Mars gefunden haben, ein wenig mit Ihnen zu teilen.«

»Ich hoffe es«, sagte er. Er hielt inne. »Wahrscheinlich halten Sie mich für ziemlich sentimental.«

»Wie meinen Sie das?«

»Nun, ich habe versucht, Ihnen meine Gefühle zu schildern, in dem bißchen, das ich Ihnen über unseren Ritt zu den Rufenden Bergen erzählt habe.«

»Es besteht ein großer Unterschied zwischen Sentimentalität und aufrichtigem Gefühl«, sagte ich. »Das Problem liegt darin, daß die Leute dies gern miteinander verwechseln und deshalb beides ablehnen. Dabei streben wir nur Aufrichtigkeit an.«

»Und das Fehlen von Angst.« Er lächelte.

»Das geht mit Aufrichtigkeit einher«, vermutete ich.

»Zum Teil«, stimmte er mir zu.

»Welch ein argwöhnischer Haufen wir doch sind auf der Erde«, sagte ich. »Wir sind so blind, daß wir der Schönheit sogar dann mißtrauen, wenn wir sie vor Augen haben, aus dem Gefühl heraus, daß Sein und Schein nicht übereinstimmen können.«

»Eine ziemlich gesunde Auffassung«, meinte Kane. »Aber sie kann, wie Sie schon sagten, zu weit gehen. Vielleicht ist das mittelalterliche Ideal – Bescheidenheit in allen Dingen – gar nicht so schlecht. Häufig genug wird der Begriff auf die körperliche Seite des Menschen angewandt, aber ich halte ihn, was die geistige Entwicklung angeht, für gleichermaßen bedeutsam.«

Ich nickte.

»Nun gut«, meinte er. »Ich möchte Sie nicht weiter langweilen und gehe zurück in den Keller zum Materietransmitter. Ich finde bei jeder Rückkehr auf die Erde, daß sie ein Stück besser geworden ist. Aber beim Mars empfinde ich dies ebenfalls. Ich bin ein Glückspilz.«

»Sie sind ein außerordentlicher Glückspilz«, bestätigte ich. »Wann kommen Sie wieder? Es müssen doch noch weitere Abenteuer folgen.«

»Haben Sie noch nicht genug?« Er grinste.

»Für den Augenblick schon«, sagte ich. »Aber ich werde bald neue hören wollen.«

»Vergessen Sie es nicht«, sagte er scherzhaft und hob mahnend einen Finger, »Bescheidenheit in allen Dingen.«

»Das wird mich bis zu Ihrem nächsten Besuch trösten«, antwortete ich mit einem Lächeln.

»Ich werde wiederkommen«, versprach er.

Und dann ging er aus dem Zimmer und ließ mich mit dem Kopf voller Erinnerungen an einem erlöschenden Kaminfeuer zurück.

Und bald würden neue Erinnerungen hinzukommen. Davon war ich überzeugt.

ENDES DES
DRITTEN BUCHES

Die Michael-Kane-Serie

Ich habe früh mit dem Lesen angefangen. Vom Alter von drei Jahren an las ich Unmengen. Der erste vollständige Roman, den gelesen zu haben ich mich erinnern kann, war ein Buch namens *Timothy Tatters* und handelte von der Landreform in Irland im vergangenen Jahrhundert. Am Ende dieses Buches begreift der Held Patsy seinen Irrtum, sich den Rebellen angeschlossen zu haben, wendet sich gegen sie und wird vom Vater der Mittelklassekinder, die ihn angenommen haben, belohnt, indem er eine Stelle als Stiefelputzer im Haus erhält. An viel mehr kann ich mich nicht erinnern, außer, daß er häufig *Phwhat* sagte.

Danach kann ich mich am besten an Richmal Cromptons ›William‹-Serie erinnern – die Bücher bleiben eine wunderbar geschriebene und ungeheuer lustige Serie, die meiner Ansicht nach nur noch vom Werk P. G. Woodhouses übertroffen wird. Woodhouse gehörte zusammen mit H. Rider Haggard, George Bernard Shaw (von dem ich kaum ein Wort verstehen konnte) und Charles Dickens (der mich zu Tode geängstigt hat) zu meinen weiteren frühen Lieblingsautoren, und später wurde ich über die Lektüre von Woodhouses Schulgeschichten in den alten Bänden von *The Captain* ein begeisterter Leser der Werke Frank Richards', dessen Schulgeschichten in den 20er, 30er und 40er Jahren so bekannt wurden, daß sie George Orwell zu einem langen Artikel inspirierten, in dem er sie als einen der Ecksteine des Klassensystems anprangerte. Und George Orwell gefiel mir ebenfalls.

Aber ich muß schon neun gewesen sein, als ich ein altes Buch meines Vaters fand (neben *The Constable of St. Nicholas* von Edwin Lester Arnold, dessen phantastische Geschichten ich niemals gelesen habe, aber dessen historische Romane mir ungeheuren Spaß machten): einen zerfledderten Band von *The Son of Tarzan* von Edgar Rice Burroughs.

Kurz zuvor hatten mich die Mowgli-Geschichten von Kipling so sehr interessiert, daß ich schließlich aufgefordert wurde, von der Schule abzugehen, weil ich die anderen Kinder überzeugt hatte, daß ich im indischen Dschungel von Wölfen aufgezogen worden war und einen Gutteil des Tages damit zubringen mußte, meine im Urwald erworbenen Kenntnisse und Fähigkeiten zu demonstrieren, und mir in der Nacht neue Geschichten ausdachte.

Ich kann mich erinnern, daß ich schließlich einen Großteil meiner Glaubwürdigkeit einbüßte, als ich fast drei Stunden lang auf einer riesigen Eiche festsaß und der Hausmeister mir dann herunterhelfen mußte. Aber Mowgli war bei weitem nicht mit Tarzan (oder, um fair zu sein, mit Korak) zu vergleichen, nachdem ich diesen entdeckt hatte, und ich las jedes Buch, das ich in der privaten Leihbibliothek des Ortes aufzutreiben vermochte (wo man für zwei Pence pro Woche einen Roman ausleihen konnte), und stieß schließlich auf *The Master Mind of Mars* und ließ mich von den John-Carter-Geschichten fesseln.

Mehrere Jahre lang blieb Edgar Rice Burroughs mein größter literarischer Held. Ich erfand Geschichten, in denen ich John Carter war, und fing – immer noch in der Schulzeit – mit der Herausgabe eines Edgar Rice Burroughs-Magazins an (es war nicht mein erstes, aber mein ehrgeizigstes Zeitschriftenprojekt), das *Burroughsania* hieß (was, wie ich heute vorgeben könnte, eine Anspielung auf ›Burroughs-Land‹ sein sollte, in Wirklichkeit jedoch eine Falschschreibung von *Burroughsiana* war).

Als ich älter wurde, wuchs meine Begeisterung für populäre Fantasy. Die ernsteren Werke der Science Fiction haben mir zwar niemals gefallen, doch ich war eine Zeitlang ein leidenschaftlicher Sammler von *Planet Stories* und *Startling Stories* – und gleichermaßen hingerissen von Conan.
Parallel zu dieser Begeisterung entwickelte sich eine anhaltende Liebe zur Mythologie, insbesondere der skandinavischen und keltischen, wozu ein weiteres zerfleddertes Familienbuch (das ich noch immer besitze) den Anstoß gab: *Doctor Smith's Smaller Classical Dictionary* (das weitgehend von H. G. Wells' Outline of History angeregt wurde).

Allmählich ließ meine inbrünstige Burroughs-Verehrung nach, und andere Helden nahmen seinen Platz ein: Huxley, Powys, Peake, Conrad, Firbank. Witzigerweise fing ich just zu diesem Zeitpunkt an, für ein Magazin namens *Tarzan Adventures* Artikel über die Charaktere Edgar Rice Burroughs' zu schreiben. Kurz darauf bat man mich, eine Reihe von Fantasy-Geschichten für das gleiche Magazin zu verfassen. Mein erster Serienheld erblickte also das Licht der Welt, als ich fünfzehn war: Sojan der Schwertkämpfer – dessen Abenteuer stark denen der typischen Burroughs-Helden auf einem anderen Planeten glichen.

Als ich später Redakteur von *Tarzan Adventures* wurde, fing ich an, die Zahl der *Tarzan*-Comicseiten einzuschränken und den Textteil auszuweiten, was gleichzeitig die Satzkosten erhöhte und damit ein größeres Budget und einen wütenden Verleger bedeutete, der schließlich begriff, was ich da machte (nämlich im Grunde den Versuch, eine Kinderzeitschrift zu produzieren, die im wesentlichen aus Geschichten und Artikeln bestand – von der Art, wie sie sich vor dem Kriege üppig entwickelt hatten und in dessen Verlauf aus irgendeinem Grund eingegangen waren).

Ich verließ *Tarzan Adventures* im unguten, und meine nächste Stelle war die eines Redakteurs bei der *Sexton Blake Library*. Blake war der älteste Krimiheld der Populärliteratur. Es gab ihn seit 1880, und er lebt mit seinen Abenteuern immer noch in Filmen, Fernsehserien, Comics und Tausenden von buchlangen Pulps.

Meine Romanze mit den Pulps dauerte fort, ich wurde zum Comic-Autor und machte die Erfahrung, daß mir dies eine Menge Geld einbrachte. Mit achtzehn war ich einer der wohlhabendsten Trunkenbolde der Fleet Street und gleichzeitig auf dem Weg zu der typischen Laufbahn mit ihrem kurzen Leben, als ich lernte, mit enormeß Geschwindigkeit zu schreiben und das verdiente Geld noch schneller auszugeben (was mich dazu trieb, noch schneller zu schreiben und so fort). Ich bin fest überzeugt, daß es Ted Carnell war, der mich von diesem schrecklichen Leben errettete (und mit dem ich vorwiegend nebelhafte Erinnerungen an verschwommene Schreibmaschinen und viel zerbrochenes Glas verbinde). Carnell war zu jener Zeit Redakteur von drei SF-Magazinen: *New Worlds, Science Fantasy* und *Science Fiction Adventures,* das seine Lieblingszeitschrift war.

Für Ted Carnell ersann ich Elric. Ich versuchte, einen möglichst originellen Genrehelden zu schaffen, in dem sich viele Einflüsse vereinigten – vom Zoroastrianismus und der keltischen Mythologie über einige von Sexton Blakes Heldenschurken (insbesondere M. Zenith, der Albino) und über Bertolt Brechts Dreigroschenoper selbstverständlich hin zu den Werken Edgar Rice Burroughs'. Burroughs' größte Gabe war sein einfacher, aber wirkungsvoller Geschichtenaufbau, und ich glaube, daß ich mir bei ihm meine grundlegenden Kenntnisse im Geschichtenerzählen erwarb. Ich hatte stets seine Methoden bewundert und sie häufig in bewußter Verehrung imitiert.

Nachdem 1964 das erste Elric-Buch erschienen war, bat mich der Verleger von *New Worlds*, das ich zu jener Zeit herausgab, eine Fantasy-Serie zu schreiben.

Mir gefiel die Vorstellung, eine Serie ganz in der Burroughs-Tradition zu verfassen. Es erschien mir als gute Möglichkeit, mich bei Burroughs zu bedanken und gleichzeitig meinen Spaß zu haben, aber inzwischen gab ich eine völlig andere Art von Magazin heraus, das – wie ich mit Stolz sagen muß – eifrig darum bemüht war, die phantastische Belletristik von den genregebundenen Begrenzungen zu befreien, die mich daran hinderten, die besten Werke gewisser Autoren zu verlegen, und es erschien mir damals keine sonderlich gute Idee, vom Einreißen der Gattungsschranken zu sprechen und derweil eine Romantrilogie zu schaffen, die sich an diese Konventionen hielt, ja, sie gar noch verherrlichte.

Ich schämte mich nicht für diese Bücher – ich stehe aus Überzeugung zu allem, was ich verfasse, wenn ich auch eine recht distanzierte Meinung zu den Vorzügen und Schwächen meiner Arbeiten wahre –, doch zu jenem Zeitpunkt schien es mir keine besonders gelungene Idee zu sein, meinen Namen auf Büchern zu sehen, die im Grunde genommen eskapistische Romane für Teenager waren. Also legte ich dem Verleger eine Auswahl von Titel- und Namenskombinationen vor. Schließlich erschienen sie unter dem unwahrscheinlichen Autorennamen Edward Powys Bradbury, mit den Originaltiteln *Warriors of Mars, Blades of Mars* und *Barbarians of Mars*.

Der ›Über-den-Autor‹-Klappentext klärte die Leser auf, daß Mr. Bradbury 1924 geboren war (ich machte ihn also sechzehn Jahre älter als mich) und einige Zeit im Fernen Osten zugebracht hatte, wo er ein Interesse für alte Sanskritliteratur entwickelt hatte, doch inzwischen ›machte mir der Nachlaß zweier älterer Verwandter auf erstaunliche Weise deutlich, daß ich nicht mehr für meinen Lebensunterhalt arbeiten mußte.‹

Um ehrlich zu sein, die Herstellung von Mr. Bradburys Trilogie war praktisch keine Arbeit. Ich hatte riesigen Spaß dabei. Es waren beinahe Ferien für mich, in denen ich meinem alten Helden Burroughs Tribut zollte und im letzten Band das zusätzliche Vergnügen hatte, sich meinen Protagonisten tatsächlich nach dem Kodex verhalten zu lassen, von dem John Carter zwar ständig redete, an dem er sich jedoch selten halten zu können schien. Er sagte, er verabscheue das Töten, trotzdem brachte er pro Brand ein bis zwei anständige Strichlisten der unterschiedlichsten Gegner um!

Ich schrieb die ganze Serie in etwas über einer Woche und rechnete ebenso erschöpft wie glücklich damit, sie kommen und gehen und gleich bei ihrer Veröffentlichung dem Vergessen anheimfallen zu sehen. Ironischerweise wurden die Bücher immer wieder aufgelegt – mit neuen Titeln und unter meinem richtigen Namen. Es gab eine Reihe von fremdsprachigen Ausgaben, einschließlich einer recht eigentümlichen japanischen Übersetzung.

Bei den meisten Neuauflagen meiner Bücher habe ich die Gelegenheit wahrgenommen, sie (manchmal recht drastisch) zu redigieren: Aber bei der Mars-Trilogie habe ich irgendwie das Gefühl, daß die Bände so erscheinen sollten, wie sie verfaßt wurden – mit allen Makeln, Insidergags, Schwärmereien, der Wahrung der Gattungsgrenzen und allem anderen, so daß Sie feststellen werden, daß kaum ein Wort verändert wurde.

Diese drei Romane sind dem Andenken an Edgar Rice

Burroughs, Don Wollheim, meiner Tochter Kate, die – ohne meine Ermunterung – ein leidenschaftlicher John-Carter-Fan geworden ist und meinem Vater gewidmet, der behauptet, es seien zweifellos die besten Bücher, die ich geschrieben habe...

MICHAEL MOORCOCK

BASTEI LÜBBE
Science Fiction
Bücher mit Zukunft
Die größten Erzähler der SF holen Ihnen die Sterne vom Himmel
ISAAC ASIMOV
ROBOTER-TRÄUME
und 20 andere SF-Geschichten
ISBN 3-404-24144-4
DM 10,–
IAN McDONALD
REBELLIN DES GLÜCKS
Science Fiction Roman
ISBN 3-404-24147-9
DM 9,80
MARGARET WEIS
DIE STERNENHÜTER
DER LETZTE KÖNIG
Science Fiction Roman
ISBN 3-404-24156-8
DM 12,80
LARRY NIVEN
STEVEN BARNES
DIE WAHL DES ACHILL
Science Fiction Roman
ISBN 3-404-24157-6
DM 8,80
ORSON SCOTT CARD
XENOZID
Der Sprecher für die Toten kämpft um seinen Planeten
ISBN 3-404-24153-3
DM 12,80
ALLEN STEELE
MONDHUNDE
ISBN 3-404-23129-5
DM 9,80